FVA

Lasha Bugadze

DER ERSTE RUSSE

Roman

Aus dem Georgischen von
Rachel Gratzfeld und Sybilla Heinze

FRANKFURTER VERLAGSANSTALT

Ich erinnere mich, wie der Mann, der am Eichentisch stand, zwei Dokumente aus der Schublade nahm und lächelnd zu mir sagte: »Das hier«, er legte den Finger auf das linke Dokument, »ist die Erklärung über den Ausschluss aus der orthodoxen Kirche. Wenn du dich nicht öffentlich beim Volk und der Kirche entschuldigst, ist die Heilige Synode gezwungen, dieses Schriftstück zu veröffentlichen, und danach beginnt dein Ausschlussverfahren. Hier steht: ›Er lehnt den lebendigen Gott und die Gesetze der Mutterkirche ab, verhöhnt die Gefühle der Gläubigen, beschimpft und beschmutzt den Glauben orthodoxer Menschen, die Gemeinschaft der orthodoxen Heiligen und das Vermächtnis der Vorfahren der Heiligen.‹ Und hiermit«, er legte den Finger auf das rechte, »bleibst du der Heiligen Synode als verlorener Sohn in Erinnerung, dem Volk und Mutterkirche vergeben haben.«

»Aber nur, wenn wir eine Entschuldigung bekommen«, bemerkte jemand in der Tiefe des Zimmers, der in der dunklen Ecke stehende Archimandrit, »wenn nicht, dann … Anathema.«

»Ist das euer Ernst?«, fragte jemand hinter mir.

»Die Leute sind aufgewühlt«, war die Antwort.

Ausschluss. Anathema. Verlorener Sohn.

Der mit dem Dokument blickte ab und zu verlegen lächelnd zu mir auf, und ich war nicht sicher, ob ihm seine Aussagen selbst unangenehm waren oder er nur einen Tick hatte. Ich war zu müde und verwirrt, um mit ihm zu scherzen oder höfliche Antworten zu geben.

»Du musst dich öffentlich entschuldigen«, wiederholte der am Tisch ironisch lächelnd und unaufgeregt, »anderenfalls sind die empörten Leute nicht mehr zu beschwichtigen. Heutzutage werden Menschen doch so leicht umgebracht …«

1
Geschichtsbuch. Kindheitschronik

Meine Eltern gegen Georgien

Meine Eltern hatten von meiner Geburt an nicht mit Lob gegeizt, war ich doch ganze dreiundzwanzig Jahre lang – objektiv betrachtet – lobenswert gewesen. Jetzt jedoch tauchten völlig fremde Leute auf und sagten ihnen, dass dieser dreiundzwanzigjährige Mensch – objektiv betrachtet – nichts tauge und wenn er sich nicht so benähme, wie es sich gehöre, verdiene er nicht einmal die Bezeichnung »verlorener Sohn«.

»Heutzutage werden Menschen ja so leicht umgebracht ...« Auch das bekam mein Vater zu hören. Noch dazu an einem Ort, an dem normalerweise, wenn auch nur anstandshalber, über Tugend gesprochen werden sollte: neben dem Ruhezimmer des orthodoxen Patriarchen.

»Es ist deine Schuld«, sollte der Patriarch später zu meinem Vater sagen, »du hast das Kind nicht ordentlich erzogen.«

Dabei war ich in den Augen meiner Eltern (also auch in denen meines über die Bemerkung des Patriarchen zutiefst verletzten Vaters) – objektiv betrachtet – ein liebes, kluges, gutes, zweifellos ordentliches und begabtes dreiundzwanzigjähriges *Kind*, ungewöhnlich, schon als Junge allen bekannt als Schriftsteller und somit ein berühmter Jugendlicher, knapp zehn Jahre älter als das junge Land Georgien, ein Kind, dem eigentlich niemand etwas hätte vorwerfen können.

Das Kind meiner Eltern war nicht durch die 90er-Jahre gebrandmarkt: Es streifte nicht zusammen mit den nach Blut dürstenden Kindern der 90er durch die Straßen, sondern schrieb, malte oder sprach (was es seiner Großmutter zufolge schon mit acht Monaten konnte), war ein Karikaturist, konnte jeden beliebigen Menschen parodieren (ohne Rücksicht auf dessen Alter, Geschlecht und Gefühle), sang Opernarien, war in der frühen Kindheit dick (wodurch es nur noch vertrauenswürdiger und sympathischer erschien). Es war begabt, und sein Vater hätte – wenn er die Gelegenheit bekommen hätte oder vielmehr, wenn er sich die Freiheit genommen hätte – jedem, der an seinen Erziehungsmethoden etwas auszusetzen hatte, mit Vergnügen die positiven Eigenschaften des Kindes aufzählen können. Er hätte beispielsweise erzählt, dass es »mit elf Jahren, Eure Heiligkeit, jawohl, mit elf, Hochwürden, mit den Nachbarsmädchen (mit den Mädchen deshalb, weil niemand anderes mitmachen wollte) nichts Geringeres als Goethes ›Faust‹ aufgeführt hat! Versteht Ihr? Mit elf Jahren den ›Faust‹! Bloß eben im Garten, und er selbst spielte Mephisto, den Teufel, Eure Heiligkeit (Entschuldigung, dass ich hier einen der Namen des Teufels erwähnen muss), aber er spielte einen dicken und süßen Mephisto, weil er selbst sehr süß war, sogar beim Darstellen des Teufels, Eure Heiligkeit, wenn er Fausts Geliebter Serenaden vorsang. Übrigens gibt es als Beweis sogar Videoaufnahmen von der Veranstaltung: Es war 1989, Juni, im Hof des Hauses meiner Exfrau, der Mutter meines Kindes, und das Kind rezitiert mit elf Jahren die Texte des Mephisto; ein Scheidungskind, Eure Heiligkeit, aber trotzdem stets mit Aufmerksamkeit bedacht, besonders von den Großmüttern! Es ist ein von den Großmüttern aufgezogenes Kind, die ihm nie etwas Schlechtes und Wertloses beigebracht haben, wie Ihnen unbedacht herausgerutscht ist. Daher ist das etwas anderes – ich bitte um Entschuldigung, es geht hier um ein besonderes Kind.

Den Kameramann habe ich, sein Vater, dazugeholt, weil ich merkte, dass da etwas Ungewöhnliches vor sich ging, jawohl, es ist ungewöhnlich, wenn ein elfjähriges Kind ein Theaterstück über eine Abmachung zwischen Gott und dem Teufel aufführt, noch dazu nur mit Unterstützung der Nachbarsmädchen, wenn er mit der Bedeutungsschwere des mit dem Teufel geschlossenen Paktes den ganzen Hof zusammentrommelt, einen von der Tante genähten Frack trägt und uns über die Bedeutung der Seelenrettung aufklärt: Wen sollen wir nicht ordentlich erzogen haben?«

»Schon von Kindesbeinen an ging er auf antisowjetische Treffen«, würden die Großmütter sagen, wenn man sie fragen würde, und eine, die sentimentalste und emotionalste von ihnen, würde sehr entschlossen die Kirchenvertreter angreifen, die das Verhalten des Enkels nun kritisierten: »Mein Enkel war ein durch und durch einzigartiges Kind, sittsam und ordentlich; während andere Kinder schon am ersten Tag ihr Spielzeug kaputt machen (manche können es ja kaum erwarten, dem Teddy oder der Giraffe den Bauch aufzuschlitzen), führte mein Enkel Tetralogien auf, mit den Teddys oder Giraffen, die es in den leer gefegten Spielzeugläden der Sowjetunion nicht zu kaufen gab und die der eine oder andere aus Ländern des sozialistischen Lagers besorgt hatte. Wo andere übermütig wurden und deren arme Eltern schon nicht mehr wussten, womit sie das Kind überschütten könnten, beschäftigte sich dieses Kind von Anfang an mit sich selbst: Es legte sich ein Zeichenbrett auf die Knie, ein Blatt Papier darauf und malte die kompliziertesten Karikaturen, da staunten die Leute! Allein wie seine Gemälde entstanden – bei Menschen (meistens malte er Politiker) begann er mit den Schuhabsätzen und füllte dermaßen schnell und gewitzt das Blatt, dass selbst berühmte Maler verblüfft gewesen wären. Einmal brachte er eine Lehrerin in Schwierigkeiten, vor deren Strenge die ganze Schule zitterte: Die Frau lehrte Deutsch, und als sie anfing, den Kindern irgendeinen Unsinn zu erzählen und die Nibelungen erwähnte, nannte mein neunjähriger Enkel sofort Siegfried, seinen Lieblingshelden, und noch viele andere, von denen die Deutschlehrerin noch nicht einmal gehört hatte. Als er noch ganz klein und noch nicht dick war, nahm ihn der Vater auf die Schultern, und sie hörten zusammen die alten, unter der Nadelberührung kratzenden, aber trotzdem dröhnenden (für mich ein bisschen zu pompösen) Wagner-Schallplatten, das Kind tanzte dem Vater im wahrsten Sinne des Wortes auf der Nase herum! Vater und Sohn waren nicht eine Minute getrennt! Bevor der Sohn selbst lesen konnte, lasen wir ihm Bücher vor, und später ließ er sich den Lesestoff kaum entreißen; er las nicht nur brav Seite für Seite, um zur Belohnung in den Hof gehen zu dürfen (wie die anderen Kinder das taten), und niemand brauchte sich darüber den Kopf zu zerbrechen, womit man ihn beschäftigen könnte. Hatte er sich als Neunjähriger noch einen Welpen gewünscht, kaufte er sich nun auf Kosten meiner Rente zu seinem elften Geburtstag Mozarts Flötenkonzert. Er war ein intellektuelles Kind, aber weder verschlossen noch melancholisch oder boshaft, sondern offen, humorvoll und schon als Kind unterhaltsam. Wir können uns an große Festtafeln erinnern, da saßen viele Leute am Tisch, und dieses Kind, das damit beschäftigt war, andere zu erfreuen, sprach mal mit der von Medikamenten abgestumpften Stimme Leonid Breschnews, mal mit der Stimme Eduard Schewardnadses, den wir alle zu jener Zeit für einen Vaterlandsverräter hielten. Der Vater hatte Verständnis für den Jungen, denn er war wie geschaffen für die Kunst, aber seine Mutter verstand ihn nicht und gab ihn, um den Mann in ihm zu wecken, erst in die Obhut von Skiläufern und Rugbyspielern, dann von Wasserballern, doch das Kind fand keinen Zugang zur kumpelhaften Grobheit der Trainer, denn derartige Ungezogenheit und ungehobeltes Benehmen waren für meinen Enkel noch nie erstrebenswert, und wenn jemand denkt, er habe jemanden beleidigen oder kränken wollen, da irrt derjenige sich gewaltig: Keiner kann behaupten, dieses Kind habe im Laufe seiner dreiundzwanzig Lebensjahre jemals irgendjemanden beleidigt. Das ist eine Ungerechtigkeit!«

Wer weiß, wie viel sie ihnen noch erzählen wollen würde, den Leuten, die uns beim Patriarchen Tbilissis in jenem Raum mit der vergilbten Tapete eingeschlossen hatten und mich mit vorgefertigten Dokumenten mit der Androhung des Kirchenausschlusses oder dem Angebot, als verlorener Sohn zurückzukehren, einschüchtern wollten. An jenem Tag aber vernahm leider niemand jene Argumente, die meine Vortrefflichkeit bestätigt hätten, die nicht gesprochenen Worte der verzweifelten Großmütter gingen in den Drohungen des Patriarchats unter.

Das Wort »Sünde« war in aller Munde.

Sündenliste. Der Weg der heiligen Nino

Ende der 80er war ich – objektiv betrachtet – frei von Sünde.

Meine Mutter, die versuchte, mich zu körperlicher Aktivität zu mobilisieren (mit Rugby und Skifahren hatte sie bei mir keinen Erfolg gehabt – ich ging hauptsächlich zu den Sitzungen der in der Klasse gegründeten »Nationalen Freiheitspartei« oder widmete mich dem Fernsehen, das während Gorbatschows »Reformen« wiederbelebt worden war), machte mit mir ein eigenartiges, sportlich-religiöses Experiment: Sie schickte mich für drei Tage auf den »Weg der heiligen Nino«, unter Aufsicht meiner vierzehn Jahre älteren Tante.

Einer neuen Tradition folgend, die der Katholikos, Georgiens Patriarch, unter den Reformbedingungen eingeführt hatte, sollten die Leute, sollte die ganze neue Kirchgemeinde, jenen Weg gehen, den die christliche Missionarin der Georgier, die heilige Nino, im vierten Jahrhundert gegangen sein soll, vom Parawani-See in die alte Hauptstadt Mzcheta.
Das war eine große Strecke, ein großes Spektakel und ein großes Abenteuer, das mir weder gefiel noch mich reizte, aber damals hatte ich offenbar noch keine Ambitionen, mich gegen meine Mutter aufzulehnen, und konnte mich daher der dreitägigen Expedition nicht entziehen, zumal sie mich bat, diesen Gang auf dem Weg der heiligen Nino als kulturell-erkenntnisbringenden Spaziergang anzusehen und keinesfalls als sportlich-religiösen (weil ich das Wort »Sport« hasste). Sie belog mich und gaukelte mir vor, ich müsste nicht viel wandern (dabei war das Wandern der eigentliche Sinn der Sache), und falls ich dennoch viel wandern müsste (die Großmütter ereiferten sich, das Kind habe Plattfüße, ihm würden die Füße wehtun), würden sie mich mit dem Auto des Beichtvaters meiner Tante zurückholen (»der Beichtvater meiner Tante« – diese Worte wirkten therapeutisch auf mich). Meine Mutter erwähnte meinen Mitschüler (kein Mitglied unserer schulischen »Nationalen Freiheitspartei«, aber den-

noch ein Klassenkamerad), der von seinem mit »Sünden beladenen« Vater auf den Weg der heiligen Nino mitgenommen worden war.
Aber es kam zur Katastrophe: Die Tante wandelte schon eine Woche lang auf dem Pfad, welchen die Heilige, zu der damaligen Zeit zwei Jahre älter als sie, gegangen war. Sie hatte sich unterwegs in Dorfschulen, Flüssen und Seen gewaschen (manchmal mit dem Wunsch oder Vorwand, sich erneut taufen zu lassen), aber dann hatte sie doch die Lust auf die heimische Dusche überkommen, sie hatte sich höflich bei ihrem Priester den Segen dafür geholt und war just in dem Moment nach Hause aufgebrochen, als ich mich – mich auf sie verlassend – zu ihr auf den Weg gemacht hatte.
Ich kam also an und kriegte zu hören: »Deine Tante ist fort. Hier ist nur die Kirchgemeinde.«
Ich war unter fremden Leuten und Geistlichen.
Natürlich weinte ich. Für meine elf Jahre unverhältnismäßig viel, und ich flehte den an, der mich hergebracht hatte (ebenjenen sündenbeladenen Vater meines Mitschülers), das Auto, mit dem wir gekommen waren, solle mich wieder mitnehmen, wenn es zurückführe. Es stellte sich aber heraus, dass dieses Auto (mitsamt seinem Fahrer) kein gewöhnliches Auto war, vielmehr musste es selbst eine Strecke auf dem Weg der heiligen Nino zurücklegen und würde erst dann zurückfahren (falls es den Segen bekäme, mit mir), wenn es mindestens um die zweihundert Kilometer zusammen mit den Betenden zurückgelegt hätte.
Aber wie sollte ich nun diese zweihundert Kilometer überleben und hinter mich bringen?
Das Angenehme war, dass alle mich beruhigten, auch mein Klassenkamerad, der mir unerwarteterweise gleich

mitgeteilt hatte, er faste schon seit einem Monat und sei – was die Hauptsache war – noch nicht einmal in die Versuchung gekommen zu masturbieren.
Ich hatte sowieso nicht vermutet, dass er das überhaupt machte, denn ich selbst war in dieser Hinsicht vollkommen frei von Sünde. Wir waren elf, zwölf und ich hatte leichte Zweifel: War bei ihm etwa schon die Pubertät ausgebrochen? Weil ich zeichnen konnte, hatten mich meine Klassenkameraden manchmal gebeten, ich solle »Sex malen«, aber wie hätte ich denn etwas malen sollen, was ich nicht kannte? Ich versuchte es ein paarmal, aber alle bemängelten die Unglaubwürdigkeit meiner Bilder.
Jedenfalls stellte sich heraus, dass mein Klassenkamerad schon seine erste Beichte abgelegt und dem Geistlichen von seiner Hauptsünde erzählt hatte. Er hatte doch nicht etwa gelogen?
Über mangelnde Fürsorge konnte ich mich zumindest nicht beklagen – es schienen alle auf meiner Seite zu sein. Ich aß Fladenbrot, Käse und Tomaten, zeichnete Karikaturen, die mir beruhigende Aufmerksamkeit verschafften, und lauschte den fürsorglichen und rührenden Worten Vater Dawits, des Oberpriesters, was sich therapeutisch auf mein Selbstwertgefühl auswirkte. Ich war froh, dass dieser Mann, der hier die oberste Autorität darstellte, ausgesprochen viel Anteilnahme daran zeigte, dass meine Tante und ich uns so katastrophal verpasst hatten.
Er machte mir Mut genug, dass ich auf die Idee kam, im leeren, akustisch reizvollen Lehrerzimmer der Dorfschule, die von den Pilgern provisorisch als Nachtlager genutzt wurde, so etwas wie eine Arie zu singen (aus dem kürzlich im Hof aufgeführten »Faust«). Ich fühlte mich in dieser Umgebung schließlich sicher und überwand die Angst

vor der Fremde, aber dass dies kein passender Ort für Unterhaltung war, darauf wies mich sofort ein junger rothaariger, unrasierter und pausbäckiger junger Mann hin (Vikarsanwärter nennt man solche Leute), indem er die Tür des Lehrerzimmers öffnete, mich aus trüben Augen anblickte und mit einer spröden, brüchigen Stimme einen Verweis aussprach, als wäre er gerade aufgewacht oder hätte lange nicht gesprochen: »Hier wird nicht gesungen, die Leute beten.«

Der rothaarige Mann (oder eher Junge, denn wie ein Erwachsener sah er nicht aus) hatte dunkle Augenringe, und man sah ihm an, dass er im Falle von Widerworten zu strengeren Ermahnungen fähig wäre. Genau wegen solchen »Fremden« wollte ich nicht bleiben. Scheinbar zurückhaltende, aber aggressive Unbekannte, die mich nicht zur Ruhe kommen ließen.

Natürlich verstummte ich sofort. Der Rothaarige schloss die Tür.

Jetzt war ich wieder unerträglich einsam und schutzlos und wollte deshalb nicht mehr im Lehrerzimmer bleiben, ich öffnete die Tür und ging auf den Flur. Überall lagen Rucksäcke herum. An der Wand lehnten, die Schuhe ausgezogen, in sich selbst versunkene oder einfach nur müde Leute.

Unweit der Schule standen Hütten, die Dorffrauen saßen an den Zäunen und schauten mit einem Lächeln, das Unbehagen ausdrückt, zu dem Priester, der neben einem verrosteten Fußballtorpfosten hockte. Der arrogante Tonfall des Priesters schien den Provinzialismus der Frauen zu unterstreichen, salopp, aber gleichzeitig von oben herab machte er ihnen Vorwürfe: »Nun, wie oft habt ihr wohl eine Abtreibung machen lassen, habt ihr mitgezählt? Zwanzigmal? Vierzigmal?«

Ich wusste schon, was dieses Wort bedeutete, und hielt am Pfosten inne.
»Was gibt es da zu lachen? Ich frage euch ernsthaft!«
Es war noch zur Zeit der Sowjetunion, die Dorffrauen wussten noch nicht, dass Priester solche Fragen zu stellen pflegten. Sie fürchteten sich noch nicht vor *deren* Gott, hielten sich die schwieligen Finger vor die zahnlosen oder goldzahnbestückten Münder und lachten: »Was der Irre uns für Sachen fragt!«
Der Priester war für sie ein Verrückter.
Aber auch der Priester lächelte – er sprach mit Dorffrauen und wusste, dass er es mit der ungebildeten Sowjetmasse zu tun hatte, noch dazu in der Provinz, in einem meßchischen Dorf; ein Priester zählte zur Elite. So sah er sich selbst, besonders ihnen gegenüber.
»Ihr denkt, Abtreibung ist kein Mord? Marx und Engels können euch dann nicht helfen. Nun, welche von euch ist kirchlich getraut worden? Wer nur standesamtlich getraut ist, wird nicht als Ehefrau gelten, wisst ihr das nicht? So bleibt der Beischlaf sündhaft. Was, ihr glaubt, ich denke mir das aus? Was lacht ihr? Du da, hast du einen Mann?«, fragte er eine von ihnen. Die Frau lachte, winkte ab: »Mensch, lass mich doch in Ruhe.«
»Sag, hast du einen oder nicht?«
»Hat sie, hat sie!«, antworteten die anderen. »Sie hat zwei große Söhne.«
»Hat sie kirchlich geheiratet? Wenn man nicht kirchlich getraut worden ist, dann ist es Hurerei und Schluss. Ich traue dich, wenn du's noch nicht bist.«
Die Frauen antworteten nicht mehr.
Schon zum zweiten Mal seit meiner Ankunft wurde ich Zeuge einer Geschlechterdiskussion: Erstens hatte mich mein Klassenkamerad wissen lassen, dass er einen Monat

»nichts Schlechtes« getan hatte, nun sagte dieser Priester den Dorffrauen, sie seien Sünderinnen, weil sie Kinder geboren hatten, ohne kirchlich getraut worden zu sein. Mir war nicht klar, wer über wen lachte – die Frauen über den Priester oder der Priester über die Frauen?

»Das ist euch doch klar, oder?« Der Priester schaute in meine Richtung und dachte wahrscheinlich, er hätte viel Publikum, aber weil er außer mir niemanden sah, sagte er nur: »Wie soll man diese Leute nur aufklären, wohin soll das noch führen?« Und den Frauen rief er noch nach: »Glaubt ihr wenigstens an Gott?«

Seine Frage wurde vom Wind fortgetragen.

Der Priester stand seufzend auf, obwohl er eigentlich zu jung zum Seufzen war.

Mein Klassenkamerad, sein sündenbeladener Vater und ich übernachteten nicht in der Dorfschule, sondern in einem Bauernhaus, in dem für Gäste vorgesehenen, besonders gepflegten ersten Stock.

Nahezu alle Häuser in georgischen Dörfern haben einen solchen besonderen ersten Stock: Die Bauern selbst schlafen unten in einem kellerlochartigen Halbgeschoss, doch jeder fühlt sich verpflichtet, den ersten Stock möglichst wie einen Schlosssaal auszustatten. Unabdingbare Bestandteile dieses ersten Stocks sind ein muffiger Geruch, ein hohes Bett mit durchgelegenen dicken Matratzen und Schlummerrolle, ein glänzendes Klavier (mit Puppen darauf), auf dem niemand jemals spielt, ein ausziehbarer Tisch und Schwarz-Weiß-Fotos von den toten Eltern (oder Großeltern) an der Wand. Die Toten schauen üblicherweise vorwurfsvoll und finster von der Wand auf einen herab: Denen gefällt es nicht, wenn sich jemand auch nur für einen Tag im ersten Stock einquartiert.

In diesem Haus übernachtete auch mein Beschützer, der Oberpriester Vater Dawit; wenn er zum Abort auf dem Hof ging, übergab er mir ein an einer dicken Kette hängendes Kreuz und nahm es erst zurück, wenn er danach die vom Wasser nassen Hände am Bart abgewischt hatte.
»Sorgst du dich?«, fragte er, wartete jedoch meine Antwort nicht ab, sondern fuhr fort: »Wir passen auf dich auf, keine Angst, du gehst nicht verloren.«
Ich sagte nichts, obwohl ich mir sehr wünschte, sie würden mir ein Auto organisieren und mich zurückbringen, nach Hause. Gut, dass ich nichts sagte, denn Vater Dawit teilte mir plötzlich eine wichtige Neuigkeit mit: »Morgen ist dein großer Tag, du sollst das Kreuz tragen und unserer Kirchgemeinde vorangehen.«
Ich sollte das Kreuz tragen?
Vater Dawit führte nicht näher aus, was er meinte, er ging zum Halbgeschoss, wo ihn ein Mädchenchor freudig erwartete.
»Vielleicht stellt er dich ganz vorn hin«, erklärte mir mein Klassenkamerad, »an die Spitze.«
Und tatsächlich, als sich die Menschen in Zehnergruppen zum Abmarsch bereit machten, überreichte mir Vater Dawit das ziemlich große hölzerne Andreaskreuz und sagte, ich solle langsamen Schrittes vorangehen.
»So wie du gehst, gehen auch wir«, sagte er.
Anscheinend gab es den Brauch, dass Kinder nach vorn gestellt wurden, auch wenn meine Mutter und meine Tante Vater Dawits Verhalten im Nachhinein mit seiner Beobachtungsgabe und seinen kinderpsychologischen Kenntnissen erklärten: Hätte er mich wie die anderen behandelt, hätte ich mich gelangweilt oder wäre müde geworden, so aber überwog die Begeisterung über die Verantwortung für das Kreuz.

Wie dem auch sei, mein Klassenkamerad hatte sich einen Monat lang zusammengerissen und keine Hand angelegt, und nun latschte er irgendwo hinten in der Masse mit, während mir die Ehre des Vorangehens zuteilwurde.
Es war unglaublich, aber mir folgten so viele Leute (den Weg wiesen mir natürlich die Priester, unter ihnen auch jener, der gestern die Dorffrauen belehren wollte), sogar der rothaarige Priesteranwärter, der mich im Lehrerzimmer wegen des Singens gerügt hatte. Nur wurde das Kreuz mit der Zeit ein bisschen schwer, und der Mönch hinter mir ermahnte mich ständig: »Halte es hoch, Junge, hoch. Dass es jeder sehen kann.« Ich begriff, dass Karikaturenzeichnen und lautes Singen völlig überflüssig gewesen waren, ich konnte anderweitig Aufmerksamkeit auf mich ziehen: Ich hatte das größte Kreuz und dachte, meine Eltern würden verblüfft sein, wenn sie davon erführen.
Das Kind trägt das Kreuz!
Den ganzen Weg hatte ich diese Vorstellung im Kopf, wie begeistert man in der Schule von meinem Auftritt sein würde, was die Mädchen aus der Klasse sagen würden, wie meiner superstrengen Deutschlehrerin der Mund offen stehen bliebe: »Wie, der hat mit dem Kreuz in der Hand das Heer der Gläubigen angeführt?!« Mit welchem Jubel mich die Leute in den nächstgelegenen Siedlungen, sagen wir, in Bordschomi, empfangen, wie mich unsere Führer der Nationalbewegung loben würden – Swiad Gamsachurdia und Merab Kostawa! Sicher hätte mich jener überhebliche Priester, der die Dorffrauen wegen der Abtreibungen beschämt hatte, aufgrund meiner hochmütigen Gedanken gescholten, aber eine Weile träumte ich davon, wie er zum Beispiel auf einer Demonstration einem als Nationalhelden geltenden Dissidenten bekannt

gab, wir trügen jetzt aufs Neue das Christentum nach Georgien. »Schauen Sie sich diesen Jungen mit dem Kreuz an!« Ich stellte mir vor, welche Ovationen seiner lauten Verkündung folgen würden. Wir würden uns mit der Demonstration zusammenschließen, ich würde an in Decken eingewickelten Hungerstreikenden vorbei die Stufen emporsteigen und mich mit meinem Kreuz neben die Fahnenträger stellen, meinen Blick über den Pöbel nach hinten zu den Mädchen aus meiner Klasse schweifen lassen, die verliebt von unten zu mir aufschauen würden. Ganz besonders die eine, die ich stumm fragen würde: »Bestimmt bereust du jetzt, dass du mich nicht zum Geburtstag eingeladen hast, stimmt's?«
Unterwegs tauften die Priester Leute im Mtkwari. In einem der Dörfer, schon kurz vor Bordschomi, hatten Mitglieder unserer Kirchgemeinde eine Diskussion mit irgendeinem bedeutenden Intellektuellen, und es fehlte nicht viel und ein beflissener Oberpriester hätte ihn geschnappt und mit Gewalt zum Fluss geschleppt. Der Heide stellte sich als Physiker heraus, der zusammen mit Frau und Kind in der Nähe von Bordschomi Urlaub machte. Mit ein wenig eigenartigem und blödem Trotz rief er, dass selbst wenn er an die Existenz von Göttern glauben würde, dann nur an die von altgeorgischen, und er behauptete allen Ernstes, das Bekenntnis zum Dali[1]-Kult sei wesentlich wichtiger für das Selbstverständnis der Georgier als der orthodoxe Glaube: »Gerade erwacht der Nationalismus in uns, und deshalb brauchen wir auch einen nationalen Glauben, das ist besser für unser Land!« Der Heide trug eine Brille mit dicken Gläsern (so eine, die jeder Durchschnittsphysiker Ende der Sowjet-80er hatte) und ein abgetragenes weißes Hemd, unter dem ein lumpiges ärmelloses Unterhemd zu erkennen war. Neben ihm

stand eine junge Frau, die Ehefrau, ein zwei- bis dreijähriges Kind auf dem Arm, die verängstigt den skandalösen, patriotischen Ausführungen ihres heidnischen Gatten lauschte. Die Frau merkte, dass ihr Mann möglicherweise bald Prügel beziehen würde.

»Wodurch sollte sich ein Georgier in der heutigen Welt von anderen Nationen abheben? Nur durch die Sprache? Die Schrift? Seine Traditionen?«, fragte der Heide den Oberpriester, der die Diskussion mit ihm vom Zaun gebrochen hatte. »Das reicht nicht. Die Georgier sollten ein vorzeigbares Pantheon der Götter haben, wie wir es schon mal hatten. Natürlich sollte es die Orthodoxie geben, aber warum nicht auch einen Dali-Tempel? Was ist falsch an Armasi[2] – und am Armasi-Kult?«

Der Heide spielte mit dem Feuer: Er diskutierte über den Armasi-Kult mit den Leuten, die einen Monat lang dem Weg jener Heiligen folgten, die ebendiesen Kult zerschlagen hatte.

»Er ist besessen«, sagte jemand.

»Das waren Götzen, sollen die Georgier etwa Satan preisen und ihrer eigenen Religion abschwören?«, schrie ihn der Oberpriester an.

»Man sollte preisen, wen man will, und Religionsfreiheit haben: Man kann in die Kirche gehen oder in die Armasi-Tempel. Für die Welt wäre das interessant zu sehen, sie würden sagen: Wie seltsam, diese historische Nation scheint einen eigenen alten Glauben zu haben.«

»Ist das Christentum etwa nicht alt?« Der Oberpriester ließ nicht locker.

»Lass ihn doch, der ist besessen«, sagten andere.

»Christen sind wir erst seit dem vierten Jahrhundert – genauer gesagt, ihr seid es.« Der Heide brachte den Oberpriester absichtlich zur Weißglut und maßregelte gleichzeitig seine Frau: »Warte, lass mich mit diesen Leuten reden, geht ihr schon mal heim, legt euch schlafen. Schaut mal, wie lange schon halten uns die Ausländer für Russen, fast zwei Jahrhunderte. Und viele wissen bis heute nicht, dass wir eine völlig andere Nation sind ... Wir und Russen! Auch die Sprache ist eine andere, die Schrift und die Kultur, kann dann nicht auch die Religion eine andere sein? Warum sollten wir Orthodoxe sein oder Katholiken, wenn wir den Amirani haben!«

»Ich werde dem eine Tracht Prügel verpassen«, murmelte ein Mann neben dem Oberpriester, die Frau fasste ihren Heiden bei der Hand und zog ihn wie ein kleines Kind in Richtung eines heruntergekommenen Landhauses, dabei fing das Kind an zu weinen, aber auch der Oberpriester gab auf, obwohl die Taufe seiner Meinung nach der Kulminationspunkt der Diskussion gewesen wäre.

Der heidnische Physiker war die Ausnahme, denn es wurden alle getauft, denen wir unterwegs begegneten, und deren Familienmitglieder gleich mit – meistens Kinder, Enkelkinder und wegen der Sowjetzeit ungetauft gebliebene Großeltern. Unser pflichtbewusster Oberpriester sagte: »Früher tauften die Eltern ihre Kinder, jetzt taufen die Kinder ihre Eltern.«

In Bordschomi sahen wir uns Tausenden Heiden gegenüber: Schullehrer, ehemalige Parteisekretäre, ehemalige Parteifunktionäre, ehemalige und immer noch aktive Oktoberrevolutionäre, Pioniere, Veteranen des Zweiten Weltkriegs, Helden der Arbeit, Dorfintelligenzler, Chauffeure und Ärzte ...

Sie ließen sich zu zehnt, ja zu Hunderten taufen. Sei es ein Bach, Wasserfall, Kanal oder Fluss, überall standen halb nackte Leute Schlange. Die Frauen gingen im Kleid ins Wasser, die Männer zogen sich ab der Taille aufwärts aus, krempelten die Hosenbeine hoch oder entkleideten sich komplett. Die Priester gingen bis zur Gürtellinie ins Wasser und tunkten (das Wort – tunken – mochten alle) die umstehenden Männer, Frauen und Kinder ohne Umschweife, gekonnt, eilig und irgendwie unfeierlich unter. Sie standen mit durchnässten, beschwerten Soutanen mitten im Wasser und wiederholten freudig, würdevoll und seufzend ein und dieselben Worte: »Im Namen des Vaters und des Sohnes und des Heiligen Geistes, amen!« Für viele war es noch ungewohnt, sich zu bekreuzigen, sie schienen sich unbehaglich zu fühlen, wussten nicht, wohin mit ihren Händen, hielten sie mal hoch oder legten sie auf die Brust und warteten geduldig, bis sie an der Reihe waren.

Ein allgemeiner Enthusiasmus griff um sich, in den Menschen erwachte ein neuartiger Instinkt. Es war, als wenn sie Teil von etwas Bedeutendem und Besserem würden. Die alten Frauen und Männer näherten sich jetzt schüchtern lächelnd den im Wasser stehenden starken Riesen mit den nassen Haaren und Bärten (als Täufer brauchte man offenbar eine Menge Kraft), die ihnen neue Bedeutsamkeit schenken sollten. Manche hielten die Taufe sogar für einen Teil von Gorbatschows Reformen und vermuteten, wer sich dem allgemeinen Enthusiasmus nicht anschließe, würde es im weiteren Leben schwer haben. Wer fürchtete, in der Minderheit zu sein, wollte jetzt auf der Seite der Mehrheit stehen, wo sich wiederum die wiederfanden, die jahrzehntelang gerade wegen ihrer Zugehörigkeit zur Kirche unterdrückt worden waren.

Es gab Leute, die ließen sich vier-, ja fünfmal taufen. Sie liefen mutig ins Wasser und baten die gleichen Priester um ein neuerliches Untertunken. Sie gingen in Gruppen, mit der Familie, ihren nackten Kindern, gebrechlichen

Rentnern und auch skeptischen Familienmitgliedern (meist Ehemänner, die von ihren Frauen genötigt worden waren). Selbst wenn einer nur mitgekommen war, um der Taufe eines Verwandten zuzusehen, wurde er nicht dem Heidentum überlassen – sein Kopf wurde garantiert ebenso untergetaucht.

In Mzcheta, in der Nähe von Swetizchoweli, fielen am allgemeinen Tauftag so viele Leute über den Mtkwari-Fluss und den Aragwi-Fluss her, dass im Wasser kein Platz mehr zum Stehen war.

Zum Taufen hatte man auch meinen Großvater mitgenommen, ein extrem passives Mitglied der Kommunistischen Partei und Direktor des wissenschaftlich-technischen Büros des Instituts für Arbeitsschutz, der noch einige Nachbarn mitbrachte. Sie ließen sich gemeinsam in den Fluten des Aragwi taufen.

Von meiner Taufe wusste ich nur aus Erzählungen, denn damals war ich noch kein Jahr alt, und mir hätte auch keiner davon erzählt, hätte nicht der Bart meines jungen Paten Feuer gefangen. Er war Maler, genauso wie mein Vater, und ein aufmüpfiger Student. Er war von der Kunstakademie geflogen, weil er in der Sioni-Kathedrale Messdiener gewesen war, und unheimlich erschrocken über den kleinen Brand (vielleicht dachte er, es seien vom Heiligen Geist gesandte Feuerzungen). Es war der Mann, der sechs Jahre nach meiner Taufe versuchte, ein Tu-134-Flugzeug aus der Sowjetunion zu entführen, und dabei unter ungeklärten Umständen tödlich verletzt wurde.

Jetzt jedoch, immer noch in der Nähe von Bordschomi, dort, wo der Mtkwari-Fluss flacher wurde und sich die Prozessionsteilnehmer zum zweiten, fünften oder zehnten Mal taufen ließen, fand auch ich mich unerwartet im Wasser wieder. »Komm herein, komm tiefer herein«, sagte

der nasse, pflichtbewusste Priester, ein Hüne mit zerzaustem Bart- und Kopfhaar. Ich, Enkel meiner Großmütter und ein anspruchsvolles und skeptisches Kind, ging sogar bis zur Hüfte hinein. Der Priester fackelte nicht lange, sobald ich bei ihm war, legte er die Hand auf meinen Kopf und drückte mich fast schon grob und beängstigend unter Wasser. Er tauchte mich, wartete einen Moment, sagte etwas (dasselbe, was er immer sagte), zog mich wieder hoch, tunkte mich noch tiefer und ließ mich noch ein bisschen länger unter Wasser; so lange, dass ich genug Zeit hatte, mich zu fürchten, und so kräftig, dass jeglicher Widerstand zwecklos war. Ich hatte ein seltsames Gefühl: Es war, als verlöre ich unter Wasser das Bewusstsein, für eine Sekunde, anderthalb Sekunden, und erst als ich wieder hochgezogen wurde, kehrte ich als höfliches, ruhiges Kind zum Ritual zurück. Diese neuerliche Taufe blieb mir in Erinnerung, weil ich schon groß war und kein einjähriges Kind wie bei meiner ersten Taufe 1977.
An ebenjenem Ufer des mit taufwilligen Leuten gefüllten Mtkwari stieß meine von meiner Pilgerreise und meinem Heldentum begeisterte Mutter zu uns, ebenso meine Tante und meine über deren Verantwortungslosigkeit verärgerte Großmutter (insgesamt war ich vierzig Kilometer mit dem Kreuz in der Hand gelaufen).
Da ich aber das Kreuz nicht aufgeben wollte, jedoch auch nicht mehr laufen konnte (»Das Kind hat Plattfüße, wollt ihr, dass es unterwegs zusammenbricht?«, hatte meine Großmutter verärgert gerufen), einigten wir uns letzten Endes auf einen Kompromiss: Vater Dawit erteilte mir großzügig die Erlaubnis, das Kreuz ein paar Tage später beim Einzug der Gläubigen in Mzcheta zu tragen, ich solle bis dahin nach Hause zurückkehren und darüber nachsinnen, welchen Weg ich zurückgelegt hatte.

Niemand strahlte in diesem Augenblick mehr Autorität für mich aus als dieser Mann.
Meine Mutter hatte sich zwar wirklich Sorgen gemacht, war aber trotzdem zufrieden mit ihrem Erfolg: Ich hatte für einige Tage nicht ferngesehen, war noch einmal getauft worden, hatte keine Angst gehabt, mit Kleidern ins Wasser zu gehen, hatte mich ein bisschen verändert (dachte sie zumindest) und ein teilweise sportliches, teilweise naturnahes (also männliches) Leben geführt.
»Wieder vorn zu gehen wäre wohl ein bisschen vermessen«, sagte sie, »lass uns einfach nach Mzcheta aufbrechen und ihrem Einzug zuschauen.«
Komisch, aber irgendwie wollte ich gar nicht mehr weg; in den anderthalb Tagen hatte ich mich an den Rhythmus und die Abläufe der langen Prozession gewöhnt, an die Taufen unterwegs, die Diskussionen, das Wohlwollen und die Begeisterung, die uns in den Dörfern entgegenschlugen, und, was die Hauptsache war, an das Gefühl der eigenen Wichtigkeit, mit dem ich nach Achaldaba kam. Ich hatte etwas erlebt, das mich zumindest ein wenig von meinem vorgestrigen Ich unterschied. Meine Tante und ich tauschten wieder – ich kehrte nach Hause zurück, sie zum Prozessionszug. Genauer gesagt, kehrte ich weniger nach Hause zurück als vielmehr zu jener Welt, die ich vor anderthalb Tagen verlassen hatte – zu denselben Stimmen, die der unter den Reformen wiederbelebte Fernseher von sich gab, demselben Geruch, der während des Sommers in den Wohnungen hängt. Drei Tage später, bevor ich darüber meine Reise vergessen konnte, folgte ich den (für unsere Familie typisch) enthusiastischen Frauen nach Mzcheta, wo die Prozession auf dem Weg der heiligen Nino im Hof des Nonnenklosters Samtawro enden sollte.

Der Mann, dessen Foto heutzutage religiöse Kalender, kirchliche Infostände und gläserne Spendenbüchsen von Klöstern oder verschiedenen Stiftungen in Supermärkten ziert, wohnte damals in einer Turmzelle neben Samtawro und verströmte Fischgeruch. Zumindest glaubte ich, dass es Fischgeruch war, weil er zwar kein Fleisch aß, aber Fisch liebte, in Wirklichkeit aber, so wurde mir gesagt, sei es ein »spezifischer Geruch« gewesen, wie ihn nur ein Einsiedlermönch, ein heiliger Narr, haben konnte.
Von ihm hieß es, er habe einst seinen sowjetischen Pass öffentlich verbrannt, Lenin – auch dies öffentlich! – als Satan bezeichnet und sei deswegen in die Psychiatrie eingewiesen worden. Der heilige Narr hatte zwei Särge gekauft – einen für sich, einen für seine betagte Mutter, er traute sich, alles zu sagen, und ungeachtet dessen, dass er manchmal unhöflich war und Leute beleidigte (zu einer Frau sagte er in meiner Gegenwart: »Verpiss dich, du Verführerin«), fanden ihn alle sympathisch. »Wie süß«, sagten sie und schlugen sogleich ein Kreuz, damit diese zärtliche Vertraulichkeit nicht als Sünde ausgelegt würde.
Als die Prozession der heiligen Nino dem Ende zuging und Vater Dawit mit der feierlichen Liturgie begann, sprang ausgerechnet jener Mann, der heilige Narr Gabriel, auf das Kirchenpodest, legte sich die riesigen Pranken auf die Brust und rief erst strahlend, dann erzürnt, der Teufel habe auf einem weißen Flügel gespielt und er, der Mönch, habe der Versuchung zu tanzen nicht widerstehen können.
»Er spielte und spielte, und ich konnte einfach nicht aufhören, ich, ein erwachsener Mann und Mönch, ich lachte und tanzte!«
Es schien, als habe keiner unten in der Menschenmenge erwartet, dass die Prozession solch einen Ausgang neh-

men würde, zumindest ich nicht, denn bis dahin war mir noch nie ein tanzender alter Mann untergekommen.

»Wo kommt ihr her? Welchen Weg seid ihr gegangen?« Der Mönch, der offenbar gar nicht so alt war, wie er aussah, lächelte aus dem zahnlosen Mund. »Wer seid ihr?«

Vater Dawit trat gehorsam beiseite und ließ wie ein schuldbewusster Schüler den Kopf hängen.

»Was hat mir der Teufel angetan, und was wird er euch wohl antun, ihr armen Sünder?«, schrie der Mönch und schwebte tanzend auf den Altarraum zu. »Er ist nicht schwach, nein, sehr stark ist er, wenn er mich tanzen ließ, mich, einen Mönch, was wollt ihr dann schon gegen ihn ausrichten?«

Vater Dawit versuchte ihn höflich und so gut er konnte zu beschwichtigen, obwohl der Besessene mit den Händen fuchtelte und so etwas wie ein Knurren von sich gab. Dann aber breitete er theatralisch die Arme aus und legte ihm den Kopf an die Brust, unter den Bart. »Heilige Nino«, sprach er, »heilige Nino«, wiederholte er noch zwei- oder dreimal und schlug ein Kreuz. »Noch ist sie nicht erschienen. Die ganze Nacht hat mich der Teufel tanzen lassen ...«

Der Mönch neigte betont demütig und verglichen mit seinem vorherigen Benehmen erstaunlich gehorsam vor Vater Dawit den Kopf.

»Gott segne euch«, sagte jemand hinter mir.

Diese Worte waren dermaßen unpassend, dass plötzlich von allen Seiten ein Zischen erklang:

»Pssssst ...«

Das war alles total interessant, zumindest interessanter, als ich gedacht hatte, aber ich wollte trotzdem weg von hier: Diese unbehagliche Atmosphäre, dieser lächerliche und beängstigende Narr, diese Menschenmassen ... Es gab

so viele Eindrücke, und ich konnte die Geschehnisse hier und auf dem Weg der heiligen Nino überhaupt nicht einordnen. War es wirklich erhebend und positiv, oder passierte hier etwas unerträglich Unnatürliches und Verstörendes um uns herum? Einerseits hatte es mir gefallen, das Kreuz des Apostels Andreas zu tragen und in meinen Träumen auf einer antisowjetischen Demo von Swiad Gamsachurdia oder Merab Kostawa gelobt zu werden, andererseits konnte ich den dummen Physiker nicht vergessen, den Heiden, und seine eingeschüchterte, bleiche Frau mit dem weinenden Kind auf dem Arm, die ihren diskussionsfreudigen Mann am Ende hilflos und verängstigt von der sie umringenden Menschenmenge weggezogen hatte.
Zum meinem Glück endete die Liturgie bald. Meine Mutter, Tante und andere Leute waren jedoch plötzlich der Ansicht, Vater Dawit könne es als Zeichen von Missachtung werten, wenn man ohne Beichte und Abendmahl gehen würde.
»Ist es verwerflich, keine Beichte abzulegen?«, fragte meine Mutter.

Auch ich sollte die Beichte ablegen – die erste Beichte meines Lebens, die der krönende Abschluss eines Marsches über Dutzende Kilometer sein würde, aber ich wusste wirklich nicht, was ich hätte sagen sollen, denn im Gegensatz zu meinem Klassenkameraden hielt ich mich für völlig frei von Sünde – das war ich tatsächlich – und ich hatte keine Vorstellung davon, was zur Hölle ich Vater Dawit auftischen sollte.
Sollte ich mir etwa ihm zuliebe Sünden ausdenken?
»Unmöglich, dass du keine Sünden hast«, sagte die Kommilitonin meiner Mutter, wie alle ihre Geschlechtsgenos-

sinnen unterschwellig verliebt in Vater Dawit, »horch in dich hinein!«
Ich wurde wütend, weil ich mich unter Druck gesetzt fühlte, ganz besonders von meiner Mutter, die so tat, als wäre sie auf meiner Seite, aber gleichzeitig dachte, es könne mir nicht schaden zu beichten. Und außerdem, so sagte sie, könne ich Vater Dawit damit eine Freude machen. Also musste ich mit diesem Mann über irgendetwas reden, damit er sich gebauchpinselt fühlen würde. Wie ich mich schämte, seine Zeit zu verschwenden und ihm irgendwelchen Unsinn aufzutischen: Ich hätte meine Mutter gekränkt, ein Mädchen zum Weinen gebracht, sei frech zu meinem Großvater gewesen ...
»Faulheit ist eine Sünde, zum Beispiel«, sagte eine Frau, die auf einem Stein saß und glasige Augen hatte. »Völlerei, Gefräßigkeit ...«
Sie zählte Wörter auf, deren Bedeutung ich nicht kannte. Ich war furchtbar verwirrt, weil ich krampfhaft versuchte, mich an Sünden zu erinnern (oder mir welche auszudenken), um einer Beichte würdig zu sein. Ich dachte, ich könnte einfach die Sünden eines anderen aufschreiben – zum Beispiel die meiner Großmutter, die als Kind Katzenbabys ertränkt hatte.
Der Vorschlag, die Sünden aufzulisten, machte die Sache nicht einfacher.
Generell waren damals viele bestrebt, den Geistlichen möglichst viel über ihr Privatleben zu erzählen (am meisten diejenigen, die in Wahrheit gar kein Privatleben hatten), die Leute füllten Seite für Seite mit winzigen, schiefen Buchstaben – sie schrieben und schrieben alle unmöglichen und möglichen Sünden auf, begangene oder nur imaginäre, angelastete oder echte.
Diejenigen, die so einen weiten Weg zurückgelegt und

sich jetzt zur abschließenden Liturgie zusammengefunden hatten, legten sich nun Büchlein auf die Knie und sinnierten fleißig über ihre Vergehen. Manche schrieben »Meine Sünden«, andere »Sündenliste«.

Meine Mutter wollte mir beim Schreiben meiner Sündenliste helfen, doch dann fiel mir gerade noch eine *echte* Sünde ein. Ich hatte mit dem neuen Videorekorder des Nachbarn einen Ausschnitt eines Pornofilms (über das zügellose Leben Katharinas II.) gesehen. Und so schrieb ich zwei Worte ordentlich auf das reine Blatt Papier:

Meine Sünden

Ich fügte eine Nummerierung hinzu:

1.
2.
3.

Dann bekam ich doch Skrupel, eine *echte* Sünde aufzuschreiben, zerknüllte das Blatt und wandte mich mit einer zurechtgelegten Bitte an Vater Dawit: »Vater Dawit, ich bin das erste Mal hier und bitte Euch um Hilfe.«

Das bedeutete, der müde Priester, der wahrscheinlich nicht einmal wusste, dass ich die Beichte nur als Zeichen der Wertschätzung ihm gegenüber ablegen wollte, musste sich nun Fragen einfallen lassen, die er einem sündigen Kind stellen konnte.

Vater Dawit saß mit gelangweilter Miene neben einer hohen Kommode und schien zu faul, um über meine Sünden nachzudenken.

Endlich überwand er sich und fragte: »Verärgerst du deine Eltern?«

»Ja«, erwiderte ich erfreut.
»Faulenzt du?«
»Ja.«
»Sagst du schlimme Wörter?«
»Ja.« (Dabei tat ich das gar nicht.)
»Hast du jemandem Kummer bereitet? Sagen wir, einem Freund?«
»Ja.«
»Wie?«
»Ja.«
»Wie, hab ich gefragt. Erzähl.«
»Ähm, nun ja ... Ich weiß nicht mehr ... Gleich fällt's mir wieder ein ...«
»Kommen dir manchmal schlechte Gedanken? Zum Beispiel über einen Menschen, der dich verärgert hat? Dass ihm etwas Schlimmes zustoßen sollte ...«
»Ja ...«
»... dass er sterben sollte, mal angenommen.«
»Ja ... Nein ... »
»Tja ...«, sagte er nachdenklich.
Irgendwie befürchtete ich, er würde mir jetzt die Frage stellen, mit der er meinen Klassenkameraden dazu gebracht hatte, seine Hauptsünde zu offenbaren. Und wenn er das täte, würden mir garantiert jene sündigen Gedanken in den Sinn kommen, die mir, seitdem ich die pikanten Episoden aus dem Leben Katharinas II. auf Video angeschaut hatte, nicht aus dem Kopf gingen.
Er fragte jedoch nichts dergleichen, sagte nur: »Möchtest du selbst nicht noch etwas hinzufügen?«
Was hätte ich hinzufügen sollen? Ich hatte mich in keiner Weise einer *solchen* Sünde (wenngleich ich immer noch so meine Zweifel hatte, dass mein Klassenkamerad sie wirklich begangen hatte) schuldig gemacht, an Katharina

jedoch wollte ich prinzipiell nicht erinnert werden. Ich weiß eigentlich nicht genau, warum ich Vater Dawit allen Ernstes entgegnete: »Ich habe furchtbare Angst vor Außerirdischen, alle sprechen davon, und ich möchte wissen, gibt es die nun wirklich oder nicht?«
Die Frage war so dermaßen idiotisch und nicht altersgemäß, dass Vater Dawit plötzlich aufhorchte, mich etwas verdutzt musterte (wahrscheinlich versuchte er mein Alter zu schätzen) und bedächtig, mit gesenkter Stimme stockend antwortete: »Weißt du, das musst du auf alle Fälle meiden, auf alle Fälle ...«
Was? *Die Außerirdischen oder die Gedanken an Außerirdische?*
Ich war verwirrt.
Ich kniete nieder, Vater Dawit legte die Hand auf meinen Kopf und las ein Gebet.
Ich fühlte, wie er in der Luft über meinem Kopf ein Kreuz schlug.

Schule. Der Zerfall der Sowjetunion

Es ist 1989, ich renne durch den staubigen Schulflur, eine Lehrkraft jagt mich und schreit mir nach, ich solle das Pionierhalstuch umbinden.
Die Lehrkraft atmet schwer – Kinder zu jagen und gleichzeitig anzuschreien macht ihr zu schaffen.
Die Sowjetunion liegt in den letzten Zügen, unsere Schule gilt im Vergleich mit neuartigen und sowjetischen Schulen als relativ liberal, die Pionierhalstücher verbrennen wir schon seit zwei Jahren öffentlich im Schulhof, unsere junge Lehrkraft verfällt in eine solche Hysterie, dass ein Infarkt nahe scheint.

Er brüllt über alle Flure, Klassenräume und alle fünf Etagen: »Bindet die Halstücher um, oder es rollen Köpfe!« Wir aber – die Anführer der örtlichen Nationalbewegung und der »Nationalen Freiheitspartei« – rennen verängstigt herum und sind verwundert, dass uns unsere Lehrkraft, wo niemand die sowjetischen Gesetze befolgt, hartnäckig bittet, das rote Halstuch zu tragen!
Dieser Mann ist ein Despot, ich habe mit meinen eigenen Augen gesehen, wie er einen Klassenkameraden um den Trinkbrunnen jagte. Von seinem Gebrüll gefriert uns das Blut, er ist der letzte Mensch, der bis zum Sanktnimmerleinstag schreien wird: »Ohne Halstuch ist *nicht erlaubt*!« Wie peinlich wäre es, wenn er einen von uns Parteiführern erwischen und wie jenes arme Kind vor dem Schulgebäude herumjagen würde! Ich bin der Vizepräsident, vor mir rennt mein Präsident – Klassenkamerad und Dichter –, mein Namensvetter. Wenn dieser Mann uns einholt und einem von uns einen Fußtritt verpasst, müssen wir die Partei auflösen.
Was juckt uns das verwirrte, brüllende Sowjet-Überbleibsel, was ist nicht erlaubt? Was ist *nicht erlaubt*, Herr Dimitri, Sie pseudomodernisierte, pseudomoderne Lehrkraft? Haben Sie Angst, Ihren Posten zu verlieren? Wozu Halstücher, wenn schon *alles erlaubt* ist?! Die Sowjetunion zerfällt, die Zeitungen drucken unzensierte Skandalnachrichten. Verbotene historische Fakten nehmen wir so auf, als ginge es um unsere Gegenwart: Lenin hat Syphilis gehabt, Stalin hat Hitler geheime Informationen verraten, Gorbatschows Frau Raissa heißt in Wirklichkeit Rebekka, Breschnew lässt sich von der Wunderheilerin Dschuna kurieren, seine bulgarische Wahrsagerin Wanga hat ihm vor zehn Jahren den Zerfall des Imperiums vorausgesagt, die Bolschewiken haben mehr als zwanzig Mil-

lionen Menschen erschossen, während der Verlesung des Vertrages zum Anschluss Georgiens an Russland sind die georgischen Adligen in der Sioni-Kathedrale eingeschlossen worden, der ehemalige Generalsekretär Andropow ist in Wirklichkeit der amerikanische Musiker Glenn Miller gewesen ...

Auf drei Fernsehsendern (von denen nur ein einziger einheimisch ist – der Erste Kanal Sowjetgeorgiens) laufen neue Sendungen, wir sehen zum ersten Mal Filme aus dem Horror- und dem seichten Erotikgenre im Fernsehen: Im ersten Fall zersägt eine Frau einen maskierten Mann, im zweiten Fall kniet eine Frau vor einem Mann, öffnet seine Hose und ... Und ich bin nicht nur vom unerwarteten Inhalt der Sendungen, sondern auch vom Wandel der Zeiten schockiert und höre nebenbei meinen gebannten Vater sagen: »Au Mann, die sind ja völlig verrückt geworden.«

Meine Großmutter steht mit der Antenne in der Hand beim alten Fernseher und versucht, das flimmernde Bild in den Griff zu kriegen, sie kann die Antenne kaum still halten und schaut auf einem Bein stehend zum Fernseher, aber das Bild ist trotzdem gestört, und sie drischt erbarmungslos und schimpfend auf den Fernseher ein. Es ist ein Paradoxon: Der Schlag bringt den Fernseher zur Besinnung, das Bild wird deutlich.

Der Zerfall der Sowjetunion wird durchs Fernsehen beschleunigt: *Alle reden.* Alle reden über alles. *Alles ist erlaubt*, liebe Lehrkraft, du Speichellecker und überflüssiges Überbleibsel, wozu Pionierhalstücher? Die Leute setzen Naturgesetze außer Kraft. Wir, Parteiangehörige und Parteilose, sitzen vor dem Fernsehbildschirm und schauen uns an, wie der Wunderheiler Longo eine Leiche zum Leben zu erwecken versucht: Es ist die Nachtausgabe der Nachrichten, alles spielt sich in einem Leichenschauhaus in Moskau ab, der Tote liegt auf einer Bahre, am Kopfende steht der Wunderheiler Longo und streckt die Hände nach ihm aus, an der Wand stehen die eingeschüchterten Pathologen. Longo wedelt mit den Händen, schnauft laut (seinem Schnaufen lauschen mit angehaltenem Atem zweihundertfünfzig Millionen Sowjetbürger), geht immer näher an den Verstorbenen heran ... Und plötzlich – es ist unglaublich! – (»Er ist auferstanden«, sagt mein Vater, eher wütend als erstaunt, »die machen die Leute verrückt«) –, hebt auch die Leiche die Hände, richtet sich auf ... Den Pathologen rutscht das Herz in die Hose. Gibt es etwa die Auferstehung von den Toten? In der Sowjetunion, während der letzten Regierungsjahre Michail Gorbatschows werden die Toten wieder zum Leben erweckt. Longo erhält Briefe: »Lassen Sie Nikolaus II. wiederauferstehen«, »Erwecken Sie Stalin wieder zum Leben, er wird die Ordnung wiederherstellen ...«

An die Psyche der Kinder denkt keiner; als die Sowjetunion ihrem Ende zugeht, schreibt uns niemand vor, wir sollen nicht mehr fernsehen, pünktlich schlafen gehen, zeitig aufstehen, denn jetzt ist es unmöglich, nicht fernzusehen. Vor nicht allzu langer Zeit gab es Filme aus dem Westen nur einmal pro Woche zu sehen, samstags, in der Sendung »Illusion«, und die schönsten und neuesten nur am Vorweihnachtsabend oder zu Ostern, damit die Leute nicht in die Kirche strömten, wie es schon populär geworden war. Man war in der Zwickmühle: Geh ich zum Gottesdienst, oder schau ich »Illusion«? Geh ich in die Kirche, oder entscheide ich mich für den (zensierten) »Paten«? Damals entschieden sich viele gegen die »Illusion«, fühlten sich nicht mehr verpflichtet, zum achtzehnten Mal »My Fair Lady« anzuschauen, und gingen, zum Leidwesen des Kremls, zu Ehren des Gottes der orthodoxen Georgier in eine funktionstüchtige Kathedrale und schlossen sich auf diese Art der Nationalbewegung an. Die wichtigste und verlockendste Sendung war »Video-Video«, in der die Leute erstmals den »Killer-Cyborg« und die Abenteuer des Muskelprotzes Rambo zu sehen bekamen. Das war das letzte Lockmittel der sterbenden kommunistischen Regierung, das ZK versuchte die Leute mithilfe des Fernsehgottes von den Kirchen wegzulocken, aber zu spät: Uns hielt schon nichts mehr zu Hause, weder ein »Rambo« noch ein teuflisch erscheinender »Jesus von Nazareth« konnte die Demonstrationen verhindern. Welches Elternteil hätte es gewagt, uns zum Schlafengehen zu ermahnen? Was wäre gewesen, wenn man uns nicht die Freiheit gegeben hätte, so viele neue Dinge zu sehen?

In der Schule verfolgt uns die Lehrkraft, auferstanden wie jene Leiche, und versucht vergeblich, uns zum Umbinden des Halstuchs zu zwingen, nur weiß er selbst nicht, welche Gesetze er durchsetzen will. Wer zu Hause ist, sitzt immer noch vorm Fernseher und lauscht den Befehlen eines auf dem Bildschirm leuchtenden, gewaltigen rundköpfigen Mannes und einzigartigen Wunderheilers: »Ich zähle bis zehn, und euch wird Müdigkeit überkommen.«

Auf dieses Gesicht warten freudig erregt die Kranken (in der Sowjetunion ist jeder krank); die Sendung dieses Mannes läuft zur sowjetischen Primetime – nach der Hauptnachrichtensendung »Wremja«. Die Sendezeit ist einzig seinem Wassermelonenkopf und seinen wie vor Ekel verzogenen Lippen gewidmet. In den tristen Wohnungen beginnt eine tolle Zeremonie: Fünfzig Frauen und

Männer fortgeschrittenen Alters, die einen magischen Wunderheiler sehen möchten, nehmen freudig ihre Plätze ein. Diesen Minuten haben sie den ganzen Tag über entgegengefiebert, und nun setzen sie ihre schmerzenden Organe dem neuen Tele-Heiler aus: Magen-Darm, Herz-Kreislauf, Gelenke …

Im Gegensatz zu Longo besteht die Mission des Melonenkopfes nicht in der Auferweckung der Toten zum Leben, sondern in der Heilung lebender Toter. Sieh an, der taucht auch auf – mit an der Stirn zerzaustem kastanienbraunen Haar (»Färbt er das?«, fragt jemand) und mit von fettiger Salbe gelblich glänzenden Wangen. Der Wunderheiler gibt uns auf Russisch zu verstehen, dass er bis zehn zähle und alle in einen heilenden Schlaf fallen würden, und dieser Schlaf sei rein und habe heilende Eigenschaften.

Er zählt langsam, in einem gebieterischen, ruhigen Bariton: »Die Augen werden kleiner … vier, fünf …« Einige sind schon eingenickt. Ruhiges Schnaufen. »Neun, zehn …« Totale Hypnose: in den Nacken gesunkene Köpfe, offene Münder, ein paar Tropfen Speichel, albtraumfreies Schnarchen. Den ganzen Tag über warten sie freudig schwatzend und denken darüber nach, wo sie den charismatischen Bis-Zehn-Zähler hören sollen (ein Ritual ist ebenfalls, zu überlegen, bei welchem Nachbarn während der Wunderheiler-Sendung geschlafen wird), er ist noch nicht mal bis zehn gekommen, und schon schlummern alle. Das millionenfache Zuschauerglück währt nur wenige Sekunden.

Wie prämortalen Auswurf spuckt die Sowjetunion Zauberer aus, Leute, die Außerirdische gesehen haben, und ebenso Leute, die mit den Seelen der Toten sprechen können. Jemand tritt im Fernsehen auf und erzählt entweder, er habe einen Außerirdischen beim Schildkrötensee ge-

sehen oder eine herumspazierende Seele auf dem Plechanow-Prospekt. Auf einer Demonstration heißt es: »Freunde, der KGB hat seine Wunderheiler und vom Teufel Besessenen ausgesandt, um uns einzuschüchtern. Aber wir haben keine Angst, ihre Hypnose wirkt auf uns nicht mehr!«
Wie sollen die Wunderheiler denn wirken? Sollen sie die Bürger von den Demonstrationen nach Hause zerren? Sollen die Zaubermitarbeiter des Geheimdienstes den Zerfallsprozess der Sowjetunion aufhalten?
Das sind ernste Angelegenheiten, darüber witzelt keiner. Nicht umsonst waren mir bei Vater Dawit die Außerirdischen eingefallen: Vor Außerirdischen habe ich Angst. In der Schule bin ich zwar Vizepräsident der »Nationalen Freiheitspartei«, aber, so oder so, nächstes Jahr werde ich zwölf, und deshalb beunruhigt mich vieles, unter anderem auch dieser Mann, der pathologisch brüllende Herr Dimitri, der uns jetzt schlagen möchte und einer wandelnden Leiche gleicht. Jener Leiche, die vor einigen Tagen bei »Wremja« auferstanden war.
Die Lehrerschaft, Intelligenzlerschaft, Professoren- und Lehrerschaft, Wissenschaftler- und Künstlerschaft und alle anderen Körperschaften in der Georgischen Sozialistischen Sowjetrepublik ermahnen die Bürger, sie sollen zu Hause bleiben und nicht durch die Straßen streifen. Das Zentralkomitee warnt uns, die sowjetische Miliz warnt uns, die Sicherheitsorgane warnen uns: Es wird eine Tragödie passieren!
Wir gehen in eine deutsche Schule, unsere Schule ist nicht wie andere Schulen – hier wird »Deutsch – intensiv« gelehrt (obwohl der Lerneffekt eigenartig ausfällt: Wir können keinen einzigen zusammenhängenden deutschen Satz sprechen). Wir haben junge (unsowjetische) Lehrer, keine Lenin-Porträts an den Wänden, nur welche von

Goethe, Schiller und Wolfgang Borchert (dem Lieblingsdichter unseres Direktors). Wir haben kein Parteikomitee, keine »Rote Ecke« der Komsomolzen (eine Art Sowjet-Kapelle, die es fast in jeder Schule außer in unserer gibt), an den Wänden der Klassenzimmer hängen quietschbunte Plakate und Kalender aus der DDR, keine sowjetischen Losungen wie »Ehre der Arbeit« und »Ehre der Kommunistischen Partei«. Stattdessen an allen Wänden die bunte Aufschrift: *Deutsch – intensiv*. Das Einzige, was unsere Schule mit den sowjetischen gemeinsam hat, ist ein grimmiger Wachmann und die mit einem Schlüssel abgeschlossenen Toiletten. Es war eine ziemlich große Summe dafür ausgegeben worden, dass stabile (DDR-)Klobecken angeschafft werden konnten, deshalb darf niemand ins Bad, damit die Klo- und Waschbecken ihr unbeflecktes Aussehen behalten. Das Betreten der Toilette durch Schüler kommt deren Verschmutzung gleich: Sie werden sich auf das Klobecken stellen, wer heranreicht, wird ins Waschbecken pinkeln, die Wände werden mit anzüglichen Schmierereien verziert werden (zum Beispiel mit der georgischen Drei-Buchstaben-Bezeichnung für Penis), deshalb liegen die Toilettenschlüssel vermutlich bei der Lehrkraft oder dem Verwaltungsleiter in der Schublade, und außer ihnen wird keiner je erfahren, wer wo pinkelt. Unangenehm wird es nur dann, wenn Nullt- und Erstklässler pinkeln müssen. Die Kinder zappeln, zerren an der Hand der Lehrerin und schreien: »Frau Lehrerin, Frau Lehrerin, ich muss mal klein« (keiner sagt, wenn er groß muss, groß zu müssen ist peinlich). Aber die Lehrerin stellt sich taub, tut so, als höre sie nichts, denn sie hat keine Ahnung, wo ein Erstklässler klein machen soll (den Nulltklässler lässt eine tüchtige Erzieherin letztendlich zum Fenster hinauspinkeln), deshalb versuchen die Schüler es sich entweder zu verkneifen oder sind gezwungen, sich in den Pausen ein sicheres, verschwiegenes Plätzchen zu suchen.

Die Umgebung der Toilette ist ein konfliktreicher Ort. Genau dort, zwischen Lehrerzimmer und Toilette, streitet jetzt die Lehrkraft mit unserer dreiundzwanzigjährigen Erzieherin, die wir damals für sehr alt hielten. Diesmal ist aber nicht der Gang zur Toilette das Streitthema, sondern der zur Demo. Es kursiert das Gerücht, die Lehrkraft habe unsere Lehrerin beleidigt, angebrüllt und zum Weinen gebracht. Wir, die Klassen 7a, b und c, gehen schon seit mehr als zwei Wochen mit unserer Erzieherin zu den Demos, unser Mitschüler, der junge Dichter und Präsident der »Nationalen Freiheitspartei«, versucht jedes Mal, sich zwischen Swiad Gamsachurdia und Merab Kostawa zu postieren, er reicht den Nationalhelden bis zur Hüfte. Danach wiederholt er auf der Schultreppe die Parolen, die er vor dem Regierungsgebäude aufgeschnappt hat: »Boykott den Sowjetwahlen!«, »Lasst uns öffentlich die Pionierhalstücher verbrennen!«

»Wenn ihr das tut, dann breche ich euch die Hände!«, ruft die Lehrkraft, von deren Sorte eine zur gleichen Zeit wahrscheinlich, sagen wir, litauischen, aserbaidschanischen, ukrainischen und russischen Sechst-, Siebtklässlern hinterherrennt, weil das riesige Land überall *gleichartig* und gleichzeitig zerfällt. Die Lehrkräfte schreien auf verschiedenen Sprachen die gleichen Worte: »Bindet die Halstücher um, sonst brechen wir euch die Hände!«, und millionenfach rennen Kinder verschiedener Nationalitäten, Sprachen, Länder und Vergangenheiten durch die nach Sägemehl riechenden sowjetischen Schulflure – sei es in Tbilissi, Vilnius, Baku, Moskau, denn der Aufruhr ist überall in der Sowjetunion gleich. Millionen Kinder schauen ein und denselben Trickfilm – die unermüdliche Jagd des Wolfes nach dem Hasen. Die Trickfilmmusik kennen Millionen Kinder und werden sie immer wiedererkennen – auch in der Zukunft, wenn die Sowjetunion nicht mehr existiert und die Millionen keine gemeinsame Gegenwart mehr haben.

Jetzt rennen wir vor unserer Gleichartigkeit, den gemeinsamen Gewohnheiten und Regeln davon. Wir rennen vor der Anweisung davon, die in Millionen Schulkindern Hass gegen ihre eigene Notdurft aufkommen lässt (bzw. gegen die Streichholzschachtel, die warm von den zu analysierenden Substanzen darin zur Stuhlprobe dient); wir rennen vor der Anweisung davon, uns allesamt in der ganzen Sowjetunion zweimal im Jahr auf Kopfläuse untersuchen zu lassen, vor der Anweisung, plötzlich in ein komisches Krankenhaus gebracht und von einem Arzt mit Gummihandschuhen an den angstvoll zusammengezogenen Eiern betatscht zu werden – offenbar mit dem Ziel, bei niemandem etwas rachitisch nach oben oder unten Gekrümmtes durchgehen zu lassen (einer meiner Mitschüler musste bis zum Nachmittag bleiben, woraufhin irgendjemand aus der Elternschaft verbreitete, das Kind habe offenbar nur ein Ei).

Die Lehrkraft schreit unsere Erzieherin an: »Schulausfall ist nicht erlaubt, es ist nicht erlaubt, diese Nichtsnutze zur Demonstration mitzunehmen, sehen Sie denn nicht, was draußen passiert?! Es ist nicht erlaubt, die Eltern zu belügen – die Eltern schicken die Kinder zur Schule und nicht auf Demos!«

Lüge! Sogar die Eltern gehen zu Demonstrationen! Die Eltern nehmen uns mit, jetzt ist es nämlich wichtiger, auf Demos zu gehen als auf den Weg der heiligen Nino – es gibt keinen besseren Treffpunkt. Hier geht es uns besser,

und wir können mehr bewegen als auf dem Weg der heiligen Nino.
Die Lehrkraft wird hysterisch: »In der Stadt sind Panzer, die Armee ist einmarschiert, das ist der falsche Zeitpunkt für Provokationen, bindet die Halstücher um, stachelt nicht alle auf! Wollt ihr, dass die Schule mit Panzern eingenommen wird?«
Offenbar macht er sich Sorgen um uns. Demnach rennt er uns nicht wütend, sondern beunruhigt nach.
Er hat recht: Auf den Straßen in der Nähe des Regierungsgebäudes stehen Panzer und behelmte Sowjetsoldaten. Die Soldaten sprechen kein Georgisch (georgisch ist nur die Miliz), es kommt uns vor, als läge den Soldaten eine eigenartige, grünliche Farbe auf dem Gesicht. Manche behaupten: »Man flößt denen irgendwas ein, die sind unter Hypnose.« Wieder *Hypnose*. In der Stadt steht eine fremde Armee.
Am neunten April telefoniere ich meinen Eltern hinterher und finde meine Mutter letztendlich bei einem Freund zu Hause: »Wo bist du? Verbringst du die Nacht dort? Kommst du nicht heim?« Sie waren auf einer Demo gewesen, hatten aber keinen Platz zum Stehen gefunden und waren zu einem Freund gegangen. Platzmangel hatte ihnen das Leben gerettet: Am neunten April, in der Morgendämmerung, startet die Sowjetarmee einen Angriff auf die Demonstration, sie töten die Menschen mit Spaten und Giftgas. Das jüngste Todesopfer ist ein sechzehnjähriges Mädchen, das älteste – eine siebzigjährige Frau. Insgesamt einundzwanzig Tote.
Der neunte April ist eine unserer »Urängste«: Im Fernsehen werden verstümmelte Leichen gezeigt, um die Psyche der Kinder macht sich niemand Gedanken, in Tbilissi wird die Sperrstunde verkündet, ab und zu fährt irgend-

jemand mit dem Auto vorbei und schreit verzweifelt: »Die Panzer kommen!«, die Sowjetsoldaten töten einen jungen Mann wegen Verstoßes gegen die Sperrstunde – er wird von einer Kugel in den Hinterkopf getroffen, russische Panzer werden von den Balkonen der Hochhäuser mit Kartoffeln, Äpfeln und Tomaten beworfen. Die Soldaten schauen von unten auf die Hochhäuser, wollen sehen, wer die Kartoffeln wirft, vielleicht können sie den Fenstern mit Kugeln Angst einjagen, die Kartoffelwerfer verstecken sich hinter den Balkonen. Diesmal töten die Soldaten niemanden – sie gehen weiter, schwarz gekleidete Frauen vor der Tür des alten Patriarchats kreischen: »Sie bringen uns wieder um, wieder werden hundert Georgier in den Himmel kommen!« Ich habe Angst und schlafe bei meinen Großeltern im Bett, Großvater versucht die ganze Nacht, die »Stimme Amerikas« mit seinem Radio zu empfangen. Die »Stimme Amerikas« verkündet uns unter Rauschen und Lärm die Geschehnisse in unserer Stadt: »Einundzwanzig Menschen – Frauen und Kinder – fielen mit Spaten und Giftgas bewaffneten Sowjetsoldaten zum Opfer. Die offizielle Presse schweigt. Die Zeitung ›Kommunist‹ schreibt, in der Sozialistischen Republik Georgien gebe es einen Arbeiterstreik.« Gorbatschow entsendet seinen Außenminister Eduard Schewardnadse in die trauernde Republik, und auch der trauert, als er auftritt: »Ich habe geweint, alle weinten.« Alle fragen sich, wer den Befehl zum Angriff auf die Demonstration erteilt hat. *Wenn alle weinen, wer hat dann gemordet?* Der Staatspräsident der UdSSR, Michail Gorbatschow, erhält den Friedensnobelpreis.

»Russland«, sagen alle, »Russland mordet«, denn Russland ist in Georgien das Synonym für eine Naturkatastrophe. Russland bedeutet Gefahr. Dieses Wort klingt mir seit

meiner Kindheit in den Ohren, wenn jemand, meinetwegen meine Großmutter, nach dem Grund für eine heimtückische oder schwere, unerwartete oder voraussehbare, kleine oder große Tragödie sucht: »Das war von Russland geplant, da hat Russland die Hände im Spiel, das trägt die Handschrift Russlands.« Russland ist direkt oder indirekt verantwortlich für das Unglück Georgiens, Russland ist die gekränkte böse Stiefmutter, in Russland gibt es seismologische Stationen, die künstliche Erdbeben erzeugen, ein russischer Soldat hat keine Moral – er mordet, plündert und vergewaltigt. Russland ist ein Mörder.
Die Lehrkraft rennt mir und meinen Klassenkameraden mit der Angst vor Russland hinterher: »Bindet die Halstücher um, wollt ihr, dass die Panzer vor unserer Schule stehen?«
Diesmal kommt niemand. Im Gegenteil, *sie gehen.*
Nach dem neunten April wird alles anders. Das Lenin-Denkmal wird vom zentralen Platz entfernt: Die Beine zerschlagen, stürzt Lenin glatzkopfüber zu Boden. Alle anderen Lenins werden zerstört und zerschlagen, auch der vor dem Gebäude des Zentralkomitees – eine hockende Skulptur mit Mantel um die Schultern und großer gelber Birne, über die gewitzelt wird: Lenin auf dem Klo.
Jetzt sind *alle* auf den Demonstrationen. Wenn uns die Lehrkraft wieder hinterherrennt, dann mit diesen Worten: »Warum geht ihr nicht zur Demo?«
Die orthodoxe Kirche bekommt Dutzende neue Heilige: Nicht ausgeschlossen, dass jemandes Urgroßvater plötzlich zum Heiligen wird.
Waren uns vor dem neunten April in der Osternacht noch Filme gezeigt worden, mit denen die Leute zu Hause gehalten werden sollten, so wird jetzt fast wöchentlich das Neue Testament in Farbe auf den Bildschirm gebracht.

Ob man zu Hause bleibt oder rausgeht – aus allen Ecken ertönt Kirchengesang (aus Fernsehern oder Propaganda-Radios), die Prospekte werden nach Märtyrern und Königen benannt – der nach dem Marxisten Plechanow benannte Prospekt bekommt den Namen Dawits des Erbauers; Lenin-Straßen werden in Georgien jetzt in Rustaweli-Straßen umbenannt. Ehemalige Kommunisten verbrennen ihre Parteibücher öffentlich oder werfen sie weg (oder behaupten, dass sie sie verbrennen oder wegwerfen). Vorsichtigere Leute trauen sich vorerst nicht, die Lenin-Porträts in den Büros gegen Ikonen des heiligen Ilia oder des heiligen Georg auszutauschen, und wählen deshalb das Kompromissmodell: Lenin wird einstweilen neben den Porträts der Nationalhelden stehen gelassen. Manche sind mutiger und tauschen schon 1990 (als die Sowjetunion formell noch existiert) Lenin geradewegs gegen Bilder von Swiad Gamsachurdia, den Vorsitzenden des obersten Sowjets, aus, die ihn mit erhobener Faust zeigen.
Ein aufgeregter grauhaariger Dichter steht auf der Tribüne, öffnet seine Hemdknöpfe und reckt dem Publikum ein riesiges Holzkreuz entgegen: »Dieses Kreuz hat mir der Patriarch geschenkt«, sagt er, »ich werde es niemals abnehmen, aber ich habe mein Parteibuch in der Tasche und auch dieses werde ich niemals ablegen, beides habe ich bei mir, denn beides gehört mir und macht mich stolz ...«
Ihm ist noch nicht klar, was er überwinden soll – Kreuz oder Parteibuch.
Bei einer Rede gibt es Probleme: Der Präsident der Akademie der Wissenschaften möchte den Mitarbeitern gern zu Ostern gratulieren, doch er ist in den letzten Minuten verwirrt, und ihm entfährt eine stilistisch und historisch

fragwürdige Phrase: »Ich gratuliere euch zur Auferstehung des Herrn Jesu, Genossen.«
Der orthodoxe Patriarch denkt sich neue Namen für die getauften Kommunisten aus. »Mit neuem Namen in ein neues Leben.«
Bis zum Zerfall der Sowjetunion bleiben ein paar Monate. Schon ist allen alles erlaubt.

Das erste Jahr der Unabhängigkeit. Präsidenten

1990 begann ich auf einmal mit der Stimme des ehemaligen Sekretärs des Zentralkomitees Georgiens und sowjetischen Außenministers Eduard Schewardnadse zu sprechen.
Eines schönen Tages gab ich einige für ihn typische Phrasen mit verblüffend ähnlicher Tonlage von mir und krümmte den Daumen genau so, wie er es immer tat.
Danach, als ich annahm, ich spräche wieder mit meiner eigenen Stimme, erhielt ich plötzlich ein Kompliment von meinem Zuhörer: »Verblüffende Ähnlichkeit! Los, sag noch was!« Wegen meiner (und *seiner*) Stimme wurden meine Eltern mit mir zusammen auf Geburtstage eingeladen und vereinbarten im Voraus, dass ich mit meiner »berühmten Stimme« sprechen würde. Ein Verwandter, der zu Zeiten Eduard Schewardnadses als Sekretär des Zentralkomitees fünfzehn Jahre im Gefängnis gesessen hatte, setzte sich gleich bei seiner Entlassung mit meiner Großmutter in Verbindung und bat sie, zusammen mit der ihm verhassten berühmten Stimme zu einer Fete anlässlich seiner Freilassung aus dem Gefängnis gehen zu dürfen. Der Exhäftling (der sich wegen im Straflager üblicher

Foltermethoden ein für alle Mal abgewöhnt hatte, im dunklen Zimmer zu schlafen – es musste immer eine Glühlampe brennen) flüsterte mir den ganzen Abend ein und dasselbe zu, ich sollte mit jener Stimme jene Worte sagen, die für einen kommunistischen Regierungschef völlig unpassend waren: »Hoch lebe die Unabhängigkeit Georgiens, nieder mit der Sowjetunion, Gorbatschow hat ein Muttermal auf dem Kopf, du musst auf mich spucken, das habe ich verdient.«

Ich habe völlig verdrängt, warum ich mit dieser dermaßen angesagten Stimme und Mimik auf der Bühne eines Saals mit zweitausend Leuten landete. Vielleicht hätte Eduard Schewardnadse einen Volksschauspieler aus mir gemacht, wenn meine Eltern nicht protestiert hätten, vor allem mein Vater, der mir mit Herrn Macharadse kam, ein Idol jener Imitatoren der Epoche, die sich eher durch Zurückhaltung hervortaten. Macharadse wage es im Gegensatz zu mir noch nicht, Eduard Schewardnadse zu imitieren, »wenn überhaupt, dann äfft er Gorbatschow, dessen Frau, die hiesigen führenden Persönlichkeiten und die Vertreter der Intelligenzija nach«, gab mein Vater zu bedenken. Meine Großmutter war wie immer auf der Seite meines Vaters: »Das ist gefährlich, Mensch, dieser Schewardnadse ist ein großes Übel – er ist nachtragend.« Sie glaubte nicht, dass ein Politiker, insbesondere ein Kommunist (sei er auch ehemaliger Kommunist und mitverantwortlich für den Berliner Mauerfall), jemals etwas vergessen konnte. Außerdem war sie irgendwie davon überzeugt, Eduard Schewardnadse im fernen Moskau sei an meiner Person interessiert: »Findet für mich heraus, wer dieser dickliche Junge ist, der hat ja vor nichts Respekt! Pluralismus heißt noch lange nicht, dass Ungezogenheit erlaubt ist.« Die andere Großmutter nahm meine Bühnen-

aktivitäten nicht so tragisch, im Gegenteil, sie war zufrieden, denn sie konnte von meinem ersten Honorar neue Küchenstühle erwerben. Auf der berühmten Fete steckten mir zunächst der Exhäftling, dann aber auch andere Leute sowjetische Fünfundzwanzig-Rubel-Scheine zu, deren Annahme ich kategorisch ablehnte, und das nicht nur aus Höflichkeit, damals wusste ich einfach gar nicht so richtig, was Geld bedeutet, schon gar nicht Sowjetgeld – Hauptsache, ich hatte ein Publikum und konnte auftreten.
Meine Mutter sagte, mein Vater sei imstande, alle zu Schülern zu machen, die mit ihm zu tun hatten, egal ob Freund oder Schwiegereltern; vom Großvater eines Klassenkameraden hieß es, er könne innerhalb kürzester Zeit Menschen für sich einspannen, die er gerade erst kennengelernt hatte, und zwar so, dass derjenige überhaupt nicht merkte, wie ihm geschah: Erst freundete er sich mit ihnen an und lieh ihnen sein Auto, dann lungerte er im Hausflur herum, und am Ende führte er schleichend Pflichten ein: »Hol den Enkel von der Schule ab, schau bei meiner Frau vorbei, wasch das Auto.« In meinem Falle lief das ähnlich: Diejenigen, die einfach nur zu Besuch kamen oder mich zufällig trafen, dienten oft ohne ihr Einverständnis und prinzipiell gegen ihren Willen als Publikum. »Er braucht Feedback«, sagte eine clevere Frau lächelnd zu meiner Mutter, die offenbar eher Psychologin als Zuhörerin war, was mir zwar nicht gefiel, mich aber auch nicht davon abhielt, Eindruck schinden zu wollen. Ich sprach über alles Mögliche und mit der Stimme von allen Möglichen, gab Phrasen von mir, die dieser Tage total angesagt und lustig zu sein schienen, mit meiner Kühnheit jagte ich meiner ohnehin schon verängstigten Großmutter noch mehr Angst ein und beschoss all jene

mit Eduard Schewardnadses Stimme, die nicht an die Verwandlung eines Kommunisten in einen Demokraten glaubten.

Dass die Ängste meiner Großmutter übertrieben waren, wurde durch die Auftritte von brandneuen Parodisten bestätigt: Früher ließen sich alle taufen, jetzt parodierten alle. Plötzlich tauchten unzählige Leute auf, die eifrig und gewitzt sowohl lebende als auch tote Politiker nachahmten: den mit georgischem Akzent russisch sprechenden Josef Stalin, den von plötzlichem Durchfall geplagten, schleppend sprechenden Leonid Breschnew, den trügerisch lächelnden Eduard Schewardnadse und den auf Demonstrationen mit nach rechts verzogenem Mundwinkel in erlesenem Georgisch schreienden Swiad Gamsachurdia.

Der erste Präsident Swiad Gamsachurdia war eine viel angesagtere Stimme in Georgien als die von Eduard Schewardnadse. Dessen Stimme wurde verblüffend glaubwürdig von meinem Klassenkameraden (dem Präsidenten der »Nationalen Freiheitspartei«) verkörpert – denn er hatte von Natur aus beinahe die gleiche Stimme und musste sie somit gar nicht verstellen. Damals scheuten wir keine Mühe, den krankhaft politikverdrossenen Leuten wenigstens zwei Widersacher zu Gehör zu bringen: den Dissidentenpräsidenten Gamsachurdia und den nach Stalin populärsten georgischen Politiker, Schewardnadse, der irgendwann vor deren Zerfall Außenminister der Sowjetunion gewesen war. Wir nahmen einen fiktiven Dialog der beiden mit dem Kassettenrekorder auf und machten den Geburtstagsgästen meiner Großmutter begeistert weis, der Hauptdissident und der bekannteste Georgier hätten vor einigen Tagen auf dem Radiosender »Stimme Amerikas« eine große Auseinandersetzung gehabt. Die

Gäste durchschauten den Trick schon nach wenigen Sekunden, bekämpften sich dann aber trotzdem bis aufs Messer, um ihren eigenen Favoriten zu verteidigen.
Später – es verblieben noch einige Monate bis zum Sturz der ersten Regierung im unabhängigen Georgien – wurde die Legende geboren, Präsident Gamsachurdia habe einen Eduard-Schewardnadse-Imitator in sein Büro bestellt und wehmütig gelächelt, als dieser mit der Stimme seines Gegners dummes Zeug von sich gab. Es hieß, der Imitator sei einige Male in Begeisterung verfallen und auch der Präsident sei dermaßen hingerissen gewesen, dass er vergessen habe, wer vor ihm stand, und diesen Eduard Schewardnadse schreiend aus dem Büro gezerrt habe: »Weiche, Satan!«
Mein Klassenkamerad sagte bedauernd, Schewardnadse nachahmend, ein Literaturkritiker und Dissident sei keinesfalls für das Präsidentenamt geeignet: »Alle, die ich in meinen Artikeln beschimpfte, haben ein Maschinengewehr in die Hand genommen.«
Präsident Gamsachurdias Dissertationsverteidigung war im georgischen Staatsfernsehen live übertragen worden: Die Wissenschaftler ergingen sich ganze fünf Stunden lang in Lobliedern auf das Werk des ehemaligen Dissidenten und Literaturkenners mit Spezialgebiet Schota Rustawelis »Recke im Tigerfell«. Die Übertragung wurde zeitweise unterbrochen, und als sie neu startete, war immer noch die Dissertation des Präsidenten Hauptmeldung des Tages.
Später, als auf einem Sender ein Imitatorenneuling mehr oder weniger erfolgreich den zukünftigen Präsidenten parodierte, beziehungsweise als er wie dieser die Faust schwang und den rechten Mundwinkel leicht hochzog, flimmerte der Bildschirm plötzlich in Regenbogenfarben:

Offensichtlich war im unabhängigen Georgien das Parodieren des Präsidenten nicht erlaubt.

»Die alten Zensoren sitzen immer noch fest im Sattel, und wenn ich nicht darauf hinweise, setzen sie diese furchtbaren Gesetze um, ich verbiete nichts, jeder kann über mich lachen, wie er möchte«, rechtfertigte sich mein Klassenkamerad mit Dissidentenpräsidentenstimme.

»Ich bitte dich, sehe ich jetzt etwa aus wie ein Zensor?«

»Tust du, mein Guter, ja«, antwortete ich mit Schewardnadses Stimme und Lächeln.

Dabei tat er das überhaupt nicht.

Am siebten April 1991 bestaunte ich ziemlich lange jenen Mann, der in zwei Tagen die Unabhängigkeit des Landes verkünden sollte.

Vater Dawit, der mir den Kontakt zu Außerirdischen verboten hatte, hielt zu jener Zeit Gottesdienste in Swetizchoweli ab, und ungeachtet dessen, dass meine Mutter und meine Tante gegenüber der neu erstarkten Kirche bereits skeptisch waren, schrieben sie trotzdem eine nicht besonders interessante Sündenliste auf einen Zettel und eilten zu ihrem nur unregelmäßig aufgesuchten Beichtvater. Anders als beim letzten Mal lehnte ich es diesmal entschieden ab, meine Sünden aufzuzählen, erklärte mich jedoch halbherzig bereit, zum Gottesdienst mitzukommen. Zunächst erschien uns die Kirche völlig leer – nur ein paar gelangweilte Mädchen sangen ohne Zuhörer, es stellte sich aber heraus, dass in der Ecke an einer unscheinbaren Säule Präsident Gamsachurdia stand, eine ziemlich lange Kerze in der Hand, sich leicht wiegend.

»Vielleicht war er nervös«, sagte mein Vater, als ich ihm von der Begegnung erzählte, »schließlich erklärt er bald die Unabhängigkeit, stell dir vor, wie gestresst er sein muss.«

Gestresst und vollkommen allein: Sein Dissidentenpartner Merab Kostawa war kurz zuvor bei einem Autounfall ums Leben gekommen, von dem es hieß, er sei vom KGB inszeniert worden. Es war der Stil des sowjetischen KGB, einen Mord wie einen natürlichen Tod aussehen zu lassen. So war es in den Dreißigern des zwanzigsten Jahrhunderts und so wird es auch weiterhin sein – auch im Russland des einundzwanzigsten Jahrhunderts, wo unter der Regierung eines ehemaligen KGB-Offiziers politische Gegner »natürlich« umgebracht werden.

Nach der Tragödie des neunten April 1989 wurde es zur Regel, dass die Georgier, außer sich und verrückt vor Angst, ins Leichenschauhaus gingen oder davor Demonstrationen abhielten. Die Leute gingen dorthin, wo die bekannten Opfer lagen. Sie wollten die Toten sehen: »Zeigt uns die Verstorbenen!«

Diesmal waren Studenten zu dem Leichenschauhaus gegangen, in dem der Nationalheld lag. »Zeigt uns Merab Kostawa!«, schrien sie. Merab Kostawa lag auf einer Bahre. Jemand erzählte: »Ich hab nur seine Füße gesehen ... Die Zehen schauten aus den zerrissenen Socken, weiter bin ich gar nicht reingegangen.« Er sagte das so, als ob am Tod dieses Mannes nur das »natürlich« war: eine zerrissene Socke.

Die Unabhängigkeit wurde am Jahrestag meiner ersten großen »Urangst« erklärt – am neunten April. Einige Monate später, als in Poti am Schwarzen Meer die erste nationale Marinemeisterschaft feierlich eröffnet wurde, begann in Moskau ein Putsch und der auf der Krim festgesetzte Michail Gorbatschow wurde politisch kaltgestellt. Nicht umsonst hatte ich mit Eduard Schewardnadses Stimme vorhergesagt: »Die Diktatur kommt!«

Plötzlich schien die Sowjetunion zurückzukehren.

»Jetzt wird die Unabhängigkeit aufgehoben und unser armer Präsident festgenommen.« Unsere Nachbarin Tamara (eine von denen, die beim Zählen des Wunderheilers am schönsten einschliefen) war am Boden zerstört.

Die Rückkehr der Sowjetunion währte nur drei Tage lang. Der Moskauer Putsch endete so schnell, wie er begonnen hatte, aber jetzt war Tbilissi an der Reihe: Neun Monate nach der Unabhängigkeitserklärung wurde in Georgien Krieg geschürt.

Die Mitstreiter des Präsidenten und Rebellen legten innerhalb von vier Tagen den zentralen Prospekt in Schutt und Asche. Kaum zu glauben, dass auch jener Imitator ein Maschinengewehr trug, dessen Präsidentenparodie im Fernsehen unterbrochen worden war: »Wir sollten ihn am lebendigen Leibe in seinem Bunker schmoren!«, sagte er diesmal mit seiner eigenen Stimme. Der dreiundzwanzigjährige Rebellengeneral verkündete der Bevölkerung stolz, wenn der Präsident nicht zurücktrete, werde er das Regierungsgebäude mit Bomben bewerfen und das ganze Sololaki-Viertel in die Luft sprengen.

Da die Rebellen das Rundfunk- und Fernsehgebäude eingenommen hatten, wurden die Sendungen in einem Bus aufgezeichnet, der im Hof des umzingelten Regierungsgebäudes stand. Aus diesem »Fernsehbus« beschimpften sie entweder haltlos die bis an die Zähne bewaffnete Opposition oder, nett ausgedrückt, deuteten den Zuschauern subtil an, welche Katastrophen der Umsturz der gesetzmäßigen Regierung zur Folge haben würde. Auf dem Rustaweli-Prospekt waren schon Schüsse gefallen, als der regierungstreue »Fernsehbus« uns eine amerikanische Verfilmung von Shakespeares »Julius Cäsar« präsentierte. Die Leute hätten normalerweise gleich erkennen müssen, wer Cäsar war und wer Brutus (der ehemalige Premierminister, jetzt Rebellenführer, von dem es hieß, er spritze sich Drogen ins Zahnfleisch), aber jetzt nahm keiner mehr die Allegorien wahr – im Stadtzentrum wurde scharf geschossen. Doch während die unterschwellige Botschaft von »Julius Cäsar« noch einigermaßen naheliegend schien, war die Ausstrahlung der Kinoversion von Giuseppe Verdis »Rigoletto« zwei Tage vor der Flucht des Präsidenten vollkommen rätselhaft. Was wollte man den Zuschauern damit sagen?

Der Präsident des unabhängigen Georgiens floh genau an dem Tag, als die Sowjetunion offiziell aufhörte zu existieren.

Drei Monate nach Ende des Tbilisser Krieges kehrte »meine Stimme« nach Georgien zurück und wandte sich noch am Flughafen an seine Unterstützer: »Als es notwendig wurde, nahm die Intelligenzija die Waffe in die Hand und verteidigte unter Einsatz ihres Lebens die Demokratie.«

Als 1993 der achtmonatige Abchasienkrieg ausbrach und bei der Generation meiner Eltern Frustration auslöste, saß die Bevölkerung mehrheitlich wieder treu vor dem Fernseher und versuchte, durch den Konsum neu aufgekommener mexikanischer Seifenopern abgestumpfte Gefühle wiederzuerwecken. Die Serie »Auch die Reichen weinen« lief einen Monat länger als der Krieg, doch es war genau an dem Tag der Strom abgeschaltet, als sich das zerstrittene Ehepaar in der zweihundertfünfzigsten Folge versöhnen sollte. Der Strom fiel aus und wurde jahrelang nicht wieder angeschaltet, die vier Jahreszeiten traten außer Kraft. Überall lag der Geruch verbrannten Holzes in der Luft, und es wurde für lange Zeit dunkel. Das Baden entfiel für Jahre. »Meine Stimme« kam wie durch ein Wunder mit dem Leben davon: In den letzten Tagen des Abchasienkrieges wurde versucht, Eduard Scheward-

nadses Hubschrauber mit einem russischen Maschinengewehr abzuschießen. In Tbilissi wurde immer noch geschossen, denn jetzt hatte jeder eine Waffe.
Jetzt war allen alles erlaubt.

Eine Welt ohne Liebe. Durchsetzungswille im Chaos

Sechzehnjährige Jungen brachten sich ebenso gegenseitig um wie ihre Väter. Mord als Nachahmung.
Wir ahmten sie nur stimmlich nach – unsere Väter, Mütter, Politiker, Mörder, bekannte und unbekannte Menschen.
Ich und der Präsident meiner Partei versuchten uns gegenseitig darin zu übertrumpfen, die Stimmen jener Mädchen zu imitieren, in die wir hoffnungslos verliebt waren.
Das war eine traurige Imitation, weil wir versuchten, die unerwiderte Liebe mit den Stimmen der nicht in uns verliebten Geliebten zu kompensieren.
Wir haben uns zwar mit den Stimmen der nicht in uns verliebten Geliebten amüsiert, aber wir konnten die Mädchen partout nicht in uns verliebt machen. Warum sollte man sich denn in einen Jungen verlieben, der die Geliebte und gleich noch deren Eltern und Großeltern mit grotesker Zwanghaftigkeit parodiert? Die nicht in uns Verliebten liebten andere: seriöse junge Männer, die seriös Männer parodierten, die älter und noch seriöser waren als sie selbst. Ihre Großmütter mochten uns, und es war gut, dass die uns mochten, weil die Großmütter über uns sprachen und ihre Enkelinnen das Lob hörten. Gelobt zu werden war wichtig. Wir brauchten Lob, konnten ohne

Lob nicht leben. Wir brauchten Liebe, die Gewissheit, dass jemand, den wir liebten, von uns beeindruckt war. Zu dieser Zeit mochten die Mädchen unserer Meinung nach jedoch genau solche, die persönlich absolut keinerlei Eindruck hinterließen, aber in der totalen Auto- und Benzinlosigkeit ein Auto und Benzin hatten, und das war Eindruck genug. Wir sagten: Die wissen uns nicht zu schätzen, weil sie nur Automänner wahrnehmen können, moderne Zentauren, ernste sechzehnjährige Jungen, die den Kopf eines Menschen und den Körper eines Autos haben. Wir hingegen (die besseren Partien) liefen kilometerweit zu Fuß und gerieten entweder in die Schusslinie oder mussten vor streunenden Hunderudeln weglaufen. Des Öfteren begegneten wir in den Straßen einer zwanzig Mann – oder eher zwanzig Kind – starken verarmten, aggressiven Bande, von denen uns einer das Messer an die Kehle hielt und uns, sofern vorhanden, Kupons (provisorisches Geld) in Millionenhöhe abnahm. Hatte man nichts dabei, lief man Gefahr, verletzt oder gar umgebracht zu werden. Ich versteckte die Schallplattenhülle unter der Jacke, damit der darauf abgebildete Mann mit den Korkenzieherlocken kein Grund für Prügel werden könnte (Wolfgang Amadeus Mozart, Flute Concerto). Völliger Quatsch, sie überhaupt mitzunehmen, obwohl ich wusste, dass es nirgendwo Strom gab, und selbst wenn, wäre die Spannung tödlich niedrig gewesen, was bedeutete, die Schallplatte hätte sich unerträglich langsam gedreht, die schnellen Tempi an Qualität eingebüßt und der Klang wäre basslastig geworden. Meinem Nachbarn wurde die uralte »Abbey Road«-Vierer-Platte zerschlagen, ein anderer wurde wegen einer Kassette verprügelt, und ein sehr ehrwürdiger Mann wurde nur deshalb verdroschen, weil er mit dem Fahrrad vorbeifahren wollte, denn ein Fahr-

rad galt in dieser melancholischen Stadt als Provokation und Widerspruch.
Das einzige Fortbewegungsmittel, welches in der chaotischen Nachkriegsstadt mehr oder weniger verlässlich funktionierte, war die Metro, allerdings sollte man sich, bevor man da hineinging, unbedingt mit Kerzen bevorraten, so wie das meine Großmutter zu tun pflegte, denn der Strom konnte jederzeit ausfallen.
Ich bemerkte, dass meine Großmutter oft freudig zur Metro eilte, weil die zu Dutzenden stundenlang auf den Gleisen stehenden Züge ihr neue Kontakte ermöglichten. Es war besser, sich nicht vom Fleck zu rühren, denn Bewegung war gefährlich. Auf den Straßen liefen Tausende Abnormale herum, »Irre«, wie sie genannt wurden. Jeder wusste, dass es sie irgendwo gab und man sie hier und da antreffen konnte, aber niemand konnte genau sagen, wer diese Leute waren: Verwirrte, die aus der Psychiatrie entflohen waren, oder durchgedrehte Menschen, die nach dem Tbilisser Krieg verrückt geworden waren? Unsere Nachbarin war in einem Hof wie dem unseren von einem Mann überfallen worden, und wie das Opfer berichtete, wäre sie bestimmt erwürgt worden, wenn der über ihr wohnende alte Mann nicht beschlossen hätte, seinen Müll herunterzukippen. Der potenzielle Mörder wurde vom Lärm des Nachbarn verschreckt.
Meine Mutter ging einmal mit meiner kleinen Schwester in der Nähe des Schildkrötensees spazieren und spürte plötzlich, dass sich hinter ihnen irgendetwas bewegte. Sie blickte sich um und sah einen Mann auf sich zukommen, hinkend, halbseitig im Gesicht gelähmt und, was das Entscheidende ist, ein Messer in der Hand.
Was sollte meine Mutter tun? Niemand war in der Nähe, der ihr hätte helfen können. Der Ausweg bestand darin,

sich selbst unangepasst zu verhalten, und so ging sie lächelnd, höflich, ja, regelrecht liebevoll auf den bewaffneten Mann zu: »Oh, ich habe Sie beinahe nicht erkannt! Wie geht es Ihnen?«

Der Mann ließ seine heraushängende Zunge im Mund verschwinden, verbarg das Messer und murmelte: »Danke, geht so, meine Liebe ...«

Die Moral hatte den Mann aus dem Konzept gebracht. Die Höflichkeit erinnerte ihn daran, dass ihn jemand immer noch als Mensch wahrnahm.

Meine Mutter kam zwar wohlbehalten nach Hause, verbrachte wegen des Schrecks jedoch zwei Wochen im Bett.

Ich imitierte diesen Mann bei meiner Angebeteten, doch ich jagte diesmal ihrer Großmutter einen Schrecken ein: »Ah«, rief die alte Frau besorgt, »das heißt also, man kann nicht mehr zu Fuß auf die Straße gehen?«

Zu Fuß – nein. Nur noch mit dem Automann?

Ich hatte einen Fehler gemacht. Mich und den Präsidenten meiner Partei befiel Hoffnungslosigkeit. Seine Gedichte über die imitierten Angebeteten machten zwar mehr Eindruck auf die Zuhörerin, aber das änderte nicht viel: Alles nur leere Worte, mehr nicht.

Die Kriegsverlierer. Geld in der Tasche des Zugführers

Ich, ein ordentlich aussehender Student, werde vom Pädagogen unseres Militärkurses, Oberst Witali Ziklauri, zum Zugführer ernannt. Das heißt, ich muss am Semesterende von meinen Kommilitonen Geld eintreiben und dem Oberst als Geschenk übergeben. Anderenfalls würden wir keine Note eingeschrieben bekommen und zwangsläufig in die historisch gesehen schon unabhängige georgische, beziehungsweise Schewardnadse'sche, inhaltlich und strukturell jedoch noch sowjetische Armee eingezogen. Das will natürlich keiner riskieren, denn die Armee ist genauso wie die Regierung arm und kriminell.

Die Staatliche Universität bewahrt ihre Studenten vor der Einberufung, wenn sie im Verlauf eines Jahres theoretisch eine militärische Vorbereitung durchlaufen, aber das funktioniert nicht, denn so, wie in Wirklichkeit von Oberst Witali Ziklauri unterrichtet wird, kann man es gar nicht als richtiges Fach betrachten: Der alte sowjetische Offizier weiß nur, wie man laut und mit russischem Akzent Befehle schreit und das ganze Jahr ein und dasselbe wiederholt, nämlich dass es Liege-, Steh- und Sitzgräben gibt, mehr nicht.

Es ist der letzte Tag des Semesters. Ich bin furchtbar aufgeregt, denn mich erwartet eine unerträgliche Prozedur – ich soll mit Oberst Ziklauri in den Sanitätsraum gehen, wo ich eine psychologisch und moralisch vernichtende choreografische Übung absolvieren muss: Ich muss ihm möglichst unbemerkt die Opfergabe des militärischen Zuges in die Hand drücken: (»Hach, mein Junge, das wäre doch nicht nötig gewesen!«)

Ich muss das erste und das letzte Mal einen Menschen bestechen.

Er ist durch und durch ein Sowjetmensch – hinsichtlich Stimme, Verhalten, gespielter Wut und dem Geruch von Eau de Cologne, der den ganzen Hörsaal verpestet. Das Eau de Cologne ist bestimmt schon lange übers Verfallsdatum, vielleicht sogar schon giftig, aber Genosse (nach 1991 – Herr) Witali Ziklauri benetzt trotzdem beharrlich seine grau-grünlichen Wangen damit.

Eduard Schewardnadse ist jetzt seit einem Jahr Präsident Georgiens (bis dahin hatte er den Posten des Staatsoberhaupts inne). Im Land herrscht die totale Hungersnot. Unsere Hoffnungen ruhen auf Schewardnadses alten Freunden - dem deutschen Außenminister Hans-Dietrich Genscher und seinem US-amerikanischen Amtskollegen James Baker, die wie üblich für einen oder anderthalb Tage Georgien besuchen. Die Anhänger des vertriebenen ersten Präsidenten halten genau bei Bakers Ankunft eine Demonstration ab, um sich bei ihm über die Ungerechtigkeiten der neuen, *ungesetzlichen* Regierung zu beklagen. James Baker geht zusammen mit Schewardnadse in den großen Konzertsaal, wo der feierliche Kongress der Präsidentenpartei eröffnet werden soll, die Demonstranten kommen vom Bahnhof (von dort bis zum großen Konzertsaal sind es zwei Kilometer) und liefern sich auf dem Weg - auf dem Heldenplatz, in der Nähe des Zirkus, zwischen den zwei Hügeln der Stadt - Schusswechsel mit den *quasi-staatlichen Kräften* (halb Banditen, halb Kämpfer). Die Leute laufen auseinander, niemand weiß, wie viele getötet werden - manche sagen zwei Menschen, andere fünfzig, wieder andere nicht ein einziger (in Georgien waren offizielle Zahlenangaben immer schon mit Vorsicht zu genießen). James Baker eröffnet mit dem Präsidenten den Kongress. Er weiß nicht, dass in zwei Kilometern Entfernung vielleicht zwei bis fünfzig Menschen getötet worden sind.

Dieses Jahr wird im Hof des Obersten Rats ein Mordanschlag auf Schewardnadse verübt, doch wie durch ein Wunder kommt er mit dem Leben davon (innerhalb kurzer Zeit schon zum zweiten Mal; ihn werden noch weitere Terrorakte erwarten).

Das Land versinkt im Chaos, jedoch nicht in einem wie

vor einem Jahr: Das diesjährige Chaos ist, verglichen mit dem Chaos der anderen Jahre, weniger chaotisch. Jeder hat eine Neurose, die in verschiedenen Formen verläuft. Bekannt ist der Versprecher des georgischen Verteidigungsministers Nadibaidse auf der Parade zur Unabhängigkeitsfeier am sechsundzwanzigsten Mai: »Ich gratuliere euch zu unserem vorzeitigen Feiertag!«

Keine Ahnung, welches Wort er statt »vorzeitig« eigentlich sagen wollte.

Minister Nadibaidse ist eine Mischung aus unserem Oberst Ziklauri und dem oft besiegten General Utscha Utschadse, der uns am letzten Tag des Semesters besucht.

Unser Utscha Utschadse redet ebenso eigenartig, er stottert, spricht die Wörter nicht zu Ende – nur einige Anfangsbuchstaben. Außerdem ist er beschwipst. Schon als er zu uns hereinkam, hatte er im Lehrerzimmer Schnaps getrunken, und keiner weiß, wie sich das auf sein Verhalten auswirkt ...

Utscha Utschadse kommt in unseren Raum. Er scheint ein Typ zu sein, der normalerweise gut drauf ist.

Witali Ziklauri donnert wichtigtuerisch los: »Stillgestanden, zuhören!«

Doch schon beim zweiten Wort bricht seine Stimme ab, vielleicht würde er gleich noch loshusten. Ihm geht es schlecht, er ist es nicht mehr gewohnt, so herumzubrüllen.

Der besiegte General Utscha Utschadse steht am Tisch und nimmt die Mütze ab – er hat rote Wangen und nasses blondes Haar. Ein junger, dickbäuchiger Mann.

»Hallo, Jungs!«, schreit er (man hört nur die ersten Buchstaben Hal... Ju...)

Wir schauen stumm.

Ich habe das Geld der Truppe in der Tasche.

»Nun, schauen wir mal, wie gut ihr vorbereitet seid«, sagt er.
»Uh«, lacht oder stöhnt Oberst Ziklauri.
General Utscha Utschadse legt seine Mütze auf den Tisch. Er stützt seine mit blondem Flaum und bräunlichen Sommersprossen bedeckten Hände auf den Tisch und schaut uns aus müden grauen Augen an: »Nun, wie viel Mann sind eine Hundertschaft?«, ruft er.
Ach du Schande, weiß dieser Mann etwa nicht, dass wir *nichts wissen*?
Hätte ich das Bestechungsgeld dem Oberst etwa geben sollen, bevor Utscha Utschadse hereingekommen ist? Prinzipiell gehen mich die Hundertschaften nichts an, ich bin in einer Zwanzigschaft. Oder was ist das für eine Frage? Wie viele sollen denn eine Hundertschaft sein? Hundert wahrscheinlich. Nein? Aber warum fragt er uns, wenn es einfach hundert sind? Vielleicht sind sechzig Mann in einer Hundertschaft? Oder fünfundsechzig? Oder sogar zweihundert?
»Wie viel ist denn nun eine Hunderter Hundertschaft?«, wiederholt er die Frage. Seine Augen lächeln.
Macht General Utscha Utschadse einen Scherz?
Oberst Ziklauri schaut uns wütend an: »Gebt jetzt irgendeine Antwort! Keine alberne – eine ordentliche.«
Wann soll ich das Geld übergeben, Herr Witali?, frage ich mich.
»Hundert«, antwortet jemand leise.
»Oh, bravo«, sagt Utscha Utschadse und freut sich.
Ziklauri lächelt.
Wir freuen uns auch.
Doch plötzlich stellt er uns die nächste Frage: »Wenn Schießübung ist, sagen wir ... Also, Waffen ...«
Und er murmelt etwas. Wir verstehen nichts. Weder die ersten noch die letzten Buchstaben ...

Er ist betrunken ...
»Versteht ihr mich? Also, wer ...«
Utscha Utschadse wird vor unseren Augen vom Suff übermannt.
Was sollen wir ihm antworten? Was hat er uns gefragt?
Er schaut uns an.
Wir sagen nichts.
Wir haben nichts gelernt, ein Jahr vertrödelt, den Krieg nur im Fernsehen gesehen – und auch das nur in Ausschnitten, denn während des Abchasienkrieges läuft ja die mexikanische Seifenoper im Fernsehen. Der Afghanistankrieg ist Geschichte, der Zweite Weltkrieg war vor unserer Geburt zu Ende.
»Gut, alles klar.« Utscha Utschadse schaut zu Ziklauri.
Was ist klar?
Wieder fragt er etwas, was wir überhaupt nicht verstehen (beim letzten Mal hatten wir wenigstens »Waffenausbildung« verstanden). Der Mann schwankt. Ist schläfrig. Fällt vielleicht um.
»Antworten!«, fordert er.
Er wird aggressiv.
Witali Ziklauri schaut uns an, rot im Gesicht: Sein Eau de Cologne stinkt noch mehr, vielleicht wird der Geruch durch die Nervosität verstärkt.
Wir können keine Antwort geben, aber Utschadse lobt uns trotzdem: »Gut, bravo« – er schaut zum Oberst – »das sind gute Jungs ...«
Wir haben nichts gesagt, aber die Antwort gefällt ihm trotzdem.
Scheinbar weiß er, dass der Zugführer Geld für den Oberst in der Tasche hat, jedoch weiß er nicht, wer der Zugführer ist.
»Krieg und Kampf sind Männersa...«, sagt er (er spricht

das Wort nicht ganz aus: entweder ist er zu faul oder unfähig), »Georgier ...«

Und Schluss.

Der oft besiegte General Utschadse setzt die Mütze auf und salutiert uns. Niemand hat uns gelehrt, wie man einem General salutiert, wir haben das nur in Filmen gesehen. Eingepackt in einen Schal und eine dicke Jacke stehen wir da und schauen den oft besiegten General an. Kann doch sein, dass dieser betrunkene General uns einen Befehl gibt: »Stellt sie alle an die Wand, auf der Stelle!« Keiner könnte ihn aufhalten. Er hat so viele psychische Traumata. Über ihn heißt es, er sei durch den Enguri geschwommen, die Kalaschnikow hochgereckt, damit sie nicht nass würde. Von ihm sei nichts zu sehen gewesen außer dieser Kalaschnikow. Munition hatte er auch keine mehr. Als er von den Kriegsverbrechen der Abchasen und Russen erfuhr, habe er auf den Tisch geschlagen und im Befehlston gebrüllt: »Mobilisiert die Luftwaffe!«

Auch damals war er wahrscheinlich betrunken gewesen: Hatte Georgien etwa jemals eine Luftwaffe?

Aber jetzt ist er zufrieden. Diesmal salutiert er uns mit der linken Hand und geht hinaus auf den Flur. Oberst Ziklauri folgt ihm, gibt ihm Begleitschutz. Er zieht das Bein leicht nach, jedoch nicht aus Lahmheit, sondern Gehorsam. Als wolle er Mitleid erregen.

Der Unterricht ist beendet.

Der Oberst kommt wenig später zurück. Er ist zufrieden. Hat immer noch gerötete Wangen. Vielleicht hat er auch mit dem besiegten General getrunken. Oder nur am Schnaps gerochen. Er sagte einmal: »Ich trinke keinen Schnaps. Wenn mir danach ist, benetze ich mir die Finger damit und rieche daran.«

»Zugführer, zu mir!«, ruft er mich.
Die Studenten merken: Ich soll dem Oberst die Opfergabe für die Noten geben.
»Herr Witali«, sagt ein Student, »ich hab es nicht dabei, Entschuldigung. Ich hab vergessen, dass heute Abgabetermin ist.«
»Was hast du nicht dabei, mein Junge?« Dem Oberst entgleisen die Gesichtszüge.
»Das Geld«, antwortet der Student.
Das hätte er nicht sagen sollen. Geld hätte er nicht erwähnen dürfen. Hier hätte niemand von irgendetwas wissen dürfen – weder vom Salutieren noch vom Vorbereiten der Gefechtsstellungen noch davon, dass wir Oberst Ziklauri Bestechungsgeld gegeben haben. Wissen hat hier genau *nichts* zu bedeuten.
»Wie kannst du es wagen!«, schreit Ziklauri, und plötzlich: »Nichtsnutz!«
Au Mann, denke ich, jetzt beschimpft er ihn bestimmt noch weiter.
Und wenn er ihn beschimpft, was soll ich da machen, ich als Zugführer?
Ziklauri hört nicht auf: »Du Lump!«
Ziklauri ist ein unflätiger Mensch.
Und was sehe ich da: Der Student, der noch vor wenigen Sekunden beunruhigt war, weil er das Geld nicht dabeihatte, holt ein Messer aus der Tasche und sagt ein paar Worte auf General-Utschadse-Art, leise und unverständlich.
Jetzt gibt es Krieg. Ich bin dabei, als der Krieg in unserem Hörsaal ausbricht. *Das ist ein Spiel mit dem Feuer.* General Utscha Utschadse ist wahrscheinlich noch hier und kann dem Studenten, also meinem Truppenmitglied, und mir als Zugführer übel mitspielen. Utschadse ist zwar ein be-

siegter General, aber wir haben keinerlei Garantie, dass ihn unsere Truppe besiegen würde.
Der Student flucht leise, flüsternd, was noch viel unflätiger klingt als lautes Fluchen.
Oberst Ziklauris Gesicht nimmt eine grau-grünliche Farbe an ...
Wird er einen Krieg vom Zaun brechen?
Oberst Ziklauri öffnet den Hosenknopf ...
Was hat dieser Mann vor? Will er ihn auspeitschen?
Nein, er öffnet schnell den Reißverschluss ...
Er steht seitlich, zieht die Hose leicht herunter und murmelt mit zitterndem Kinn vor sich hin: »Ich hab einen steifen Rücken, wegen euch kann ich kaum laufen ...«
Oberst Ziklauri hat einen weiß-gelben Schal um den Rücken gewickelt ... Ein alter, rückenschmerzgeplagter Mann ...
Er tut uns leid.
Es bricht kein Krieg aus. Mein Truppenmitglied hat erfolgreich die Muskeln spielen lassen.
Das Geld wird mir später trotzdem abgeknöpft.
»Ach Mann«, sagt er und nimmt mir das Bestechungsgeld ab, »wir darben, was sollen wir machen? Die Zeiten sind nun mal so.«

Literarischer Abend. Die Rache am Geschichtsbuch

1992 begleitete ich meinen Vater zu einem literarischen Abend im ersten Gebäude der Staatlichen Universität.
Im Universitätsgebäude herrschte Eiseskälte, die Zuhörer waren eingehüllt in Mäntel und Pelze, die Männer – wenn nicht sogar alle Leute – trugen der damaligen Mode fol-

gend unter der Hose noch eine Hose oder Unterhose, ganz zu schweigen von den Wollsachen, mit denen, wie böse Zungen behaupten, die geschickten Ehefrauen die intimen Körperteile ihrer Ehemänner umstrickten.
Es war egal, ob man im Gebäude war oder draußen, 1992, 1993, 1994 und 1995 herrschte überall die gleiche Eiseskälte. Erst recht in alten, hohen Gebäuden. In diesem Saal war schon seit Jahren nichts mehr passiert, was erwähnenswert gewesen wäre, wenn man vom spektakulären Auftritt des Philosophen Schawadse absieht, den dieser mit seinem Nachttopf auf der erweiterten Rektoratssitzung hingelegt hatte (jener Philosoph Schawadse, der den georgischen Philosophen ein dickes wissenschaftliches Werk hinterlassen hat: »Die Emanation des Lumpenpacks - wer ist wer in der georgischen Philosophie«). Der Philosoph hatte den Nachttopf geradewegs aufs Podium gestellt und sich laut an die dick in ihre Mäntel eingehüllten Professoren gewandt: »Das hier ist Scheiße, meine Herren, meine Scheiße, denn mehr haben Sie auch nicht von mir verdient! Hier, das ist Ihre Vergangenheit und das ist Ihr alter Ruhm!«
Als der Abend begann, fiel jedem diese Begebenheit ein, aber niemand hätte gedacht, dass auch ein Schriftsteller so etwas tun könnte. Die ehrwürdigen, durchgefrorenen Professoren, also die, denen noch der Geruch der Exkremente des Philosophen und Extremisten Schawadse in der Nase lag, besetzten Plätze in den vorderen Reihen und blickten mit skeptischer Miene (beziehungsweise mit einer, die damals alle hatten) auf den Autor umfangreicher Prosatexte, der auf der gleichen Bühne stand, auf die vor einigen Tagen der skandalöse Nachttopf gestellt worden war.
Zwar redete der Großteil der georgischen Bevölkerung ob-

szön daher, aber öffentliche Obszönitäten waren noch nicht die Norm.
Zu jener Zeit war ich immer noch ein – objektiv betrachtet – sündloser Jugendlicher und hätte weder bestätigen noch abstreiten können, dass Sex in der Sowjetunion praktiziert wurde, aber wenn jemand das Wort Sex in den Mund nahm, konnte er in große Schwierigkeiten geraten und bekam die absurde Wut der Zuhörer zu spüren. Das würde jeder bestätigen, der seit den 30er-Jahren des zwanzigsten Jahrhunderts bis in die Jahre 1992, 1993, 1994 und 1995 die Schule abgeschlossen hatte.
Und siehe da, plötzlich trat in einem Saal der Staatlichen Universität ein Redner auf und fing an, Texte zu lesen, in denen gleich im ersten Satz deutlich und höhnisch dieses Wort zu hören war: *Ficken.*
Dieses Wort vernahmen zuallererst die durchgefrorenen greisen Professoren in der ersten Reihe (manche hielten sich die Ohren mit dem Mantelkragen zu, manche zogen sich die dicke Mütze über den Kopf, und andere glaubten einfach, sie hätten sich verhört), aber der Text ging weiter und das Wort lag über dem gesamten Saal: *Ficken. Ficken. Ficken.*
Erst fing eine alte Frau in der Ecke an zu kreischen, dann stieß jemand in den hinteren Reihen eine Art Verwünschung aus, ein junger Glatzkopf. Wie eine Welle durchlief ein Krampf die erste Reihe, und diejenigen Zuhörer, die Ruhe bewahrt hatten, schauten sich um: Wieder Extremismus? Wieder Beleidigung? Was hat man mit uns vor?
Seufzer und aufgeregte Rufe waren zu hören. Wie Gewehrschüsse peitschten verbotene Informationen durch den Saal: Er hat diese *gefickt,* die hat jenen *gefickt,* und das wäre ja noch zu ertragen gewesen, hätte der Autor seine

Obszönitäten nicht mit der erhabenen alten georgischen Sprache gemischt und uns verkündet, wer wen wo in Georgien *fickte*, als würde er ein in die Schulpflichtlektüre eingegangenes hagiografisches literarisches Denkmal lesen, zum Beispiel »Das Martyrium der Heiligen Schuschanik« aus dem fünften Jahrhundert.

Ein Aufschrei ging durch den Saal, mir schien, als wischte sich ein Mann Tränen aus den Augen (weinte er etwa?), einige klatschten Beifall ... Der Autor rief uns von der Bühne aus zu: *Ficken, Ficken, Ficken!*

Sollte das schon erlaubt sein?

Meine Großmutter und ich waren einmal ins Kino gegangen, in einen Film, den die meisten schon mehrmals gesehen hatten, denn damals war es normal, sich Filme mehrmals anzusehen. Es lief »Es war einmal in Amerika«, den offenbar meine Großmutter im Gegensatz zu mir eigenartigerweise zum ersten Mal sah, und bei der Szene, in der Robert De Niro das tut, was der extremistische georgische Autor mit einem obszönen Wort beschrieb, hielt sie mir so lange die Augen zu, bis die verstörende Episode vorbei war. Die Szene zusammen mit meiner Großmutter zu erleben war auch für mich kein Vergnügen, und ich hätte deswegen einen Streit vom Zaun brechen und ihre Hände wegschieben können, aber das tat ich nicht, weil ich erstens Angst vor einem leichten Familienskandal hatte und zweitens begriff, dass ich beim Spiel meiner Großmutter mitmachen musste, um einander die Peinlichkeiten von Anfang an zu ersparen. Gott sei Dank hat sie mich nicht gebeten, die Finger in die Ohren zu stecken.

Als ich diese Begebenheit in ihrer Gegenwart meinem Vater erzählte, verteidigte sie, damit wir sie nicht der Verklemmtheit bezichtigten, ziemlich laut ihren Standpunkt und gab demjenigen, der es wissen wollte, zu verstehen, dass man schlau genug hätte sein sollen, seinen Enkeln beizeiten die Augen und Ohren zuzuhalten, »egal, ob sie so alt sind wie dieses Kind oder viel älter«, dann hätten sie sich nämlich nicht im Stil der Filmmörder gegenseitig auf der Straße umgebracht.

Diesmal musste mir keiner die Ohren zuhalten – die Leute rannten nur in Scharen aus dem Saal. Als ob da ein Mörder auf der Bühne stände!

»Worüber machst du dich lustig, du Missgeburt?«, schrie jemand vom Ende des Saales her. »Über unsere Geschichte? Unsere Sprache?«

Die, die dageblieben und nicht fluchend davongerannt waren, fühlten sich alle merkwürdig glücklich, dass diese furchtbaren Wörter im frostigen, schäbigen Saal der Universität so laut und kategorisch zu hören gewesen waren. Als hätten die jahrelang verbotenen Wörter und die Wut ihre Daseinsberechtigung wiedergefunden. Dabei hätte ich mich eigentlich unwohl fühlen müssen, wie kurz vor meiner Ankunft hier, als ich mich beim Wasserballtraining in der Umkleide verspätete (wahrscheinlich hatte ich mich mit dem Fuß in der Hose verheddert oder die Badekappe nicht rechtzeitig gefunden) und der Trainer mich so laut rief, dass es das ganze Schwimmbecken hören konnte: »Was ist los, hast du etwa gewichst?« Als Antwort verkündete ich am selben Tag zu Hause, nie wieder zum Wasserball zu gehen (das war sowieso nur die nächste Idee meiner Mutter nach dem Weg der heiligen Nino gewesen, und ich konnte es kaum erwarten, mich vor dem Ganzen wieder zu drücken). Meine Mutter interessierte es außerordentlich, was mein Lehrer denn zu mir gesagt haben könnte, ich konnte mir aber überhaupt nicht vorstellen, den Wortlaut in ihrer Gegenwart zu wiederholen. »Sag es deinem Großvater«, schlug sie am Ende vor (ich dachte, was drängt sich diese Frau mir denn so auf), aber auch ihm gegenüber fiel es mir schwer, die Frage des Trainers zu wiederholen, nur dass mein Großvater mit seiner ihm eigenen kompromisslosen Art den Trainer sogar noch übertraf: »Hat er ›Ich ficke deine Mutter‹ gesagt?«

»Nein ...«

»Hat er ›Ich ficke deinen Vater‹ gesagt?«

»Nein, Opa ...«

»Hat er ›Fickt ihr euch in den Arsch?‹ gesagt?«

»Oh Mann, natürlich nicht!«

Ich kapierte nicht mal seine Fragen.

»Was für einen Scheiß hat er denn zu dir gesagt?«

Damit dieser Albtraum von Befragung endlich endete, musste ich den Grund meiner Aufregung offenbaren, deshalb überwand ich mich und wiederholte deutlich die Bemerkung des Trainers.

Mein Großvater wurde nicht wütend, er gab nur einen kurzen, unklaren Kommentar ab oder eher einen Laut: »Oh.«

Schon komisch, aber während mich jenes gar nicht mal so skandalöse Wort vom Schwimmbecken noch in die Flucht geschlagen hatte, fesselte mich diesmal die mittlerweile legitime und rückhaltlose Obszönität, das hundertmal ausgesprochene verbotene Wort an den Stuhl und faszinierte mich zudem dermaßen, dass ich bedauerte, nicht anstelle des Redners auf der Bühne zu stehen. Offenbar waren wir nicht gekommen, um einen literarischen Abend, sondern einen Racheakt zu erleben. Es stellte sich heraus, dass wir ein tödliches verbales Raketenabwehrsystem hatten: die grausame und bis zur Krankhaftigkeit aufrichtige Sprache, eine Waffe, die sich der Geschichte der Unterdrückung entgegenstellte.

Niemand rührte den Redner an – es hätte ja jemand auf die Bühne stürmen und den Sprachbeleidiger mit einem Fußtritt runter in den Saal befördern können! Aber nein. Diejenigen, die dageblieben waren, schrien ihn an, ließen ihn aber bis zum Schluss lesen. Er harrte wie ein unantastbarer Heiliger vor einer riesigen Tafel aus (auf der ungeachtet dessen, dass es fast März war, geschrieben stand: »Liebe Studenten, wir wünschen euch ein gesundes neues Jahr«) und fuhr ungestört fort, uns zu beleidigen: »Ficken! Ficken! Ficken!«

Denjenigen, die flohen, war klar, dass sie den zeitgenössischen georgischen Schriftsteller ein für alle Mal hassen würden; diejenigen, die blieben, waren so beflügelt, dass sie kilometerweit zu Fuß bis nach Hause laufen würden (was sie wahrscheinlich sowieso hätten tun müssen, weil es keinen Nahverkehr gab).

»Mein Lieber«, mein Vater tippte dem Redner auf die Schulter, »das hier war ein längst überfälliger, ehrlicher Protest, eine der besten Aktionen der letzten Jahre! Hervorragend! Du siehst ja, wie die Leute durchdrehen! Die wachen erst auf, wenn die eine Ohrfeige verpasst bekommen.«

»Das war meine Rache«, erwiderte er und wischte sich mit dem Handgelenk über die verschwitzte Stirn, »Zahn um Zahn. Wir wollen doch kein Maschinengewehr in die Hand nehmen!«

Der Priester im Flugzeug. Februar 2002

Meine Tasche kommt aus der Röntgensicherheitskontrolle, ich stecke den Pass in die Hosentasche, fädele den Gürtel durch die Schlaufen und versuche, meinen Blick von dem schnaufenden georgischen Priester hinter mir abzuwenden, der von schwarz gekleideten, fülligen Frauen begleitet wird. »Megi, Megi«, der Blick des Priesters irrt umher, »wo ist mein Telefon?« – »Hier«, antwortet Megi, die ihre Schuhe hatte ausziehen müssen und nun mit blauen Tüten an den Füßen und abgespreizten Armen neben einer Grenzbeamtin steht. Megi hat in jeder Hand ein Telefon.

Ich lege schnell die georgische Sprache ab. Als ob ich nichts mehr verstünde und nichts mehr sähe. Ich muss mir was überlegen, damit mich dieser Mann nicht sieht. Er erinnert mich an meine Ängste eine Woche zuvor: an den dunklen Garten des Patriarchats, die schwach gelblich beleuchteten Flure und den Geruch von Weihrauch drinnen im Patriarchat. Ich fühle mich verfolgt. Ich denke: Wohin kehre ich zurück? Warum kehre ich zurück? Nach einer Weile sehe ich ihn zusammen mit einer zwei Köpfe kleineren Frau durch den Duty-free des Istanbuler Flughafens schlendern. Die dicke, agile Megi schreit durch den ganzen Flughafen: »Vater Bessarion, möchtest du Schokolade oder sonst was?« Nicht *möchten Sie*, sondern *möchtest du*. Wahrscheinlich sind sie zusammen zur Schule gegangen.

Ich komme aus Mailand, wohin ich sieben Tage nach meiner Nicht-Reue gefahren war. Ich habe kein Geld mehr beziehungsweise gerade so viel, um mir davon ein Wasser kaufen zu können. Unter fremden Leuten fühle ich mich ruhiger als unter meinen Landsleuten, die am Gate Istanbul–Tbilissi zusammengepfercht sind.

Ich besteige das Flugzeug, setze mich in die erste Reihe, Megi und die Frauen quetschen sich hinter mich. Diese Megi hat dicke Arme, sie stopft die Tasche eifrig ins Gepäckfach, Vater Bessarion möchte in der Businessclass sitzen.

Ein kleiner Vorhang trennt meinen Sitzplatz von seinem. Ich sehe, wie die Flugbegleiterin gekühlte Getränke reicht und er auf komische Art Alkohol verlangt: »Bitte, hier, Whisky.«

Danach schließt sich der Vorhang.

Ich stelle mich schlafend: Ich habe sogar meinen Mund leicht geöffnet, damit es glaubhaft wirkt.

Das Flugzeug rollt auf die Startbahn, die Besatzung ist angeschnallt, plötzlich steht eine alte Georgierin auf, öffnet das Gepäckfach und versucht, eine Tasche herauszunehmen. Die alte Frau wird zurück auf ihren Platz gesetzt. »Ich dachte, ich könnte vielleicht was essen«, sagt sie. Ihr Telefon ist ebenfalls nicht ausgeschaltet. Sie versteht weder in ihrer Mutter- noch in Gebärdensprache, dass Telefone nicht benutzt werden dürfen. Ich weiß jetzt schon, wenn sie es ihr am Ende doch begreiflich machen, wird sie sagen, sie wisse nicht, wie man das Telefon ausschaltet, und wird es weinend irgendwem in die Hand drücken: »Ich weiß es doch nicht, mein Sohn hat es mir gegeben.« Aber es gibt Schlimmeres als das, denn wir alle haben eine große gemeinsame Angst – vor einigen Monaten sind in New York zwei Flugzeuge in die Zwillingstürme gekracht, und jedes leicht unangemessene Verhalten kommt uns anormal und verdächtig vor. Die alte Frau wird auf ihren Sitzplatz verfrachtet, ich schließe die Augen, höre ihre Stimme – sie erzählt der jungen Frau neben ihr: »Fünf Jahre lang bin ich nicht in Georgien gewesen, mein Neffe ist gestorben, außer mir haben sie niemanden mehr, ich kümmere mich um meinen betagten Bruder ...«

Sie ist selbst betagt.

»Meine Gute, kommen wir heute an?«

Offenbar sitzt sie zum ersten Mal in einem Flugzeug. Wie ist sie dann nach Istanbul gekommen? Wie hat sie es bis hierher geschafft? Oder wie kam sie überhaupt bis ins Flugzeug?

Ich versuche, nicht mehr darüber nachzudenken. Es kommt mir vor, als ob diese Frau noch größeren Unsinn von sich gibt: »Kommen wir von vorn oder von hinten angeflogen?«

Jemand berührt mich an der Schulter und schüttelt mich gehörig durch. Ich öffne die Augen, vor mir steht Vater Bessarion.

»Entschuldigung, hab ich dich geweckt?«, fragt er.

»Nein, nein.« Was soll's.

»Falls du nicht müde bist, komm doch rüber nach dem Abendmahl, neben mir sitzt keiner. Ich hab's schon den Mädels gesagt ...«

In Flugzeugen gibt es ein Abendmahl?!

Vater Bessarion hat gerötete Augen und irgendwie unnatürliche, wie mit einem schmalen Pinsel aufgemalte, ängstlich hochgezogene Augenbrauen. Er spricht mit hoher Tenorstimme, aber nicht besonders laut. Die alte Frau schaut den unbekannten Priester liebevoll an, wahrscheinlich möchte sie auch ihm unbedingt erzählen, warum sie nach Georgien zurückkommt. Erzählen und sich segnen lassen ... Gleich hier – im Gang der Economyclass. Ich ahne, dass meine Mitpassagiere mit Vergnügen eine Predigt von Vater Bessarion hören würden, der wie die Flugbegleiterinnen im Gang stehen könnte: »Flieget hin und werdet glücklich!«

Ich ärgere mich, dass ich parieren muss, dass ich wieder gehorchen muss, so wie ich schon diesen ganzen letzten Monat gehorcht habe, dass ich mich erneut darum drücke, Ja oder Nein zu sagen, und trotzdem stehe ich auf und folge ihm in die Businessclass, als ob ich vor seinem Sitzplatz die Beichte ablegen wollte.
Vater Bessarion schnallt sich flink mit zittrigen Händen an und vertraut mir mit zugekniffenen Augen und besorgt-müdem Gesicht seine Reisegeschichten an: Diese Megi und die anderen Frauen seien Mitglieder seiner Gemeinde, die via Istanbul nach Griechenland geflogen und jetzt aus Athen zurückgekommen seien, sie hätten an den Gräbern orthodoxer Heiliger gebetet und auch überdies allerhand erlebt, was er mir ausführlich erklärt. Dann erzählt Vater Bessarion von Megis Abenteuern. »Ein gutherziges Mädchen«, sagt er leise, »hat seinerzeit viel erreicht ... hat eine Chance bekommen, auch finanziell, nur ...«
Jedenfalls sieht es aus, als habe man ihr später alles weggenommen, denn nun stand ihr der Sinn nach einer Reise zu heiligen Gräbern.
»Sie schauen anders auf den Glauben ... nicht so, dass sie sagen würden: Wo ist das Wunder, lass es mich berühren ... Nein, so nicht ... Wie Apostel Thomas den Finger in die Wunde legt, so in etwa.«
Vater Bessarion versucht sich umzuschauen, er will wissen, ob ihn jemand hört, aber er hat den Gurt so festgezogen, dass er sich nicht umdrehen kann oder ihm schlecht wird, wenn er sich bewegt. Plötzlich errötet er wieder. Stattdessen blicke ich mich um und schaue Megi an, die schon schläft, den Mund offen: Es gibt Menschen, die unheimlich schnell einschlafen. Genau so ein Mensch ist Megi.

»Hat sich dein Problem gelöst?«, fragt er mich, wartet allerdings meine Antwort nicht ab, sondern spricht weiter. »Ich hab mich dafür geschämt, was sie mit dir gemacht haben, das schwöre ich dir, aber ich konnte nichts sagen. Hätte ich sagen sollen ›Was macht ihr da? Gegen wen stellt ihr euch? Gegen die Künstler?‹«, richtet sich Vater Bessarion an einen unsichtbaren Gegner, der sich seiner Meinung nach irgendwo zwischen Cockpit und Toilette befinden muss.

Während Vater Bessarion redet, zeigt der Alkohol Wirkung. Manchmal hebt er die Stimme, dreht sich dann sogleich um und geht zum Flüstern über, ich vermute, er hat Flugangst, weil er, als eine Lampe plötzlich flackert, verwirrt erstarrt: »Was ist los, sollen wir die Kabine verlassen?«, sich dann aber beruhigt: »Nein, doch nicht ... Da hat nur jemand die Stewardess gerufen.«

Ich möchte Vater Bessarion loben, weil er so ehrlich mir gegenüber ist. Es scheint, als würde er sich wirklich für irgendetwas schämen.

»Du warst damals mit deinen Freunden zusammen, und ich dachte: Die halten uns wahrscheinlich für Ewiggestrige, dabei konnte ich nichts sagen, weil man auch auf uns ein Auge hat: Diese Augen ... In denen wütet ein großer Krieg. Ihr wisst es noch nicht, aber bald wird sich alles klären ...«

Vater Bessarion nimmt ein Feuchttuch aus der Tüte und wischt sich zwischen den dicken, neurotisch zitternden Fingern herum.

»Wolltest du sie reizen?«, fragt er lächelnd. »Wolltest du Publicity?«

Ich tue so, als verstünde ich nicht, was er meint. Ich mag den Mann nicht, seinen vertraulich-ehrlichen Tonfall, ich möchte aufstehen und zu meinem Platz zurückgehen.

»Die Kirche will uns abwatschen, tja, was soll man machen, ihr müsst uns bloßstellen, beleidigen, diese Lügner beschimpfen ... Aber weißt du, was alle stört? Dass ihr die beleidigt, die der Patriarch liebt. Ihn dürft ihr nicht anrühren, beschimpft uns, aber nicht ihn ...«

Ich verstehe nicht, worauf er hinauswill, was für ein Typ er ist. Wahrscheinlich ist er einfach betrunken und plappert dummes Zeug. Oder hat Angst vorm Fliegen und will nicht alleine sitzen. Er wollte Megi nicht neben sich haben – wahrscheinlich hatte er sich die Geschichten der Frauen aus seiner Gemeinde schon zur Genüge angehört.

»Andere müsst ihr bloßstellen, die Pharisäer, in Wirklichkeit ist doch die Entwicklung schon im Gange, der Antichrist ist schon da, der Krieg der Zivilisationen bricht aus, warum will das keiner wahrhaben?«

Vater Bessarion spricht immer noch an die Ecke gewandt – die Lücke zwischen Toilette und Cockpit.

Am meisten ermüdet mich, erfolglos dem roten Faden seiner Rede zu folgen, der Priester springt mit vernichtender Schnelligkeit nicht nur von einem Thema zum anderen, sondern auch von einem Gemütszustand zum anderen: Gerade dachte man noch, er sagt etwas Passendes, und schon sagt er etwas Paranoides und lässt dich ratlos zurück. In seinem Kopf, den er jetzt ängstlich an die Lehne seines Sitzes drückt, herrscht ein völliges kulturell-religiös-sozialökonomisch-philosophisches Durcheinander, er könnte im Herzen sogar Atheist sein und sich nur in den turbulenten Zeiten wie ein Gläubiger benehmen.

Er ist doch ein Lieber, verängstigt und verwirrt, vielleicht möchte er gar kein Priester sein.

Und er ist offenbar auch noch eine Labertasche. Vater Bessarion lässt sich über die Konflikte innerhalb der geistlichen Hierarchie aus, beschimpft die Bischöfe, irgendwelche Leute, die nicht begreifen, wie unethisch es ist, manche Dinge auszusprechen, selbst in der Beichte: »Warum soll ich mir das Gefasel anhören!«, sagt er, lobt jedoch umgehend irgendeinen Mann, der eine Beichte abgelegt habe, die ihm bis heute nicht aus dem Kopf gehe. Ich bekomme das Gefühl, dass er mir dessen Geschichte erzählen will. Er merkt selbst nicht mehr, wovon er eigentlich erzählt, noch vor Kurzen hatte er zumindest seine Stimme im Griff, jetzt jedoch schreit er, wie er will und was er will: »Diese Schweine drängen uns zurück in die Sowjetunion, schaufeln den alten Bonzen das Geld in die Taschen und scheißen drauf, was ich will oder was du willst, was das Volk will. Sie häufen weiß Gott wie viel an und hetzen die Leute auf, währenddessen vermehrt sich ihr Geld und ihr Einfluss. Sieh mal, so was sagen die: Der Antichrist ist im Westen, Europa – die Wiege des Bösen! Wohin wollt ihr? Wollt ihr dorthin? Nun, ratet mal, wer die Sintflut überleben wird! Das orthodoxe Russland! Das neue Byzanz. Du solltest mal hören, was die in den Predigten für Sachen erzählen ...«

Am Vorhang erscheint Megis Kopf, sie lächelt.

»Warum schreist du so, Vater Bessarion?«

»Was ist los, fühlt sich jemand gestört?« Sein Gesicht hellt sich auf.

Soll sich diese Megi doch zu dem Mann setzen und ihn beruhigen, so gut sie kann. Ich löse den Gurt, sage, ich müsse etwas schreiben, und stehe auf. Er fragt mich: »Wieder etwas Skandalöses?« Wir lachen. Plötzlich legt er die Hand auf mich: »Du hättest die Heilige nicht beleidigen dürfen. Das ist eine Sünde. Was die Ewiggestrigen sagen, ist das eine, in Wirklichkeit liegt das Problem ganz woanders. Warum sollte man mit der Sünde herumlaufen?«

Er hat wieder den Gemütszustand gewechselt, er wird zu einem anderen Mann.
Eigentlich sollte es mir zuwider sein, ist es aber nicht, und ich stelle die Frage, die ich diesen Monat fast täglich gestellt habe: »Haben Sie selbst meine Erzählung gelesen?«
»Ja«, erwidert er, aber ich bin sicher, dass er lügt.
»Wo habe ich etwas Beleidigendes geschrieben?«
»Du hast geschrieben, dass sie einen Hängearsch hatte. Das ist eine Sünde.« Vater Bessarion lässt nicht locker. »Das sollte dir leidtun, aber nur den ehrenhaften Leuten gegenüber, jenen gegenüber nicht ... Vielleicht quassele ich jetzt viel, aber ich bin auf deiner Seite.«
Wer ist dieser betrunkene Mann, warum stehe ich hier bei ihm? Die Sache ist für mich schon seit einer Woche vorbei, doch ich lasse mir nichts anmerken, antworte nichts, lächle ihn furchtbar verlogen an und verabschiede mich fürs Erste.
Der Priester löst den Gurt – hoffentlich nicht, um sich zu geißeln (was für ihn zweifellos eine Heldentat ist) –, steht auf, wendet sich zu mir und flüstert mir ins Ohr: »Tu, was du willst, wem's nicht gefällt, soll erst vor der eigenen Tür kehren.«

Perversionen. Februar 2002

Selbst ohne zu wissen, bei wem du zu Besuch bist, würdest du gleich beim Eintreten merken, dass hier Künstler wohnen. An den Wänden hängen große und kleine Gemälde, auf den Regalen und an allen Orten, wo Platz ist, liegen zahllose Bücher. Vom Fenster aus sind die Wendeltreppen und Holzbalkone des italienischen Hofes zu sehen. Man spürt, hier muss ein kleiner Hort

der Kultur und des geistigen Lebens sein. Des geistigen Lebens?, wird der Leser fragen, denn entweder findet er diesen Begriff abgedroschen, oder er bringt ihn nicht mit unserem Gesprächspartner in Verbindung. Ist das etwa »geistiges Leben«, wenn ein junger Mann, der sich für einen Künstler hält, eine Episode aus dem Leben einer von den Georgiern verehrten Heiligen auf abstoßende Art und Weise beschreibt und generell die Geschichte in den Schmutz zieht? Oder sind wir einfach rückständig und halten das für Schmiererei, was für »solche Leute« Kunst sein soll? Unser heutiger Gast ist genau diese Person, die solche Fragen aufwirft und, ich übertreibe nicht, solche Empörung verursacht: ein dreiundzwanzigjähriger Mann, der aufgrund seiner skandalösen Erzählung in den Fokus der öffentlichen Aufmerksamkeit gerückt ist. Hier muss ich erwähnen, dass ich ihn ein paarmal im Fernsehen gesehen habe und er jedes Mal in mir den Eindruck eines arroganten jungen Mannes hinterlassen hat, in Wirklichkeit jedoch ein höflicher Mensch ist. Sein Vater hatte sein Atelier gleich nebenan und arbeitete dort an der Staffelei.
Ich habe unserem Gast Fragen gestellt, welche die Gesellschaft hinsichtlich seiner Person beschäftigen, und entschuldigte mich im Voraus, falls die eine oder andere davon inakzeptabel sei.

Sie: Deine Erzählung haben zwar nicht viele gelesen, aber der Text hat schon dermaßen großes Aufsehen und Ärger hervorgerufen, dass selbst im Parlament über eine Zensur diskutiert wurde. Es hieß, ein Schriftsteller dürfe nicht alles schreiben. Kannst du uns schildern, was du geschrieben hast?
Ich: Es ist ein satirischer Text über Königin Tamar und ihren ersten Ehemann, Juri Bogoljubski, der nach zwei Jahren Ehe auf ihr Geheiß aus Georgien vertrieben wurde. Diese Geschichte ist detailliert von Basili Esosmodsghwari, einem Chronisten im dreizehnten Jahrhundert, in

seinem Werk »Das Leben der Königin und Herrscherin Tamar« niedergeschrieben worden. Der Historiker führt aus, wie ihre Tante und hohe Kirchenmänner einen Ehemann für die neunzehnjährige Königin auswählten. Königin Tamar hatte viele Bewerber – unter anderem natürlich im Byzantinischen Reich – doch fiel die Wahl auf den russischen Prinzen, den Sohn des Nowgoroder Großfürsten Andrej Bogoljubski, Juri, oder wie er in Georgien genannt wird, Giorgi. Komisch, dass man Prinz Juri auserwählte und keinen anderen, denn zur Zeit der Wahl gehörte ihm Nowgorod schon nicht mehr – die Großfürsten, die Bojaren, hatten seinen Vater, Andrej, umgebracht und verhinderten die Nachfolge Juris. Aber Tamars Tante Rusudan und andere, die großen Einfluss auf die junge georgische Regentin hatten, legten ein gutes Wort für Juri ein und, so schreibt Basili, verheirateten ihn mit Tamar. Tamar äußerte zwar Zweifel, ob es richtig sei, jemanden zum Mann zu nehmen, über den man so gut wie nichts wisse, beugte sich jedoch dem Willen der Mehrheit und willigte in die Heirat mit dem russischen Prinzen ein. Das ist eine aufregende und verworrene Geschichte, die viele Fragen aufwirft. Auch dürfen wir nicht vergessen, dass der Chronist Basili diese erst nach Tamars zweiter Eheschließung mit Dawit Soslani niederschrieb und deshalb dem ersten Ehemann gegenüber umso kritischer war. Sei's drum, Juri Bogoljubski ist jedenfalls der erste Russe, den es nach Georgien verschlagen hat, und da beginnt die tragische Geschichte der russisch-georgischen Beziehungen. Am Ende enttäuschte Juri die Erwartungen der Georgier: Basili Esosmodsghwari zufolge habe sich dieser durch Sodomie versündigt und sei dem Suff verfallen, streitsüchtig und vollkommen untauglich für den Königsthron gewesen. Ich habe dem noch hinzugefügt,

dass er in der ersten Nacht nicht in der Lage gewesen sei, seine ehelichen Pflichten zu erfüllen, und seine Lust auf andere Weise befriedigt habe.
Sie: In welcher Form?
Ich: Es ist eine Satire ...
Sie: Verstehe ich, aber vielleicht tut das der eine oder andere von unseren Lesern nicht. Also wie nun?
Ich: Es ist die Geschichte des ersten Russen in Georgien. Eine politisch-literarische Allegorie über die Beziehung von Russland und Georgien. Mit Königin Tamar hat das nichts zu tun.
Sie: Das war keine Antwort auf meine Frage.
Ich: Welche?
Sie: In welcher Form Juri Bogoljubski sein sexuelles Verlangen in der Hochzeitsnacht befriedigt hat.
Ich: Haben Sie die Erzählung nicht gelesen?
Sie: Noch nicht, leider, aber ich verspreche dir, ich werde das auf jeden Fall tun.
Ich: Mir gefiel die Geschichte, der Stil, wie der Chronist die Geschichte beschreibt, und ich dachte mir, ich schreibe einen politischen Text über die historische Heirat im dreizehnten Jahrhundert.
Sie: Aber am Ende kam es so, dass du die von vielen verehrte Heilige verunglimpft hast.
Ich: Wie denn?
Sie: In der Hochzeitsnacht spielt sich ein schändliches Ereignis ab ...
Ich: Basili Esosmodsghwari schreibt, dass sich Tamar von Juri geschändet fühlte.
Sie: Aber nicht Basili Esosmodsghwari, sondern du hast dir die Schlafzimmerepisode ausgedacht ...
Ich: Woher wissen Sie das, wenn Sie meine Erzählung nicht gelesen haben?

Sie: Das wissen doch mittlerweile alle, man erzählt es sich eben ...
Ich: Was erzählt man sich?
Sie: Man erzählt, in deiner Erzählung wird Juri Bogoljubskis sexueller Kontakt zu einer Henne beschrieben. Tja, jetzt hast du sogar mich dazu gebracht, es auszusprechen!
Ich: Ja, das hab ich mir ausgedacht, aber das ist keine Verunglimpfung von Königin Tamar ...
Sie: Königin Tamar steht daneben und ist faktisch Augenzeugin. Denkst du nicht, dass hier, wo – komm, nennen wir die Sache beim Namen – so eine obszöne Episode beschrieben wird, die Anwesenheit einer Heiligen ein kleines bisschen blasphemisch ist? Viele haben das so gesehen.
Ich: Nun, weil sie es sieht, wirft sie ihn hinaus, aber Juri Bogoljubski versucht, auf den Thron zurückzukehren und sich auf die Seite von Tamars Widersachern zu schlagen. Diese Henne wird am Ende das goldene Ei legen, metaphorisch ausgedrückt.
Sie: Darf ich eine Frage stellen?
Ich: Klar.
Sie: Bist du in einer Beziehung?
Ich: Über persönliche Dinge spreche ich nicht.
Sie: Diese Frage steht im Zusammenhang mit unserem Thema.
Ich: Es interessiert Sie also, ob ich zoophil bin? Bin ich nicht. Ich bin in einer Beziehung.
Sie: Entschuldigung, aber ich muss dich das fragen: mit einem Mann oder einer Frau?
Ich: Was?
Sie: Hast du außergewöhnliche Vorlieben? Es interessiert die Öffentlichkeit.
Ich: Was hat das damit zu tun?

»Wieso hat das nichts damit zu tun?« Mein Vater platzte herein, er war offenbar irgendwo in der Nähe gewesen und hatte uns belauscht. »Sag einfach Nein, antworte einfach, was eierst du rum, Mann!«

Das Interview brach ab.

»Die Frage war wohl schlecht formuliert, Entschuldigung«, rechtfertigte sich die Journalistin, »ich verehre Sie beide so sehr ...«

»Warum sagst du ihr nicht, dass du heterosexuell bist?« Mein Vater konnte seine Verwunderung nicht verbergen. Der Arme verschluckte sich (er war wohl gerade dabei, sein geliebtes Maisbrot zu essen, als er das provokante Interview mitbekam und die Hände am Schnurrbart abwischte). »Also wirklich, was ist das denn für eine Frage? Warum antwortest du so ausweichend?«

Meiner Meinung nach eierte ich überhaupt nicht herum, ich wusste bloß nicht, wie ich reagieren sollte – sollte ich ernsthaft beteuern, dass Juri Bogoljubski und ich keine ähnlichen Vorlieben hätten? Erstens hatte ich solch eine dumme Journalistenfrage nicht erwartet, zweitens genierte ich mich, über dieses Thema zu reden, und drittens stellte ich mir plötzlich vor – genauer gesagt, der Snob in mir stellte sich vor –, was meine schwulen Bekannten sagen würden, wenn sie dieses Interview lesen würden. Meine Güte, Vater, dachte ich verärgert, ich bin doch liberal, was hat das mit Heterosexualität zu tun, konntest du dir nicht denken, in welchem Kontext sie mich das fragt? Ich sollte mir wohl eine richtige Antwort ausdenken, überlegte und sagte schließlich irgendwie mehr zu mir selbst: »Nein, beziehungsweise jawohl, ich bin heterosexuell, aber warum erwähnen Sie Schwule in so verächtlicher Weise?«

Ich sagte das sogar so laut, dass die Journalistin es tat-

sächlich hörte, aber sie schrieb meine Worte nicht mal auf.
»Mach die Sache doch nicht komplizierter, als sie ist!« Mein Vater regte sich noch mehr auf: »Merkst du nicht, was die wollen? Die wollen dir jetzt alles Unglück in die Schuhe schieben und damit die verwirrten Leute noch mehr zur Weißglut bringen. Damit, dass du angeblich ein Schwuler bist, ein Pädophiler, ein Zoophiler und ein Serienmörder!«
»Gute Güte, was erlauben Sie sich ...« Die Journalistin tat betroffen. »Ich möchte meinen Interviewpartner möglichst objektiv darstellen, warum sollte ich es sonst wagen, solche Dinge zu fragen.«
Was mir noch mehr Sorge bereitete, war, dass die frischgebackenen ein, zwei Liberalen, die mich in der Sache zu verteidigen versuchten, kaum zufrieden wären, wenn sie lesen würden, dass mein Vater »alles Unglück« der Homosexualität zuschrieb.
»Sei nicht besserwisserisch, ich bitte dich! Weißt du, was die als Überschrift nehmen werden?!«, rief mein Vater.
»Du meine Güte, nein«, flötete die Journalistin, sie schien nun wirklich betroffen.
Plötzlich öffnete sich unbemerkt die Tür, und Ani schaute ins Zimmer – diejenige, die mich normalerweise bei Journalisten mahnte, ich solle nicht zu viel darüber nachdenken, ob eine Antwort ausgewogen und diplomatisch sei. Sie machte ein verängstigtes Gesicht, wahrscheinlich, weil meine laute Stimme bis auf den Flur zu hören war.
»Sieh mal einer an, seine Freundin! Schau!« Mein Vater lief Ani entgegen. »Schaut sie euch an! Ist sie ein schlechtes Mädel?«, und er wandte sich ihr zu: »Bist du ein Mann oder eine Frau?«

»Oh, Sie sind so süß!«, flötete die Journalistin.

»Sie soll dir sagen, ob sie ein Mann oder eine Frau ist!« Mein Vater ließ nicht locker.

»Eine Frau, allerdings mit dem Charakter eines Mannes«, sagte ich.

Nach einem Monat Schlaflosigkeit, dem Hin und Her und der Flucht aus dem Patriarchat, dem Untertauchen, den ausgesprochenen und unausgesprochenen Entschuldigungen, den erschöpfenden und zermürbenden Missverständnissen und dem allumfassenden Stress, benahm sich kein einziger von uns angemessen. Zu dieser Zeit sahen wir überall Feinde und Verschwörer.

Ani nahm so etwas wie eine Kampfpose ein, weil sie dachte, ich hätte jetzt eine Auseinandersetzung mit der Journalistin und müsse verteidigt werden, obwohl diese sich so oft für die »unbedacht gestellte Frage« entschuldigte, dass sie mir plötzlich mit Vorwürfen kam (sie war schon auf Krawall gebürstet, und mit irgendwem musste sie sich ja anlegen): »Nun, aber (so fing sie an), hättest du dir nicht im Voraus die Fragen geben lassen können, damit du hier keine unbedachten Antworten geben musst?«

»Ich konnte ja auch nicht ahnen, dass mein Vater hereingeplatzt kommt!«, sagte ich wütend.

»Soll er doch sagen, warum ich hereingeplatzt bin!«, schrie mein Vater los.

»Bitte nicht streiten wegen mir, bitte!« Die Journalistin wäre wohl am liebsten gegangen.

»Ich bin gleich wieder weg«, sagte mein Vater und ging zur Tür, »aber schreiben Sie jetzt bloß nicht, wie ich hereingeplatzt bin.«

»Wie könnte ich.« Die Journalistin war zerknittert, wie auch unser »Angriff« ihren Blazer über dem Bauch zerknittert zu haben schien (irgendwie sah er plötzlich schä-

big und lumpig aus), der Mantel war sogar auf den Boden gefallen.
Ich hob den Mantel auf, hängte ihn über den Stuhl und schloss hinter meinem Vater die Tür.
»Was haben Sie denn so Schlimmes gefragt?«, wandte sich Ani an die Journalistin.
»Ob du etwa zoophil bist«, antwortete ich.
»Jetzt schiebt nicht mir die Schuld in die Schuhe, so hab ich nicht gefragt«, plapperte die Journalistin laut los. Man konnte nicht erkennen, was in ihr vorging, ihr Gesichtsausdruck wechselte von einer Emotion zur nächsten. Wahrscheinlich dachte sie, sie sei bei einem Psychopathen gelandet (*Nicht dass er mich einsperrt und mir etwas antut!*).
»Sollen wir weitermachen?«, fragte sie mich. »Solche Fragen stelle ich nicht mehr, versprochen.«
Ani zog die Augenbrauen hoch, nach dem Motto »Wen hast du da nur reingelassen?«, und setzte sich irgendwohin: Weder konnte sie gehen noch wollte sie zu meinem Vater hinaus.
»Machen wir weiter«, sagte ich.
Die Journalistin drückte auf den roten Aufnahmeknopf.

Sie: Was ist passiert, kannst du mir das erklären? Sag mir wenigstens, warum die Leute so wütend auf dich sind.
Ich: Diese Leute sind immer auf alles wütend. Im Voraus. Sie wollen Blut sehen.

»Das dürfen Sie nicht drucken!«, rief mein Vater uns aus seinem Atelier zu.

2
»Freie Epoche« – Angst vor der Revolution. 2001–2002

(-1)

Der November war in Georgien schon immer der Demonstrationsmonat. Damals - wahrscheinlich wegen der kürzer werdenden, depressiven, stromlosen Tage - keimte immer der Wunsch auf, dass sich etwas ändern müsse: Zum Beispiel die Regierung. Aber eine Regierung, die fast dreißig Jahre lang Eduard Schewardnadses Kopf, Körper und Stimme hatte, würde sich vermutlich noch längere Zeit nicht ändern. Er war jetzt ein zäh redender und von leichtem Parkinson beeinträchtigter alter Mann und wirkte so, als ob ihn die aktuellen Novemberdemonstrationen nicht besonders beunruhigten. Zumal das alles nicht wirkte wie Demonstrationen - wie blinde Katzen rotteten sich die Mieter verdunkelter Häuser spontan auf den Hauptstraßen zusammen und sperrten bestenfalls kleinere Straßen.

Auf georgische Demonstrationen ging man selten aufgrund von sozialen Problemen, und wenn man hinging, sagen wir, um gegen Arbeitslosigkeit zu protestieren, würde garantiert nach einer Stunde der Rücktritt des zum Unglückssymbol gewordenen Präsidenten gefordert.

Das war auch jetzt so: In der Nähe meiner Wohnung, auf einer großen Straße, hatten Menschen wegen fehlender Stromversorgung die Straße gesperrt. Der Protest galt einem von vielen ekelhaften Phänomenen der 90er - dem Stromzeitplan, der, ungeachtet seiner Definition, keinerlei Regeln unterlag. Jeder erwähnte den irgendwo veröffentlichten mythischen Zeitplan, dieses hässliche Wort, aber keiner wusste mit Sicherheit, wann und wie lange es

Strom hätte geben müssen. Wenn es welchen gab, dann zu einem nutzlosen und sadistischen Zeitpunkt, wenn alle schliefen: zum Beispiel um fünf Uhr morgens. Dementsprechend erwachte das Leben des einundzwanzigsten Jahrhunderts früh: Es wurde Wäsche gewaschen, Geschirr gespült, der ersehnte Fernseher ging an, mit einer Einblendung auf dem Bildschirm »Die Rundfunkübertragung wird um acht Uhr morgens fortgesetzt« (interessant zu wissen, für wen!), ganz langsam wurde das unter knackenden Geräuschen zurückkehrende Wasser in der Dusche warm, und die großen milchweißen Computer füllten sich mit Lebensenergie. Es gab jetzt tatsächlich öfter Strom als noch vor ein paar Jahren, als es absolut gar keinen gab, doch so plötzlich wie er kam, ging er auch wieder, deswegen lag allen ein und dasselbe auf den Lippen: »Es ist schon das Jahr 2001 und wir sitzen immer noch im Dunkeln.« Der Grund für diese Worte, den Ärger und die ausgesprochen-unausgesprochene Wut war allgemein und konkret Eduard Schewardnadse, den die nach Stromzeitplänen lebenden Leute als Ursache ihres täglichen Unglücks betrachteten.
Eduard Schewardnadse wurde überall und ständig beschimpft, er war der Erste, der gehasst wurde, und der Letzte, den man reell ersetzen wollte. Seiner Beschimpfung folgte unbedingt die fatale Frage: »Wenn nicht er, wer dann?« Eduard Schewardnadse gelang es genau dank dieser Frage, dreißig Jahre lang an der Macht zu bleiben. »Schewardnadse ist ein langsames Sterben und ein Sumpf, aber es gibt keine Alternative zu ihm.« In dieser Phrase steckte das Gefühl der Hoffnungslosigkeit, aber auch der Stabilität. Mit dem neuen Jahrhundert kam auch ein Gefühl, mit dem niemand das Ende des vergangenen Jahrhunderts charakterisieren würde: ein nahezu

aus dem Nichts gekommener Optimismus. Vielleicht doch nicht ganz aus dem Nichts, falls jemand die aus der Leblosigkeit der Neunzigerjahre erstandenen, mit Plastikstühlen und -tischen ausgestatteten Cafés und andere Symbole der Zivilisation, zum Beispiel McDonald's oder ein, zwei private und vergleichsweise solide Banken, als Erfolgsargument heranziehen würde. Die Eröffnung des ersten McDonald's überzeugte viele, dass Veränderungen möglich waren. Der Katholikos-Patriarch und Eduard Schewardnadse eröffneten zusammen das neue Schnellrestaurant. Der Präsident kostete mit der für ihn charakteristischen Geschmeidigkeit einen gewaltigen Big Mac, das Staatsfernsehen nannte die Eröffnung des Fast-Food-Objekts den »nächsten Sieg nach dem Fall der Berliner Mauer: Georgien wird zum modernen Land«.

Der Präsident wurde tatsächlich von Zeitungen und Fernsehsendern heftig kritisiert, aber deren Geschrei wurde übertönt vom ununterbrochenen Feiern der georgischen Popkultur, für deren Existenz das staatliche Fernsehen sorgte. Wenn im Fernsehen gefeiert wurde, hieß das, es war auch im gerontokratischen Georgien Feierstimmung. Laut Aussage des Präsidenten »mussten sich die Leute von viel Unglück erholen«.

Geschaffen wurde die Illusion der Existenz einer Kultur durch Dutzende staatliche Theater (wo allerdings keine Löhne ausbezahlt werden konnten), zwei Orchester (deren Musiker ihre Partituren manchmal mit Kerzen beleuchteten), einige gekünstelt unterhaltsame Restaurants (in denen man live halb toten Musikern zuhören konnte), fünf altsowjetische und nicht reformierbare Literaturzeitschriften und eine Oper mit psychisch, physisch und gesanglich instabilen Vokalisten.

Man ging davon aus, dass es auf jeden Fall schon Strom

gab, zumindest in staatlichen und nichtstaatlichen Einrichtungen, aber genau dann, als es am Ende hieß, der Strom werde in Georgien nur einem strengen Zeitplan entsprechend ausgeschaltet, ging der Strom trotzdem beim Jubiläum des Präsidenten im Operntheater aus, zudem genau in dem Moment, als der berühmte Tenor – selbst schon im Jubilarsalter – das hohe D in Manricos Cabaletta bekommen musste. Der Präsident verließ unerkannt in absoluter Dunkelheit den Saal, außer ihm hatte jedoch niemand Lust zu gehen, da es hieß, der Strom sei in ganz Tbilissi weg, zudem herrschte draußen noch viel größere Dunkelheit und Kälte als in der Oper. Deshalb warteten diejenigen, die geblieben waren, weitere drei Stunden auf den Strom. Der große Tenor saß auf der Vorderbühne, legte sich das Schwert auf die Knie und plauderte mit den Zuschauern im Parkett: »Schewardnadse hat sich davongestohlen, Maestro!« – »Wie bitte? Hier kriegt man nichts mit. Ob er nun kommt oder geht …«

»Auf allen Kanälen werde ich mit Dreck beworfen«, beschwerte sich der Präsident, »schaut das Staatsfernsehen an, selbst dort beschimpfen sie mich regelmäßig, aber als Demokrat muss man das ertragen und den Kummer herunterschlucken.«

Seine fortlaufende Kritik war im neuen Privatfernsehen zu hören, dessen Zielgruppe um einiges jünger war als der existierende *Kollektiv-Schewardnadse* – der gesammelte *Anti-Schewardnadse*, eine neue Generation, die der immer noch aktiven, regierungs- und machtverliebten, aggressiven Großvätergeneration des Präsidenten gegenüberstand. *Licht (neue Generation) vs. Stromausfall (Großväter).*

Es ist eigenartig, was die Stromlosigkeit betraf, hatte es mich auf die Seite der Glücklichen verschlagen, zu jenen,

die in einem Block wohnten, in dem es fast immer Strom gab, beziehungsweise wo das einundzwanzigste Jahrhundert Einzug gehalten hatte. Es wurde gemunkelt, wir seien mittels tief in der Erde vergrabener Elektroleitungen mit einer geheimen Militärbasis verbunden, und wegen jener unsichtbaren Basis bekämen wir außerhalb des unsinnigen Zeitplans Strom. Meine Nachbarn witzelten jedoch, wir seien ans Paradiesnetz angeschlossen, weil unser sechzehnstöckiger Block in geografischer Nähe zu einem weiteren großen Angstauslöser meiner Kindheit lag – den stetig wachsenden Friedhöfen von Wake und Saburtalo. »Wenn der Strom auch in unserem Block ausfällt, wird es so dunkel, dass wir das phosphorfarbene Leuchten der Leichen sehen können. Wenn die verwesen, fangen die nämlich an zu leuchten«, sagte ein unter mir wohnender Junge undefinierbaren Alters (einer von der Sorte, die es in jedem Hof oder Block gibt – ein Typ, der dauernd unglaubliche und glaubhafte Geschichten über Verstorbene, Särge, schwanzlose Eidechsen und Umweltkatastrophen auf Lager hatte).
Sei es aufgrund des Stromausfalls oder anderer Faktoren, jedenfalls vermehrten sich die Gräber dermaßen schnell, dass ich manchmal kaum in den eigenen Hausflur hineinkam. Während der Beerdigungen standen fremde Leute an unserem Fahrstuhl, und wir mussten, ob wir wollten oder nicht, an den Beerdigungen teilnehmen. Vor Verwirrung gab ich manchmal völlig unbekannten Leuten die Hand, um in den Fahrstuhl zu kommen, immer mit Angst im Nacken dafür betend, dass der Strom wenigstens nicht vor Erreichen des sechsten Stocks ausfiele. Das Beten hatte ich ja als Kind vor dem Fernseher sitzend gelernt (ich flehte Gott an, uns mehr als einen Trickfilm zu zeigen, denn im sowjetischen Fernsehen war die Aus-

strahlung von Animationsfilmen beschränkt), in den Fahrstühlen der 90er- und 2000er-Jahre übte ich mich in Willenskraft, denn jederzeit konnte der Strom ausfallen oder eine Ratte in den Fahrstuhl schlüpfen oder ein Exhibitionist, was noch schlimmer als eine Ratte gewesen wäre.

Nicht nur das Fahrstuhlfahren (oder eher das -steckenbleiben) war ein klaustrophobischer Albtraum, sondern auch die Nächte nach der Beerdigung von fremden Menschen: Die Leute begruben ihren Verstorbenen direkt in der Nähe des Blocks, der Grabstein war normalerweise von meinem Fenster aus sehr gut zu sehen, sie streuten Blumen oder legten Kränze ab und gingen nach einer Stunde friedlich auseinander, wir aber, oder eher ich – mit meinem Fenster und meinem Schlafzimmer – legte mich mit einem furchtbaren Gefühl ins Bett, dass der Friedhof wieder um einen Verstorbenen reicher war und dieser jetzt irgendwie *uns gehörte*.

Mein Lebensinhalt war das »Loft«, ein Literatur-Theater-Klub auf dem Rustaweli, der trotz seines Namens im Keller lag, und ein Studio im Privatfernsehen, wo ich unter Pseudonym Szenen für eine Politsatire-Sendung schrieb. Sobald in der Stadt der Strom ausging, wurden im »Loft« öffentliche Lesungen von Gedichten, Prosa und allerlei anderem Zeug veranstaltet, und in einem von Generatorstrom beleuchteten Keller stieß ein Schriftsteller vollkommen spontan eine literarische Diskussion an. Es kamen unzählige Leute (oft zu Fuß, aus dem Umkreis der Stadt), für die es seltsam war, Menschen zu Gesicht zu bekommen, die behaupteten, Schriftsteller zu sein. Ein Mädchen gab freimütig durchs Mikrofon bekannt, es habe fast bis zur neunten Klasse gedacht, dass ein Schriftsteller unbedingt tot sein müsse.

Wer ins »Loft« ging, um Schriftsteller zu sehen, war eher ein Hörer als ein Leser, denn sie hörten der Rezitation eines Dichters gleichermaßen zu wie irgendeinem vom Staatsfernsehen gehypten lokalen Popstar. Mancher Autor hat sogar am Ende mit einer seiner Zuhörerinnen eine Familie gegründet. In allen Ecken des »Loft« sah man verliebte Zuhörer-Schriftsteller-Paare.

Nun, Schriftsteller wurden normalerweise nicht mit Liebe assoziiert, denn georgische Literaten waren größtenteils aggressiv. Um die Einschaltquoten zu erhöhen, besuchten die Fernsehsender oft ein Zentrum des postsowjetischen Anachronismus – den Schriftstellerverband, wo unbekannte Schriftsteller zu Hunderten beinahe täglich Krieg um früher wichtige, jetzt unwichtige, wenn auch gut klingende literarische Posten führten. Präsident Schewardnadse betrachtete die Schriftsteller als »seine Intelligenzija« und finanzierte den Schriftstellerverband mit einer nicht allzu großen Summe aus dem ohnehin schon kleinen Staatshaushalt. Damit gab man seinen Schriftstellern die Möglichkeit, sich im historischen Hof des Schriftstellerhauses eine bäuerliche Existenz aufzubauen. Diejenigen, die reingelassen worden waren, erzählten, die Schriftsteller hätten Gurken und Tomaten im Hof angebaut und es sei Gegacker von versteckten Hühnern und sogar Ferkelgequieke zu hören gewesen. Wenn jemand fragte, wie ein historisches Gebäude mit illegaler Landwirtschaft zu vereinbaren sei, bekam er von einem wütenden Schriftsteller-Bauern ein total plausibles Argument als Antwort: »Nun, muss die Schriftstellerschaft etwa nichts essen? Sollen wir Meister der Worte etwa hungern?«

Als ein Journalist auf der Bauernsitzung der Schriftsteller die irritierende Frage stellte: »Es heißt, die Schriftsteller hätten einen Zwiebelhandel, stimmt das?«, brach im Schriftstellerverband ein unglaublicher Streit aus: Der Schriftsteller Schotadse schlug dem Journalisten sein Buch »Das Buch der besten Nekrologe« auf den Kopf, die Übrigen nahmen dem Kameramann seine Kamera weg und verfolgten ihn bis zur Ausgangstür.

Abends, noch bevor der Strom entgegen dem Zeitplan ausgeschaltet wurde, zeigten alle Fernsehsender, wie der Schriftsteller Schotadse den Journalisten mit seinen besten Nekrologen verfolgte und der Sekretär des Schriftstellerverbands einen angsteinflößend laut bellenden Hund auf den Kameramann hetzte. Der Hund hatte dem Kameramann bis zur Straßenecke nachgestellt, lief aber nicht weiter, weil der Mann es unbeschadet bis zum Auto geschafft hatte, hineingesprungen war und ihn daraus beschimpfte. Den Journalisten hatte eine unbekannte Dichterin, irgendeine Maria Scharikadse, zum Hinterausgang gebracht und bedauernd gesagt, es gebe hier auch normale Leute und man dürfe nicht alle in einen Topf werfen: »Uns gefällt auch nicht, was in diesem Land passiert. Auch wir haben Ahnung von Kunst, wir sind doch keine Wilden«, sagte die Dichterin.

In der Sendung, in der über die Auseinandersetzung im Schriftstellerverband berichtet wurde – den Kontrast zwischen Anachronismus und Gegenwart, beziehungsweise zwischen Jugend und älterer Generation –, gab es auch ein Interview mit ein paar jungen Schriftstellern, unter ihnen ein neues Gesicht (nämlich meins), fälschlicherweise trug es jedoch einen anderen Namen. Gegen Abend hatte mich eine Kollegin des mit dem Buch geschlagenen Journalisten angerufen und gefragt, ob ich mich zum Zwischenfall im Schriftstellerverband äußern wolle. Es klang eher nach einem Befehl als nach einer Bitte, dem ich sicherlich auch gleich Folge geleistet hätte, wenn mich die Journalistin nicht mit dem falschen Namen angesprochen hätte: Sie rief offenbar bei einem anderen Vor- und Nachnamen an, worauf ich sie auch sofort fast entschuldigend aufmerksam machte. Die Journalistin wunderte sich und legte auf, rief aber kurze Zeit später erneut an und meinte, sie habe den Namen verwechselt und wirklich bei mir anrufen wollen. Man hatte dann ein Interview mit mir aufgezeichnet (der Kameramann hatte keuchend die Kamera heraufgeschleppt, weil er nicht glauben wollte, dass in unserem Block der Strom nie ausfiel, und er deshalb den Fahrstuhl nicht benutzt hatte), ich jedoch sagte genau das, was von mir erwartet wurde: dass die *Großväter* Vergangenheit sind.

So wurde ich noch mal neu geboren, mein Fernsehgesicht sprach an einem Tag über sich selbst und seine Berufsgewohnheiten (dabei allerdings persönliche Dinge übergehend), am nächsten über Stromausfall, Kälte und Politik.

(–2)

An jenem Morgen, als die Aktion gegen den Stromzeitplan begann, wollte ich zu Ani gehen, die im anderen, dem historischen Teil der Stadt wohnte, doch unterwegs hätte ich es mir ein paarmal beinahe anders überlegt, weil die frisch formierten passiven Anarchisten die Erfindung der georgischen Demonstrationen – angezündete Reifen – in den Straßen herumrollten. Wenn etwas zwischen den verdunkelten Häusern leuchtete, waren das hie und da brennende Lagerfeuer und an Fernsehkameras angebrachte gelb flackernde Lampen, welche die Gesichter der aufgebrachten Demonstranten noch fahler erscheinen ließen. Ein Mann schrie in die Kamera: »Will er nicht mal sterben? Ist er Fidel Castro?« Frauen, bei denen ich nicht sicher war, ob sie den Morgenrock über den Mantel gezogen hatten oder umgekehrt, beschwerten sich kreischend über die unerträgliche Dunkelheit und den jenseits jeder Logik kommenden und gehenden Strom.

Ich hatte eine Mappe dabei, in der meine neueste vierzehnseitige Erzählung lag – ein Text, dessentwegen ich überhaupt aus dem Haus ging, was für mich in Zeiten der totalen Arbeitslosigkeit als Arbeit zählte.

Die Geschichte sollte wie eine parodistische Ergänzung zu Basili Esosmodsghwaris Chronik aus dem dreizehnten Jahrhundert anmuten, ich hatte sie während einer zweiwöchigen Schlaflosigkeit geschrieben, verkehrt herum nummeriert (weil ich darin schilderte, dass eine Episode in der Geschichte Georgiens verkehrt lief) und zuerst mir selbst und dann meinem Vater vorgelesen, dessen erster Eindruck so treffend war, dass er zum Titel der Erzählung wurde: »Im Prinzip ist das für uns *der erste Russe.*«

Bei Ani erwarteten mich Strom und eine dicke gelbe Jacke am Garderobenhaken.

Sie gehörte Anis Cousin Akako, der vor einem Monat mit seiner Schweizer Freundin aus Deutschland gekommen war. Akakos Eltern waren gestorben, als er noch ein Kind war, und seine Onkel und Tanten hatten seine Erziehung übernommen, unter anderem Anis Mutter, die unaufhörlich von Akakos Erfolgen, seinen zahllosen Diplomen und den Besonderheiten des Lebens in Deutschland erzählte. Akako vermietete seine Tbilisser Wohnung schon seit Jahren an Diplomaten aus dem Ausland und stieg,

wenn er selbst in Tbilissi war, in der Wohnung der Tante ab. Akako hatte einige Diplome, unter anderem in Politologie und Sozialwissenschaften, hielt sich aber selbst für einen Kenner von Poesie. Er las der von seiner Liebe hypnotisierten Schweizerin Lena exzentrische, in einer unverständlichen Sprache verfasste Rezitative vor. Akako war in diesem Jahr das erste Mal in einer konkreten Funktion und mit Zielen nach Georgien gekommen, die durch die Herausgabe einer Zeitschrift namens »Freie Epoche«, finanziert von einer österreichischen Stiftung, erreicht werden sollten. Akako hatte den Leiter der Stiftung »Friedlicher Kaukasus«, Herrn Schota (und - nicht weniger wichtig - seine Frau Eva) von der Bedeutsamkeit der Zeitschrift überzeugen können, denn mit ihr wollte er seine mentale Revolution starten. Nach achtmonatiger Prüfung bestätigte die Stiftung beziehungsweise Herr Schota und dessen Frau Eva das Budget der Zeitschrift, und Akako machte sich auf die Suche nach Redaktionsmitarbeitern.
Akako verhielt sich diesmal um einiges angepasster; nach seiner vorigen Rückkehr hatte er eine politische Partei mit dem Namen »Gleichberechtigungspartei - Evolution, Weisheit, Fortschritt« gründen wollen und als Kraftprobe fast täglich vor dem Parlament skandiert: »Nieder mit den Spießern und Kleingeistern!«
Es kümmerte ihn jedoch nicht, dass Spießer und Kleingeister im stromlosen, vereisten Georgien nicht das Hauptproblem waren.
Einmal hatte er sich in den Kopf gesetzt, zum Hungerstreik gegen in Georgien ansässige Konzerne aufzurufen, aber seinen Zuhörern, völlig mittellosen Männern, fiel kein einziges Unternehmen ein, welches Kampf und Vernichtung wert gewesen wäre: »Also gegen die Regierung?«, fragten sie.

Nun verschwendete er keinen Gedanken mehr an die Partei, sehr zur Freude seiner Tante – Akako versuchte eine Zeitschrift ins Leben zu rufen, welche, wie er sagte, dabei helfen würde, die im Embryonalzustand befindliche georgische Zivilbevölkerung aus dem lethargischen Schlaf zu reißen.

Überall lagen Akakos und Lenas quietschbunte Sachen herum – solche, die den Optimismus der Ferne und eine Spur Wohlstand erkennen ließen. Auch Ani passte ihr Leben dem Fahrplan von Akako und Lena an: Sie nahm Frühstück, Mittagessen und Abendbrot zu festen Zeiten mit ihnen zusammen ein, was sie ohne die beiden so pedantisch nie getan hatte, es war, als würde sie ihnen zuliebe ein neues Regime und einen neuen Lebensstil einführen: Sie trank beispielsweise morgens frisch gepressten Orangensaft.

»Hast du sie dabei?« Akako freute sich.

»Hier.« Ich zog die Mappe heraus.

»Wovon handelt sie? Ist sie gut?«

»Von der Beziehung zwischen Russland und Georgien«, antwortete ich.

»Hast du Hunger?«, fragte Ani, die Hand stolz auf der Teekanne, eine Pose wie auf einem Renaissancegemälde.

»Weiß nicht.« Ich zuckte mit den Schultern und warf einen Blick auf den Tisch: Es kam darauf an, was es gab.

»Fangen wir mit den aktuellen Themen an?« Er hatte schon zu lesen begonnen. »Das ist gut!«

»Achthundert Jahre zurückliegende aktuelle Themen.«

Akako lachte und fing an, langsam, wie im Takt einer Musik, zu klatschen: »Bravo, das ist gut, bravo« (manchmal brachten ihn Dinge zum Lachen, die absolut nicht lustig waren). Dann beschloss er, gleich für Lena zu übersetzen, war dann aber doch zu faul, den Satz zu beenden, und sagte mit müdem Gesichtsausdruck: »Du findest es doch nicht schlimm, wenn ich ihr das nicht übersetze? Ohne Kontext versteht sie es sowieso nicht, das hat keinen Sinn.« Lena lächelte ihren Geliebten an, weil sie merkte, dass sie über seine Aussage lachen sollte, obwohl Akako ihr nichts übersetzte, er nahm ihre Hand und zog sie auf seinen Schoß.

»Ups«, sagte Lena, die eine Tasse hielt und Angst hatte, den Kaffee zu verschütten.

»Sie ist sehr einfach gestrickt und süß«, fuhr Akako auf Georgisch fort, »so jemand wurde früher wahrscheinlich mit einem Bauern verheiratet. Sie ist unbelesen, interessiert sich für nichts außer fürs Essen und für mich ...«

»Was?«, fragte Lena auf Deutsch, weil sie immer noch hoffte, Akako würde sie zum Lachen bringen.

»Nichts«, antwortete der, »ich sage, dass du viel isst, aber gute Gene hast und deshalb nicht dick wirst.«

»Und wenn sie doch versteht, was du sagst?«, fragte Ani und zündete sich eine Zigarette an.

»Nicht ausgeschlossen, dass sie mich veräppelt und alles versteht«, sagte Akako allen Ernstes, »sie stellt sich vielleicht nur dumm ... Jetzt fällt mir ein, mit welcher Vehemenz sie was mit mir anfangen wollte, manchmal frage ich mich, ob sie nicht der Geheimdienst auf mich angesetzt hat. Die Niedlichen und Taktvollen sind die Gefährlichsten. Aber wenn sie Spionin ist, habe ich lieber sie in meiner Nähe, denn bei ihr weiß ich schon, woran ich bin. Nicht dass sie mir dann jemand Gefährlicheres schicken. Bist du über mich im Bilde?«, fragte Akako Lena und beugte sich zu ihren Lippen. Lena begriff, dass sie jetzt alles und jeden vergessen, die Tasse auf den Tisch stellen und die Zunge ihres Geliebten in den Mund hineinlassen musste. So eine unerwartete Leidenschaft wäre normalerweise für Anis Küchen-Mittagslunch unangebracht gewesen, aber Akako und Lena pflegten oft in Gegenwart anderer Zärtlichkeiten auszutauschen.

»Mach den Jungen nicht verrückt, der ist noch klein«, schrie Ani ihren Cousin an und kicherte errötend.

Klein war ich.

»Warum, ist küssen etwa strafbar?« Akako schob den Kiefer vor, so wie er es oft tat, wenn er etwas Lustiges sagen wollte.

In Wirklichkeit fühlte sich Ani genauso unwohl wie ich, wenn Akako und Lena anfingen, sich mit exhibitionistischem Verlangen zu streicheln. Ani und ich hatten einmal lange darüber philosophiert, ob das Zurschaustellen von Liebe und Leidenschaft vulgär und wichtigtuerisch ist (konkret nach einer von Akakos und Lenas ersten öffentlich-erotischen Liebkosungen), denn uns beiden schien es, als wäre die scheinbare Gleichgültigkeit gegenüber den Augenzeugen ihres Tuns eher ein Zeichen für unechte Liebe und unverarbeitete Komplexe als für gegenseitiges ehrliches Verlangen.

»Warum sollte ich dich denn im Beisein von hundert Leuten bespringen und ablecken wollen?!«, sagte Ani.

Unseren Freunden ging es manchmal auf die Nerven, wie einträchtig und energisch Ani und ich das Verhalten anderer Leute bewerteten. Ihrer Meinung nach spielten wir uns als Moralisten auf, und wenn es am Ende nichts und niemanden mehr gab, dem wir einen Vorwurf machen konnten, fingen wir miteinander einen Streit an. Ani sagte, andere würden uns beneiden, besonders die Paare, die einander nicht viel zu sagen hätten, wir jedoch schafften es immer, uns miteinander zu amüsieren, und sei es nur, indem wir andere detailliert analysierten und mehr oder weniger bloßstellten.

»Entweder hat er keine Hemmungen, oder es ist Teil seiner geistigen Revolution, Lena in aller Öffentlichkeit an die Wäsche zu gehen. Hat er mit Lena schon mal im Beisein deiner Mutter geknutscht?«, fragte ich Ani.
»Na klar, meine Mutter tut dann bloß so, als würde sie es nicht sehen, sie sagt dann meistens ›Meine Güte, ist es hier stickig‹ oder so was ...«
Diesmal hörten sie eher auf als sonst, denn Akako musste in die Redaktion, um einen Fotografen zu treffen.
»Die nehme ich mit.« Er griff sich die Mappe. »Hast du meine E-Mail? Schick sie mir noch dorthin. Ich lese sie durch und gebe sie noch anderen zu lesen. Wir prüfen alle Texte, so ist das bei uns Usus. Hast du die Erzählung gelesen?« Er blickte Ani an.
»Ja.«
»Ist sie ein Meisterwerk?« Akako schob den Kiefer vor.
»Sie ist ein Meisterwerk«, antwortete Ani auf dieselbe Art.
»Angeblich ist sie ein Meisterwerk, Lenchen«, schrie Akako seine schüchterne Geliebte an. »Die erste Ausgabe hat ein bisschen was von Vetternwirtschaft, aber was soll's, wir sammeln Meisterwerke.«
Als Akako aufstand, begriff Lena, dass sie gehen mussten, ansonsten hatte ihr niemand etwas gesagt; während ihr Geliebter singend auf dem Klo pinkelte, stieg sie in ihre Schuhe und zog eine dermaßen dicke Jacke an, als wolle sie eine Expedition in die Steppen Sibiriens machen.
»Sie sieht aus wie ein Küken.« Akako lächelte mitleidig und ging zur Garderobe. »Wir sehen uns doch morgen?«, fragte er, wartete jedoch die Antwort nicht ab, sondern verließ mit Lena das Haus.
»Er wäscht sich nach dem Klogang nie die Hände«, sagte Ani.
Wir waren allein, was sehr selten vorkam.

(–3)

Sex war ein großes Problem, genauer gesagt, der Sex selbst und nicht das Sexobjekt, wie vor sieben oder vielleicht erst fünf Jahren, als meine Klassenkameraden und ich aufgrund von Testosteronüberschuss und ständiger Unzufriedenheit unermüdlich die Stimmen unseres angebeteten (in andere verliebten) Schulschwarms nachahmten. Ani und ich hatten stets mit den Widrigkeiten des Lebens und der Akustik zu kämpfen: Entweder bekamen meine Wand an Wand sitzenden, liegenden oder stehenden Mütter, Großmütter und Großväter mit, was wir trieben, oder eins von Anis Kindern wurde unerwartet wach, was sie wirklich manchmal taten, gerade als wir dachten, sie würden bis zum Morgen durchschlafen.
Eine Wohnung zu mieten war unmöglich, also wirklich *unmöglich*, und das nicht wegen des Geldes oder eher des Geldmangels, sondern aus Angst, eine ernsthafte Entscheidung zu treffen, denn eine Wohnung zu mieten schien damals für mich tatsächlich eine ernsthafte Entscheidung zu sein. Das hieß allein zu leben, und ich wusste nicht einmal, wie ich diese Entscheidung hätte treffen sollen, ich hielt mich selbst für nicht alt genug und überließ deshalb die Entscheidung der älteren – sechsundzwanzigjährigen – Ani. Ani aber sagte nichts, sie dachte, für mich sei es total natürlich und akzeptabel, getrennt zu wohnen.
Eigenartig, dass wir uns mehr vor unseren eigenen Eltern schämten als voreinander: Ani hatte weniger Angst vor der Wand meiner Wohnung als vor jener, die ihr Schlafzimmer von dem ihrer Mutter und dem ihres Cousins trennte.
Genau genommen war zwischen mir und Ani nichts, was

Ernsthaftigkeit erfordert hätte. Ich betrachtete mich als Anis Freund (und so war es auch), aber das hatte nichts zu sagen – tatsächlich lebte jeder von uns sein Leben. Wir haben nie ausgesprochen, wer oder was wir füreinander waren, und schon gar nicht, was unser Zusammensein bedeutete. Wir hatten am anderen einige Angewohnheiten lieb gewonnen, und diese verbanden uns. Ich wusste, dass ich Ani liebte, sogar sehr, denn ich war jedes Mal beunruhigt, wenn sie nicht gleich ans Telefon ging oder ohne mich irgendwohin gegangen war und sich auf dem Heimweg verspätete, ich rief bei ihr an, wie ich es als Kind mit meiner Mutter getan hatte, wenn ich dachte, sie würde sich verspäten. Außerdem war ich überzeugt, es ginge mich nichts an, was sie tat, deshalb war ich einmal mehr als erstaunt, als ich von Ani erfuhr, dass sie schon seit einem Monat die Reparaturarbeiten in Akakos Elternhaus beaufsichtigte und mit ihrem kleinen Auto herumfuhr, um Baumaterial zu kaufen. Selbst Ani war nicht auf die Idee gekommen, mich um Hilfe zu bitten, und auch ich hatte keinen großen Enthusiasmus versprüht. Sie liebte mich ja wegen »anderer Eigenschaften«.

Ani hatte ich das erste Mal bei einer Protestaktion auf einem kleinen Platz im Stadtzentrum gesehen, die nahtlos in einen Lyrikabend übergegangen war. Es war Sommer, und mein Blick blieb lange an einem sonnengebräunten Mädchen mit Jungshaarschnitt und ungewöhnlich langem Hals haften, das eine hübsche spitze Nase und eine angenehm vertraute Art zu sprechen hatte. »Liest du auch etwas vor?«, fragte sie mich mit dem Selbstbewusstsein, welches sonnengebräunten Menschen eigen ist.

Ich schrieb keine Gedichte (zumindest nicht, bis das Mädchen fragte), und Prosa unter freiem Himmel zu lesen traute sich nur ein verzweifelter Prosaiker. Meine Freunde erklärten sich immer nur unter Zwang bereit, einen neuen Text von mir anzuhören, denn Prosatexte langweilten alle, und doch ließen sie mir zuliebe riesige Auszüge über sich ergehen, und wenn ich sie, vom Lesen in Fahrt gekommen und ob ihrer Melancholie beunruhigt, fragte, ob sie sich langweilten, logen sie mich mitleidig an: »Nein, nein, überhaupt nicht ... Ist es noch viel?«

Nur gut, dass ich beim Lesen nicht stecken blieb und spannende Stellen deutlich und fließend las. Jedenfalls stellte sich heraus, dass sie mich schon irgendwo lesen gehört hatte und mich kennenlernen wollte, sagte mir aber mit der für sie typischen selbstbewussten Direktheit, sie habe Angst gehabt, zu mir hinzugehen und sich vorzustellen – sie habe gedacht, ich hielte sie für dumm. Ich merkte, dass ich ihr Interesse an diesem Abend weiter schüren musste. Letztendlich vereinbarten wir unter dem Vorwand, dass ich »etwas Neues« vorlesen würde, ein nächstes Treffen, und zwar bald, zum Beispiel übermorgen. Ich scherzte, alle würden von Prosa müde, und hoffte, wenigstens sie würde diesem Genre gegenüber Taktgefühl entwickeln. »Ich reiß mich zusammen, versprochen«, sagte sie.

Ich sollte sie in zwei Tagen anrufen, und für mich war klar, dass ich das auch tun würde, denn in diesen zwei Tagen konnte ich an nichts anderes denken als an ihren langen Hals, ihre Schultern und ihren Bauchnabel, der unter dem kurzen karottenroten T-Shirt hervorblitzte. Aber es geschah ein Unglück: In unserem sechzehnstöckigen Block, in dem fast nie der Strom ausfiel, war der Strom plötzlich weg und – wie verhext – das Wasser ebenfalls, ich konnte mich weder waschen noch meinen hässlichen, kümmerlich sprießenden Bart abrasieren. Zu allem Überfluss hatte mich genau an jenem Morgen an der Lippe auch noch ein großes herpesähnliches Gebilde befallen. Ich rief Ani an, machte ihr etwas von einem angeblichen wichtigen Geschäftstermin weis und bat sie, unser Treffen um zwei Tage zu verschieben, worauf sie erwiderte, dass mir da sicher wieder was dazwischenkäme. Ani hatte eine leicht piepsige und recht komische Telefonstimme, weshalb ich anfangs dachte, es wäre jemand anderes rangegegangen. Als wir uns dann wahrhaftig trafen und ich den speziell ihr vorbehaltenen anderthalbseitigen Text vorlas, sagte sie mir, wiederum typisch geradeaus, sie habe an jenem Tag vom Morgen an auf mich gewartet und sei sehr enttäuscht gewesen, als ich absagte. Daraufhin gab ich ihr – auch für mich unerwartet – einen Kuss irgendwo neben ihre Lippen und erkannte zufrieden (oder vielleicht auch schon glücklich), dass sie in diesem Moment noch etwas von mir erwartete. Irgendwie war mir, als würde sie den Kopf leicht wegziehen (weil ich einen Moment vorher gedacht hatte, die Zeit sei noch nicht reif dafür), aber sie wartete nur neugierig ab.

Beeindruckender als ihre Neugier war für mich ihr leicht verspätetes Geständnis (möglicherweise, gerade um mich zu beeindrucken), sie habe gedacht, wir würden gleich am ersten Tag Sex haben, weshalb ich ohne nachzudenken fragte: »Wo hätten wir den haben sollen?« – »Na wo schon? Du hättest mich mit nach Hause nehmen können«, erwiderte sie. Ich war begeistert, dass ich es mit einem Menschen zu tun hatte, der viel älter und freier war als ich.

Von Anis zwei Kindern erfuhr ich gleich bei unserem ersten Treffen, als sie einen Anruf von ihrer Mutter bekam und sie dieser mit einer anderen Stimme – nicht der, mit der sie mit mir redete – befahl, sie sollten sich pünktlich schlafen legen. Dieser Befehl galt einem sechsjährigen Jungen, der wahrscheinlich verängstigt neben ihrer Mut-

ter am Telefon stand: Offenbar hatte er seine jüngere Schwester geärgert und sie am Einschlafen gehindert.
Die Kinder ähnelten unbestritten der Mutter, besonders der Junge, der Anis Augen und Augenbrauen hatte und blondes Haar, wie es auch Ani in seinem Alter gehabt hatte: »Wenn er älter ist, wird es nachdunkeln«, sagte Anis Mutter, als fälle sie ein Urteil. »Alle dunkeln später nach.« In den Gesichtszügen des Mädchens verbarg sich irgendein Fremder, der weder Ani ähnelte noch dem Jungen oder der Großmutter – Mund, Kinn, Nase und Ohren (aber nicht den Körper, von dem es hieß, sie habe ihn von der hübschen Großmutter) hatte sie von jenem Mann, der fast acht Jahre lang Anis Ehemann gewesen war.
Dieser Mann hieß »geschiedener Ehemann« und Ani lebte schon mehr als zwei Jahre bei ihrer Mutter, ab und zu jedoch rief er an, um sich in Erinnerung zu bringen.
»Er nervt gern, und außerdem ist er sauer auf mich«, sagte Ani, »weil er mir nicht verzeiht, dass ich mir nicht wie das arme Mädchen alles gefallen lassen habe.«
»Das arme Mädchen« war die neue Frau ihres Exmannes, die eine schüchterne, passive Version von Ani darstellte – eine verängstigte und schicksalsergebene Ani, die ihr sogar äußerlich ähnelte.
»Siehste, so eine bin ich! Mich kriegt man nicht klein!«, sagte Ani mit ihrer Piepsstimme und lachte.
Wie ein Arzt, der sich die idiotischen Klagen eines Patienten genervt anhört, so hörte Ani ihrem Exmann so lange zu, bis sie sein Gerede, die banalen Anschuldigungen und Vorwürfe satthatte: »Er tut mir leid, ich kann aber auch nicht einfach auflegen«, sagte sie, »aber er tut nichts als jammern.«
Eines Nachts rief er an, als ich das erste oder zweite Mal bis spät bei Ani geblieben war. Er sagte, er stehe vor Anis

Fenster, mit seinem Telefon von der Größe eines Maschinengewehrs, und drohte damit, die Scheiben einzuschlagen. Ich saß gerade vor dem leise gestellten Fernseher, Ani neben mir auf dem Rand der Liege, die Kinder schliefen und plötzlich Aufruhr. Der Exmann stand draußen. Er drohte. Ich dachte: Muss er sich herumstreiten? Was soll das? Geht mich das was an? Ich konnte ihn zwar durch die Ritzen der Fensterläden nicht sehen, war aber irgendwie sicher, er musste ein Riesenvieh sein.

»Lass uns die Polizei rufen«, sagte ich zu Ani.

»Nein, Mensch, er ist ein Feigling«, beruhigte sie mich.

Sie ging hinaus.

Ich dachte: Soll ich rausgehen? Und wenn ich rausgehe – wie soll ich mich ihm vorstellen – als der junge Schriftsteller oder als der neue Geliebte?

Ani kam bald zurück, und ich sagte ihr freiheraus, dass ich es nicht geschafft hatte, zu definieren, was genau ich war.

»Sich als Schriftsteller vorzustellen hätte keinen Sinn gehabt, er schaut kein Fernsehen. Und falls doch, kennt er keinen außer Schewardnadse und dem Patriarchen. Außerdem war er gar nicht da. Er hat mich veräppelt. Wahrscheinlich sitzt er zu Hause und ruft von dort aus an. Wenn er das noch mal macht, hab ich wirklich die Nase voll. Du hast mich noch nicht wütend erlebt.«

Hier war alles neu für mich: ein fremder neuer Mensch in meinem Leben und meine (oder seine) neuen Lebensumstände – Kinder, Mutter, Exmann und eine Vergangenheit, die einen nicht ruhen lässt. Ich erinnere mich, dass ich dachte: So wird das nicht gehen. Wahrscheinlich muss ich mich trennen.

Wir trennten uns nicht. Die Vergangenheit erwies sich als harmlos. Mehr noch, sie war kein Grund zur Eifersucht.

Einmal hatte ich aus dem Nichts eine masochistische Anwandlung und versuchte mir Sex zwischen Ani und ihm vorzustellen, aber es gelang mir nicht. Auf jeden Fall gewöhnte ich mich sehr schnell an die neuen Lebensumstände: Wenn ich nicht zu faul war, las ich den Kindern vor dem Schlafengehen Märchen vor und fand das ganz normal.

(–4)

Eines Abends, als Ani, ihre Mutter und ich eine Sendung über Schriftsteller und Straßenstreikposten schauten (die Fernsehjournalisten der kritischen Opposition hatten völlig zusammenhanglose Themen in der Sendung miteinander verknüpft: die als Schewardnadses postsowjetische Intelligenzija bekannten Schriftsteller und die abgesperrten Straßen), entdeckte ich mich wirklich selbst im Mittelpunkt der wichtigen Nachrichten und fand außerdem Gefallen daran, von Leuten, die furchtbar unsympathisch und anders waren als ich, als Feind betrachtet zu werden – sie wurden in der Fernsehsendung als fleischgewordene Symbole des Anachronismus präsentiert.

Ich sah mich unversehens und völlig unerwartet der eingehenden Analyse der Kommentatoren ausgesetzt. Mein Fernsehdoppelgänger wurde von jetzt an stetig mit etwas, wenn auch nur leicht Skandalösem, in Verbindung gebracht, das vom Oppositionssender Tbilissi2 aufgewärmt, geschürt und aufgebauscht wurde, was mir manchmal innerlich gegen den Strich ging. Und plötzlich begannen sogar diejenigen, die mich von Kindesbeinen an kannten, mich nach meinem Fernsehauftritt wie meinen Fernsehdoppelgänger zu behandeln: Sie sprachen über Themen und auf eine Art mit mir, wie es ihrer Meinung nach einem Fernsehgesicht der neuen georgischen Zeit gebührte.

»Was musstest du dich auch darüber auslassen?«, fragte mich meine Großmutter am Telefon. »Kennst du die Leute da überhaupt? Wenn du so ein loses Mundwerk hast, warum mischst du dich in deren Streitereien ein?«

Der Anruf meiner Großmutter ging mir auf die Nerven, weil sie erstmals und unverblümt meinen politischen Standpunkt bewertete. Irgendwie dachte ich, meine Großmutter gäbe es nur auf familiärer Ebene und sie würde keinesfalls jene Grenze überschreiten, wo sie keine Großmutter mehr wäre. Plötzlich konnte ich mir deutlich vorstellen, wie sie die »Klappe halten«-Geste machte, um grob und witzig zugleich dafür zu sorgen, mein loses Mundwerk zum Schweigen zu bringen. Jedenfalls sagte ich beleidigt, sie hätte ja keine Ahnung und wenn sie mehr Einfühlungsvermögen haben würde, hätte sie angerufen, um mich zu loben und nicht, um mir die Leviten zu lesen. Meine Großmutter wiederum war von meiner Bemerkung genauso gekränkt wie ich von ihrer; bevor sie auflegte, schrie sie einen wegweisenden Ratschlag ins Telefon: »Wenn du im Fernsehen auftrittst, musst du ruhig und lächelnd sprechen und nicht gereizt und schnell! Niemand wird dir zuhören, was du zu sagen hast, wenn du wie ein Verrückter losquatschst und allen auf die Nerven gehst.«

Ich gab meiner Großmutter deutlich zu verstehen, dass ich auf ihre Meinung pfiff. Nach dem Telefonat beschlich mich das Gefühl, dass mir wirklich jemand (in diesem Fall das Fernsehen) eine neue soziale Rolle zugedacht hatte und alles, was ich sagte und worüber ich etwas sagte, für mich völlig bedeutungslos war. Plötzlich erkannte ich, dass ich von den Leuten, die frustriert waren über den Zeitenwandel und über die Schwächung, wenn nicht gar den Verlust ihres Status, fast genauso viele Beleidigungen einstecken musste wie die Journalisten während ihres Aufenthalts im Schriftstellerverband; auch mir würde das Stigma des Beleidigers und Beleidigten für immer anhaften, wie allen in Georgien, die eine Funktion im medialen oder politischen Leben erfüllten.

Irgendwie dachte ich, der Streit im Schriftstellerverband und meine Reaktion darauf würden in der neu eröffneten Redaktion der »Freien Epoche« unter die Lupe genommen, jedoch regte sich niemand hier über das Treiben der Bauern-Schriftsteller auf.

Die Wände waren weiß gestrichen worden, und überall hing Farbgeruch in der Luft. Das Knarren des alten, jedoch mustergültig gewienerten Parketts war durchs ganze Büro zu hören, die von der Stiftung extra für die Redaktion gekauften vier Computer waren teilweise noch mit zerknitterten Plastiktüten verhüllt.

Sitzkreise hatten sich gerade erst etabliert, in Georgien waren sonst Zusammenkünfte im Stile des Zentralkomiteesekretärs üblich: an der Stirnseite des Tisches – unser aller Schewardnadse, die anderen an den Seiten.

Akako stand an der neuen weißen Tafel und schrieb mit rotem Filzstift die Überschriften der voraussichtlichen Publikationen für die erste Ausgabe auf (auch das war neu: Filzstift statt Kreide).

»Setz dich doch, setz dich!«, rief er mir gleich beim Hereinkommen entgegen.

Ich setzte mich zwischen zwei Frauen, die mich, für Nichtregierungsorganisationsmitglieder typisch, mit Sportsgeist und Energie begrüßten. Offensichtlich war ihnen die Bedeutung einer richtigen Begrüßung auf der Arbeit bewusst. Als ich mich im Kreis umsah, fiel mir auf, dass nur zwei Leute dem männlichen Geschlecht angehörten – ich und Akako –, was ich als Grund für die Exaltiertheit des Letzteren ausmachte. Rechts von mir saß die Rubrik *Justiz und Gesellschaft* (eine blonde, stupsnasige Frau), links *Urbanistik und Ökologie* (eine bebrillte Dame mit Oberlehrerinnenmiene).

Die Rubriken rückten beiseite, wahrscheinlich, um mir Platz zum Sitzen zu machen.

»Der tolle Typ hier wird seine neue Erzählung in unsere Zeitschrift einbringen«, verkündete Akako mit einem Hauch ironischer Feierlichkeit, »und dann bekommen wir für jede Ausgabe ein Gedicht oder eine Erzählung, allerdings nicht nur von diesem tollen Typen hier, sondern auch von anderen«, er lachte, »wir müssen Literatur und Politik zu Freunden machen.«

»Oh, toll«, zwitscherte die *Konfliktologie*.

»Wie heißt der Text?«

Ich nannte den Titel.

»Ist er über Russland?«

»Nein, über die Beziehungen zwischen Russland und Georgien, symbolisiert durch Königin Tamar und ihren ersten Ehemann.«

»Uh, ist es etwas Skandalöses?«, fragte erfreut die gelockte junge Frau, die mir gegenübersaß (wie sich später herausstellte, die Rubrik *Porträts*).

»Nein, eher Politsatire«, antwortete ich.

»Große Satiriker kommen nach Georgien, sehr große!«, rief Akako aus und schrieb in schiefen Lettern den Titel meiner Erzählung an die Tafel.

»Und das ist von mir.« Akako verzierte die Lettern, so gut er konnte: »Das Manifest der Liebe.«

Ein seliges Grinsen machte sich auf unseren Gesichtern breit.

»Neulich hab ich die Zeitungen durchgeblättert und konnte kaum glauben, was für Artikelüberschriften die haben«, kreischte Akako, »wer hat wen wie ermordet, wem wurde der Schädel eingeschlagen, wer plant die nächste Schandtat ... Von wem droht Georgien die größte Gefahr? Wer hasst die georgische Nation am meisten?«

»Das denkst du dir aus«, sagte die vom Lachen rot gewordene Schwarzhaarige, Tina, die Rechtsbeauftragte der Stiftung.

»Gar nichts denke ich mir aus.« Akako sah die Juristin warnend an. »Das ist ein abgekartetes Spiel, mit dem die Gesellschaft eingelullt und eingeschüchtert werden soll, deshalb müssen wir uns in allen Belangen abheben: Wir müssen die Leute mit Optimismus aufrütteln ...«

»Dann lasst sie uns aufrütteln«, sagte die *Justiz und Gesellschaft* lächelnd mit heiserer Stimme.

»Was?« Akako blickte sie an.

»Ich bin begeistert von deinen Slogans«, sagte sie und lachte.

Zu Akakos Tonfall und Temperament passte unübersehbar seine Kleidung: ein gelbes Jackett (er zog es beim Reden aus und stand nunmehr im grünen T-Shirt da), blaue Hosen und schwere weiße Boots. Unterhalb der Taille sah er aus wie ein exzentrischer Tourist, oberhalb – wie ein Sporttrainer. Sein unpassender Kleidungsstil mutete irgendwie ketzerisch für unsere Realität an – wenn er bunt wie ein Papagei auf die Straße ging, schauten ihn die Passanten verunsichert und böse an, als sei er nicht ganz normal.

Selbst seine Gestik unterschied sich von allen anderen: In Georgien war man heutzutage zu faul geworden, sich so aktiv zu bewegen und schwindelerregend mit den Händen zu fuchteln wie er, weil alle meinten, dieser Kraftaufwand brächte – sei es physisch oder auch hinsichtlich des Redeinhalts – kein Ergebnis. Vielleicht genau wegen seiner sinnlos energiegeladenen Art wirkte Akako beim Reden wie eine ungelenke Puppe. Einer unwichtigen Phrase (zum Beispiel »Lasst uns Schlagzeilen schreiben«) ließ er eine ausladende Choreografie folgen und fuchtelte so mit den Armen, dass man denken konnte, er wolle seine eigene Rede in Gebärdensprache übersetzen.

Als er das Jackett auszog, rutschte sein T-Shirt hoch, und der Bauchnabel kam zum Vorschein. Sofort schauten *Ökologie und Urbanistik* und *Politik und Gesellschaft* auf seinen flachen Bauch. Mir war gleich klar, dass sie von Akako betört waren. Die *Politik und Gesellschaft* bekam sogar einen fleckigen Hals, als der Redakteur ihr unvermittelt die Hände auf die Schultern legte.

Ansonsten passierte im Diskussionszimmer nicht viel Erwähnenswertes. Nachdem er die Schlagzeilen der Publikation aufgeschrieben hatte, schlug Akako vor, in die Küche zu gehen, wo wir die Möglichkeit hatten, krümeliges Gebäck zu verzehren.

Die *Ökologie und Urbanistik*, mit Oberlehrerinnengesicht und wild wallendem grauen Haar, aß im Gegensatz zu mir das Gebäck erstaunlich geschickt ohne zu krümeln und machte mir mit schwer beleidigter Miene, die normalerweise einen Vorwurf erwarten lässt, ein Kompliment: »Sie gefallen mir. Das sage ich Ihnen freiheraus.«

Mir blieb nicht mal Zeit für Verwirrung, denn sie fuhr sogleich fort: »Ich sehe zwar selten fern – dafür habe ich keinen Nerv –, aber einige Male habe ich Sie doch gesehen, und das war gar nicht so übel. Was Sie schreiben, hab ich nicht gelesen ... Für schöngeistige Literatur habe ich wirk-

lich keine Zeit, aber ich weiß, dass Sie die Rechtschreibung gut beherrschen.«
Mir war gleich klar, dass das ein Witz sein sollte, und deshalb lachte ich laut los.
»Ich hab was gelesen«, auf hohen Absätzen näherte sich uns die *Auslandspressebeobachtung* und stellte sich in der Küche dazu, »und ich verstehe die Leute absolut nicht, die über die modernen kulturellen Strömungen schimpfen. Warum werden Sie eigentlich beschimpft?«, entfuhr es ihr.
»Keine Ahnung«, antwortete ich, »aber alle, die uns unberechtigterweise beschimpfen, werden dafür büßen.«
»Dato« – die *Ökologie und Urbanistik* rückte ihre Brille zurecht (unglaublich, dass sie meinen Namen genauso wie die Journalistin neulich verwechselte, mittlerweile war das echt ärgerlich) – »einige Leute sind von euch neuen Schriftstellern echt genervt, ihr seid nämlich weder im Benehmen noch in der Ausdrucksweise wie die Schriftsteller der alten Generation, für die habt ihr keine Manieren, deshalb ... oh, Entschuldigung«, ihr fiel ein Stück Gebäck auf den Boden, »hab ich jemanden bekleckert? Nein, ist noch mal gut gegangen ... Kurzum, ihr seid weder im Aussehen noch im Benehmen wie die alten Schriftsteller ... Verstehen Sie mich nicht falsch. Vielleicht ist das spitzfindig, aber dort trägt man eine andere Frisur, andere Kleidung, das heißt, man ist eine andere Art Schriftsteller ...«
»Ein guter Schriftsteller darf bei uns nicht im Fernsehen auftreten«, warf ich ein, »oder wenn, dann sollte er dem Journalisten sein Buch über den Schädel ziehen.«
»Ah ja, den Beitrag habe ich gestern auch gesehen ... Echt peinlich.«
»Oh, was für eine interessante Unterhaltung ihr da führt,

sollte man glatt abdrucken«, flötete die *Auslandspressebeobachtung*, wobei ihr anzusehen war, dass sie das Gespräch passend zu ihrer Tasse Kaffee lieber auf belanglosere Themen gelenkt hätte.

Die *Ökologie und Urbanistik* ging nicht auf ihre Bemerkung ein.

»Wissen Sie, warum er nicht öffentlich in Erscheinung treten sollte?«, fuhr die *Ökologie* in vertraulichem, lehrerhaftem Tonfall fort. »Jeder Sowjetschriftsteller, der öffentlich auftrat, galt als Teil der kommunistischen Nomenklatur, auch ideologisch betrachtet; ein ordentlicher, guter Schriftsteller hatte zu Hause zu sitzen. So unterschied jedenfalls meine Generation die ehrenwerten von den unehrenwerten. Heute ist das nur wie ein Reflex, die Erinnerung des Lesers sagt, dass jener Schriftsteller, der öffentlich und aktiv in Erscheinung tritt, vielleicht gar kein guter Schriftsteller ist, weil gute Schriftsteller in der Sowjetzeit immer Asoziale waren.«

»Was für eine präzise Analyse.«

»Entschuldigung.« Die *Pressebeobachtung* lächelte, wohl zum Zeichen, dass sie aufbrechen wollte, in die Runde, warf die zerknüllte Serviette in den Mülleimer und stöckelte püppchenhaft nickend aus der Küche.

»Hach«, entfuhr es der *Ökologie und Urbanistik*, »diese jungen Mädchen wollen alle nur unter die Haube ...«

Ich schaute der *Auslandspressebeobachtung* nach, um herauszufinden, wie die *Ökologie und Urbanistik* darauf kam. Wahrscheinlich waren es der leicht dümmlich wackelnde Kopf, der rote Lippenstift und die vom Stehen auf hohen Absatzschuhen noch krummer gewordenen langen Beine. Vom Gebäck hatte ich klebrige Hände bekommen, deshalb entschuldigte ich mich bei der strengen, ernsten Frau und ging auf die dunkle Glasveranda hinaus, wo

meines Wissens auch eine funktionierende Toilette sein musste. Unterwegs traf ich die Putzfrau Natela, bei der ich mich, statt zu grüßen, ebenfalls entschuldigte und die weiße Tür öffnete.
Ich dachte, ich wäre nun in der Toilette (weil mich die *Ökologie und Urbanistik* dorthin geschickt hatte), fand mich aber in einem höhlenartigen Raum wieder.
»Ach du meine Güte!«, hörte ich eine Stimme kreischen.
»Entschuldigung«, sagte ich und schloss die Tür sofort wieder, hatte aber doch schon gesehen, wie Akako gerade die »Ach du meine Güte«-Kreischende umarmte. Das war mit Sicherheit nicht Lena gewesen, denn die hätte nicht auf Georgisch gekreischt.
»Ist da jemand drin?«, fragte Natela.
»Nein ... Äh ... Ich weiß nicht«, antwortete ich verwirrt und ging zum Ausgang.
Natela war anzusehen, dass sie die Tür garantiert nicht so schnell wieder schließen würde wie ich.

(–5)

Alle sagten, dass das, was erst im Schriftstellerverband und nun im Institut für Liberalismus passiert war, eine bewusste Provokation seitens der Regierung gewesen sei, um die Aufmerksamkeit der Leute, die in den Straßen Barrikaden errichteten, auf andere Themen zu lenken. Genauer gesagt, nicht so sehr auf Themen, sondern auf gefährliche Spiele, mit denen die Menschen verwirrt, auseinandergetrieben und abgelenkt werden konnten.
Seit dem lächerlichen Streit im Schriftstellerverband waren gerade mal zwei Tage vergangen, als die Nichtregie-

rungsorganisation Institut für Liberalismus überfallen wurde. Viele erfuhren sogar erst durch den Überfall, dass es überhaupt ein Institut für Liberalismus gab (welches sich in Wahrheit als halber Keller im Sololaki-Viertel entpuppte). Einige mit Schals und Mützen vermummte Männer hatten fünf Mitarbeiter des Instituts brutal verprügelt und die spendenfinanzierten acht Computer einen nach dem anderen auf den Boden geworfen. Außerdem schlugen sie einem zufällig anwesenden, gar nicht mal so erfolgreichen Publizisten die Zähne ein und bedrohten den Nachbarn, der wegen des Radaus aus seiner Tür gespäht hatte. Er rief die Polizei, die aber erst eintraf, als die Schläger sich aus dem Staub gemacht hatten.
Einer der Mitarbeiter mit blauem Auge brachte den Überfall mit einer Aktion vor einigen Tagen in Verbindung, mit der die Diskriminierung der Zeugen Jehovas angeprangert worden war. Eine Woche vor der Institutsaktion hatten aggressive Unbekannte ein paar Sektenmitglieder bei der Metrostation Awlabari verprügelt, deren penibel gebügelte weiße Hemden zerfetzt und die dünnen Heftchen zerrissen, die diese am Aufgang zur Metro ausgelegt hatten (»Möchtest du wissen, wie du Unsterblichkeit erlangst?«). Ein verprügelter Jugendlicher hatte das Institut für Liberalismus um Hilfe gebeten, woraufhin an der Metrostation eine Aktion geplant wurde. Die Institutsmitarbeiter gaben einigen orthodoxen Priestern und der Regierung die Schuld an der Diskriminierung anderer Konfessionen und Sekten und verkündeten den Journalisten, sie würden bald Filmmaterial von Predigten namentlich ungenannter (aber bekannter) geistlicher Personen preisgeben, in dem diese offen zur Gewalt gegenüber den Sektenmitgliedern aufriefen. Die Hauptzielscheibe der Aktion war einer der Haupttäter (wenn nicht der

Haupttäter schlechthin), irgendein Vater Boris, aus der orthodoxen Kirche ausgeschlossen, aber unheimlich einflussreich in seiner treuen Gemeinde.

»Wir wurden von der Bande dieses Halunken ausgeplündert«, sagte der Gründer des Instituts für Liberalismus, der seine zerrissene Jacke als Beweisgegenstand ins Studio von Tbilissi2 mitgebracht hatte, »diese Leute stammen aus seiner Gemeinde, und ich kann mit Sicherheit sagen, Vater Boris und seine Taugenichtse werden von der Regierung gedeckt. Nicht ausgeschlossen, dass Vater Boris' Exkommunizierung nur formellen Charakter hat und sie ihn genau deshalb die krummen Dinger drehen ließen, beziehungsweise ihm unsere Einschüchterung in die Schuhe schieben. Das Umfeld des Präsidenten hat Angst vor uns, weil wir stets ihre Korruptheit und andere Verbrechen aufdecken, außerdem versuchen sie uns mithilfe dieser kriminellen Banden zum Schweigen zu bringen. Oder was glaubt ihr, warum die Polizei nicht rechtzeitig gekommen ist?«

Der Mann, dessen Lippen unnatürlich und irgendwie pervers glänzten (jedenfalls waren sich die Gemeindemitglieder von Vater Boris sicher, dass er Lippenstift aufgelegt hatte), hielt immer wieder seine Jacke mit den zerrissenen Ärmeln hoch und wiederholte beschwörend, dass im Wahljahr, also im kommenden Jahr, solche Überfälle noch zunehmen würden.

Bei Tbilissi2, dem Fernsehsender, dem die Zuschauer am meisten vertrauten, war die Verwüstung des Büros Hauptthema des Tages, während sie auf dem Ersten Kanal des staatlichen Fernsehens gerade mal auf dem letzten Sendeplatz in den Abendnachrichten landete. »Das ist als siebzehnter Beitrag ausgestrahlt worden«, sagten die Auskenner, so als ob man von der Reihenfolge direkt auf die

Zuschauerzahlen schließen oder die Bedeutung des Beitrags davon ableiten könnte. Schon möglich, denn die ersten, meist nicht besonders wichtigen Meldungen gewinnen manchmal an schicksalhafter Bedeutung, während Ereignisse, die jenseits der Fernsehkameras ablaufen, häufig als nicht passiert gelten oder sogar als *nicht existent*. Die Darstellung des Vorfalls im Institut für Liberalismus war keine Ausnahme: Zwischen der Berichterstattung des Ersten Kanals und der der kritischen Medien (vor allem Tbilissi2) lagen Welten: Das Staatsfernsehen beschrieb ein optimistisches, in einem stabilen Entwicklungsprozess befindliches Georgien, Tbilissi2 jedoch ein stagnierendes, rückschrittliches, in Korruption versunkenes und gefährliches Land. Während die Verwüstung des Instituts für Liberalismus im Staatsfernsehen als siebzehnter Beitrag gesendet wurde, bekam die erfolgreich abgehandelte Tagesordnung des Präsidenten den ersten und zweiten Sendeplatz zugewiesen. Erster Beitrag: Der Präsident ist zur Predigt in der Kathedralkirche anwesend. Zweiter Beitrag: Der Präsident trifft seinen früheren Kollegen, den ehemaligen deutschen Außenminister Hans-Dietrich Genscher, in seiner Regierungsresidenz im Krzanissi-Viertel.

Aus psychologisch unerfindlichen Gründen richteten sich die Aussagen eines Interviewten danach, auf welchem Sender sie ausgestrahlt wurden. Der wilde, breitgesichtige Vater Boris, der sich sowohl im siebzehnten Bericht des Staatsfernsehens als auch im ersten Bericht von Tbilissi2 rechtfertigen musste, war im Staatsfernsehen um einiges friedlicher und ausgeglichener als auf dem kritischen Privatsender. Auf dem Ersten wiederholte er mit kindlicher Naivität, er bekämpfe Sektenangehörige und vom Teufel Besessene nur mit entlarvenden Worten und Gebeten und nicht mit dem Schwert, bei Tbilissi2 beschimpfte er nahezu wutschnaubend Religionsgegner und verfluchte alle, die seiner Meinung nach dem wahrhaftigen Glauben den Krieg erklärt hatten. Als er erfuhr, dass seine Gemeindemitglieder der Verwüstung des Instituts für Liberalismus beschuldigt wurden, tat er vor Journalisten des Ersten Kanals noch erstaunt, ging im Bericht von Tbilissi2 jedoch gleich zu Beginn des Interviews zum Schreien über und wies auf das Kameraobjektiv, weil der Kameramann es gewagt hatte, ihn zu filmen. Auf diesem Sender hatte er ein breiteres und deformierteres Gesicht als auf anderen, genauer gesagt, war nicht das Gesicht das Problem, sondern der in die Breite gegangene, zerzauste und schmutzige Bart, dessentwegen sein viereckiger Kopf kaum ins Fernsehformat passte.

Akako, der seit dem Tag seiner Ankunft pausenlos beschäftigt war, brachte die Nachricht über die Verwüstung des Instituts für Liberalismus an den Rand der Verzweiflung; er wusste schon nicht mehr, ob er die erste Ausgabe seines »Manifests der Liebe« den Straßenbarrikaden, dem Streit im Schriftstellerverband oder den Sektenmitgliedern und dem Institut für Liberalismus widmen sollte.

Seine Sprechweise gaukelte zwar eine lockere Stimmung vor, in Wirklichkeit war er jedoch offensichtlich eifersüchtig auf jene, die momentan in aller Munde waren. Deshalb verlas er an dem Tag, als alle nur über das im Fernsehen gezeigte große Unglück des Tages sprachen, in der Redaktion laut schreiend sein mehrfach überarbeitetes »Manifest der Liebe« und echauffierte sich völlig übertrieben und fast schon beleidigend über den Stiftungsleiter, Herrn Schota, weil dieser eine schüchterne Anmerkung zum Text gemacht hatte. Akako ließ die Zerstörer des Instituts für Liberalismus wissen, sie hätten lieber die Redaktion der »Freien Epoche« überfallen sollen, denn wir seien seiner Meinung nach ja gefährlicher als alle anderen, die Ambitionen für das Predigen liberaler Werte in Georgien hegten. »Kommt doch her und zerstört uns, wenn ihr euch traut! Kommt doch her und bekämpft uns, wenn ihr könnt!«

»Ah«, sagte Herr Schota erstaunt, der Bemerkungen nur mit verwundertem Gesicht machen konnte, »warum diese Aggression? Soll das ein Aufruf sein? Und wozu? Der Leser könnte den Eindruck gewinnen, dass wir unbedingt ... verprügelt werden wollen. So in der Art, kommt, hier sind wir, schlagt uns doch. Das ist, denke ich, schlecht. Oder nicht?«

»Sollen wir schon im Voraus unsere Kapitulation erklären?« Akakos Gesicht verzog sich zu einer Grimasse, was bei ihm ein Lächeln sein sollte.

»Das ist Pathos, oder?« Herr Schota breitete die Arme aus.

Wahrscheinlich wäre Akako noch wütender geworden oder hätte irgendeine Dummheit angestellt, für die er sich dann hätte entschuldigen müssen, wäre nicht Eva ins Zimmer gekommen. Ihre Nasenflügel bebten sichtlich vor Anspannung, man konnte denken, sie habe die Erregung ihres Mannes nicht nur an dessen Stimme und Timbre, sondern am Geruch erkannt. Die Frau wirkte, als wolle sie sich gleich, ohne zu wissen, worum es überhaupt ging, in die Diskussion einmischen, doch Akako wandte sich mitleidig und gönnerhaft grinsend an Herrn Schota, der sich beim Hereinkommen seiner Frau in die Brust geworfen hatte: »Den Absatz werde ich überarbeiten, aber den Kampf nehme ich dennoch auf«, sagte er.

In diesem Moment wirkten beide wie ein schlechtes Voiceover amerikanischer Kinohelden, besonders Akako, der säuerlich lächelte und dem es nicht gelang, gute Miene zum bösen Spiel zu machen.

Ich setzte mich zur Korrektorin an den Computer, sie kontrollierte die Layoutversion meiner Erzählung.

»Kampf nur um des Kampfes willen oder für ein Ziel?«, fragte Eva, obwohl sie nicht mal wusste, worum es ging, aber immerhin hatte sie begriffen, dass ihr Mann anderer Auffassung war als Akako.

»Kampf um den Sieg, meine olle Eva!« Akako hob die Faust und lächelte vergleichsweise echt.

Die Anrede »olle Eva« war ziemlich taktlos, denn die Frau war angeblich zehn Jahre älter als Herr Schota (Eva selbst behauptete, sie sei vier Jahre älter), aber Akako ließ ihr keine Zeit zum Aufbegehren, sondern begrüßte sie, indem er die Arme um sie schlang, sie hin und her schwang und dabei »Ooolle Eeeva« trällerte, sie wieder auf den Boden stellte oder, besser gesagt, sie fallen ließ und aus dem Zimmer rannte.

»Verrückt ist der Junge, verrückt!«, sagte Herr Schota, zuckte mit den Schultern und zog ein Taschentuch hervor, um sich den Schweiß von der Schläfe zu wischen.

»Mir ist ganz schwindelig von seiner Umarmung«, sagte Eva in genau demselben Tonfall wie ihr Mann.

»Gefällt Ihnen die Erzählung?«, wandte sich Schota an mich.

»Meine?«, fragte ich verwundert.

»Jawohl«, sagte er und nickte mir zu.

»Keine Ahnung, ja.« Ich war verwirrt.

»Oder sind Sie voreingenommen?«

»Dem Text gegenüber?«

»Warum auch nicht«, sagte er lachend.

»Ja«, erwiderte ich und versuchte ein Lächeln.

»Das ist gut.« Herr Schota hob den Daumen.
Wahrscheinlich wollte er etwas anderes fragen, oder ihm fiel erst nach seiner Frage ein, dass die Erzählung von mir war, und kriegte die Kurve nicht mehr. Kurzum, ihm wurde von selbst klar, dass ihm, seit er hereingekommen war, mit niemandem ein vernünftiger Dialog geglückt war, deshalb schaute er auf die Uhr und ging, etwas vor sich hin trällernd, mit Eva hinaus.
»Ein lieber Kerl«, sagte ich zu meiner Korrektorin.
Die Korrektorin schaute mich an und antwortete mit einer vom Nichtreden belegten Stimme (wahrscheinlich hatte sie vor fünf, sechs Stunden das letzte Mal etwas laut gesagt, wenn nicht sogar gestern): »Herr Schota hat ein weiches Herz.«
Aus der Mundhöhle des Mädchens strömte mir ein schwerer Geruch entgegen, dass ich für einen Moment weder antworten, geschweige denn einen klaren Gedanken fassen konnte, doch ich sammelte mich schnell wieder, lächelte sie an und wies sie auf einen fehlenden Buchstaben hin, den sie auf ihrem Computerbildschirm auch ohne mich entdeckt hätte.
In diesem Raum hatte ich bereits ausreichend emotionale und physiologische Eindrücke gesammelt, deshalb ging ich hinaus in die Küche, wo wir wie ein Museumsexponat eine neue Kaffeemaschine stehen hatten.
Akako folgte mir auf dem Fuße; ich hatte schon seit zwei Tagen den Eindruck, er wolle mir etwas sagen, hatte aber den richtigen Zeitpunkt und Tonfall noch nicht gefunden.
»Sie fängt gut an, deine Erzählung, mein Lieber, ich hab nur noch ungefähr drei Seiten zu lesen. Übrigens, die Seiten sind durcheinander und die Kapitel falsch nummeriert.«

Er hatte nicht begriffen, dass ich die Kapitel absichtlich von hinten beginnend nummeriert hatte.
»Du musst von hinten anfangen zu lesen, das ist so beabsichtigt«, erklärte ich ihm meine Sicht.
»Von hinten? Wie denn? Spiegelverkehrt?« Er war verwundert.
»Du musst die Seiten von rechts nach links umblättern und nicht umgekehrt.«
»Wie im Arabischen?«
»Nein, gelesen wird es normal, man muss nur verkehrt herum umblättern.«
»Warum?«
»Das ist das Konzept.«
»Ah, klaro.«
Bestimmt hatte er den Text noch nicht einmal durchgesehen und tat einfach verständnisvoll. Sein Gesichtsausdruck wirkte nämlich so, als würde er jemanden parodieren wollen (was für mich hieß, das Thema war für ihn beendet). Er zog eine lustige Grimasse und sagte das, was er mir eigentlich hatte sagen wollen, in einem scherzhaften Tonfall: »Gestern ist ein kleines Malheur passiert, mein Guter ...«
Ich verstand nicht ganz, was er meinte.
»Was für ein Malheur?«
»Als du plötzlich in der Tür standst ...«
Er verstummte. Er wollte herausfinden, ob ich ihn erkannt hatte oder nicht.
»Hier gibt es ein Männerdefizit«, er lachte leise, »früher war das nicht so ... Hast du uns gesehen?«
»Ich hab nichts gesehen, nur ›Ach du meine Güte‹ gehört ...«
»Ach du meine Güte und oh«, sagte er erfreut, machte Faxen und rief noch eine ganze Weile dieses »Oh«: »Oh, oh, oh ...«

Dann wurde er ernst und schaute mich verschwörerisch an: »Aber ich habe eine Devise, besonders auf der Arbeit: Nichts mit niemandem.«
»Versteh ich«, sagte ich beipflichtend.
»Hier ist Sex verboten.«
»Ah, toi, toi, toi.« Ich weiß nicht, warum, aber ich spuckte dreimal aus. Unwillkürlich wechselte ich in seinen Tonfall.
»Toi, toi, toi, hervorragend«, er lachte, »das hatte ich ja total vergessen«, er spuckte dreimal aus, »toi, toi, toi ... Ich hab bestimmt seit zehn Jahren nicht mehr dreimal ausgespuckt. In Deutschland gibt's fürs Spucken eine Strafe.«
In der Zwischenzeit hatte das Wasser gekocht.
»Alles in Ordnung mit dir und Ani?«, fragte er.
»Klar.« Ich verstand nicht, worauf er anspielte.
»Zwischen euch herrscht Gleichberechtigung, und das gefällt mir, bravo, hier ist das nicht so, es herrscht die totale Hierarchie ...«
»Ja, klar.« Ich wusste immer noch nicht, wovon er sprach.
»Hast du das Cover schon gesehen?« Er wies zum Ausgang. »Komm mit, ich zeig's dir.«
Akako drängte mich zu seinem Zimmer, das hinter der Glasveranda lag, ich konnte gerade so noch den Teekessel vom Gasherd nehmen und folgte seinen riesigen Schritten. In Akakos Zimmer, den Rücken zu uns und das Gesicht zum Fenster gewandt, die Arme auf der Brust verschränkt, stand die *Politik und Gesellschaft* und hatte offenbar erwartet, der Redakteur würde allein in sein Büro kommen: »Hör mal«, sagte sie in einem Tonfall, der keinesfalls erahnen ließ, dass sie meine Anwesenheit bemerkt hatte. Dieses »Hör mal« war schon viel mehr als eine freundschaftliche Anrede. Es klang wie ein Vorwurf.

»Oh, wir haben wohl Besuch«, rief Akako, die *Politik und Gesellschaft* drehte sich zu uns um und machte das gleiche Gesicht, wie sie es gestern wahrscheinlich beim »Ach du meine Güte« gehabt hatte, jedenfalls wich der unbefangene und vorwurfsvolle Tonfall aus ihrer Stimme: »Ich hielt euch für Natela«, sagte sie.
Sie hielt uns beide für *Natela*?! Ihr war nichts Gescheiteres in den Sinn gekommen.
Das muss Liebe sein, dachte ich und blieb an der Tür stehen: Ich wusste nicht, ob ich gehen oder bleiben sollte.
»Hier, unser Cover.« Akako hielt ein Blatt Papier hoch, das auf dem Schreibtisch gelegen hatte.
Auf das Blatt war ein großes rotes Herz gemalt. »Das Manifest der Liebe.«

(–6)

Aufgrund der sozialen Funktion, die mir die Medien zugewiesen hatten, und auch, weil ich im Alltag keine andere Funktion und deshalb viel Freizeit hatte, besuchte ich manchmal – in letzter Zeit jedoch immer öfter – Orte, wo ich nur um des Hingehens willen hinging und um mich angesagt zu fühlen. Deswegen zögerte ich nicht lange, als mich mein Schriftstellerkollege Dato eins bat, mit ihm zusammen zur Nichtregierungsorganisation »Freie Wahlen« zu gehen (er sagte, man würde uns beide erwarten, aber ich hatte den Verdacht, er hatte bloß keine Lust alleine hinzugehen).
»Nein, sie haben nur gesagt, ich soll dich mitbringen, sie haben mich angerufen.« Dato eins schaute aufs Telefon, als müsste er mir die Nummer des eingegangenen

Anrufs vom Display vorlesen, um meine Einladung zu beweisen.

Den wie Pilze aus dem Boden geschossenen Nichtregierungsorganisationen gegenüber hatte ich fast die gleiche Haltung wie gegenüber dem Antihelden, den sie kritisierten – dem greisen Präsidenten, der nicht mal richtig begriffen hatte, welches Motiv und Ziel die Mitarbeiter dieser Organisationen verfolgten: »Wer finanziert das? Was sind das für Leute? Was wollen die?«, fragte er manchmal ehrlich empört.

Das Erste, was mir beim Betreten des »Freie Wahlen«-Büros ins Auge fiel, waren die Eduard-Schewardnadse-Karikaturen mit rot geschriebenen Parolen darunter: »Mehr Demokratie!«, »Seid nicht faul, geht wählen!«, »Wer nicht wählen geht, gibt den Wahlfälschern seine Stimme!«, »Dieser Mann regiert das Land seit deiner Geburt. Worauf wartest du?«

»Kommen Sie doch rein, ich bin Artschil.« Ein junger, frühzeitig kahl gewordener Mann, der ungeachtet der Kälte Shorts trug, reichte uns die Hand. »Ich kenne Ihren Vater«, sagte er lächelnd zu mir, »unser früheres Büro lag neben seinem Atelier, wir haben uns öfters vom Fenster aus gegrüßt. Er hat morgens sehr energisch den Pinsel durch die Luft geschwungen ... Er hat wohl geübt.«

Er hatte nicht geübt – er hatte dirigiert, was Artschil aber offenbar nicht zu sagen wagte.

»Hier geh ich nicht rein«, schrie Dato eins plötzlich los, »Ich hab euch für normale Leute gehalten, was soll ich hier, mich vergiften oder was? Raucht ihr etwa?«

Artschil und derjenige, der wegen der Rauchwolke nicht zu sehen war, schauten Dato eins lächelnd und versöhnlich an, denn im Georgien des einundzwanzigsten Jahrhunderts konnte sich niemand vorstellen, wegen einer Zigarette einen Streit vom Zaun zu brechen.

»Das setzt sich in den Haaren fest und in den Klamotten.« Dato eins schnüffelte an seinen Hemdsärmeln.

»Ich mach das Fenster auf«, sagte Artschil erschrocken.

»Nein, bei offenem Fenster erfrieren wir, ich will nicht, dass eine Zigarette angemacht wird.«

»Er hat eine Aversion gegen Zigaretten«, sagte ich. »Habt ihr keinen anderen Raum?«

»Lasst uns in den Flur gehen, dort gibt es Stühle«, sprach einer aus dem Rauch heraus.

»Dort hält Nodar sein Training ab«, entgegnete Artschil dem Unsichtbaren.

»Tja, dann soll Nodar oder wer auch immer hier reinkommen, und wir gehen raus. Ist er Raucher?« Dato eins hielt sich die Mütze vor die Nase und roch daran.

Dieser Nodar hatte drei Mädchen im Flur sitzen und referierte über die virtuose Technik der Wahlbeobachtung, allerdings in sehr eigenartiger Form: Er hatte sein Gesicht mit irgendeinem langen grauen Fetzen bedeckt und hielt wie Themis Bleistift und Zettel in den Händen.

»Ihr seht nur die Füße von den Wählern in der Kabine, nicht den Körper und nicht die Hände«, sagte er.

»Nodar, Entschuldigung«, unterbrach ihn unser Gastgeber, »wir haben Gäste. Nimm mal das Handtuch runter und zeig dich kurz.«

Nodar zog augenblicklich den Fetzen herunter und streckte uns die Hand entgegen. Sein Haar war zerzaust wie bei einem Clown.

»Nodar ist professioneller Wahlbeobachter, er schafft im Jahr mindestens fünf, sechs Wahlen und hat sehr viel Erfahrung«, erklärte uns Artschil.

Nodar ignorierte das Kompliment und begrüßte mich und Dato eins mit Freundschaftskuss.
»Ich mach bald Zaubertricks, so sieht's aus«, sagte er lachend.
»Rauchen Sie nicht?«, fragte Dato eins.
»Ich hab vor zehn Jahren aufgehört.«
»Sieh an, ein echter Europäer.« Dato eins warf einen Blick auf die gelangweilten, teilnahmslosen Mädchen. Er wollte wohl bei ihnen Eindruck schinden.
»Herrje, danke vielmals!« Nodar senkte den Kopf.
Nodar nahm an, wir seien zu ihm gekommen, um das Geheimnis der Wahlbeobachtung zu studieren, oder er wusste einfach nicht, über welches Thema er sonst hätte sprechen sollen, also setzte er das Gespräch in ruhigem Ton und mit nicht zum Thema passender Gutmütigkeit fort: »In die Systematik der Fälschung kann man nur Einblick gewinnen, indem man unmittelbar Hände und Gesicht der Fälscher beobachtet. Man muss auf den ersten Blick merken, was ein Bürger in seinem Wahlkreis tut. Der Blick huscht hin und her, die Augenbrauen sind unruhig. Alles Psychologie ... Aber wenn Maskierte hereinstürmen und die Wahlurne stehlen, dann kann man nichts machen. Und das bringe ich den Mädels jetzt bei ...«
Nodar dachte, wir sollten das Gespräch über dieses Thema noch fortsetzen, aber Artschil bat wohlwollend lächelnd und ziemlich unverblümt darum, den Flur zu räumen.
»Euch zuliebe, Jungs, verziehen wir uns in den Hof und machen dort mit unserer Angelegenheit weiter«, sagte Nodar und verließ samt Zuhörerinnen und Fetzen den Flur.
Wir setzten uns auf die Stühle der Mädchen.

»Müssen wir uns jetzt einen solchen Fetzen über den Kopf hängen?«, fragte Dato eins.
»Bei uns hängt man sich Laken über den Kopf und beschwört die Geister«, sagte Artschil und lächelte, »das hat eine Zeitung über uns geschrieben. Man nennt uns Sektenanhänger und Satanisten. Spendenfressende Satanisten.«
»Wenn die Satanisten schon zu Spendenfressern werden, was will man da noch sagen«, seufzte Dato eins.
»Neulich hab ich einen Bericht über den Schriftstellerverband gesehen« – Artschil schaute mich an – »was für krasse Leute. Gibt es da einen berühmten Schriftsteller?«
»Einer schreibt Nekrologe auf berühmte Schriftsteller. Sogar im Voraus ... auf noch Lebende«, antwortete Dato eins und schaute zum Fenster, wo er die Mädchen vermutete. »Gut«, er blickte zu Artschil, »und was habt ihr auf dem Herzen?«
Artschil wollte nicht so richtig mit der Sprache rausrücken. Allmählich wirkte das ermüdend.
»Wir denken, dass ihr besorgt seid, und deshalb kommen wir auf euch zu«, sagte er.
»Um uns eine Rente auszusetzen oder uns Land zuzuteilen?«, fragte ich.
»Nein, wir machen uns Sorgen, dass ihr nicht wählen geht.«
Ich tauschte einen Blick mit Dato eins, um mit ihm abzustimmen, wer von uns beiden zuerst einen Witz reißen sollte.
»Müssen wir denn wählen gehen?«
»Mögt ihr unseren Präsidenten etwa? Seid ihr zufrieden mit seinem Regierungsstil?«
»Nein«, antwortete ich.
»Wir haben so eine Initiative«, fuhr Artschil fort, und seine Lippe zitterte vor Aufregung. »Jeder sollte sich in die

Politik einmischen, es sollte natürlich nicht jeder in die Politik gehen, jeder sollte einfach alles dafür tun, dass das politische Geschehen den Leuten nicht schnurzegal ist ... Wir sollten die Regionen Dorf für Dorf besuchen ... Das klingt ja fast wie ein Gedicht, stimmt's? Stadt für Stadt, Dorf für Dorf ...« Artschil brach der Schweiß auf der Stirn aus, mir war jedoch immer noch nicht klar, wovor sich dieser Mann schämte. »Kurzum, wir müssen die Bevölkerung mithilfe von Künstlern, von Leuten wie euch dazu bringen, an den Wahlen teilzunehmen ... Musiker spielen, ihr Dichter lest Gedichte ...«

»Gedichte können wir nicht lesen«, unterbrach ihn Dato eins.

»Dann lest eben nicht, wenn ihr nicht möchtet, ihr könnt auch einfach reden, Bücher verteilen.«

»Nein, es geht nicht darum, dass wir keine Gedichte lesen wollen. Er und ich, wir sind Prosaschriftsteller, wir schreiben keine Gedichte, Artschil, mein Guter«, sagte Dato eins angewidert und versuchte seine Gereiztheit mit Gähnen zu überspielen.

»Ich weiß, ich weiß«, log Artschil, »Hauptsache ist, der Bevölkerung klarzumachen, wie wichtig ziviles Engagement ist. Keinerlei Politik, nur Kampf gegen politischen Nihilismus.«

Warum haben die mich eingeladen?, dachte ich und schaute mit der Erwartung zu meinem Kollegen, dass er sich erneut mit Humor aus der Situation herauslavieren würde. So geschah es auch: »Und wenn wir nun der Bevölkerung sagen, sie sollen zu den Wahlen gehen – was wird das bringen? Was soll ich sagen? Leben wir etwa noch in Sowjetzeiten?«

»Auf normale Leute werden sie hören, auf junge, tadellose Leute ...«

»Ah, wir sind also die Normalen?«
»Die Mehrheit denkt, die Stimmen werden zugunsten der regierenden Kraft gefälscht und der Präsidentenclan bleibt an der Regierung. Außerdem wirkt die Propaganda, sie verpassen den Leuten durchs Fernsehen eine Gehirnwäsche und machen ihnen weis, bei Abwahl des Präsidenten würden Chaos und Anarchie ausbrechen.«
»Und wer sind dann die Anormalen?«, fragte Dato eins gespielt erstaunt. Er benahm sich wie eine Diva, die ihrem Gegenüber gnädig ihre wertvolle Zeit schenkt, und je frecher er sich benahm, desto mehr wollte ihn der arme Artschil für seine Belange gewinnen, aber ich fühlte mich, als wäre ich uneingeladen auf einem fremden Geburtstag, ich wagte weder laut zuzustimmen noch solche arroganten Scherze wie Dato eins zu machen.
»Moment mal«, sagte Dato eins, »nehmen wir mal an, wir sagen ihnen, sie sollen zu den Wahlen gehen – werden uns die Leute nicht sofort fragen, wem sie ihre Stimme geben sollen? Wäre das nicht logisch? Was sollen wir denen dann sagen?«
»Was du willst.«
»Gebt dem aktuellen Präsidenten eure Stimme«, warf ich ein, aber Artschil lachte nicht, deshalb ergänzte ich schnell: »War nur Spaß.«
»Ihr sagt einfach: Die Wahl ist anonym, Hauptsache, ihr geht hin, denn wenn nicht, werden die Stimmen gefälscht. Sie haben Leute auf die Listen gesetzt, die schon seit zehn oder zwanzig Jahren tot sind. Mit Toten wollten sie die Wahlen gewinnen. Sie haben sogar Bewohner von Wohnblocks registriert, die es gar nicht gibt. Aber wenn jemand euch mit Fragen löchert und euch danach zumute ist, etwas Konkretes zu sagen, dann sagt was ihr wollt, oder sagt, dass ihr progressive junge Politiker unterstützt, eine

Alternative zu dieser beschissenen Regierung, ihr unterstützt die Zukunft und nicht die Vergangenheit.«
»Also, sollen wir nun sagen, was wir wollen, oder das, was du uns gerade gesagt hast?« Dato eins lachte provokant. »Daher weht also der Wind... Progressive junge Politiker...«
Es war seltsam: Der Kerl sagte nichts, was wir nicht auch dachten, aber wir wurden beide das unangenehme Gefühl nicht los, dass uns jemand oder etwas in ein zwar richtiges, faires, unabdingbares, aber dennoch für uns fremdes politisches Spiel hineinzog. Aus dem wenigen, das wir sagen sollten, würde trotzdem jemand den Eindruck gewinnen können, dass wir Rädchen in der Maschinerie irgendeiner politischen Macht seien. Eine grob-aufmunternde Stimme holte mich in die Realität: »Ihr benehmt euch wie Jungfrauen!« In den Flur trat der dicke Gaga, Hauptschlagkraft von »Freie Wahlen«, mein Schulkamerad, Backgammon-Champion aller Zehntklässler Georgiens und einst Philosoph, berüchtigt für seine ehrlichen und ungehörigen Worte. Sein Kommen versprach Heilung von meinen Zweifeln, denn immer, wenn ich ihn in letzter Zeit getroffen hatte, sagte er, ich *müsse mit Politik infiziert* werden. »Du reißt ordentlich das Maul auf.« Er machte mir auf seine Weise ein Kompliment. »Ich hab dich im Fernsehen gesehen, und du warst spitze, finde ich. Du hast einen aggressiven Ton drauf und löst Hass aus, das ist eine Gabe, die du gegen dieses Regime verwenden solltest.«
Seinerzeit hatten die Gemeindemitglieder des aggressiven Vaters Boris auch Gaga die Jacke zerrissen und ihn fast geschlagen – zusammen mit einem Korrespondenten des staatlichen Radios, der sich mit Fußtritten zu verteidigen versuchte.

»Habt ihr Angst vor der ersten Nacht?« Er begrüßte uns nicht einmal, brüllte uns einfach an, küsste uns aber dennoch freundschaftlich: »Junge, hört schon mit dem Scheiß auf! Wenn ihr und euresgleichen diesen unglückseligen Menschen nicht sagt, dass sie ihren Arsch in Bewegung setzen und zu den Wahlen gehen sollen, wird die Regierung den Leuten irgendwelche singenden und dichtenden Arschlochischwilis auf den Hals hetzen und sie dazu bringen, ihren eigenen Banditen die Stimme zu geben.«

Artschil freute sich, dass Gaga gekommen war, und rief begeistert wie ein Kind: »Hey, die schwere Artillerie ist da, der entkommt ihr nicht so leicht!«

Gaga wandte sich an Dato eins: »Wenn die Dorfleute ihre Stimme den Arschlochischwilis geben, dann ist es ein für alle Mal vorbei mit unserer georgischen Demokratie. Ihr wisst wohl nicht, was in der Provinz los ist, ihr lungert hier in Cafés rum und gebt plattes Gelaber über die Evolution der Gesellschaft von euch.«

»Wer lungert in Cafés rum, ich hasse Cafés!«, regte sich Dato eins auf.

»Als dieser Mann mit der Nationalbewegung gegen die Sowjetunion kämpfte, lagst du noch in den Windeln!«, nahm ich Dato in Schutz, natürlich in der Hoffnung, mit meiner Bemerkung allen ein Lächeln zu entlocken.

»Und weil ich das weiß, hab ich Leute wie euch gerufen und nicht irgendwelche Arschlochischwilis«, schrie Gaga.

»Wer ist dieser Arschlochischwili?« Dato eins sah mich fragend an.

Gaga wandte sich an Dato eins: »Arschlochischwili sitzt in der Regierung, Arschlochischwili fälscht die Wahlen, Arschlochischwili manipuliert, und Arschlochischwili ist selbst Opfer von Manipulation. Doch das Volk ist so

dumm, schon seit Jahren auf diese Arschlochischwilis hereinzufallen. Ich glaube nicht an die Massen, es sind die Eliten, die Revolutionen organisieren, nicht die Massen, die Massen folgen nur den Eliten. Die Masse hat doch keine Ahnung, wohin sie gehen muss! Sagt irgendein Arschlochischwili, geht dorthin, dann gehen sie dorthin, sagt er hierhin, gehen sie hierhin. Stattdessen sollte ein Nichtarschlochischwili ihnen das sagen, oder ein letztendlich zum Besseren bekehrter Arschlochischwili. Der arme Georgier folgt seiner spontanen Gemütslage: Jenen mag ich, diesen mag ich nicht, oder weil ich jenen nicht mag, mag ich diesen. Deshalb müssen wir unbedingt ein Auge auf die Arschlochischwilis haben und eine Alternative zu den Arschlochischwilis finden.
Der Nihilismus wird siegen, niemand glaubt mehr an irgendetwas, und rate mal: Wessen Ideologie ist das?«, fragte Gaga Dato eins.
»Arschlochischwilis«, antwortete Dato eins.
»Bravo«, rief Gaga erfreut, »also, was willst du noch mit mir streiten? Was willst du noch?«
»Ich schäme mich vor diesem Nodar mit dem Fetzen auf dem Kopf, und ich will nach Hause. Ich denke einfach, dieser Nihilismus liegt darin begründet, dass das Volk nicht an die Durchsetzungskraft der neuen politischen Bewegungen oder Parteien glaubt … egal … Man muss Selbstaufopferung zeigen, damit sie einem folgen …«
»Du Schriftsteller suchst immer noch einen Messias? Ich hab dich für einen progressiven Bürger gehalten …«, schrie Gaga empört.
»… aber du entpuppst dich als Arschlochischwili, der immer noch auf einen Messias hofft«, vollendete ich Gagas Satz.
»Siehste, ihr Georgier könnt einfach nicht zuhören, von

Messias war gar nicht die Rede.« Dato eins stand auf. »Ich spreche von starken Alternativen, Prinzipien und Idealen, die man den Arschlochischwilis entgegenstellen kann. Zurzeit gibt es nur Vollidioten, und ihr habt gut reden ...«
»Wenn du so gut und viel reden kannst, dann geh doch unter die Leute und sprich mit ihnen über diese Themen, mehr will ich auch nicht von dir«, sagte Gaga lächelnd, »ihr versteht die einfachen Leute nicht, ihr kennt sie nicht, ihr Schriftsteller schreibt füreinander und lest einander, dabei hat da draußen keiner eine Ahnung, was ihr tut ... Artschil und ich haben dazu eine Umfrage ...«
»Nein, dazu nicht«, bemerkte Artschil schüchtern.
»Dazu braucht es auch keine Umfrage. Wer braucht heutzutage Schriftsteller, ist doch völlig schnurz, was wollt ihr denn schreiben, was die Leute nicht schon gelesen, gehört oder gesehen haben? Ihr müsstet etwas tun, müsstet aufstehen und euch den Arschlochischwilis widersetzen. Sieh mal, du reißt ordentlich das Maul auf, ich hab dich mehrmals gesehen.« Gaga wiederholte sein Kompliment. »Maulaufreißen ist jetzt wichtiger, als ein tausendseitiges Buch zu schreiben ... Ich schaffe schon den tausendseitigen Tolstoi nicht, mein Lieber ...«
»Die Stimme der Masse«, sagte ich.
»Und wessen Stimme bist du?«
Warum beschimpft mich dieser Mann? Was will er?, dachte ich und ärgerte mich über mich selbst.
»Aber was rede ich, alle, die wir getroffen haben, sozialkritische Jungfrauen wie ihr, sind hochnäsig«, sagte Gaga.
»Mit wem hast du denn noch gesprochen außer mit uns?«, fragte Dato eins, von dem ich nicht gedacht hatte, dass er nach Gagas Monolog einen ruhigen Tonfall anschlagen würde.

»Das soll er dir sagen«, Gaga wies auf Artschil, »ich bin es leid.«
Artschil nannte ein paar Namen von Musikern.
»Ah, mit denen kann ich mich nicht blicken lassen, deren Gewimmer kann ich mir nicht anhören ...« Dato eins zog eine Grimasse.
»Sei kein Snob.« Gaga kratzte sich den Bauch.
»Habt ihr keine Mädels, Mensch?« Dato eins begann seine Jacke zuzuknöpfen, was mir ein Zeichen zum Aufbruch geben sollte. »Wie wär's denn mit guten, kernigen Lyrikerinnen, die einen überreden, zu den Wahlen zu gehen, statt armseliger georgischer Rocker?«
Gaga lehnte am Türrahmen und schubberte sich den Rücken daran wie ein Bär.
»Kurzum, ihr seid oberflächliche Leute«, sagte er, das Gesicht vor Wonne verzogen, »wenn die Revolution erst einmal gesiegt hat, ist es zu spät. Dann werden andere die Krone davontragen.«
Wir sagten nichts; vor allem ich war der Meinung, dass Gaga in falschen Idealen gefangen war, nach meiner Überzeugung würde Präsident Schewardnadse erst gehen, wenn er selbst es wollte. Das konnte ich aber nicht laut sagen, schon gar nicht in Gagas Gegenwart, denn mir schien es tatsächlich wichtiger, die rückständigen Schriftstellerverbandsmitglieder – *den Kollekiv-Schewardnadse* – zu beschimpfen und bloßzustellen, nicht direkt, sondern vom Fernsehbildschirm aus, statt irgendwo in Sestafoni oder Telawi auf Agitationstour zu gehen.
»Kurz gesagt, wenn ihr euch entschließt mitzumachen, kaufen wir euch Bücher ab und veranstalten Leseabende, du hast doch Bücher, oder?« Gaga schaute mich an. »Wir kaufen euch die ganze Auflage ab, was wollt ihr mehr? Wahrscheinlich verkauft sich euer Zeug kaum, ihr Armen ...

Ihr werdet Auszüge lesen. Was hast du als Letztes geschrieben?«
»Eine Erzählung über die traurige Hochzeitsnacht der Königin Tamar.«
»Ach, so was will doch keiner lesen ...«

(–7)

Ich sitze links neben dem Präsidenten Georgiens, an der Ecke des langen Tisches, auf einem hohen, hässlichen Stuhl, der wie festgenagelt steht.
Der Präsident hat von allen hier im Raum den größten, kugelrundesten und rötesten Kopf. Das über der Stirn verbliebene graue Haar steht ihm genauso zu Berge wie schon vor zehn, zwanzig und dreißig Jahren – wie vor meiner Geburt.
An dem langen Tisch sitzen zu beiden Seiten ziemlich viele Leute, alte weiße Radiatoren verbreiten eine unnatürliche Hitze im unnatürlich niedrigen Raum (oder ich bin heiße Radiatoren nicht mehr gewohnt). Mit Ausnahme des Präsidenten läuft uns allen der Schweiß herunter, ihm aber ist nicht heiß, unter dem Jackett trägt er eine schon oft im Fernsehen gezeigte kirschrote Weste und ein hellblaues Hemd, um den Hals eine rötliche Krawatte.
Vor gerade mal einem Tag habe ich im Büro der »Freien Wahlen« vom sich andeutenden unvermeidlichen Ende der Regierungszeit Präsident Schewardnadses erfahren, nun betrachte ich aus beinahe peinlicher Nähe seine riesige Nase, das leicht schlaffe Kinn, die großen geröteten Wangen, die elfenhaft abstehenden Ohren und die mäch-

tigen, weichen Hände, die mehrere gespitzte Bleistifte halten.
Ich betrachte seinen großen roten Kopf, und mir fallen unwillkürlich, ohne meiner Psyche und Erinnerung Gewalt anzutun, alle jene Dinge ein, die vor und nach meiner Geburt passiert oder vielleicht nicht passiert sind, ebenso Gerüchte, die sich um diesen Mann ranken ...
Nun, das ist also der Mann, an den sich meine Großmutter, seit ich denken kann, als »großes Übel« erinnert – als großen Rächer und nachtragenden Menschen, ein Mann, der Anfang der 80er ohne Personenschutz schnellen Schrittes an mir und meiner Großmutter auf der Dserschinski-Straße vorbeigegangen war, gegrüßt und die Richtung zum neuen Zentralkomitee eingeschlagen hatte (vom alten, von Beria erbauten ZK, zum neuen, von ihm erbauten ZK). »Das ist Schewardnadse, Kindchen«, sagte damals meine Großmutter und setzte den Weg mit einem Lächeln auf den Lippen fort. Dabei hasste sie ihn, hätte man sie gefragt. Das ist der Mann, dessen Köchin die Nachbarin meiner Großmutter, Liana Ghwintidse, war, zu der im Scherz oder im Ernst alle immer ein und dasselbe sagten: Sie solle Schewardnadse Gift unters Essen mischen, worauf sie – auch im Scherz oder Ernst – immer ein und dieselbe Antwort gab: Man ließe sie das Essen immer zuerst selbst kosten, und erst dann würde es dem Präsidenten gebracht. Das ist der Mann, dem im Stillen die Schuld an der beschleunigten Hinrichtung der Flugzeugentführer 1984 gegeben wurde, außerdem am Terror, mit dem sich die Unterzeichner des Begnadigungsgesuchs konfrontiert sahen ... Unter den unglückseligen Flugzeugentführern war auch mein Pate gewesen, der Mann, dessen Bart bei meiner Taufe Feuer gefangen hatte: Er hatte geschossen, wurde selbst von einer Kugel ins Ge-

nick getroffen und verblutete nach der Landung des Flugzeugs im Flughafen; seine Leiche wurde 1994 in der Nähe von Tbilissi gefunden, auf einem anonymen Friedhof bei Gardabani, wo man Hingerichtete verscharrte.
Das ist der Mann, von dem unaufhörlich erzählt wird, er habe am vierzehnten April 1978 ganz Georgien (beziehungsweise allen Bürgern der Sozialistischen Sowjetrepublik) verkündet, dass Georgisch Amtssprache sein werde und nicht Russisch, wie in Breschnews Sowjetverfassung verfügt (eine Amtssprache für ein Volk, das keinen Staat hatte), das ist der Mann, von dem unaufhörlich erzählt wird, er habe ohne Personenschutz (der zwar verborgen, aber an Ort und Stelle war) Studenten beschwichtigt, die sich vor dem Regierungsgebäude versammelt hatten (und war wahrscheinlich sehr nervös gewesen, bis er sich versichert hatte, dass die Sowjetsoldaten diese Studenten nicht ebenso erschießen würden, wie sie es am neunten März 1956 getan hatten). Das war der Mann, von dem unaufhörlich erzählt wird, er habe zu verschiedenen Zeiten den georgischen Mob beschwichtigt, und das jedes Mal ohne Personenschutz – zum Beispiel im Stadion, als georgische Fans über irgendetwas (wahrscheinlich den Schiedsrichter) furchtbar verärgert waren und er sich allein ins Getümmel warf und es danach hieß, er habe vor nichts und niemandem Angst. Auch damals war er ohne Personenschutz die Dserschinski-Straße entlanggegangen, vom alten zum neuen ZK, als meiner Großmutter nach seinem Gruß das Lächeln im Gesicht gefror. Das ist der Mann, über den man erzählte, aber nicht beweisen konnte, dass er am neunten April 1989 in einem Flugzeug auf dem Tbilisser Flughafen auf das Ende des blutigen Gemetzels gewartet hatte, als das sowjetische Militär friedliche Demonstranten abgeschlachtet hatte (dreiund-

dreißig Jahre nach der Tragödie vom neunten März 1956); das ist der Mann, den man dreimal zu töten versucht hatte, aber niemandem war es gelungen, nicht den Abchasen, nicht den Russen und nicht den bewaffneten Anhängern des ersten Präsidenten; der Mann, den man von 1993 bis 1998 in die Luft zu jagen versucht hatte; der Mann, den man 1996 mit einer Autobombe im Hof des Obersten Rates Georgiens nicht hatte töten können und den 1998 sein gepanzerter Mercedes vor den Bomben der Terroristen gerettet hatte; der Mann, der mit auf der Brust gefalteten dicken Händen vor den Kameras gesessen und im T-Shirt, mit Schürfwunden im Gesicht und ruhiger Miene (so, als ob es sich nicht lohne, wütend zu werden) seinen Attentätern gedroht hatte; der Mann, über den gemunkelt wurde, man habe ihm keinen Nachttopf zum Pinkeln anbieten können, sich aber auch nicht getraut, ihn in die unhygienische Krankenhaustoilette zu bringen, also hätten sie seine Frau gefragt, ob er vielleicht in die Blumenvase pinkeln könne, die im Büro des verängstigten Krankenhausdirektors stand; der Mann, der aggressiv und mit krankhaftem Eifer von Menschen in Schutz genommen wurde, die alles dafür taten, in der Öffentlichkeit als enge Vertraute zu gelten – treue, verängstigte Alte und junge Speichellecker – »Schewardnadses neue Generation«; der Mann, der den unnachgiebigen Reagan mit von seiner Frau gebackenem Chatschapuri und einem für einen sowjetischen Minister ungewohnten Lächeln weichgeklopft hatte; der Mann, dessen Name immer in einem Atemzug mit Stalin fiel, wenn die Rede auf Deutschland kam: »Ein Georgier hat Deutschland geteilt, der andere hat es wiedervereinigt«, und dann folgte der Kommentar, den dieser Mann jeweils von sich gab: »So ist es, große Politik wird nicht ohne die Georgier gemacht.« Der Mann,

über den immer und immer wieder berichtet wird, er habe die Berliner Mauer zu Fall gebracht, während in Tbilissi gegen ihn demonstriert wurde: »Wie könnt ihr es wagen? Wer soll denn zurücktreten?!« Das ist der Mann, den ich mit elf Jahren anfing zu imitieren; das ist der Mann, den ich gut kenne, von dem ich genau weiß, wie er seinen Tee aus der Tasse trinkt, wie er die Bleistifte mit der Hand umschließt, wie er die verdrehte Faust an den Jackettkragen legt, wenn er mit besorgter Miene irgendwelche banalen Probleme erörtert. Ich schaue auf den großen roten Kopf und denke, er ist ziemlich niedlich, vertraut und furchtbar alt, aber immer noch unglaublich gegenwärtig. Bevor ich hierherkam, habe ich mich mit meiner Freundin gestritten, die sich darüber aufregte, dass ich den Wunsch, Eduard Schewardnadse zu treffen, nicht unterdrücken kann. Sie sagt, es sei peinlich, jeder lache mich aus, erst recht jetzt, im November der Stromlosigkeit und Streikposten, nach dem Überfall auf das Institut für Liberalismus. Für mich jedoch ist es ein Ding der Unmöglichkeit, zu Hause zu bleiben und die Chance verstreichen zu lassen, den Präsidenten aus nächster Nähe zu sehen (obwohl sie recht hat – es zu tun ist tatsächlich peinlich). Aber ich wollte den Häuptling meiner Kindheit und meiner Eltern treffen, der mir allzu vertrauten Stimme lauschen und mir die kirschrote Weste, die in der Faust gehaltenen gut gespitzten Bleistifte und die antike, silberne Teetasse von Nahem anschauen.
»Die werden euch ins Rampenlicht zerren und auslachen«, sagt Ani.
Der Präsident und die jungen Künstler ... Wir schauen lächelnd zum Herrn Präsidenten, er jedoch – wie ein weiser Vater – *wie ein Großvater* – belehrt uns ...
»Mensch, kommt dir das nicht komisch vor, dass sie uns

gleich angerufen haben, nachdem wir bei den ›Freien Wahlen‹ waren?«, fragt Dato eins mit verärgertem Gesicht. »Ist dieser Handtuch-Nodar etwa ein Doppelagent?!«

(-8)

Der lange, niedrige Raum (der durch den Leuchter, der wie ein kopfüber hängender Tannenbaum aussah, noch niedriger wirkte) war voller *junger, progressiver* Künstler, um die hundert Leute, die mehrheitlich – objektiv gesehen – nicht mehr als jung zu bezeichnen waren. Es waren Fernsehmoderatoren und Schauspieler, Sänger und Dichter, grundlos berühmte Fernsehgesichter und Fernsehkörper, junge Leute, die sich nach Meinung anderer, zum Beispiel der Kulturministerin, einfach jugendlich anzogen und benahmen, junge Leute, die schon Auftrittsmöglichkeiten gefunden hatten (zum Beispiel in Konzertsälen) und immer dort auftauchten, wo es erfolgversprechend schien, junge Leute, die sich nicht anmerken ließen, dass es ihnen etwas peinlich war, hergekommen zu sein, denen es aber durchaus nicht ganz unangenehm war, junge Leute, die sich auf jeden Fall über die anderen jungen Leute lustig machten, die sich genötigt gefühlt hatten zu kommen. Die Kulturministerin – eine kräftige Frau, drei Köpfe größer als ich – fing an, uns in furchtbar taktvollem Tonfall nahezu beleidigende Anweisungen zu geben. Besser gesagt, Befehle, die sie mit aufdringlicher Freundlichkeit aussprach.

Es war die Bitte um Bitten: »Bittet um etwas, ich bitte euch«, bat uns die Kulturministerin, »der Präsident fragt euch, was ihr braucht oder was eurer Meinung nach

das Land braucht, und ihr sollt antworten, ernsthaft und effizient. Ihr müsst um das bitten, was ihr möchtet.«
»Ich habe überhaupt keine Bitte«, sagte mein Kollege, der versuchte, die gleiche Verteidigungs- und Streithaltung wie gestern einzunehmen, weil er sich so viel besser fühlte.
»Datolein, ich meine keine persönlichen Bitten, sondern berufliche, solche, die die Regierung betreffen.« Die Ministerin lächelte.
Datolein!
Die Ministerin hatte einen Pickel am Kinn, rot wie ein Alarmknopf, wahrscheinlich wechselte er die Farbe, wenn irgendwer in Gegenwart des Präsidenten etwas Unerlaubtes sagte.
Dass wir den Präsidenten um etwas bitten sollten, hatten manche eigenartig aufgefasst: Eine junge Opernsängerin, vom vielen Umsteigen von einem Flugzeug ins nächste leicht verquollen (das arme Mädel war direkt vom Flughafen in die Residenz gekommen), schürzte kindlich die Lippen Richtung Präsident und bat mit einem tiefen Kontra-Alt um Zuwendung.
»Herr Präsident, seien Sie uns wohlgesinnt, wir Sänger brauchen Zuwendung von Ihnen.«
Die Sängerin war in einen riesigen Pelzmantel gehüllt, der wirklich nur ihre dicken Lippen und ihr großes weißes Dekolleté freiließ, so als verlangte nicht sie, sondern nur ihre Lippen, ihr Mantel und ihre Brust nach Zuwendung.
Die Sängerin machte ihre Sache richtig gut: Das war der Ton, den eine junge Intellektuelle dem ehemaligen Sekretär des ZK gegenüber anzuschlagen hatte.
Das Treffen kam langsam ins Rollen – die Kulturministerin katzbuckelte, wie sie es wahrscheinlich damals während ihrer Arbeit als Funktionärin gelernt hatte, sie machte den Hals lang und begrüßte uns mit einem Lä-

cheln und Wohlwollen, das für das ganze Treffen reichte. Die Ministerin sang geradezu unverschämte Loblieder auf uns!
So unverschämt und vulgär lobt man jemanden nur in schlimmen und kitschigen Träumen. Sie sagte zwar nichts Konkretes (sie wusste wenig bis gar nichts über uns und hatte insgesamt keine Ahnung), aber was sie sagte und wie, war unangenehm und laut: »Ein guter Sohn aus gutem georgischem Hause«, sagte sie zum Beispiel über mich, »ein Schriftsteller.«
Dieser Zusatz »Schriftsteller« war nichts Halbes und nichts Ganzes - es klang zwar nicht ganz nach einem Beruf, aber immerhin besser als der Satzanfang.
Die Ministerin widmete sich ausgiebig unserer Vorstellung (sie wollte viel erzählen, aber aufgrund unserer Biografielosigkeit gab es kaum etwas zu sagen), sie nickte dem Präsidenten devot zu, der unsere Existenz offenbar zur Kenntnis genommen hatte und nur lächelte, wenn er zu uns herüberschaute.
Sie schloss, wir hätten viele Probleme und Anliegen zusammengetragen und müssten im Namen unserer Generation mit ihm darüber reden und würden ihm, dem Präsidenten, ebenfalls im Namen unserer Generation, unseren tiefsten Dank aussprechen, ohne allerdings zu konkretisieren, wofür. Zu meiner Verwunderung gefiel das wiederum dem Präsidenten selbst außerordentlich.
In einiger Entfernung saß eine schon seit Jahren als Wunderkind bekannte Pianistin und Komponistin, die Hände schüchtern auf den aneinandergepressten Beinen. Sie glich einem glücklichen, unbeschwerten Trickfilmtier, das nach dem Lob einer großen, starken Kreatur gierte. Die Pianistin schaute naiv, stumm bittend oder erwartungs-

voll auf den großen roten Kopf und hätte sich wahrscheinlich auch auf seinen Schoß gesetzt, wenn Herr Eduard sie gelassen hätte.
Die Rede und die Danksagung der Ministerin stellten sich als der geschäftliche Teil des Treffens heraus, denn offenbar wusste niemand, worüber, wie und warum geredet werden sollte.
Die Gönnerhaftigkeit der Ministerin schlug in Ungehaltenheit um: »He, jetzt seid doch nicht so schüchtern!«
»Sie sind schüchtern«, sie schaute ab und zu zum Präsidenten, der still und abwartend wie eine Kröte dasaß. Als das nicht weiterhalf, wandte sie sich fast schon verärgert an einen Sänger, der offenbar schon einige Erfahrung mit solchen Treffen hatte, und bevor dieser etwas sagen konnte, wurde er schon vorgestellt: »Er ist ein Vertreter der sozialkritischen Popmusik.«
Der (nur im Vergleich zum Präsidenten) junge Vertreter der sozialkritischen Popmusik schälte sich umständlich aus seinem Sitz – Schulter, heruntergezogenes Käppi und Arm schienen auf dem Tisch liegen zu bleiben – und schaute den Präsidenten schmollend und dreist an: »Herr Eduard«, sagte er mit seiner Radio- und Fernsehstimme, »viele Georgier sind im Ausland gestorben« (wir waren ein wenig irritiert, als er das sagte) »natürlich nicht jetzt, sondern in früheren Jahrhunderten« (entweder sprach er immer so oder konnte vor Nervosität keinen klaren Gedanken fassen, weil er im Namen der Jugend das Gespräch in Gang bringen musste) »und ich wünsche mir inständig, dass die Gebeine aller toten Georgier nach Georgien überführt werden. Könnte man nicht ihre in der Welt verstreuten Teile zusammentragen und ein neues Pantheon eröffnen?«
»Was sollen wir zusammentragen?«, fragte der Präsident leise nach.

Die Kulturministerin hielt es für ihre Pflicht, dem Staatsoberhaupt über die Identität des Mannes weiter Aufschluss zu geben, der die im Ausland verstreuten georgischen Gebeine zusammengetragen haben wollte: »Herr Eduard, er ist sehr populär bei der Jugend, er hat ein überaus interessantes Bühnengesicht, bei Auftritten trägt er immer eine Maske.«

Der Präsident lauschte mit großem, jedoch sichtlich geheucheltem Interesse und ernster Miene seiner Ministerin, die unerwartet eine unglaubliche Bitte an den angesagten Vertreter der sozialkritischen Popmusik richtete: Ob er zufällig seine Maske dabeihabe und, wenn ja, ob er sich eventuell Herrn Eduard mit professionellem Erscheinungsbild zeigen könne?

»Was soll ich?«, fragte er.

»Wenn Sie die Maske dabeihaben, zeigen Sie sie uns.«

»Tja, nun ja ...«, murmelte der Vertreter der sozialkritischen Popmusik und schaute zu den Leuten am Tisch hinüber, als brauche er deren Bestätigung.

»Haben Sie sie dabei?« Die Ministerin ließ nicht locker.

Der Vertreter der sozialkritischen Popmusik nahm eine in der Mitte gefaltete weiße Maske aus der hinteren Hosentasche.

»Wenn ich die aufhabe, kennt mich jeder, wenn nicht – keiner.«

»Setzen Sie sie bitte auf«, befahl die Ministerin lächelnd.

Der Sänger zog die Maske übers Gesicht.

Wir schauten zum Präsidenten.

»Sehr gut«, sagte der Präsident, lächelte ebenfalls und wandte sich ab, weil er offenbar nicht mehr mit dem Vertreter der sozialkritischen Popmusik sprechen wollte.

»Wer wo sterben wird, lässt sich ja nicht im Voraus sagen, schon gar nicht bei geschichtsträchtigen Persönlichkeiten«, sprach der Sänger durch die Mundöffnung der Maske und merkte offenbar nicht, dass der Präsident (der zu Sowjetzeiten ein Funktionär gewesen war und so ein Meister im Zwischen-den-Zeilen-Lesen) zwischen den Zeilen seiner Aussage lesen konnte.

Um die aus dem Zwischen-den-Zeilen-Lesen möglicherweise entstehende Peinlichkeit zu umgehen, sprang der Chefregisseur des Kindertheaters ein und sprach schnell das ewige Problem mit den Straßenkindern an: »Ich finde es außerdem unmöglich, eine unserer riesigsten Tragödien unerwähnt zu lassen« – der Regisseur war offensichtlich ein Freund von Übertreibung und musste unbedingt Worte wie »riesig« in den Satz einbauen – »dieses riesige Problem wird noch größer werden, wenn wir uns nicht beizeiten darum kümmern, Herr Eduard, es gibt sehr viele Straßenkinder da draußen, die weder zu essen noch zu trinken haben, aber was tun wir? Gar nichts. Wir sitzen zu Hause und blenden ihr Schicksal aus ... Dabei müssen diese Kinder vor unseren Augen betteln gehen!«

Der Direktor des Kindertheaters war absichtlich auf ein wenig heikles Thema umgeschwenkt. So konnte ihm später niemand vorwerfen, beim Präsidenten gewesen zu sein und keine Kritik geäußert zu haben, nur dass der Präsident sich gar nicht kritisiert fühlen würde, denn der Kindertheaterregisseur sagte nichts Neues, Harsches oder für Schewardnadse Gefährliches. Dass Armut schlimm ist und Kinder Eltern haben sollten, wusste ja sowieso jeder, und es gehörte zu jenen Themen, über die man jederzeit herumjammern konnte. Dass in Georgien das Leben schwer war, dem Land viele Gefahren drohten (ohne die Gefahren konkret beim Namen zu nennen), dass in Georgien die Älteren nicht mehr wertgeschätzt wurden

und die Kultur – sei es die Benehmenskultur oder aber Kunst und Kultur – in großer Gefahr war.
Der Präsident lauschte ihm so gespannt, dass man meinen konnte, er hätte noch nie so viel Weisheit gehört, er nickte wissend, setzte einen prüfenden Blick auf und verkündete als messerscharfe Schlussfolgerung und mit exakt der Stimme und Intonation, die ich meine ganze Kindheit lang imitiert hatte – laut, kategorisch und scheinbar aufgebracht: »Die Kultur rettet die Nation, sonst nichts!«
Unglaublich, er schlug mit der roten Handfläche auf den Tisch: »Ihr wisst ja, was mit Holland passiert ist!«
Was ist damit passiert?
Was mit Holland passiert war, erklärte uns weder der Präsident noch fragten wir selbst nach – Holland hing als ungelöstes Problem im stickigen Raum.
»Stimmt … So ist es«, war aus mehreren Ecken des Raumes zu hören, als hätte Herr Eduard in diesem Moment die geheime Formel für immerwährendes Glück gelüftet.
Die Beamten, die ebenfalls an dem Treffen teilnahmen, kommentierten die Bemerkung des Präsidenten mit unaufhörlichem, unnatürlichem Kopfnicken, und wahrscheinlich wäre alles noch mal gut gegangen, wäre nicht auf seine laute Bemerkung hin ein Schwall idiotischer Bitten gefolgt: »Was sollen wir denn jetzt den Nachkommen der toten Georgier sagen?!«, rief der Vertreter der sozialkritischen Popmusik, der immer noch seine weiße Maske trug.
»Herr Eduard, vielleicht sollten wir den Geschäftsleuten *nahelegen*, kleine und große Festivals zu organisieren«, bat eine aufgeregte Dichterin, die das Wort »nahelegen« überdeutlich ausrief. »Lasst uns in die Berge gehen, die Bergdörfer besuchen, Gedichte lesen und den Leuten Lebensqualität zurückgeben!«

»Herr Eduard, wir müssen die Leute in die Berge zurückbringen, sonst verwaisen die Bergregionen!«

»Kann man den Geschäftsleuten, die künstlerische Werke wie Opernaufführungen oder Filme finanzieren, nicht eine Steuererleichterung einräumen?«, fragte beflissen ein Flötist, der ab und zu in Video-Clips auftrat.

»Was für eine Steuererleichterung denn? Sie zahlen doch gar nichts ein«, sagte der Präsident langsam und salbungsvoll.

»Lieber Lewan«, die Kulturministerin wandte sich an den Flötisten, »die zahlen selbst das Minimum immer mit Verspätung in den Staatshaushalt ein, und ohne Herrn Eduards Autorität und den Respekt ihm gegenüber wäre es auch um die Renten eurer Großmütter und Großväter schlecht bestellt.«

Ich hatte erwartet, dass sich der Präsident über die Bemerkung der Ministerin nicht gerade erfreut zeigen würde – schon gar nicht angesichts der Tatsache, dass die Renten nur selten bei unseren Großmüttern und Großvätern ankamen –, der Präsident richtete jedoch zufrieden seinen Jackettkragen, eine implizite Bestätigung der ministeriellen Worte, wie ich verwundert feststellte.

Die Erklärung der Ministerin löste eine Welle von Danksagungen aus: Der Rektor des College of Fine Arts (ich hatte nicht mal gewusst, dass es so ein College überhaupt gab) fing an, den Präsidenten in einem völlig unverständlichen Georgisch mit feierlich-provinziellem Nachdruck zu preisen, was mit großer Aufmerksamkeit und Wohlwollen beantwortet wurde. Es schien generell so zu sein, dass der Präsident Leuten mit offizieller trockener Ausdrucksweise mit mehr Interesse und Wärme zuhörte: *Das waren seine Leute.* Am Ende lobten ihn der Direktor der Regionaltheatervereinigung und die junge Komponistin dermaßen dümmlich und geschmacklos, dass sogar die Ministerin ihnen taktvoll Einhalt gebot: »Ich weiß, dass ihr berufliche Ziele, Vorschläge, Ideen habt, die sich Herr Eduard gern anhören wird. Sagt kurz und ohne Scheu, was ihr auf dem Herzen habt, in welchem Stadium sich das jeweilige Projekt oder die Initiative befindet.«

Das Verhalten der Ministerin spiegelte genau den Regierungsstil, oder noch genauer, das Modell des stagnierend-simulierenden Regierens wider, das auf den Biorhythmus des greisen Regierungschefs abgestimmt zu sein schien. Außerdem flirtete die Ministerin offensichtlich mit der progressiven Jugend; sie gab dezent (aber auch nicht zu dezent) zu verstehen, dass die sich dem schon vor langer Zeit gealterten Mann nicht gänzlich unterordnete. Sie war zwar seine Ministerin, gab uns aber durch Aussehen, Tonfall, Direktheit, Lächeln und indem sie uns mit Diminutiven anredete, das Gefühl, vielmehr *eine von uns* zu sein. Dabei – vielleicht wegen der Beleuchtung oder weil sie neben ihm saß – war diese Frau diejenige, die ihm physisch am meisten glich. Sie sahen aus wie ein schönes, gesundes Vater-Tochter-Gespann, mit der gleichen Kopfform, traurigen Augen und künstlichem Lächeln im Gesicht.

Die Aufforderung der Ministerin, uns mit neuen Vorschlägen an den Präsidenten zu wenden, verblüffte sowohl uns als auch den Adressaten der Vorschläge. Erstens wollte er uns gar nicht mehr zuhören, und zweitens war jeder außer der Ministerin überzeugt, dass wir ihm schon genug Vorschläge gemacht hatten. Was hätten wir noch sagen sollen?

Alle waren gelangweilt. Irgendein erbarmungswürdiger Kulturmitarbeiter murmelte etwas über Präsidentenstipendien vor sich hin, lobte Herrn Eduard melancholisch und tat aus Prinzip kund, es sei nicht notwendig, die Zahl der Stipendiaten zu erhöhen: »Die wirklich intelligenten Kinder haben alle schon ein Präsidentenstipendium bekommen. Wer sich reingemogelt hat und untalentiert ist, das kriegt man leicht heraus, dem können wir natürlich keins geben.«

Keiner begriff, was er damit meinte, weil er wahrscheinlich selbst etwas anderes hatte sagen wollen, sein reichliches Schwitzen und Erröten bekräftigte die Vermutung. Deshalb schaute der Präsident zu dem in Gedanken versunkenen Vorsitzenden des Jugendausschusses links von ihm und sprach ihn namentlich an: »Lado, wie viele Stipendien haben wir dieses Jahr an begabte Jugendliche vergeben?«

Diese Frage läutete für Lado den Beginn der heutigen Tragödie ein.

Herr Lado war ein so winziges Wesen, dass er sich vielleicht ein Kissen auf den Stuhl hätte legen müssen, um größer zu erscheinen, aber vielleicht schrumpfte er generell neben dem Präsidenten auf halbe Größe zusammen, in dessen Nähe zu sein ihm als unermessliches Glück erschien. Sicher hätte Herr Lado nie erwartet, dass Herr Eduard seinen Vornamen aussprechen würde.

Herr Lado hatte ein weißes Blatt Papier und Bleistifte vor sich liegen, die denen Herrn Eduards ähnelten, die Hände hatte er wie ein gewissenhafter Schüler auf den Tisch gelegt, brav und schüchtern lauschte er dem Gerede, genauer gesagt, hörte er gar nicht, wer was sagte, er saß einfach nur da und verhielt sich so, wie sich das für seine Funktion gehörte. Es war eine glückliche Fügung, dass er so nah beim Präsidenten saß. Er blickte von unten zu seinem allmächtigen Idol auf und imitierte mit verblüffender Präzision die Mimik des Regierungschefs: Wenn dieser lächelte, lächelte er auch, wenn Herr Eduard ein ernstes Gesicht aufsetzte, machte auch er eine strenge Miene, wenn jener müde schien, schien auch er prompt zu ermüden, wenn Herr Eduard etwas auf seinen Zettel kritzelte, versuchte auch er, irgendwas aufzuschreiben.

Nicht nur die Ministerin, sondern auch er glich auf eine Art seinem Präsidenten, wenn auch auf andere Weise als die energische Frau. Der kleine Beamte zweifelte nicht daran, das heutige absurde Treffen still und erfolgreich zu absolvieren.

Und weil Herr Lado im Leben nicht erwartet hatte, vom Präsidenten etwas gefragt zu werden, reagierte er nicht gleich, war verwirrt und öffnete hilflos den Mund.

Sein Schicksal war innerhalb von Sekunden besiegelt: Die an Herrn Lado gerichtete Frage wurde von anderen anwesenden engagierten Karrieristen aufgegriffen, die dem Präsidenten schneller antworteten, als der arme Kerl denken konnte: »Hundertsieben Kinder, Herr Präsident! Hundertsieben! Hundertsieben!«

Der Präsident verzieh Herrn Lado die winzige Denkpause nicht und verlor sein Interesse an ihm.

Danach klinkte sich Herr Lado völlig aus den Geschehnissen im Raum aus: Er zog den Kopf zwischen die Schultern, sank in sich zusammen und wiederholte die verbleibende Zeit lang tonlos die nur an seinen Lippenbewegungen ablesbare Antwort, die er dem Präsidenten nicht hatte geben können: »Hundertsieben Kinder, Herr Eduard, hundertsieben ...«

Seine stumme, heile Welt brach vor unseren Augen zusammen: Er hatte seine Krawatte komisch zerknittert und sogar einen Bleistift fallen gelassen, dessen Auftreffen auf dem Boden einem Bombeneinschlag gleichkam.

Ich wäre am liebsten gegangen, um mir das Unglück des

Mannes nicht länger ansehen zu müssen, aber just in diesem Moment wandte sich die Ministerin an mich:
»Vielleicht hast du uns was Interessantes zu sagen?«
Ihre Worte und Eduard Schewardnadses Blick trafen mich gleichzeitig.
Der Präsident musterte mich wie gewohnt gebieterisch lächelnd und wartete auf meinen Beitrag. Mir kam es plötzlich so vor, als ob sich die Temperatur noch weiter erhöht hatte oder ich von innen aufgeheizt würde, was nicht verwunderlich war, angesichts des *geschichtsträchtigen Fernsehgesichts*, das mich nun anblickte.
»Mittlerweile gibt es außer sonntags keinen Strom, die Leute gehen deswegen auf die Straße«, sagte ich fast flüsternd, vielleicht mehr als Info statt als Antwort.
Der Präsident hatte meine Worte gar nicht verstanden, weil mich alle Regierungsbeamten, die im Raum saßen, unterbrachen: »Was redest du da, mein Guter, der Stromplan ist klar geregelt, das hat schon alles seine Ordnung!«
»Nennen Sie doch genaue Straßennamen, verallgemeinern Sie nicht, Strom gibt es schon überall, so geht's ja wohl nicht, erst selber provozieren und dann mit dem Finger auf die Regierung zeigen!«
»Und was für eine Regierung?!«, schrie Dato eins los, dem klar geworden war, dass ich, hypnotisiert von Schewardnadses rotem Kopf und Augen, kein einziges Wort mehr herausbringen würde. »Weder nachts noch tags gibt es Strom! Auch jetzt nicht, soll der Herr Eduard sich doch ins Auto setzen und Sie gleich mit, kommen Sie mit zu mir, und wenn ich Strom haben sollte, werde ich mich bei Ihnen allen öffentlich entschuldigen. Und überhaupt, tagtäglich werden Leute in ihren Büros zusammengeschlagen, ihnen werden mit Prügeln die Knochen gebrochen, über welche alten Knochen reden wir hier eigentlich?!«

Der sozialkritische Popsänger hatte offensichtlich nicht begriffen, dass die Bemerkung von Dato eins seine Bitte betraf, denn er schrie mit verschluckt-erstickter Stimme aus dem Mundausschnitt der Maske: »Alle werden auf die Straße gehen!«

Der Präsident hörte mit geheucheltem Interesse dem erbosten Dato eins zu, der schon als Student einer seiner schärfsten Kritiker gewesen war. Die klassische Taktik des Präsidenten bestand darin, seinen engagiertesten Gegnern gespielte Aufmerksamkeit entgegenzubringen.

Als dann ein plötzlicher Wutausbruch des Regionaltheaterverbandsdirektors seinen Höhepunkt erreichte (»Wie können Sie es wagen, so zu reden? Warum lügen Sie – es gibt überall Strom!«), stand Dato eins auf und hob die Hand zu einer Geste, die die Kulturministerin als Beschwichtigung oder Beleidigung auffassen musste.

»Dato! Dato!«, rief plötzlich der Präsident, dessen entschiedene Stimme den ganzen Lärm im Raum übertönte, obwohl er sie gar nicht hatte anschwellen lassen. Besonders das Namensende – »o« – klang breit und tief, als hätte er in eine Weinamphore hineingerufen. Ich hatte im Laufe der Jahre das Gesicht des Präsidenten genau studiert und wusste, dass der Grund für dieses große »o« in seinem wabbeligen Kinn lag – deshalb wurde sein *Dato* zum *Datou*. Seine Stimme wirkte hypnotisch auf uns, und plötzlich merkten alle, dass es jetzt unmöglich war, auf herkömmliche Art einen Tumult zu veranstalten. Wenn man diesem Mann etwas hätte verklickern wollen, musste man so stockend und überlegt reden, wie er es vormachte. Dieser Mann stand für eine andere Zeit – eine Zeit, die einen vollkommen originalen und dominanten Rhythmus hatte: Entweder konnte man sich dem Rhythmus anpassen oder nicht. Und das wurde uns aufs Neue klar,

als so etwas wie eine Emotion in der Stimme des Präsidenten mitschwang.
»Ich danke euch sehr«, sprach der Präsident schwerfällig mit unnatürlich tiefer Stimme, »ich bin auch meiner Tamriko sehr dankbar« – er blickte die Kulturministerin förmlich und mit seinem charakteristisch tückischen Lächeln an und tippte nach jeder Wortsilbe mit den Bleistiften auf den Zettel – »Heu-te ... bin ... ich ... glück-lich ...«
Friedliche Stille legte sich über den Raum. Auf seinem Gesicht lag immer noch ein Lächeln, welches niemandem mehr galt, doch es wich umgehend: »Hier kam folgende Frage auf: ›Warum wurden wir hierherzitiert, wenn uns sowieso niemand zuhört?‹ Das ist eine gerechtfertigte Bemerkung, ein gerechtfertigter Vorwurf. Wenn wir euch nicht zuhören – euch, unserer Zukunft – wem sollen wir dann zuhören?«
Das war nun der Klassiker, fuhr es mir durch den Kopf, der verständnisvolle und unerträglich vertraute Anführer.
»Du denkst jetzt bestimmt: Warum bin ich hier?«, wandte er sich an meinen Kollegen. »Ich sag es dir direkt und ohne Umschweife: Weil die Zeiten schwierig sind und wir die Hilfe von euch jungen Leuten brauchen. Ihr wisst, was in unserer Nachbarschaft los ist, was in Russland los ist, was im Kaukasus los ist, ein kleiner Fehler von uns, ein kleiner Fehltritt, und schon werden wir alle auf einmal verschlungen.«
Der Präsident begann uns einzuschüchtern: »Sollen wir uns jetzt gegenseitig auffressen? Wir sind kaum aus den Kriegen und dem Unglück heraus, aber Abchasien und Ossetien bleiben Pulverfassregionen, im Pankissi-Tal haben wir tschetschenische Flüchtlinge, und auch ohne sie haben wir dort ziemlich ernste kriminogene Verhältnisse!« Er stolperte leicht über das Wort »kriminogen«

und verschluckte einige schwierige Buchstaben: »Ihr wisst, dort gibt es Entführungen und so, eine große muslimische Gemeinschaft, einige sind radikal und sinnen auf Rache. Auch Russland, denkt daran, schläft nicht, wartet nur auf unseren Fehltritt, um sein Ziel weiterzuverfolgen. Und nun«, er ließ plötzlich die Stimme anschwellen, »wo wir inneren Zusammenhalt brauchen, kommen die Provokateure heraus und fordern von uns allerlei sinnlose Dinge. Meiner Überzeugung nach ist das keine Politik, sondern Wasser auf die Mühlen des Feindes.« Der Präsident strich mit der Handfläche über den Tisch. »Ich werde die Beschimpfungen ertragen, ich habe viel ertragen, und ich halte viel aus, aber ich kann das gerade erst Aufgebaute, das für euch Aufgebaute nicht aufgeben ... Es muss Veränderungen geben, ohne große Umbrüche und Katastrophen, besonnen, klug, sonst rennen wir ins Verderben ...«

Die im Zimmer anwesenden höheren Beamten brachen sich fast das Genick vor lauter Kopfnicken, aber der Präsident hatte ein so bedeutsames Thema angeschnitten, dass es unmöglich war, nicht zuzustimmen.

»Braucht dieses Land noch mehr Chaos und Krieg?« Der Präsident legte die geballte Faust an seinen Jackettkragen. »Ich weiß nicht, was die Provokateure für die Wahlen im Schilde führen, aber mir kommen schlechte Dinge zu Ohren. Braucht Georgien noch mal die Zustände von 1937 oder den Neunzigern? Wieder Chaos, Blutvergießen und Verhaftungen? Ich sehe nicht fern, aber mir wird zugetragen, was auf manchen Fernsehsendern über unsere Regierung zu hören ist: Verhaften, bestrafen, vernichten wir sie! Ist das etwa Demokratie? Haben dafür eure Eltern gekämpft? Zerstörung ist einfach, Aufbau schwer, darüber sollten wir alle nachdenken.«

Wenn der Präsident in großen und echten Zorn geriet, blieb seine trockene Lippe merkwürdig und unheilvoll an den oberen Zähnen kleben; ich dachte schon, das würde ihm wieder passieren, aber seine Lippe blieb diesmal an ihrem Platz.

Der Präsident lehnte sich auf dem Stuhl zurück und schwieg vielsagend. Dies war das Schweigen des Entrüsteten.

Die Pause zog sich eine ganze Weile hin.

Schließlich unterbrachen – wie eine Fagott- oder Klarinettenstimme in einer bombastischen sinfonischen Komposition – die Worte der Kulturministerin die Stille: »Herr Eduard« (Herr Eduard war das melodische Hauptthema, das nach der Solistin vom gesamten Orchester aufgenommen werden sollte) »die Frage war unbestritten richtig formuliert: Warum sind wir hier? Also, warum, meine Lieben?« Die Ministerin ließ den Blick über uns schweifen; sie war alles in einem: Schuldirektorin, unsere Freundin, Herrn Eduards nichtleibliche Tochter und Herr Eduard selbst. »Der Präsident hat treffend die drohenden Gefahren benannt, wenn wir nicht dementsprechend verantwortungsvoll mit der Zukunft unseres Landes umgehen, damit es nicht den Bach heruntergeht und wir nicht in die dunklen 90er-Jahre zurückkehren müssen, mit den zusammengerotteten Banden, Clans, Chaos ... Deshalb bitte ich euch« (das Fagott wurde kräftiger) »jeder kann vor den Wahlen einen Beitrag leisten ... Wer möchte, mit seinem eigenen künstlerischen Werk: mit Wort, Tanz, Lied, Poesie, oder einfach mit Gesprächen ...«

Nun kam der Präsident der Ministerin zu Hilfe: »Wir müssen ganz Georgien durchqueren und den Leuten erklären, vor welchen Gefahren das Land steht, jetzt ist nicht die Zeit für Revolutionen. Ich sag ja nicht, dass wir die Bevölkerung dazu bringen sollen, jemand Bestimmtes zu wählen, nein, das steht auf einem anderen Blatt, aber aufzuklären und ein objektives Bild der Lage in unserem Land zu zeichnen ist lebenswichtig. Ich bin jetzt noch da, morgen jedoch nicht mehr, und das Land muss ü-ber-le-ben ...«

Der Präsident schlug zu seinen letzten Worten mit der Handfläche im Takt auf den Tisch.

Vor zwei Tagen waren wir bei den »Freien Wahlen« genau darum gebeten worden, wovor wir nach Meinung des Herrn Eduard das Land und seine Zukunft schützen sollten.

»Wenn das Land in Aufruhr ist, mein Lieber«, wandte sich der Präsident an den sozialkritischen Popsänger, »müssen wir nicht über das Heimführen der Gebeine der verstorbenen Georgier diskutieren, sondern über die Rettung der noch lebenden Georgier.« Und er lachte stoßweise und laut wie ein unergründlicher Kinoheld.

Man konnte meinen, das Lachen des Präsidenten wäre das Signal für die Journalisten gewesen, in den Raum zu stürmen.

Oh Gott, dachte ich, die Abendausgabe der Nachrichtensendung ... die junge Intelligenz ... Eduard Schewardnadse ...

»Ich will nicht aufs Bild!«, schrie Dato eins, und seine ganze, bis dahin mühsam zurückgehaltene Wut traf mit voller Wucht die Journalisten. »Warum fragt ihr mich nicht mal, ob ich überhaupt gefilmt werden will?«

Die Ministerin stand auf: »Datolein, was ist los?« Sie merkte rechtzeitig, dass ihr Ton die Situation weiter anheizen könnte, und wandte sich deshalb lachend an den milchgesichtigen, abgestumpften Beamten neben sich: »Die sind wie Kinder ...«

Die Ministerin lachte, aber hasste meinen Kollegen in Wirklichkeit in dem Moment aus tiefstem Herzen. Sie versuchte ihn mit einer so künstlichen Mimik und Tonlage zu beschwichtigen, dass es fast schon an Frechheit grenzte: »Oh, das darfst du nicht, so geht das nicht ...«

Alle fingen an zu lärmen, eine der Journalistinnen piepste in den höchsten Tönen drauflos, bis irgendwo von der Seite der tiefe Bass des Präsidenten erklang: »Vielen Dank ...«

Er hatte sich aufgerappelt, und er schüttelte zum Abschied jedem die Hand. Wahrscheinlich hatte er begriffen, dass er schnellstens den Raum verlassen sollte.

Erst ergriff er die Hand von Dato eins und sagte leise: »In letzter Zeit bist du irgendwie so nett geworden, früher warst du viel poltriger«, und es folgte wieder ein Ha-ha-ha, dann streckte er seine große weiße Hand zu mir und schaute mich kühl an, als wüsste er nicht, wen er vor sich hatte.

»Vielen Dank«, sagte er.

Seine Hand zitterte.

(–9)

Zur sinnlosen Konferenz von Koki, dem Hauptproduzenten unserer Sendung, ging ich normalerweise ohne besondere Funktion, oder ich schwänzte sie gleich ganz, weswegen ich von ihm manchmal harmlose Verweise, manchmal verärgerte Vorwürfe bekam – es hing von seiner Laune ab. In letzter Zeit hatte ich jedoch einen Grund gefunden wieder hinzugehen, der zwar mehr ein Vorwand war, aber immerhin langweilte ich mich dadurch etwas weniger. Der Grund für meine Pünktlichkeit war unsere

Studiomitarbeiterin, die als Assistentin des Produzenten arbeitete. Sie stellte sich uns mit ihrem Pseudonym vor, das vermutlich nichts mit ihrem Beruf zu tun hatte und mich gleich auf den Gedanken brachte (und darin lag ich auch nicht falsch), dass ihr echter Name erniedrigend sein musste. In Lulus jungenhaft kurz geschnittenen roten Haaren gab es eine einzige lange Strähne, die sich in ihrem Nacken ringelte. Mit dem roten Zöpfchen und dem Namen versuchte sie bestimmt etwas Bedeutendes oder auch Unspektakuläres zu verbergen, vielleicht einen gravierenden oder irgendwie sozial oder psychologisch gearteten Komplex. Vielleicht aber dachte ich auch in Stereotypen, und die roten Haare waren nur rote Haare und sonst nichts.

Der Einzige, auf den das Fluidum dieses Mädchens nicht wirkte, war Koki, der Produzent, der wie alle ehrenhaften nicht geouteten Schwulen jener Zeit eine vermeintlich heimliche (in Wirklichkeit für alle offensichtliche) Affäre mit dem Chef der Werbeabteilung hatte, der seinerseits verheiratet und verkappt homosexuell war. Deshalb verzog Koki, wenn jemand offen und mit verzweifeltem Humor über Lulu sprach, angewidert das Gesicht und machte arrogant verwunderte Bemerkungen: »Leute, was findet ihr nur an dieser Schlange?« Dabei gab es, wenn man mich fragte, auf unserer Arbeit nur eine Schlange, und zwar den Chef der Werbeabteilung, der manchmal selbst auf Lulus rote Haare starrte. Vielleicht hielt Koki Lulu deshalb für eine Schlange, weil sie sich, wie ich später herausfand, entschlossen hatte, zum Hauptsender der Opposition Tbilissi2 zu wechseln – für unseren Produzenten ein Verrat, und das war es natürlich auch, denn schließlich war Koki Anhänger und gar nicht mal so passiver Ideologe jenes Systems, das Tbilissi2 als Feind betrachtete.

Es genügte ihre schlichte Anwesenheit, um bewusst oder unbewusst Energie zu versprühen, dann konstatierte sie meist relativ defensiv in vulgär-verbaler Form ihre Sexyness. Sie war eigentlich gar nichts Besonderes, von ihrer langen Haarsträhne einmal abgesehen. Lulu war eine schlanke, große Frau mit unglaublich schmaler Taille, flachem Bauch (»wie Tqlapi«, sagte der kritische Koki und lachte über seinen Vergleich mit den dünnen, ledrigen Obstfladen) und leicht sommersprossiger Brust. Jedoch fand ich später heraus, dass Lulu einst zum Ballett gegangen war, aber am Ende fürs Tanzen als zu grobschlächtig und füllig befunden worden war, was meiner Meinung nach eine Ungerechtigkeit darstellte: »Ja, ich bin zwar schlank«, sagte sie zu mir, »aber du müsstest mich mal nackt sehen, da erscheine ich dicker. Ich bin wirklich füllig.«

Natürlich stellte ich mir das gleich bildlich vor, und ich war in diesem Moment davon überzeugt, dass sie darauf spekuliert hatte.

Nun wartete ich auf den Beginn der gewohnt langweiligen Konferenz, auf der wir mit dem Regisseur, dem Drehbuchautor und dem Hauptproduzenten den Plan für die Sendungen des kommenden Monats aufstellen sollten; für uns unerwartet erschien Lulu wortlos auf der Bildfläche und schaute erwartungsvoll zum Produzenten, an dem sie bald Verrat üben sollte.

Koki entschuldigte sich bei uns für seine Diät, er müsse während der Konferenz Möhren und Reis essen, denn wenn er auch nur einmal die Essenszeiten durcheinanderbrächte, wäre alles für die Katz und er könnte den unaufhaltsamen Prozess der Gewichtszunahme absolut nicht stoppen, und so weit durfte er es nicht kommen lassen, weil er ab Jahresende seinen lang gehegten Lebenstraum verwirklichen und eine sozialpolitische Sendung im staatlichen Fernsehen moderieren wollte (die zugleich eine Koproduktion seines Studios war), in der er sympathischer erscheinen wollte, als er in Wirklichkeit war.

»Ich hatte mal einen Dozenten«, sagte er mit honigsüßer Stimme, »einen warmherzigen, hochanständigen Mann, der ging während der Vorlesung alle halbe Stunde zum Beten hinaus. Er entschuldigte sich bei uns und verschwand mit seinem Gebetsbuch irgendwo in der Ecke. Er war sehr gläubig ... Ich muss zwar nicht beten, aber dafür alle halbe Stunde etwas essen. Ich bin sehr sündig«, trällerte er und verdrehte die Augen. »Aber ...«, fuhr er nun mit ernster Miene fort, »ein bisschen, wenigstens zehn Kilo muss ich abnehmen, damit die Leute mich nicht mehr schief ansehen. Schließlich wirke ich auf dem Bildschirm noch breiter.«

Koki hatte eine furchtbare Eigenschaft: Bevor er zum Eigentlichen überging, erzählte er gern Geschichten über die Sendung, was manchmal sehr viel Zeit in Anspruch nahm. Sein unökonomischer Umgang damit war geradezu beleidigend für die Mitarbeiter, denn er unterstrich so erst recht seinen Status – dass er alles, also auch die Zeit, in der Hand hatte. Und so, da er sich am meisten auf der Welt für »die hohen Tiere« interessierte (und außerdem damit prahlte, sich im näheren Umfeld des Präsidenten aufzuhalten), wandte er sich gleichermaßen neugierig wie spöttisch an mich: »Ihr wart beim Präsidenten und habt den Mann verrückt gemacht, was habt ihr denn eigentlich verbrochen?«

Das fragte er nicht aus reinem Interesse, sondern um zu betonen, dass er sowieso schon alles wusste, was beim Präsidenten passiert war. Bevor ich antworten konnte, öffnete sich die Tür des Pausenraums, und seine Tante (sie sah aus wie Koki, bloß als Frau) kam herein, ohne anzuklopfen. Sie war nicht nur fürs Büro, sondern auch für Kokis gesellschaftliche Stellung unangemessen gekleidet und brachte auf einem Teller angerichteten Reis und Möhren herein. Diese Frau war die Chefin der Studiokantine.

Koki blickte angewidert auf den Teller und bedeutete seiner Tante mit der Hand, sie solle schnell wieder verschwinden, dann entschuldigte er sich nochmals bei uns und knabberte deprimiert an einer Möhre.

»Was hat der Präsident gesagt, erzähl mal«, forderte er mich auf, mit Hamsterbacke rechts.

»Die Kultur rettet die Nation, hat er gesagt.«

»Wirklich?«

»Ja.«

»Wo hast du gesessen?«

»Direkt neben ihm.«

»Donnerwetter. Hat diese Idiotin Salz drangemacht? Die Frau ist dermaßen unfähig. Und weiter?«

»Er hat dich gelobt.«

Koki hielt im Möhrenkauen inne.

»Oh ...«

»Ich mag den Jungen, hat er gesagt.«

»Er verschaukelt mich.« Er schaute zum Regisseur.

»Er bringt sich noch um mit seinen Diäten, hat er gesagt.«

Ich sah Lulu grinsen und wusste, dass ich noch so einen Spruch machen musste. Es war das erste Mal, dass wir uns nicht nur zufällig im Flur begegneten und ich schwer beschäftigt tuend davonrannte, weil ich nicht wusste, worüber ich mit ihr hätte reden sollen.

Ich hielt mich selbst schon für ziemlich erwachsen und war überzeugt, dass das Problem, das ich hatte, bevor ich Ani kennenlernte (kompensatorischer Redeschwall, durch den ich Eindruck schinden wollte und dabei mich und auch den Zuhörer, zumeist irgendein Mädchen, an den Rand der Erschöpfung brachte), ein für alle Mal der Vergangenheit angehörte, doch ab und zu erschien mir noch der Dämon der Sublimierung und beförderte mich zurück in die Ekstase der frühen Teenagerzeit. Während ich früher überhaupt nicht kapierte, warum man innehalten sollte, riss ich mich nun zusammen. »Lasst den Moment nicht durch die Finger rinnen«, sagte mein Vater immer zu meinem Klassenkameraden, unserem Parteipräsidenten, und mir, »ihr müsst nicht darüber palavern, wen ihr mögt, ihr müsst euch auf sie stürzen und sie küssen, ihr den Ring anstecken, drei, vier Sätze und gut, dann kommt zur Sache!«

Koki knabberte seine Möhre, vom Reis nahm er nur so wenig, als wäre jedes Korn abgezählt. Ich berichtete mehr vom Präsidenten, als er eigentlich wissen wollte, denn er deutete ab und zu mit den Augen nach oben und machte eine kreisende Bewegung mit dem Zeigefinger, womit er sagen wollte, dass in seinem Büro eventuell Mikrofone montiert sein könnten und es gut wäre, mit meinen Aussagen vorsichtig zu sein. Aber glaubte er denn, ich würde ihm gegenüber jedes Detail des Treffens mit dem Präsidenten ausbreiten?

Alle lachten außer Koki. Der Regisseur wollte immer etwas Spektakuläres hören. Mein Co-Szenarist schimpfte mich lachend aus: »Idiot ... Du bist ein Blödmann ... Sei still ... Meine Güte, du bist ja bescheuert!« Diejenige aber, für die ich mich beim Reden total ins Zeug legte, schaute mich interessiert und neugierig an, als würde ich von einem fremden Planeten erzählen. Vorher hatte ich sie nur gemocht, aber nun kam sie mir noch süßer vor, denn sie legte den Kopf wie ein Trickfilmwelpe leicht schief,

und als ich zur Maske des sozialkritischen Popsängers kam, verzog sie übertrieben kindlich den Mund (als ob sie in Tränen ausbrechen wollte) und trällerte laut »Der Aaarme«, was ziemlich aufgesetzt wirkte.
In der Zwischenzeit hatte Koki irgendwo eine Fliegenklatsche aufgetan und schlug kräftig und verärgert auf den Tisch. Alle wurden ernst.
»Entschuldigung«, sagte Koki leise und versteckte die Fliegenklatsche in der Geheimschublade des Tisches.
Was hatte ihm die Fliege getan, dass er mit dieser aggressiven Geste das Geplauder über den Präsidenten beenden wollte? Ich sagte das laut.
»Was für ein Quatsch«, sagte Koki verwundert.
»Leute«, wandte er sich mit einem Lächeln an uns, noch dazu mit einem, das in voller Pracht den Blick auf die Reiskörner zwischen seinen Zähnen freigab, »lassen wir Schewardnadse für heute. Wir haben eine Neuigkeit ...«
Diese eine Neuigkeit war eine Schauspielerin, eine aktive Anhängerin des Präsidenten, deren Auftritt in der Sendung – wie es hieß beziehungsweise wie diese Schauspielerin selbst sagte – auf expliziten Wunsch der Präsidentengattin geschehe, deshalb schätzte sich Koki glücklich (und auch wir sollten uns glücklich schätzen), dass die Sendung um einen exzentrischen Charakter reicher werden würde.
»Wir müssen uns was überlegen«, sagte Koki, »soll sie eine Nachbarin sein oder die Tante von irgendwem ... zu Besuch aus einer anderen Stadt?«
Die Schauspielerin war selbst schon ein Charakter (exaltiert und unerträglich), deshalb brauchten wir über die Rolle, die sie verkörpern sollte, gar nicht lange zu reden, wir mussten nur noch einen Namen für sie finden. Aber Koki fing an abzuschweifen. Er hätte wahrscheinlich

noch länger geredet, hätte ihm der Regisseur nicht auf eine für ihn untypisch dreiste, gleichzeitig jedoch rücksichtsvolle Weise zu verstehen gegeben: »Du hast da was am Zahn.«

Koki war perplex: »Wo?«

»Hier, auf der Seite.« Der Regisseur führte den Finger zum Mund.

Koki ging hinaus zur Toilette und ärgerte sich offenbar ziemlich, als er sich vorm Spiegel selbst zulächelte und Reis zwischen den Zähnen entdeckte.

»Die Löhne verspäten sich um zwei Wochen«, sagte er, als er zurückkam, »aus Gründen, für die ich nichts kann. Entschuldigt bitte.«

Wegen Lulu war ich nicht imstande, adäquat auf die schlechte Neuigkeit zu reagieren, und ich war auch nicht fähig, mich an der Sendeplanung für den nächsten Monat zu beteiligen, weil Koki die Defizite der vergangenen Folgen furchtbar langweilig und ausführlich auflistete.

Als die Konferenz ausklang, gab ich Lulu unter dem Vorwand, ihr die Geschichte meines Präsidentenbesuchs zu Ende zu erzählen, meine Telefonnummer.

»Ich weiß, dass du mich nach meiner Nummer fragen willst und dich nicht traust«, sagte ich laut mit einer Art selbstsicherer Vertraulichkeit, um meine Unsicherheit vor ihr zu verbergen, »Koki grämt sich, dass ich ohne angemessenen Respekt so vom Präsidenten rede.«

»Ja«, sie lächelte, »ich dachte, er würde dir eine mit der Fliegenklatsche drüberziehen«, und sie tippte meine Nummer in ihr riesiges Telefon.

(–10)

Ich kann meine Jacke nicht zumachen, die Finger finden die Knöpfe nicht, es zieht uns in den Nacken – vielleicht erkälten wir uns. Drinnen war es warm, und uns brach der Schweiß aus, jetzt sind wir draußen, und der Wind bläst uns in den Rücken. Wir rennen, ohne uns umzublicken, aus dem Parlamentsgebäude. Wir sind wie Sagenhelden, für die Umschauen den Tod bedeutet.

Wohin sollen wir fliehen?

Vorn sind Treppen, die in einen vermüllten Garten münden. Vielleicht sollten wir die Treppe hochrennen und uns in den zerzausten Büschen verstecken? Oder sollen wir nach links flüchten und der Pflasterstraße Richtung Mtazminda folgen? Der Anstieg wird uns zu schaffen machen, die Kraft wird uns ausgehen, die Verfolgerin wird näher kommen. »Lauft!«, müsste ich eigentlich Dato eins und dem Präsidenten unserer damaligen Partei in der Schule, Lascha, zuschreien, »Lasst mich zurück!« Zu dritt rennen wir immer noch so wie vor Jahren, als uns die Lehrkraft der Schule verfolgte.

»Jungs, wartet!«, schreit uns die Verfolgerin nach.

Das lange Haar der Verfolgerin zerzaust im Wind, auf stelzendünnen Beinen springt sie – wie ein Grashüpfer. Das Kinn hat sie bedrohlich nach vorn gereckt, die Augen blitzen vor Wut, ihre Hand umkrallt einen Umschlag.

»Wartet! Das kränkt ihn! Brecht ihm nicht das Herz!«, ruft sie uns hinterher.

»Nein, nein! Vielen Dank!«, schreien wir, ohne uns umzusehen.

Sie hat den Mantel nicht geschlossen, deshalb will sie keine langen Strecken rennen, sie hat Angst, sich zu erkälten. Ungefähr vor gerade mal zwanzig Minuten hatte uns diese Frau wie eine fürsorgliche Hausfrau in das holzverkleidete, mit rot-gelben Telefonen noch aus Sowjetzeiten ausgestattete stickige Büro gezerrt und uns aus ihrem Vampirmund (durch die Lippen war ein fangzahnähnlicher vierter und neunter Zahn zu erkennen) Lob ausgesprochen, hatte gesagt, wie sehr sie uns mochte, was für außergewöhnliche junge Leute wir doch seien, wie begeistert sie uns oft zuhöre und wie sympathisch wir ihrer unmittelbaren Vorgesetzten seien, dem für die Entwicklung Georgiens verantwortlichen fortschrittlichsten politischen Subjekt, dem wahrhaftigen »dritten Weg« – weder so radikal wie die neurotischen Oppositionellen noch so rückwärts gerichtet wie der veraltet-gealterte Präsident –, der Parlamentsvorsitzenden, die alle gegen sich hatte und der es trotz aller Widrigkeiten gelang, ein unabhängiges Spiel zu spielen.

Die Frau ist ihre Assistentin und Kampfgenossin, Mitglied der Mannschaft der Parlamentsvorsitzenden – und sie schätzt die Realität und die Zukunft *ganz genauso ein wie wir, wie junge Künstler wie wir.* Sie mag weder das unfortschrittliche Regierungsmodell des ehemaligen ZK-Sekretärs noch die aggressiven, infantilen Kampfmethoden der Opposition. Frau Nestan – so heißt sie – macht die Zeit vor der Wahl unheimlich Angst und der Wahltag selbst, ganz zu schweigen von dem Tag nach der Wahl, wenn niemand weiß, wer wo landen wird. Das sind nicht nur ihre Ängste – Frau Nestan hat dieselben Ängste wie ihr Idol und Vorgesetzte, sie macht uns mit der Angst der Parlamentsvorsitzenden vertraut und versucht, uns mit deren Ängsten Angst einzujagen: Hoffentlich wird derjenige, der die Wahlen verliert, ohne Blutvergießen gehen, und der, der sie gewinnt, den Verlierer ehrenhaft behandeln, denn bisher änderten Wahlen im unabhängigen

Georgien nichts. Deshalb, Jungs (»Jungs« hört sich genauso an wie »Kinderchen«), müssen wir uns weise und schlau benehmen. Jawohl, so ist es, da stimmen wir zu, aber was müssen wir tun? Was will diese tolle Frau Nestan von uns (beziehungsweise die Parlamentsvorsitzende selbst), warum wollte sie sich mit uns treffen? Warum hat sie uns angerufen? Warum hat sie uns herbestellt? Frau Nestan hatte von unserem Empfang beim Präsidenten gehört, davon, wie peinlich das Gespräch abgelaufen und welche Chance dem Präsidenten entgangen war – wann würde er jemals wieder die »junge Elite« um sich scharen können? Die Parlamentsvorsitzende (in Person von Frau Nestan) bedauere furchtbar, dass ein einst großer Politiker, der derzeitige Präsident, nicht mehr auf der Höhe sei! Wir sagen »Aha« und nicken ebenfalls bedauernd.

Plötzlich kam die Frau auf ein heikles Thema zu sprechen – *heikel, aber nicht unethisch*: Sie bat uns, zusammen mit anderen jungen Leuten die Regionen abzuklappern und die Leute anzuhalten, erstens an der Wahl teilzunehmen und zweitens die richtige Wahl zu treffen, ohne eine politische Partei zu nennen.

»... und drittens sollt ihr denjenigen raten, zu Hause zu bleiben, die den Extremisten oder Rückschrittlichen ihre Stimme geben wollen.«

Sie scherzte.

Nicht dass wir etwa glaubten, wir sollten Stimmen für die Parlamentsvorsitzende einwerben (das würde sie sich sowieso nicht erlauben, Gott bewahre!), aber wenn wir einfach sagen würden, dass es die richtige Wahl wäre, der progressiven Kraft die Stimme zu geben, wer sonst soll einen skeptischen Bauern oder einen nihilistischen Städter aufklären? Die anderen »jungen Eliten« wären fast vollständig einverstanden, und wenn aus *lupenreinen, sorglosen und freien Künstlern wie uns* eine kleine Gruppe gebildet würde – insgesamt zwanzig, fünfundzwanzig Mann –, sie könnte der Allgemeinheit und insbesondere den jungen Leuten, die nicht wählen gehen, viel leichter erklären, wie wichtig eine stabile, progressive Transformation für Georgien sei: vom Neosowjetismus zum konservativen Liberalismus.

»Ihr habt Ausstrahlung beim Reden, Jungs, bei euch bleibt kein Stein auf dem anderen, ihr seid eloquent und deshalb mögen wir euch.«

Sie will und kann nicht von uns verlangen, dass wir zur Jugendabteilung des »dritten Weges« werden. Doch bevor wir etwas sagen konnten, nahm Frau Nestan – mit den unsichtbaren Händen der Parlamentsvorsitzenden – drei Briefumschläge aus der Schreibtischschublade und kam auf uns zu.

»Dies ist unsere freundschaftliche, wohlwollende Geste«, sagte sie, »seht es als gut gemeintes Stipendium unsererseits. Wir denken darüber nach, euch genauso wie den besonders begabten Jugendlichen monatlich eine Unterstützungssumme zukommen zu lassen. Wir haben so ein Programm ...«

Die Umschläge schienen zu wachsen, je näher Frau Nestan kam – von Nahem sahen sie dicker aus, als sie von Weitem den Anschein gemacht hatte.

»Einigen ausgewählten jungen Leuten wie euch haben wir schon ein Stipendium zugesprochen, und wir möchten gern auch euch gegenüber unserer Sympathie Ausdruck verleihen.«

Wir drei tauschten Blicke aus, wir wehrten ab: »Nein, nein ...«

Ich wehrte genauso ab wie 1991, als mir der nach fünfzehn Jahren Gefängnis entlassene Häftling für meine Schewardnadse-Parodie Fünfundzwanzig-Rubel-Scheine zustecken wollte.

»Nein, vielen Dank ...«

»Was heißt hier Nein?« Der Gesichtsausdruck des Mischwesens aus Sekretärin und Vampir veränderte sich. »Das kränkt uns!«

»Nein«, sagte der Präsident der Partei unserer Kindheit und schaute mich an, als wenn wir uns gegenseitig darin bestärken müssten, dass es richtig ist abzulehnen.

»Herrgott noch mal!«, regte sich Nestan auf und drückte mir den Umschlag in die Hand.

Ich griff nicht zu, der Umschlag fiel zu Boden, Nestans Gesicht errötete, sie drängte Dato eins den zweiten Umschlag auf, doch auch er griff nicht zu, Nestan war hartnäckig und zog die klassische georgische Choreografie durch – sie suchte eine vergleichsweise große Tasche in unserer Hose oder Jacke, in die sie uns den Umschlag hineinstecken könnte, aber wir hielten unsere Taschen zu.

»Nehmt jetzt das Geld, macht mich nicht wahnsinnig!«, schrie uns die Sekretärin an. »Streckt die Hände aus und greift zu, sonst ist er wirklich gekränkt!«

Ich bückte mich, hob den Umschlag auf und legte ihn auf den Tisch, Nestan war verwirrt, sie wusste nicht mehr, gegen wen sie kämpfen, wem sie unser unbeflecktes Geld aufdrängen sollte.

»Das ist gutes Geld!«, fuhr sie fort. »Wofür schämt ihr euch? Seid doch nicht kindisch!«

»Nein, nein ... Danke ... Wir mögen sie sehr.« Damit meinten wir die Parlamentsvorsitzende.

»Mach die Tasche auf!« Sie funkelte mich an.

Wir wichen immer weiter zurück, stießen an die Tür, schrien verzweifelt Dankesworte. Schnell öffneten wir die Tür und rannten aus dem Zimmer.

»Seid ihr verrückt geworden?«, schrie Nestan und rannte uns hinterher.
»Danke ... Danke ...«
»Lasst mich doch nicht so rennen ... Ihr seid doch so lieb«, kreischt die Vertreterin des »dritten Weges« nun. Sie versucht sogar zu lachen, obwohl sie uns wahrscheinlich mit Leib und Seele hasst, weil sie ihren Auftrag nicht erfüllen konnte.
Wir aber prallen aneinander und rennen die Treppe hinunter, am Sicherheitsbeamten vorbei zum Ausgang, die Frau rennt uns hinterher ...
»So geht das nicht! Ihr benehmt euch lächerlich!«, plärrt Nestan mit an Unverfrorenheit grenzender Aufdringlichkeit.
»Was für eine furchtbare Frau«, japst Dato eins immer wieder. »Die Verrückte soll bloß nicht auf uns schießen ...«
»Womit sollte sie denn schießen?«
Jetzt kommt der Schio-Tschitadse-Steig ... Nach oben! Der dritte Weg ... Rennt sie uns immer noch hinterher, oder hat sie angehalten? Sie hat angehalten ... ist nicht mehr zu sehen ... was für eine peinliche Aktion ...

(–11)

Akakos Laune war schon vor der Präsentation seiner Zeitschrift verdorben, weil nur relativ unbekannte Journalisten der Morgensendungen zum Erscheinen der ersten Ausgabe der »Freien Epoche« erschienen waren: Drei mal *Morgen* und nicht ein einziger zuschauerfreundlicher *Abend* oder eine *Nacht*.
Die erste Journalistin, die zur Präsentation in den Saal

des »Loft«-Theaters gestiefelt kam, war desinteressiert und stumpfsinnig wie ein Kalb, eine junge Frau, die von uns wissen wollte, wo sie war, was sie aufnehmen und was sie den Redakteur fragen sollte, genauer gesagt, versuchte sie es gar nicht richtig, sondern gab einfach faul und leise unvollendete Wörter von sich: »Wie heißt diese Stif... Worum geht's bei eu...«

Morgen hieß, dass die Sendung niemand anschaute außer von Schlaf- und Arbeitslosigkeit geplagte Männer (und die fingen beim Anblick von Akakos rosafarbenem Jackett gleich an, ihn zu beschimpfen), und das auch nur, wenn es morgens Strom gab.

Akako war ekstatisch und durcheinander, er konnte nicht still stehen und bemerkte laut und nervös: »Wir wollten die Primetime und nicht den Morgen! Es gibt keinen Morgen in Georgien.«

In der Zwischenzeit war noch eine Journalistin auf der Treppe aufgetaucht, wie die erste Journalistin mit langem schwarzen Haar und einem gerupft-zerfransten Mikrofon. Ihr nach – man konnte meinen, sie hätte einen Esel am Strick – folgte ein gelangweilter Kameramann, der eine grelle Lampe an seiner Kamera angebracht hatte.

»Macht das Licht aus, es hat noch nicht angefangen!«, schrie Akako los, doch der Kameramann hörte ausschließlich auf seine Journalistin und reagierte nicht auf Bitten anderer. »Er leuchtet uns so an, als wären wir bei einem Verhör, sollen wir alles verraten? So wird das nichts!«

»Ist das der *Abend*?«, fragte Akakos Assistent (gleichzeitig Schatzmeister der Stiftung) Merab die Journalistin; er sah die Welt schon mit den Augen eines Chefredakteurs.

»Was ist?« Die junge Frau hatte die Frage nicht verstanden und schaute zu ihrem mürrischen, wie ein Schlachtlamm demütigen Kameramann.

»Seid ihr von der Morgen- oder der Abendsendung?« Akako verzog angewidert den Mund.

»Awohl.« Das müde Mädchen verschluckte das J.

Die Journalisten standen so beieinander, als wäre es eine Familienzusammenkunft und sie müssten jetzt ein Lied anstimmen. Endlich fasste sich einer ein Herz, näherte sich mit dem Mikrofon Akako auf der Treppe und rief von unten die nicht vollständig ausgesprochene Bitte: »Könnten wir jetzt aufzeichnen, bit...«

»Verdrehen Sie historische Fakten?«, wandte sich errötend der Artikel *Warum warten wir auf die Wahlen wie auf die Wiederkunft Christi?*, eine kleine Frau mit wirrem Pony und Hasenzähnen, an mich; sie hatte sich Weißwein in einen Einwegbecher eingeschenkt. »Ich hab's schon gelesen und mir eine Meinung gebildet. Akako etabliert neue Regeln für den gesellschaftlichen Umgang in der Redaktion und verbietet uns seit genau zwanzig Minuten zu sprechen.« Die letzten Worte galten schon nicht mehr mir, sondern der Konfliktologin und Junior-Juristin Tina neben mir, die ebenso Wein aus einem Einwegbecher trank.

»Entschuldigung, ich hab Sie unterbrochen.« Warum auch immer, hob Tina die Hände.

»Wir diskutieren über die erste Nacht von Königin Tamar und Juri dem Russen«, sagte *Warum warten wir auf die Wahlen wie auf die Wiederkunft Christi?* lächelnd.

»Kurzum, hatten sie nun Sex oder nicht?«, fragte mich Tina.

»Nein«, antwortete ich betont entschlossen.

»Ist Sex mit Heiligen nicht erlaubt? Nein, nein, eigentlich habe ich eine andere Theorie, wissen Sie ... Ich darf doch?« – *Warum warten wir auf die Wahlen wie auf die Wiederkunft Christi?* goss sich Wein nach – »Alle kleinen Nationen haben große Ängste. Irgendwer hat darüber geschrieben ... Verdammt, mir liegt's auf der Zunge, aber ich komm nicht drauf ... Jedenfalls ... Georgien hatte jahrhundertelang keinen eigenen Staat; unsere Vergangenheit war das, wovon wir lebten, stimmt's? Genauso ist's mit unserer Königin Tamar ... Das heißt, mit den Namen dieser Persönlichkeiten haben wir unsere Identität bewahrt, ist doch klar, oder?«

»Du redest wie eine Georgischlehrerin«, sagte Tina ernst.

»Ich hatte eine sehr gute Georgischlehrerin, und wenn ich rede wie eine, dann umso besser, aber eigentlich will ich etwas anderes sagen ... Ich spreche mit Blick auf die Massenpsyche, ja? Für mich ist ein Angriff auf die historischen Persönlichkeiten ein Angriff auf Psyche und Identität der Massen ... Ich kann auch falschliegen, aber ich denke nicht ...«

»Ich habe niemanden angegriffen ...«

»Haben Sie, natürlich haben Sie das.« *Warum warten wir auf die Wahlen wie auf die Wiederkunft Christi?* krümmte die Zeige- und Mittelfinger, womit sie uns zu verstehen gab, dass ihre Aussage in Gänsefüßchen stehen sollte. Offenbar hatte sie generell die Angewohnheit, Gänsefüßchen anzuzeigen, weil sie manchmal völlig zusammenhanglos die beiden Finger krümmte. »Wenn wir so über Königin Tamar oder Dawit den Erbauer schreiben, oder, sagen wir, über Giorgi den Glänzenden, tasten wir meiner Meinung nach etwas sehr Bedeutsames an, was sich traumatisch auf das Bewusstsein der Massen auswirken kann. Die Leute haben nichts außer der Geschichte, und sogar darüber machen wir uns noch lustig. Der arme Durchschnittsgeorgier lebt mit der Vergangenheit und nicht mit der Gegenwart ...«

»Also, der Durchschnittsgeorgier ist genauso gut stolz auf Stalin«, bemerkte Tina mit altklugem Gesicht, das dabei gleich errötete.

»Wenn du mich fragst, falls ein armseliger und bettelarmer Mensch Stalin mag und statt etwas zu essen nur die Liebe zu Stalin hat, sollte man sich darüber nicht lustig machen«, sagte *Warum warten wir auf die Wahlen wie auf die Wiederkunft Christi?* und krümmte Zeige- und Mittelfinger. »Ich denke, man muss über alle und alles lachen, was hat das mit bettelarmen und hungrigen Leuten zu tun?!« Die Junior-Juristin, noch weiter errötet, schaute mich an. »Das haben vielleicht unsere Historiker verdient, dass man sie auslacht, aber doch nicht die Leute, die Leute sind arm dran.« Der Artikel warf die Haare, die wie eine Gardine vor ihren Augen hingen, mit einer eleganten Bewegung zurück. »Ich habe den Text zweimal durchgelesen: einmal von vorn, einmal von hinten« (ich hatte keine Ahnung, was das bedeuten sollte, aber ich achtete einfach nicht weiter darauf) »aber seien Sie nicht gekränkt, wenn ich Ihnen Folgendes sage: Meiner Meinung nach hätten Sie das nicht schreiben dürfen. Jedenfalls würde ich es nicht drucken. Der Mensch sollte einen inneren Zensor haben. Es kränkt Sie doch nicht, wenn ich Ihnen das sage? Ich bin eine Frau aus Kachetien, ich mag direkte Worte, außerdem hat mich das hier mutig gemacht.« Sie hob den Einwegbecher.

»Ach was, ist schon gut.« Ich dachte, ob ich ihr vielleicht sagen sollte, wie mir ihr Artikel *Warum warten wir auf die Wahlen wie auf die Wiederkunft Christi?* gefallen hatte (ich hatte ihn nicht mal zu Ende gelesen), aber ich ließ es sein, weil ich merkte, wie sehr sie von ihrer eigenen kritischen Position eingenommen war (und diese auch offen vertrat), und da wollte ich ihr kein Kompliment mehr machen, obwohl ich mich bemühte, ein Zufriedenheitsgefühl mit der Tatsache zu entwickeln, dass ein Mensch so viel über meine Erzählung zu sagen hatte. Ich hatte mal mit eigenen Augen gesehen, wie ein betrunkener Dichter aus Kachetien schrie: »Soll mich jemand beschimpfen, soll doch jemand meine Gedichte lesen und mich beleidigen, wenn er will!« Ein greiser Romanschriftsteller beschwerte sich dagegen ehrlich und ernsthaft darüber, dass er seinerzeit die sowjetischen Zensoren nicht gebührend geschätzt hatte, angeblich hätten sie alles von ihm gelesen und ihn bekämpft, deshalb habe er gedacht, alles, was er schrieb, sei bedeutsam gewesen. »Und jetzt bin ich allen scheißegal!«

Die lächelnde *Warum warten wir auf die Wahlen wie auf die Wiederkunft Christi?* war die Erste, die mir sagte, ich hätte das, was ich geschrieben hatte, nicht schreiben sollen.

Ich hätte mich auf eine Diskussion einlassen können, der Junior-Juristin zuliebe, die merklich darauf wartete, sich über meine Gegenargumente zu amüsieren. Aber erstens verwirrte mich die Kränkung, und zweitens zog Akako unsere Aufmerksamkeit auf sich, der, ich weiß nicht, wen, anschrie – die gleichgültige Journalistin oder den Mann unserer Buchhalterin.

Der Saal hatte sich schon mit fast völlig verarmten ehemaligen Intelligenzija-Mitgliedern gefüllt, die zum Essen zur Präsentation gekommen waren, in unpassende lange und kurze Mäntel und Jacken gehüllte, gespenstisch wirkende Frauen und Männer mit irren, hungrigen Gesichtern, die sich vorausschauend in der Nähe der drei Tische mit Pilz- und Fleischfladen postiert hatten. Die Tische wurden polizistenmäßig vom Ehemann unserer Buchhalterin bewacht, damit die Tafel sich nicht schon vor Präsentationsbeginn leeren würde.

Einer der Männer – er trug eine chewsurische kreuzbestickte Mütze und einen schwarzen Bart, und ich kannte ihn von den Fernsehbildern der Auseinandersetzung im

Schriftstellerverband - hatte eine Zeitung unter der Achsel und verdrückte sich in Geheimagentenmanier Richtung Tischecke. Er hatte alles richtig gemacht, wäre ihm am Ende nicht doch ein Fehler unterlaufen, er ergatterte genau dann einen aus der Serviette lugenden Fladen, als Roma, der Mann der Buchhalterin, hinsah.

»Leg den zurück!«, schrie er ihn an.

Akako hatte offenbar nicht gewusst, dass man den hungernden Leuten verboten hatte, vor der Präsentation etwas zu essen, deshalb schrie er zunächst Roma an: »Lass sie doch essen!« Dann dessen Frau, die Buchhalterin Nana, die nicht mal im Saal war, und am Ende die stets gereizte, auf Krawall gebürstete Direktorin des »Loft«, welche die Reglementierung der Mahlzeit angeregt hatte. Akako türmte die Fladen auf einen Einwegteller und drückte ihn dem erstarrten, auf frischer Tat ertappten Mann in die Hand, und er hätte ihn sogar mit eigenen Händen gefüttert, hätten sich nicht andere auf ihn zubewegt.

Akako wurde gleichzeitig von der Kameralampe der beiden *Morgen* beleuchtet, und die ganze Szene - der Tisch, die in bekleckerte graugelbliche Mäntel gehüllten Leute, die in der Luft herumfliegenden Plastikteller und der strahlende Akako - glich einem kitschigen Gemälde.

Akakos Zorn, der Roma, den Mann der Buchhalterin, die Buchhalterin selbst, die Direktion des »Loft« oder die von allem verwirrte Lena treffen sollte, wandelte sich in offensive Barmherzigkeit: Akako würdigte die blitzenden Kameras der *Morgen* keines Blickes, denn jetzt war er nicht darauf bedacht, Eindruck zu schinden, sondern darauf konzentriert, dass niemand übersehen wurde; als letztendlich die Fladen restlos von der Tafel verschwunden waren, gab er Roma alles an Geld, was er in der Tasche hatte, und schickte ihn Chatschapuri kaufen.

»Sie sind satt, Akako, das ist nicht mehr nötig!«, schrie die *Ökologie und Urbanistik*.

»Es sind ja nicht nur die da, Mann!«

Tatsächlich hatten sich mittlerweile auch viele Leute im »Loft« versammelt, die anscheinend gar nicht vorhatten, zum Tisch zu gehen, schon gar nicht in die Nähe der Habenichtse, sodass Akako dem alten Mann, der sich den Mund mit Fladen vollgestopft hatte, seine restlichen Münzen gab oder ihn vielmehr damit überschüttete und irgendeinen unbekannten Mann küsste, den er offensichtlich mit jemand anderem verwechselte, vielleicht küsste er ihn aber einfach, weil er nicht wusste, wie er sonst seiner Liebe Ausdruck verleihen sollte. Das Erste, was er ins Mikrofon rief (wahrscheinlich unter dem Eindruck der *Speisung*), war der Anfang des Alten Testaments, allerdings auf Englisch: »In the beginning God created the heavens and the earth, God saw all that he had made, and it was very good ...«

Akako gratulierte uns zum Erscheinen der Zeitschrift (diesmal auf Georgisch) und sprach über die Bedeutung der Veränderung, den einzigartigen historischen Zeitabschnitt und unsere *Historizität*, da das unabhängige Georgien jünger sei als wir und seine Geschichte nun von uns gestaltet werden müsse – seinen jungen Eltern. Akako verglich Georgien mit einem schwierigen Teenager mit schwieriger Kindheit und die Zeitschrift »Freie Epoche« mit einem Schullehrbuch, das der schwierige Sprössling namens Georgien benutzen sollte. Wie es aussah, hatte er sich die Metapher vorher ausgedacht, weil er den »Teenager Georgien« und »unseren Sprössling Georgien« noch mehr als einmal erwähnte. Dann lobte er die Redaktionsmitarbeiter über den grünen Klee (»unsere geniale Lektorin Chatuna«, »unser phänomenaler Setzer

Seswa«, »die Erzählung unseres Schriftstellerwunderkindes in dieser Ausgabe« und so weiter) und erwähnte vorwurfsvoll, ohne Namen zu nennen, die Leute, die nicht zur Präsentation erschienen waren.
Wer Akako kannte, wusste schon, wie Zorn sich bei ihm äußerte: Er entstand aus einem verzerrten Lächeln und breitete sich als Krampf über sein Gesicht aus. Er befiel ihn manchmal wie eine plötzliche Allergie am Körper, und schon wenn er eine Augenbraue hochzog, wuchs sich das auf jeden Fall mindestens zu einem kleinen Ausbruch aus. Diesmal jedoch starrte er auf einen Punkt und hielt den Mund, was er fast nie tat. Am leer gefegten Tisch stand, auf hochhackigen Schuhen und von Gesicht und Beinen her einem Storch gleich, die *Politik und Gesellschaft*, die ihre Arme um einen Mann schlang, der kleiner war als sie (tatsächlich war er jedoch groß). Akako starrte sie an. Lena stand auch dort an der Treppe, in ihrem dünnen, ungeachtet des Wetters ärmellosen, kurzen schwarzen Kleid, unter dem rosa angelaufene Knie hervorschauten.
Akako rief den jungen österreichischen Vertreter der Stiftung, die unsere Zeitschrift finanzierte, ans Mikrofon, der uns unerwarteterweise auf Georgisch begrüßte (niemand hatte überhaupt gewusst, dass er Georgisch konnte), und spendete den schon ziemlich vollgefressenen und betrunkenen Habenichtsen des »Loft« Beifall.
Nach dem Stiftungsvertreter ergriff wieder Akako das Wort und versuchte aus seinem »Manifest der Liebe« zu lesen, was ihm misslang, weil Anis kleiner Sohn Lewan ans Mikrofon kam und sich strahlend zum Saal drehte. Die Leute – vor allem die, die von Akakos Tante eingeladen worden waren – fingen an, begeistert Anis Kind zu loben: »Du bist ja ein Lieber, mein Kleiner«, »Wie süß du

bist, mein Junge« und so weiter. Akako versuchte das Kind wegzuziehen.

»Komm her«, rief Ani den kleinen Lewan, aber er hörte nicht.

Akako hörte auf zu lesen und rief Herrn Schota ans Mikro, der über alle Maßen aufgeregt mit zitternden Hängewangen vors Publikum trat.

»Ich grüße euch«, sagte Herr Schota und schaute gleich zu seiner Frau Eva.

Während Herr Schota sprach, verschwand Akako irgendwo in der Dunkelheit hinter den Säulen, wo ein ungenutzter und deplatzierter Billardtisch stand.

Plötzlich kam mein Vater auf mich und Ani zu, vom Rennen außer Atem, und fragte wie nebenbei: »Nun, was ist los? Läuft's gut?«

Ich gab ihm die Zeitschrift.

»Ist das Akako?« Er schaute zum Mikrofon, wo grinsend der kleine Lewan stand.

Ani lachte über den Scherz meines Vaters.

»Hält er eine Rede? Bravo, er wird noch mal groß rauskommen«, sagte er und blätterte die Zeitschrift durch, »und wo ist deine Erzählung?«

Ich schlug ihm die letzte Seite auf.

»... wir alle brauchen Flügel, damit wir hochfliegen und unsere winzig kleinen Probleme von oben sehen können«, rief Herr Schota ins Mikro.

»Wer ist dieser Verrückte?«, platzte mein Vater heraus, ohne Herrn Schota überhaupt anzusehen, und blickte sich ein wenig verdutzt um, weil er erst jetzt gemerkt hatte, dass er inmitten der grimmigen und eigenartigen Leute stand, die Akako kürzlich gespeist hatte. »Sind das auch eure Mitarbeiter?«, fragte er mich erstaunt, begrüßte den bärtigen Mann mit der chewsurischen Mütze mit einem Kopfnicken. »Na, hast du das gesehen?« Er schaute auf den Titel.

»Ja.«

Er freute sich, denn der Titel war seine Idee gewesen.

»Ha, der Titel passt, stimmt's?«, sagte er lächelnd zu Ani.

»Ja.« Sie nickte.

Irgendwie machte es mich jedes Mal nervös, wenn er Ani ansprach, ich war verunsichert und wollte, dass sie sich bald voneinander lösten, weil ich den Eindruck hatte, dass in Wahrheit weder Ani meinen Vater mochte noch umgekehrt, beziehungsweise ging es hier eigentlich gar nicht um Mögen oder Nichtmögen, sondern darum, dass sie einander ziemlich schlecht ein kaum vorhandenes Wohlwollen vorspielten. Der Grund für die passive Antipathie war einerseits die Eifersucht meines Vaters, sein unausgesprochener Ärger über den Menschen, der einen neuen und wichtigen Platz in meinem Leben eingenommen hatte, und andererseits Anis Sturheit, ihre Unfähigkeit, mit diesem Mann Freundschaft und Kompromisse zu schließen. Sie begegnete ihm mit ihrer ewigen ironischen Distanz, was sie vielleicht für normal hielt.

Weil sie nicht miteinander redeten (ich wartete immer irgendwie darauf, dass einer einen Grund fand, beleidigt zu sein), musste ich entweder reden oder mich einfach verdrücken, um nicht Zeuge einer unangenehmen Situation zu werden, sei sie auch noch so geringfügig; jedenfalls fiel mir ein, dass ich meinem Vater noch nicht erzählt hatte, was am Morgen mit dieser Nestan abgelaufen war, mit jener Vertreterin des »dritten Weges«, doch plötzlich zappelte mein Telefon wie ein kleines Tier an meinem rechten Bein – ich hatte eine Nachricht bekommen.

Die Nachricht kam von Kokis rothaariger Assistentin, der ich *ohne Hintergedanken* meine Nummer gegeben hatte, und plötzlich verwirrten mich ihre im Prinzip völlig harmlosen Worte (*Ich hab von Schewardnadse geträumt*), und ich fürchtete, Ani könnte sie von meinem Gesicht ablesen, deshalb ließ ich sie und meinen Vater stehen und ging zur Treppe. Lulu brachte mich durcheinander. Erst freute ich mich, dann doch wieder nicht, denn sie zwang sich mir beinahe auf. Ich hatte plötzlich nicht das geringste Bedürfnis ihr zu schreiben, aber als ich mich im dunklen, tunnelartigen Flur wiederfand, schickte ich ihr sofort den Text *Ich, du und ... Schewardnadse*, weil mir nichts Besseres einfiel. Sogleich folgte von ihr eine wahre Nachrichtenflut: einzelne Wörter – jedes einzeln gesendet, auf die Schnelle, ohne Leerzeichen, fehlerhaft, nachlässig und unverständlich: *Ha-haaaa*, *Paaaaah*, *Diese armen Knochen* ... Ich fragte mich sogar, ob vielleicht jemand anderes von ihrer Nummer schrieb. Von Anfang an versuchte ich – wie ich es von Ani gewohnt war –, auf jede Nachricht zu antworten, aber ich merkte bald, dass das völlig unmöglich war, weil sie manchmal sogar Buchstaben nur bruchstückhaft schickte: *Wi*, *N*, *Bin unterw*, *Jem*. Ich war schon am Rande der Verzweiflung, als die Tür des »Loft« aufging und die *Politik und Gesellschaft* herauskam oder, besser gesagt, herausstürzte. Das Mädchen hatte rote Flecken auf der Brust und am Hals.

»Warte doch mal!«, rief Akako, der ihr auf dem Fuße folgte. Die *Politik und Gesellschaft* hielt nicht an, sie lief schnell an mir vorbei und entschwand in den Tunnel.

Mir wurde klar, dass ich wieder in etwas geraten war, dessen Zeuge zu werden sich nicht lohnte, aber ich versuchte mir nichts anmerken zu lassen, lächelte Akako an und kehrte in den Saal zurück. Dort rief Schota ihn aufgeregt ans Mikrofon: »Wir haben den Redakteur verloren ... Akako, wo bist du?«

Im Saal auf der Treppe stieß ich mit jenem Mann zusammen, der gerade noch mit der *Politik und Gesellschaft* zusammengestanden hatte, er machte einen langen Hals und blickte sich überall um. In den Händen hielt er zwei Einwegbecher – einen für sich, den anderen sicherlich für die geflohene Rubrik ...

Wahrscheinlich hätte ich dem Mädchen irgendeinen Schwachsinn geschrieben (»Was hast du gegessen?«, so was in der Art), hätte mich Herr Schota nicht in seiner für ihn typischen pathetisch-direkten Art ans Mikrofon gerufen. Ich ging zum Mikro, unter den Leuten erblickte ich plötzlich Ani und sagte all das, was ich meistens auch in den Interviews von mir gab: »Idiotische Politiker, die Idiotie der georgischen Politik, idiotische georgische Politik ...« Ich weiß nicht, warum es mir Spaß machte, das Wort *Idiot* so oft zu benutzen, und warum ich beleidigen und provozieren wollte: Vielleicht dachte ich, die Zuhörer würden mich so besser in Erinnerung behalten?

Lena stand genau vor mir, hielt ihren Becher in der Hand und wippte sogar im Rhythmus meiner Worte mit, als würde sie tanzen. Inzwischen merkte ich, dass ich mit meiner Rede zum Ende kommen und Herrn Schota wieder ans Mikro rufen musste, jedenfalls sprach ich plötzlich, völlig spontan scherzhaft Lena an, ob sie nicht etwas sagen wolle, denn ich war überzeugt, dass sie meine Rede nicht verstanden hatte, aber da lag ich falsch – Lena kam zum Mikrofon. Ich merkte gleich, dass sie sehr betrunken war.

»Matloba«, rief sie ins Mikro, mit »t« statt »d«, »matloba!«

Und plötzlich: »No one translates me, what are people talking about here, I'm standing here and no one cares about me ... I like your lovely country, with beautiful

people, but it's so boring to be here, now I want to ask: What the hell you want here?«
Sie sagte es ohne Verärgerung, lächelte, deshalb lachte Herr Schota laut und auffällig, als gäbe er den anderen ein Zeichen, dass sie auch lachen sollten. In der Zwischenzeit kam Akako, der in den Saal zurückgekommen war, zum Mikro, legte den Arm um Lena und fing laut an, mit verzogenem Gesicht zu singen. Ich ging zu Ani.
Es waren noch zwei oder drei weitere Nachrichten gekommen. Mein Vater war nirgends zu sehen.
»Was ist mit dir los?«, fragte mich Ani, die merkte, dass ich nervös war.
»Nichts«, antwortete ich.
Es war ein Tag der Kränkungen. Dabei amüsierten wir uns doch sonst so gut miteinander.
Einzig *Warum warten wir auf die Wahlen wie auf die Wiederkunft Christi?* war gut gelaunt: »Akako ist ein wahrer Europäer und hat uns mit einer europäischen Präsentation beglückt: ungewöhnlich und ausgefeilt. Und was für passable Leute da waren! Heute hab ich gesehen, wer seine Leser sein werden: Gebildete, für alle akzeptable sympathische Leute.«

(–12)

In die Sendung wurden von Zeit zu Zeit bekannte, für den Ersten Kanal und den Hauptproduzenten (also für die Regierung) akzeptable Politiker eingeladen, was weder mir noch den Schauspielern und dem Regisseur gefiel, denn ein eingeladener Politiker ließ die Sendung unwiderruflich gekünstelt erscheinen: Entweder saß er erstarrt da und reagierte verwirrt auf die Stichworte der seinetwegen gehemmten Schauspieler, oder er zappelte unaufhörlich herum und riss sinnlose Witze. Ich verstand nicht, warum man Politiker überhaupt einlud, denn am Ende war sowieso keiner zufrieden. »Ich wurde gebeten, ihn einzuladen«, sagte Koki jedes Mal zu uns, wenn es um irgendeinen Minister oder Abgeordneten ging. »Er braucht das für sein Image, also filmt ihn nicht von hinten, er hat einen flachen Hinterkopf.«

Politikerbesuch konnten wir außerdem deshalb nicht leiden, weil sie meistens zu spät kamen. Man konnte denken, sogar absichtlich. Auch diesmal ließ uns ein Gouverneur so lange warten, dass sich die Kameramänner schon in der Deko-Küche schlafen legten.

Ich setzte mich im Fertigbau-Pappschlafzimmer auf ein Doppelbett und versuchte, Stichwörter zu korrigieren. Von Weitem hörte ich undeutlich die Stimme der von der Präsidentengattin empfohlenen, aggressiven und wütenden Schauspielerin, die schon seit zwei Stunden eine monströse Perücke auf dem Kopf trug und wegen dem unpünktlichen Gouverneur die letzte Episode nicht aufzeichnen konnte. Ich lehnte den Kopf an die Wand und war offenbar für einige Minuten eingenickt, denn als ich die Augen öffnete, fand ich Lulu rechts neben mir. Einerseits freute ich mich, dass sie mir gefiel, gleichzeitig jedoch fürchtete ich mich, weil ich merkte, dass ich eventuell aus der Balance geraten und Ani gegenüber wegen ihr einen Fehler machen könnte. Sie schlug ein Bein über das andere, und ihr Knie schimmerte, sie stützte sich auf den Ellbogen und schaute auf ihr Telefon.

»Hab ich dich geweckt?«

»Nein.« Was hätte ich anderes sagen sollen.

»Wenn ich einschlafe, schalte ich komplett ab, dann kann mich niemand mehr aufwecken.«
»Schläfst du tief?«
»Ja, sehr tief.«
»Ich auch«, log ich. »Wie alt bist du?«
Mir fielen keine Fragen ein.
»Ich?« Sie schien nachzudenken. »Zwanzig.«
»Bravo.«
»Soll ich dir was vorspielen?«
Lulu drehte das Telefon zu mir, aus dem gerappte Worte drangen, allerdings verstand ich kein einziges.
»Der Typ ist verrückt«, Lulu machte die Stimme aus dem Telefon nach: »IchvermissedichsehrLuluwasmachstdusoichvermissedich...«
Was und wie sie das sagte, war zwar vielleicht lustig, aber es kam mir vor, als würde sie ziemlich unglaubhaft die Rolle eines unbefangenen und merkwürdig infantilen Menschen spielen – Blitz-Frage-Antwortspiel und plötzliche Annäherung, die auf mich oder jeden beliebigen Menschen Eindruck machen sollte. Jedenfalls gab ich mir Mühe, mich nicht von ihrem übergeschlagenen Bein und ihrem fast bis zu meiner Hand hochgezogenen Knie verwirren zu lassen, aber ich vermochte der in mir aufgekeimten Skepsis nicht treu zu bleiben: Auf einmal rückte ich mit kindlicher – oder auf ihre Art infantiler – Unverfrorenheit an Lulu heran. Das heißt, ich schubste sie fast, wie ich es während des Übergangs von der unsicheren zur selbstbewussten Teenagerphase gemacht hatte, und ich küsste sie aufs Kinn, obwohl ich den Hals angepeilt hatte. Lulu wischte sich das Kinn ab, als hätte ich sie mit Farbe beschmiert, und sagte kühl: »Oh ...«
Ich versuchte es noch mal, ungeachtet dessen, dass keinerlei Voraussetzungen für einen Kuss vorlagen, aber Lulu

legte mir die Handfläche auf Nase und Mund, schaute mich neugierig an – sie überlegte, ob das etwas taugte –, stand auf und ging hinaus.

»Benimm dich anständig, Junge, du bist der zukünftige Klassiker«, sagte Madona, die Assistentin des Regisseurs, und grinste. Sie war immer genau dort, wo sich die für ihre Arbeit unwichtigsten und für die Allgemeinheit interessantesten Dinge abspielten. Ich stellte mich dumm und tat so, als wüsste ich nicht, was sie meinte, wurde aber bei der Vorstellung rot, dass das, was ich in der Schlafzimmerkulisse angestellt hatte, auf den Monitoren des Montagetisches zu sehen gewesen sein könnte. Unmöglich, dass fünf Kameras dastanden und ich nicht im Bild war! Im Studio liefen Dutzende Leute herum, und es wäre blöd und zudem peinlich, wenn ich auf allen vier Bildschirmen erschienen wäre.

Ich ging deshalb vorsichtshalber ins Schlafzimmer zurück, wo ich zu meiner Erleichterung keine einzige Kamera entdecken konnte.

Genauso konnte ich keine Spur von ironischem oder anderweitigem Grinsen bei den Studioleuten ausmachen, was ich auf jeden Fall gesehen hätte, wenn sie meine kleine, jedoch eigentlich gar nicht begangene Sünde mitbekommen hätten.

Außer Madona grinste niemand.

Lulu saß mit ernstem Gesicht im Studio und sah nicht in meine Richtung, was mir zu denken gab, weil genau das passierte, was ich am meisten befürchtet hatte – ich geriet aus der Balance. Aber die Angst währte nur ein paar Minuten, denn nach der verspäteten Ankunft des Gouverneurs ging ich zu Ani und setzte mich wieder genau so vor den Fernseher wie gestern, vorgestern und die Tage zuvor. Ich kehrte zu ihrem Rhythmus zurück und fühlte mich älter und erwachsener, als ich in Wirklichkeit war.

(–13)

Die »Freie Epoche« kostete ziemlich wenig, wurde aber auch ziemlich wenig gelesen. Die meisten Exemplare kaufte immer wieder der Chefredakteur, der unermüdlich die Gemischtwarenläden durchkämmte, in denen man neben unserer Zeitschrift auch Schreibwaren, Zahnbürsten, Seife und Spielzeug kaufen konnte. Akako sah den ausbleibenden Erfolg der Zeitschrift in der Trägheit und Gleichgültigkeit der Laden- und Zeitungsstandmitarbeiter. Er hatte den Eindruck, die Zeitschrift würde etwas abseits ausgelegt, zwischen Zahnbürsten und Schulranzen, wo keiner sie sah. Oder ganz oben, auf dem letzten Regal, wo die Leute zu faul waren hochzugucken. In den Zeitungsständen wurde sie generell nicht zusammen mit den anderen Zeitungen ausgelegt, und wenn, dann unter dem Ladentisch, am kleinen Öfchen, das die durchgefrorenen Füße des Zeitungsverkäufers wärmte. »Das wird ja wohl keine Sabotage sein?!«, sagte Akako, »Nicht dass uns die Zeitungsmafia auf dem Kieker hat.« Akako durchstreifte die Stadt und war stolz, wenn er sah, dass immerhin ein Exemplar verkauft worden war.
»Wir müssen uns was überlegen, bevor wir sie remittiert bekommen«, verkündete die für die zweite Ausgabe (wahrscheinlich, weil sie ein Auto besaß) neu dazugekommene Rubrik *Blitz-Interview*, eine für russische Schnulzen berühmte Frau mit heiserer Stimme, die sich für ein autodidaktisches Multitalent hielt. Sie erklärte die schwachen

Verkaufszahlen der Zeitschrift damit, die Präsentation sei eben nicht provokant genug gewesen: »Ihr hättet was Verrücktes machen sollen, im Voraus verbreiten, ihr würdet einen Skandal planen und es kämen eine Menge Leute, zum Lesen einer Zeitschrift lockt man nämlich keinen hinterm Ofen vor, schon gar nicht auf die gesperrten Straßen ...«

Die Bemerkung vom *Blitz-Interview* erinnerte mich an die Tricks der neuen Verlage, die das Interesse der Journalisten mit irgendetwas Originellem auf sich ziehen wollten, denn ein Buch an sich konnte niemand gebrauchen. Die Journalisten fragten vor der Einladung zu einer Präsentation den Verleger oft geradeheraus, ob es dort ein Event geben werde oder nicht, weshalb sich diese für das Fernsehen alle möglichen Verlockungen ausdachten: Manchmal ließen sie Schriftsteller im Chinkali-Falten gegeneinander antreten (»Wir veranstalten bei der Präsentation einen Spaßwettbewerb: Junge Schriftsteller und Übersetzer als Meisterköche!«) oder verkleideten irgendeinen Verlagsmitarbeiter als Romanhelden und verliehen so einer öden Literaturveranstaltung eine theatralische Note. So staffierte zum Beispiel ein Verleger die Chefin der Marketingabteilung wie Harry Potter aus (dem sie mit ihrer Frisur und Brille tatsächlich ähnelte) und ließ sie volle zwei Stunden mit Kindern herumspringen, bis ein dickköpfiges Kind beinahe einen hysterischen Anfall bekam – Harry Potter müsse doch ein Junge sein! Der faule Trick des Verlages erwies sich als so erfolgreich, dass die Harry-Potter-Marketingchefin vom Bürgermeister gebeten wurde, am Neujahrskonzert teilzunehmen. Mit Einverständnis des Verlagsdirektors verstieß sie gegen die einzige Bedingung des Auftraggebers: Sie wollte mit einem Buch in der Hand auf die Bühne kommen und nicht mit dem Zauberstab, wie der Bürgermeister anfänglich gewollt hatte. Am Ende einigten sie sich, und am einunddreißigsten Dezember sah ganz Georgien (oder zumindest diejenigen, die Strom hatten), wie eine irgendwie unbehaglich wirkende, zwischen hochgezogenen Schultern verschwinden wollende Harry Potter zusammen mit georgischen Popsängerinnen auf der Bühne stand.

»Ich nehme mit Vergnügen an Konzerten aller Art teil«, sagte Akako zu uns, »und ich ziehe an, was die wollen, wenn's sein muss, ziehe ich mich sogar nackt aus und tanze mit der Zeitschrift in der Hand. Da hab ich keine Hemmungen.«

Wir versuchten Akako aufzumuntern, denn er machte den Eindruck, als würde er bald den Enthusiasmus verlieren, die *Ökologie und Urbanistik* bemerkte sogar, dass die roten und gelben Jacketts des Redakteurs aufgrund seiner Skepsis die Farbe verloren hätten. Ani und ich merkten, dass es zwischen ihm und Lena nach deren »Loft«-Auftritt nicht gerade gut lief. Das auf die Präsentation folgende erste Schmollen wandelte sich bald in exhibitionistisches Liebkosen, dem Anis Mutter mit offenem Mund zusah (ihr stand die Frage ins Gesicht geschrieben: »Warum steckt er ihr die Zunge so tief rein?«). Auf diese Weise drückte Akako seine Zuneigung Lena gegenüber aus, strich über ihre Knie, streichelte ihr Haar und küsste sie vor allen Leuten, aber in allen diesen Gesten und Verhaltensweisen lag etwas verborgen, was plötzlich in Aggression oder gar Sadismus umschlagen konnte – entweder packte er Lenas Hand und warf sie wie ein lästiges Tier von seinen Knien oder sagte etwas Kränkendes oder gar Verletzendes. Akako war wütend, und das schlug sich in jeder Geste, jedem Wort und jeder Zwischenbemerkung nieder. Anis Mutter wusste noch nicht, dass diese aggressiven Streicheleinheiten noch harmlos waren im Vergleich zu dem, was Akako drei Tage nach Präsentation der Zeitschrift getan hatte: Er war gemeinsam mit Vertretern der Stiftung auf einem großen diplomatischen Empfang gewesen, wo er vor den Augen des Wachpersonals des Präsidenten eine Insulin-Einwegspritze hervorholte, die er für seine Tante gekauft hatte, und, jeglichen Anstand über Bord werfend, seine Hose herunterziehen wollte, um sich die Spritze irgendwo zwischen Pobacke und Hüftknochen in die Haut zu rammen (genauer gesagt, wollte er nur so tun, quasi als Performance), aber der verwirrte, errötete Herr Schota hinderte ihn daran.

»Wir müssen Aufmerksamkeit erregen, eine andere Chance haben wir nicht«, verkündete Akako, »sie sollen wissen, dass wir verrückt sind.«

Davon abgesehen, wurde er schwerlich zum Fernsehgesicht. Akako wurde nur einmal zur Silvestersendung eingeladen, wo er bewaffnet mit ein paar Exemplaren unserer Zeitschrift und skandalösen Slogans hinging, die Sendung wurde jedoch am Ende ohne Akako, unsere Zeitschriften und seine Slogans ausgestrahlt. Akako war herausgeschnitten worden.

Weil der mehr oder weniger verschlankte Koki sowieso als Moderator zum Ersten Kanal gehen würde und für uns keine Zeit hatte, bat ich den Regisseur, Akako wegen seines Künstlergehabes und seiner Exzentrik für eine Gastrolle in eine Folge unserer Sendung einzuladen, in der er über sein Leben in der Emigration sprechen sollte. Das tat er auch, durfte jedoch nicht für die Zeitschrift Werbung machen. Von seinen Antworten wurde leider ebenfalls viel herausgeschnitten, da er George Bush junior unflätig beschimpfte und der Moderatorin allen Ernstes weismachen wollte, der Präsident der Vereinigten Staaten

Amerikas wolle den Dritten Weltkrieg anzetteln. Er redete unermüdlich über den russisch-tschetschenischen Krieg, den abchasisch-georgisch-russisch-ossetischen Konflikt und über den elften September, über die amerikanische und sowjetische Kriegskampagne in Afghanistan, über den Wasser- und Stromzeitplan, über die veralteten Oberleitungsbusse, über korrupte Polizisten und das einzigartige Alphabet der Georgier, und am Ende las er kleine Auszüge aus seinem »Manifest der Liebe« vor (das Einzige, was nicht herausgeschnitten wurde).

Auf den Monitoren, auf denen ich vor einigen Tagen mit großer Wahrscheinlichkeit zusammen mit der vervierfachten Lulu erschienen wäre, waren jetzt vier lebhafte, ulkige und schweißüberströmte Akakos zu sehen, aufgedreht und apathisch zugleich, manchmal sogar zu träge, den Satz zu beenden, als hätte er eine Feder in sich: Er sprach energisch zwei, drei Worte und war beim vierten schon gelangweilt und gleichgültig.

Als die Aufzeichnung beendet war, fragte er mich plötzlich in einem vorwurfsvollen Ton, warum ich in der Sendung nicht die aktuellen Probleme angesprochen habe, das sei doch meine und unsere Bürgerpflicht. Dabei waren Stromlosigkeit, Terrorismus, Russland und Schewardnadse doch ohnehin in aller Munde, was hätten wir in der Sendung darüber Neues berichten sollen?!

»Das ist eine Unterhaltungssendung«, erwiderte ich, »außerdem schreibe ich unter Pseudonym.«

»Na und, sollte ein Pseudonym etwa keine Stellung beziehen? Deine Erzählung sollte als Serie verfilmt werden, die würde jeder gucken. Wollen die nicht mal eine historische Thematik?«

Als Akako und ich nach der Aufzeichnung den Hang hinuntergingen, an dem das Fernsehstudio liegt, wurde auf dem Heldenplatz gerade ein gelber Kran an einen langen, funktionslosen Pfahl gestellt und oben ein breites Plakat befestigt, das wir zuerst für politische Werbung hielten. Es stellte sich heraus, dass es keine war – auf dem Plakat war das Foto eines glatzköpfigen Mannes, dessen letzter Lebensabschnitt unter seinem Bild mit fetten Buchstaben beschrieben war: *Vor 120 Tagen entführt.* Das war schon der dritte Geschäftsmann, der vermutlich in Südossetien entführt worden war.

»Effektvoll«, sagte Akako, und ich dachte, er wolle so seine Gefühle überspielen, weil ihm anzusehen war, dass ihn der Anblick des vor hundertzwanzig Tagen entführten Mannes furchtbar mitnahm.

»Ich hab noch weitere Plakate gesehen«, sagte ich.

»Ich sehe das zum ersten Mal. Seltsam ... Ich übersehe wichtige Details immer ... Das ist wirklich ein Problem ...«

Zu Hause trafen wir Ani nicht an, da sie am Nachmittag zum Geburtstag ihrer Freundin gegangen war; es war schon vorher klar gewesen, dass ich nicht mitgehen und sie natürlich deswegen vorübergehend schmollen würde. Ich rief sie an, doch vor lauter Lärm verstand ich nichts – sie plärrten zu Karaokemusik. »Was? Ich bin angekommen, leg die Kinder und meine Mutter schlafen«, schrie Ani und lachte exaltiert über ihren eigenen Witz, den die anderen offenbar hören sollten. Sie hatte keine Zeit für mich. Ani zwitscherte mit anderen herum und ich fragte mich, wie sie sich dermaßen betrinken konnte. Ich stellte mir bildlich vor, wie sie mit ausgebreiteten Armen tanzte. An jenem Abend rief ich sie noch zweimal an, sagte, ich würde auf sie warten (weil ich mir aufgrund des Plakats am Heldenplatz Sorgen machte, ihr könne etwas zustoßen) – wie vor Jahren, als ich meine Eltern anrief und

sie, klein und verärgert, wie ich war, bat oder, besser gesagt, ihnen befahl, sie sollten pünktlich heimkommen. Bis dahin schaute ich mit ihrer Mutter fern, die eigentlich mit den Kindern schlafen gehen sollte, aber noch wach und geschäftig war. Als Ani vom Geburtstag kam, wollte sie immer noch mit erhobenen Händen weitertanzen und musste über sich selbst lachen, offenbar war sie unterwegs nicht an dem Foto des entführten Mannes vorbeigekommen, oder wenn, dann hatte sie es nicht gesehen. Sie war süß, aber ein bisschen nervig.
»Hast du nichts Provokantes getan?«, fragte Ani Akako.
Ich befürchtete, Anis Worte und Tonfall könnten Akako kränken, doch ich hörte zum ersten Mal seine echte Stimme: »Hier hat alles keinen Sinn. Georgien macht jegliche Initiative zunichte.«

(–14)

Der Morgen des siebten Januar, der so verschlafen hätte sein sollen wie der Morgen des ersten Januar, fing diesmal sehr seltsam und mit vielen Menschen an. Seltsam deswegen, weil auf der Schwelle unserer Wohnung in einem großen Korb ein toter Truthahn abgestellt worden war wie ein ausgesetztes Baby.
Um den Truthahn herum waren Schokolade und Tschurtschchela wie Blumen angeordnet, auf seine Herkunft wies jedoch nur eine mit Staatswappen verzierte kleine Karte hin, die am Korb klebte.
Der Truthahn läutete das neue Jahr ein.
Dieser Kadaver war ein Neujahrspräsent, das die Kulturministerin an gesegnete Auserwählte schickte. Der Trut-

hahn sagte mir, dass ich es dieses Jahr erstmals unter die Auserwählten geschafft hatte. Nachdem das Treffen mit dem Präsidenten so dumm geendet hatte, war die verwirrte, sture Ministerin in einen Neujahrstruthahn, Tschurtschchela, Schokolade und wappenverziertes Papier verwandelt worden. Mephisto war in Gestalt eines Pudels ins Haus eines innerlich zerrissenen Gelehrten gelangt, also versuchte diese Frau mit der Leiche eines Neujahrstruthahns die Seele eines jungen Intelligenzlers zu kaufen.

Ich rief sogleich Dato eins an und bat ihn, der Ministerin den Truthahn zurückzubringen. Dato eins hatte jedoch einen eigenen toten Truthahn bekommen und war absolut nicht gewillt, mit zwei Körben in der Hand ins Kulturministerium zu gehen, außerdem hielt er das für anmaßend und legte mir nahe, Gras über die Sache wachsen zu lassen, und falls mir der Truthahn dermaßen Sorgen bereite, könne ich ihn ja irgendeinem Obdachlosen geben, was er selbst vorhatte.

»Es laufen massenweise Leute herum, vor deinem Haus, auf dem Friedhof, geh doch runter und schenk ihn jemandem«, sagte er.

»Mach dir keinen Kopf wegen des Truthahns«, sagte meine Großmutter. »Wenn du ihn nicht willst – dein Großvater nimmt ihn. Du musst ihn ja nicht essen.«

Dass ein Zugeständnis der Regierung beschämend ist – sei es in Form eines geschenkten toten Truthahns –, wusste ich seit meiner Kindheit, weil ich eine sowjetische Kindheit hatte und immer zu hören bekam, wie peinlich die Leute seien, die von der Sowjetregierung Orden verliehen bekamen, und die Tatsache, dass die Regierung gewechselt und mir diesmal die Kulturministerin eines unabhängigen, *unpeinlichen* Georgien einen Truthahn schickte, änderte nicht viel. Trotzdem gefiel es mir irgendwie, zu

den Auserwählten zu zählen, beziehungsweise zu jenen, an die man sich erinnerte als jemanden, dem man zu Neujahr einen Truthahn schickte. Dieses Gefühl hielt nicht lange an – erstens ist ein toter Truthahn nicht gerade ein großes Bestechungsgeschenk, und zweitens löste in mir mit dreiundzwanzig Jahren der Hass der Politiker mehr Vergnügen aus als ihr Wohlwollen.
Ich hasste die Ministerin und alle anderen, die jetzt hinter Eduard Schewardnadse und seiner Frau, welche in königsthronähnlichen Sesseln saßen, im Stadtteil Awlabari auf dem Vorplatz der noch im Bau befindlichen pompösen Kathedrale standen und das Knie beugten wie vor den Heiligen. Hier waren alle anwesend, die wie ich einen Truthahn oder sogar ein Spanferkel mit Rettich in der Schnauze bekommen hatten, manche jünger, manche sehr viel älter als ich, aber trotzdem jung geblieben. Alte und neue Fernsehpersönlichkeiten, die von rechts und links zwei überaus einflussreiche greise Männer einrahmten – den Präsidenten Georgiens und den Katholikos-Patriarchen. Die zwei thronähnlichen Sessel hatte der Patriarch für den Präsidenten und dessen Frau hinstellen lassen, weswegen sich nur der Präsident Kritik gefallen lassen musste und nicht er selbst, der Patriarch, der sowieso schon nicht mehr kritisiert werden durfte. Beschimpft wurde Eduard Schewardnadse, oder vielmehr seine Frau, die keine Skrupel hatte, sich in der unfertigen Kathedrale hinzusetzen, und das, nachdem sie sich einmal völlig unangemessen und ignorant über die wirtschaftliche Lage Georgiens geäußert hatte (fast so wie Marie-Antoinette vor der französischen Revolution, die sich wunderte, warum die Leute keinen Kuchen aßen, wenn sie schon kein Brot hatten). Die Präsidentengattin, von der es hieß, sie esse Riesentorten mit einem großen

Löffel, hatte arrogant erklärt, eine gute Hausfrau komme mit acht Lari im Monat aus. Ich hasste alle, die um sie herumstanden und im Fernsehen zu sehen waren, mit Truthahn und ohne Truthahn, und es ärgerte mich, dass mich meine Großmutter überredet und dazu gebracht hatte, die gastronomischen Vorlieben meines Großvaters als schlagendes Argument anzusehen, den Truthahn zu behalten.

Die Fernsehsender kündigten schon seit mehr als zwei Wochen die Direktübertragung des vom Katholikos-Patriarchen zelebrierten Festgottesdienstes an, der gleichzeitig den Spendenmarathon zur Eintreibung der für die Fertigstellung der pompösen Kathedrale nötigen Geldsumme einleiten sollte. Dem Patriarchen zufolge sollte ausnahmslos jeder Georgier – jeder georgisch-orthodoxe – einen Ziegelstein für die neue Kathedrale legen, aber das hätte geheißen, dass er von Nichtgeorgiern und Nichtorthodoxen keine Spende erhielte, und einer der Kirchenstifter war ein exzentrischer Fernsehmagnat, der in Russland zu Reichtum gekommen war, ein georgischer Jude, über den der Patriarch mit scherzhaftem Bedauern sagte, er sei so ein guter Mann, vielleicht solle man ihn zum Christentum bekehren. Im allgemeinen Jubelgeschrei waren nur schwach jene Stimmen zu hören, die das Bauvorhaben hinsichtlich Ästhetik, Moral und Finanzierung verurteilten: »Warum sollte man Millionen für ein Bauwerk verschleudern, in einem bettelarmen Land, wo es zahllose Denkmäler gibt, die renoviert und instandgehalten werden müssen?« Worauf die offiziellen Vertreter des Patriarchats jedes Mal die gleiche Antwort gaben: Die georgische Nation habe niemals in Saus und Braus gelebt, sie habe es immer schwer gehabt, aber seit dem vierten Jahrhundert Kathedralen errichtet, und außerdem seien die Stifter des Baues keine armen Leute, sondern Geschäftsmänner (selbst arme Leute hätte keiner abgelehnt, wenn sie an dem Spendenmarathon teilnehmen würden). Im Georgien Schewardnadses gab es einen Kirchenbauboom. Jeder, der die Möglichkeit hatte und sich auf diese Weise großtun wollte, baute eine.

Der exkommunistische Präsident war vom Patriarchen orthodox getauft worden. Am siebten Januar war Präsident Eduard-Giorgi (so wurde er nach der Taufe genannt), dem man das Bekreuzigen nicht ordentlich hatte beibringen können (es hieß, er mache es zu nachlässig), auf gesperrten Straßen zur Awlabari-Kathedrale gefahren, um sich den Bau anzusehen, aber diesmal waren die Straßen nicht von Demonstranten, sondern von der Polizei gesperrt worden. Seitdem zwei Anschläge auf ihn verübt worden waren, räumte die Polizei jedes Mal alle Straßen, die der Präsidentenkonvoi passierte, weshalb der Präsident aufs Heftigste von im Stau stehenden Autofahrern und in Busse gequetschten Leuten beschimpft wurde. Diesmal wurden ganz Awlabari und Sololaki abgeriegelt oder besser gesagt stillgelegt, weil der Präsident am Fernsehgottesdienst des Patriarchen teilnehmen wollte. Dorthin durften ausschließlich geladene Gäste, die allerdings zu Fuß zur Kathedrale pilgern mussten, und so füllten sich die Straßen mit der zum Gottesdienst eingeladenen georgischen Bourgeoisie.

Ich hätte keinen Fuß vor die Tür gesetzt, wäre ich es nicht gewohnt gewesen, täglich rauszugehen – ein unsinniger und ermüdender, jeglicher Logik und jeglichen Ziels entbehrender Instinkt, vor allem heute mit dem toten Truthahn als Vorwand, der der Grund für den Streit mit meiner Großmutter war und auch dafür, dass ich nicht von meiner Gewohnheit abwich. Ich wusste zwar, dass es unerträglich war, durch die Straßen zu gehen – diesmal wegen des strömenden grimmigen Mobs mit Ikonen und Fahnen und nicht wegen der Absperrungen –, ich schlug aber trotzdem die gewohnte Richtung zu Anis Haus ein. Nach etwa vierzig Minuten, immer noch erst auf halbem Weg, traf ich am schlecht proportionierten Rustaweli-Denkmal auf Dato eins, der wie ich sinnlos, ziellos und, was die Hauptsache war, truthahnlos aus dem Haus gegangen war.

Es war aussichtslos, zum Freiheitsplatz zu laufen, und deshalb machten wir uns auf den Weg zu den aufwärts führenden Straßen am Mtazminda, doch selbst die kleinen Straßen waren von Polizisten blockiert worden. Den Lärm konnten wir schon hören, bevor wir uns der lebendigen Absperrung aus Polizisten näherten, die die Aktivisten zurückzuhalten versuchten.

»Das sind die Leute von ›Tritt zurück‹. Die wollen in die Präsidentenkanzlei. Wenn er zurückkommt, sagen die, dass sie ihn nicht reinlassen.«

Kaum hatte er das gesagt, hörte ich vom Straßenende her das Geschrei eines Mädchens. »Sie kommen!«, brüllte ein großer Mann, der an einer Platane stand, und schlenderte, damit keiner auf die Idee kam, er würde sich vor irgendetwas fürchten, lässig und arrogant zum Eingang. Die Leute von »Tritt zurück«, alles sechzehn-, siebzehnjährige Mädchen und Jungs, trugen über dicken Jacken weiße T-Shirts, auf die sie das mit einem schwarzen X durchgestrichene Gesicht des Präsidenten und den Namen ihrer Organisation gemalt hatten.

Die jungen Leute galten bei ihren Anhängern als prinzipientreue Kinder, die Gegner bezeichneten sie jedoch als bezahlte Dorflakaien des Instituts für Liberalismus. »Dorflakaien« deshalb, weil sich eine Anführerin von »Tritt zurück« in einem für die Einwohner des Stadtzentrums schockierendem Dialekt ausdrückte, vor allem, wenn sie verärgert war, außerdem hatte sie einen L-Aussprachefehler, wobei sie mit ihrem weichen L viel kühner und aggressiver gegen das machthabende Regime opponierte als andere.

Ebendieses Mädchen hörte ich jetzt mutig kreischen: »Wen beschützt ihr? Beschützt ihr Schewardnadse? Diese Diebe und Killer beschützt ihr?«, schrie sie die missmutigen, nicht besonders selbstbewussten Polizisten an. Im Wort »Killer« schoss ihr weiches L wieder ungehobelt hervor, aber diesmal klingelte das niemandem in den Ohren, denn das Mädchen, welches nur einen Meter fünfzig groß sein mochte, rang unglaublich geschickt mit einem behelmten Polizisten.

»Sie wollen sich auf die Treppe setzen«, erklärte uns ein junger Mann, in dessen zitternder Hand eine frisch angezündete Zigarette bebte. Es war ihm anzusehen, dass er das Regime hasste, welches jetzt diesem Mädchen gegenüberstand, und er den Leuten in den weißen T-Shirts gern geholfen hätte, sei es auch nur mit Beschimpfungen, aber er hatte Angst, im Gegensatz zu den politisch engagierten »Tritt zurück«-Mitgliedern dann garantiert in ein Polizeiauto geworfen zu werden. Beschimpfungen kamen hauptsächlich vonseiten der Polizisten, und die Mädchen, die gerade noch mitgekreischt hatten, schauten nun hilflos und wütend zugleich zu uns herüber. Eine von ihnen, eine ganz Junge, hielt ein Megafon und schrie undeutlich quakend irgendetwas hinein. Die Leute strömten nach oben, weil die Polizisten von unten an die Weiß-T-Shirts heranrückten, auch eine Sirene heulte los, und ich fand mich plötzlich zusammen mit Dato eins neben dem Mädchen am Megafon wieder. Eigentlich hätte ich jetzt darüber nachdenken sollen, ob die Situation angenehm oder gefährlich für mich wäre, aber auf einmal packte ein schwarz gekleideter Mann, doppelt so groß wie ich und offenbar Polizei- oder Sicherheitsdienstmitarbeiter, das Mädchen mit dem Megafon an den Haaren, zerrte es zu sich heran und schlug ihm erst mit der flachen Hand, dann mit der Faust ins Gesicht. Dem Mädchen schoss Blut aus Nase oder Mund, sie ging in die Knie und die Pranke des Mannes traf jetzt ihren Kopf. Ich stand wie angewurzelt, denn ich sah zum erstem Mal im Leben, wie ein Mann eine Frau verprügelte, ein kleines Mädchen, ein Kind, politische Sympathie oder Antipathie hin oder her. Aber in jenem Moment konnte ich nur ein paar Laute von mir geben, die nichts außer meiner Schwäche ausdrückten. Mir kam die späte Erkenntnis, dass ich auf Gewalt lediglich mit Worten fähig war zu antworten, aber jetzt war ich noch nicht einmal in der Lage, jemanden mit meiner Zunge zu überwältigen – mein Hirn wusste einfach nicht, welche Befehle es ihr erteilen sollte. Diesmal war jedoch das Hirn von Dato eins in Hochform: Empört packte er den großen Kerl, hielt dessen Hände fest und schlug ihm seinen Kopf irgendwo zwischen Kinn und Nase. Das Mädchen kroch auf dem Gehweg davon. Im Nu tauchten eine Menge wütender Sicherheitsleute neben uns auf, und dann, als der Hüne, der das Mädchen geschlagen hatte, Dato eins am Schlafittchen zu fassen bekam, ging ein dicker, lauter Mann in Polizeiuniform dazwischen und brüllte für die Situation unangemessen freudig: »Herr Dawit, meine Güte, nicht doch, Herr Dawit!« In Wirklichkeit gebot er jedoch nicht Dato, sondern dem hünenhaften Polizisten Einhalt, denn er stellte sich als stellvertretender Polizeichef Tbilissis heraus, der nicht wollte, dass seine Untergebenen am Ende diejenigen verprügelten, die vor ein paar Tagen beim Präsidenten gesessen hatten und von Zeit zu Zeit auf dem Fernsehbildschirm in Erscheinung traten. Der Stellvertreter umarmte Dato eins trotz seiner Leibesfülle graziös und liebevoll wie ein Großvater oder eine Großmutter und zog ihn von der Straße: »Lass es gut sein, meinen Respekt hast du, ich mag dich sehr, was wollen die auf der Treppe, wenn er kommt, wird er in aller Ruhe reingehen, heute ist doch ein großer Tag.« Wahrscheinlich gibt es das nur in Georgien, dass dir der stellvertretende Polizeichef sagt, dass er dich sehr mag und du aus Respekt vor ihm die Protestaktion sofort abbrechen sollst; mit dieser Aussage macht er alles richtig, denn womit könnte der Aggression anders Einhalt geboten werden als mit Liebe? Sein »Ich mag dich« rückte alles wieder an seinen Platz: Der gewalttätige Mann wurde von den Seinen verschluckt, aus den Höfen kamen die Leute, ermutigt von der plötzlichen Ruhe. Der Polizist, der Dato eins mochte und jenen, aber nicht das verprügelte Mädchen gerettet hatte (was das Image der Polizisten und des Präsidenten auch nicht wesentlich aufgebessert hätte), sah plötzlich auch mich und fragte mich – das zweite *Fernsehgesicht*, welches in den letzten Tagen ein, zwei Mal erschrocken lächelnd auf dem Bildschirm kurz aufgetaucht war – nicht mehr mit väterlicher, sondern fast homoerotischer Zärtlichkeit: »Du bist auch hier, mein Kleiner?« Der Mann hatte einst in der sowjet-georgischen Miliz gedient und hatte wahrscheinlich schon damals die gleiche Funktion wie heute: zufällig in Massenauseinandersetzungen geratene Intelligenzler zu retten. Der Polizist verschwand grußlos, es blieb nur das Gefühl, wir würden uns irgendwann noch mal über den Weg laufen. Er hatte sich nicht um das verprügelte Mädchen gekümmert, das auf dem Gehweg saß und weinte. Sie war offenbar sehr jung und hatte wie eine Große ins Megafon geschrien. Die Anwohner gaben ihr Wasser zu trinken und strichen ihr übers Haar, eine Frau legte ihr ein nasses Taschentuch auf die Nase, aus der ihr zusammen mit dem Blut eine transparente Flüssigkeit rann. Die Anführerin der Weiß-T-Shirts – also jene, die für ihr L genauso bekannt war wie für ihren politischen Radikalismus, gab einem unvermittelt aufgetauchten Journalisten ein Interview, um Dato eins scharten sich die Anwohner und schimpften auf die Polizisten und den Hauptgrund der Misere: den Präsidenten Georgiens. Von ferne hörten wir die Kirchenglocken läuten, was ich für das Startzeichen des Fernsehmarathons hielt, allerdings waren es nicht die der im Bau befindlichen, sondern die Glocke der Dawitskirche. Dato eins' Lippen wurden vor Nervosität blau, und ich merkte, dass er gar nicht verstand, was man ihm sagte: Er stand immer noch wie ich unter dem Eindruck der Auseinandersetzung.

»Krieg kann er bekommen, dieser Bastard«, polterte ein unrasierter Mann los, »unsere Bevölkerung wird die Bajonette aufpflanzen ...«

Die Anführerin setzte sich neben das verprügelte Mädchen.

»Hat's wehgetan?«

»Nein«, erwiderte sie unter Tränen.

Die Anführerin zog das T-Shirt aus, das sie über der dicken Jacke getragen hatte, richtete ihr Haar und sagte sachlich: »Wenn ich den noch mal treffe, reiß ich dem Schwein den Kopf ab, ich hab mir sein Gesicht gemerkt.«

3
»Der erste Russe« – Die ersten Zensoren – Drohungen und Aufruhr. Januar 2002

(–15)

Unser funktionsloser (und gleichzeitig multifunktionaler) Redaktionsmitarbeiter Merab, zehn, vielleicht auch dreißig Jahre älter als wir, schaute mich mit dem distanziert-idiotisch-teuflischen Grinsen von jemandem an, der einem Spektakel beiwohnt, und wartete mit dem Röcheln eines aktiven Rauchers auf meine Reaktion. Zum zweiten Mal schon las ich den über uns oder mich abgedruckten Artikel in der Zeitung »Wochen-Echo«, den schon jeder in der Redaktion gelesen hatte und welcher der Grund dafür war, dass die Mitarbeiter, in erster Linie Akako, bester Laune waren. Schon seit Langem war er nicht mehr so glücklich und zufrieden gewesen: Wir wurden offensichtlich gelesen!

»Vielleicht verprügeln sie dich«, sagte Merab und bleckte die schiefen Zähne, »wir müssen dir einen Bodyguard besorgen.«

Er scherzte.

Ich lächelte ihn bemüht an, weil einerseits der Autor des Artikels nicht scherzte und zweitens dessen Profession und Wirkungsfeld, die nach seinem unheilvoll klingenden Namen unter dem Artikel vermerkt waren, einen unangenehmen Eindruck hinterließen: Beschan Chubuluri, Leiter des Vereins für Volkskampfsport »Schwert und Faust«.

»Wenn die jetzt in die Redaktion hereinstürzen und uns verdreschen, das hast du davon«, lachte Merab, der offenbar immer nur dann lachte, wenn er Zeuge der Einschüchterung anderer wurde, wenn auch bis jetzt nur einer leichten. Ich erinnerte mich an die verprügelten Mitarbeiter

des Instituts für Liberalismus und den Auslöser für eine meiner Ängste aus Kindertagen: Streit und physische Überlegenheit des Gegners. Doch ich lachte trotzdem, so wie man das im Allgemeinen macht, wenn man denkt, das sei irgendein Unsinn und nicht ernst gemeint.
Dabei schrieb der Autor gleich am Anfang des Artikels, man solle mir die Hände zertrümmern, und da die Erzählung von einem historischen oder eher pseudohistorischen Ereignis im dreizehnten Jahrhundert handele, solle man an mir eben auch die damaligen Methoden anwenden: Das heißt, da zur Zeit Königin Tamars den Dieben die Hände abgehackt wurden (was wirklich das Produkt der Fantasie des Artikelautors war), solle man mit mir das Gleiche machen, weil ich die Historie Georgiens bestohlen habe. Diese These mochte ebenso interessant zu diskutieren sein wie seine idiotischen Hypothesen und überhaupt nicht witzigen Drohungen.
Der Mann schrieb:

1. … dass man mich finanziere, damit ich mich über die georgischen Heiligtümer lustig mache, und ich dafür ein hohes Honorar von westlichen Organisationen bekäme.

Wahrscheinlich war ihm zu Ohren gekommen, dass unsere Zeitschrift von einer internationalen öffentlich-diplomatischen Stiftung unterstützt wurde, und genau diese Stiftung stellte er sich als Kampforgan gegen unsere Heiligtümer vor.

2. … dass wir, ich und die Mitarbeiter der Zeitschrift, Mitglieder einer großen, feindlich eingestellten Verbindung seien, deren Aufgabe es sei, die georgischen Traditionen und die Orthodoxie zu schwächen und zu zersetzen.

»Das heißt, du bist so was wie ein Freimaurer, verstehst du?«, rief Merab amüsiert.

3. … dass die Regierung unbedingt den Hintergrund unserer Zeitschrift, der Stiftung und die Quelle der Finanzierung untersuchen und ein für alle Mal unseren betrügerischen und kriminellen Machenschaften, ähnlich denen des Instituts für Liberalismus, in Georgien den Garaus machen müsse.

4. … dass Leuten wie mir Schreiben und öffentliches Reden verboten werden müsse.

»Der Kleine spielt sich zum Zensor auf, was hast du denn gedacht!« Akako amüsierte sich köstlich.
War dieser Beschan noch klein?
»Von wegen der Kleine, der ist ein fünfzigjähriger Opa«, sagte Merab.
Das Wort »Opa« beruhigte mich ein bisschen, da ein Opa normalerweise ja ungefährlich ist.
»Wurde einem zu Königin Tamars Zeiten nicht die Zunge herausgeschnitten?«, fragte die Rubrik *Blitz-Interview*, belustigt wie die anderen.

5. … dass ich für Blasphemie bestraft werden müsse.

Interessant, und wie?
»Nicht dass sie dich wirklich verprügeln, Mensch.« Die Rubrik *Ökologie und Urbanistik* war besorgt; bis jetzt hatte sie mir mit Kaffeetasse in der Hand grinsend zugehört.

6. … dass ich krank sei (das Wort war unterstrichen)*, Frauen hassen würde, namentlich georgische Frauen.*

Der Autor stellte die Frage: *Und sowieso, mit was für Frauen habt ihr überhaupt zu tun, ihr armen Kerle?*
Der Leiter des Vereins für Volkskampfsport hatte in kursiven Buchstaben ein Zitat aus meiner Erzählung gedruckt:
... mit Hängearsch, also georgisch. Leichter Flaum auf dem jungen Gesicht ... auch das georgisch. Gesundes Haar und zusammengewachsene Augenbrauen, wie auf den Fresken.
»Was hab ich denn da nur zusammengekritzelt«, murmelte ich verärgert.
»Mir hat die Passage übrigens auch nicht gefallen«, die *Ökonomie und Urbanistik* goss sich Kaffee ein, »das ist frauenfeindlich. Und ich spreche jetzt nicht von Tamar.«
»Darum geht es gar nicht«, sagte Akako laut, der im Geiste offenbar schon Argumente für die Gegendarstellung vorbereitete. »Er soll schreiben, was und wie er will. Ich kann solchen Scheiß schreiben oder solchen. Ich mach, was ich will. Entschuldigung, aber wen geht's was an? Lasst uns weitermachen.«
»Womit?«
»Mit Lesen«, erwiderte er sachlich, »wenn es für dich emotional nicht zu grausam ist. Es ist klar, dass wir es hier mit einem Idioten zu tun haben.«
»Allerdings mit einem ziemlich gefährlichen Idioten, Akako«, ergänzte die *Ökologie und Urbanistik*, »können wir uns nicht beschweren? Das ist eine offene Drohung, der Mann schreibt, ihm sollten die Hände zertrümmert werden, außerdem stachelt er andere auf. Ist das sein echter Vor- und Nachname? Sieht aus wie ein Pseudonym.«
»Der ist echt, ich hab ihn auch im Fernsehen herumlungern sehen«, sagte Merab mechanisch lächelnd. »Mit solchen Muskeln und mit so einem Nacken ...«
»Das hier ist eine weitere Drohung: *Wisset, ihr werdet dem*

Höllenfeuer nicht entkommen und als Feinde des Glaubens und der Nation für immer in Gehenna schmoren.«
Der Volkskampfsportler endete seinen Artikel mit einem theatralischen Aufruf: *Ihr Abtrünnigen, Mankurts*[3]*, Bastarde, Verräter, Schlappschwänze, Schwulen, Entarteten, ihr im Schlamm und Müll wühlenden Schweine ...*
»Wirklich, was soll dieser Mann noch sagen«, Merab zündete sich eine Zigarette an, »es fehlt der Höhepunkt. Er hätte am Ende schimpfen sollen.«
»Ich dachte, das ›Wochen-Echo‹ wäre ein anständiges Blatt, und trotzdem haben sie dieses Gefasel gedruckt.« Die *Ökologie und Urbanistik* tat erstaunt.
Mir kam der Redakteur des »Wochen-Echos« in den Sinn – ein bebrillter, mit geschürzten Lippen lachender Typ, der mit mürrischem Gesicht gar nicht mal so lustige Witze erzählte – und ich beschloss, statt auf den Volkskampfsportler auf ihn wütend zu sein, da ich vor ihm absolut keine Angst hatte; da jedoch alle glücklich schienen, ließ ich mir nicht anmerken, dass ich es in Wirklichkeit unangenehm, ja sogar bedrückend fand, das alles zu lesen, und plötzlich hatte ich nicht Angst um mich, sondern um meine Eltern, weil ich mir vorstellte, welch schlechte Laune meine Mutter, mein Vater und beide Großmütter bekommen würden, und ich sagte laut: »Ein Schriftsteller, der noch beide Großmütter hat, hat genauso viel Angst vor einem Verbalterroristen wie vor einem Kamikaze-Praktiker.« Meine Bemerkung veranlasste Merab noch zu ein paar Witzen, an die ich mich nicht mehr erinnere, beziehungsweise die ich nicht nacherzählen kann. Nur Akako blieb ernst, er sann auf eine Antwort für den Volkskampfsportler.
»Wozu denn, wir sind uns doch einig, dass er irgendein Blödmann ist«, sagte ich zu ihm, aber Akako blieb erwar-

tungsgemäß stur und sagte, er habe nicht nur mich, sondern die ganze Zeitschrift beleidigt, und jetzt sei er verpflichtet zu antworten. Er arbeite zwar gerade an einem großen Artikel über die Tragödie des elften September, aber wenn er jetzt auf diese Drohungen nicht antworte, würden solche Angriffe in Zukunft zunehmen.

»Ihr müsst ihm eins mit der Faust auf die Nase verpassen«, sagte er, »aber nur verbal.«

Darauf zu antworten oder nicht erschien mir gleichermaßen sinnlos; mir war, als hätte mich die Kraft verlassen und ich müsste nach Hause gehen, denn die Drohung hatte mir die Laune verdorben. Noch hatte mich keine solche Apathie ergriffen, dass ich mich davor gefürchtet hätte, alleine durchs Treppenhaus in unsere Wohnung zu gehen. Es war noch keine *richtige Angst* (denn ich war überzeugt, es würde bei der verbalen Drohung bleiben), ich hatte jetzt eindeutig einfach keine Lust mehr auf den Anblick von Merabs Pferdezähnen und seinem entblößten rosa Zahnfleisch. Ich versuchte mich darüber zu freuen, dass mein Text bei jemandem Aufsehen erregte, aber mir wäre natürlich lieber gewesen, irgendein rückschrittlicher Schullehrer oder ein Historiker aus der Mottenkiste wären erbost gewesen und nicht der Leiter des Vereins für Volkskampfsport. Zu Hause angekommen las ich den Artikel am Telefon meinem Vater und Ani vor (bei ihm löste ich Empörung aus, bei ihr Belustigung). Fast schon angeekelt schaute ich Kokis erste Sendung im Staatsfernsehen, in der er peinlicherweise den Innenminister lobte, und las noch einmal – jetzt nur für mich selbst – den Artikel des Volkskampfsportlers.

Das »Wochen-Echo« druckte gleich am nächsten Tag Akakos flüchtig dahingekritzelte Antwort ab, und unsere Angelegenheit bekam einen leichten Skandalanstrich. Der

Redakteur der »Freien Epoche« attackierte den Anführer von »Schwert und Faust« fast mit dessen Sprache, Pathos und Selbstbewusstsein, erinnerte an die Jugendzeit, als er Ende der 80er gegen die sowjetischen Besatzer gekämpft hatte; erinnerte daran, wie die russischen Soldaten in der tragischen Nacht des neunten April 1989 mit Gas Menschen vergiftet hatten, wie er nur durch Zufall überlebt und sich danach mit zehnfacher Energie in den Kampf gegen das Sowjetregime gestürzt hatte. Seine Antwort ließ es so aussehen, als sei unsere Zeitschrift und meine Erzählung gegen die transformierten Kommunisten und imperialen Kräfte – die neuen Juri-Russen – gerichtet, als sei Schewardnadse selbst der Juri-Russe, der beim Sturz und offenbar auch beim Tod des ersten nationalen Präsidenten Swiad Gamsachurdia seine Hand im Spiel hatte. Akako stellte sich als Anhänger des ersten Präsidenten dar, was als Zeichen einer traditionalistischen Einstellung hätte verstanden werden sollen, besonders jetzt und besonders bei Volkskampfsportlern vom Schlage eines Herrn Chubuluri. Jedenfalls war das Akakos Absicht, und selbst wenn es nicht so gewesen wäre, hätte Akako zumindest die Herzen der Schewardnadse hassenden Leser erobert. Akako hatte auch nicht den Westen vergessen, denn nach Meinung des Widersachers waren wir ja die Hauptfeinde unserer Nation und unseres Glaubens und unmoralische, gekaufte Sklaven des Westens, außerdem Hasser des größten orthodoxen Staates, genauer gesagt, der staatlichen Ideologie, denn wenn jemand die Orthodoxie und traditionelle Ordnung verteidigte, dann immer noch Russland, deshalb pries der Redakteur der »Freien Epoche« geschickt die puritanisch-religiöse Seele der echten Amerikaner und die erstaunliche Gastfreundschaft der österreichischen Stiftung, die sich schon damit beweisen ließ, dass die Österreicher dem verfolgten ersten Präsidenten Swiad Gamsachurdia ein paar Stunden Unterschlupf gewährt hatten. Akako log und behauptete, er sei zusammen mit dem verfolgten Präsidenten ziellos und müßig mit der Wiener Straßenbahn auf den Stadtringen gefahren und sei Zeuge der Nostalgie des bedrückten ersten Präsidenten geworden, der in Kindheitserinnerungen an die Tbilisser Straßenbahn schwelgte; die fuhr schon seit Jahren nicht mehr. In Wirklichkeit hatte sich diese Geschichte mit dem ältesten Sohn des Präsidenten abgespielt, aber Akakos Meinung nach war die Hauptsache, dass dieser Name im Zusammenhang mit der europäischen Metropole genannt wurde.

Akako zählte pedantisch alle historischen Treppen auf, wo er zwischen 1988 und 1993 als Zeichen des Protests gehungert hatte: Die Treppe vor dem Regierungsgebäude, wo er in eine Decke gewickelt zusammen mit hundert weiteren Hungerstreikenden gesessen hatte; die Treppe vor dem Zentralkomitee, neben dem steinernen Lenin in Kackhaltung; die Treppe vor dem alten KGB-Gebäude, wo es ihm gelungen war, sich vor die schwarzen Staats-Wolgas zu legen; die Treppe vor der Sioni-Kirche, am Mtkwari-Ufer, wo er mit Hungerstreik die Bestrafung der mit Gas und Spaten bewaffneten russischen Soldaten gefordert hatte (den Hungernden wurde erzählt, der Akademiker-Dissident-Wasserstoffbombenbauer Sacharow werde zum Patriarchen Georgiens kommen, um die Verletzten dieses Angriffs zu besuchen). Die Treppe vorm Weißen Haus, wo er gegen die verspätete Anerkennung der Unabhängigkeit Georgiens protestiert hatte; die Treppe vor der sowjetischen Botschaft in Berlin, wo er nur dreieinhalb Minuten hungern, aber trotzdem die Drohung ausstoßen konnte, er werde nicht nur einmal zum

Hungern in die Allee Unter den Linden wiederkommen. Er nannte noch ein paar Treppen, wo man zukünftig zusammen mit Volkskampfsportlern in den Hungerstreik treten könne, denn es gab noch vieles in Georgien, worüber man sich ärgern und wofür man hungern könne: »Der Kreml setzt seine aggressive Politik weiter fort, und Eduard Schewardnadses Regime wird das Land in die Stagnation führen.« Das Ende des Artikels war genauso pathetisch-beleidigend wie das des Volkskampfsportlerbriefes; Akako machte den Mitgliedern der »Schwert und Faust« nun aus moralischer Höhe Vorwürfe, sie sollten lieber gegen den realen Feind kämpfen statt gegen einen erfundenen wie mich, und er ermahnte uns alle, uns wie Erwachsene zu benehmen: *Jetzt ist keine Zeit für Kriegsspielereien, wir sind keine Kinder mehr, Georgien ist erwachsen geworden, es kommt aus dem Teenageralter heraus, wir müssen seriöser sein.*

Der Text glich einer Parodie, obwohl er völlig ernst geschrieben war und wahrscheinlich vom Adressaten dementsprechend ernst gelesen wurde; als Antwort auf Chubuluris Frage *Und sowieso, mit was für Frauen habt ihr überhaupt zu tun, ihr armen Kerle?* schlug Ani vor, wir hätten ihr Foto mit Akakos Brief abdrucken sollen, so nach dem Motto: Schau, mit was für Frauen der Autor unserer Zeitschrift sich umgibt.

Der Redakteur des »Wochen-Echos« schien recht zufrieden und machte Akako gegenüber kein Geheimnis daraus, dass er den Skandal gern fortsetzte – er hoffe, der Kämpfer werde eine Antwort auf die Antwort geben, woraufhin Akako dann eine Antwort auf die Antwort auf die Antwort geben sollte. Falls auch ich etwas schreiben würde, umso besser. Dann würden Experten zur Diskussion zusammenkommen – sowohl aus der Literaturszene als auch aus der Priesterschaft, was zugegebenermaßen nicht ganz einfach werden würde, weil geistliche Personen ohne den Segen des Bischofs selten Interviews gaben, den Segen zu bekommen jedoch kein Leichtes war. Doch für solche Fälle hatte der Redakteur des »Wochen-Echos« noch ein, zwei Vikarsanwärter in der Hinterhand, die auch ohne Segen etwas sagen durften. Nach Meinung des »Wochen-Echo«-Redakteurs sollte sich ein ordentlicher unpolitischer Skandal länger als zwei Wochen hinziehen. Kurzum, die Redakteure waren zufrieden mit ihrem Gespräch.

Der Volkskampfsportler Chubuluri schickte alsbald seine Antwort auf die Antwort, in der er Akako seinen Respekt für dessen Hungerstreikfähigkeit zollte und ebenso allen Treppen, auf denen er Georgien zuliebe gelegen hatte. Es stellte sich heraus, dass er ebenso auf den Treppen der staatlichen Universität gestanden hatte, von wo im Jahre 1987 antisowjetische Studentenstreiks ausgingen, er hatte jedoch nicht direkt gehungert. Er erkannte Akako als würdigen Georgier an und wunderte sich, wie dieser sich mit uns unwürdigen Georgiern zusammentun und außerdem meinen unreifen, beleidigenden Text in seiner – *wie Herr Akaki zu sagen geruhte* – bedeutenden Zeitschrift abdrucken konnte. Dem Volkskampfsportler tat ich immer noch leid, diesmal jedoch ohne Aggression – wahrscheinlich sei ich krank und habe ein Problem mit Frauen, weil ich die wunderschöne georgische Königin so schrecklich beschrieben habe, überhaupt, wie ich es wagen könne, ihren Körper zu beschreiben, was mir einfiele, ihren Namen in Verbindung mit einem Hintern zu nennen, noch dazu einem hängenden. Zum Ende zu rief er trotzdem alle normalen Georgier auf, meine Hände zu zertrümmern. Letztendlich mündete die Polemik von diesem

Chubuluri und Akako in ein harmonisches Duett – als hätten sie ineinander ein verständiges Gegenüber gefunden.

Akako fühlte sich als Sieger: »Das war's«, sagte er, »er liegt am Boden. Er hat das Gleiche noch mal geschrieben und sich entschuldigt. Die Drohung am Ende hat nichts zu bedeuten. Jetzt schreib ich ihm noch eine Antwort, und dann wird er ganz und gar ausfällig. Ihr werdet schon sehen.«

Meine Angst war trotzdem nicht gewichen.

Es war nachts halb zwei, als in meiner Wohnung das Telefon klingelte. Nachts verhieß das nie etwas Gutes, meine Mutter sprang jedes Mal verängstigt aus dem Bett, obwohl sie wusste, dass ich spät schlafen ging und eventuell jemand für mich anrief, zum Beispiel Ani, die wie ich lange aufblieb. Jedoch die Angst der Neunziger, dass jemandem etwas zugestoßen sein könnte, war ein ständiger Begleiter. Meine Mutter ging ran, legte aber gleich wieder auf.

»Wer war's?«, rief ich aus meinem Zimmer.

»Er hat aufgelegt.«

Das Telefon klingelte erneut.

»Ja, bitte!«, antwortete meine Mutter. »Wer ...«

»Was?«

»Aufgelegt ...«

Weil sie mich nicht sah, bekam sie auch nicht mit, wie sich mein Gesichtsausdruck vor Schreck veränderte.

(–16)

Früh weckte mich meine Großmutter. Sie hatte denselben Gesichtsausdruck wie ich, als ich den Artikel des Volkskampfsportlers las, und sie sagte aus irgendeinem Grunde im Flüsterton: »Mein Guter, du wirst im Parlament beschimpft, es wird im Fernsehen übertragen.«

Mir kam gleich Chubuluri in den Sinn, und ich dachte, er habe sich im Parlament über mich beschwert. Vor dem Fernseher erwartete mich bereits ein Publikum, bestehend aus meiner Großmutter, meiner Mutter, meinem Großvater und meiner zehnjährigen Schwester. Ich hörte die Abgeordneten brüllen.

Am Mikrofon stand ein Mann mit hochrotem Kopf, der mit einer Ausgabe der »Freien Epoche« wedelte, den Zeigefinger der anderen Hand unheilverkündend erhoben. Der Mann erzählte seine Version meiner Erzählung, und ganz Georgien konnte das hören: *Eine dreckige Schmiererei, in der unsere Heilige beleidigt wird, ein böses pornografisches Pamphlet, in dem Sex, Obszönität und tausend andere Abscheulichkeiten beschrieben sind …*

Er beschwor die Freiheit und den Präsidenten, dass es noch nicht zu spät sei und solange solche Leute wie ich nicht wie Pilze aus dem Boden schießen würden, sollte streng verboten werden, die Geschichte und Orthodoxie Georgiens zu beleidigen: *Es müsste ein spezielles Staatsorgan geschaffen werden, das im Einklang mit unserer Kirche, unserem Patriarchat definiert, was ketzerisch ist, was antigeorgisch ist und was nicht, aber nicht so eins wie zu Sowjetzeiten, sondern ein nationales, patriotisches, die kulturellen und traditionellen Werte verteidigendes, denn wir sind eine kleine Nation, und wenn wir nicht selbst unsere Geschichte schützen und bewahren, werden wir hinweggespült! Deswegen sollte man ein Zeichen setzen und all diejenigen bestrafen, die unsere große Vergangenheit beflecken!*

Der rotgesichtige Mann mit der brüchigen Stimme war Abgeordneter in allen Versammlungen des georgischen Parlaments: ein berühmter Superparlamentarier, Historiker, Dichter und lautstarker Beschützer von Traditionen, der es zu Popularität gebracht hatte, weil er die im Embryonalzustand befindlichen aggressiven Liberalen, den Amerikanismus, die Globalisierer und den neu gebauten McDonald's beschimpfte, obwohl er es trotz all seiner Gehässigkeiten irgendwie schaffte, sich nicht ins Abseits zu stellen: Der Präsident und der Patriarch hörten auf ihn, er wurde zu Fernsehdebatten eingeladen und beinahe zu allem nach seiner Meinung gefragt. Er war ständig in Bestattungskommissionen vertreten, diskutierte enthusiastisch darüber, wer es wie verdiente, in welchem Pantheon verbuddelt zu werden, und ihm gelang 1994 mit der Exhumierung der Leiche des ersten Präsidenten Georgiens die berühmteste Ausgrabung seines Lebens.

Dieser Mann stellte sich aktiv gegen die Eröffnung des McDonald's in Tbilissi, er versuchte sogar ein paarmal die Baustelle zu zerstören und verstummte erst, als die Investoren ihm Geld bezahlten. Es hieß, er verdiene mit seinem Protest Geld. Er suchte sich beispielsweise irgendein Bauobjekt in der Tbilisser Altstadt und kämpfte so lange unermüdlich für einen Baustopp, bis man ihn bezahlte. Das McDonald's-Restaurant war für ihn aufgrund seines Standorts inakzeptabel, »ich weiß nicht, was Globalisierung ist«, schrie er bei seiner Aktion, »ich weiß nur, dass dort, wo das Rustaweli-Denkmal steht, dieses Restaurant nicht gebaut werden darf!«

Jetzt stand dieser Mann am Mikrofon und wandte sich bittend, befehlend, wütend und demütig an das Patriar-

chat Georgiens, sie sollten sich überlegen, ob es sich lohne, einen Ignoranten und Frechling wie mich als Sohn der Kirche zu behalten: »Wenn jemand, der gläubig ist, so etwas schreibt, dann muss er aus der Kirche ausgeschlossen werden. Wenn er nicht gläubig ist, ist er sowieso für immer und ewig ausgeschlossen. Die Jugend verkommt vor unseren Augen, und wenn wir jetzt so einen Fall durchgehen lassen, kann es morgen schon zu spät sein, dann haben wir ein degeneriert-verdorbenes georgisches Volk.«
Dem Abgeordneten wurde, weil seine Redezeit zu Ende war, zweimal das Mikrofon abgeschaltet, und seine Stimme war zweimal ohne Mikrofon unverstärkt im Saal zu hören: »Noch eine Sache und dann bin ich fertig«, er wedelte mit der »Freien Epoche«, »jetzt dürft ihr mich nicht unterbrechen, das ist sehr wichtig für die aktuelle Politik!«

Der Abgeordnete hatte zweimal wiederholt, dass mich ausländische Stiftungen finanzierten, um durch mich die Nation und Religion zu verderben, dann reckte er dem Parlamentssprecher die Faust entgegen, weil er dachte, er habe ihm das Mikro abgeschaltet: »Unterbrechen Sie mich nicht! Wenn sich die Regierung nicht darum kümmert, wird das Volk selbst eine Antwort einfordern, und dann kann keiner behaupten, er sei nicht gewarnt worden! Entweder muss die Regierung handeln oder die Kirche, sonst wird das Volk es tun! Solche Leute müssen aus der ehrliebenden Gesellschaft ausgeschlossen werden ... Einen Moment ... Schaut, was er schreibt«, der Abgeordnete setzte die Brille auf: »›Hängearsch. Auch das ist georgisch ...‹ Wisst ihr, über wen er schreibt? Über Königin Tamar! Über unsere Heilige ... Über unsere größte historische Gestalt ... Und dann ... eine Sekunde«, der Abgeordnete befeuchtete den Finger zum Umblättern.

»Herr Amiran, Sie brauchen uns das nicht vorzulesen«, der Sitzungsmoderator nutzte die Pause, »erst recht nicht, wenn es eine Schmiererei ist ... Lesen Sie diese schmutzigen Worte nicht vor, das gehört nicht ins Parlament.«

»Nein, nein, eins noch ... ›Er berührte sie, seine Finger glitten über ihren Körper‹ ... Über wessen Körper glitten sie? Von wessen Körper ist hier die Rede, wisst ihr das? Das Volk möge mir verzeihen, dass ich das vorlese, aber es geht um dem Körper der Heiligen ... ›Juri Bogoljubskis Finger‹ ... Gott, vergib mir«, er bekreuzigte sich, »eine Heilige hat nicht einmal einen Körper, sozusagen ... Die Spezialisten mögen mich berichtigen ... Und wo passiert das Ganze? Im Schlafzimmer! In der Hochzeitsnacht! Was da vor sich geht, vermag ich nicht vorzulesen, ich kann es nicht ... Es ist die Rede von einer großen Sünde, einer großen Verderbtheit seitens des Verfassers! Das geht so nicht! So eine Schmiererei!«

»Lies vor, das Volk soll es erfahren!«, rief jemand.

»Lesen Sie das nicht vor, Herr Amiran!«, schrie ein anderer.

»Was steht da, Mensch?« Mein Großvater sah mich an, und ich erinnerte mich daran, wie er vor Jahren versucht hatte herauszubekommen, was der Wasserballtrainer zu mir gesagt hatte. Ich musste blitzschnell antworten, sonst würde er wieder anfangen, verschiedene Versionen aufzuzählen.

»Nichts«, antwortete ich. Die Antwort gab der Abgeordnete im Fernsehen: »Juri der Russe hatte Geschlechtsverkehr mit einer Henne ... Zoophilie ... Er konnte nicht mit einer Frau. Ja, das sagt dieser Kranke ... Dieser geisteskranke Verbrecher ...«

Nun wurde ein anderes Mikrofon eingeschaltet, mit einem anderen Mann, der allerdings hinsichtlich Aussage und

Wut dem ersten ähnelte: der ausdrucksstark schauspielernde, berühmte Weihnachtsmann aus der Neujahrssendung der letzten Jahre – mit Stiernacken, Wassermelonenkopf und riesigen Pranken; der Mann, der von der universellen Liebe der Menschen profitierte, wiederholte eindeutig lieblos, grimmig, knurrig und grammatisch fehlerhaft (»Rutenhiebe sind für ihr noch zu wenig«) ein und dasselbe, nämlich dass ich über die Hochzeitsnacht meiner Mutter hätte schreiben sollen und nicht über die der Königin Tamar, dass ich über meine Eltern hätte schreiben sollen und nicht über die Eltern der Georgier: »Sollen die doch über die Hochzeitsnacht ihrer Mutter schreiben.« Ob absichtlich oder unabsichtlich, formulierte er seinen Satz so, dass eine Beschimpfung herauskam, oder er drohte im Plural, womit er durchblicken ließ, dass er eine Verschwörung gegen Georgien vermutete.

Dem Weihnachtsmann wurde wie seinem Vorredner zweimal das Mikrofon ausgeschaltet, er brüllte jedoch so laut, dass seine zehnmal wiederholten, ach so beleidigenden Worte auch ohne Mikrofon wunderbar zu hören waren: »Er soll über seine Mutter schreiben!«

Dann drohte er: »Jemand, der so etwas schreibt, gehört wegen Beleidigung der Geschichte Georgiens ins Gefängnis! Das Parlament sollte ein Gesetz verabschieden, das solche Leute im Gefängnis verrotten lässt! Warum haben wir die Todesstrafe abgeschafft?«

Im Parlament gab es niemanden, der sich gegen die beiden stellte, und wenn mich schon niemand verteidigte, hätte es zumindest irgendeinen Protest geben müssen. Naiv nahm ich an, es würde jemand etwas zu dem Unsinn mit dem Kirchenausschluss sagen, aber stattdessen meldeten sich noch zwei, drei Abgeordnete zu Wort und beschimpften *uns* tüchtig weiter (sie konkretisierten jedoch nicht, wen sie mit *uns* meinten). Der eine sagte, es käme angesichts der großen Probleme, die das Land mit Russland habe, einer Provokation gleich, über Juri den Russen zu schreiben, und deshalb seien Strafverfolgungsorgane in der Pflicht, sich meines Falles anzunehmen, da es wahrscheinlich genau mein (*unser*) Ziel gewesen sei, Russland zu provozieren: »Und deshalb wird das Ganze auch von dubiosen Kräften finanziert, damit Amerikas Hauptwidersacher mit unserem Verhalten provoziert und in Konflikte hereingezogen wird«, sagte der Abgeordnete.

Ich wusste nicht, ob die ganze Sache, die ich gerade sah, mir Vergnügen bereitete oder nicht. Ich kam nicht so richtig damit klar, dass ich mit jenen Menschen in Verbindung gebracht wurde, die solche Angst und solchen Hass verbreiteten. Mir war nicht klar, ob ich in eine Katastrophe schlitterte oder ob ich auf das alles stolz sein sollte.

Es war unerträglich, meinen entstellten Text zu hören, den von Herrn Amiran verlesenen Schwachsinn, die falsch verstandenen Worte. Er las ja den Satz nicht mal zu Ende – er las irgendetwas vor, verdrehte die Augen und sagte verzweifelt und mit brüchiger Stimme, er könne nicht mehr weiter lesen, dabei gab es überhaupt nichts mehr zu lesen. Wahrscheinlich wollte er mir einfach nur die Verwegenheit unterstellen, ich hätte tatsächlich eine ungezügelt-infame Pornoszene erdichtet, damit er noch mehr herumschreien konnte, aber in Wirklichkeit war in dem Text nichts Schockierendes zu finden. Vielleicht hielt er mich auch für völlig fantasielosen Abschaum. Ich war sicher, er hätte weitaus schlimmere Szenen geschrieben als ich.

Die Beschimpfungen raubten mir die Kraft, und ich merkte, dass ich vom Fernseher wegmusste, wenngleich mir diejenigen leidtaten, die neben mir saßen. Sie waren beunruhigt, am Boden zerstört und saugten trotzdem gierig die Aggressionen auf. Ein paar Leute riefen mich an – manche lachten, manche beschimpften die, die mich beschimpften, manche stellten eigenartige Fragen: »Was soll jetzt passieren? Was werden sie denn mit dir machen?« Seltsamerweise wollte ich weg von zu Hause, als ob die Gefahr nur vom heimischen Fernseher ausginge, als läge der Aggressionsherd allein im Fernseher in meiner Wohnung. Deshalb konnte ich es weder in meinem Zimmer aushalten noch im Bad, in das die Mitglieder meiner Familie und ich uns öfter in emotionalen Krisen einschlossen und das Wasser laufen ließen. Meine Beine trugen mich aus dem Haus, und seltsamerweise sagte auch keiner, ich solle zu Hause bleiben. Ich rannte schnell den Weg vom Wake-Friedhof hinauf, ging hinunter zu dem zerfallenen Hochhaus, in dem Flüchtlinge aus Abchasien lebten, zur russischen Botschaft, den Weg bergab zum Schwimmbad und blieb vor einer in die Hauptstraße gerammten, abgeschalteten Ampel stehen. Ich wusste nicht, wohin ich gehen sollte. Ich hätte zurückgehen, den Weg Richtung Stadtzentrum oder nach oben bis zur Abbiegung zum Schildkrötensee einschlagen können, letztendlich ging ich Richtung Zentrum und erkannte während des Laufens, dass sich jetzt tatsächlich etwas in meiner Biografie ändern würde. Unterwegs beobachtete ich die Menschen und dachte, sie wüssten schon alles über mich, oder vielleicht suchte ich selbst solche aus, die eventuell etwas wissen konnten, doch die Passanten interessierten sich nicht für mich – von denen wusste keiner, dass die Abgeordneten meine Bestrafung forderten.

Vielleicht sollte genau jetzt und genau so die Biografie eines Schriftstellers beginnen: *Der Staat stellt sich gegen den Schriftsteller.* Sollten Herr Amirani und der aggressive Weihnachtsmann *als Staat* gelten? Und der Volkskampfsportler? Hatten die sich etwa abgesprochen? Wer war das, der gestern angerufen und nichts gesagt hatte? Und was wollten sie am Ende ausrichten? Was warfen sie mir vor? Schlimmstenfalls würden sie mich am Bart herumzerren wie Sulchan-Saba Orbeliani im siebzehnten Jahrhundert, nachdem er zum Katholizismus konvertiert war, aber ich hatte gar keinen Bart, und jetzt würde ich mir erst recht keinen wachsen lassen. Ich erinnere mich, wie meine Großmutter sinnlosen Aufruhr verursachte, als sie gegen meinen Vater kämpfte, der beschlossen hatte, meinen hässlichen Flaumbart abzurasieren. »Warum musst du ihn rasieren? Das ist doch gar nicht nötig!«, polterte meine Großmutter, die das Ende meiner Kindheit partout nicht einsehen wollte, meinen sprießenden Flaumbart aber gerade noch ertrug, jedoch bedeutete für sie eine Rasur schon Erwachsensein, selbstständig zu werden, ein von ihr oder ihnen, den Eltern, unabhängiges Wesen zu sein. Mein Vater setzte sich am Ende durch und befreite meine Lippenränder vorsichtig vom blassgrauen Flaum. Meine Großmutter machte sich ganz umsonst Sorgen, denn damals war wirklich noch nichts beendet – ich blieb noch eine ganze Weile ein Kind, nur eben ein rasiertes. Meine Kindheit ging vermutlich erst jetzt gerade dem Ende entgegen. Warum las dieser Mann meinen Text so furchtbar vor? Wollte er mich wirklich bestrafen? War er so ein Fanatiker? Und wie sollte ich denn überhaupt unter der Regierung des Demokraten Eduard Schewardnadse bestraft werden? Unter der Regierung des Mannes, dessen rotes Gesicht ich vor ein paar Tagen aus nächster Nähe gesehen hatte? Hauptsache, ich würde nicht überfallen wie vor Kurzem die Mitarbeiter des Instituts für Liberalismus.

Wahrscheinlich war ich ziemlich weit gelaufen, denn ich erinnere mich, dass ich mich über den Einbruch der Dunkelheit wunderte. Ich hatte vor, zu Ani zu gehen, und wäre vielleicht auch dorthin gegangen, hätte mich nicht eine Journalistin mit Kinderstimme angerufen. Sie dachte offenbar, ich würde nicht ans Telefon gehen, deswegen fragte sie mich mehrmals, ob ich es wirklich sei. Ich dachte noch – warum, weiß ich allerdings nicht –, ich hätte nicht sagen sollen, dass ich es bin. Am Ende, als wir uns einig waren, dass ich immer noch ich war, fragte sie freudig, wann ich in die Schule für Diplomatie kommen könne.

»Dort wird zu Ihrer Unterstützung eine Pressekonferenz organisiert, und wir würden sehr gern ein Interview aufzeichnen.«

Zu meiner Unterstützung? Mir hatte keiner etwas gesagt.

»Es war doch Ihre Erzählung, die im Parlament verunglimpft wurde?«, fragte die Journalistin verwundert. »Wollen die Sie nicht bestrafen?«

(–17)

Schon vor zwanzig Jahren war ich diese abfallende Straße hinuntergelaufen, die Marie-Brosset-Straße, als mich meine Eltern hier in die Schule geschickt hatten, diese Straße hinunter hatte uns die Lehrkraft verfolgt, erzürnt, dass wir die Pionierhalstücher abgenommen hatten, und auf dieser Straße war nun eine Schule für junge Diplomaten eröffnet worden, in die ich jetzt genauso gehorsam ging wie in meine alte Schule.

Als ich das Tor der Schule für Diplomatie öffnete, warf der Mann, der im Hof stand und geraucht hatte, den Zigarettenstummel weg und verschwand eilig hinten im Gebäude, aus einem Auto quälte sich ein Kameramann mit vom langen Sitzen zerknautschten Hosen.

»Schön, dass Sie da sind«, sagte eine Frau, die nett lächelnd auf mich zukam, hochtoupierte Haare hatte und die ich aus irgendeinem Grund für eine Ausländerin hielt. »Ich hatte Sie noch mal angerufen, aber Sie sind nicht rangegangen. Es sind alle da.«

Wer *alle*? Wann hatte sie angerufen? Hätte ich vielleicht besser gar nicht herkommen sollen?

Erst trat ich in den Flur, wo ein paar Mädchen – wahrscheinlich junge Diplomatinnen – in einer Reihe an der Wand saßen. »Wir fangen an«, sagte die Frau zu ihnen und öffnete eine Tür, von der ich dachte, dass sie zum Keller führte, stattdessen leuchteten mir mehrere Scheinwerfer gleichzeitig ins Gesicht. Trotz des vielen Lichts konnte ich Akako erkennen, die von Leuten umgebene Ani, Lascha, unsere Junior-Juristin Tina, Lena und die Rubrik *Politik und Gesellschaft*. Es war, als hätte ich Geburtstag und sie wären als Überraschung aus einer riesigen Torte gesprungen. Der Raum war voller Journalisten, Studenten und mir unbekannter Leute. Ich sah einen Mitarbeiter des Instituts für Liberalismus, der an einem Tisch mit einem Haufen Mikrofonen saß und aufstand, um mir die Hand zu geben. »Setz dich, setz dich«, sagte jemand zu mir und zog einen Stuhl heran, über dessen Lehne eine Jacke hing.

»So viele Leute, was ist los?«, fragte ich das bekannte Gesicht neben mir, an dessen Namen ich mich plötzlich nicht mehr erinnern konnte.

»Du hast keine Ahnung, stimmt's?«, erwiderte der lachend. Ich hatte keine Ahnung. Dabei war etwas im Gange, was eventuell mich betraf.

Ich sah Ani an, die mich ermutigend anblinzelte, außerdem räusperte sie sich, als wolle sie etwas sagen, sagte aber dann doch nichts. Als ich hereingekommen war, hatte ich jemanden zufrieden murmeln und meinen Namen fallen lassen hören. Erst erkannte ich den Mann nicht, weil er mir den Rücken zugekehrt hatte, aber als er sich umdrehte, erinnerte ich mich gleich daran, dass er im Ombudsmann-Amt als Minderheitenbeauftragter arbeitete. Er erwähnte den elften September und den Fundamentalismus, Tatsachen, die seiner Meinung nach unseren Fanatikern eine Lehre sein müssten, die, Gott sei Dank, nur mit Worten Terroristen glichen und nicht mit Taten, die aber, wenn es so weiterginge, wahrscheinlich auch irgendeine Katastrophe anrichten würden – egal, ob sie sich selbst als Christen darstellten und keine Islamisten waren: Worten, vor allem gefährlichen Worten, würden irgendwann Taten folgen. »Worte haben Kraft«, sagte er, »sie können Ereignisse in Gang setzen.«
Nicht nur er erwähnte an diesem Tag den elften September, fast jeder Redner sprach über diese Tragödie, und viele wiederholten die Worte, die allen auf der Zunge lagen: »Der elfte September hat die Welt verändert, wir müssen nun in einer anderen Welt leben.« Die Veränderung der Welt war wirklich bisher noch nicht bis in Schewardnadses Georgien vorgedrungen, aber wenn diese Leute so redeten, war es unmöglich, dass es keinen Zusammenhang geben sollte zwischen dem Volkskampfsportler Chubuluri, dem aggressiven Weihnachtsmann und der al-Qaida. Ohne meine Bekannten im Saal hätte ich meinen können, versehentlich auf einer anderen Pressekonferenz gelandet zu sein.
Den hier versammelten Rednern lagen weitere Beweise vor, um Kritik zu üben am Präsidenten, an regierungs-

nahen rückschrittlichen Ideologen und an aggressiven Sonderkommandos wie dem, das vor zwei Wochen ins Büro des Instituts für Liberalismus eingedrungen war. In dem Moment, als das Institut für Liberalismus erwähnt wurde, erschien auch dessen Leiter. Sein Gesicht wurde von mehreren Kameras gleichzeitig ausgeleuchtet, als wäre es ein vom namenlosen Sonderkommando zerstörtes Exponat.

Ein Kamerascheinwerfer leuchtete auch die Mädchen an, die bei meiner Ankunft an der Wand gesessen hatten. Sie hatten sich ihre Jacken über den Arm gehängt und lehnten nun an der Wand, sie hatten von der Hitze und der stickigen Luft rote Gesichter und betrachteten mich neugierig und nicht besonders wohlwollend, vielleicht wollten sie aber auch nur ernst wirken. Jedenfalls dachte ich plötzlich – genauer gesagt, dachte ich gar nichts, die Idee oder die Erkenntnis kam von ganz allein –, dass mich an diesem Abend eine Menge solcher Mädchen auf den verschiedensten Fernsehsendern sehen würden, und wenn nicht heute, dann zumindest morgen oder übermorgen oder an den folgenden Tagen, denn normalerweise dürfte die Geschichte (ich ängstigte und freute mich gleichermaßen) nicht so schnell erledigt sein. Falls es Gerechtigkeit gäbe, müssten heute solche und morgen noch viel bessere Mädchen als sie vor dem Fernseher sitzen, und allen, die mich nicht kannten, müsste erklärt werden, was mit mir gemacht wurde. Vielleicht würden mich Mädchen wie diese und noch bessere sogar mögen, wenn irgendein intuitiv veranlagter Kameramann mich in der richtigen Einstellung filmen würde. Ich schwelgte so in der Vorstellung, dass ich weder den Rednern zuhörte noch auf Ani sah, die normalerweise solche Fantasien verscheuchte. Plötzlich sah ich mich selbst von außen und

stellte mir vor, wie ich wohl auf unbekannte und interessierte Zuschauer wirkte, und versuchte einen solchen Gesichtsausdruck und eine solche Haltung aufzusetzen, dass alle ein und dasselbe Wort sagen wollen würden: »Süß.« Ich wollte süß sein und deshalb den Kopf kindlich auf die Hände legen. Ich bedeckte die Wangen mit den Handflächen und schaute naiv und unschuldig ins sensible Publikum hinter den Fernsehmonitoren.
Später, als die narzisstische Anwandlung verflogen war und ich mich im Fernsehen erblickte, sah ich kein für unsichtbare Mädchen sichtbares süßes Opfer, sondern eine ziemlich klägliche, errötete und traurige Gestalt in einer viel zu großen Jacke.
Die Stimme des Moderators holte mich wieder auf die Pressekonferenz zurück – das sensible Publikum verschwand im Dunkeln, die Kameras beleuchteten wieder mich, machten die Köpfe unsichtbar, die ich bis dahin gesehen hatte, nicht einmal Ani konnte ich noch sehen und auch niemand anderen; weil sich herausstellte, dass ich jetzt etwas sagen musste, und weil ich die Frage nicht gehört hatte, sagte ich, dass ich das, was ich geschrieben hatte, eben geschrieben hatte und niemanden damit verletzen wollte. Ich hatte nichts Schlaueres zu sagen, und wahrscheinlich brach genau deswegen trotz meiner momentanen Popularität im Saal Tumult los und meine Worte gingen im Lärm unter.
»Komm mit hoch«, rief mir der Rektor der Schule zu, ein wie seine Studenten gekleideter, ironischer Riese.
Er sagte, wir würden jetzt seinen berühmten Büro-Kaffee trinken und außerdem einen Aufruf ans Parlament schreiben, in dem wir die Versuche, die Zensur einzuführen, gemeinsam scharf verurteilen würden.
Er setzte sich wirklich, gleich nachdem wir in seinem Büro

eingetroffen waren, an den Computer und schrieb im Zehnfingersystem: »Aufruf ans Parlament.«
»Warum ans Parlament?«
»Das Parlament beschimpft dich, an wen sollten wir uns denn sonst wenden? Du willst doch nicht etwa kneifen?«, sagte er und lachte irgendwie aufgesetzt. »Das wollen die doch, aber denk an Brodsky und den armen Salman Rushdie! Oje, der Kaffee ...«
Jetzt merkte ich, dass im Zimmer Kaffeeduft in der Luft hing.
»Mensch«, er wandte sich plötzlich um, »hast du geschrieben, dass Tamar vom Krebs die Haare ausfielen? Haben die deiner Meinung nach im dreizehnten Jahrhundert schon Chemotherapie gemacht? Tolstoi würde nicht so einen Fehler machen, ändere das!«
»Warum sollten ihr nicht die Haare ausgegangen sein? Juri Bogoljubski hat auch kein Huhn geschändet ...«
»Hätte er theoretisch gekonnt ... Aber das ist ein Fehler, dass wegen eines Tumors die Haare ausgehen. Es ist das dreizehnte Jahrhundert ... Nun gut«, der Rektor reichte mir den Kaffee, »jetzt werden wir schnell was schreiben und vor den Kameras verlesen. Wir erwähnen die Personen nicht, sondern verurteilen nur ihre Statements. Dabei hasse ich Pressekonferenzen ...«
Das sagte der Mann, der Jahre später öfter vor der Kamera stehen würde, als ich, er und jeder andere sich an jenem Tag vorstellen konnte: Er wurde 2013 vierter Präsident Georgiens.
Ani klopfte an die halb geöffnete Tür, schaute irgendwie komisch empört ins Zimmer und sagte ironisch lächelnd, mein Vater sei gekommen, um mich abzuholen.
»Du läufst wohl nicht mehr alleine draußen herum?«, fragte mich der Rektor.

Ich zuckte mit den Schultern, stellte den Kaffee unangerührt auf den Tisch und ging zusammen mit Ani hinaus. Auf der Treppe stieß ich auf meinen entgeisterten Vater und dessen Freund und Schüler Swiad, den er immer für Chauffeurdienste einzuspannen pflegte.

»Dir geht's doch gut, mein Kleiner?« Mein Vater umarmte mich.

Ich wunderte mich über die Umarmung.

»Erschrick jetzt nicht! Zu Hause hat jemand angerufen und erst mit deiner Großmutter gesprochen, dann mit mir. Sie haben mir gedroht, dich zu entführen, mein Kleiner. Ich hab schon bei der Polizei angerufen. Wir sollten nach Hause gehen.«

(–18)

Wahrscheinlich machte ich ein dermaßen lächerlich erschrockenes Gesicht, dass Ani lachen musste, ich wurde jedoch sehr wütend, weil sie nur auf meine Schockiertheit und die Komik des Berichts reagierte und nicht auf dessen Inhalt. Wie konnte sie das lustig finden: *Die haben angerufen und gedroht, mich zu entführen, du Egoistin, was gibt's da zu lachen!* Mich beschäftigte jetzt nur, wer angerufen hatte und warum und was nach dieser ungewöhnlichen Drohung käme. Natürlich brachte ich diese Neuigkeit gleich mit dem Volkskampfsportler und dem stummen Anruf in Verbindung, weswegen ich schon seit gestern nervös war: Das ist eine Bande!

Mein Vater machte mich wahnsinnig mit seiner unpassenden Angeberei: »Zwanzigtausend hat er gleich gefordert«, sagte er.

»Wofür denn?«
»Na wofür wohl, irgend so ein Abschaum hat mich angerufen und gesagt, wenn ich nicht zwanzigtausend bezahle, entführen sie dich, aber ich hab ihn auf zehn gedrückt! Plötzlich hatte ich ihn auf zehntausend!«
»Was hast du gemacht?!« Ich traute meinen Ohren nicht.
»Erst hab ich ihn ordentlich runtergeputzt, hab gesagt, du Bastard, du Hurensohn ... Das Wort hab ich auch zu ihm gesagt ... Der da kann's bezeugen«, er schaute zu seinem Schüler-Chauffeur Swiad, »ich hab ihm ganz schön Bescheid gegeben, stimmt's? War's nicht so?«
»Ja, ja, er hat ihn runtergeputzt, aber so richtig«, bestätigte Swiad.
»Du hast also gut um mich gefeilscht, ja?«
»Na klar.«
»Ich platze bestimmt gleich vor Lachen, scheiß drauf«, sagte Ani prustend, »das war schon als Kind bei mir so.«
»Und was jetzt?« Ich platzte auch, aber vor Wut darüber, dass er jetzt offenbar Lob und Begeisterung von uns hören wollte. »Ist doch egal, ob du Rabatt bekommen hast oder nicht! Was erzählst du da überhaupt?!«
Hier drehte Ani mir den Rücken zu und legte sich die Hand auf den Mund, damit ich ihr lautes Lachen nicht hörte.
»Ich versteh nicht, was es hier zu lachen gibt!« Mein Vater war beleidigt.
»Entschuldigung.« Ani drehte sich wieder um und versuchte ein ernstes Gesicht aufzusetzen. »Nein, aber ... Jagen Sie ihm doch nicht solche Angst ein! Ihm rutscht noch das Herz in die Hose!« Sie lachte wieder los.
»Und mir wohl nicht?«, sagte er verwundert.
»Waren das die Volkskampfsportler? Oder wie heißen

diese Idioten?« Ani versuchte einen strengen Gesichtsausdruck zu machen.
»Ich weiß nicht, er hat sich mir nicht vorgestellt, ich hab ihn beschimpft, zusammengestaucht und dann aufgelegt!«
»Hat er nichts über die Erzählung gesagt?«
»Was denn? Es ist doch alles klar«, unterbrach mein Vater sie, »los, steigen wir ins Auto, die gucken schon alle.«
»Willst du das nicht den Journalisten erzählen? Wenn wir schon mal hier sind?«, fragte Ani.
»Was, dass sie mir mit Entführung drohen?«
»Ja, zur Selbstverteidigung, oder?«
»Dein Sohn ist einem Ehrenmann auf die Füße getreten, hat er gesagt«, warf mein Vater ein.
»Wer hat das gesagt?«
»Na der, der mich angerufen hat, der Bastard, der war bestimmt noch ein Kind, diese Rotznase, der hat gesagt, du wärst einem Ehrenmann auf die Füße getreten und hättest dessen Leben versaut, das hat er gesagt ... Ich hab gesagt, mein Sohn hat keiner Fliege etwas zuleide getan!«
»Ich soll jemanden gekränkt haben? Au weia ...«
»Hast du nicht die Volkskampfsportler gekränkt?« Ani schaute mich an. »Die Abgeordneten?«
»Und wie hab ich deren Leben versaut?«
»Du hast doch Tamars Leben versaut!«
»So ein Schwachsinn ...«
»Klar ist das Schwachsinn, aber vielleicht hat er das gemeint?«
»Ich glaub nicht, dass er mit Metaphern etwas anfangen kann, der ist völlig primitiv.« Mein Vater wurde sichtlich unruhig. »Komm, Swiad, wir steigen ein ...«
»Hat er Tamar erwähnt?«
»Die Königin? Nein!«

»Entschuldigung.« Ein kleingewachsener schlanker Typ kam auf uns zu, mit ungewaschenen Haaren, Hakennase und einem Diktiergerät in Streichholzschachtelgröße.
»Gibt es Neuigkeiten? Ich bin Journalist ...«
»Muss das jetzt sein?«, fragte mein Vater.
»Meinem Vater wurde vor Kurzem mit meiner Entführung gedroht, wir haben einen Anruf bekommen«, platzte ich heraus.
»Ach, wirklich?«, sagte er bedauernd und drückte zweimal mit zitterndem Daumen auf den Knopf. »Verdammt ...«
»Gestern hat mich auch jemand zu Hause angerufen und bedroht ...«
»Wann hat er dich angerufen?«, fragte mein Vater. »Wahrscheinlich ist das derselbe Typ!«
Der Journalist schüttelte sein Diktiergerät wie ein Thermometer.
»Die Batterien setzen bei dem Ding manchmal aus ... Können Sie noch mal erzählen, was Sie gerade gesagt haben? Also, wer hat angerufen?«
»Irgendwer hat mich zu Hause angerufen und nichts gesagt ...«
»Es geht nicht an, einen Moment mal ...« Der Journalist hielt das Diktiergerät mit den Fingernägeln fest, man konnte meinen, er hätte einen Granatapfel in der Hand und wolle ihn zerteilen.
»Dann lassen wir's, rufen Sie mich abends an«, sagte ich und ging zu Swiads Auto.
Wir setzten uns in Swiads Auto, das seinem Besitzer, nachdem wir darin Platz genommen hatten, auf einmal sehr schmutzig vorkam: »Pah, Entschuldigung, das muss mal sauber gemacht werden, puh«, rief er und klopfte dabei die Sitze aus.

»Lass mal, ist doch super, lass mal«, sagte mein Vater, von der Trödelei genervt. »Du bist Maler, du musst mit einem dreckigen Auto rumfahren, was denn sonst! Wohin sollen wir fahren, zu mir oder zu *euch*?«

Zu euch hieß dorthin, wo ich sowieso wohnte, also zu meiner Mutter, wohin mein Vater nicht unbedingt gern fuhr.

»Er hat bei uns angerufen, und du wohnst dort«, sagte er. »Wo ist es also besser?«

»Ich weiß nicht, was du meinst.«

»Wo ist es in dieser Phase weniger gefährlich?«

»Ah, so weit ist es schon? Muss ich mich verstecken?«

»So ein Unsinn, so weit kommt's noch, ich weiß bloß nicht, was besser ist ...«

»Bleib doch bei mir«, sagte Ani.

»Nein, Quatsch, wer soll mich denn schnappen!«

»Stimmt, na los, fahren wir.« Mein Vater klopfte Swiad auf die Schulter.

Ani musste schnell nach Hause, weil ihre Mutter die beiden Kinder nicht zum Schlafen bringen konnte.

»Ich leg sie schlafen und komme dann«, sagte sie, »und hab keine Angst, wenn irgendwelche Idioten anrufen. Wenn sie kommen, schließ dich im Schrank ein. Die werden dich nicht finden.«

»Pfff, wo gibt's denn solche großen Schränke?«, sagte mein Vater und lachte.

Das war überhaupt nicht lustig.

Sobald Ani ausgestiegen war, fing mein Vater an, seine Worte sorgsam zu wählen: »Hör mal zu ... Als dieser Bastard mir gesagt hat, du hättest irgendeinem Mann das Leben versaut oder so einen Schwachsinn, das ist ja total absurd, wem solltest du schon das Leben versauen, Kleiner, du bist ein höchst anständiger und rechtschaffener Mensch, keine Frage!« Ich merkte, dass er das für Swiads

Ohren sagte, der das auch merkte und sich deshalb ein wenig zu ihm beugte, besser gesagt, die Ohren in Richtung meines Vaters spitzte, »soll mir einer jemanden zeigen, der besser ist als du, soll er nur! Wir sollten mit der Logik dieses Idioten rangehen, vielleicht denkt Anis Exmann, sein Leben wäre versaut? Ich weiß, das ist dumm, aber ist es aus theoretischer, hypothetischer Sicht etwa unmöglich, dass irgendein Bastard, eine Rotznase, sagen wir's doch direkt, Anis Exmann dazu bringt, uns anzurufen? Soweit ich weiß, hatte er getrunken ...«

»Was für ein Unsinn ...«

»Unsinn, ja, aber wen sollst du sonst gekränkt haben, aus Versehen?! Nicht vielleicht den?!«

»Lass das bloß nicht Ani hören, ich bitte dich.«

»Was hast du denn gedacht?! Deshalb hab ich gewartet, bis sie ausgestiegen ist, ich bin doch nicht blöd!«

»Das ist ein ganz normaler Typ, und außerdem hat er schon eine neue Frau.«

»Er hat eine Frau?«

»Ja, ich glaube jedenfalls, dass er eine hat.«

»Hat er eine, oder hat er keine?«

»Weiß nicht, er hat eine!«

»Bei manchen vergeht der Ärger auch dann nicht«, mischte sich der Schüler-Chauffeur vielsagend ein, er wollte irgendwas Kluges und meinem Vater Genehmes von sich geben.

Ich dachte nur: Schuster, bleib bei deinem Leisten.

Zu Hause blickte mir mein verdutzt-besorgtes Gesicht aus dem Fernseher entgegen. Irgendwer las den Text vor, den der Rektor geschrieben hatte. Akako gab ein Interview. Wenig später war die heisere Stimme des Abgeordneten zu vernehmen: »Hände weg von unserer Geschichte, du Schmierfink, Nestbeschmutzer, Sklave zweifelhafter westlicher Stiftungen, Glaubensschänder, schmutzige Seele! Bereue vor dem ganzen Volk und der Kirche, bevor es zu spät ist.«

Eigentlich hätte ein Polizist zu uns nach Hause kommen sollen, um uns zum letzten Anruf zu befragen, doch der teilte uns mit, er könne aufgrund von Zeitmangel entweder erst sehr spät kommen oder heute überhaupt nicht mehr, besser, wir kämen mit dem Auto bei ihm vorbei, deshalb fuhren mein Vater und Swiad los, um ihn abzuholen. Unterwegs war mein Vater genervt davon, dass sie einen arbeitsscheuen Nichtskönner mit dem Auto herumkutschieren sollten, schrie Swiad mehrmals an, Georgien sei eine anarchistische Provinz und diejenigen, die hier wohnen, würden immer als provinziell gelten! »Auch du, Swiad, mein Guter, nimm's mir nicht übel.« Dann rief er eine seiner Kundinnen an, die sich selbst eine Galeristin nannte und die Nichte des Verteidigungsministers war. Am Ende kamen dank Vermittlung dieser Frau mitten in der Nacht zu Fuß – und nicht mit Swiads Auto – zwei Spezialisten zu uns, die an Telefonen unserer beiden Wohnungen eine Abhöreinrichtung installierten und uns außerdem erklärten, falls jemand anriefe, wir denjenigen in ein langes Gespräch verwickeln sollten, damit die Sicherheitsbehörden genug Zeit für die Standortermittlung hätten. Meine Mutter hatte Angst, am Telefon vor Aufregung kein Wort herauszubringen, mein Vater dagegen war bereit, so viel zu reden wie nötig: »Für mich ist Reden kein Problem, ich kann zehn Stunden lang ununterbrochen reden.«

»Schimpfen Sie nicht und legen Sie nicht im Affekt einfach auf«, baten uns die Spezialisten, »sonst verlieren wir die Spur. Manche werden böse und knallen den Hörer auf.«

»Und wenn er auf dem Handy anruft?«, fragte mein Vater.
»Wenn er beim ersten Mal auf dem Festnetz angerufen hat, macht er das auch beim zweiten Mal, ist doch logisch«, antwortete der eine.
»Ja, ja, das ist logisch«, antwortete mein Vater.
In jener Nacht wurden wir nur einmal auf unserer Festnetznummer angerufen und dreimal auf meinem Handy. Zuerst rief ein alter Freund meines Vaters an, der unter Schlaflosigkeit litt, gern viel redete und sarkastisch wiederholte, er sehe nicht fern und wolle nun von mir wissen, was passiert sei und warum ich im Parlament bedroht werde; der zweite Anruf kam von einer unbedarften Journalistin, die mich um ein Treffen *unter vier Augen* bat, mit dem Versprechen, *nicht über die Erzählung zu reden*: »Wahrscheinlich haben Sie schon die Nase voll davon, über dieses Thema zu reden, deswegen werde ich Sie nur über Privates und Erfreuliches befragen«; der dritte Anrufer war Akako, der gähnte und mich davon überzeugen wollte, mir könne niemand etwas anhängen. Als Letztes mein Vater, der mir schilderte, wie sie das alte gelbe Telefon unserer alten Wohnung an die ebenso alte Abhöreinrichtung angeklemmt hatten.
»Also hören sie uns schon ab?«, fragte ich.
»Ich hoffe.«
»Und sowieso, normalerweise wird ein Mensch erst entführt, und dann wird Geld gefordert, oder nicht?«
»Das fehlte mir noch!« Mein Vater schrie, als solle es jemand mithören. »Geh aber trotzdem nicht raus ... Und wenn da doch jemand hereingestürzt kommt, schließ dich wenigstens im Klo ein.«
Er scherzte.
Als Ani kam, so gegen ein Uhr nachts, stellte ich ihr die

Frage, die mich selbst im Gespräch mit meinem Vater genervt hatte: nach ihrem Exmann.

»Ausgeschlossen, jetzt dreh doch nicht völlig durch!«, brauste sie auf.

»Vielleicht spielt er mir einen Streich ... auf seine Art ...«

»Erzähl doch keinen Quatsch ...«

»Und wenn wir ihn fragen ... taktvoll ... Ich bin müde, ich weiß, dass ich mir darüber keinen Kopf machen sollte ...«

»Dann leg dich doch hin, wenn du müde bist.«

»Er hat doch wieder eine Frau? Wenn nicht ...«

»Hat er, was willst du denn, soll ich ihn anrufen und fragen? Soll er dich auslachen?«

»Wem hab ich denn nun das Leben versaut?«

»Denkst du denn, dass du seins versaut hast? Was sollst du damit zu tun haben?«

»Stimmt, ich denke, ich hab damit nichts zu tun.«

»Hast du auch nicht, kannst dich zurücklehnen.«

»Die reden doch nicht etwa mit ihm über mich? Kann doch sein, dass er sauer ist, weil die Kinder gut von mir sprechen.«

»Sie sprechen nicht gut von dir, nur keine Angst.«

»Tun sie nicht?«

»Nicht ihm gegenüber. Sie wissen, was sie wo sagen sollen.«

»Heißt das, er könnte sich auf die Füße getreten fühlen, wenn sie was Gutes sagen?«

»Nein, jetzt lass mich in Ruhe!« Ani wusste nicht, ob sie belustigt oder beleidigt sein sollte: »Das ist Kleinkriminellengelaber, die reden alle so, von wegen auf die Füße treten. Sei froh, dass er dir keinen Mord anhängen wollte. Falls wirklich mein Mann bei dir auftauchen sollte, ruf mich an, ich komme sofort«, scherzte sie schon wieder und ging.

Deprimiert von den Drohanrufen heiterte mich nur kurz die Vorstellung auf, dass heute Abend viele über mich nachdachten und redeten. Vielleicht würde mich die Mehrheit auch beschimpfen, aber zumindest waren sie mit mir beschäftigt.

Unter meinem Balkon vereinigten sich zwei dunkle, grenzenlose Friedhöfe, der des Wake- und der des Saburtalo-Viertels, und diese Angst, die alte Angst vor Friedhöfen, die mich im Januar 1992 während des Tbilisser Kriegs befallen hatte – damals, als wir in unseren neu gebauten sechzehnstöckigen Wohnblock gezogen waren, der mit dem Paradiesnetz verbunden war –, wurde nun durch die Drohung und den durch Fenster- und Türritzen heulenden Januarwind noch spürbarer.

Plötzlich begriff ich, dass ich in Panik verfallen könnte, deshalb nahm ich Kissen und Decke, legte mir die Decke um die Schultern und ging in jenes Zimmer, wo meine von den Parlamentsabgeordneten Georgiens beschimpfte Mutter und Schwester nicht gerade friedlich schliefen. Ich setzte mich in den wackligen Sessel, und weil ich nicht richtig darauf liegen konnte, versuchte ich eben im Sitzen einzuschlafen – jetzt war ich auf mehr oder weniger sicherem Territorium.

(–19)

Morgens fingen die Anrufe des bekanntesten Oppositionsfernsehsenders, Tbilissi2, an – sie forderten Akako und mich auf, zu ihren nervtötenden Abenddebatten zu kommen. Anfangs lehnte ich ab, doch dann kam Akako und bekniete mich mit pathologischer Sturheit, der Teilnahme zuzustimmen. Er sagte, wir müssten jetzt allen alles erklären, und garantierte mir, alle Prügel auf sich zu nehmen. Ich brauchte nicht viel Überzeugung, denn ich fühlte, dass wir wahrscheinlich nicht mehr lange so im Mittelpunkt des Interesses stehen würden wie heute, jedoch umgaben mich innerhalb gerade mal eines Tages derart viele Berater, dass ich nur nach dem ärzteähnlichen Konsilium mit sich gegenseitig ausschließenden Abmachungen etwas laut sagte oder dachte. Deshalb lehnte ich zunächst ab (auf den Rat meines Vaters), stimmte dann zu (auch das nach dessen Zuspruch und dem von Dato eins), lehnte wieder ab (auf Bitten meiner Mutter) und war am Ende einverstanden (als Resultat des Appells von Akako, Dato eins und irgendeinem Schawadse). Ani sagte: »Ihr braucht nicht hinzugehen«, wandelte das aber um in ein »Wie du willst« und am Ende »Ich denke, ihr müsst hingehen«; Lascha, mein Klassenkamerad, stand aufseiten von Dato eins: »Geh hin«, sagte er, dann: »Du solltest nicht hingehen, es kann dir egal sein.« Ich sagte: »Ich geh nicht hin«, dann: »Ich geh hin«, am Ende: »Muss ich denn unbedingt persönlich erscheinen« und forderte dann, von zu Hause aus zugeschaltet zu werden.

»Wenn der Fernsehmast von Ihrem Fenster aus nicht zu sehen ist, bekommt er kein Signal«, sagte mir ein Mitarbeiter von Tbilissi2 am Telefon. »Gucken Sie doch mal aus dem Fenster – sieht man ihn oder nicht?«

Ich guckte raus. Er war nicht zu sehen.

»Nun, dann klappt das nicht.«

Also musste ich doch hingehen; ich war mir aber unsicher, inwieweit es ratsam wäre, nicht so sehr wegen der Sicherheitsbedenken, vielmehr der Pose wegen, die clevere Autoren so gut einzunehmen wissen – sich nämlich genau

dann rarzumachen, wenn sie am angesagtesten waren. Nur zu gerne hätte ich mich jetzt wie ein cleverer großer Autor benommen, hielt es aber natürlich nicht aus und sagte die Teilnahme an der Fernsehdebatte zu. Doch kurz bevor wir losfuhren, wurde uns gesagt, ich müsse mit den Leuten, die mich beschimpften, im Studio sitzen, und deshalb entschied ich mich wieder um. »Was bringt das denn, wenn mich der Abgeordnete und der Weihnachtsmann dann dort verprügeln!« Letztendlich wurde beschlossen, mich in einen extra Raum hinter eine Scheibe zu setzen, während Akako und der Redakteur des »Wochen-Echos« im Studio Platz nehmen sollten.
Wir fuhren mit Merabs stinkendem Auto zum Fernsehsender.

Beim Sender angekommen wurde ich gleich in die Maske geschickt und bekam milchweiße Wangen verpasst, die meine Lippen unnatürlich rot leuchten ließen.
»Kommt wirklich viel Sex in Ihrer Erzählung vor?«, fragte mich die Maskenbildnerin.
»Nein, es gibt nur einen Fall von Zoophilie.«
»Aha«, sagte sie und lächelte verständnisvoll.
Plötzlich kam mein Hauptgegner in die Maske – der Abgeordnete, der tags zuvor im Parlament mit unserer Zeitschrift herumgewedelt hatte. Herr Amiran, selbst schon weißgesichtig und rotlippig, lächelte und – als hätte er mich nicht gestern erst beschimpft – rief der Maskenbildnerin fröhlich zu: »Wozu braucht dieser Junge hier eine Maske, der ist doch schon wie gemalt!«
Und er verschwand genauso schnell, wie er gekommen war.
»Gauner.« Die Maskenbildnerin zog eine Grimasse.
Das erste Mal in meinem Leben empfand ich für jeman-

den, von dem ich Hass und Strenge erwartet hatte, plötzlich an Komik grenzende Wärme und Wohlwollen. Als wäre ich von seiner Fröhlichkeit verzaubert worden.

Als ich wenig später in meinen Behelfsraum – eine digitale Nische – gesetzt wurde, wusste ich noch nicht, dass das Wohlwollen des Abgeordneten ein sehr einfacher Trick gewesen war, mich noch mehr zu verwirren und kaltzustellen. Sogar der Kameramann, der mir das Mikrofon unter dem Hemd entlang an den Kragen führte, warnte mich: »Fall nicht drauf rein, das sind gefährliche Leute.«

Diesen Ratschlag fand ich geradezu rührend.

Auf dem Monitor war zu sehen, wie dem bereits – zumindest seinem Gesichtsausdruck nach zu urteilen – aggressiven Abgeordneten-Weihnachtsmann und dem verwirrenden Herrn Amiran, der lachend und warmherzig mit dem vor ihm sitzenden Akako plauderte, Mikrofone angesteckt wurden. Außer dem Weihnachtsmann waren alle bester Laune.

Plötzlich wurde uns zugerufen, wir sollten zählen, um unsere Stimmen zu testen, und wir fingen synchron an, Zahlen zu rufen: »Eins, eins ... Eins ... Eins, zwo ... Eins, zwo, drei ...«

Akako zählte mehr als nötig: »Eins, zwo, drei, vier, fünf, sechs, sieben ... Sieben, zwo, fünf, sieben ...«

Ich dachte, hoffentlich zählt er sich nicht in Rage – jetzt wird die Bombe platzen.

»Kannst du nicht normal zählen, Mann?« Herr Amiran lachte.

»Gut«, sagte die langbeinige und langhaarige Moderatorin auf dem hohen Stuhl und antwortete dem Produzenten in ihrem Ohr: »Ja, ja.«

Was er wohl gefragt hat?, dachte ich.

»... drei, sieben, fünf, fünf«, machte Akako weiter.
»Spinnt der?« Herr Amiran lachte.
Die Sendung begann, die Moderatorin schilderte unsere Problemstellung, ich blickte mich im Studio um, und mein Blick blieb an einem schwarz-weißen, weiß gerahmten Foto rechts neben mir hängen, von dem mir das Pferdegesicht eines im letzten Jahr ermordeten Journalisten entgegenblickte. Ich wunderte mich, warum ich es nicht schon beim Hereinkommen gesehen hatte. Sein Mörder war zwar gefasst worden und hatte den Untersuchungsbeamten gegenüber gestanden, dass der bekannte Journalist versucht habe, ihn zum homosexuellen Analverkehr zu überreden (worauf er seine Ehre mit vierzehn Messerstichen verteidigt habe), diese offizielle Version hatte ihm jedoch keiner geglaubt, weil eine aufsehenerregende Ankündigung in der letzten Sendung des Journalisten ein wesentlich glaubhafteres Mordmotiv war: Der Journalist wollte die Namen von hochrangigen Beamten des Innenministeriums preisgeben, die an Entführungen von Geschäftsmännern beteiligt waren. Es blieb bei der Ankündigung. Der Journalist wurde ermordet. Jetzt lächelte er uns von der Plastikwand herunter an.

(–20)

»Königin Tamar ist meine Mutter! Soll er doch über seine eigene Mutter schreiben!«, schreit der Abgeordnete-Schauspieler, der Weihnachtsmann-Volontär der letzten zwei Neujahre, »schreibt über eure Mütter, lasst unsere Mutter in Ruhe!«
Da wir nicht alle in einem Studio sitzen, ist der Bild-

schirm in vier Rahmen unterteilt. In jedem der vier Rahmen befindet sich ein anderes Temperament.

»Ich wusste nicht, dass die große georgische Königin und zudem Heilige, die im dreizehnten Jahrhundert gelebt hat, die Mutter unseres lieben Schauspielers und Politikers war«, schreit Akako aus seinem Rahmen.

»Man müsste euch allen die Zunge rausreißen«, blökt der Weihnachtsmann. »Die Leute sollten euch mit dem Riemen verdreschen, und dann würdet ihr zur Vernunft kommen!«

Zum Glück befinden wir uns nicht alle zusammen im Studio, sonst müsste man sich daran gewöhnen, dass im georgischen Fernsehen aufgesprungen und herumgerannt wird. Wer das kommen sieht, legt rechtzeitig das Mikrofon ab, doch bei so was schreitet die Moderatorin ein und hält die außer Kontrolle geratenen Gäste zurück: Letztendlich soll sich niemand live auf Sendung prügeln.

Ich schaue aus meinem zeitweise ausgeblendeten Rahmen zu den übrigen und denke, dass uns drei – Akako, dem »Wochen-Echo«-Redakteur (der wahrscheinlich eine neutrale Position einnehmen wird) und mir – bestimmt mehr Zuschauersympathien entgegengebracht werden würden als den anderen zwei – dem Weihnachtsmann und dem Abgeordneten. Der Weihnachtsmann beschimpft uns ungehemmt und deutlich. Die Moderatorin, überzeugt davon, dass ganz Georgien sie liebt, stellt absichtlich Fragen, die den Weihnachtsmann anstacheln, mich noch übler zu beschimpfen. »Vielleicht hat er es geschrieben, weil er es so wollte?«, fragt sie ihn.

»Ich weiß, was die wollen! Die sind beauftragt worden, uns sittlich zu verderben, und verdienen Geld damit!«

Der Weihnachtsmann beschimpft uns immer noch, die Moderatorin merkt, dass es keinen Sinn ergibt, mit ihm über die Gesetzesinitiative, faktisch ein Entwurf zur Le-

galisierung von Zensur, zu sprechen, deshalb versucht sie, zum zweiten Rahmen zu kommen, in dem der ihrer Meinung nach kultiviertere Herr Amiran sitzt.
»Sie sollen über ihre Mütter schreiben!« Der Weihnachtsmann hört einfach nicht auf. »Die sollen *unsere Mutter* in Ruhe lassen! Er soll über seine Mutter schreiben!«
»Herr Amiran«, wendet sich die Moderatorin an den zweiten Rahmen, »Sie haben im Parlament gefordert, dass die Regierung das Recht haben sollte, antinationale Texte zu verbieten. Denken Sie nicht, dass dies reell eine Forderung nach einem Zensurgesetz ist?«
»Hören Sie mal«, sagt Herr Amiran mit seiner heiseren Stimme, der keine Spur des Wohlwollens mehr mir gegenüber anzumerken ist. »Wir sollten unseren weisen Patriarchen fragen, welche Rechte wir haben und welche nicht! Wir sollten seinen Segen haben dazu, was wir schreiben, wie wir denken und wie wir handeln! Aber hier brennt uns eine andere Frage unter den Nägeln. Gefährlich ist das, was die im Auftrag und auf Anregung verschiedener ausländischer Stiftungen tun ... Soll ich Ihnen vorlesen, was dieser Möchtegernschriftsteller in seiner Möchtegernerzählung schreibt? Hier, ein Auszug ...«
»Das bringt vielleicht nichts, Herr Amiran ...«
»Das bringt was, meine Gute, und ob das was bringt!« Er leckt den Zeigefinger an und blättert um. »Glauben Sie, Herr Ansor oder ich wären so verrückt, jetzt zu kneifen? Juri Bogoljubski pflegt faktisch in Königin Tamars Beisein zoophilen Verkehr mit einer Henne ... Was ist das? Darf ein Mensch so schreiben?«
»Verteidigen Sie die Rechte der Henne, Herr Amiran?«, fährt Akako stimmlos dazwischen; sein Mikrofon ist nicht rechtzeitig eingeschaltet worden und dadurch sein Einwurf fast nicht zu hören.

»Jetzt hör doch auf, du da hinten, die Hennen brauchen keine Verteidigung, fragt die Hennen in den Reihen eurer Möchtegernschriftsteller und Redaktionen!«, antwortet Herr Amiran und wiederholt unaufhörlich das, was er im Parlament gesagt hatte – dass wir Georgien bekämpften, dass man solchen wie uns Geld dafür bezahlte, die Georgier zu pervertieren, dass es keine grundlosen Ängste seien und seine Vorhersagen bald Wirklichkeit würden, dass das eine Strategie sei, den Patriarchen zu stürzen, dass es doch ein Organ geben müsste, welches antinationale und antikirchliche Werke verbieten können müsste. Dass es nicht mal ein Verbot, sondern ein Schutz der wahren Werte sei, dass dieses neu zu schaffende Organ Vermittler zwischen Patriarchat und Regierung sein sollte, dass das keine Zensur sei, sondern der Versuch, unsere Geschichte und Kultur zu behüten, dass es jetzt schwierig werden würde, ja praktisch unmöglich, die erbosten Menschen zu bändigen, und dass wir uns das jetzt alles selbst zuzuschreiben hätten.

Akakos Rahmen explodiert. Plötzlich erwächst aus völliger Ruhe absolute Wut: »Ein so vernünftiger Mensch kann nicht wütend werden«, hatte Anis Mutter einmal gesagt, und mir wird erst jetzt klar, was sie damit meinte: Akako wurde zum Tier, wenn er wütend war.

»Er hat über dich geschrieben!«, schreit er. »Du bist der Juri-Russe, ihr seid die Feinde Georgiens, und über euch sitzt der Haupt-Juri-Russe, der Mörder und Blutsauger Schewardnadse!«

Die Moderatorin kann ihn nicht aufhalten: »Herr Akako«, »Akako ...« Der Weihnachtsmann sitzt da und glotzt. Amiran, der nicht erwartet hatte, geduzt zu werden, bereitet sich mit rotem Gesicht auf die Antwort vor. In Akakos Worten und Tonfall bleibt keine Spur mehr von intellektuellem Liberalismus. Jetzt spricht er über die antinationalen Kräfte, die Feinde der Geschichte Georgiens, Faschisten, in der Regierung eingenistete Diebe und Mörder, denn meine Geschichte handle ganz offensichtlich davon. Es gehe gar nicht um Königin Tamar und Juri Bogoljubskis Henne. Ich hätte *ganz offensichtlich* über Eduard Schewardnadse und Wladimir Putin geschrieben – über alte Kommunisten und alte Tschekisten, die die Zerstörung Georgiens im Sinn hätten. Akako verändert sich vor unseren Augen: Er ist jemand anders, im vierten Rahmen wird ein neuer Politiker geboren. Niemand kann ihn aufhalten. Er ist ein Vulkan, der wütend Namen georgischer Könige und Helden spuckt – Dawit der Erbauer, Demetre der Selbstaufopferer, Königin Tamar, Giorgi der Glänzende, Ilia Tschawtschawadse, Swiad Gamsachurdia. Die Namen selbst sind nicht beleidigend, aber er spricht sie so aus, mit so einer Wut, mit so einer Überzeugung, dass weder Herr Amiran noch der Weihnachtsmann einen Mucks von sich geben. Akako schreit die Namen zusammenhanglos und ohne ein »und« heraus, wie eine Beschimpfung, als ob er mit dem Geschrei die Falschheit der Abgeordneten bloßstellen wollte: Da, seht, wer hier *Georgier* ist! Akako lässt dem Weihnachtsmann und dem Zensor-Abgeordneten keine Chance für Worte und Pathos, und Herr Amiran kann nur hilflos und abgehackt die sinnlose Formel immer wieder runterbeten: »Ich habe Angst vor cleveren Leuten, sonst ... Ihr seid doch clevere Leute, deshalb wundert es mich ... Was hat Herr Eduard damit zu tun, schämt ihr euch denn nicht! Warum musste er denn auch gleich ins Schlafzimmer der Heiligen schlüpfen? Du bist ein Patriot, mit dir hab ich nichts auszufechten ...«

Unglaublich, der Abgeordnete verliert den Kampf. Sein

Blick irrt hierhin und dahin. Akako wiederholt gebetsmühlenartig den Namen seines derzeit größten Hassobjekts: »Eduard Schewardnadse, Eduard Schewardnadse, Eduard Schewardnadse!«
Ich richte meine Aufmerksamkeit jetzt auf das unten an den Bildschirm geheftete neue Experiment der georgischen Fernsehanstalten – die Zuschauerkommentare:

...wardnadse müsste ihm den georgischen Pass entziehen und ihn aus dem Land schmeißen.

Beim nächsten Kommentar hat Akakos Methode – den Hass von mir auf das aktuell im Mittelpunkt stehende Objekt, die Regierung, zu lenken – schon ihre Wirkung entfaltet:

... Die Regierung vergewaltigt uns! Bravo!

Schewardnadse – Juri-Russe!

Man müsste euch alle in einen Sack stecken und ertränken. Ihr seid einer schlimmer als der andere. Armes Georgien ...

Dieser Junge sollte Präsident werden!

Alles Gute zum orthodoxen Neujahr! Ich bringe Ihnen große Liebe entgegen, Herr Amiran!

... Herr Amiran ist ein würdiger Sohn Georgiens. Bevor ihr seinen Namen in den Mund nehmt, spült ihn euch ordentlich aus.

Wie böse doch der Weihnachtsmann ist!

Er soll über seine Mutter schreiben!

Akako benimmt sich eigenartig dreist, zieht das Jackett aus, ohne seine Beschimpfungen der Regierung zu unterbrechen – wahrscheinlich ist ihm heiß geworden. Er bekommt Schweißflecken unter den Achseln.

Bringt diesen Irren zum Schweigen!

Der Weihnachtsmann blökt unverständlich, versucht sein Mikrofon abzumachen, es sieht aber so aus, als wolle er vor Wut seine Hemdknöpfe abreißen. Er benimmt sich, als hielte er es nicht mehr aus.

Fürchtet die Mutterkirche!

Die Moderatorin legt sich den Finger ans Ohr – wahrscheinlich bekommt sie gesagt, sie solle Akako irgendwie zum Schweigen bringen.
Was bloß das Telefon meiner Großmutter macht? Ob uns der Erpresser zusieht?
»Akako«, sagt die Moderatorin, »Herr Ak…«
Es gelingt ihr nicht, ihn zu unterbrechen, sie überlegt, wie sie ihn ansprechen soll – Akako, Herr Akako?
Plötzlich nennt die Moderatorin meinen Namen, ich tauche aus meinem Rahmen auf dem Bildschirm auf, Akako verstummt. Die Rahmen vom Weihnachtsmann, Herrn Amiran und dem »Wochen-Echo« verschwinden.

Wir wollen Fußball sehen!

Zertrümmert dem die Hände, der über Königin Tamar geschrieben hat!

Der Kameramann gibt mir einen Wink, ich solle ins Objektiv schauen und nicht auf den Monitor. Ich muss dem Zuschauer in die Augen sehen, denke ich, stattdessen schweifen meine Augen zu mir selbst. Der Kameramann bekommt das mit und dreht den Monitor zu sich, ich schaue ins Objektiv. Ich kann die Laufleiste nicht mehr lesen.
Die Stimme der Moderatorin klingt mir in den Ohren: »Hören Sie mich?«
Und sie stellt mir Fragen, die ich nicht verstehe. Was fragt sie mich nur? Der Kameramann winkt mir zu, ich solle sprechen. Was soll ich sagen?
Plötzlich bricht mir der Schweiß aus, »Zensur«, sage ich. Mir fallen die Worte nicht ein, es gibt schon zu viele Zwischenrufe ...
»Ich habe absolut niemanden beleidigt ...«
Die Moderatorin sagt, es riefen Zuschauer an und es wäre gut, wenn wir uns anhören würden, was sie zu sagen hätten.
Ruft der Erpresser live in der Sendung an?
Mir hatte keiner gesagt, dass Zuschauer anrufen würden. Ich höre die Stimme einer Zuschauerin, die so aufgewühlt ist, dass sie das Wort, das sie sagen möchte, nicht aussprechen kann: »Ich kann das Wort nicht sagen«, und sie sagt es trotzdem: »Schreib über den Sex deiner Mutter und deines Vaters, lass Königin Tamar aus dem Spiel!«
Das Wort *Sex* war es also.
Und sie zählt Details auf, die ich gar nicht geschrieben habe: »Da legt er die Hand auf die Genitalien ...«
Die Stimme bricht ab. Vielleicht wird sie abgeschaltet.
Nun ruft ein Mann an und sagt, man müsse diesen Schund öffentlich verbrennen. Er will noch etwas sagen, aber ich unterbreche ihn: »Haben Sie die Erzählung selbst gelesen?«

Pause.

Er erwidert: »Das fehlte noch, dass ich diesen Dreck lese!«

»Wenn das mal kein Argument ist«, schaltet sich schüchtern der Rahmen des »Wochen-Echo«-Redakteurs ein, es ist jedoch unklar, ob er das ironisch oder ernst meint.

»Ich hab's gelesen«, sagt eine ungehaltene Frau am Studiotelefon, »ich hab's gelesen, und Sie sollten sich schämen, sich lustig zu machen.«

»Nun, wie endet es?«, frage ich sie. »Wenn Sie es gelesen haben, müssten Sie doch den Schluss kennen, oder?«

»Dieses Geschreibsel kannst du deinen Leuten zu lesen geben!«

»Was passiert denn in der Mitte?«

Sie antwortet nicht, sondern beschimpft mich.

»Ich bitte um Entschuldigung, aber ich habe es selbst noch nicht gelesen«, klingt mir die Stimme der Moderatorin im Ohr (der Ohrstöpsel, aus dem die Stimmen kommen, rutscht mir immer heraus, und deshalb drücke ich den Zeigefinger fest an die Ohrmuschel). »Weder kritisiere noch lobe ich, ich möchte bloß wissen, wie ernst die Anschuldigungen sind, die Ihnen entgegengebracht werden, und, was die Hauptsache ist, wie ernst die Drohung ist, die Ihre Gegner im Parlament beziehungsweise hier ausgesprochen haben. Worum geht es generell in der Erzählung?«

»Lohnt es sich, zu lesen? Quäl mich nicht umsonst«, spricht mir der Produzent der Sendung direkt ins Ohr.

»Natürlich, klar«, antworte ich.

»Wie bitte?«, fragt die Moderatorin.

In meinem Ohr sind mindestens zwei Stimmen. Welcher soll ich antworten?

Ich beginne, über die russisch-georgischen Beziehungen

zu sprechen, den für die Georgier ersten Russen, welcher der Ehemann der allseits geliebten georgischen Königin Tamar war, der zwei Jahre nach der Hochzeit aus Georgien hinausgeworfen wurde und der daraufhin zweimal einmarschierte, um Thron und Ehefrau zurückzugewinnen.

»Also taucht kein Huhn auf?«, fragt die Moderatorin beinahe entschuldigend.

»Das Huhn ist ein Symbol«, sage ich, »es geht nicht um eine sodomitische Sünde. Der Chronist meint etwas anderes.«

Ich merke, ich labere. Ich breche wieder in Schweiß aus.

»Ein Symbol wofür?«

»Für Georgien ...«

»Also eine Henne ...«

»Nein, eine Henne ist eine Henne ... Tamar ist ein Symbol für Georgien und der Juri-Russe für Russland ... In Wirklichkeit habe ich eine patriotische Erzählung geschrieben.«

Ich vernehme die Stimme des Weihnachtsmanns, die Worte kann ich jedoch nicht auseinanderhalten. Er brüllt.

»Entschuldigung, also, verunglimpft nun die Henne Tamar oder der Juri-Russe?«, hakt die Moderatorin nach. »Und was hat die Henne damit zu tun?«

»Lesen Sie es, und Sie werden verstehen.« Ich versuche zu lachen: »Sie legt am Ende ein goldenes Ei, aus dem eigentlich ein geopolitischer Mutant schlüpfen müsste ...«

Ich labere und labere und labere. Sie sollen mir Einhalt gebieten!

Sie tun es.

Wie könnt ihr diesen H...sohn Schriftsteller nennen?

Die Moderatorin bedankt sich bei mir.
Ich stehe auf, der Kameramann nimmt mir das Mikrofon ab.
Ich gehe zum Ausgang. Zu den zwei großen Fahrstühlen, wo die Sicherheitsdienstmitarbeiter auf drei an der Wand hängenden Monitoren das Ende unserer vierrahmigen Sendung schauen.
»Bravo, Sie haben sich wacker geschlagen«, spricht mich der Abgeordnete an. »Ihr seid tapfere Jungs, aber man darf nicht alles sagen, die Leute sind noch nicht reif dafür, man muss sich genau überlegen, wo und wie man etwas sagt.« Er lächelt mich wieder an, wie vor einer halben Stunde, als er freudig in die Maske hereingeplatzt war. Herr Amiran zieht den Mantel an und holt einen Handschuh aus der Tasche. »Ansor, gehen wir?«
Der Weihnachtsmann folgt ihm wortlos und schaut auf sein Telefon. Ich bin ihm scheißegal.
Akako und ein großer, pockennarbiger junger Mann mit einem Männerdutt tauchen auf. Bei seinem Anblick fällt mir eine Bildunterschrift ein: *Kote Tatischwili, Generaldirektor von Tbilissi2*.
»Mannomann, ich fass es nicht«, Amiran lacht den Generaldirektor an, »die Moderatorin hat uns ja vielleicht alle aufs Kreuz gelegt«, und er klopft ihm auf die Schulter, dann kommt er zu uns und kneift mir in die Wange. »Kasperköpfe seid ihr, Kasperköpfe. Grüß deinen Vater von mir.«
»Ich dachte, ihr würdet miteinander streiten, aufeinander losgehen. Ihr hättet euch wenigstens gegenseitig anspucken können, was seid ihr für Langweiler«, sagt der Generaldirektor.
»Sie haben uns schon angespuckt, was willst du noch?«, sagt Herr Amiran lachend.

»Ihr hättet zurückspucken sollen.«
»Wir haben gespuckt, mein Lieber, oder etwa nicht? Gebt mir jetzt nicht die Verantwortung für eure Einschaltquoten.«
»Am Ende sind wir eingeschlafen.« Kote Tatischwili zündet sich eine Zigarette an. Wenn er redet, lachen ihn alle an. Selbst der Polizeiwachmann schaut ihn lächelnd an.
»Ich muss die Erzählung erst lesen, dann schreibe ich selber so eine«, sagt er zu mir.
»Wir wurden mächtig beschimpft«, sage ich.
»Wer auch immer im Fernsehen ist, wird beschimpft. Wohlwollende Zuschauer sind zu faul zum Nachrichtenschreiben, es schreiben eher die Bösartigen.«
»Ein paar mit Lob waren doch auch dabei, stimmt's?« Amiran lacht.
»Die haben wir geschrieben«, sagt Kote Tatischwili, »nur Negatives ist schlecht. Die Leute sind für gute Nachrichten zu faul, für Beschimpfungen nicht.«
Wir lachen. Ich gezwungen.
»Meine Güte«, sagt der Generaldirektor irgendwie gekünstelt, »eure Probleme möchte ich haben.«
Eine dicke, fröhliche Frau kommt auf mich zu (die war es, die mich angerufen und zur heutigen Sendung eingeladen hatte, vielleicht war sie auch die Stimme in unserem Ohr) und sagt mit einer Zufriedenheit, die sich nicht in ihren Worten widerspiegelt: »Ich bringe Sie hinten raus, unten versammeln sich irgendwelche Leute, vier oder fünf Männer, sie wollen in den Sender rein ... Da ist so ein Priester dabei, glaub ich.«
»Wo rotten die sich zusammen?«, fragt der »Wochen-Echo«-Redakteur.
»Unten, aber da ist der Sicherheitsdienst, die lassen keinen rein. Wir gehen hinten runter, kein Problem.«
»Ich bringe Sie raus, Mensch«, sagt Herr Amiran, »da wird

keiner was sagen. Aber«, er wird ernst, »ich hab's euch doch gesagt, die Leute lassen das nicht einfach so durchgehen.«

Er ist gut gelaunt. Er versprüht Fröhlichkeit und Wohlwollen. Auch die dicke Frau ist gut drauf, sie ist froh, dass alles friedlich und spannend verlaufen ist. Wir hatten alle unseren Spaß. Das einzige Problem sind die vier oder fünf Männer, die unten stehen und Einlass in den Sender fordern und deretwegen wir uns zum Hinterausgang hinausschleichen sollen. »Das sind irgendwelche Idioten.« Eine Frage habe ich aber doch: »Was für ein Priester? Hat er die Leute zusammengetrommelt?« Aber weil keiner Angst hat, habe ich auch keine. Der Sicherheitsdienst ist zur Stelle. Sie lassen sie nicht rein. Vielleicht sollten wir heute die Nacht hier verbringen – im Fernsehsender?

Ich werde von der dicken Frau in die Maske gebracht, und sie gibt mir ein feuchtes Handtuch.

»Du bist total weiß, mach die Schminke ab«, sagt sie.

Ich wische mein Gesicht am Handtuch ab. Ziehe die Jacke an. Komme raus. Herr Amiran und der Weihnachtsmann sind schon weg. Auch der Generaldirektor ist nirgends zu sehen. Nur die Moderatorin kommt aus dem Studio auf uns zu. Akako umarmt mich.

»Wir haben haushoch gewonnen«, sagt er.

»Ihr wart richtig gut.« Die Moderatorin schaut auf mich herunter (sie ist zwei Köpfe größer als ich).

»Unten sind irgendwelche Leute, wir sollten hinten rausgebracht werden«, sage ich.

»Weiß ich, ja, toll.« Sie lächelt mich an. Ich glaube, sie versteht nicht, was ich sage.

Die Moderatorin ist müde. Ihr ist anzusehen, dass sie uns schnell loswerden möchte.

Wahrscheinlich lobt sie nach jeder Sendung ihre Gäste. Nur fünf Minuten und der Form halber.
Wir steigen in den Fahrstuhl.
»Also, wo sollen wir rausgehen?«, fragt mich Akako.
»Hinten«, antwortet der »Wochen-Echo«-Redakteur.
»Und wo ist das Problem, wenn wir vorn rausgehen?«

(–21)

Erst konnten wir den Hinterausgang nirgends entdecken. Als wir ihn dann entdeckten, fanden wir uns zwischen Betonwänden wieder und kehrten deshalb ins Gebäude zurück und gingen zum Hauptausgang, wo uns vermutlich noch immer die erbosten Leute erwarteten. Ich zog mir die Mütze ins Gesicht, aber das Versteckspiel ging nicht auf, denn Akako ging ohne Kopfbedeckung, mit offenem Kragen und über alle Maßen selbstzufrieden auf die vor dem Fernsehsender geparkten Autos zu. Es war gar keine Protestaktionsgruppe zu sehen und auch nicht der erwähnte Priester, der, wie man uns gesagt hatte, Einlass in den Sender verlangt hätte. Akako war anzusehen, dass er nur allzu gern mit ihnen weiterdiskutiert hätte, aber inzwischen sahen wir Merabs Auto, aus dem uns unbekannte Gesichter entgegenblickten. Merab sah uns und stieg fröhlich aus dem Auto: »Ihr habt sie aufs Kreuz gelegt, bravo!«
»Du hast uns gesehen?«, fragte Akako verwundert.
»Ja, unten. Die Wachmänner hatten einen Fernseher. Guck mal« – er schaute zum Auto, aus dem ein Typ in schwarzer Soutane und zerzaustem Bart stieg – »das ist Suliko, mein alter Studienfreund, er war im Kloster und ist heute gekommen, ich werd verrückt ...«

Aus dem Auto stiegen außerdem unsere Junior-Juristin Tina und die *Politik und Gesellschaft.*

»Ihr seid auch hier?«, rief Akako erfreut, besser gesagt, halb erfreut, halb verwirrt, weil er offenbar nicht mit der *Politik und Gesellschaft* gerechnet hatte.

»Jawohl«, antwortete sie gespielt sarkastisch, mir kam sie jedoch leicht angetrunken vor.

»Ich werde Amiran, diesem Bastard, die Fresse polieren, ich kenn solche Leute«, nuschelte der Suliko aus dem Kloster, der keine Zähne hatte. »Ich kenn den aus dem Abchasien-Krieg, fragt mich mal, was der da getrieben hat ... Er hat für die Russen gearbeitet, alter KGB ...«

Das Wort »Bastard« hatten wir aus dem Mund dieses Mannes irgendwie nicht erwartet – das passte nicht zum Bart, dem schwarzen Hut und der schwarzen Soutane.

»Ich konnte ihn kaum bändigen«, wieherte Merab, »er wollte in den Sender und ihn verprügeln.«

»Also sind keine Priester gekommen?«, fragte Akako.

»Ich bin kein Priester, ich bin Novize«, sagte Suliko lachend.

»Du scheinst ein moderner Novize zu sein, mein Lieber.« Akako lächelte ihm mit unverhohlener Abscheu zu und blickte erwartungsvoll zur *Politik und Gesellschaft*: als wäre jetzt das Mädchen mit Reden an der Reihe.

»Was ist?«, fragte sie.

»Nichts ... War es okay?«

Akako heischte Lob. Die *Politik und Gesellschaft* lächelte ihn vielsagend an – sie begriff nicht, was Akako wollte, oder sie begriff es, machte aber absichtlich nicht das, was er wollte.

»Wo wart ihr denn, Mann?«, hörte ich die Stimme meines Vater, der mir entgegenkam, »zwanzig Minuten suchen wir euch schon ...«

Mein Vater war zusammen mit seinem Schüler-Chauffeur und Ani gekommen und hatte offenbar am Fahrstuhl auf uns gewartet.

Es stellte sich heraus, dass der Erpresser mir nicht zugesehen hatte: Er hatte angerufen, während ich versucht hatte, aus meinem Rahmen mehr oder weniger ausgefeilte Sätze von mir zu geben. Offenbar hatte ihn meine Großmutter erst mit unbehaglich langen Pausen und mit mächtigen, explosionsartigen, nicht enden wollenden Hustenanfällen, die die Wörter in der Mitte unterbrachen, am Telefon empfangen, dann mein Vater, der stur versuchte, mit ihm erfolgreich und vor allen Dingen zeitraubend zu verhandeln. Der Erpresser erwähnte nicht ein einziges Mal die Geschichte Georgiens und die heilige Königin Tamar, was den Verdacht aufkommen ließ, dass er einfach nicht wusste, dass ich parallel zur »Versauung« des Lebens von jemandem die Tagesordnung des Parlaments durcheinandergebracht hatte.

Mein Vater hatte ihm prüfungsähnliche Fragen gestellt - zum Beispiel, ob er meinen Namen wisse oder nicht, wie ich aussähe und was mein Fachgebiet sei, worauf er nur abstrakte und aggressive Antworten erhielt. Kurzum, das Fazit war folgendermaßen: Der Erpresser kannte mich nicht. Das für beide Seiten deprimierende und beleidigende Gespräch war nach fünfzehn Minuten mit der Aussage beendet, dass der Erpresser am nächsten Morgen anrufen und sich mit meinem Vater über die Details der Geldübergabe einigen würde, und wenn nicht, dann hätte ich mir die Folgen selbst zuzuschreiben. Mein Vater war sich sicher, dass die Spezialisten während des Gesprächs den genauen Aufenthaltsort des Erpressers ermittelt hätten und ihn somit natürlich erwischen würden. Die Spezialisten sagten nur (was im Prinzip zweifellos ein Erfolg war), dass der Erpresser wahrscheinlich aus der Gegend beim Freiheitsplatz angerufen habe, was weitere Erhärtung erfordere. »Er war irgendwo da, wahrscheinlich«, sagte der eine, ließ dem aber ein Gejammer darüber folgen, dass sie kein ordentliches Equipment hätten, es ihnen an Geld mangele und sie daher nicht effizient auf die Kriminellen reagieren könnten. Es hieß weiter, sie würden meinem Vater gefälschte Dollars geben (an denen es ihnen offenbar nicht mangelte) und ihn instruieren, wie er sich benehmen solle, wenn über ein Treffen mit dem Erpresser entschieden sei.

»Was ist los?«, fragte die *Politik und Gesellschaft*, als mein Vater seinen langen Monolog beendet hatte.

Mein Vater schien erst jetzt zu bemerken, dass er ziemlich offen in der Gegenwart ihm vollkommen unbekannter Leute gesprochen hatte, und erschrak, weil er befürchtete, er habe etwas gesagt, was er ihnen gegenüber nicht hätte sagen dürfen. Er schaute die *Politik und Gesellschaft* mit zusammengekniffenen Augen an: »Mensch, wer bist du überhaupt?«

»Meine Mitstreiterin«, stellte Akako sie vor, »ein kämpferisches Mädchen.«

»Thea«, sagte die Rubrik und reichte meinem Vater die Hand.

Irgendwer meinte, wir sollten eine Pressekonferenz anberaumen und über die Erpresseranrufe berichten, aber mein Vater erinnerte an die Bedingung der Spezialisten, vorerst nichts zu sagen: »Erst mal müssen die herausfinden, wer das ist.«

»Bis die das herausgefunden haben, sind uns am Telefon die Gesprächsthemen ausgegangen«, sagte Ani.

»Außerdem müssen wir beim Diskurs mit dem Schriftstellerkonflikt bleiben«, pflichtete Akako meinem Vater bei. »Vermischt die Themen nicht, wir haben gerade einen Lauf.«

»Es ist mir scheißegal, was wir gerade haben«, sagte mein Vater wütend, »Ich denke an die Sicherheit meines Sohnes ...«

»Was ist los?«, fragte die *Politik und Gesellschaft* noch einmal.

»Aggressive Leser fordern eine finanzielle Entschädigung für die Beleidigung«, antwortete Ani.

Offenbar war auch unsere Juristin Tina leicht betrunken, was ich erst merkte, als sie empört über all das Unrecht, irgendwo aus der Tiefe, beinahe aus dem Kofferraum hervorrief, mir würde keiner ein Haar krümmen. Sie würde bald die Gelegenheit bekommen, in Erscheinung zu treten: Unterwegs bemerkte der Schüler-Chauffeur Swiad im Rückspiegel, dass uns ein Auto folgte, dann wurden wir geschnitten und zum Anhalten aufgefordert. Die sahen zwar nicht wie Polizisten aus, waren aber welche: Sie trugen Uniformen, wenn schwarze sackförmige Jacken und kondomartige Mützen als Uniform durchgehen. Wir, genauer gesagt, ich, hielt sie gleich für die Erpresser oder die Volkskampfsportler.

Sie waren Helden der Schewardnadse-Ära – die Mitglieder des Mobilen Einsatzkommandos, MEKs, wie die postsowjetische georgische Gesellschaft mit Angst und Abscheu die nannte, die in den Straßen Jagd auf Drogensüchtige und Kleinkriminelle machten. Wenn sie mehr als zwei Jungs zusammenstehen sahen, stoppten sie ihre stets dreckigen, grimmigen gräulich-schwarzen Autos und forderten sie unter furchtbarem Gebrüll und ernst zu nehmenden Drohungen auf, die Hemdsärmel hochzuziehen. Die Unglücklichen, bei denen sie einen Einstich oder zumindest etwas Einstichähnliches an den Armen fanden, steckten sie in das penetrant nach Mann stinkende Auto und nahmen sie auf einen physischen und psychischen Höllentrip mit. »Zunge raus!«, wurde einer meiner Freunde einmal auf der Straße angebrüllt, der Übersetzer von Paul Celan, der noch nie Drogen zu Gesicht bekommen hatte, ein stolzer und ehrenwerter Literat, und er streckte die Zunge raus. »Noch weiter!«, schrie ihn der Polizist an. »Wie denn noch weiter?« Dem Übersetzer hing die Zunge schon fast bis zum Bauch, wie bei einem Erhängten – da stand er, mit angstvoll aufgerissenen Augen und langer, plötzlich blass gewordener Zunge, auf der sie Nadeleinstiche suchten.

Swiad hielt das Auto an, nicht dass sie schießen würden. Zuerst stieg mein grauhaariger Vater aus, der optisch rein gar nicht einem Drogenabhängigen glich: Aus dem Auto stieg ein Intellektueller. Aber weder hielt sie die Grauhaarigkeit meines Vaters auf noch Akakos staatsbürgerliche Anmerkung, sie müssten ihre Dienstausweise vorzeigen. Akakos Art zu reden hielt einer der MEKs für Gefasel unter Drogeneinfluss, daher drohte er, unsere ganze Gruppe ins Drogendezernat mitzunehmen, uns dort pinkeln zu lassen und danach einzusperren. Wir alle waren gewarnt, unbedingt auf ihre Hände zu achten, denn es konnte vorkommen, dass in unseren Taschen auf einmal Beweise auftauchten, was gemeinhin als Drogenunterschieben bekannt war. Ein Bekannter von mir hatte seine Jacken- und Hosentaschen mit Nadel und Faden zugenäht, deswegen konnten sie ihm nichts unterjubeln: »Ich komme auch wunderbar ohne Taschen aus«, meinte er. Deshalb hielten alle, als Akako gedroht wurde, instinktiv ihre Taschen zu, und als wir schon glaubten, dass wir nichts mehr ausrichten konnten, schrie uns einer der Männer den Grund für unsere Bestrafung entgegen:

Angeblich hatte einer aus unserem Auto ihnen eine lange Nase gemacht.

»Was heißt hier lange Nase?«, ereiferte sich mein Vater. »Aus unserem Auto? Das kann nicht sein!«

»Eine Frau war's!«, schrie der Polizist (oder was auch immer er war).

»Wo ist hier eine Frau?«, fragte Akako und blickte sich suchend um.

Ich schaute Ani und die *Politik und Gesellschaft* an.

»Wir haben nichts gemacht«, sagte Ani.

Für den Moment war ich beruhigt, weil mir klar wurde, dass es keine Volkskampfsportler waren, Juri Bogoljubski konnte ruhig weiter seiner sündigen Sodomie frönen.

»Ich mach euch die Nase gleich platt!«, schrie der Aggressivste unter ihnen, dem jedoch anzusehen war, dass er uns weder mitnehmen noch pinkeln lassen würde. Sie warfen uns alle möglichen absurden Beschimpfungen an den Kopf, drohten uns für alle Fälle noch einmal und sprangen schließlich tatsächlich wie Tiere grunzend und ächzend in den heruntergekommenen grauen Mercedes.

Die Juristin Tina, die wir erst bemerkten, als sie etwas sagte, eröffnete uns, als wir wieder im Auto saßen, dass sie die lange Nase gemacht hatte: »Die sind neben uns gefahren, und da habe ich das gemacht ...«

»Warum denn nur, meine Gute?«, fragte mein müder Vater. »Wir haben doch schon genug Probleme am Hals.«

»Weiß nicht, ich kann die halt nicht ausstehen.«

(-22)

Da der Erpresser von einer der prähistorischen Telefonzellen am Eingang der Metrostation angerufen hatte, fasste meine Großmutter gleich am Morgen den Plan, dorthin zu gehen, um sich bei den Leuten umzuhören, die bei den Zellen herumlungerten. Sie ging früh um acht zur Metrostation am Freiheitsplatz und verbrachte sechs Stunden in der Nähe der Telefonzellen. Für den Fall, dass sie etwas Verdächtiges bemerkte, war meine Großmutter bereit, den Erpresser am Schlafittchen zu packen und die Leute um Hilfe zu bitten oder auf den grünen Knopf ihres Handys zu drücken, welches dann zu Hause anrufen sollte. Sie bekam es einfach nicht hin, eine Nummer auf dem Handy zu wählen (wollte sie wohl auch nicht), und deshalb war das Einzige, was sie mir zuliebe tun konnte, mit dem Daumen den grünen Knopf zu drücken. Der Plan meiner Großmutter war aufopferungsvoll und absurd, denn ehe die von den am Telefon sitzenden Spezialisten losgeschickte Armee ihr zu Hilfe kommen würde, wäre der Erpresser längst über alle Berge. Die Selbstaufopferung meiner Großmutter nahm natürlich niemand ernst, und die ganzen sechs Stunden dachte niemand an sie, weil wir die Vermutung hatten – und wahrscheinlich war es auch so –, dass sie es zu Hause nicht aushielte und für sich selbst eine Aufgabe suchte. Zu Hause stand das Telefon nicht still, obwohl weder der Erpresser noch jemand, der mich beschimpfen wollte, anrief, wenn man den einen Anruf außer Acht lässt, bei dem eine Männerstimme einen gewissen Tamas sprechen wollte, und als der Besitzer der Stimme bemerkte, dass er sich verwählt hatte, bösartig losschimpfte.

Ich schaltete mein Telefon ein paarmal aus und dann wie-

der ein, weil das Leben, davon abgesehen, dass ich Angst hatte, mit eingeschaltetem Telefon viel interessanter war. Ich konnte der Versuchung nicht widerstehen. Ein-, zweimal verstellte ich auch die Stimme, genauer gesagt, ich sprach im Bass; falls jemand Unkultiviertes anriefe, würde ich ihn gleich abschrecken. Hauptsächlich meldeten sich Journalisten und alte Bekannte, die seit meiner Kindheit von der Bildfläche verschwunden waren und nachdem sie die gestrige Sendung gesehen hatten, plötzlich wieder auftauchten – Kinder mit den Stimmen erwachsener Männer und Frauen, Kindergarten- und Klassenkameraden, frühere Lehrer und fremd gewordene Verwandte. »Ich hab dich gestern gesehen«, sagten sie, als ob das eine sehr wichtige Feststellung sei. Mich rief ein betagter Dichter an, dessen schwarz-weißes Profilfoto in einer sowjetgeorgischen rot gebundenen Lyrikanthologie mir in den Sinn kam, doch die in der Anthologie abgedruckten gezeichneten Porträts und Profilfotos hatten ihn nicht vor dem Ausschluss aus dem Schriftstellerverband bewahrt. Der Dichter verwickelte mich in ein langes Telefongespräch, in dem er mir detailliert die schon hundertmal gehörte Geschichte Boris Pasternaks schilderte, dessen Schiwago ebenfalls angegriffen worden wäre, obwohl ihn keiner gelesen hätte: »Diese Dummköpfe, die dich angerufen haben, sind die Nachfahren der damaligen sowjetischen Dummköpfe.«
Der Redakteur des »Wochen-Echos« brauchte den Skandal nicht künstlich aufzubauschen: In seine Redaktion flatterten fast jeden Tag neue Leserbriefe, die jedes Mal eine Reaktion nach sich zogen. So stand zum Beispiel die soundsovielte Antwort auf die Antwort auf die Antwort auf die Antwort eines *georgischen Feministen* (so stand es jedenfalls unter dem Artikel) auf jene des Vorsitzenden

des Vereins »Schwert und Faust« nebeneinander abgedruckt. Dieses »Schwert und Faust«-Mitglied, sprich Volkskampfsportler, war offenkundig überhaupt gar kein echter Volkskampfsportler, da er statt zu kämpfen (erst recht traditionell zu kämpfen) lieber Leserbriefe schrieb, also war er eher ein zivilisierter Volkskampfsportler, konnte lesen und schreiben und schickte, so der Redakteur, grammatisch einigermaßen korrekte Texte.
»Er ist ungehobelt, sonst nichts, auch wenn er die Zeichensetzung ganz gut beherrscht, vielleicht diktiert er es jemandem oder lässt es korrigieren.«

Ihr braucht uns keinen Sand in die Augen zu streuen! Schaut in eure Herzen und seid ehrlich. Wahrscheinlich wärt ihr sogar damit einverstanden, die Hochzeitsnächte der Mütter eurer Kinder in eurem Schmierblatt zu beschreiben. Ist das etwa Georgiertum, Brüder? Ist das Mut? Wir wenden uns auch an das Fernsehen, an die berühmte Moderatorin der Sendung: Warum haben Sie uns nicht in Ihre Sendung eingeladen? Die Freitagabendsendung war komplett der erwähnten Frage gewidmet, aber wir bezweifeln, dass die Anzahl der befragten Leute in den Straßen auf beiden Seiten gleich gewesen sein soll. Vielleicht hätten Sie lieber mehr von unseren Leuten befragen und ins Studio einladen sollen? Dann würden Sie sehen, wie viele wir sind! Wenn sich diese Leute im Namen »unserer Generation« zu Wort melden, zu welcher Generation gehören dann wir? Vielleicht hätten wir auch etwas zu sagen gehabt? Warum zeigen Sie nicht uns? Wir haben den ganzen Abend bei Ihnen angerufen, aber wir konnten Sie nicht erreichen, deswegen bitten wir Sie über die Zeitung, demnächst auch mal uns einzuladen, um über solche Themen zu diskutieren.

Auch die Generaldirektorin des Vereins junger Künstler, die Komponistin Zisana Ghwamitschawa, hatte einen

Leserbrief verfasst und wandte sich, von Mutter zu Mutter, an die Frau Parlamentsvorsitzende:

An unsere Generation: Dieses Kind [also ich] *hat mir als Frau und Mutter nicht nur eine Ohrfeige versetzt, nein, einen Fußtritt … und wisst ihr was? Es hat mich nicht gekränkt! Ich als Frau und Mutter habe es genauso wie ihr (ihr, die Elterngeneration) verdient und konstatiere: Was ist los mit uns, unserer Generation, mit euch Männern und Frauen, die ihr vor den Kindern steht, ihr Nichtsnutze, wie könnt ihr es wagen, zu sagen, er hat unsere Mutter beschimpft, also beschimpfen wir auch seine? Und das, obwohl wir nicht seine Eltern sind? Ist es nicht so, dass der Apfel nicht weit vom Stamm fällt? Was dachtet ihr denn, was aus einer Generation ohne Priester und ohne Eltern würde? Ach, ihr meine Pilatus-Generation, hat uns das »Händewaschen« irgendwann nicht mehr gereicht? In der modernen Welt geht nichts mehr ohne Schock. Je schockierender, desto wertvoller das Kunstwerk. Aber was sollen wir denn tun, ihr Mütter, sollen wir den Erstgeborenen Geschichte anhand »geschändeter« Heiliger näherbringen? Oh, wie es mich schmerzt, immer und immer wieder die wütende Aufregung von Vertretern meiner Generation zu erleben. Warum beschimpfst du mich, fragen sie, und keiner fragt, womit er sich die Beschimpfung verdient hat! Nein, meine Herrschaften, unsere Kinder werden auf euch für lange Zeit kein Loblied singen können. Ich habe diese »zutiefst schockierende« Erzählung nicht gelesen, aber eines sage ich trotzdem: Bravo, Jungchen, wir haben das alles verdient!*

Die bedeutende theologische Initiative von Basili Esosmodsghwari und alten großen Dichtern, die Tamar zur vierten Seinsstufe der Heiligen Dreifaltigkeit erklärt – also als Mitglied der Dreifaltigkeit – ist vom Standpunkt der Ketzerei (falls überhaupt noch von Ketzerei die Rede sein kann) aus gesehen natürlich weit entfernt von der kleinen literarischen Narretei unseres zeitgenössischen Autors, schrieb ein gewisser Petre Schghenti. *Was ist schon die Verunstaltung der Heiligen Dreifaltigkeit gegen den Versuch der erzählerischen Rekonstruktion einer peinlichen Episode aus der Biografie einer heiliggesprochenen historischen Figur! Wenn ihr die Heiligkeit verteidigt, verbrennt Basili Esosmodsghwaris Buch und nicht das politsatirische Pamphlet! Die wahren Ketzer verbergen sich im dreizehnten Jahrhundert, dort solltet ihr sie suchen, um ihnen die Hände zu zertrümmern.*

Mir gefiel der Text so, dass ich ihn den heimlich lauschenden Spezialisten und meinem Vater am Telefon vorlas, worauf von Letzterem der nebulöse Kommentar folgte: »Wunderbar. Aber übernimm dich bloß nicht.«
Kaum hatte ich zu Hause den Hörer aufgelegt, rief mich Koki auf meinem Handy an, was generell sehr selten vorkam, vor allem jetzt, seit er als Moderator zum Ersten Kanal gegangen war. Ich dachte, er wolle mir vielleicht Vorwürfe machen, weil ich zu Tbilissi2 gegangen war oder eher deswegen, weil ich ihm nicht mein Thema (das war sein Lieblingswort) vorgeschlagen hatte, aber stattdessen grüßte er mich irgendwie gleichgültig und wollte, als ob er eine Pflicht zu erfüllen hätte, noch gleichgültiger von mir wissen, was ich nach der zweiundsechzigsten Folge vorhabe, da er immer noch der Produzent unserer Sendung bliebe.
Ich wunderte mich, warum er nicht meinen Skandal erwähnte, doch dann fragte er mich plötzlich ernst, mit anderer Stimme und gezwungener Gleichgültigkeit: »Leute, was habt ihr denn gegen den alten Mann? Was ist los mit euch?«
Koki schaltete auf Lautsprecher, wie er es manchmal tat, wenn er beim Essen telefonieren musste oder in den

Pausenraum ging und von dort aus ins Telefon schrie. Manchmal warf er einem Mitanwesenden einen mahnenden Blick zu, er solle bloß still zu sein, und telefonierte dann, als sei er allein.

Es kam mir vor, als ob noch jemand mithörte, deshalb antwortete ich irritiert: »Der Juri-Russe war jung, wer ist denn alt?«

»Wer?« Er tat so, als hätte er nicht richtig verstanden.

Ich wiederholte meine Frage.

»Ich rede nicht vom Juri-Russen, sondern von Eduard-Giorgi Schewardnadse«, sagte er.

»Was soll ich gegen ihn haben? Nichts hab ich gegen ihn.«

»Und wieso ist dein Kumpel dann im Fernsehen, den ganzen Abend über hat er ihn beschimpft ... Was hast du denn geschrieben, Kindchen?«

Kindchen war Ironie.

»Lies es doch erst mal ...«

»Wo soll ich die Zeit hernehmen, ich kann ja eure idiotischen Drehbücher kaum lesen.« Seine Stimme entfernte sich noch weiter vom Telefon. »Eins habt ihr nicht kapiert.« Sein Mund kam wieder näher. »Wenn Schewardnadse nicht wäre, würde alles über euch zusammenfallen. Dieser Mann hat das Land im Griff.«

Ich war zu faul ihm zu erklären, dass Akako, unser Redakteur, ununterbrochen über Schewardnadse redete, um das Vertrauen des Fernsehzuschauers zu gewinnen, was ich eigentlich hätte sagen müssen, denn Koki würde niemals meine Erzählung lesen und trotzdem überzeugt sein, dass ich über *Eduard Schewardnadse* geschrieben hatte, außerdem hörte ich Koki Möhre schnurpsen und jemanden im Hintergrund rascheln.

»Sitzt da jemand?«, fragte ich.

Er gab keine Antwort.

»Du machst dich bei den Leuten unbeliebt«, sagte er am Schluss, wieder gelangweilt und gleichgültig.

»Bei welchen Leuten?«

»Ich werde sie dir vorstellen.«

Koki legte auf, ohne sich zu verabschieden.

Danach schaltete ich das Handy für einige Minuten aus und begann aus Unzufriedenheit über das Gespräch mit Koki oder eher, weil ich Beschäftigung brauchte, die angesammelten Zeitungen übereinanderzustapeln.

Das war der letzte Tag, bevor ich eine allumfassende Apathie und Müdigkeit zu verspüren begann: Ungeachtet der Aufregung gefiel es mir noch, angesagt zu sein.

Sobald ich mein Handy eingeschaltet hatte, rief mein Vater an.

»Wir haben den Erpresser gefunden«, sagte er.

(–23)

Der Erpresser, der nach eigener Aussage letztmalig anriefe (was bedeutete, dass er danach zur Sache käme), begann auf dem Höhepunkt des Gesprächs mit meinem Vater grausam zu heulen und verplapperte sich. Zwanzig Minuten später kam unsere Nachbarin und weinte.

Dem Erpresser war *etwas* herausgerutscht, mein Vater hatte *etwas* geahnt, und meiner Großmutter war die Szene vor zwei Wochen noch hell in Erinnerung, als die Frau durch den ganzen Hof gerannt war, um Geld gebeten und gejammert hatte, dass Polizisten ihren jungen Schwiegersohn im Gefängnis zu Tode folterten, und wenn sie das Geld nicht bis zum orthodoxen Neujahr brächte, würden sie den bis dahin mehrfach Verurteilten gleich dort umbringen.

Was hatte die Frau jedoch mit dem Erpresser zu tun? Was hatte das feine Gehör meines Vaters erraten?
Der Akzent verriet den Erpresser: Er sprach mit Dialekt (was er bis dahin nicht getan hatte), und so brachten mein Vater und meine Großmutter ihn in Verbindung mit der Nachbarin, die sich um ihren im Gefängnis sitzenden Schwiegersohn sorgte.
»Bist du Swane, Junge?«, hatte mein Vater gefragt, woraufhin der Erpresser geschrien und aufgelegt hatte.
Mein Vater erinnerte sich an den Akzent, meine Großmutter an die Nachbarin: »Sie hat vor zwei Wochen Geld gesammelt, ihr Schwiegersohn sitzt im Gefängnis!«
Die Frau war gleich nach dem Anruf aus ihrem Kellerloch hervorgekrochen gekommen und hatte nach dem Blitzverhör meiner Großmutter so laut angefangen zu weinen, dass mein Vater auch ohne Geständnis überzeugt war, dass es einen Zusammenhang zur Erpressung gab. Und wirklich verfluchte die weinende Frau alle und bewies damit einmal mehr, dass der inhaftierte Schwiegersohn Geld brauchte, aber sie schwor Stein und Bein – sie würde sich sogar gleich hier umbringen, wenn der Verdacht meiner Großmutter zuträfe: »Dann soll er lieber gleich dort sterben, oder ich bringe ihn um, wenn er draußen ist!«
Sowohl von der Nachbarin als auch von Liana Ghwintidse (der Köchin, die in Präsident Schewardnadses Residenz arbeitete) erfuhr sie, dass der Erpresser noch bei weiteren Nachbarn angerufen hatte, aber nur wir hätten auf das Klingeln reagiert (und das auch noch völlig übertrieben, wie für uns üblich): Er hatte auch beim Nachbarn im dritten Stock, der beim Nachrichtendienst arbeitete, angerufen und genau denselben Text aufgesagt: Dass sein Sohn das Leben eines Mannes versaut habe und man den Sohn, wenn kein Geld bezahlt würde, entführen würde,

wonach der Nachrichtendienstler schimpfend aufgelegt hatte, denn er hatte gar keinen Sohn.

Absurd.

Meine Großmutter fing schon an, Mitleid mit der Nachbarin zu bekommen, was sich darin äußerte, dass sie meinen von seinem feinen Gehör begeisterten Vater bat, mir die Geschichte am Handy zu erzählen und nicht am Festnetztelefon, weil sonst die Abhörspezialisten Wind davon bekämen.

Ich konnte mich absolut nicht an das Gesicht des Mannes, des mutmaßlichen Erpressers, erinnern, den ich vermutlich ein-, zweimal im Hof getroffen hatte. An die Frau schon, seine Schwiegermutter, die immer, wenn sie mich traf, der georgischen Sitte entsprechend in Lobhudelei ausbrach – wie man das eben beim Enkel des Nachbarn, wenn er im Fernsehen erscheint, so macht: »Mein guter Junge, du bist unser ganzer Stolz!« Konnte es sein, dass das, was mein Vater gehört hatte, wirklich die Redeweise ihres Schwiegersohns war? Wenn das stimmte, wusste die Frau vielleicht etwas? Die Unklarheit machte mir noch mehr zu schaffen. Das Einzige, was mich die Anrufe und die unechten oder glaubwürdigen Tränen vergessen ließ, wenn auch nur zeitweise, war, die Artikel über mich zu lesen: Ich musste wieder der Autor werden, der gegen eine dunkle und unzivilisierte Macht kämpfte, und durfte nicht das verängstigte Kind meiner Eltern sein, dem des Geldes wegen mit Entführung gedroht wurde.

Und genau dann, als ich dachte, heute würde nichts mehr passieren, bekam ich von der in Vergessenheit geratenen Fernsehkollegin eine Nachricht: *Bist du zu Hause?*

Ich dachte: Warum fragst du? Paranoia.

Trotzdem schrieb ich zurück:

Ja, und du?

In welcher Etage wohnst du?
In der sechsten.
Kurz darauf hörte ich, wie sich die Fahrstuhltür öffnete. Ich schaute durch den Türspion. Der Flur wurde von einer Lampe über unserer Tür beleuchtet, die man von der Wohnung aus anschalten musste. Das machte ich. Das Licht fiel auf rotes Haar und ein blasses Gesicht.
»Wer ist das?«, fragte meine Mutter.
»Unsere Mitarbeiterin ...«
Ich öffnete.
»Ganz schön spät für einen Besuch, oder? Wie peinlich«, sagte Lulu.
Sie war allein.
Ich dachte: Mit Ani habe ich schon gesprochen, wahrscheinlich schläft sie. Sie wird mich heute nicht mehr anrufen.
»Ich hab versucht, dich zu erreichen, dein Telefon war aus«, sagte sie.
Es stellte sich heraus, dass eine junge Verwandte von ihr auf dem Wake-Friedhof, also in der Nähe meines Wohnblocks, begraben war und sie deshalb oft hierherkam. Sie erzählte mir das so, als sei es ein Kompliment für mich.
»Du warst um Mitternacht auf dem Friedhof?« Ich wunderte mich.
»Nein, ich kenne nur diesen Block ...«
»Und woher wusstest du, dass ich hier wohne?« Ich konnte nicht umhin, diese Frage zu stellen.
»Was weiß ich«, sie zuckte mit den Schultern, »du hast mal von dem Block erzählt, und da war mir das klar.«
Ich hatte idiotische Schlappen und schlafanzugartige Hosen an, normalerweise hätte ich mich schnellstens umziehen müssen, meine Haare waren ungewaschen, und insgesamt war ich absolut unvorzeigbar, weswegen ich

mich schon furchtbar unwohl fühlte. Ich erinnerte mich kaum mehr an dieses Mädchen, doch als mir klar wurde, dass sie zu mir und meinetwegen gekommen war, waren Angst und Müdigkeit plötzlich wie weggeblasen und mich befiel eine Art Nervosität, die in nichts der Nervosität von vor einer Stunde glich.

Mein Zimmer, oder vielmehr nur eine Ecke davon, wurde von einem Ofen rot erleuchtet, der noch um einiges idiotischer war als die Schlappen und die zerlumpte Hose. Lulu wollte sich aufwärmen und lehnte sich deshalb mit dem Rücken daran. Ich bot ihr Tee an, um dessen Aufguss und Servieren ich meine Mutter bitten, also sie herbeirufen musste, wie ich das im Allgemeinen tat. Doch als meine Mutter uns endlich den Tee brachte, war er so kalt und wahrscheinlich auch bitter, dass wir ihn gar nicht erst probierten.

Ich spürte, dass sie nur gekommen war, weil ich gerade angesagt war. Ich setzte mich neben sie und betrachtete ihr Profil, das Kinn, den Kiefer und den Hals, den ich wahrscheinlich diese Nacht küssen würde, und beim Reden und nach dem Nicht-Teetrinken rückte ich, wie letztes Mal im Fernsehsender, auch jetzt zum falschesten Zeitpunkt an sie heran und versuchte, sie auf die Lippen zu küssen. Und wieder dasselbe: Lulu rückte weg und schaute mich aus geringer Entfernung an – als würde sie sich wieder fragen, zu was das gut sein sollte.

Ich rückte wieder an sie heran und küsste sie (und bei diesem Kuss störten mich weder die Schlappen noch die zerlumpte Hose). Diesmal rückte sie nicht weg. Jetzt ging ich einen Schritt weiter: Ich legte ihr die Hand auf die Beine und versuchte sie unter die schwarze Lederweste zu schieben, wo ich wieder ein Tabu berühren musste. Lulu wand sich irgendwie, und ich bekam Angst, dass jetzt und hier wirklich etwas passieren könnte, was noch mehr Veränderung und Missverständnis in mein Leben bringen würde. »Nein« – als hätte sie meine Gedanken gelesen – »heute nicht.«

Ani sagte immer »hier nicht«, und dieses *Hier* war überall – egal, wo wir waren. Lulu sagte *heute nicht*. Normalerweise hätte ich mich geärgert, heute jedoch beruhigte ich mich. Sie fing an zu reden, als hätte sie einen Energieschub bekommen, ich jedoch verstand wirklich nicht, warum sie hier war. Um ihre eigenen Geschichten zu erzählen? Einfach fürs Beisammensein? Vielleicht wollte sie nicht nach Hause gehen, oder es war einfach so eine Angewohnheit? Dass sie zu Tbilissi2 gegangen war, zum Hauptsender der Opposition – ja, das erzählte sie. Dann redete sie noch ein bisschen um den heißen Brei, entspannte und beruhigte sich. Eine ganze Weile saßen wir so, ich aber dachte, dass ich überhaupt nicht mit diesem Mädchen reden wollte, und ich verglich sie unwillkürlich mit Ani – wie einfach war es, mit einem Menschen zusammen zu sein, von dem man weiß, was er von einem will oder was einen mit ihm verbindet. Letztendlich rief sie sich ein Taxi, und bis es kam – vorgeblich, um Zeit totzuschlagen – gingen wir fast bis zum Äußersten. Lulu wurde von meiner Mutter, die offenbar nicht geschlafen hatte, hinuntergebracht (sie bot das selbst an, weil ich ja nicht rausdurfte), ich sah vom Fenster aus, wie dieser rothaarige unbekannte Mensch in ein schrottiges karottenfarbenes Taxi stieg, dessen Kennzeichen ich von hier oben nicht erkennen konnte.

Falls man sie entführte, würde ich nicht mal das Autokennzeichen wissen.

Aber es war alles in Ordnung. Das, wovor ich mich gefürchtet hatte, war reell wahrscheinlich gar nicht zum Fürchten: Der Erpresser war erwiesenermaßen der Schwie

gersohn der Nachbarin, die Zeitungen schrieben über mich, und ich hatte gerade eben dieses Mädchen geküsst.
»Warum ist Ani nicht gekommen?«, fragte mich meine Mutter, die solche Fragen normalerweise nicht stellte. Meine Mutter wollte wahrscheinlich fragen, wer dieses Mädchen war, das sie begleiten musste, und sie wollte außerdem sagen, dass Ani ein sehr lieber Mensch sei und ich mich in Acht nehmen sollte, ihr nicht das Herz zu brechen.
Ich ging wieder in mein Zimmer, in dem noch der Geruch meiner Besucherin hing.

(–24)

Fragment aus dem Artikel *Experiment über Georgien*. Auszug aus dem Interview:

Journ.: Falls es kein Geheimnis ist, wir wollen ja nicht zu viel verraten, aber woran arbeiten Sie gerade?
Ich: Das ist kein Geheimnis. Ich plane eine Beitragsreihe über Helden, Könige, Heilige und besondere Leuten in der Geschichte Georgiens und möchte kurze Erzählungen über sie schreiben. Königin Tamar war die Erste auf dieser Liste. Auf sie werden Dawit der Erbauer, Ketewan die Märtyrerin, Giorgi der Glänzende und unsere Patriarchen folgen. Derzeit arbeite ich am Thema von Ketewan der Märtyrerin.
Journ.: Das heißt, Sie beschäftigen sich auch mit Religion?
Ich: Klar. Religion ist mein Hauptthema.

Journ.: Warum beschäftigen Sie sich mit Themen, die für unser Volk wertvoll und heikel sind?
Ich: Genau deswegen, weil sie wertvoll und heikel sind. *(lacht)*
Journ.: Und wie wollen Sie die Geschichte Ketewans der Märtyrerin erzählen?
Ich: Ich verrate es Ihnen. In meiner Erzählung werden Ketewan die Märtyrerin und Schah Abbas Geliebte sein. Schah Abbas ist ein Sex-Sadist und Ketewan die Märtyrerin muss zur Strafe Teil seines sadistischen Spiels sein. Keinerlei Ideologie und Politik, nur Sex.
Journ.: Mir ist unbegreiflich, was Sie letztendlich bewirken wollen. Können Sie mir sagen, wofür das alles gut sein soll?
Ich: Ich möchte die Mentalität unserer Gesellschaft verändern.

(-25)

Die ersten Stunden morgens nach dem Aufstehen hielt ich kaum aus, denn dann war ich wieder mit dem äußerlich schmeichelhaften, aber gleichzeitig unerträglichen *Problem* konfrontiert, mit dem ich nun schon mehr als zwei Wochen lebte. Klar hatte es mit mir zu tun, aber ich hatte das Gefühl, als hätte sich in meinem Leben ein großes schwarzes Loch aufgetan, als wäre eine lange Fermate gesetzt worden. Meine eigene Biografie schien unvermittelt zu einem Stillstand gekommen, stattdessen folgte ich der Biografie meines Doppelgängers, der ein Produkt der Medien war.
Zwar hatte ich schon auch ein Privatleben – das Warten

auf Ani, der Versuch, Verrat zu üben an ihren oder meinen Prinzipien (zum ersten Mal in meinem Leben), das Zusammensein mit Lulu am rot leuchtenden Heizofen ... Doch sowohl Lulu als auch Ani interagierten eher mit meinem Medien-Ich als mit mir, aber vielleicht hatte ich da auch neue fixe Ideen entwickelt. Lulu schien eine ziemlich flatterhafte Person: Schon am nächsten Tag antwortete sie nicht mehr auf meine SMS; sie war hergekommen, hatte sich kurz gezeigt, hatte etwas bekommen (was wohl?) und war wieder gegangen. Falls sie mich nur besucht hatte, weil ich gerade angesagt war, dürfte ihr diese eine Begegnung vollauf gereicht haben.

Dafür kam am Morgen Ani vorbei. Ihre etwas lang geratene, spitze Nase würde Lulus Duftreste in meinem Zimmer bestimmt wittern. Ich merkte, dass ich ihr auswich: Sie kam rein - ich ging raus, sie kam raus -, ich ging wieder rein. Allerdings passierte das unwillkürlich und ohne Verdacht zu erregen. Nicht Ani irritierte mich, sondern ich war von mir selbst irritiert, meinen Seitensprüngen oder vielmehr den versuchten Seitensprüngen, mit denen ich die Art unserer Beziehung für immer verändern würde. Ani bemerkte meine Gereiztheit nicht, denn wie alle war sie in Aufregung wegen der vielen Zeitungsartikel und der Identifizierung des Erpressers.

»Spricht er dir gegenüber eigentlich von der Frau?«, fragte sie mich. »Die andere hält er tatsächlich zu Hause eingesperrt, die Arme, ich verstehe nicht, worauf er aus ist; hat er sie hergebracht, damit sie ständig nur zu Hause bei meiner Mutter sitzt?«

Obwohl sie keine Namen nannte, begriff ich, dass sie von Akako, von der *Gesellschaft und Politik* und Lena sprach. Ich war froh, Gelegenheit zu bekommen, über die Untreue von anderen zu reden und somit - in Worten wie im Tonfall – demonstrieren zu können (vor allem Ani gegenüber, aber vielleicht doch auch mir selbst), dass ich anders war als Akako.

Das Telefon klingelte.

»Was ist das für eine Geschichte mit Ketewan der Märtyrerin? Was für eine Beitragsreihe schreibst du da?« Es war Akako, der ins Telefon schrie, ob erfreut oder verärgert, war nicht auszumachen. »Erklären wir den Krieg?«

Ich verstand nicht, was er meinte.

»Moment« – Zeitungsrascheln – »hast du das gesehen?« Er begann ein Interview mit mir vorzulesen, das ich nie gegeben hatte.

»Was gibt's?« Ani musste sich über meinen Gesichtsausdruck erschrocken haben.

»Und das soll ich gesagt haben?«, fragte ich Akako.

»Ja, du! Da sind dein Bild und dein Name.«

Er las den Text zu Ende vor.

Ich hatte überhaupt kein Interview irgendwelcher Art gegeben; es musste sich um eine dumme Provokation handeln.

»Ich schreibe keinerlei Beitragsreihe zur georgischen Geschichte, was soll dieser Blödsinn über die Märtyrerin Ketewan?«

»Dann ist klar, da steckt eine Absicht dahinter.«

»Sollen wir Klage einreichen?«

»Na, unser Herr Schota sagt Nein, denn das wäre nur Reklame für sie; die würden uns von einer Instanz zur nächsten schleppen, uns vollständig zermürben, und wir würden damit nur zu ihrer Popularität beitragen. Also, was meinst du, sollen wir's ignorieren?« Er wartete meine Antwort gar nicht ab, sondern begann über alle herzuziehen, die zu faul waren, auf offene Verleumdung zu reagieren, und sich nicht einmal über das Geschreibsel und die Beschuldigungen aufregten. So könnten für den Rest des Lebens Attribute an mir kleben bleiben, die ich gar nicht hatte, die jedoch von da an als *meine* gälten – so wie dieser erfundene Text, der unter einem Foto von mir abgedruckt war.

»Ach, was ich fast vergessen hätte: Ich hab eine Überraschung«, sagte er zum Schluss. »Das Patriarchat hat mich angerufen: Um zwei Uhr halten sie eine Pressekonferenz ab, sie wollen eine Erklärung abgeben zu deinem Kasus ...« Er redete so drauflos, dass ich nicht mehr folgen konnte.

»Zu mir wollen sie eine Erklärung abgeben?«

»Ja, zu dir, beziehungsweise zu uns.«

»Und warum rufen sie da dich an?«

»Wer hat ihn angerufen?« Ani setzte sich vor mich hin; seit zehn Minuten versuchte sie sich aus meinen Antworten Akakos Gesprächspart zusammenzureimen.

Was Akako mir berichtete, klang so kategorisch, dass mir gar nicht in den Sinn kam, abzulehnen: Ich würde alles tun, wozu sie mich verpflichteten, denn es ging offenbar gar nicht mehr allein um mich, sondern um *mein Umfeld*. Wie sich herausstellte, wurde ebendieses Umfeld zu einem Gespräch ins Patriarchat der Georgischen Orthodoxen Kirche vorgeladen – richtig, vorgeladen, als hätten sie nicht auch »einladen« sagen können. Aber nein, sie luden uns vor. Vielleicht hatte Akako das Wort als »vorladen« interpretiert? Jemand hatte »Sie sind willkommen« gesagt, und er hatte »vorgeladen« herausgehört? Wie auch immer, ein Wort in dem Satz gab Anlass zu Hoffnung: zu einem *Gespräch*. Das bedeutete, das Patriarchat war eine kultivierte Institution und nicht eine Strafanstalt. Und sie luden mich nicht allein ins Patriarchat vor, sondern auch den Herausgeber der »Freien Epoche« und noch ein paar andere, denn mein Umfeld war ja nicht einfach nur ich: Da war beispielsweise mein Vater, ohne den ich keinen Fuß ins Patriarchat gesetzt hätte (sein feines Gehör hatte uns in der Erpressersache bereits zu einem kleinen Sieg verholfen); da waren Ani, Dato eins oder Lascha, da war meine Mutter, die ich auch hätte mitnehmen können wie zu einer Elternversammlung in der Schule, und – falls Mutter und Vater keine Zeit hätten – warum nicht gar meine Großmutter, die mit Freuden alle meine guten Eigenschaften aufzählen würde.

Ich fragte, ob uns die Heilige Synode vorlud, das wusste Akako aber nicht. Er hatte mit einem gewissen Vater Tadeos telefoniert, dem Archimandriten (»übrigens ein liberal gesinnter Mensch«), danach mit der Privatsekretärin des Patriarchen, die offenbar sogar *auf unserer Seite* war und empfahl, die Vorladung auf keinen Fall abzulehnen, weil die Dinge, ihrer Meinung nach, einen dramatischen Verlauf nehmen könnten: Die Empörung in den Kirchgemeinden hätte in manchen Bistümern nämlich bereits besorgniserregende Ausmaße erreicht, und die Seelsorger würden sie bald nicht mehr stoppen können, ja, manche würden die aufgebrachten Menschen auch gar nicht mehr im Zaum zu halten versuchen, da die Geistlichen genauso erzürnt wären. Vater Tadeos hatte gesagt, es müsse zur Beschwichtigung des Volks schnellstens nach einem Kompromiss gesucht werden. »Welches Volk?«, hatte Akako gefragt. – »Die Gläubigen, Sie können sich nicht vorstellen, was das bedeutet, zornige Gläubige.«

»Was heißt das, Kompromiss?«, fragte Ani in mein Telefon.

»Sie wollen dich bekehren, mein Lieber«, frotzelte Akako, »aber daraus wird nichts, wir müssen jetzt Bildungsarbeit leisten, wir beginnen eine Kirchenreform! Wir müssen da hin. Eigentlich helfen sie uns ja, sie sorgen sich um dich. Sie haben ihren Standpunkt, und wir sollten das zu schätzen wissen ...«

Mit Geistlichen hatte ich, seit ich Vater Dawit nach der Existenz von Außerirdischen gefragt hatte, keine Verbindung mehr gehabt. Die Vorladung ins Patriarchat wurde, wie alles in diesen Tagen, Gegenstand unzähliger unterschiedlicher Ratschläge: Ani und Lascha sagten, wir lebten in einem säkularen Staat und wenn ich nicht hingehen wollte, sollte ich auch nicht hingehen. Dato eins sagte, rein interessehalber sollten wir trotzdem hingehen und ihnen von Anfang an die Meinung geigen. Meine zweite Oma, die weniger kämpferisch war als die andere, hatte Angst, dass ich gleich im Patriarchat verprügelt würde.

»Ein paar Haue von Seiner Heiligkeit und Seligkeit würdest du ja durchaus verdienen«, sagte Dato eins, dem es schon jetzt furchtbar zuwider war, in die Geschichte mit hineingezogen worden zu sein. Gaga von den »Freien Wahlen« hatte ihn angerufen und an unsere Abmachung erinnert, war jedoch, was mich betraf, ganz offenkundig verunsichert gewesen. »Sie werden ihn schon nicht steinigen«, hatte er gesagt, obwohl mein Auftritt bei allen die Gedanken an eine nicht vollzogene Hochzeitsnacht im dreizehnten Jahrhundert wachrufen würde; aber seine Verunsicherung hinderte ihn nicht daran, zu dem Schluss zu kommen, mein Fall stelle ein leuchtendes Beispiel dar für den Kampf um die Freiheit des Wortes und dass wir das irgendwie nutzen sollten. Ich selbst, das war klar, hatte nicht die Absicht, wo auch immer hinzugehen und in die georgischen Provinzen schon gar nicht. Ich konnte mich ja schon jetzt nicht mal entschließen, überhaupt aus dem Haus zu gehen. So viele unterschiedliche Ratschläge hatte ich erst ein Mal gehört, vor drei Jahren, als mein Großvater sich das Becken operieren lassen musste.

Zwischendurch rief mich ein Verleger an und erzählte mir, dass überall in den Buchhandlungen (vielmehr dort, wo sich zwischen Zahnbürsten, Taschenlampen, Socken und tausend anderen Dingen auch noch Bücher fanden) alle das neue Buch über Königin Tamar verlangten; er wollte wissen, ob ich vorhatte, den Text auch als Buch herauszugeben. Ich erwiderte, die Erzählung umfasse vierzehn Seiten; wie diese in Buchform herauszugeben wären, könne ich mir nicht vorstellen – sollte ich sie etwa mit Illustrationen aufblasen?

»Ah, so kurz nur!«, sagte er erstaunt. »Ich dachte, sie sei umfangreicher. Egal, wir könnten sie in Großdruck herausgeben, wie ein Kinderbuch. Und das mit den Illustrationen ist gar keine schlechte Idee ...«

Er hatte die Erzählung ganz offensichtlich nicht gelesen; falls er sich doch noch die Mühe machte, würde er bestimmt nicht mehr erwägen, sie in großer Schrift zu drucken, noch viel weniger mit Illustrationen – und auf dem Umschlag der Hinweis: 18+.

Am Ende des Tages musste ich die zentrale Entscheidung treffen: ins Patriarchat gehen oder nicht?

Verlautbarung des Patriarchats von Georgien

Die Heilige Schrift sagt: »Wisst ihr nicht, dass die Heiligen die Welt richten werden?« (1. Korinther 6.2)

In der letzten Zeit haben sich gewisse Tendenzen zu willentlich oder unwillentlich gegen Heilige der Georgischen Orthodoxen Kirche gerichteten frevelhaften Äußerungen bemerkbar gemacht. Laut ihren Urhebern handelt es sich nicht um vorsätzliche Akte, sondern um unabsichtliche Fehltritte. Wir Unsererseits betrachten sie jedoch als das Ergebnis einer religiösen Entfremdung in der Gesellschaft. Für die Kirche und alle ihre Mitglieder ist jeder Tatbestand dieser Art selbstverständlich äußerst verunglimpfend und heikel. Unbestritten positiv dagegen ist, dass die Urheber den Standpunkt der Kirche im Großen und Ganzen anerkennen und Reue bekunden, Heiliges gelästert zu haben.

Einmal mehr mahnt die Orthodoxe Kirche alle, insbesondere aber ihre Beichtkinder, dass Blasphemie eine schwere Sünde ist und jeder diese Sünde begehende Mensch der Strafe Gottes sowie einem besonderen Bann unterliegt.

Ebenfalls muss gesagt sein, dass im Falle des Nichtbereuens möglicherweise auch die Nachkommenschaft eines dieser großen Sünde Schuldigen schwer belastet wird.

An die Adresse all jener jedoch, die sich selbst nicht zu den Rechtgläubigen zählen, lässt die Kirche verlauten, dass eine lästerliche Einstellung gegenüber den Heiligen und dem Heiligen im Allgemeinen eine Verunglimpfung der religiösen Gefühle der Rechtgläubigen darstellt; dies wiederum verletzt die universell anerkannten religiösen Freiheitsrechte und schafft die Grundlage für ernsthafte soziale Konflikte.

Des Weiteren weisen Wir darauf hin, dass die Kirche die Bedeutung des Begriffs »Freiheit« sehr wohl erfasst, da sie selbst Hüterin ist dieser gottgegebenen höchsten Gnade – der Freiheit. Ein jeder möge jedoch der elementaren Wahrheit eingedenk sein: Die Freiheit des Wortes endet dort, wo mit demselben Wort die Verletzung und die Verunglimpfung der Rechte anderer beginnt.

Wir sprechen die Hoffnung und den großen Wunsch aus, dass es Vorkommnisse dieser Art in der Existenz unseres Volkes und unserer Nation von nun an nicht mehr geben wird.

21. Januar 2002

Und nun befanden wir uns also vor der Mauerumfriedung des Patriarchats.
Die Mauer ist erst zu Eduard Schewardnadses Zeit errichtet worden – pseudoalt und pseudohistorisch. Zypressen überragen sie, als wäre dahinter ein Friedhof. Hinter den Fenstern des Patriarchats brennt Licht, und ich versuche zu erraten, in welchem Raum sich der Katholikos-Patriarch gerade befindet und wo sie mich verhören werden. Der Patriarch schläft nie, so hieß es in der Live-Fernsehübertragung von der Überbringung des Heiligen Feuers aus Jerusalem ...
Im Wachhäuschen neben dem Eingang sitzen eingezwängt zwei Polizisten, die sofort den Schlagbaum heben; offenbar sind sie vorgewarnt worden. Sie öffnen das große Tor. Wir treten ein. Mönche schauen aus den Fenstern zu uns her. Der Wind weht, und die Zypressen schwanken. Da und dort in dem dunklen Garten hinter der Mauereinfriedung stehen Skulpturen. Auch sie sind neu, aber auf alt gemacht.
Im Garten stehen schwarz gekleidete Männer herum. Ich denke: Sind das etwa Volkskampfsportler? Ein unangenehmes Gefühl beschleicht mich. Sie sehen nicht wie Menschen aus, sie erinnern an Androiden aus billigen Sci-Fi-Filmen. Wohl vor lauter Anspannung und Angst kommt es mir vor, als seien sie alle auffällig kleinwüchsig. Auf einmal beginnen die Männer scheinbar ziellos hin und her zu rennen: Einer sprintet zur Eingangstür, ein zweiter zum Tor, ein dritter eilt zu dem eben aus dem Gebäude tretenden Archimandriten, und so mehrmals hin und her. Sie wirken wie von einer Kraft getrieben. Der Archimandrit lächelt, und durch seinen Bart blitzen weiße Zähne. Diese Zähne und dieses schimmernde Lächeln sind das einzig Helle in der düsteren Umgebung. Die Männer sam-

meln sich um uns herum, stellen sich in einer Reihe auf. Wir müssen zwischen ihnen hindurchgehen.
»Na, wo ist unser Rebellenführer?« Der Archimandrit lächelt uns an.
Ich hatte das Gefühl, wir lächelten auch, aber offenbar doch nicht, denn er sagt: »Was macht ihr für Gesichter, wir fressen euch schon nicht.«
»Der Mann ist ein Liberaler, ich kenne ihn, ihr braucht euch nicht zu verkrampfen«, beruhigt uns Akako.
Wir betreten das Gebäude.

(–26)
Erster Auftritt im Patriarchat

Es treten auf:
Akako
Ich
Mein Vater
Dato eins
Mamuka (Akakos neuer Freund, der zwei Wochen zuvor aus den USA zurückgekommen ist und uns laut Akako in juristischer Hinsicht sehr nützlichen Rat geben kann; hat im Georgisch-Abchasischen Krieg gekämpft)

Es empfangen uns:
Ein gewisser Koba – Mitarbeiter der Pressestelle des Patriarchats
Vater Iosseb – Oberpriester
Vater Tadeos – ein Liberaler (laut Akako)
Vater Awtandil – Priester, Leiter der Kerzenwerkstätte
Chatuna – Privatsekretärin des Katholikos-Patriarchen

Ort der Handlung:
Das mauerumgebene, säulenbewehrte Gebäude (ein Hybrid zwischen Weißem Haus und dem »Haus der Pioniere« in Tbilissi) ist vor der Sowjetisierung die Residenz des Exarchen des Gouvernements Tiflis und während der Ersten Republik des unabhängigen Georgien jene des Patriarchen gewesen; nach der Sowjetisierung war es ein Milizgebäude. Lange Korridore. Kanzleiatmosphäre. Schwache Beleuchtung (bräunlich beinahe). Kerzenleuchter. Weihrauchgeruch. Viele Türen. Eklektizismus. Porträts des Patriarchen in realistischem Stil. Spießbürgliches Ambiente. Riesige Kronleuchter. Sessel mit verschnörkelten Holzverzierungen, hochlehnige Stühle und hohe Schränke. In Vitrinen Gläser und Teller. Technisches Equipment: Fernseher und Hi-Fi-Anlagen. Ein Fahrstuhl.
Der geschichtsträchtige alte Mann muss sich irgendwo in der Nähe befinden, hinter welcher Tür wohl?

Der Raum, in den sie uns führen:
Eine Tür mit Glasscheibe und weißem Vorhang. Die Wände entlang Stühle. In einer Ecke ein Eichenschrank, auf dem Schrank ein Rhinozerosschädel. Vor dem Fenster steht ein massiver Tisch, auf dem überhaupt nichts liegt (später werden Muraba – eingemachte Früchte –, und Teetassen hingestellt). Der Tisch hat eine Schublade, welcher der Pressemitarbeiter zwei Blatt Papier entnehmen wird. Auf dem einen werde ich als »verlorener Sohn« bezeichnet.

Atmosphäre:
Unbeschwert und aufgeräumt. Wenn man den finster blickenden Oberpriester Iosseb nicht mitzählt, lächeln

uns alle zu. Pressesprecher Koba reißt Witze über Politiker, die sich vor den Wahlen im Patriarchat immer die Klinke in die Hand geben. »Ihr bereitet euch doch nicht zufällig auch auf die Wahlen vor?«, fragt er.
Sie bieten uns Tee an, den wir teils annehmen, teils ablehnen – unsere Antworten widersprechen sich. Schließlich nimmt Akako im Namen aller das Angebot an. Mamuka sagt leise: »Ich habe zu Hause schon welchen getrunken«, als ob das jemanden interessiert hätte.

Überraschungsauftritt:
Plötzlich öffnet sich die Tür und Chatuna, die Privatsekretärin, kommt herein. Sie begrüßt und küsst uns, als hätte sie uns ewig nicht gesehen oder als würde sie uns zum Geburtstag gratulieren. Als einzige Frau im Patriarchat trägt sie kein Kopftuch. Sie hat kurz geschnittene kastanienbraune Haare und hat bordeauxroten Lippenstift aufgelegt.
Akako sagt in freundschaftlich-vertraulichem Ton: »Wann bekommen wir denn Ihren legendären Kaffee serviert? Darüber hört man ja Wundergeschichten.«
Die Privatsekretärin lacht lauthals, und zwar so, dass es in jedem Büro des Patriarchats zu hören sein muss.
»Sie werden Ihren Kaffee kriegen«, sagt sie. »Wir sind für unsere Gastfreundschaft bekannt.« Wenn sie einen Satz beendet, lässt sie den Kopf pendeln, jedes Wort endet auf eine Körperbewegung. »Wie geht es dir?« Sie duzt mich, obwohl ich ihr zum ersten Mal begegne, und mustert mich, als wäre ich ein Freund.
»Danke, es geht«, erwidere ich.
»Ich werde dich mit Seiner Heiligkeit bekannt machen, später, wenn ihr hier fertig seid.«
Sie hat eine unangenehm ruhige Art, und ich fühle mich

wie ein Patient, den ein geistig selbst nicht ganz normaler Psychiater gekünstelt beschwichtigt.
Chatuna blickt zu Koba und Vater Tadeos.
»Ich bin hier, falls was sein sollte …«
Falls was sein sollte, was heißt das?
Dann lächelt sie mir noch einmal zu und geht hinaus.
Akako gibt eine vollkommen idiotische Phrase von sich: »Chatuna, sagt man, sei eigentlich der wirkliche Patriarch, also die Matriarchin. Diese Frau steuert die wichtigste Männerinstitution Georgiens.« Und er lacht über seinen eigenen Blödsinn.
Auch Vater Tadeos lacht, was mich sehr erstaunt und froher stimmt. Koba lächelt nur. Vater Iosseb findet's gar nicht zum Lachen.
Das Gelächter verstummt, und Koba geht zum Geschäftlichen über.

Koba: Wie ihr wisst, hat unser junger Freund hier mit seiner Erzählung einen riesigen Gefühlsaufruhr in der georgischen Bevölkerung hervorgerufen, und wir sind zum Schluss gelangt, dass die Kirche jetzt nicht mehr danebenstehen und zuschauen darf. Unzählige Menschen bitten uns, zu reagieren und unseren Standpunkt klarzumachen. Die Menschen sind äußerst empört, denn Königin Tamar ist für die Georgier eine verehrungswürdige Heilige; ihre Lästerung verzeiht niemand …
Akako: Niemand hat sie gelästert.
Koba: Das Volk nimmt es aber so wahr. Ich lese mal vor, ich hab's markiert.
Akako: Sie haben es ja richtig durchgearbeitet.
Koba: Ich hab's nicht durchgearbeitet, ich hab's nur im Unterschied zu manch einem gelesen. *(Er schaut mich lächelnd an.)*

Akako: Was haben Sie denn angestrichen? Zeigen Sie uns doch mal, wo die Lästerung ist.
Mein Vater *(zu Akako)*: Lass den Mann zu Ende reden, wir wollen hier nicht streiten.
Koba: Möglicherweise ist das für Sie keine Lästerung, für andere aber schon. Und diese anderen sind in Georgien zahlreich. Die Mehrheit.
Akako: Fühlen Sie sich ebenfalls verunglimpft?
Koba: Wenn Sie mich so fragen, ja. Es war ein sehr unerfreuliches Leseerlebnis, aber es geht jetzt nicht um mich, ich bin nur damit betraut, einen Weg aus dieser Sackgasse herauszufinden. Wir müssen klären, in welche Richtung es gehen soll; das Volk ist erzürnt, und uns ist zu Ohren gekommen, dass viele an Vergeltung denken. Die Geistlichen haben große Gemeinden und hören alles Mögliche.
Mein Vater: Dann sollten Sie aber die zuständigen Behörden informieren, die Polizei zum Beispiel. Wissen Sie Konkreteres?
Vater Iosseb *(hat bisher mit finsterer Miene dagestanden und schweigend auf sein Telefon geschaut)*: Darf ich etwas einwerfen? *(Er wartet die Erlaubnis nicht ab, tritt ein wenig vor und blickt mir in die Augen.)* Ist Ihnen klar, was es bedeutet, wenn ein gläubiger Mensch zu unkeuschen Gedanken verleitet wird? Ist Ihnen klar, was passiert, wenn ein Gläubiger seinem Seelsorger sagt, er werde zu unkeuschen Gedanken verleitet?
Meine Tochter heißt Tamar. Dieser Name ist für mich verehrungswürdig. Ich sage ihn fast jeden Tag. Diesen Namen spreche ich während des Gebets aus, und mit diesem Namen spreche ich meine Tochter an. Sie schreiben Ihre Erzählung, ich aber höre den Namen meiner Tochter und gerate in Zorn, weil Sie ihren Namen schlechtmachen. Nun frage ich Sie: Mit welchem Recht rühren Sie an die

Namen meiner Kinder? Wer gibt Ihnen die Erlaubnis dazu?

(Ich schaue zu meinem Vater, der rot anläuft, man sieht ihm an, dass er Kontra geben will, aber er beherrscht sich, wartet das Ende ab. Ich stelle mir die kleine Tamar vor, die Tochter dieses Vaters Iosseb, ein Mädchen mit schwerem Los, denn meiner klischeebeladenen Ansicht nach wird das Kind eines Geistlichen, umso mehr ein Mädchen, es im Leben nicht leicht haben.)

Ich habe eine große Gemeinde. Sehen Sie, da kommt eine Frau zu mir und sagt, sie habe diese Erzählung gelesen und hätte nun unkeusche Gedanken, sie sei nicht mehr imstande, Königin Tamars Ikone zu küssen. Ich habe sie nach dem Grund gefragt, und, wissen Sie, was sie mir geantwortet hat? Immer wenn ich vor Tamars Ikone eine Kerze anzünde, muss ich an diese lästerlichen Stellen aus der Erzählung denken. Das hat sie gesagt.

Akako: Oje, die Frau hätte zum Psychologen gehen sollen und nicht zu Ihnen.

Vater Iosseb: Einen Augenblick, so nicht, Witzeleien sind jetzt fehl am Platz. Ich will auf etwas anderes hinaus. Sie werden sagen, die Erzählung sei eines, die Verleitung zu unkeuschen Gedanken etwas anderes. Klar gibt es in der Gemeinde Leute, die von allen möglichen Sorgen erzählen, und das ist auch gut so, aber hier ist nicht wesentlich, was sie gesagt hat, sondern dass sie dieses Beispiel als Verleitung angeführt hat. Das betrifft ganz direkt die Glaubensausübung, verstehen Sie?

Mein Vater: Nehmen Sie's mir nicht übel, aber die- oder derjenige, der sich von dieser Erzählung in seinem Glauben, falls es denn hier um Glauben geht, erschüttern lässt, ist arm dran. Was soll das heißen, sie muss an diese lästerlichen Stellen denken? Man kann beim Beten an alles Mögliche denken.

Akako: Wenn ich richtig verstehe, kann die fromme Dame Tamars Ikone nicht küssen, weil ihr die erotischen Szenen aus der Erzählung in den Sinn kommen?
Vater Iosseb: So ist ihr Verstand nun mal beschaffen. Es belastet sie, und sie kann nichts dagegen tun. Soll man sie deswegen nicht ernst nehmen?
Akako: Ich präzisiere: Das heißt, sie zündet eine Kerze an, geht zu Königin Tamars Ikone, und es kommt ihr irgendeine Szene in den Sinn ...
Ich: In meiner Erzählung gibt es keine einzige erotische Szene, in die Königin Tamar involviert wäre.
Koba: Aber die Handlung geschieht in Anwesenheit der Heiligen.
Akako: Die Szene mit dem Huhn und dem zoophilen Prinzgemahl – die kommt der Dame in den Sinn?
Vater Iosseb: Sie wissen sehr wohl, was ihr in den Sinn kommt. Sie klagt, dass sie daran denken müsse und unkeusche Gedanken habe ...
Koba: ... und nicht darüber, *was* ihr in den Sinn kommt. Meiner Meinung nach hat es Vater Iosseb vollkommen klar gesagt: Vor Königin Tamars Ikone kommt ihr die Szene in Königin Tamars Schlafgemach in den Sinn, und die ist pornografisch.
Akako: Zoophil.
Mein Vater: Ist das nun das Problem des Texts oder des Glaubens dieser Dame? Von ihrer Psyche wollen wir gar nicht reden.
Vater Iosseb: Keine Beleidigungen, ich muss doch sehr bitten.
Mein Vater: Keineswegs, ich will nur sagen, eine Assoziationskette kann einen Menschen ziemlich weit weg katapultieren.
Akako: Da könnte doch jemandem in Ihrer Gemeinde

auch in den Sinn kommen, wie Schah Abbas der Märtyrerin Ketewan mit dem Eisen die Brüste ausbrennen ließ?
Koba: Und dann?
Dato eins: … und dann ihre Ikone nicht mehr küssen können.
Koba: Sie ist eine Märtyrerin, wo ist der Zusammenhang?
Dato eins: Vielleicht ist der fromme Mann ja ein Perversling? Oder muss beim Gebet vor der Märtyrerin Ketewan entdecken, dass er sadistisch veranlagt ist.
Mein Vater: Es geht doch gar nicht um Glaubensfragen. Sich über einen dummen Text zu empören ist vollkommen unnötig, nötig ist dagegen zu definieren, was Literatur ist und was religiöses Leben, was Religion ausmacht …
Vater Tadeos: Hören Sie auf, Kleriker zurechtweisen zu wollen. Wir sind es, die Ihnen zu helfen versuchen. Es geht hier nicht darum, die Glaubensfestigkeit einer konkreten Person zu ergründen; Vater Iosseb hat ein Beispiel angeführt, das Problem erläutert, hat wiedergegeben, was er von einem Mitglied seiner Gemeinde gehört hat, wir sind aber nicht hier, um über den Glauben dieser Frau zu debattieren. Der geht uns nichts an. Ja, es ist eine Frage des Glaubens dieser Frau, doch uns geht es um den Grund, weshalb sie zu unkeuschen Gedanken verleitet wurde; der Auslöser liegt in dieser Erzählung, und in diesem Zusammenhang kann die Reaktion der Öffentlichkeit durchaus Probleme verursachen – genau darauf hat Vater Iosseb hingewiesen. Wie also wollen Sie sich mit intellektuellen oder theologischen Argumenten gegen einen Menschen durchsetzen, der sagt, er hätte vor Tamars Ikone unkeusche Gedanken? So ist eben sein Glaube, so funktioniert seine Psyche, und ich glaube nicht, dass das ins Lächerliche gezogen werden darf. Es steht Ihnen na-

türlich frei, darüber zu lachen, aber das wird diese Leute nur noch rasender machen.

Mein Vater: Kunst ist das eine und Kirche das andere. Kunst fällt nicht unter kanonisches Recht.

Akako: Gott ist Säkularist. Er ist gegen Zensur, liebe Freunde!

Koba: Was hat denn Zensur damit zu tun?

Dato eins: Sie hat insofern damit zu tun, als wir dem Autor vorschreiben, wie oder worüber er schreiben soll oder welches Recht zu schreiben er überhaupt hat – und das ist als Zensurversuch zu werten. Eine Klage von irgendwem jedoch stellt nur für Sie eine Klage dar und für mich beispielsweise nicht, denn für mich ist sie, Entschuldigung, bloßes Gefasel.

Vater Iosseb: Und wenn jemand, und sei es ein Schriftsteller, eine Heilige verunglimpft, ist das keine Verunglimpfung der Gläubigen?

Dato eins: Nein.

Vater Tadeos: Schauen wir uns doch an, was Vater Iosseb dargelegt hat. Vater Iosseb hat uns über die Beschwerde eines gläubigen Menschen berichtet, dessen Glaube beschmutzt wurde und der sich deshalb unkeusch und erniedrigt fühlt. Wenn dem so ist, warum denken Sie nicht an seine Rechte? Wenn die Rechte des Autors zu schützen sind, warum nicht auch die des Gläubigen?

Akako: Wir sind für den Schutz der Rechte von allen. Und Gott ist unser allerhöchster Ombudsmann!

Koba: Nein, das Problem stellt sich anders dar, und darüber zu theoretisieren bringt nichts. Orthodoxe Christen fühlen sich verunglimpft, weil ihre Heilige angetastet wurde. Sie werten das als Angriff auf ihre religiösen Gefühle, und das kann heftige Folgen zeitigen. Niemand schluckt so eine Verunglimpfung einfach hinunter, in

keiner Religion; manche drücken ihren Verdruss so aus, manche anders. Diese Frau hat sich bei ihrem Seelsorger beklagt, andere fallen über den Verunglimpfer her, und anderswo wiederum werden sogar Bomben gelegt.
Dato eins: Auch bei uns belassen sie's nicht mehr bei der Beichte; wir bekommen schon Drohanrufe – was das angeht, sind wir also schon eine Stufe weiter.
Koba: Genau deswegen sind wir besorgt. Weshalb hätten wir euch sonst hergebeten? Wütende Menschen sind unberechenbar.
Mein Vater: Besonders, wenn sie aufgehetzt werden ...
Ich: Entschuldigung, wer definiert, was Verunglimpfung religiöser Gefühle ist? Dem einen wird dies als Verunglimpfung vorkommen, dem anderen jenes. Ich zum Beispiel betrachte es als Beleidigung meiner religiösen Gefühle, wenn Politiker sich beim Kirchgang filmen lassen, dabei, wie sie Kerzen vor Ikonen anzünden und sich dafür politische Pluspunkte gutschreiben. Und davon lassen sich dann manche einwickeln und glauben, was für Ehrenmänner das seien und gottesfürchtig dazu.
Vater Tadeos *(zu mir)*: Betrachtest du dich selbst als gläubig?
Ich: Darüber mag ich nicht in der Öffentlichkeit reden. Das wäre wie mit meiner Religiosität zu kokettieren.
Mein Vater *(zu mir)*: Siehst du, jetzt kokettierst du aber! Mensch, sag's ihm doch! Ja, natürlich ist er gläubig. Ich war noch ein ganz junger Mann, als ich als Ministrant hier ins Patriarchat kam, während einer Zeit, wo die Sowjetunion in vollem Schwung war. *(Zu Vater Tadeos)* Sie werden da wohl noch Schüler gewesen sein. *(Zu Vater Iosseb)* Und Sie auch. *(Zweifelnd)* Wahrscheinlich kurz vor dem Abitur. Egal. Damals war es nicht so leicht, zur Kirche zu gehen; wir waren beim KGB gelistet, als Messdiener so-

wieso. Der damalige Rektor der Kunstakademie schickte Mitglieder des Kommunistischen Jugendverbands aus, die uns bespitzeln sollten. Er da hat das schon als Kind mitbekommen ... Er kennt das eigentlich alles von zu Hause, aber er soll's doch selbst erzählen ...

Vater Tadeos: Wenn man ein Heiligenbild oder etwas Heiliges, zu dem ein Mensch in Verehrung betet, schmäht, rührt man an religiöse Empfindungen und zieht den Zorn der Gläubigen auf sich.

Mein Vater: Und wer definiert, wo die Schmähung beginnt, beziehungsweise, was verunglimpfend ist?

Koba: Eine Schmähung begeht, wer den Namen Gottes, eines Märtyrers oder von Heiligem frevlerisch, geringschätzig oder respektlos benutzt. Oder Verleumdungen ausspricht, etwas Anstößiges schreibt, aufnimmt, malt ... Keine Religion wird so etwas durchgehen lassen, weder Christen- noch Judentum noch Islam, denn die Verletzung religiöser Gefühle gilt einhellig als schwere Sünde und als Vergehen. So sind die Menschen, man kann sie nicht ändern.

Akako: Heißt das, auch bei uns sollte für ein solches Vergehen die Todesstrafe verhängt werden? Haben wir Orthodoxen da irgendeine Tradition?

Vater Tadeos: Das Christentum ist gegen die Todesstrafe.

Mein Vater: Leute, in welchem Jahrhundert leben wir, wovon reden wir überhaupt?

Vater Tadeos: Über die Errettung Ihres Sohnes.

Mein Vater: Die seelische Errettung? Mein Sohn braucht keine Rettung.

Koba: Er wird sie brauchen, den Gerüchten nach, die zu uns gelangen, und wir wissen genau, wovon wir sprechen. Wir sind da, um Ihnen zu helfen. Aber ein Arzt vermag nichts, wenn der Patient störrisch bleibt.

Vater Tadeos: Wir wollen Ihnen helfen, und wir sind gegen Gewalt, aber wenn wir weiter darüber debattieren, ob die Erzählung blasphemisch ist oder nicht, werden wir ihn nicht freisprechen können. In den Augen der Kirche ist er ein Blasphemist.

Akako: Dann sind wir eben Blasphemisten, was soll's! Wenn wir alles nach der Kirche oder dem Kanon irgendeiner Religion ausrichten wollten, könnten weder Geschichten geschrieben noch Stücke aufgeführt noch Filme aufgenommen werden, überhaupt nichts könnte gemacht werden. Denn alles kann als Blasphemie gelten. Am Ende verbietet ihr auch noch den Sex ... Unterhaltung, alles ... Haben Sie je Marquis de Sade gelesen? Kann nach de Sade unsere Henne noch irgendwen schockieren? Das ist Literatur!

Vater Tadeos: Sie sagen also, es gibt Bereiche, in denen Gott nicht vorkommt?

Akako: Meiner Ansicht nach gibt es Institutionen, die tatsächlich von Gott verlassen sind. *(Er schaut zu uns, um sich zu versichern, ob sein Sarkasmus bei uns ankommt.)*

Vater Tadeos: Hoffart ist eine Todsünde.

Koba: Unser Standpunkt ist Ausdruck der heutigen Realität. Sie jedoch sind in den 20er-, 30er-Jahren des letzten Jahrhunderts stecken geblieben, als die Bolschewiken und die proletarischen Schriftsteller über christliche Heiligtümer und die Religion herfielen. Damals wurde ebenfalls alles Heilige durch den Kakao gezogen, christliche Rituale wurden lächerlich gemacht und die Geistlichkeit dem Spott preisgegeben. Danach wurde dazu übergegangen, Kirchen zu sprengen und Geistliche zu exekutieren. Die proletarischen Autoren waren Hauptideologen in diesem Krieg. Sie haben in der bolschewistischen Zeitung »Der Kampfatheist« in genau derselben Art wie Sie geschrieben. Unsere Kirche hat das alles und Schlimmeres schon durchgestanden. Wenn Sie also auf unsere Warnung hören, kann das nur positiv sein, wenn nicht, na, dann müssen Sie selbst wissen ...

Mein Vater: Das ist eine absolut unzulässige Analogie. In welchem Zusammenhang sollen bolschewistische Ideologie und die heutige Situation stehen! Nehmen Sie's mir nicht übel, aber wenn die Sowjetideologie durch irgendetwas ersetzt wurde, dann gerade durch die Pseudoreligiosität unserer Gesellschaft. Die ehemaligen Kommunisten haben die Lenin-Porträts von den Wänden genommen und an ihrer Stelle Ikonen aufgehängt.

Koba: An wen sollen wir uns denn nun richten – an den Vater oder den Sohn? *(Er lacht.)*

Mein Vater: Natürlich an meinen Sohn. Aber zuvor noch eins: Ich sage im vollen Bewusstsein meiner Verantwortung: Der Text des Jungen ist ein patriotischer Text, patriotisch und antirussisch.

Koba: Dass ein Vater so für seinen Sohn Partei ergreift, erlebe ich zum ersten Mal. Sehr schön ... Sie müssen die Texte Ihres Sohns ja gut zu analysieren wissen. *(Er lächelt.)* Wie auch immer, ich habe als Student damals Ihre Vorlesungen miterlebt und weiß, wie schwierig es ist, Ihnen im Streit Paroli zu bieten.

Mein Vater *(freut sich über das Kompliment, lässt es sich aber nicht anmerken)*: Wir streiten doch nicht, mein Lieber.

Koba: Also: Damals hat man sich über Heiliges lustig gemacht, und heute tut es unser Autor wieder. Der heutige Kontext rührt gewissermaßen an alte Wunden. Es geht um unsere Geschichte und unsere Erfahrungen. Deshalb auch sind die Leute wütend, denn sie sehen in euch erneut diese Kampfatheisten, die die Kirchen zerstören.

Akako: Und die roten Patriarchen sind keine Wunde? All

die, welche mit dem KGB kooperierten und die das ZK dann als Patriarchen einsetzte? Stalin persönlich hat während des Zweiten Weltkriegs dem Moskauer Katholikos-Patriarchen befohlen, sich den Bart wachsen zu lassen, als dieser ihn in Zivilkleidung und glatt rasiert aufsuchte.

Koba: Die Kirche war in Sowjetzeiten immer unterdrückt. *(Zu meinem Vater)* Sie wissen das ja besser als ich.

(Ich seh's meinem Vater an, er denkt wieder daran, wie er und Sosso Zereteli in der Sioni-Kathedrale von Denunzianten aus der Kunstakademie bespitzelt wurden, aber ich merke ihm auch an, dass er keinen Sinn darin sieht, die Geschichte zum zehnten Mal zu erzählen. Argumente helfen hier nicht weiter. Koba lächelt ständig, während er redet, jedenfalls sieht er aus, als ob er lächelte, was seine Worte noch zynischer erscheinen lässt. Argumentieren hilft hier nichts, merke ich und werde allmählich müde.)

Akako: Gott ist ein Erzliberaler!

Koba: Ich glaube, Sie erfassen den Ernst der Lage nicht. Das Patriarchat hat eine Verlautbarung herausgegeben, um die empörten Massen wenigstens ein bisschen zu beruhigen. Es handelt sich um eine sehr große Anzahl – ich übertreibe da nicht. Denken Sie daran, es hängt viel von der Glaubensgemeinde ab – es gibt viele, die es als ihre Pflicht ansehen, den jungen Autor körperlich zu züchtigen. Die Signale, die wir erhalten, sind besorgniserregend. Es ist schmerzlich, so etwas in Anwesenheit des Vaters zu erwähnen, aber es wird sogar mit Liquidierung gedroht. Sprich, mit Mord.

Mein Vater: Wer soll ermordet werden?

Koba: Ihr Sohn.

(Warum lächelt er? Oder hat er wirklich einfach so einen Gesichtsausdruck?)

Vater Tadeos: Wir wollen Ihnen die Haltung radikaler

Gruppierungen deutlich machen und wozu sie bereit sind. Hauptsächlich in der Synode gibt es Leute, die verlangen, Ihren Sohn aus der Kirche auszuschließen. Anathema, wissen Sie, was das bedeutet?

Ich: Ich bin nicht kirchentreu.

Koba: Das ist unwesentlich.

Mein Vater: Aber zuinnerst ist er religiös.

Koba: Die Priester geben wieder, was die Mitglieder ihrer Gemeinden fordern, und das ist, diesen Mann aus der Kirche auszuschließen.

Vater Tadeos: Wir sind jedoch der Meinung, dass es möglich ist, das Problem zu lösen und das Volk zu beschwichtigen. Wenn Sie uns dabei behilflich sind, werden die hiesigen Radikalen den Kürzeren ziehen. Der Katholikos-Patriarch vertraut uns, er ist auf unserer Seite. Sollten wir verlieren, werden die Radikalen ihr Ziel erreichen. Ich sage das hier ganz offen ...

Dato eins: Was soll das? Ein Schriftsteller wird aus der Kirche ausgeschlossen, im einundzwanzigsten Jahrhundert? Eine Zivilperson. Was für eine Rolle für die Zivilgesellschaft spielt denn die Synode schon? Ich glaube nicht, dass dieses Organ im Zivilen über große Autorität verfügt.

Vater Tadeos: Wir sind hier in Georgien, mein Lieber, im Kaukasus. Sein ganzes Leben wird man's Ihrem Freund und auch noch seiner Nachkommenschaft nachschreien.

Akako: Schließt doch mich aus! Ich bin Atheist!

Koba: Keine Sorge, auch Sie wird man ausschließen, aber vorher möchten wir Ihnen unsere Lösung vorstellen. Eine Entscheidung muss heute fallen, denn morgen könnte es schon zu spät sein.

Mein Vater: Bitte, lassen Sie hören.

Vater Tadeos: Er muss um Verzeihung bitten. Öffentlich.

(Wir schauen einander an. Dann entschuldige ich mich eben, was juckt mich das?)

Koba: Er muss die Kirche und das Volk um Verzeihung bitten, den Patriarchen und die Seele der heiligen Königin Tamar. Er muss öffentlich bereuen. Den entsprechenden Text werden wir für ihn vorbereiten.

Vater Tadeos: Du musst um Verzeihung bitten, Reue bekennen und dein Werk widerrufen.

Ich: Was muss ich widerrufen?

Akako: Lang lebe Stalin!

Vater Tadeos: Das ist eine vollkommen unangemessene Reaktion.

Koba: Es ist alles viel, viel ernster, als ihr glaubt.

Mein Vater *(nervös, eher an uns gerichtet)*: Einen Augenblick, ich verstehe nicht, was Sie uns da vorschlagen. Was heißt »um Verzeihung bitten«? Die Synode oder die Handvoll Parlamentsabgeordneten? Wer ist das Volk und wer die Kirche?

(Koba öffnet die Schublade und nimmt zwei Blatt Papier heraus. Jede seiner Bewegungen scheint bewusst bedächtig, gemessen und bedeutungsschwer. Ein Blatt legt er links von sich, das andere rechts hin.)

Koba: Hier sind zwei Texte, aber wir brauchen nur einen zu verlesen. Welchen, hängt von unserer Entscheidung ab. Falls du nicht um Verzeihung bittest, ist davon auszugehen, dass wir diese Erklärung veröffentlichen. *(Er legt die Hand auf das rechte Blatt.)* Dies ist die Verkündigung deines Kirchenausschlusses. Das wird für uns schwer sein und auch für dich. Wenn ihr wollt, lese ich vor. Darin ist auch die Rede von der Nachkommenschaft, so will es das Gesetz. Die andere Erklärung ist versöhnlich. Darin spricht die Kirche von dir als »verlorener Sohn, als reuiges, zerknirschtes und im Schoß der Mutterkirche Zuflucht suchendes, verlorenes und wiedergefundenes Schaf«. *(Er nimmt das Blatt auf, liest vor.)* »... er hat den Hochmut besiegt, hat aufrichtig bereut, bekennend das Knie gebeugt vor der Mutterkirche und der Nation und ist als verlorener Sohn zu seinem wahren Vater und Hirten zurückgekehrt.«

Koba will fortfahren mit Vorlesen (vielleicht aus der Erklärung über den Ausschluss), aber in das Zimmer tritt ein exotisches, widerwärtiges Wesen in schwarzem Priesterrock und dicker Schäferweste, mit wild sprießendem grauen Bart und einem Sumoringer-Pferdeschwanz auf dem Scheitel – wie sich herausstellt, Vater Awtandil, der Leiter der Kerzenwerkstätte –, und ruft uns angriffslustig und verächtlich zu: »Na, wer von euch hat denn nun über Iwan den Russen geschrieben?«

Ist das der Scharfrichter? Kommt jetzt die hochnotpeinliche Befragung?

»Also, wer ist es? Wer ist der Verfasser?«

»Vater Awtandil, einen Augenblick.« Vater Tadeos hebt die Stimme; er scheint den Auftritt des Priesters in der dicken Weste nicht zu schätzen, noch viel weniger seinen dummdreisten Ton. Denn hier wird kultiviert über Zensur und Anathema gesprochen, dieser Irre jedoch geht direkt zum Angriff über.

»Wer hat's geschrieben?«, fragt er noch einmal, ohne auf Vater Tadeos zu hören.

»Ich!«, schreit Akako. »Ich hab's geschrieben!«

Vater Awtandil glaubt ihm nicht, denn er weiß sehr gut, wer der Autor ist: Er blickt zu mir; trotzdem bringt ihn Akakos Zwischenruf durcheinander.

»Wer hat über Königin Tamar geschrieben?«, präzisiert er. Er wird keine Ruhe geben, bis er nicht eine Antwort von mir hat, deshalb sage ich leise, höflich und in fast scherzhaftem Ton (sodass er mich nicht allzu ernst nehmen muss): »Ich, ich bin ...«

Vater Awtandil hat sich die Replik offenbar im Voraus zurechtgelegt, denn er lässt mich nicht ausreden, sondern fährt mich an: »Dann verdienst du's nicht anders, als dass ich dir die Finger breche!«

Er spricht nicht eine Möglichkeit aus, sondern Absicht. Haltung, Stimme, Ton sind die eines Paramilitärs der 90er – fehlt nur das Maschinengewehr über der Schulter. Hätte er eins, er hielte es jetzt auf mich gerichtet.

Koba: Vater Awtandil, das ist jetzt nicht angebracht!

Kobas Stimme geht in den Worten und Gesten dieses Mannes unter. Denn der Priester fährt mit seinen Drohungen fort, schnauzt, mit welchem Recht ich über Königin Tamar schriebe, und plötzlich steckt er die Hand auf eine Weise in die Westentasche, dass ich denke, gleich zückt er eine Waffe. Offenbar dachte das auch Akako, denn er springt hoch, das Gesicht zu einer Grimasse verzerrt, und schreit den Priester zornbebend an: »Ihr seid doch die Teufelsbesessenen und Satansjünger, KGBler, Satane! Teufel! Dreckskerle! Teufel!« Akako zittert am ganzen Leib, er hat Schaum vor dem Mund und hüpft auf der Stelle. »KGB-Apparatschiks! Satanisten! Verräter Georgiens! Mörder!«

Wir umringen ihn und flehen ihn an, aufzuhören, still zu sein.

Chatuna, die Privatsekretärin, stürzt erschrocken, aber immer noch lächelnd herein und bleibt starr hinter Vater Awtandil stehen.

Akako sinkt zu Boden.

Jemand sagt: »Er hat einen Anfall.«
Ich laufe zu Chatuna und bitte sie um ein Glas Wasser; ich sage, Akako sei Allergiker und hätte eine Nervenattacke (das habe ich von Ani). Chatuna eilt aus dem Zimmer.

Vater Tadeos: Ruft den Notarzt! Vater Awtandil, bitte verlassen Sie den Raum.
(Vater Awtandil nickt gehorsam. Er ist lammfromm. Akako spuckt. Vater Awtandil geht.)
Dato eins *(zu Akako)*: Bitte steh auf. Die verhauen uns hier noch …
(Chatuna bringt auf einem kleinen Rolltisch Mineralwasser, Tee und Muraba herein. Sie ist blass. Ihre oberen Schneidezähne sind lippenstiftverschmiert. Sie ist fassungslos und denkt wahrscheinlich: Was soll denn dieses Geschrei? Seine Heiligkeit ist bereits beim Abendgebet. Und zu meinem Vater sagt sie: Entschuldigen Sie, ich hab Sie vorhin gar nicht richtig begrüßt. *Sie küsst meinen Vater. Zum zweiten Mal. Akako wird auf einen Stuhl gehievt. Mamuka reicht ihm Wasser. Vater Iosseb versteckt sich hinter einem Schrank, als dürfte ihn Chatuna nicht sehen.)*
Mamuka *(zu Akako)*: Willst du Muraba?
Akako: Was ist es für welche?
Chatuna: Aus weißen Kirschen.
Akako: Ja, bitte.
Mein Vater *(zu Akako)*: Geht's dir besser?
(Akako nickt.)
Vater Tadeos *(ruhig, als ob er befürchtete, dass Akako wieder losschreit)*: Tja, ein bisschen mehr Selbstbeherrschung täte uns allen gut.
Koba: Wir sollten Schluss machen mit diesem Durcheinander. Ihr hättet eben auf uns hören sollen. *(Worauf hätten wir hören sollen? Koba redet irgendwie wirr.)* Ein Nein

von euch wird unsere Position schwächen. Und die aggressive Seite wird gewinnen. Ihr seht ja, was passiert ...
(Ich glaube, dieser Vater Awtandil wurde mit Absicht hereingelassen, als Warnung für uns.
Telefonklingeln. Auch das wie abgesprochen. Ich wusste gar nicht, dass es ein Telefon gibt in diesem Raum. Vielleicht war es in der Schublade. Aber nein, es befindet sich auf dem Fenstersims. Vater Iosseb nimmt den Hörer ab und sagt ein paarmal: Nein, nein. Nein. *Er schaut zu Vater Tadeos, dieser zu Koba. Jemand ruft an, um den Stand der Dinge zu erfahren: Was hat er vor, wird er bereuen? Koba nimmt das Blatt auf seiner rechten Seite; Vater Iosseb legt den Hörer auf.)*
Koba: Wir müssen um Verzeihung bitten, sonst stellt sich die Frage des Ausschlusses. Hier, dieser Text ...

Der aggressive Mönch hat Akako jeglicher Energie beraubt, selbst wenn er wollte, könnte er nicht mehr schreien. Dabei müsste jetzt weiter gestritten werden. Ich finde es plötzlich unmöglich, noch länger dazubleiben; ich werde wütend, furchtbar wütend, dass wir überhaupt so lange schon in diesem stickigen Raum sitzen wie Geiseln – wessen Geiseln allerdings ist unklar –, mit diesem Koba, diesem arroganten, künstlich abgeklärten Vater Tadeos, diesem überempfindlichen Vater Iosseb und der perfiden, überdrehten Chatuna vor Augen ... Ich stehe auf und sage zu Koba: »Ich werde mich nicht entschuldigen. Gehen wir.«
Niemand steht auf (ich dachte, beim »Gehen wir« würden wir alle zusammen von unseren Stühlen aufspringen und den Raum verlassen). Sie schauen mich nur verwirrt an. »Los, wir gehen!«, wiederhole ich und gehe Richtung Tür. Schluss, das war's. Ich öffne die Tür und stürme in den Korridor hinaus.

»Warte, warte«, ruft mir Vater Tadeos nach.
Mein Vater, Akako, Dato eins und Mamuka folgen mir schließlich (Mamuka hatte sich gerade Tee eingeschenkt). Ich erinnere mich noch, wo wir hereingekommen sind. Je weiter ich eile, desto klarer dringt eine Frauenstimme an mein Ohr. Eine Frau, die leise, monoton etwas vorliest. Der Stimme folgt der Duft von Weihrauch. Ich trete in einen großen, schummrigen Raum mit niedriger Decke. Das wenige Licht stammt von langen Kerzen in Leuchtern und der durch das Fenster scheinenden Außenbeleuchtung. An der einen Wand stehen schwarz gekleidete Nonnen. Die Vorleserin ist wahrscheinlich eine Äbtissin, sie trägt ein anderes Gewand und hebt sich von den Übrigen ab. Vielleicht nur durch ihre Stimme und ihre Größe. Ich sehe einen Sessel beim Fenster, an dessen Rückenlehne sich ein Kopf stützt. Der dort sitzt, lauscht mit geschlossenen Augen oder dösend dem Abendgebet. Ich sehe eine Hand, die Hand eines alten Mannes auf der Armlehne, und einen kleinen Leuchter neben dem Sessel mit einer Kerze. Der Dösende sieht auf den dunklen Garten hinaus, die Außenbeleuchtung fällt gelb auf seine Hand. Die Frau liest immer noch mit monotoner Stimme. Ich bleibe stehen, starre auf die Hand und ziehe mich erst Richtung Treppe zurück, als die anderen zu mir aufholen. Auch sie schauen zu dem Alten, der mit dem Rücken zu uns sitzt.
»Seine Heiligkeit betet, seid leise«, flüstert mir jemand zu, vielleicht Koba, vielleicht Vater Tadeos.
Wir gehen schweigend die Treppe hinunter.
Der Hof ist leer; ein Wächter öffnet uns das Tor.
Mamuka startet den Wagen, wischt mit einem schmutzigen Lappen über die Windschutzscheibe und sagt laut: »Das war's. Los, fahren wir.«

(–27)

Als wir aus dem Patriarchat kamen, hatte ich eine Reihe Anrufe in Abwesenheit auf meinem Handy, zwei von Ani, einen von Dato zwei aus Mailand, der immer anrief, wenn man gerade beschäftigt war, einen weiteren von einem Schriftstellerkollegen (Unterhaltungen mit ihm waren für mich immer mit Qualen verbunden) und einen von Gaga von den »Freien Wahlen«.

Ich rief Ani zurück und berichtete ihr krampfhaft fröhlich, ich befände mich unterdessen in der ersten Phase des Gleichnisses vom verlorenen Sohn, sei vor dem Vater, sprich der Kirche, geflohen, da sie von mir eine Entschuldigung verlangten.

»Sehr gut.« Ani freute sich. »Kommt ihr zu uns? Bei uns gibt's Kuchen.«

Jetzt erst fiel mir ein, dass heute ihre Tochter vier Jahre alt geworden war und Geburtstag feierte; Anis Freundinnen waren mit ihren Kindern bei ihr zu Besuch. Die Kinder waren wahrscheinlich schon übermüdet und quengelten, während die Eltern noch nicht nach Hause wollten. Ich gratulierte dem Töchterchen laut und so herzlich wie möglich. »Bedank dich«, hörte ich aus der Ferne Anis Stimme, die dem Kind das Telefon ans Ohr hielt. Das Mädchen sagte nichts (wie die meisten Kinder, denen man ein Telefon ans Ohr drückt), aber sie gab es auch nicht wieder an die Mutter weiter; sie atmete nur laut hinein. »Na, wie geht's? War's schön? Haben dir die Freundinnen Geschenke mitgebracht?«, rief ich, völlig erschöpft, aber es kam keine Antwort. Auch Ani diktierte ihr nichts mehr, überließ das Kind einfach mir und unterhielt sich mit irgendjemand anderem, sodass ich die Jubilarin mehrmals inständig bat, ihre Mutter ans Telefon zu holen. Ani raubte mir den letzten Nerv; sie begriff offenbar nicht, woher ich gerade kam und dass ich das Bedürfnis hatte, mit ihr zu reden. Wie kindisch und egoistisch von ihr, mich in dieser Situation mit einem Kind allein zu lassen. In Wirklichkeit war wohl wieder einmal ich derjenige, der sich egoistisch benahm, denn es war mir zuwider, dem hartnäckig schweigenden Kind mit gekünstelter Fröhlichkeit etwas vorzuspielen. Gleichzeitig merkte ich (und leugnete es sofort), dass ich mit diesem Glückwunschtheater meinen Vater irritierte.

»Geh, ruf die Mama ans Telefon. Vielleicht kommen wir vorbei. Willst du, dass wir vorbeikommen?«, fragte ich das Kind.

»Wo sollen wir noch vorbeigehen?«, schrie mein Vater, dem vielleicht gar nicht bewusst war, dass der Grund für seine Irritation Ani war, der Geburtstag ihrer Tochter, ihr kleiner Sohn, ihr Exmann, überhaupt ihr Lebensumfeld, und er vergaß dabei offenbar oder wollte vergessen, dass Ani ihre eigene weitläufige Familie hatte. Wenn die Rede in irgendeinem Zusammenhang auf sie kam, so wie jetzt, als ich ihrer Jüngsten zum Geburtstag gratulierte, irritierte ihn das, ohne dass er es zugegeben hätte, als überraschte ihn der Ärger selbst und wäre ihm nicht bewusst, denn bewusster Ärger darüber, dass sein Sohn Teil von Anis Umfeld war, hätte ihn schlicht beschämt. Andererseits hätte er niemals wie einer dieser reaktionären Väter für seinen eigenen Sohn das klassische Modell häuslichen Glücks gewollt.

»Du realisierst offenbar nicht, was los ist!«, schalt er mich. »Wenn die dich ausschließen, gehen die Beschimpfungen und das Unglück erst recht los. Wir gehen jetzt direkt nach Hause – oder besser noch woanders hin, an einen geheimen Ort. Kennt einer von euch nicht irgendwo ein

Haus? Wo man sich verstecken kann, wenn man was verbrochen hat? Ich hör nur immer, der hat sich da versteckt, jener hat sich dort versteckt ...«

»Zu meiner Zeit war meine ganze Klasse irgendwo untergetaucht«, warf Mamuka einmal etwas Vernünftiges ein.

»Die haben uns mit ihren Pseudokulten ja wirklich nach Strich und Faden fertiggemacht!« Mein Vater war mit den Gedanken immer noch bei dem ewig lächelnden Koba, Vater Tadeos und Vater Iosseb und stritt sich mit ihnen. »Zugegeben, Königin Tamar war ein einzigartiges Phänomen. Nach ihrer Scheidung von Juri Bogoljubski hat sie ja dann mit Dawit Soslan einen normalen Mann geheiratet, aber eigentlich hat danach Georgiens Niedergang begonnen. Ihre Kinder taugten nichts, diese Rusudan war völlig unbegabt, psychisch absolut labil ...«

»Die hat in Kutaissi Orgien veranstaltet«, warf Akako ein und wandte sich an mich: »Willst du darüber nicht auch was schreiben?«

»Und Lascha-Giorgi?«, fuhr mein Vater fort. »Das war ein typischer Tyrann, ein Macho, hat anderen Männern die Frauen weggenommen ... Ein klassischer Mchedrioni-Typ ...«

Wer noch lachen konnte, lachte, so gut es ging, denn niemandem war es mehr nach Lachen und auch nicht nach Reden. Tatsächlich wurde uns wohl in dem Moment bewusst, wie erschöpft und niedergeschlagen wir waren: Wir befanden uns alle im Schockzustand. Jedenfalls ich war geschockt, zitterte sogar, wenn auch nicht äußerlich, so doch irgendwo in meinem Innern, und als mir das bewusst wurde, war mir auch wieder gegenwärtig, wann ich das innere Gleichgewicht verloren hatte: Der seltsame innere Taumel hatte begonnen, als Akako losschrie, als er mit Schaum vor dem Mund auf das knarrende Parkett im Patriarchat sank.

In unserem Treppenaufgang war das Licht aus, die Lampe war ausgebrannt, also zückte mein Vater energisch seine klackernde Taschenlampe (die man wie ein altes Blutdruckmessgerät bedienen musste) und leuchtete mir bis zum Lift. Es begegnete uns niemand, der wegen unserer Flucht aus dem Patriarchat auf Vergeltung aus gewesen wäre.
Oben angekommen blockierte er die Lifttür mit dem Fuß und wartete, bis ich an der Tür war.
»Ruh dich aus«, sagte er, »wir hatten es mit äußerst üblen Leuten zu tun.« Dann fügte er leise und nervös hinzu (so nervös, dass ich fürchtete, ihm sei nicht gut): »Heutzutage werden Menschen so leicht umgebracht, hat er gesagt. Der hat dich faktisch bedroht ... Na, geh rein, geh.«
»Kommst du nicht mit rein?«, fragte ich, obwohl ich wusste, er wollte nicht.
»Nein, was soll ich hier?«, sagte er so erstaunt, als würde er meine Mutter nicht kennen.
Ich ging in die Wohnung, mein Vater fuhr wieder hinunter.
»Was wollten sie?«, fragte meine Mutter.
Ich fasste mich kurz, denn ich hätte gerne erst Ani noch einmal angerufen.
»Sie wollen, dass ich öffentlich bereue.«
»Was denn?«
»Alles, sprich, die Erzählung.«
»Wie bereuen?«
»Na, so.«
»Dann sagst du eben, ich bereue, und damit hat sich's.«
»Nein, es muss ernsthaft und öffentlich geschehen, sonst belegen sie mich mit dem Anathema.«
»Was für ein Blödsinn.«
Ich ging in die Küche, biss den Kanten eines Chatschapuri-Stücks ab, das noch in der Pfanne lag, und wählte dabei

Anis Nummer, denn ich dachte, ich könnte den Bissen noch hinunterschlucken, bevor sie ans Telefon ging. Ani machte mir Vorwürfe, dass ich vom Patriarchat nicht direkt zu ihr gekommen war. Ich erwiderte, sie käme besser zu mir rüber, worauf sie antwortete, daran hätte sie auch gedacht und deswegen vor einer Stunde eigentlich auch angerufen. Nur, wenn sie über Nacht bei mir geblieben wäre, hätte sie sich schon um sieben Uhr früh rastlos hin- und hergewälzt, mit dem Bettzeug geraschelt und mich nicht mehr schlafen lassen, und gegen acht wäre sie Hals über Kopf nach Hause gerast, weil ihrer Meinung nach sicherlich irgendeine Katastrophe passieren würde, wenn die Kinder sie beim Aufwachen nicht anträfen. Nichtsdestoweniger verbrachten wir diese Nacht gemeinsam, weil ich ihr am Telefon alles bis ins Kleinste erzählte, vom Betreten bis zum Verlassen des Patriarchats.
Dabei musste ich die ganze Zeit daran denken, ob die Abhörspezialisten wohl immer noch mithörten, und wenn ja, hätte mich interessiert, an wen sie die Informationen weitergaben.

(–28)

Gegen Mittag weckte mich meine Mutter und sagte, vor der Tür ständen zwei Jungs, die behaupteten, Schriftstellerkollegen von mir zu sein. Sie kannte jedoch weder den einen noch den anderen und hätte sie deshalb nicht hereingelassen.
»Sie sind höflich, bitten die ganze Zeit um Entschuldigung.«
»Was hast du ihnen gesagt, wo ich bin?«

»Ich hab gesagt, du schläfst.«
»Und wo sind sie jetzt?«
»Im Treppenhaus.«
Ich zog mir eine Hose an und schaute durch den Spion. Draußen standen Erekle Mschawia und Saal Macharadse. Ich war geliefert! Ich hätte mir schnellstens was einfallen lassen müssen, sie entweder nicht in die Wohnung lassen dürfen oder sie irgendwohin locken müssen, damit sie mich nicht, wie es mit Sicherheit geschehen würde, den ganzen Tag in Beschlag nahmen. Dieser Saal pflegte immer unzeremoniös und zur unmöglichsten Zeit zu Besuch zu kommen.
»Du scheinst aber gar nicht verängstigt«, sagte Saal, als ich die Tür öffnete.
»Haben sie dir noch keinen Personenschutz zugeteilt?«, fragte Erekle, offenbar unentschlossen, ob er die Frage ironisch oder ernsthaft stellen sollte.
»Da hast du ja eine ultrakrasse Ansage gemacht, wirklich ultrakrass.« Saal rückte seine schwarze Brille zurecht. »Ich hab deinen Text effektiv gelesen und begriffen, worauf du hinauswillst, du hast die richtige Taktik drauf.«
Was hieß *effektiv gelesen*?
»Habt ihr denn einen Plan?«, fragte er.
»Was für einen Plan?«
»Solschenizyn und Brodsky wären auch nicht ohne Plan in den Westen gelangt. Oder einer dieser Chinesen. Klar, die Zusammenhänge sind andere, die Zeiten sind andere, aber es waren Systemkonflikte, und jetzt ist es auch so. Der Unterschied liegt im Talent, du weißt ja, ich nehm kein Blatt vor den Mund, es wäre besser, du hättest anderes Textmaterial und nicht diesen Kinderkram, der nach Debüt riecht, diese Henne ist doch völlig überflüssig. Eine Frage des Geschmacks. Nimm's mir nicht übel ...«

»Ich nehm's dir nicht übel, Mann. Was du mir da alles an den Kopf wirfst!« Ich lachte. »Wollt ihr Tee?«
»Gern, wenn's keine Umstände macht.«
»Mama!«, schrie ich.
»Ich weiß ja nicht, auf wen du so hörst, aber was man sich bisher für dich ausgedacht hat, Chapeau, ist gut ausgedacht.« Saal nahm die Brille ab. »Hier Zeitungsartikel, dort Fernsehsendungen, dieser rasende Pöbel, die Popen ... Jetzt musst du zeigen, was du auf dem Kasten hast, du darfst keine Hemmungen haben, musst noch eins draufsetzen, zum Angriff übergehen. Ich würde das so machen: Ich würde jemanden dazu anstiften, die Zeitschrift zu verbrennen, öffentlich. Ich sag das im vollen Ernst, nicht aus Jux: Ein, zwei Typen sollen eure Zeitschrift mit deiner Erzählung verbrennen. So eine Chance kommt nie wieder, und bete lieber, dass man sie nicht liest und dich einfach so beschimpft. Wieso willst du überhaupt, dass sie gelesen wird? Sie lesen's, und dann? Eine Seifenblase. Schau doch, was mit viel besseren Texten passiert ist. Strategisch klug wäre, wenn du all denen, die sich so aufregen, die Frage stellst: Wie kommt ihr zu einem Urteil über einen Text, ohne ihn zu lesen? Du bist ein Opfer, die gebildete Masse bemitleidet dich inzwischen. Ein Skandal ist ein Skandal, das muss wie in einer Soap sein, die Leute sollen mit Popcorn vor dem Bildschirm sitzen und dir zusehen. Was braucht's da groß Organisation? Sag's deinem Redakteur. Ist der Typ überhaupt okay?«
Saal und Erekle setzten sich in den großen Sessel vor dem Fernseher (der Sessel hatte unsinnigerweise Eisen-Armlehnen, die so kalt waren, dass man sich nicht darauf stützen konnte). Meine Mutter schenkte den Tee ein. Meine Großmutter gab jedem, ohne zu fragen, drei große

Löffel Zucker in die Tasse, so wie sie selbst das ihrer Diabetes wegen gewohnt war.

»Da muss noch mehr Dampf gemacht werden, wir müssen irgendeinen von den alten Sprücheklopfern fertigmachen, sagen, dass er Dreck ist, Ioane Sossime[4] zum Beispiel ... Ich weiß nicht, etwas in dem Stil. Oder dass Pirosmani schwul war. Wir müssen das Volk auf die Palme bringen. Sie werden sagen: War er nicht. Und du sagst: War er! Ungefähr so, populistisch. Aber du musst einen ernst zu nehmenden Text vorlegen. Nicht so ein Surrogat. Ich sag das nicht, um dich zu verletzen. Wir können ihn gemeinsam ausarbeiten, du brauchst keine Angst zu haben vor radikalen Experimenten. Hauptsache, die entwerfen uns einen Fahrplan, wie der Skandal abzulaufen hat, und wir fabrizieren den Text dazu.«

Meiner Mutter war am Gesicht abzulesen, dass ihr weder die Redeweise dieses Kerls noch seine Worte gefielen. Sie machte sich deshalb lieber aus dem Staub.

»Ist sowieso alles Blödsinn und alles im Voraus entschieden«, urteilte Erekle, der eine müde, allwissende und ironische Miene aufsetzte (zumindest versuchte er es). »Die verfolgen doch ihr eigenes politisches Spiel und die anderen wiederum das ihre.«

»Welche anderen?«, fragte ich.

»Na, diese Liberalen, die so tun, als schützten sie dich, dabei bist du nur Teil ihres Szenarios, spielst deine Rolle in einem vorgefertigten, kalkulierten Handlungsrahmen.«

Zu Erekle und Saal gesellten sich bald darauf Lena und Akako, der mit Plastiktüten voller Fruchtsaftpackungen beladen war.

Unheimlich schnell war die Wohnung plötzlich voller Menschen. Saal sprach Akako so vertraut an, als würde er ihn schon ewig kennen und nicht eben zum ersten Mal

mit ihm zusammentreffen. Er rühmte ihn, überschüttete ihn mit Fragen und lächelte ihm anerkennend zu, als dieser ein paar Kampfparolen in die Runde warf. Akako übergab meiner Mutter die Plastiktüten, lachte laut – worüber, war schleierhaft – und ließ sich in einen durchgesessenen Sessel fallen. Lena setzte sich auf den Boden und kreuzte buddhamäßig die Beine. Saal tat es ihr nach.
»Haben Sie gehört, die sind dabei, ein Gesetz über die Zensur zu erlassen?«, wandte er sich an Lena.
Sie lächelte ihn scheu an.
»Sie kann kein Georgisch«, sagte Akako. »Sollen sie's erlassen, wir werden ja sehen, wer gewinnt.«
»Vergesst Schewardnadse nicht«, sagte Erekle und lachte wie immer, wenn er nicht allzu ernst genommen werden wollte. »Er macht sie zwar scharf und bringt sie zum Bellen, aber so eine Dummheit wird er nicht zulassen.«
»Für seinen Popularitätswert wird er alles tun, der ist ein Animal politique«, erwiderte Akako.
Die Wohnungstür ging wieder auf, um einen neuen Strom sensationshungriger Besucher hereinzulassen. Ani und Lulu kamen gleichzeitig durchs Treppenhaus, und ich wäre am liebsten sofort in mein Zimmer verschwunden.
Das Mädchen mit den roten Haaren und den langen Beinen fand sich gleich im Zentrum der Aufmerksamkeit wieder. Über den Leggings trug sie eine schenkellange Jacke, die aber auch nicht so lang war, dass sie die Funktion eines Rocks erfüllt hätte. Ich eilte ihr unsicher lächelnd entgegen und küsste sie in einer Weise auf die Wange, wie ich es nie getan hätte, wären wir allein gewesen: gekünstelt und formell. Lulu wollte entweder nicht mitspielen oder sie konnte nicht anders: Sie verhielt sich so, dass man ihr unbedingt etwas anmerken musste.

Mir hingegen war gerade jetzt daran gelegen, dass sie freundschaftlich-geschäftsmäßig mit mir umging – »Ich war grade in der Nähe« oder »Ich war am Grab eines Verwandten«, etwas in der Art –, damit Ani keinen Verdacht schöpfte, stattdessen lehnte sie an der Wand und lächelte vielsagend. Ich überlegte schon, rauszugehen und ihr eine SMS mit Instruktionen zu schicken.

Ich küsste Ani, was ebenfalls vollkommen unnatürlich geriet.

»Kennt ihr euch schon?«, fragte ich.

»Wir sind zusammen im Lift hochgekommen.«

Sag was, reagier irgendwie!, flehte ich Lulu im Stillen an. Sie kam mir noch viel länger vor als sonst.

Meine kleine, liebenswerte Ani. Sie suchte wie ich nach einem Ausweg aus der leicht peinlichen Lage, in die uns dieses Mädchen unabsichtlich oder vielleicht auch absichtlich gebracht hatte. Ich konnte die Verlegenheitspausen kaum mehr ertragen und sehnte den Moment herbei, wo wir uns aneinander und an die Umstände gewöhnt hätten. Ich schaute zu Lena und Akako hinüber und dachte, ich sollte mir wohl ihre Technik der Problem- und Geheimniskaschierung aneignen.

Schließlich überließ ich Ani und Lulu einander, schloss mich in der Toilette ein und schlürfte ziemlich lange Wasser vom Hahn. Dann ging ich in mein Zimmer; dort saß verdrossen meine Mutter in einer Ecke.

»Müssen den ganzen Tag hier Leute ein und aus gehen?«

»Was soll ich denn machen, sie rausschmeißen?«

»Nein, aber ich kann nirgendwo mehr rein. Seit heute Mittag herrscht Chaos. Das reinste Elend ...«

Im *Elend* war meine zehnjährige Schwester, die neugierig um Lena herumschlich, im Elend war meine Oma, die sonst eigentlich zu dieser Zeit vor dem Fernseher döste und nun in der Küche herumsitzen musste, und im Elend war auch mein Opa, der aus Protest im Bett liegen blieb und Unwohlsein simulierte.

Ani kam mit lachendem Gesicht herein; sie wollte etwas Witziges erzählen, aber als sie die verärgerte Miene meiner Mutter sah, wurde sie auch ernst und zeigte solidarisch Entrüstung.

»Dieses Kommen und Gehen so vieler Leute macht mich verrückt«, beklagte sich meine Mutter vertraulich bei ihr.

»Ja, wirklich aberwitzig, das dachte ich auch.« Ani setzte sich auf einen Stuhl. »Wer sind die alle?«

Ich hätte einen Scherz machen, sagen können, es sei Akakos gesellschaftspolitische Anhängerschaft, aber dann wäre Ani vielleicht peinlich berührt gewesen.

Plötzlich hörten wir vom Eingang her Lärm.

Vater Tadeos höchstpersönlich war gekommen, zusammen mit einem jungen Mann.

Der Archimandrit war hier fehl am Platz; für mich gehörte er hinter die Mauern, in die Beleuchtung und die Sphäre des Patriarchats. Sogar die Zimmerdecke schien zu niedrig für seine spitz zulaufende Skufia.

Für alle völlig unerwartet, stürzte sich Erekle auf die Hand des Geistlichen.

»Unser liberaler Hochwürden!«, schrie Akako und sah zu Lulu hinüber.

Sie gefällt ihm, schoss mir durch den Kopf.

»Um Gottes willen, mach mal halblang!« Vater Tadeos lachte sein angenehm sonores Lachen. »Ich hab euch fast nicht gefunden.« Er wandte sich zu Akako: »Was hast du mir da nur für eine Adresse geschickt? Wir sind beinahe auf dem Wake-Friedhof gelandet.«

»Ich wickle Lulu mal eine Decke um die Beine, das ist sonst unanständig in Gegenwart eines Pfarrers«, sagte ich laut und brachte alle zum Lachen außer Vater Tadeos' Begleiter. Akako lachte, als ob er sein Lebtag noch nie so was Lustiges gehört hätte, er sprang sogar mit hochgereckten Fäusten vom Sessel auf. Gockel.

»Sie heißen Lulu?«, fragte Vater Tadeos.

»Heilige Lulu, Lulu ist der Name einer Heiligen«, brüllte Akako dazwischen.

»Ach, was bist du nur für ein Lästermaul«, sagte Vater Tadeos.

»Nein, nein, ich nenne mich nur so.« Lulu wurde rot. »Eigentlich heiße ich Lela.«

Hatte mir die Heilige Synode mit dem Kirchenausschluss drohen müssen, damit der richtige Name dieses Mädchens ans Tageslicht kam?

Ani und meine Mutter, beide ein Herz und eine Seele, da sie der Ärger und das Unbehagen über das Hin-und-Her der vielen Leute vereinte, standen vor dem großen Spiegel im Flur und sahen mit gerunzelter Stirn zu uns herüber: vier gerunzelte Stirnen, zwei von Ani und zwei von meiner Mutter.

Für meine Mutter stellte Vater Tadeos den Inbegriff der gleichgültigen, egoistischen alten Geistlichkeit dar, die seit Anfang der 80er zu nichts als Enttäuschung Anlass gegeben hatte, wie zum Beispiel dieser Vater Dawit, der mich 1988 das Kreuz des heiligen Andreas ins Bordschomi-Tal hatte tragen lassen und der nun wohl ein unscheinbarer Kirchenfunktionär geworden war oder vielleicht einer von denen, für die ich als Feind der Kirche galt. Trotz ihrer Skepsis bot sie ihm sanft und demütig lächelnd Kaffee an, sodass niemand erraten hätte, wie sehr sie sich tatsächlich über die Priesterschaft ärgerte, die doch in ihrer Jugendzeit sympathisch und integer gewesen war.

»Nun, wie geht's weiter?« Vater Tadeos wandte sich zu mir.

»Ja, wie soll's weitergehen?«, sagte ich und schaute zu den beiden Anis, der leibhaftigen und der spiegelbildlichen. »Wir müssen diesem Aufruhr doch ein Ende machen. Ihr seid gestern so plötzlich verschwunden, dass wir gar nicht zu einem Entschluss gekommen sind.«
»Er wird nicht um Verzeihung bitten, Vater, no chance.« Akako setzte sich neben Lena auf den Boden.
»Wenn man mich fragt, so ist da auch gar nichts, wofür er um Verzeihung bitten müsste«, fuhr der Archimandrit lächelnd fort, »weswegen auch? Aber es ist uns ein Anliegen, euch zu schützen und gleichzeitig zu verhindern, dass die Kirche sich in einer Zwickmühle wiederfindet.«
»Gerade ist das Parlament dabei, ein Gesetz betreffend der Verletzung religiöser Gefühle zu ratifizieren. Dann wird das Ganze sich beruhigen. Reicht jemand aufgrund des Gesetzes Klage ein, bezahlen wir die Strafe, und damit hat sich's«, riefen die Spiegel- und die leibhaftige Ani.
»Für den einen ist dies eine Verletzung religiöser Gefühle, für den anderen jenes«, meldete sich plötzlich meine Mutter zu Wort. »Für mich persönlich ist höchst anstoßerregend, dass Priester Autos segnen und Jeeps fahren, die sie von Mafiosi geschenkt bekommen.«
»Genau, vollkommen richtig.« Akako nickte meiner Mutter aufmunternd zu. Ich hatte den Eindruck, er wollte sich bei ihr einschleimen.
Vater Tadeos wusste nicht mehr, wohin er schauen sollte. Er nahm von meiner heimtückischen Mutter, die er für eine demütige, sanfte Frau gehalten hatte und die sich nun als gereizter, um nicht zu sagen, böswilliger Mensch entpuppte, den Kaffee entgegen und verkündete wie immer lächelnd und mit honigsüßer, volltönender Stimme: »Jetzt hört aber auf! Wir leben nicht hinter dem Mond, auch wir lesen Bücher, und Pasolini haben wir auch ge-

sehen. Aber wir müssen uns auch auf die Ebene unseres Volks begeben, sonst, meine Lieben ... Entschuldigung, wir sind trotzdem nicht solch Ewiggestrige, wie ihr offenbar glaubt; noch zu Sowjetzeiten haben wir uns im Filmhaus Bergman-Streifen angesehen, ›Lolita‹ hat meine arme Mutter für eine Nacht geliehen bekommen, aber gelesen hab ich sie dann, nicht meine Mutter, mit dreizehn ...«

»In Lolitas Alter«, bemerkte Saal leise.

»Leute, bei euch zu sein und über Kultur zu reden ist schön, aber wir müssen uns irgendwie einigen.« Vater Tadeos hielt sich die Hand vor den Bart und rülpste diskret und höflich, während er zu Lena hinübersah, auf deren Knien es sich meine fette Schwester gemütlich zu machen versuchte. »Das Problem hat viel größere Dimensionen, als es eine einfache Entschuldigung beziehungsweise Ihre kurze Erzählung nahelegen.«

»Eine Entschuldigung ist ausgeschlossen«, sagte ich.

»Um Verzeihung zu bitten sollte eigentlich für einen Christen einfach sein. Bist du denn so hochmütig?«

»Mutter, bin ich hochmütig?« Ich konnte mich partout nicht zwingen, ernst zu sein.

»Ich weiß nicht.« Sie zuckte die Achseln. »Wahrscheinlich so wie jedermann.«

»Das ist eben die menschliche Natur ...«, sagte Akako und machte eine Handbewegung, als ob er den Satz damit beenden wollte, fuhr dann aber mit gequält-tragischem Gesichtsausdruck fort: »Vater Tadeos, ich hab eine Bitte: Wir möchten diese Protestantin hier orthodox taufen lassen, ich kann nämlich nicht länger in Sünde mit ihr leben. Hier, diese meine Peinigerin!« Und er klatschte Lena aufs Bein.

»Was ist?«, fragte Lena lächelnd.

Meine Schwester sah liebevoll und mitfühlend zu ihr hoch.
»Meiner Meinung nach ist Hochmut eine Pose«, sagte Lulu unvermittelt, »ein Selbstschutz.«
Ani warf ihr einen verwunderten Blick zu, als wollte sie sagen: Dieses lange Gewächs kann ja denken! Ich wäre am liebsten aus dem Zimmer verschwunden, denn ich hatte Angst, das Mädel könnte noch mehr sagen.
Zum Glück schaltete sich Vater Tadeos wieder ein.
»Mir liegt sehr daran, die Situation richtig zu analysieren, aber wenn möglich, mit euch zusammen.« Er schaute Akako und mich an.
In dem Moment kam mein Vater dazu, zusammen mit Swiad, seinem Schüler, der ihn immer herumchauffierte. Vater, dem stets jede Gefühlsregung ins Gesicht geschrieben stand, machte auch jetzt kein Hehl aus seiner Verwunderung.
»Ui.«
Das »Ui« betraf Vater Tadeos.
Er geriet ohnehin immer durcheinander, wenn er zu uns kam, da er nicht wusste, wie er sich meiner Mutter gegenüber verhalten sollte, von der er seit fast zwanzig Jahren geschieden war (Mamas zweiter Mann, der Vater meiner Schwester, wohnte derzeit allerdings nicht bei uns); genauso fühlte auch sie sich unbehaglich, wenn er da war. Manchmal schaute ich mir die beiden an und dachte, wie es möglich war, dass zwei so grundverschiedene Menschen einmal zusammengelebt hatten. Sie verhielten sich, als wäre es an mir, sie miteinander bekannt zu machen.
Nach der sonderbaren Begrüßungsszene – mein Vater küsste den Archimandriten irgendwo zwischen Schulter und Hals – bemerkte der Geistliche, er hätte gerade auf Ernstes zu sprechen kommen wollen und dass mein Vater

nun auch da sei, freue ihn. Offenbar hatte er Akako heute früh vorgewarnt, dass er mich aufsuchen würde; der Ernst der Lage erfordere es, hatte er gesagt.
»Im Unterschied zu den jungen Leuten hier haben Sie mehr Erfahrung mit Russland«, sagte er zu meinem Vater.
»Was hat Russland damit zu tun? Sagen Sie mir jetzt nicht, Russland fordere den Ausschluss meines Sohns aus der Kirche.«
»Nein, Gott sei Dank nicht, ich möchte Ihnen nur die allgemeine Lage erläutern.« Er zog die Ärmel seiner Soutane hoch.
»Gern, lassen Sie hören.«
Solange Vater Tadeos da war, würde es mir nie gelingen, die vielen Leute loszuwerden. Immerhin Lulu stand auf und wandte sich seltsamerweise an Ani: »Ich muss gehen. Ich hab's eilig.«
Alle schauten zu Lulu, die noch länger geworden zu sein schien, aber keiner rührte sich.
»Ich begleite Lulu hinaus.« Wortlos, mit einem Blick bat ich Ani um Erlaubnis.
Lulu und ich traten ins Treppenhaus. Die Kälte ging mir gleich durch und durch.

(–29)

Ich benahm mich idiotisch und kindisch: Da diskutierten die Menschen über meine gegenwärtige Lage und meine Zukunft, waren zornig, machten sich Sorgen, und ich stand hier, als ginge mich, was jenseits der Tür passierte, nichts an.

Lulu hielt mir die Wange hin, stellte sich so hin, dass ich sie bequem küssen konnte, aber ich drückte nur den Liftknopf, was irgendwie unhöflich aussah, denn es war, als würde nicht sie sich verabschieden, sondern ich sie wegschicken. Lulu sprang in den Lift – ohne Abschied.
Ich kehrte erregt und mit rotem Kopf in die Wohnung zurück.
Der Archimandrit saß noch immer mitten im Zimmer und wiederholte, was er schon einmal erzählt hatte, nämlich wie er im Filmhaus Pasolini- und Bergman-Filme gesehen hatte. Wahrscheinlich sollte es mein Vater auch hören.
Ich setzte mich neben Ani.
»Wer war denn diese Vogelscheuche?«, fragte sie.
»Wer?«
»Na, dieser Papagei, mit den roten Haaren.«
»Niemand. Eine Kollegin aus dem Studio.«
»Ah.« Ani lächelte.
»Was ist?«, sagte ich, ebenfalls lächelnd.
»Nichts. Flirtest du mit ihr, du Armer?«
»Blödsinn.«
»Und wieso war sie dann hier?«
»Weiß ich nicht.«
»Warum ist sie so plötzlich gegangen?«
»Wirklich, ich weiß nicht, warum sie herkam und warum sie gegangen ist. Vielleicht hat sie sich verirrt ...«
»Ich glaube, wir sind hier unter uns und können offen sprechen«, sagte der Archimandrit und schaute in die Runde.
Meine Mutter konnte sich nicht entscheiden, ob sie bleiben oder hinausgehen sollte (von Ani abgesehen, irritierten sie alle, selbst ich wahrscheinlich). Ani und ich waren noch unter dem Eindruck unseres kurzen Wortwechsels,

Lena waren wegen meiner Schwester inzwischen vermutlich die Beine eingeschlafen, aber sie kompensierte das mit geschmeichelt-ergebenem Lächeln.

»Ich habe Russland nicht umsonst erwähnt«, sagte der Archimandrit und schaute zu Vaters Schüler-Chauffeur, als wollte er sich dessen Vertrauenswürdigkeit versichern. Aus ängstlicher Vorsicht, in Anwesenheit fremder Leute ja nicht mehr als nötig zu sagen, hielt er seine Äußerungen vage und überfrachtete sie mit Ausrufen; ständig flogen seine Blicke hin und her, und er beendete jede Aussage mit der Frage: »Ihr versteht doch?«, als hörte das große und gefährliche Russland selbst hinter unseren Wänden mit. Er wandte sich an meinen Vater: »Sie werden sich erinnern: Früher, zu Sowjetzeiten, war die Geistlichkeit gezwungen, mit dem KGB zusammenarbeiten, zwar nicht alle, eher die Hochrangigen.«

»Ja, ja, ja, mit dem KGB waren viele verbandelt, ich war ja Messdiener damals, als ganz junger Mann.«

»Ja, manche sind noch heute verbandelt, jedoch in den neuen Strukturen, was wiederum mit Politik, Geld und Einfluss zusammenhängt. Die Kirche Georgiens hat einen großen Einfluss aufs Volk, wie wir alle wissen; entsprechend groß ist das Interesse der russischen Geheimdienste gerade an dieser Institution; von ihr ausgehend können sie ihren eigenen Einfluss ausdehnen. Ihr versteht doch? Das einfache Volk ist sich dessen nicht bewusst, es erbost sich ganz aufrichtig über bestimmte Dinge wie eben über die Erzählung des jungen Mannes hier, aber manchmal wird dieser Zorn künstlich geschürt und dient dem einen Ziel: dem Volk zu zeigen, was es heißt, das wahre Heilige und die wahre Tradition zu bewahren, und was, die Tradition zu pervertieren und Heiliges zu verunglimpfen. Ihr versteht, nicht wahr?«

»Ja«, sagten wir beinahe aus einem Munde wie eine gehorsame Kirchgemeinde.

»Gott vergelt's euch. Seht mal, was passiert: Irgendwer sagt, eine Stiftung aus dem Westen finanziere, sagen wir, euer Magazin, in dem eine obszöne Erzählung über Königin Tamar abgedruckt ist oder irgendetwas Ähnliches – so wie einer eurer Intellektuellen geschrieben hat, das georgische Festgelage sei homophil, weil sich da betrunkene Männer ständig abküssten. Also bricht ein Sturm der Entrüstung aus, es heißt, die ziehen unsere Traditionen in den Dreck, die wollen uns ummodeln. Irgendein Geistlicher wiederum wird seine Gemeinde weiter anstacheln – sei es im Auftrag oder aus eigener Dummheit: Er sagt in seiner Predigt, der Westen, das heißt Amerika, finanziere Leute wie euch extra, er erklärt jedoch nicht, was Amerika dazu motiviert, er wiederholt einfach, was andere gesagt haben, ein Hypnotisierter hypnotisiert andere, vergiftet ihnen den Verstand und bringt viele, insbesondere ökonomisch Benachteiligte, dazu, zu überlegen: Wozu brauche ich diesen verkommenen Westen, von dem ich persönlich kein Geld kriege, dessen Sprache ich nicht verstehe und der überdies die Beschmutzung von allem finanziert, was mir lieb und teuer ist? Direkt dort drüben ist Russland, dessen Sprache ich spreche, mit dem ich wohl oder übel leben muss, bald sind Wahlen, da gebe ich meine Stimme lieber Leuten, die mich Russland wieder näherbringen, die mich wie einst respektieren und nicht alles heruntermachen. Es ist eine globale Problematik, versteht ihr? Alles ist höchst verästelt, alles miteinander verbunden: hier irgendein Geistlicher, dort die Medien, dazu das Parlament und die Abgeordneten, das Volk ... Ein großes Politspiel, in dem alle ihre Rolle haben.«

Erekle der Dichter warf mir einen Blick zu. »Hab ich's nicht gesagt!«
»Dieser Parlamentarier, Amiran, ist der also vom KGB?«, fragte Ani.
Vater Tadeos lächelte. »Na, wie soll ich das wissen?«
»Seiner Rhetorik und Funktion nach könnte er es sein«, sagte mein Vater leise; er hatte Tränen in den Augen. »Kann sein, dass er im Auftrag handelt. Mein armer Junge.«
»Warum bin ich arm?«, fragte ich missmutig.
»Weil auch das hier ein Spiel ist«, erwiderte er ebenso missmutig. »Natürlich bist du nicht arm. Im Gegenteil, es ist ein historischer Moment, in bestimmter Weise befinden wir uns mitten im Herzen der Geschichte.«
»Ist der Patriarch auch ein Agent?«, fragte Saal ganz sachlich.
Vater Tadeos war empört. »Wessen Agent?«
»Russlands Agent.«
»Seine Heiligkeit und Seligkeit der Katholikos-Patriarch ist ein Patriot, der sein eigenes Land wahrhaft liebt, er ist der weise Steuermann der Kirche«, verkündete der Archimandrit förmlich und im Ton des Patriarchen selbst. »Wir sollten Gott danken, dass in diesen schweren Zeiten gerade er unser Oberhirte ist und nicht ein anderer. Er war immer für eine vernünftige Entwicklung seines Landes und wird es immer sein, einen Rückschritt wird er unter keinen Umständen zulassen.«
»Warum maßregelt oder entlarvt er dann nicht die Leute, die im Auftrag von irgendwem das Volk provozieren?« Ani war aufgestanden und fügte unter Lachen hinzu: »Oje, was hab ich Lust auf eine Zigarette, so peinlich, aber klar rauche ich jetzt nicht ...«
»Wen soll er maßregeln? Seine Heiligkeit kann Seines Zei-

chens niemanden bestrafen«, erwiderte der Archimandrit. »Diese Leute müssen innerhalb anderer Strukturen kontrolliert und entsprechende Maßnahmen woanders getroffen werden, doch leider unternimmt niemand was, weil auch das zur Politik gehört.«

»Übrigens, ein paar von denen hören unsere Telefone ab«, sagte Ani und lachte schon wieder.

»Wer hört ab?«, fragte der Archimandrit verwirrt.

»Niemand«, sagte mein Vater, verärgert über Anis Bemerkung und ihr ständiges Lachen. »Das ist eine Privatangelegenheit.«

»*Balance of Power* nennt man das. Eduard Schewardnadse betreibt allgemein im Land eine Politik des Gleichgewichts der Kräfte, der Patriarch in der Kirche«, verkündete Akako wissend, wie einen Urteilsspruch. »Man muss Abstand nehmen, um erkennen zu können, wer wer ist: nämlich sowohl der Agent von diesem als auch der Agent von jenem. Alles eine Schule. In gewisser Hinsicht, politisch gesehen, führt der Patriarch die Kirche mit denselben Methoden wie der ehemalige ZK-Sekretär den Staat. Nehmen Sie's mir nicht übel.« Letzteres war an den Begleiter des Archimandriten gerichtet, der ihm böse Blicke zuwarf.

»Seit wann ist der Patriarch eigentlich Patriarch?«, fragte Saal, obwohl ihm anzusehen war, dass er die Antwort wusste.

»Seit 1977, mein Bester«, antwortete mein Vater und zeigte auf mich, »seit dem Jahr, in dem er zur Welt kam.«

»Wie war das Land damals? Da gab's die Sowjetunion ja noch. Hätten die jemand politisch Unzuverlässigen an die Kirchenspitze gelassen?«

»Politisch unzuverlässig ist das eine, obwohl noch zu fragen wäre, wer warum zuverlässig war.« Der Archimandrit hob die Stimme. »Kooperation mit dem Sicherheitsdienst ist das andere. Der Patriarch ist für uns ein wahrhaft Heiliger und kein gewöhnlicher Mensch, dabei bin ich niemand, der unseren Patriarchen unbegründet, aus Fanatismus als Heiligen ansehen würde. Einen Menschen wie ihn hat unsere Kirche seit Jahrzehnten keinen gehabt. Vielleicht auch seit Jahrhunderten. Deshalb sollten wir unsere Worte sorgfältig abwägen, wenn wir über ihn sprechen.«

»Und was hat das alles mit mir und meiner Erzählung zu tun?«, fragte ich gespielt naiv.

»Du bist Teil eines großen Plans«, sagte Erekle leise und zwinkerte mir zu.

»Dass die Ewiggestrigen ein Geschrei veranstalten«, fuhr ich fort, »ist klar, aber ich versteh nicht, warum wir für Sie ein Thema sind.«

»Wir mögen euch, mein Lieber«, erwiderte er lächelnd und schwenkte graziös die Arme, wie er es wohl immer tat, wenn die langen Ärmel seinen Fingern in die Quere kamen.

»Ich mag Sie auch, aber ich kann mir Ihre Geschäftigkeit nicht erklären«, sagte ich etwas gereizt, obwohl – warum hätte mich dieser Mann, der mir seiner Aussage nach zu helfen versuchte, reizen sollen?

Er wurde ernst. »Da kommen wir zur Kernfrage. Wir brauchen deine öffentliche Reue und Entschuldigung, damit wir den Manipulatoren und Volksverhetzern das Thema entziehen, damit wir das Problem schmerzlos, ohne Schaden regeln und die Kirche vor Fehlgriffen und vor den KGB-Ideologen des Kremls bewahren können. Wenn du um Verzeihung bittest, wie wir das der Synode versprochen haben ...«

»Pardon«, unterbrach ihn Ani, »was haben Sie versprochen? Dass er für seinen Text um Verzeihung bittet?«

»Wir haben der Synode versprochen, dass wir uns um die Lösung eures Problems bemühen.«

»Wer ›wir‹?«, fragte Ani.

»Wir, die junge Fraktion des Patriarchats.«

Meine Mutter lächelte. »Entschuldigen Sie, aber wie alt sind Sie?«

»Einunddreißig.« Vater Tadeos wurde aus irgendeinem Grund rot.

»Da sind Sie ja noch blutjung«, rief mein Vater.

»Ob ich jung bin oder nicht, tut jetzt nichts zur Sache«, sagte der Archimandrit ein bisschen verärgert. »Wir sind in einer schwierigen Lage, ständig wird bei uns angerufen und verlangt, euch auszuschließen, zu prügeln oder gar zu steinigen. Ihr nehmt das gar nicht wahr, wollt es nicht wahrhaben.«

»Menschen kommen heutzutage sehr leicht zu Schaden«, warf Vater Tadeos' Begleiter barsch ein. »Wir müssen alle vorsichtig sein, damit wir das Fass nicht zum Überlaufen bringen, es treiben sich genug Verrückte herum.«

»Mein lieber Herr, jagen Sie uns keine Angst ein«, sagte Akako lachend.

»Gott verhüte, dass etwas Unvorhersehbares passiert.« Vater Tadeos schwenkte die Arme, weil ihm die Soutanenärmel erneut im Weg waren. »Eine korrekte Formulierung der Abbitte und der Entschuldigung vermindert die Risiken, bringt die Provokateure und die bezahlten oder unfreiwilligen Feinde des Westens zum Schweigen, die Autorität der gemäßigten Priester dagegen wird gefestigt. Das sage ich hier ganz offen.«

»Und wenn die Abbitte meine Autorität schwächt?«, sagte ich, verblüfft über Vater Tadeos Offenheit.

»Im Gegenteil, deine Autorität wird ebenfalls gestärkt, und zwar in aller Augen. Glaub bloß nicht, du tätest das allein um deinetwillen, du musst auch sehen, was es für unser Land, für seine friedliche Entwicklung und die Schwächung der feindlichen Kräfte bedeutet. Deine Reue wird als Symbol der Versöhnung zwischen Kirche und jungen Liberalen wahrgenommen werden und große Wirkung haben für die Zukunft.«

»Ich bin in keiner Weise ein junger Liberaler!«

»Mein Bester, wir haben es hier mit einem ernsten Thema zu tun, das ist keine Spielerei.« Der Archimandrit sah mir in die Augen. »Ob du willst oder nicht, du bist jetzt mitten im Spiel, und auch wir werden indirekt Teil des großen geopolitischen Spiels. Nun hängt es von deiner Abbitte und uns ab, wohin das Land geht: Richtung Russisches Imperium oder Richtung Westen. Der Kampf zwischen Russland und dem Westen findet hier statt.«

»Dann entschuldigst du dich eben, wenn davon das Schicksal Georgiens abhängt«, rief Ani und begann laut, unnatürlich und nervös zu lachen.

(–30)

Nach der Unterredung mit dem Archimandriten und nachdem die Zahl der Leute, die in unserer Wohnung herumsaßen oder -standen, sich um neunundneunzig Prozent vermindert hatte, da sich alle beinahe gleichzeitig verabschiedet hatten, ging ich in mein Zimmer und legte mich wie ein Kranker ins Bett. So lag meine Oma meistens da, wenn ihr Blutzuckerspiegel zu hoch war und sie sich unerwartet sterbensschwach fühlte. Dabei schienen alle außer mir an Energie gewonnen zu haben.

Ani erschien auf der Türschwelle, offenbar ebenfalls zum Gehen bereit.

»Was hast du vor?«, fragte sie.

»Wegen der Entschuldigung?«

»Nein, Mann, wer spricht denn von Entschuldigung! Willst du schlafen?«

»Ich weiß nicht, ich bin völlig ausgelaugt.«

»Kein Wunder, nach dem Gerenne im Treppenhaus.«

Sie meinte es ironisch, wartete auf meine Reaktion, um herauszukriegen, was sie flüchtig gesehen oder zu sehen geglaubt hatte.

»Wann bin ich gerannt?«

»Als du mit rosigen Bäckchen zurückgekommen bist.«

»Blödsinn.«

»Liana oder wie sie heißt ...«

»Lulu?«

»Ah, Lulu.« Sie lachte und seufzte wie eine müde Mutter über die Dummheiten ihres Kinds, ohne eine Spur von Unmut. »Oje, du meine Güte ...«

»Was sollen wir tun, Ani?« Ich meinte den Vorschlag des Archimandriten, aber es kam natürlich so heraus, als ginge es um Lulu und mich. Ani jedoch befand diese Lulu und mein Hin- und Hergerenne für keines Wortes würdig, sondern erwiderte im selben Ton, den sie auch während des Gesprächs mit Vater Tadeos angeschlagen hatte: »Nichts. Sollen sie doch tun, was sie wollen. Du hast deine eigene Position, nicht wahr?«

Dann kam sie herein, bückte sich zu mir, küsste mich auf Stirn und Schläfe, als wolle sie prüfen, ob ich Fieber hätte, beschnupperte mich, wie sie es immer tat, wenn wir schmusten, und führte den üblichen Grund an, warum sie rechtzeitig zu Hause sein musste.

»Ich ruf dich spätabends an«, sagte sie, bevor sie ging.

Ich ließ den Blick durch mein vollgestopftes Zimmer schweifen – die grünlichen Wände, die Bilder meines Vaters, der weiße Schrank, der wacklige Tisch, der fleckige, milchweiße, prähistorische Computer, die Schallplattenstapel, von denen meine Mutter und meine Oma jeden Tag in vergeblichem Kampf den Staub wischten, der braune, zwerggroße Plattenspieler, der mir manchmal nachts, wenn ich aufwachte, wie ein neben meinem Bett sitzender Mensch vorkam, die Steckdosen, die Tür mit der gesplitterten Verglasung, gegen die meine kleine Schwester einmal mit voller Kraft geprallt war und das Glas beinahe zerbrochen hätte, die Hemden- und Jackettärmel, die in der nie richtig schließenden Schranktür klemmten, die Lampe an der Decke, die Metallrahmen des Fensters, durch das der Friedhofswind pfiff, der rot glühende Heizofen, die kleine Nische vor meinem Bett, wo während fast drei Jahren (fast bis ich Ani kennenlernte) ein Foto meiner Jugendliebe hing. Das Foto hing jetzt nicht mehr dort, aber an der Wand war noch ein viereckiger Abdruck zu sehen. In diesem Zimmer war alles vertraut, gewohnt und auf mich selbst bezogen. Wenn mir etwas wirklich gehörte, so war es dieses Zimmer mit seinen Dingen, seiner Beleuchtung und der Musik, die ab und zu darin erklang, doch jetzt schien mir alles fremd, auch ich selbst, der ich nicht mehr mir zu gehören schien, sondern Vater Tadeos, Akako, dem ich unerwartet nähergekommen, der mir aber trotzdem fremd geblieben war, einer bösartigen Glaubensgemeinschaft und den erpresserischen Schwiegersöhnen einer Nachbarin, den Frauen, die keine Ikonen mehr küssen konnten, da sie wegen mir zu unkeuschen Gedanken verleitet wurden, und die aufgrund ihrer eigenen Prinzipien und Empfindungen das Recht hatten, sich gekränkt zu fühlen und sich über etwas zu

beklagen, das allein ihnen bedeutsam und verletzend schien.
Plötzlich taten mir meine Eltern leid, die sich trotz ihres leidenschaftlichen Temperaments bemühten, in meiner Gegenwart nicht nervös zu werden; sie liefen nur rot an oder wurden blass, wenn ihnen etwas zu Ohren kam, das mich ihrer Meinung nach aufregen oder mir gefährlich werden könnte. Und Anis wegen plagte mich das schlechte Gewissen; sie hielt unerschütterlich zu mir und ermutigte mich nach Kräften, während ich Dinge tat, die ich vor ihr verheimlichen musste.
Meine Mutter streckte den Kopf ins Zimmer. »Soll ich das Licht ausmachen?«
»Lass nur, ich mach's selbst aus.«
»Bin ich eigentlich unhöflich gewesen zu dem Geistlichen? Ich hab mich danach etwas geschämt«, sagte sie.
»Nein, woher denn, du hast ganz normal gesprochen.«
So war es immer bei uns: Manchmal kränkten wir einander oder andere, was im Nachhinein Anlass war für Gewissensbisse und Fragen: »Hab ich überreagiert? Ich hätte mich wohl nicht so verhalten dürfen?«, worauf unweigerlich die beschwichtigende Antwort folgte: »Nein, nein, woher denn, es ist alles in Ordnung.« Auch jetzt verhielt ich mich dieser Regel entsprechend: Meine Mutter hatte das Gefühl, Vater Tadeos gegenüber rüde gewesen zu sein, was auch stimmte, ich aber nicht bestätigte.
»Diese Leute machen mich wütend«, sagte sie. »Kaum zu glauben, dass ich einmal so kirchentreu gewesen bin.«
Sie wollte noch etwas sagen und steuerte auf einen Stuhl zu, um sich zu setzen, aber da klingelte mein Telefon, und sie schaute mich gespannt an.
Ich blickte auf das Display.
»Wer ist es?«

Ich kannte die Nummer nicht, nahm aber trotzdem ab.
»Na, was treibst du so?«, schrie eine schrille Dur-Stimme. Keine Begrüßung, kein Name, kein weiteres Sich-Vorstellen, sondern die Stimme kam direkt zur Sache: »Diese Popen haben Bärte wie Stroh, steck sie in Brand, und sie brennen lichterloh.« Ein fröhliches Falsettlachen, das wie ein lang gezogener Pfiff klang. Und dann wieder: »Was treibst du so, wie geht's?«
Ich sagte, was ich anderen auch gesagt hatte: »Na, ich bin untergetaucht.«
»Wer ist das?«, fragte meine Mutter stimmlos.
Ich erwiderte ebenfalls nur mit Lippenbewegungen, aber sie verstand nicht.
»Die Strohbärte in Brand stecken, was Besseres kannst du nicht tun«, wiederholte die Stimme und brachte mich irgendwie dazu, genauso fröhlich mitzulachen. Dann wurde das Gespräch ebenso unvermittelt beendet, wie es begonnen hatte.
Ich erklärte meiner Mutter, wer es gewesen war; sie zuckte die Schultern und verließ mein Zimmer.
Den Anrufer, einen jungen Oppositionspolitiker mit noch höchst aktiven Großeltern, sahen wir fast täglich im Fernsehen. Auch im Sender selbst hatte ich ihn schon gesehen, in unserem Studio, wo er als Gast in einer Folge unserer Sendung teilnehmen sollte. Er lief durch den Korridor und fuhr dabei mit seinem beinahe rachitischen kleinen Finger die Wand entlang, man hätte meinen können, er sei mit ihr verwachsen. Er hatte zerzaustes Haar, war sehr groß und trug über den breiten Schenkeln spannende Hochwasserhosen und schrumpelige Strümpfe. Bereits fünf Jahre zuvor hatte meine Oma gesagt, von allen Politikern sei er der netteste und anständigste Kerl und sollte Präsident Georgiens werden, aber so ehrlich, wie der

sei, würden sie ihn gar nicht so weit kommen lassen. Und jetzt hatte dieser nette und anständige Kerl mich angerufen und seltsam fröhliche, hohe Töne von sich gegeben. Binnen zwei Jahren würde er Georgiens dritter gewählter Präsident sein.

... Einige Jahre und Umwälzungen später sollte er, nun Expräsident und von Georgiens neuer (aber wie eh und je rachsüchtiger) Regierung per Haftbefehl gesucht, sich wieder an meinen Text erinnern, ihn diesmal jedoch, weil ich ihn kritisiert hatte, abschätzig und beleidigt abtun. Während einer Online-Schaltung zu Mitgliedern der Frauenorganisation seiner Partei verkündete er unter ihrem Beifall und mit dem für ihn typischen Stolz und berechnenden Zorn: »Warum sollte er nach all dem, was er über Königin Tamar geschrieben hat, mich, den Erbauer des modernen Georgiens, mögen?!«

Alles im Land schien sich um mich zu drehen, vielleicht war ich wirklich ein geopolitischer Angelpunkt, denn von meinem Verhalten hing möglicherweise ab, in welche Richtung Georgien strebte, was mit der ganzen Region geschah, ob das anachronistische Russland sich transformieren würde oder nicht und, letztlich, was für ein Los Europa bestimmt war.
Dieses Gefühl der eigenen Bedeutung hielt nur ein paar Sekunden an und verschwand gleich wieder, als ich das Telefon auf lautlos stellte und meinen Blick erneut durch mein statisches Zimmer schweifen ließ. Zwar befriedigte das Gefühl meine Eitelkeit, aber ich fühlte mich nicht glücklich dabei und auch nicht sicher, obwohl mir physisch noch nichts zugestoßen war. Gewiss, zum ersten Mal im Leben kam mir Bedeutung zu, und eigentlich hätte mich das befriedigen müssen, doch ich spürte, dass

ich auch etwas psychisch Unentbehrliches verlor: die Fähigkeit zur objektiven Beurteilung der Geschehnisse.

(-31)

Auf meinem Telefon waren ein paar abgelehnte Anrufe gespeichert, durchnummeriert mit *Abgelehnter Anruf 1, Abgelehnter Anruf 2, Abgelehnter Anruf 3 ...*

Spätnachts, genauer gesagt, um ein Uhr morgens, als ich mich schon schlafen legen wollte, rief mich *Abgelehnter Anruf 4* an. Tatsächlich hatte ich, völlig ungerechtfertigterweise und gedankenlos, Gagas Nummer so abgespeichert. Ich hatte ihn und seine »Freien Wahlen« noch vor Beginn dieser ganzen Geschichte unter der Bezeichnung *Abgelehnter Anruf 4* geführt, als ich – wie Dato eins – die Antwort auf seine Anfrage, ob ich Wahlkampfhilfe in den Provinzen leisten würde, hinausschieben wollte.

»Hab ich dich geweckt?«, schrie Gaga, dem selbst sicherlich gar nicht bewusst war, dass er schrie.

»Nein, Mann«, erwiderte ich munter, als wär's ein großes Vergehen, wenn mich sein Anruf geweckt hätte.

»Du bist hoffentlich nicht in tiefer Depression versunken?«

»Ja, schon«, sagte ich ironisch, »furchtbar.«

»Das brauchst du nicht, steck lieber ihre Soutanen und Bärte in Brand, dann ist Schluss, die werden lodern wie Höllenfackeln!«

Ich lachte, hatte ich doch kurz zuvor denselben Spruch im schrillen Falsett des Oppositionsführers gehört. Revolutionäre schlafen nicht und machen alle dieselben Witze. Im Unterschied zum wichtigsten Oppositionellen war Gaga früher Messdiener gewesen und witzelte in einer

Weise über die Kirche, wie es nur ehemalige Kirchentreue tun: unter Einsatz kirchlicher Begriffe und Namen wenig bekannter orthodoxer Heiliger. Falls ich aus der Kirche ausgeschlossen würde und mich das sehr störte, meinte er, könnte ich mich ohne Weiteres der orthodoxen georgischen Diaspora in Frankreich anschließen; diese würde mich mit Freuden aufnehmen.

»Ich kenn die Leute dort, ich bring dich bei denen unter. Die können den Patriarchen und Schewardnadse alle nicht ausstehen; sie sind Anhänger des ersten Präsidenten. Du gehst in die innere Emigration. Oder, im Extremfall, in die wirkliche.«

»Bin ich schon. Ich geh nicht mehr aus dem Haus.«

»Sehr gut.« Er schien mir nicht zugehört zu haben. »Hör mal, wir machen ja so Umfragen, und weißt du, was bei dir rausgekommen ist? Du bist in der Hass-Gruppe.«

»Wo bin ich?«

»In der Hass-Gruppe. Vor einem Monat warst du da noch nicht drin. Du bist erst in der letzten Zeit dort gelandet.«

»Ich versteh nicht.«

»Wir führen Umfragen durch. Mehr für eigene Zwecke, damit wir wissen, wer welche Bevölkerungsschicht bearbeiten soll, damit wir statistische Daten bekommen, wer in Georgien bei wem warum beliebt oder verhasst ist. Bekannte und gerade eben bekannt gewordene Leute. Wir haben ein paar Gruppen definiert: die ›Liebling-Gruppe‹, die ›Hass-Gruppe‹ und die ›Scheißegal-Gruppe‹. Du bist ihnen nicht scheißegal, denn sie hassen dich. Gratuliere, Bruder.«

»Was gibt's da zu gratulieren?«

»Du bist angesagt. Hauptsache angesagt, für so jemanden tun die Leute alles. Schlimm ist, wenn du ihnen egal bist. In dieser Gruppe zu landen ist blamabel. In der Hass-

Gruppe sind alles gute Typen, Intellektuelle, anständige Kerle.«
Laut Gaga fand sich ihr Leader, der Oppositionsführer, als Einziger in zwei Gruppen gleichzeitig, in der Liebling- und in der Hass-Gruppe. Was mich und *solche wie mich* anging, lagen die Dinge jedoch anders: »Auch wenn du in der Hass-Gruppe bist, gibt es doch eine Zielgruppe, und das nicht nur hier, sondern auch in den Regionen, wo du manchen gerade deswegen sympathisch bist. Für bestimmte Gruppierungen macht dich der Hass der Masse interessant. Sie wissen, dass du zu Unrecht bedrängt wirst, und sie wollen dich als Schriftsteller schützen. Zudem waren sie noch nie auf der Seite der Reaktionäre, sie schauen auf sie herunter und mögen dich aus Protest gegen diese. Ihre Sympathie für dich ist Zeichen ihrer elitären Haltung. Sie haben außerdem absolut kein Verständnis dafür, wie Kirche und Parlament dich attackieren. Du bist also für sie nicht einfach ein junger Spund, sondern verkörperst die Freiheit des Wortes. Du bist der Redefreiheit-Typ. Nach Meinung der Gemäßigten – ihre Zahl ist übrigens nicht klein – sollte dieser Typ das Recht haben, alles schreiben zu dürfen. Nebenbei, die Erzählung hat diese Gruppierung auch nicht gelesen, wir haben extra danach gefragt.«
»Und warum habt ihr diese Leute nach mir gefragt?«
»Wir haben nach allem Möglichen gefragt, momentan bist du im Trend, du bist Forschungsthema. Es wär also gut, wenn du zu diesen Leuten gingst und denen etwas über Umwälzungen erzählst. Du wirst ohnehin vom Standpunkt eines vom Regime Unterdrückten argumentieren, und das wird dir zupasskommen, um die Wut der Gemäßigten zu schüren. Ich spreche im Moment noch von nichts Konkretem, sondern einfach allgemein über

dich als mögliche Ressource. Allerdings sollten wir dich nicht zu jedem Arschlochischwili lassen; wir müssen die Zielgruppen präzis auswählen. Eher die jüngere Generation, aber keine Religiösen und Reaktionäre, nur die Progressiven. Wie alt bist du? Du hast doch das Stimmrecht?«

»Dreiundzwanzig.«

»Du bist ja noch im Kindergarten! Wer hat dich mit dreiundzwanzig zum Schriftsteller ernannt? Keine Skrupel kennen diese Leute!«

»Dieselben Leute, die dich zum Revolutionär ernannt haben!«

»Von wegen Revolution, kaum einer kommt zu den Wahlveranstaltungen. Egal, du triffst auf Siebzehn-, Achtzehnjährige. Bei denen bist du nicht durchweg in der Hass-Gruppe.«

»Ich geh aber nicht aus dem Haus.«

»Nimm die Dinge nicht so tragisch. Die benutzen dich doch nur, um anderes unter den Teppich zu kehren, um die Aufmerksamkeit der Öffentlichkeit abzulenken. Eben hat Putin das Pankissi-Tal bombardiert, und kein Mensch muckt auf. Mann, wer will dich schon aus der Kirche ausschließen, du zählst doch gar nicht. Du glaubst wohl, du bist eine Art Giordano Bruno! Oder bist du so gläubig? Hast du deswegen Schiss?«

»Na, es ist ganz schön unangenehm ...«

»Der Patriarch ist sterblich. Und Eduard auch. Sollen sie dich doch ausschließen, du wirst alle beide lange und glücklich überleben.«

Gaga loszuwerden wäre jetzt nur unter Lügen möglich gewesen, deshalb sagte ich, ich würde überall hingehen, mit welchem Status auch immer, egal ob als Mitglied der Hass- oder Liebling-Gruppe. Inzwischen hatte das Festnetztelefon ununterbrochen zu läuten begonnen, und ich schrie in die Wohnung, jemand solle es doch endlich abnehmen. Mutter war offenbar zu Bett gegangen und wollte entweder nicht mehr aufstehen oder schlief schon. Abrupt verabschiedete ich mich von Gaga, der meinem unverhofften Einverständnis nicht zu trauen schien, und stürzte schimpfend zum roten Telefon.

Was dann geschah, hatte ich schon oft gesehen, besser gesagt, gehört, und zwar in allerbanalsten und nicht besonders spannenden Kinothrillern: Ich sagte zwei- oder dreimal »Hallo«, bekam aber als Antwort nur ein Atmen, hörte ein leises Ächzen.

Wäre es Tag gewesen und nicht mitten in der Nacht, hätte mich das nicht so aufgewühlt wie jetzt, denn die Nächte in diesem Haus, im Paradiesblock am Übergang zwischen zwei Friedhöfen, waren schon unheimlich genug.

Natürlich dachte ich, der Anrufer wolle mir einen Schrecken einjagen mit seinem Schnaufen, fackelte deshalb nicht lange und legte den Hörer neben das Telefon, prüfte, ob die Wohnungstür verriegelt war, löschte das Licht und ging mit Decke und Kissen ins Schlafzimmer meiner Mutter. Dort bettete ich mich, wie schon ein paar Tage zuvor, in einen Sessel, neben mein Dickerchen von Schwester, die ebenfalls Angst hatte, allein zu schlafen, und erhitzt und schwer im Bett meiner Mutter lag.

(-32)

Als ich am nächsten Morgen erwachte (wirklich erwachte, nachdem ich nachts vom unbequemen Liegen in dem durchgesessenen Sessel ein paarmal aufgewacht war), schien mir das Schnaufen im Telefon längst nicht mehr so furchterregend wie einige Stunden zuvor. Natürlich war die Vorstellung unangenehm, dass jemand, nur um mich zu erschrecken, schwieg und ächzte, aber es konnte doch auch sein, dass er gar nicht wusste, bei wem er anrief und wem er einen Schrecken einjagte.

Jemand hatte den Hörer des roten Telefons wieder aufgelegt, wahrscheinlich meine Oma, die jetzt vor dem Fernseher saß und der fordernden Bitte um »leicht warmes Wasser«, die Opa aus dem anderen Zimmer herüberschrie, kaum Beachtung schenkte. Mein Opa war ein magerer, ruhiger Mensch und verbrachte wie die Mehrzahl der Männer seiner Generation den Großteil seines Lebens in horizontaler Lage: 1991, nachdem die Sowjetunion und seine Dienststelle, das Institut für Arbeitsschutz, aufgelöst worden waren, legte er sich ins Bett (am vierten Jahrestag nach seiner Teilnahme an einer Massentaufe) und stand sozusagen nicht mehr auf. Er lebte das Leben eines Kranken, auf Distanz zu allem und jedem (worum ich ihn manchmal sogar beneidete), und falls er alle Schaltjahre einmal aufstand, zog er alte Hosen, Jacketts und Schuhe von mir an, sodass es mir vorkam, als lebte ein, wenn auch ein bisschen älteres, Alter Ego in dieser Wohnung. Trotz seiner Vorliebe für das Leben in der Horizontalen war er kerngesund, und das äußerte sich am auffälligsten in seiner Stimme: einem kräftigen, donnernden Bariton, in dem er etwas erbat oder uns Radionachrichten weitergab, die allerdings einzig ihm bedeutungsvoll vorkamen: »Am heutigen Tag des Jahres 1956 war es minus zehn Grad« oder »Schewardnadse soll sich ein paar Jahre jünger gemacht haben, um im Zweiten Weltkrieg nicht eingezogen zu werden«. Sein altes Radio hatte noch nicht mal Knöpfe, sodass er sich immer mit der Welle abfand, auf der das Radio ohne Berücksichtigung seiner Wünsche gerade eingestellt war. Dabei hatte es eine Zeit gegeben, wo er sich nicht erlaubt hatte, krank zu sein, und mit georgischem Wein und Kognak als Bakschisch zwischen Moskau und Tbilissi gependelt war, und zwar so erfolgreich, dass er die Baugenehmigung für einen sechzehnstöckigen Block bekommen hatte. Die Entscheidung, ob im Were-Tal in Nachbarschaft des Wake-Friedhofs ein Wohngebäude gebaut werden durfte oder nicht, musste vor 1991 noch in Moskau getroffen werden. Mein Großvater hatte sich schon seit 1982 mit dem Gedanken getragen, ein Wohnhaus zu bauen, doch erst zehn Jahre später konnte er einziehen, 1992, mitten im Tbilisser Bürgerkrieg. Damals wagte sich kaum mehr jemand nach draußen, also legte er sich hin und stand gar nicht mehr auf.

Oma hatte die Wolldecke über ihren Schoß und den Elektroofen gebreitet, was bedeutete, dass sie sich länger nicht vom Fleck bewegen würde; deshalb musste jemand anders Opa das leicht warme Wasser oder was auch immer er wollte bringen. Sie saß sehr nah am Fernseher, damit sie die eingeblendeten Namen und Funktionen der Menschen auf dem Bildschirm ohne Brille lesen konnte; wahrscheinlich wartete sie wie all die vergangenen Tage auf Neuigkeiten über mich. Opa rief unterdessen nach meiner Mutter. Mutter erwiderte etwas Unverständliches aus dem Badezimmer, und Oma schrie theatralisch wie mit letzter Kraft: »Mensch, kannst du nicht mal eine Minute warten!« Und ich dachte, dass ich schon Jahre so lebte, von morgens bis abends zu Hause war, nie rausging, nur im Rhythmus dieser Wohnung lebte, und wenn nicht irgendetwas Entscheidendes geschah, würde ich mich womöglich an dieses in sich geschlossene, statische, träge und neurotische Dasein gewöhnen und für immer damit verschmelzen. Wenn ich nur gewusst hätte, ob die Gefahr, die mir draußen drohte, es wert war, dass ich zu Hause alt würde – vielleicht übertrieben wir sie ja?

Unsere Nachbarin Tamila, die immer mittags zu uns kam, um einen Löffel Kaffee zu borgen und mit Oma zusammen eine Zigarette zu rauchen, brachte heute die Zeitung das »Wochen-Echo« mit und »Elita-Plus«, ein blassgelbes Magazin, das Fotos von Wohnungsinterieurs der georgischen Elite und Interviews mit ebendieser Möchtegernelite abdruckte. Tamila hatte unter einer Schlagzeile mein Foto entdeckt: »Was gefällt dem jungen Skandalautor an Königin Tamars Aussehen nicht?« (Schlagzeilen in Form von Fragen waren typisch für das Magazin.) Der Redakteur des »Wochen-Echos« seinerseits sah sich als Inszenator unseres Skandals, und dank seines Enthusiasmus war auch heute wieder ein neuer Artikel erschienen: »Bereuen heißt kapitulieren«.

Dem Titel nach zu urteilen handelte es sich nicht um eine Polemik. Vor- und Nachname der Verfasserin sprangen mir auf der zweiten Zeitungsseite entgegen, doch ich brauchte ein paar Sekunden, bis ich kapierte, dass ich da den Namen meiner Freundin las. Die Autorin von »Bereuen heißt kapitulieren« war Ani.

Ich überflog den Artikel, nicht weil ich ihn schnell lesen wollte, sondern weil ich auf der Stelle herausfinden musste, warum Ani ihn geschrieben und veröffentlicht hatte. Meine Freundin äußerte sich über mich und den ganzen bizarren Konflikt, als wäre sie eine Außenstehende und würde mich nicht kennen, so als beträfe es sie persönlich gar nicht.

Wenn der junge Autor sich der aggressiven Kirchgemeinde, ihren ungebildeten Seelsorgern und den populistischen, zwielichtigen Parlamentariern beugt, schafft er ein schwerwiegendes und unerfreuliches Präzedens nicht nur in Bezug auf sich selbst (nach einer Abbitte wird er seine Autorität als Schriftsteller für immer und ewig verloren haben), sondern ganz allgemein auch in Bezug auf die junge Generation von Künstlern, überhaupt allen, für die Redefreiheit und Freiheitswerte im Allgemeinen von grundlegender Bedeutung sind. Der junge Autor darf keinesfalls um Entschuldigung bitten, denn er hat kein Verbrechen begangen. Deshalb darf er sich weder von den Drohungen einschüchtern noch von Ängsten übermannen lassen, sondern sollte dezidiert seine eigene Position vertreten. Ein Nachgeben wäre eine Rückkehr zu sowjetischen Verhältnissen. Wir stehen an einem Scheideweg: hier die junge Generation, dort Rückschritt und Heuchelei.

Ich verstand nicht, warum Ani aus der Zeitung zu mir sprach, wo sie doch ein paar Stunden zuvor hier bei mir gewesen war und kein Wort über den Artikel verloren hatte. Sobald ich zu Ende gelesen hatte, schloss ich mich in meinem Zimmer ein und rief Ani an.

»Was ist denn schon dabei? Ich hab mich einfach hingesetzt und die Fakten aufgeschrieben«, sagte sie.

»Wenn du in Schwierigkeiten wärst, würde ich nie über dich schreiben, als wäre ich ein Fremder, der das Ganze von außen betrachtet.«

»Ich betrachte dich von außen? Wirf nicht so gedankenlos mit Wörtern um dich.«

»Ani, ist es etwa normal, dass Verliebte Artikel übereinander schreiben?«

»Oje, in dem Artikel geht es aber weniger um dich als um die Frage des Nachgebens. Ist doch unwichtig, ob ich's schreibe oder dir sage.«

»Du hättest es mir vorher sagen müssen.«
»Und warum hätte ich's nicht schreiben sollen? Willst du mir den Mund verbieten? Ich hatte was zu schreiben, und ich hab's geschrieben.«
»Das heißt, du wartest wie alle anderen darauf, ob ich mich entschuldige oder nicht?«
»Ich weiß, dass du dich nicht entschuldigen wirst.«
»Und falls ich mich entschuldige, trennst du dich dann von mir? Dem Artikel kann ich das nicht entnehmen.«
»Steht da, dass ich mich trennen will? Du bist mit den Nerven total am Ende und lässt es an mir aus! Du solltest mal aus dem Haus gehen und aufhören, bei deiner Mutter und Schwester im Zimmer zu schlafen.«
»Blödsinn!«
»Wieso Blödsinn? Ein erwachsener Mann und derart infantil! Was ist dein Problem? Hast du Angst, allein zu schlafen? Soll das ein Witz sein?«
»Ich bin eben eingeschlafen ... Wer hat dir das überhaupt erzählt?«
»Das ist unwichtig. Es geht nicht darum, dass du bei ihnen geschlafen hast, sondern dass du Angst hast und nicht mehr klarkommst.«
»Ist das unter diesen Umständen nicht verständlich?«
»Welchen Umständen?«
»Die Aggression ringsum und meine psychische Verfassung.«
»In welcher Verfassung bist du denn? Du bist gerade auf einem Höhepunkt des Erfolgs und hast Glück, ganz Georgien spricht über dich. Ein, zwei haben dich beschimpft, na und? Hat dir bisher jemand was angetan?«
»Was bist du für ein unsensibler Mensch!«
»Wieso unsensibel? Da begibt sich einer freiwillig in

Hausarrest und schläft bei seiner zehnjährigen Schwester – ist das normal?«

»Ist, was um mich herum geschieht, etwa normal? Verdreh nicht die Tatsachen, Ani, und schweif nicht vom Thema ab! Du wolltest dich mit diesem Artikel nur wichtigmachen, das wird mir jetzt klar ...«

»Wie, wichtigmachen? Wo liest du das heraus ...«

»Wolltest du dich absichern? Hast sozusagen schriftlich vorgesorgt – *mein Gott, ich hab's nicht mehr ertragen, ich hab ihn ja gewarnt, ich bin ja konsequent, aber er war nicht so stark, wie ich dachte, und ist zusammengebrochen* ...«

»Ich leg jetzt auf, bevor du noch mehr Blödsinn von dir gibst, okay?«

»Mach, was du willst.«

»Versuch mal, es von außen zu betrachten: Du und dein Vater, ihr habt meinen Ex verdächtigt ...«

»Wie, verdächtigt?«

»Dass er angeblich eine Entführung oder so was plant, er war stinksauer ...«

»Und weil er sauer ist, schreibst du einen Artikel darüber, ob ich mich entschuldigen soll oder nicht ...«

Ich wartete ihre Antwort nicht ab, sondern legte auf, bevor sie es tun konnte, obwohl ich wusste, ich würde gleich Gewissensbisse haben, denn so war es immer: Wir kabbelten uns, sie schmollte heftig, und ich erging mich in Selbstgeißelung. Ich musste die Zeit, bis die Gewissensbisse einsetzten, nutzen und meiner Mutter, vielmehr meiner Schwester, die gedankenlos alles, was sie so hörte, ausplauderte und ausposaunte, den Kopf waschen. Einmal hatte sie sich dazu verstiegen, meiner alten Jugendliebe (ebendem Mädchen, dessen Foto vor Ani vor meinem Bett hing) in meiner Gegenwart mit der ihr eigenen Liebenswürdigkeit zu verkünden: »Du bist ja gar nicht so dick, wie die« – gemeint waren Lascha und ich – »immer sagen.« Ich erinnerte mich, wie ich rot anlief und es mir die Sprache verschlug. Ich lachte nur gezwungen und schwor mir, meine Schwester später zu verdreschen, wie es böse, tyrannische Brüder meistens tun. Meine Schwester schmeichelte sich darauf so bei dem Mädchen ein, dass ich ganz verdrießlich wurde und dachte, ich schmeiß die Göre von ihrem Thron, setz mich zu dem Mädchen und heimse die Zärtlichkeiten selbst ein.

Jetzt stürzte ich mich brüllend auf sie, und sie begann wie gewöhnlich »hoch und heilig« zu beteuern, sie hätte Ani nichts gesagt. Klar hatte sie mich verpetzt: Während ich schlief, hatte sie Ani angerufen und ihr erzählt, »in der letzten Zeit schläft er immer bei uns im Zimmer«. Mit solchen Berichten plusterte sie sich auf, fühlte sich Ani ebenbürtig, sodass sie das Recht hatte, wie als Gleichaltrige über mich zu klatschen.

»Die Frau schreibt Artikel über mich, jetzt wird sie auch noch darüber schreiben«, brüllte ich als Nächste meine Mutter an, die ich letztlich immer zur Rechenschaft zog. Meine Mutter verstand nicht, von wem die Rede war.

»Wer wird worüber schreiben?«, fragte sie.

Ich wollte Ani so lange wie möglich böse sein, wollte mein Befremden und wahrscheinlich auch meine Verletztheit hätscheln, die ich nicht nur wegen ihres Artikels, sondern ihres Verhaltens überhaupt empfand, besser gesagt, nicht wegen ihres Verhaltens, sondern wegen dieses distanzierten Tons, den sie in dem Artikel angeschlagen hatte. Meine Schwester begann zu weinen, wie nicht anders zu erwarten, und rief wieder den Schutzgott der zehnjährigen dicken Lügenmädchen als Zeugen an. Das Gejammer machte es vollends unerträglich, weiter zu Hause zu sitzen.

Ich überlegte rauszugehen. Ich würde Ani eine SMS schreiben und es ihr mitteilen. Ich ging in mein Zimmer zurück, um einen Entschluss zu fassen. Doch über eine Stunde verging, und ich hatte weder Ani benachrichtigt noch das Haus, ja noch nicht mal mein Zimmer verlassen. Ich hätte noch lange hin und her überlegt, wenn mich nicht schließlich Vaters Anruf zu einer Entscheidung gebracht hätte: Vergangene Nacht hatte ihn zweimal das Telefon geweckt.

»Er hat nichts gesagt. Vielleicht ist es wieder dieser Dreckskerl, der Schwiegersohn dieser Frau. Deine Großmutter geht noch mal zu ihnen runter, aber wir werden ihnen nichts nachweisen können, vielleicht sind's auch ganz andere, was weiß ich.«

Ich erzählte, auch mich hätte vorige Nacht jemand angerufen, ohne einen Mucks von sich zu geben.

»Wir müssen dir eine Leibwache organisieren. Ich will dich ja nicht deprimieren, aber so geht das doch wirklich nicht. Wenn du willst, begleitet dich Swiad überall hin und weicht nicht von deiner Seite. Weißt du, dass er früher Karate trainiert hat? Wenn der zuschlägt ...«

»Bist du noch bei Trost? Was soll ich mit Swiad?«

»Ich hab die ganze Nacht nicht geschlafen wegen dieses Perverslings. Ich sollte jetzt gleich diesen gewissenlosen Amiran anrufen, der das alles ins Rollen gebracht hat, und den Halunken in Grund und Boden stampfen.«

»Vielleicht steckt auch Tadeos hinter den Anrufen, die wollen uns einschüchtern, damit wir einlenken.«

»Das glaub ich nicht, dieser Tadeos scheint mir ein vernünftiger junger Mann zu sein, obwohl, meine Hand wag ich für niemanden ins Feuer zu legen. Die sollen uns Begleitschutz geben. Können dich nicht zwei, drei Mann die nächsten Tage eskortieren? Damit du nicht zusammengeschlagen wirst, Herrgott! Geh nicht raus, hörst du? Diese Taugenichtse, die das Innenministerium abgestellt hat, sind alles Dilettanten! Wenn die wenigstens was unternähmen!«

»Die hören doch jetzt unser Telefonat mit.«

»Sollen sie doch!« Plötzlich wurde er laut. »Ich bin außer mir, ich weiß nicht mehr, was ich tu! Sollen sie doch mithören! Ich hab einen anderen Plan, aber das sag ich jetzt nicht am Telefon ... Ich werde mich mit allen treffen, ich werde ins Patriarchat gehen, und die müssen mir in die Augen schauen, mir persönlich. Ich hab nicht umsonst meine ganze Jugendzeit als Messdiener dort herumgestanden. Mit deinem psychopathischen Freund, diesem Akako, hab ich schon gesprochen. Er hat mich eben angerufen. Wir gehen zusammen hin.«

»Wozu? Was habt ihr vor?«

»Ich, ich werde um Entschuldigung bitten.«

»Mann, nimm dieses Wort nicht in den Mund! Sei still!«

»Nicht wegen der Erzählung, sondern allgemein, wegen der ganzen Situation. Weil das aufhören muss. Hab du mal Kinder, dann siehst du, wie schrecklich sich das alles anfühlt. Falls du uns irgendwann die Freude machst ... Und diese Schnalle mit der spitzen Zunge kann mir den Buckel runterrutschen mit ihrem Artikel über –«

»Ich will das Wort Entschuldigung nicht hören!«

»Du hast mir nichts vorzuschreiben, ich war viel jünger als du, als ich mich weigerte, Leninporträts zu malen, wie meine Kollegen damals, die Geld damit verdienten. Zwei Lenine malten die pro Tag. Nicht ein einziges Mal hab ich einen gemalt.«

Im Hintergrund hörte ich meine Großmutter, die aus Vaters Äußerungen auf meine schloss, besorgt rufen: »Er soll ja nicht rausgehen! Er darf sich nicht entschuldigen!«

»Ich werde mich nicht entschuldigen!«

»Bleib zu Hause«, sagte Vater zum x-ten Mal und legte auf.

Wem nützte eigentlich meine Standhaftigkeit? Um wessentwillen sollte ich mich nicht entschuldigen? Um meinetwillen oder wegen der anderen, für die meine Prinzipientreue von Wert war?

Ich schrieb Ani: *Was machst du?*

Sie antwortete nicht. Sie bockte und pflegte weiter ihren Groll.

Ich versuchte es noch einmal.

Ich geh raus. Ich wollte den Helden vor ihr spielen: Ich verlasse das Haus, würdige das gefälligst, du freches Weib!

Ich erhielt die Antwort: *Ist der Hausarrest zu Ende?*

Ich schrieb nicht zurück.

Und ging nirgendwohin.

(–33)

Radiointerview mit dem Pressesekretär des Patriarchats, Oberpriester G. Menabde – 24. Januar 2002

Gab es in der Vergangenheit schon einmal so einen Vorfall, wo das Patriarchat ähnlich auf ein literarisches Werk reagiert hat?

Das Patriarchat verfolgt die Literaturszene systematisch und aufmerksam und greift falls nötig auch ein.

Würde der Fall auf ebenso große Resonanz stoßen, wenn das Patriarchat von allein und nicht von Parlamentariern von dem Text erfahren hätte?

Dieselbe Resonanz würde er wohl tatsächlich nicht haben. Das Patriarchat hätte den Autor kontaktiert und ihm unseren Standpunkt auseinandergesetzt, aber in einer Weise, die kein gesteigertes Interesse an der Erzählung zur Folge gehabt hätte.

Wer die Erzählung gelesen hat, interpretiert sie als antirussisch. Als eine Verdammung von Russlands verbrecherischer Politik, die von Königin Tamars Totenbett zu uns klingt. Können Sie ausschließen, dass ein Teil der Politiker gerade dies dem Autor nicht verzeiht?

Wir leben nicht mehr in einer Zeit, wo wir in Äsops Parabelsprache über, sagen wir, Russlands Aggression reden müssten. Wir können heute unverhohlen wen auch immer beschimpfen und kritisieren. Deshalb habe ich den Eindruck, der Autor benutzt die antirussische Aussage der Erzählung nur als Maske. Allerdings in obszöner Art und Weise. Natürlich kann man auch Obszönes schreiben, aber dann gekonnt, auf hohem Niveau. Zudem verleugnet das Werk nationale Werte. Aber es liegt dem Patriarchat fern, in die Rolle eines Literatur- oder Politkritikers zu schlüpfen; uns empört allein der religiöse Aspekt des Werks. Dies ist für die Kirche ausreichend Grund, harsch zu reagieren.

(–34)

Am vierundzwanzigsten Januar gewährte die rechte Hand des Katholikos-Patriarchen, Hochwürden Kristepore, ehemals Erzbischof im nun verlorenen, also nicht mehr existierenden Bistum Sochumi-Abchasien, meinem Vater eine fünfundzwanzigminütige Audienz.

Mein Vater wurde begleitet von Akako, Lascha, Dato eins, Mamuka und noch einer neuen Person aus Akakos An-

hängerschaft, seinem Klassenkameraden Nikolos Todua, ehemaliger Mitarbeiter des Sicherheitsministeriums, jetzt jedoch arbeitsloser Freiversdichter und Exemigrant.
Der Bitte um ein Treffen war umgehend stattgegeben worden, als hätten sie im Patriarchat keine wichtigeren Angelegenheiten als die unsere zu behandeln. Offensichtlich hatte meine öffentliche Reue höchste Priorität für sie. Unsere Delegation hatte mehrere Ziele: Mein Vater wollte allem ein Ende machen, Akako alles weiterziehen, Nikolos jedoch, ein Gigant im dichterischen wie körperlichen Sinn, wollte sich einfach bei dem Leiter der Kerzenwerkstätte, Vater Awtandil, in Erinnerung bringen. Akako hatte Nikolos von dessen skandalösem Auftritt bei unserem letzten Treffen erzählt, und Nikolos war sich sicher, dass dieser Vater Awtandil sich nicht nur als Mönch hervortat, sondern einige Jahre zuvor einem Supermarktbesitzer Geld abgepresst, ihn als Geisel genommen und ganze drei Tage in dessen eigener Garage versteckt hatte, bis ihn die Polizei, darunter Dichter Nikolos, befreite. Vater Awtandil jedoch war nichts nachzuweisen gewesen, denn er hatte einflussreiche Beschützer im Innenministerium. Es war eine vollkommen unglaubliche, obskure Geschichte, aber der Freiversdichter versicherte allen, in seiner Anwesenheit würde Vater Awtandil nicht mehr so aggressiv aufzutreten wagen. »In meiner Gestalt wird ihm unausweichlich die alte Sünde gegenübertreten«, sagte der Dichter.
Lascha konnte mir nicht gerade viel von dem Treffen erzählen, denn eigentlich zitierte die rechte Hand des Patriarchen, Hochwürden Kristepore, nur, was der »über den jungen Menschen erzürnte« Katholikos-Patriarch gesagt hatte. Nach Laschas Meinung begrüßte mein Vater den Erzbischof auf höchst sonderbare Weise: Beim Ein-

treten berührte er mit der Handfläche die Erde, beugte die Knie und küsste ihn dann aufs Handgelenk. Ohne jegliche Einleitung und nicht gerade taktvoll verkündete Kristepore meinem Vater, er hätte seinen Sohn nicht richtig erzogen, in einem Ton, als sei das die offizielle Position des Patriarchats. Mein Vater lief rot an, sagte jedoch nichts, sondern schlug sich nur mit der flachen Hand aufs Knie, eine Geste, die Bedauern, Zerknirschung und Empörung über mein Verhalten vorheucheln sollte. Vielleicht drückte sie aber auch seine keineswegs geheuchelte Wut über die hochwürdige Beleidigung aus.

»Mir ist ganz übel geworden, als er sagte, ich hätte meinen Sohn nicht richtig erzogen, ich hätte ihm am liebsten ins Gesicht gespuckt.« Das hatte er Lascha auf dem Nachhauseweg anvertraut, ohne dass es die anderen hören konnten.

Kurz, auch der zweite Auftritt hatte kein Ergebnis gebracht.

Ich saß weiter in meinem Zimmer. Mit der Mütze auf dem Kopf, zusammen mit Lascha, der seine Schuhe ausgezogen hatte und seine eiskalten Füße an den rot glühenden Ofen hielt. Er grübelte über einer schlauen Formulierung meiner Entschuldigung, einer, die einerseits die zu unkeuschen Gedanken Verleiteten beschwichtigte, andererseits Moralisten wie meine Freundin Ani nicht vor den Kopf stieße. Letztere würden sonst zu dem niederschmetternden Urteil gelangen: Er hat einfach Schiss bekommen.

Der Dichter Nikolos ließ ausrichten, falls er gebraucht würde, sei er »über den Äther erreichbar«. Ich selbst hing nun schon mehr als einen Monat im Äther des Patriarchats, zwischen Himmel und Erde, und schaffte es einfach nicht, aus dem Teufelskreis herauszukommen: Telefonanrufe – Akako – Patriarchat – Vater Tadeos – Entschuldige dich – Nur ja keine Entschuldigung – Königin Tamar – Geh nicht aus dem Haus.

Vom Vorplatz des Wake-Friedhofs, der gleichzeitig der Hof unseres Wohnblocks war, hörte ich Kindergeschrei und hysterisches Lachen. Fröhlichkeit nimmt in der Nähe von Friedhöfen eine etwas neurotische Färbung an. Opa hörte Radionachrichten. Unsere Nachbarin Tamila war zum Zigarettenrauchen herübergekommen und erzählte, mit vielen Pausen und wegen ihrer ewigen Erkältung immer wieder von Husten unterbrochen, Alltagsgeschichten, die jeglicher Pointe entbehrten: »Ich hab gefragt: Geliehen? *(Husten)* Herrgott im Himmel *(Husten)* – Und sie: Ja, ich hab's ausgeliehen. – Hör schon auf, du meine Güte *(Husten)*, wem willst du da was vormachen ...« Meine Schwester sang im Duett mit dem Fernseher.

Ich ähnelte mit meiner Schirmmütze (mit der Aufschrift *Sport*) und der Decke um die Schultern einem dieser Möchtegernprofessoren – impertinente Typen, die in jenen heizungs- und stromlosen Zeiten in den Unis Zuflucht suchten. Wenigstens trug ich die dicken Schlappen nicht, als unverhofft Lulu zu Besuch kam; ich hätte sie in den Schlappen für lange Zeit in die Flucht geschlagen. Ich verließ das Zimmer, um mich schnell der *Sport*-Kappe und der Decke zu entledigen. Als ich zurückkam, hatte Lascha seine Turnschuhe und seinen Mantel angezogen; er wollte sich diskret verabschieden. *Ich geh jetzt*, stand ihm auf die Stirn geschrieben. Lulu hatte sich wie schon das letzte Mal beim rot glühenden Ofen niedergelassen wie eine Katze auf ihrem angestammten Platz.

Lascha war anzusehen, dass er überhaupt nicht gehen wollte, andererseits gefiel er sich in seinem dezenten Rückzug; noch vor ein paar Jahren hätte keiner von uns beiden sich so verhalten, wir hätten ganz einfach nicht gemerkt, wann und weshalb einer zu viel war.

Er begann gewählt und ein wenig theatralisch zu plaudern, wie immer, wenn er flirtete. Er hätte unweigerlich alles versucht, um bei Lulu Eindruck zu schinden, hätte ich ihn nicht zuvor darüber informiert, dass sie *mir* gefiel. Dies war eine alte Regel aus Kinderzeiten und bedeutete: Sie ist tabu, rühr sie nicht an. So war es in der Schule gewesen, und so war es jetzt noch mit dreiundzwanzig Jahren. Nichts hatte sich geändert. Also versuchte er die aggressive Anmache erst gar nicht.

Trotzdem tändelte er noch ein Zeit lang herum, witzelte, schüttelte uns schließlich, bevor er ging, aus unerfindlichen Gründen die Hand, kam jedoch gleich wieder zurück, weil er die Handschuhe vergessen hatte.

»Warum ist er gegangen?«, fragte Lulu.

Die Frage hätte sie nicht gestellt, wenn Lascha sich natürlicher verabschiedet hätte; klar, er war diskret gewesen, aber irgendwie betont diskret.

»Heut früh hab ich dich im Fernsehen gesehen, sie haben dein Foto gezeigt und dich runtergemacht.«

Lulu nannte einen exotischen Fernsehkanal, wo Leute von morgens bis abends in Live-Sendungen saßen, vor der immer selben Kulisse und immer aus derselben Perspektive gefilmt.

»Wie geht's dir? Du bist letzthin so abrupt gegangen.«

Hätte ich das nur nicht gesagt!

Sie ließ einen Redeschwall los. Offenbar hatte sie seit Längerem eine Beziehung, hatte sich schon ein paarmal von dem Typen getrennt, er aber hatte sie nicht gehen lassen. (»Vielleicht kennst du ihn, jedenfalls ist er eine bekannte Persönlichkeit.«) Er war verheiratet, und sie wusste nicht, was tun.

»Er ist krankhaft eifersüchtig. Mit mir ist er total locker, anormal locker ... Du merkst ihm die Eifersucht so gar nicht an.«

Auf meine Frage, warum sie mir das alles erzählte, erwiderte sie mit gewohnter Offenherzigkeit, ich sei ein guter Zuhörer.

»Schwule können auch so gut zuhören wie du, dabei bist du ja nicht schwul, zum Glück.«

Ich weiß nicht, warum mich das wütend machte, aber ich musste mich furchtbar zusammenreißen, damit nicht meine kampflustige Großmutter in mir zum Vorschein kam, was nur dann passierte, wenn Wut, Angst und Zurechtweisungsdrang zugleich aufstiegen.

»Erinnerst du dich noch, als ich hier war, nachts?«, fragte sie.

Als wir uns geküsst hatten.

»Da hatte ich mich gerade von ihm getrennt. In solchen Situationen hänge ich mich dann an irgendwen ...«

Was will das Mädel? Vielmehr, was wollte ich von ihr?

»Kurz, ich wollte mir was beweisen oder so. Ob ich bereit bin für jemand anderen, verstehst du? Und dann ging's mir noch schlechter. Nicht, weil du nicht gut genug wärst. Nein, es war einfach irgendwie nicht richtig. Zum Glück hatten wir keinen Sex.«

Wieder überkam mich ein merkwürdiges Gefühl: Was mir dieses Mädchen da erzählte, betraf mich gar nicht und interessierte mich auch nicht, außerdem war ich müde oder, wie meine Mutter zu sagen pflegte, mit den Nerven am Ende. Ich bildete mir ein, ich müsste was tun, einen Schritt vorwärts machen, und dass jetzt etwas passieren musste. Ich lehnte mich zu ihr und küsste sie auf die Lippen. Lulu zuckte zurück und schrie: »Nein, nein!«

Mir kam dieses Nein wie ein Ja vor, und ich hielt sie fest.
»Was hast du?«, fragte ich.
»He, hörst du nicht, was ich dir sage?«
»Was denn?«
Und dann passierte, was in Seifenopern passiert: Die Tür öffnete sich einen Spalt, und Ani schaute herein.
Mein Gesicht - hochrot. Meine Hand - um Lulus Handgelenk. Lulu - an die Wand gedrückt. Im Zimmer - verdächtige Schwüle. Der rot glühende Ofen hatte sich überraschend noch mehr aufgeheizt.
Nur wenige Male zuvor hatte ich dieses Gefühl gehabt: dass das nicht mein Leben war - wie wenn eine Fermate gesetzt würde, ein Geschehnis meinem Leben plötzlich eine radikale Wendung geben könnte, so wie jetzt diese Konstellation Ich-Lulu-Ani.
Das durfte mir nicht zustoßen, das durfte nicht Teil meiner Biografie sein: Warum hatte ich im Patriarchat antraben müssen, und warum musste meine Freundin gerade dann überraschend auftauchen, wenn ich im Begriff war, eine mir sozusagen fremde Person zu küssen, eine Person, die zu jemand anderem, zu einem anderen Leben gehörte?
Ani stand in der Tür und wurde ebenso rot wie ich. Es passierte ihr wohl zum ersten Mal im Leben, dass sie nicht anders konnte, als über jemand Drittes in Rage zu geraten. Eifersucht war ihr immer irgendwie peinlich gewesen, und sie rechnete auch nicht damit, auf irgendwen eifersüchtig sein zu müssen. Nun jedoch wusste sie nicht, was sie machen sollte: Einfach tun, als wäre nichts? Eintreten und sich neben den Ofen setzen? Mir oder dem an der Wand klebenden Mädchen eine Ohrfeige verpassen? Das würde sie nie tun. Vielleicht sollte sie sich aufrappeln und etwas Originelles sagen, damit sie später erzählen

konnte, wie sie die Nerven behalten und was sie Kluges gesagt hatte?
Vielleicht hatte sie ja gar nichts gesehen? (Was hätte sie schon groß sehen können?)
Ich sah ihr an, dass sie nach einem Ausweg suchte. Sie suchte und nicht ich. Wieder Ani.
»Entschuldigung« – sie lachte hell auf (gequält natürlich) – »ich glaube, ich störe.«
Sie hatte es gesehen, und sie war verletzt.
Ich wollte sagen: Das ist nicht mein Leben. Das hat mit mir nichts zu tun.

(–35)

Ani lachte, aber ihre Stimme klang, wie sie immer klang, wenn sie wütend war. Nachdem sie die Tür hinter sich zugemacht hatte (als wär's eine Fortsetzung ihres Satzes), verabschiedete sie sich im Korridor mit normaler Stimme und etwas exaltiertem Lachen von meiner Mutter. Diese Stimme und diese Haltung waren es, die ich liebte und die mir ungeheuer vertraut waren. Vor einigen Sekunden hatte ich noch keinen klaren Gedanken fassen können, ob ich bei Lulu bleiben oder Ani nachlaufen sollte, doch als mir dies nun bewusst wurde, war ich auf einen Schlag nüchtern. Ich ließ Lulu im Zimmer zurück, machte einen Bogen um meine Mutter, die personifizierte Missbilligung (»Was ist nur los mit dir?«), und stürzte ins Treppenhaus.
Ani stand vor dem Aufzug, hatte den Finger auf dem Liftknopf und trat unruhig von einem Fuß auf den anderen, als müsste sie dringend mal.

»Wohin gehst du?«
»Lass mich in Ruhe.« Sie schaute sich nicht einmal nach mir um.
»Geh jetzt nicht, bitte«, sagte ich, und es kam etwas schrill heraus, denn mein Herz zog sich zusammen, und ich hatte einen Knoten im Hals.
Der Aufzug kam, sie öffnete die Tür und betrat die Kabine.
Ich dachte: Jetzt ist alles aus, ich verliere sie.
»Ich fleh dich an ...« Mehr brachte ich nicht heraus.
Die Lifttür schloss sich schon und verdeckte Ani zur Hälfte. Bevor sie ganz zuging, sagte die halbe Ani noch: »Du bist so was von primitiv.«
Die Tür war zu. War das die Trennung?
Sollte ich die Treppen runterrennen oder ihr Zeit lassen, bis sie sich wieder gefangen hätte?
Ich ging in die Wohnung zurück, machte schwankend wie ein Betrunkener einen Bogen um meine Mutter, die personifizierte Missbilligung (»Was ist passiert?«), und lief ins Zimmer meines scheinkranken Großvaters (aus dem Radio tönte: »Wenn Sie mich fragen, es gibt keine schönere Stadt auf der Welt als Tbilissi«), denn ich brachte es nicht über mich, zu Lela zurückzukehren.
Das unverschämte Ding soll endlich gehen.
Dann trat ich wieder in den Flur, blieb vor meinem Zimmer stehen, öffnete die Tür einen Spaltbreit und sah Lulu auf dem Balkon stehen. Sie drehte sich zu mir um.
»Mach das Fenster zu«, sagte ich, »im Zimmer wird's sonst eiskalt.«
Ich sagte das in einem Ton, der eigentlich klarmachte, dass sie jetzt gehen sollte. Ich musste nachdenken, Ani anrufen und mich entschuldigen. Ani war fortgelaufen und hatte mich mit einem fremden Menschen zurückgelassen.

»Was ist los?«, fragte Lulu.
»Nichts«, erwiderte ich grimmig und ging ziellos zum Schrank, denn ich wusste nicht, wohin mit mir.
»Wusstest du nicht, dass sie hier ist?«
»Sie war nicht hier, sie ist überraschend hergekommen.«
»Warum musstest du mich auch anmachen«, sagte sie.
»Lass gut sein.«
»Sie wird mich nun nicht mehr ausstehen können, oder?«
»Nein, und sie wird vor allem mich nicht mehr ausstehen können.«
»Weißt du, mir geht's so schlecht, dass ich gar nicht gemerkt hab, was passiert ist!« Sie lachte.
Jetzt schmeiß ich sie raus, dachte ich.
»Mein Bruder hat immer gesagt, dass ich als Kind ein bisschen autistisch gewesen bin, nur mit mir selbst beschäftigt. Erst später bin ich ein wenig mehr aus mir herausgekommen.«
Plötzlich tat sie mir leid. Mir schien, sie fühlte sich wirklich nicht gut, sähe keinen Ausweg mehr und bräuchte Hilfe, jemanden, der ihr wirklich zuhörte, aber dafür hatte sie einen ganz falschen Zeitpunkt gewählt.
Was hätte ich nun sagen sollen?
Du bist ein nettes Mädchen, aber zuinnerst bist du mir total fremd und unsympathisch, deine Geschichten irritieren mich, ich wüsste nicht, warum ich mit dir zusammen sein sollte, ich will, dass du jetzt sofort gehst, vielleicht vergesse ich sonst meine gute Kinderstube. Mir geht's auch nicht gut, in zwei Tagen findet die Heilige Synode statt, ich trau mich nicht mehr aus dem Haus, und meine Freundin hat dich in meinen Armen gesehen.
Offenbar waren die nicht ausgesprochenen Worte in meinem Gesicht abzulesen, denn Lulu nahm ihre Jeansjacke vom Stuhl.
»Ist dir nicht kalt? Ist die Jacke nicht zu dünn?«, fragte

ich, fürchtete aber gleich, sie könnte die scheinbar besorgte Frage als Aufforderung zum Bleiben verstehen. Tatsächlich zögerte sie und sah mich mit kläglicher Miene an.
»Würde es dir was ausmachen, mir einen Tee zu bringen?«
Machte sie das extra? Vielleicht hatte sie was genommen? War sie überhaupt nüchtern?
»Ist dir schlecht? Was hast du?«, fragte ich.
In meinem Kopf formulierte ich bereits die SMS an Ani. *Wo bist du? Bitte mach mich nicht nervös. Verzeih mir.*
»Ich hab diese Nacht nicht geschlafen«, sagte sie.
Ich rief nicht nach meiner Mutter, sondern holte den Tee selbst. In Gedanken war ich bei Ani, umarmte sie – *Warum gehst du nicht ans Telefon? Ruf mich an. Verstehst du nicht, unter was für einem Stress ich stehe? Ich begreife mein Verhalten selbst nicht, glaubst du, ich hab in meiner Lage noch alle fünf Sinne beisammen?* –, ich würde sie einen Moment mitfühlend und ohne emotional zu werden an mich drücken und sie zum Schluss vermutlich auf die Stirn küssen.
Endlich zog Lulu die Jeansjacke an und ging zur Tür. Natürlich begleitete ich sie hinaus. Ich machte einen Bogen um meine Mutter, die personifizierte Missbilligung und Verdutztheit, und stellte mich vor den Lift.
»Entschuldige«, sagte ich, »aber du siehst doch, ich bin in einer extraordinären Situation.«
Lulu knöpfte ihre Jacke zu. Wahrscheinlich kannte sie das Wort »extraordinär« nicht.
Ich entschuldigte mich noch einmal und starrte auf die Lifttür, die sich absolut nicht öffnen wollte. (Die für die Geistlichkeit bestimmten Entschuldigungen würde ich nun für die beiden Mädels verbrauchen.) Sie erwiderte nichts, und ich sagte: »Ich ruf dich an.« Endlich kam der

Aufzug, Lulu stieg ein und drückte auf den Knopf. Als die Tür zuging, dachte ich, falls ich mich heute tatsächlich von irgendwem trennte, so wäre es von diesen roten Haaren und langen Beinen. Ich fühlte mich kraftlos, und Melancholie überkam mich, denn mir wurde bewusst, wie sehr ich es hasste, wenn etwas zu Ende ging. Wie schon bei Anis Abgang stiegen mir auch jetzt die Tränen in die Augen. Wenn das keine Neurose ist. Ich ging zurück in die Wohnung, blieb zögernd vor dem Fernseher neben meiner Mutter stehen, der personifizierten Missbilligung und stillen Empörung, und schaute zum Bildschirm. Dort bewegten sich die Schattenfiguren eines tausendmal gezeigten georgischen Schwarz-Weiß-Films, einer Komödie, die ich aber schon so oft gesehen hatte, dass sie mir unsagbar tragisch und deprimierend vorkam: immer diese Musik, immer diese Lieder, immer diese abgedroschenen Witze. Ich kehrte in mein leeres Zimmer zurück und rief Ani an, um den verbliebenen Entschuldigungsvorrat für sie zu plündern.

Zu meinem Erstaunen nahm sie gleich beim ersten Klingeln ab.

»Was willst du?«, fragte sie mit jenem Sarkasmus, hinter dem sie ihre Wut zu verbergen pflegte.

Ich ließ jede Provokation sein: Was hattest du, warum bist du gegangen usw. Stattdessen sagte ich: »Begreifst du nicht, wie schlecht es mir geht?«

»Wie schlecht?« Sie dagegen konnte das Provozieren nicht lassen.

Ich wollte sagen, es sei ja nichts passiert, ich hätte das Mädchen nur bei der Hand gefasst, aber da kam meine Mutter ins Zimmer und sagte ganz perplex, der Strom sei ausgefallen und aus dem Fahrstuhl ertöne ein Poltern. Sie saß im Lift fest. *Dieses Mädchen werde ich nie los!*

Wie konnte der Strom ausfallen, wo es doch in diesem Block normalerweise nie einen Ausfall gab?

Ani wartete voller Angriffslust.

»Jemand ist im Lift stecken geblieben«, rief ich ins Telefon und spürte, sie erriet, wer das war.

Im Treppenhaus traf ich auf unsere Nachbarn – Natela oder so ähnlich, ihren Namen konnte ich nie behalten, in mehrere Morgenröcke gemummt, und ihren Enkel, ein Kind mit Schniefnase und mit Suppenflecken auf der Hose.

»Lulu, bist du da drin?«, rief ich.

»Ja, ich stecke fest«, rief es von weiter unten, »ich bin ganz im Dunkeln.«

»Du hast aber keine Klaustrophobie, oder?« Warum fragte ich das? Vielleicht war sie klaustrophobisch, und ich hätte sie nicht danach fragen dürfen.

»Was?«

Sie kannte das Wort nicht.

»Wir müssen die Tür von oben öffnen«, sagte Natela, die überall wie eine Schleppe den Geruch nach Soße und verkochtem Kohl hinter sich herzog.

»Ich muss mit der Hand reinlangen?«

»Hier, von oben, Johnny macht das immer so.« Johnny war ihr Sohn.

»Und Johnny ist nicht zu Hause?«, fragte ich.

»Ich hab ihn nicht wecken können, er ist betrunken. Gestern ist der Sohn eines Arbeitskollegen von der Armee auf Urlaub gekommen.«

Nein, zwei Tage konnte Lulu nicht im Fahrstuhl bleiben!

Jetzt kam auch Tamila aus ihrer Wohnung, ein Tuch um die Stirn und fahrig vor Migräne.

»Wer ist im Lift? Gibt's keinen Strom?«, fragte sie.

»Seine Freundin ist stecken geblieben«, erwiderte meine Mutter.
»Oje, ist sie allein da drin?«
»Bist du allein da drin?«, brüllte ich.
»Ja, und ich glaube, etwas streicht um mich herum.«
»Was streicht um dich herum?«
»Die Katze wird ihr reingefolgt sein«, sagte Tamila.
»Du musst da reinlangen und den Hebel drehen.« Natela ließ nicht locker.
Soll doch dieser Johnny reinlangen.
»Moment, der findet ihn doch nicht«, sagte meine Mutter.
»Der Lift steckt zwischen dem dritten und vierten Stock«, rief eine Männerstimme von unten.
Ich flitzte zur Treppe. Als ich unten ankam, hatte ein dicker Mann in unnatürlich krummer Haltung beide Hände im Liftrahmen stecken und tastete ächzend nach irgendetwas. Ein riesiger weißer Wanst quoll ihm über die Hose.
»Irgendwer hat einen großen Generator angeworfen, deshalb der Ausfall«, sagte er, und sein Bauch wabbelte, »das passiert bei Überlastung. Man hört das Brummen. Dabei fällt der Strom aber doch sonst nie aus.«
Endlich bekam der Dicke die Lifttür auf, und Lulus Kopf erschien; der Aufzug befand sich offenbar unter uns. Ich sollte die Tür offen halten, und der Fettwanst würde Lulu heraufziehen.
»Wenn nun plötzlich der Strom wiederkommt, fährt dann der Lift nicht wieder los?«, fragte ich.
»Der kommt nicht einfach so«, beruhigte mich der Fettwanst.
Lulu streckte ihre langen Arme empor, und der Mann hievte sie unter lautem Ächzen herauf. Er hatte wohl nicht damit gerechnet, ein so langes Wesen heraufziehen

zu müssen – der Körper des Mädchens nahm kein Ende. Sie war viel größer als er, als sie schließlich neben ihm stand.

»Ich dachte, wenn er losfährt, reißt es mir die Hände ab«, sagte sie.

»Er fährt nicht einfach so los«, sagte der Dicke. »Hören Sie dieses Brummen?«

Ich nickte. Er versuchte offenbar, etwas zu erklären, und schaffte es nicht.

»Weil, das bedeutet, der Strom draußen ist nicht abgestellt.«

Er konnte sich offenbar nicht mit dem Gedanken abfinden, dass unserem Gebäude so wie allen anderen der Strom auch abgestellt werden konnte.

»Was für ein furchtbarer Monat.« Lulu schaute auf ihr Telefon. »Irgendwer bringt mir Unglück.«

»Mir auch«, sagte ich.

(–36)

Straßenlärm übertönte Anis Stimme am Telefon.

»Ich hab jetzt keine Zeit«, war alles, was sie sagte, und drückte mich weg.

Früher, wenn wir uns gestritten hatten, schmollte sie allerhöchstens zwei Tage, jetzt aber hatten wir eine Ausnahmesituation, und ich wusste nicht, wann sie sich wieder einkriegen würde.

Ich dachte, vielleicht hat sich nun alles in meinem Leben geändert, Ani hat sich geändert, und meine Lebensverhältnisse haben sich geändert, und ich hätte ihr am Telefon sehr gerne Auf Wiedersehen gesagt und dass sich nichts geändert hätte. Ich wusste, sie war gar nicht beschäftigt und tat nur so, um mich zu bestrafen. Gerade als ich ihre Nummer noch einmal wählen wollte, erschien, wie um den Umschwung in meiner Biografie zu bestätigen, auf dem Display der Name: *Vater Tadeos.*

Entweder ich antwortete nicht und hielt mich versteckt oder ich hätte beichten müssen: *Vater Tadeos, alle für Sie bestimmten Entschuldigungen habe ich bereits anderweitig verbraucht.*

Der Archimandrit ließ es weiter läuten, bis ich dachte, es könnte etwas Schlimmes passiert sein.

»Na, wie geht's?«, begrüßte er mich fröhlich wie einen alten Freund.

»Hab viel zu tun«, erwiderte ich, als ob nichts zwischen uns geschehen wäre.

»Wollen Sie nicht später bei uns vorbeikommen? Sie werden uns jetzt doch nicht vergessen?«

»Aber nein, Vater Tadeos, die Heilige Synode vergesse ich nicht«, entgegnete ich lachend.

Mir wurde bewusst, dass ich sonst während eines Gesprächs nie so viel und so gekünstelt lachte wie bei diesem Mann.

»Vergessen wäre nicht das Richtige.« Dies sagte er noch in scherzhaftem Ton, um dann, wie es seine Gewohnheit war, plötzlich ernst zu werden. »Klar, ihr seid es leid, über das Thema zu reden, und wir sind es auch. Gestern war dein Vater hier und hat sich mit Hochwürden Kristepore getroffen. Kurzum, hier jagen sich die Ereignisse, deshalb rufe ich an. Ständig werden wir gefragt: ›Was macht er? Was hat er vor?‹, und wir, Koba und ich, auch Vater Iosseb, sagen dann wie in der Schule: ›Geben Sie uns noch zwei, drei Tage Zeit; sie werden uns schon antworten.‹ Entweder nimmst du unser Angebot an oder du tust eben, was du für richtig hältst. Das Fernsehen wird vor Ort sein und das Ganze aufnehmen. Oder du gehst selbst zu einem Sender hin. Ganz einfach. Ohne Aufhebens. Wenn ihr nicht wollt, ist das eure Sache, dann bleibt ihr bei eurer Entscheidung, und die Synode oder wer auch immer tut, was zu tun ist. Vor zwei Minuten hab ich mit Chatuna, der Privatsekretärin des Patriarchen, gesprochen; sie lässt dir übrigens ausrichten: Wenn du möchtest, ist Seine Heiligkeit bereit, dich zu empfangen, zu belehren und zu segnen. Als Geste der Versöhnung. Eine sehr bedeutsame Geste. Als Christ, falls du dich als solchen bezeichnest, sollte es dir nicht schwerfallen, um Verzeihung zu bitten. Wir haben alle unseren Stolz, aber der Allmächtige hat uns auch einen Verstand gegeben, und auf den Verstand und auch das Herz sollten wir ab und zu hören.«

»Und mich bei Ihnen direkt entschuldigen, ginge das auch?«, fragte ich scherzhaft.

»Ich hab dir auch schon so, ohne Entschuldigung, verziehen.« Vater Tadeos lachte. »Wenn's nur an mir läge ...«

»Ich bin Ihnen wirklich sehr dankbar. Aber es geht ja nicht nur um mich, ich würde ja nicht nur meinethalben um Verzeihung bitten, sondern auch die anderen würden mit mir zusammen bereuen, nicht wahr? Und das ist in Wirklichkeit das Problem.«

»Wir tragen unseren Teil der Verantwortung, die anderen ihren eigenen Teil.«

»Eine öffentliche Entschuldigung ist ausgeschlossen. Was sage ich denn danach, wenn ich vor der Synode Abbitte geleistet habe? Es ist irgendwie absurd.«

»Du willst doch weiter in diesem Land leben können? Was bist du denn für ein Schriftsteller, wenn dich keiner im Land mag?«

»Ob mich die Kirchgemeinde mag oder nicht, interessiert mich nicht.«
»Alle gehören zur Kirchgemeinde. Es gibt hier kein Getto.«
»Das interessiert mich nicht.«
»Würdest du es auf die leichte Schulter nehmen, wenn dich jemand vor deinem Haus abpasst? Oder auf der Straße?«
»Natürlich nicht.«
»Oder Hand an dich legt?«
»Mich zusammenschlägt, meinen Sie? Mein Gott!« Ich lachte gezwungen.
»Ja, dir Gewalt antut, dir etwas über den Kopf schlägt. Oder jemanden von deinen Angehörigen abpasst. Im Gips herumzulaufen ist nicht lustig. Ich weiß, wie die funktionieren, deshalb sage ich dir das alles, ich denke mir das nicht aus und will dich auch nicht einschüchtern.«
»In Georgien gibt es keine Terroristen. Es hagelt allerhöchstens Beschimpfungen.«
»Ihr legt es also tatsächlich darauf an, dass jemand zu Schaden kommt, bevor ihr euch überzeugen lasst?«
»Nein, Vater Tadeos, ich kann Ihnen das jetzt nicht erklären ... Es wäre eine Schande.«
»Was wäre eine Schande?«
»Ich weiß nicht, ich sag das allgemein.«
»Versuch es doch zu formulieren, sprecht in eurem Kreis darüber; ihr könnt mich jederzeit anrufen, mein Telefon ist immer an. Wenn ich eine Messe zelebriere, hab ich es auf lautlos, aber ich schaue immer mal wieder auf das Display. Ich bin zu jeder Tageszeit erreichbar.«
Ich fürchtete, die Nerven zu verlieren; deshalb brach ich das Gespräch ohne Vorwarnung, ohne Abschiedsgruß, ohne Höflichkeitsfloskel ab. Den Namen in der Adressliste änderte ich in *Abgelehnter Anruf 5*.

Erneut rief ich Ani an, in der Absicht, ihr von meiner Prinzipientreue zu berichten und so vielleicht ihr Herz zu erweichen, aber sie antwortete nicht, und ich schrieb drei ausführliche SMS, in denen ich ihr haarklein schilderte, was Vater Tadeos gesagt und was ich geantwortet hatte. Die letzte SMS enthielt lauter Entschuldigungen, Hinweise auf meinen Nervenzustand und auch eine Liebeserklärung.

Spätestens übermorgen würde sich etwas ändern. Entweder fällte die Heilige Synode ihr Urteil oder Ani versöhnte sich mit mir. Irgendwo musste ein Schlusspunkt gesetzt werden.

(–37)

Einen Tag vor der Sitzung der Synode beschloss ich, aus dem Haus zu gehen – mit vermummtem Gesicht und Schirmmütze auf dem Kopf.

Akako hatte mich zusammen mit seinen legitimen und illegitimen Partnerinnen (Lena und der Rubrik *Gesellschaft und Politik*) und seinem besserwisserischen, unerträglichen Adlatus Merab im Auto abgeholt. Wir wollten zu Dato eins. Ani war nicht mitgekommen, obwohl sie es erst vorgehabt hatte; sie hatte endlich auf meine SMS geantwortet (»Hab keine Zeit, ruf dich an«), mich dann im Auto tatsächlich angerufen, war aber reserviert gewesen. Ohne dass sie danach gefragt hätte, zählte ich meine Mitpassagiere auf, und als ich Lena und die Rubrik *Gesellschaft und Politik* erwähnte, sagte sie halb im Scherz, aber eigentlich gereizt: »Tja, sieh dir nur Akako an, dann weißt du, wie sich Bigamie anfühlt.«

Sie hatte eine neue Strafmethode: Sie behandelte mich lässig, nahm mich nicht mehr ernst oder erweckte den Anschein, als beachtete sie mich nicht mehr.
Viel später, als wir uns dann tatsächlich trennten, besser gesagt, als wir meinten, unsere Liebe hätte sich erschöpft oder stehe unserem Entwicklungsprozess im Weg, und übertrieben zivilisiert den Trennungsgrund zu ermitteln versuchten, sollte sie als Grund für die Entfremdung eben meine Unernsthaftigkeit nennen. Unernsthaftigkeit und Unreife. Ich bestritt das gar nicht, denn mir kam es in der Tat so vor, als sei sie in unserer Beziehung die Erwachsene und als sollte also sie die Entscheidungen treffen.
Jetzt jedoch wäre mir lieber gewesen, sie hätte sich mit mir gestritten, wäre wütend geworden oder hätte sich verleugnet, als derart gefühlskalt zu sein. Ich fand diese Gefühlskälte gerade jetzt, einen Tag vor der Sitzung der Synode, durch nichts zu rechtfertigen.
Es war zwar erst acht Uhr abends, aber ich hatte das Gefühl, als wäre es mitten in der Nacht. Alle, die ich vom Auto aus auf der Straße erblickte, schienen irgendwo hinzueilen. Als sei sich nachts auf der Straße aufzuhalten schädlich für die Psyche.
Bis jetzt war uns noch kein Auto gefolgt, obwohl der Jeep mit den verspiegelten Scheiben, der wie wir vor der ausnahmsweise funktionierenden Ampel hielt, leichte Paranoia in mir weckte. Ich sorgte mich umsonst: An der nächsten Kreuzung nahm er die andere Richtung. Wir kamen unbehelligt bei Dato eins an. Dort trank man schon Kognak und Rotwein, es gab auch Kuchen und Tee, und die Stimmung war ausgelassen, denn dank unseres Dilemmas *Entschuldigen vs. nicht entschuldigen* hatten wir im langweiligen Georgien größten Unterhaltungswert errungen.

»In der Redaktion hat einer angerufen und uns beschimpft und bedroht«, berichtete Akako, als überbrächte er Dato eins eine frohe Botschaft. »Merab hat den Anruf angenommen.«

»Mich hat er nicht beschimpft«, sagte Merab beinahe beleidigt.

»Aber gedroht hat er doch?«

»Ja, ja, abschlachten sollte man uns alle oder so ähnlich«, bestätigte Merab. Akako verfolgte eifersüchtig jeden solchen Vorfall, und man durfte ihn nicht blamieren. In den drei Tagen, die ich ihn nicht gesehen hatte, war er in mehreren Radiostudios zu Gast gewesen und hatte Zeitungsinterviews gegeben. »Wir sind sehr gefragt«, hatte er mir erzählt.

Lena und die Rubrik *Gesellschaft und Politik* hatten sich seltsamerweise zusammen in einen Sessel gesetzt – Lena auf den Sitz und die *Gesellschaft und Politik* auf eine Armlehne. Mir fiel wieder ein, was Ani über Bigamie gesagt hatte. Lena hatte rote Augen und machte ein seltsam langes Gesicht, vielleicht wegen der *Gesellschaft und Politik*, die grüne Strümpfe trug und laut und exaltiert redete. In Wirklichkeit war sie jedoch nur erkältet.

Dato eins erhielt einen Telefonanruf, dann noch einen, und beide Male antwortete er einsilbig nur mit »Ja, ja«, sodass ich schließlich fragte, wer dran gewesen sei, doch er gab mir keine Antwort; also war das Gesprächsthema wohl ich selbst gewesen. Akako hatte inzwischen angefangen, eifrig und enthusiastisch mögliche Gründe dafür aufzuzählen, warum künstlich ein Skandal provoziert worden sein könnte.

»Ihr verfolgt die politischen Deklarationen nicht«, sagte er, »sonst säht ihr, dass alles klar auf der Hand liegt.« Offenbar setzte er zu einem längeren Monolog an. »Was ist denn vor Kurzem passiert? Russland hat das Pankissi-Tal bombardiert. Wer lebt im Pankissi-Tal? Flüchtlinge aus Tschetschenien. Und was sagt Russland? Georgien biete tschetschenischen Terroristen Zuflucht. Dabei sind das ganz einfache Leute: Frauen, Alte, Kinder. Aber es ist ein Grund, nicht wahr? Ein Grund, Georgien Schwierigkeiten zu machen. Offenbar haben die Russen eine Anti-Terror-Operation gestartet. Nur, wo? Auf dem Territorium eines fremden Landes, in Georgien. Sie haben uns bombardiert, Leute! Und diese Tatsache wird einfach übergangen, als wäre es unwichtig, als wären das Geschehnisse auf einem anderen Planeten, dabei sind es von Tbilissi nur drei Stunden bis nach Pankissi. Bloß die Oppositionsparteien haben Stellung genommen; die Regierung selbst hat das Problem unter den Teppich gekehrt, mit anderen Themen verdeckt. Was denkst du denn«, schloss er mit Blick zu mir, »dein Fall ist doch nur zum Thema geworden, um ein anderes zuzudecken.«

»Und warum sollen sie's unter den Teppich gekehrt haben?« Ich empfand eine Gleichgültigkeit und ein Desinteresse gegenüber der Bombardierung des Pankissi-Tals, die mich mehr erstaunten als die Möglichkeit, die hiesigen Politideologen – falls es die überhaupt gab, was ich bezweifelte – könnten unseren Skandal ausgenutzt haben, um die Bevölkerung zu manipulieren.

»Weil das Innenministerium seine Hände im Spiel hat. Wer lässt denn diese Geschäftsleute kidnappen, wem fließt das Geld zu? Denen allen kommt es gelegen, dass Pankissi eine abgeriegelte Zone bleibt, ein schwarzes Loch, und die eigene Seite verpfeifen sie ja nicht«, sagte Merab.

»Genau«, stimmte ihm Akako zu, »nur dass jetzt Russland mit im Spiel ist.«

»War es doch schon immer, seit der Annexion 1801.«

»Ich ertrag dieses ewige Gerede über Russland und die Bomben nicht mehr«, sagte die *Gesellschaft und Politik*. »Soll ich glauben, dass Politik so kompliziert ist? Ich glaube, sie ist im Gegenteil höchst banal. Entschuldige dich doch einfach und widerruf die Erzählung. Das alles zerrt allmählich an den Nerven.«

Sie sprach in gereizt-lässigem Ton und bemühte sich sehr, ihre grünen Strümpfe aus dem besten Blickwinkel zu präsentieren. Bei allem, was sie tat, gab sie ein kleines Geräusch von sich: wenn sie die Teetasse auf die Untertasse zurückstellte oder wenn sie mit einem leichten, wohligen Stöhnen in den Apfelkuchen biss.

»Wie auch immer«, sagte Akako, »wir befinden uns tatsächlich im Mittelpunkt großer Ereignisse. Anderswo muss man solche Themen mit der Lupe suchen, in Europa zum Beispiel ...«

»Mann, was faselst du da«, unterbrach ihn Dato eins, »der Junge traut sich nicht mehr auf die Straße, und bei uns liegen die Nerven blank.«

»Warum traut er sich nicht mehr raus? Was sollen sie ihm denn schon tun?«

»Die schlagen mich zusammen, Akako«, entgegnete ich.

»Warum, mein Lieber?«, fragte die Schwiegermutter von Dato eins, die eben hereinkam und mich gleich bemerkte.

»Ausgeschlossen«, widersprach Akako, »wir sind in Georgien. Es gibt hier keine christlichen Terroristen. Könnt ihr euch vorstellen, dass der Patriarch wie ein Ajatollah Chomeini eine Fatwa über einen Schriftsteller verhängt? Niemals.«

»Kannst du einen Moment mit rauskommen?«, fragte Dato eins mich leise.

»Was ist los?«

»Nichts – vielleicht solltest du einfach die Suppe auslöffeln, die du dir eingebrockt hast«, sagte er mehr wegen der anderen als zu mir. Er war sichtlich nervös, und das machte auch mich nervös.

(–38)

»Wie wär's, wenn wir aus deinem Text die schlimmsten Sätze rausnehmen, die, welche sie am meisten stören?«, schlug er vor, als ich im Zimmer seiner jüngsten Tochter auf dem Stockbett Platz genommen hatte.
Er hielt eine »Freie Epoche« und einen blauen Kugelschreiber in der Hand, entschlossen, die Anstoß erregenden Stellen zu streichen. Auf meine Frage, was denn das für einen Sinn habe, erwiderte er, wir könnten die bereinigte Fassung veröffentlichen – als indirekte Entschuldigung.
»So wird es zwei Versionen geben: die in der Zeitschrift abgedruckte und die Entschuldigungsversion, verfasst vom verlorenen Sohn.«
»Mensch, das ist Zensur.«
»Dann musst du eben weiter vermummt und verstohlen durch die Straßen gehen ... Los, streich sie raus.«
»Wo soll ich denn rausnehmen, was ich gar nie geschrieben hab?«
»Hier, die Stelle nehmen wir raus.« Dato eins fing vom Ende her an. »Wo er das Huhn fickt.« Und er begann mit gespieltem Zorn und als ob er den Text mit neuen Augen sähe, vorzulesen:

Der Prinzgemahl warf seine Tschocha auf den Diwan, legte ein Polster auf den Boden und kniete sich hin, die flatternde Henne jedoch ...
Der Glaubwürdigkeit halber erzähle ich das Folgende in Altgeorgisch: Der henne iedoch, der unglückseligen, hat er mit syner schlächten hand, geheiszen linke, sperrangelweyt die Höllenthür geöffnet vnd, kaum er die Höllenhitz gespüret, nicht mehr geseumet, sundern kanickel geleich geramst und geramst!
Und dies im Angesicht der Königin und Herrscherin!

Dato eins schaute gequält hoch. »Was hat dich da bloß geritten, so einen Mist zu schreiben? Du hättest die Königin wenigstens ins Nebenzimmer verfrachten können. Warum musste er's in ihrer Anwesenheit mit der Henne treiben? Du hast sie ja nicht mehr alle ... Und was soll denn dieses *geramst und geramst*? Er hat ihn ihr reingesteckt? Soll das altertümlich sein?«
»Mann, lass mich in Frieden!«
»Was hat Königin Tamar hier zu suchen! Wir nehmen Tamar raus, und dann kann er ramsen, so viel er will. Darüber ereifern sie sich doch, dass Tamar dabei ist.«
»Mann, er ist doch pervers, er macht das nur, weil Tamar dabei ist, was hätte das sonst für einen Sinn?«
»Okay, dann nehmen wir das raus.«
»Was?«
»Das Ramsen. Er bringt das Huhn einfach nur rein.« Dato eins strich den ganzen Absatz durch. »Und das, was soll denn das?« Der Absatz weiter oben war ihm ins Auge gefallen.

Die Königin und Herrscherin bedeckte ihre Augen mit den Händen, und, was danach geschah, sah sie nicht mehr – erriet es nur.

Heißer Atem ganz nah, und dann eiskalte, rastlose Hände auf ihrem Körper.
Als sie vor Angst glaubte, nur noch ein Wimpernschlag trennte sie vom Tod, wälzte sich der Russe vom Diwan, bedeckte sein schlaffes Geschlecht mit der Tschocha und fing so bitter an zu weinen, als wäre er in Trauer um jemanden.
Zwischen Tamars Brauen erschien eine Zornesfalte.

»Du bist ja hysterisch«, sagte ich.
»Ich helfe dir«, erwiderte er. Er war beim dritten Kapitel, dem Anfang, wie er glaubte.

Schauen wir uns nun die Daten an: Königin Tamar soll am siebenundzwanzigsten Januar verstorben sein. Ihr Vater, Giorgi III., am siebenundzwanzigsten März. Siebenzwanzig ist die Todeszahl für Vater und Tochter.

Er las gewissermaßen mit den Augen der Heiligen Synode.
»Was soll dieses dritte Kapitel hier, warum ist das so ein Durcheinander? Willst du dich wichtigmachen damit? Konntest du nicht wie jeder vernünftige Mensch mit dem Anfang beginnen? Wegen diesem Blödsinn regen sich nachher die Leute auf!«
»Was hast du für ein Problem, bitte schön? Wer regt sich auf?« Er ging mir gewaltig auf die Nerven.
»Und was ist das?«
»Was?«
»Der Anfang ...« Er drehte das Heft herum. Die Erzählung begann mit einem Aufruf:

Christenmenschen! Ihr kennt doch die Zehn Gebote? Ihr kennt sie natürlich. Du sollst dies nicht, du sollst das nicht ... Kurz, es sind nicht nur zehn. Nein. Es gibt noch ein elftes!

»Streichen wir das und fangen normal an.«
Er kehrte wieder zum Anfang zurück, genauer, an den Schluss.
»Ist das das Finale? Kann es nicht ein bisschen besser enden? So ungefähr wie in den Märchen: ›Unglück dort, Freude da …‹ Die Leute verstehen's einfach nicht und werden deshalb wütend.«

Die Henne jedoch, mit der der Prinzgemahl die Königin und Herrscherin Georgiens betrog, legte ein goldenes Ei, aus dem binnen Kurzem der Enkel des Nowgoroder Großfürsten Andrej Bogoljubski schlüpfte.

»Lass mich in Ruhe!« Ich stand auf.
»Warte! Diese Leute rufen ständig an«, sagte er bedrückt.
»Wer ruft an?«
»Nichts. Setz dich noch einen Moment.«
Er war aufgeregt. Ich merkte es an seiner Stimme, den Worten, der Syntax.
»Ich versteh nicht …«
Die Wohnungstür ging auf; es kamen offenbar noch mehr Leute.
»Wer kommt da?«, fragte ich und erhob mich wieder.
»Warte! Dein Vater hat angerufen. Nichts Schlimmes …«
Die Tür ging auf: Lascha kam herein und lächelte mir dümmlich zu. Er konnte einfach nicht lügen. Das Lächeln sollte irgendwas verbergen.
»Was ist los?« Ich wurde unruhig. *War jemand zusammengeschlagen worden? Umgebracht?*
»Nichts, dein Vater sorgt sich einfach«, sagte Dato eins, »du sollst hierbleiben, nirgendwo hingehen.«
Nun bekam ich aber wirklich Schiss.
»Was ist passiert?«

»Nichts.«
Es stellte sich heraus, dass die Anrufe, die er erhalten hatte, beide von meinem Vater gewesen waren. Zwischen den beiden Anrufen war es Vater gelungen, den »Halunken Amiran« zu erreichen und ihn zur Rede zu stellen: »Schämen Sie sich nicht, ein erwachsener Mann wie Sie, so zu hetzen?! Vor unserem Haus sind schon komische Leute aufgetaucht und führen weiß Gott was im Schilde.« Amiran soll erwidert haben: »Was Sie nicht sagen! Ich zieh mich gleich an und komme. Ich bin im Augenblick zu Hause und nicht auf dem Laufenden, war den ganzen Tag im Bezirk unterwegs.«
Ich zieh mich gleich an und komme. Er war aber nicht gekommen.
»Was für Leute sind aufgetaucht? Ich versteh überhaupt nichts.«
»Beruhige dich«, sagte Lascha, der sich über Dato eins ärgerte. »Du gehst heute einfach nicht mehr nach Hause.«
»Warum soll ich nicht nach Hause gehen?«
Akako kam ins Zimmer, ganz aufgeregt. Er hatte eben mit dem Direktor des Instituts für Liberalismus telefoniert. Diesen wiederum hatte kurz zuvor ein Mitarbeiter des Sicherheitsministeriums angerufen – es war die Nacht der Telefonate.
»Er sagt, die hätten ein Sonderkommando ...«, begann Akako. Aber ich wollte es schon nicht mehr hören. Die Worte gelangten wie aus weiter Ferne zu mir: »Die Typen, die das Institut überfallen und die Mitarbeiter zusammengeschlagen haben, sind heute auf der Straße und wollen Jagd auf ihn machen. Er soll vorsichtig sein.«
Was heißt, *sie machen Jagd*? Was wollen sie mir antun?
»Ruft die Polizei!«
»Sie machen Jagd!«

»Keine Angst, Mann!«
Umsonst hat der Direktor ja wohl nicht angerufen.
»Morgen findet die Versammlung der Synode statt. Sie wollen uns nur Angst einjagen«, sagte Akako.
Wer wird mir denn was antun können bei den vielen Leuten hier?
Und schon wieder kam jemand Neues dazu. Mein Vater. Er umarmte mich, als wollte er sich versichern, dass ich wirklich da war, gesund und unversehrt.
Es war kaum mehr auszuhalten; gleichzeitig war ich wie betäubt. Denn wenn, was die anderen befürchteten, wirklich so schlimm war, warum war dann meine Angst nicht größer, als sie war?
»Nur mit Müh und Not haben wir uns aus dem Haus geschlichen«, fing mein Vater fröhlich an; er war außer Atem, und das Sprechen fiel ihm schwer. »Wir haben uns die Hüte ins Gesicht gezogen. Deine Großmutter hat die Fensterläden zugemacht und alle Lichter gelöscht; wenn was sein sollte, geht sie zu Buchuti, dem Nachbarn. Draußen stehen Männer in Schwarz herum, abgerissene Typen. Ich hab sie mir gar nicht richtig angesehen. Das Auto hatten wir weiter oben, wir sind subito hochgespurtet. Genauso hab ich es während des Bürgerkriegs gemacht, als auf der Tschitadse- und der Dserschinski-Straße geschossen wurde. Die Route hatte ich schon erprobt.«
»Ich versteh nicht, wer stand vor dem Haus?« Die Stimme versagte mir. »Hat der Typ vom Gefängnis wieder angerufen, der Erpresser?«
»Es hat überhaupt nie einen Erpresser gegeben«, widersprach mein Vater fest.
Ein Unbekannter hatte ihn angerufen, ihn höflich begrüßt, jedoch ohne seinen Namen zu nennen, und gesagt, die Kirchgemeinde von Achalziche sei mit ihren Priestern

nach Tbilissi gekommen, sie würden mich verprügeln wollen. Falls wir zu Hause seien, würden sie uns drinnen überfallen. Das war alles gewesen. Der Anrufer hatte aufgelegt. Wenn die vom Innenministerium immer noch mithörten, hätten sie seine Stimme eigentlich aufzeichnen müssen. Die Hauptsache aber geschah danach: Jemand schleuderte einen Stein ins Fenster eines Nachbarn (vielleicht dachten sie, es sei unsere Wohnung); allerdings war unklar, ob ihn die Kinder geworfen hatten, die auf der Straße Fußball spielten, oder die an der Ecke lauernden abgerissenen Typen (die Kirchgemeinde von Achalziche?). Vater hatte darauf alle möglichen Stellen angerufen, offenbar auch Schewardnadses Lieblingsjournalistin, die immer die Montagsinterviews mit dem Präsidenten machte. »Ich hab ihr gesagt, sie sollen sich was einfallen lassen, die Polizei reagiere nicht und ob das eigentlich eine Regierung sei oder ein Saustall.«

»Ein Saustall, genau!«

Keiner hatte zurückgerufen.

Meine Mutter, meine Schwester und meine Oma hatten sich vor einer Stunde in die Wohnung von Omas Schwestern, meinen Großtanten, geflüchtet. Opa hatten sie nach langem Bitten und Flehen mit seinem Radio und in seinem unförmigen schrankähnlichen Morgenmantel in einem Zimmer unserer Nachbarin Tamila untergebracht (in dem ihr Mann Wano seinerseits mit eigenem kleinem Radio und im schrankförmigen Morgenmantel lag). Mein Großvater hatte Erinnerungen an den Zweiten Weltkrieg zum Besten gegeben, wie die Deutschen Bomben über dem Kaukasus abgeworfen hatten, und gesagt, was jetzt geschehe, sei ihm völlig wurst, »sollen sie doch die Wohnung stürmen«.

Während ich all diese Details diffus aufnahm, hörte ich,

wie Lena immer wieder ein und dieselbe Frage stellte: »Die Polizei? Wo ist Polizei, Akako?«, ohne von irgendwem eine Antwort zu erhalten. Die Polizei war nicht gekommen. Die Polizei kam einfach nicht. Die Polizei hatte nur gesagt, sie würden ausrücken.

»Solange nicht jemand zu Schaden kommt, können sie niemanden verhaften«, sagte mein Vater. »Und für die Anrufe ist nicht die Polizei zuständig.«

»Das heißt, die rühren keinen Finger, bevor mich die Achalzicher Kirchgemeinde nicht in aller Öffentlichkeit zusammengeschlagen hat?«, schrie ich.

»Vielleicht rührt sich die Polizei auch dann nicht«, sagte Merab beschwichtigend.

»Er könnte sich in eine Botschaft flüchten«, sagte Akako. »Gibt's eine hier in der Nähe? Gibt's hier draußen in Nuzubidse überhaupt Botschaften?«

»Die vom Vatikan, ein bisschen weiter oben«, erwiderte die *Gesellschaft und Politik*; sie schien nun verzagt und angespannt.

»Pah, was wollen wir im Vatikan«, hielt Dato eins dagegen.

»Das ist ein Kreuzzug«, verkündete Akako, »ein Krieg. Entweder wir oder sie. Wir müssen kämpfen.«

»Unsinn«, fuhr mein Vater dazwischen, »hier führt niemand gegen irgendwen Krieg. Ich muss mich mit Schewardnadse treffen, sollte es zumindest versuchen, angerufen hab ich deswegen schon. Diese Muskelspiele müssen ein Ende haben. Was, wenn jemandem der Schädel eingeschlagen oder sogar jemand angeschossen wird? Nehmt Vernunft an, Leute, das ist kein Spiel. Ihr scheint das nicht zu verstehen, das Blut kocht euch in den Adern; ich bin da noch von einer anderen Generation, ich weiß, das ist kein Staat, das ist Dreck, Scheiße, und solange du

nicht zu den Oberen zählst, bist du denen schnuppe. Natürlich ist das eine Hexenjagd, was sonst!«
Datos Schwiegermutter, die meinem Vater ins Zimmer gefolgt war, schienen diese Worte besonders zu Herzen zu gehen, denn sie schaute verwirrt und mit Tränen in den Augen zu mir und sagte leise: »Dabei bist du so ein netter Junge!«
Ich rief eine der Großtanten an, bei denen sich meine Mutter befand.
Mutter hörte sich gereizt an, und ich musste an meine Kindheit denken, denn so eine Stimme hatte sie immer dann gehabt, wenn sie müde und unzufrieden war und nicht wusste, was sie wollte. Auch jetzt war es so: Sie hatte keinerlei Einfluss auf die Ereignisse, war selbst zum Spielball geworden. »Was ist das alles für ein Blödsinn«, sagte sie auf eine Weise, die mich vergessen ließ, dass ich ihr Kind war und nicht sie meins. Sie schien in diesem Augenblick viel jünger als ich, quengelig und gekränkt, ein Mensch, dem es völlig gegen den Strich ging, mitten in der Nacht das Haus verlassen zu müssen. Den Großtanten hatte man den Grund für die nächtliche Flucht verheimlicht; man hatte ihnen gesagt, uns würden für zwei Tage Wasser und Strom abgestellt und wir müssten deshalb vorübergehend umziehen. Durchs Telefon hörte ich das muntere, laute Geschwätz meiner Schwester und beneidete sie ganz furchtbar um ihren Gleichmut.
»Wir müssen uns zur Verteidigung rüsten, Herrschaften«, sagte Akako, der sich für den Kreuzzug wappnete. »Zu was für einer Biografie sie uns da verhelfen!«[5]
»Wenn sie dich verprügeln würden, käme uns das ja nicht ungelegen«, frotzelte Merab.
»Im Institut für Liberalismus sind die Leute mit Gummi-

knüppeln zusammengeschlagen worden«, wies ihn Dato eins zurecht.
Ich schaute erst Lascha an, dann meinen Vater, bevor ich, ohne weiter nachzudenken und wahrscheinlich nicht ohne Komik, das Auditorium in der Pose eines schicksalsergebenen heiligen Augustinus auf einem Renaissancegemälde bat: »Bringt mich ins Patriarchat.«
Was so viel hieß wie: *Ich ergebe mich.*

(–39)

Als Erstes suchte ich in meinem Telefon *Abgelehnter Anruf 5.* Erst kam es mir so vor, als hätte ich Vater Tadeos geweckt und er klänge verschlafen. Ich zweifelte sogar kurz, ob ich auch wirklich ihn angerufen hatte und nicht etwa einen anderen Abgelehnten Anruf. Aber schon beim zweiten Wort nahm seine Stimme das seinem Status zukommende Timbre an, und ich war sicher, beim Richtigen angerufen zu haben. Hingegen war ich mir gar nicht sicher, ob ich mich klug verhielt oder nicht. Egal, ich teilte ihm mit, dass ich ins Patriarchat käme (beziehungsweise wir kämen), denn ich würde konkret bedroht und nur der Patriarch könnte diesen Leuten Einhalt gebieten, ich meinerseits sei bereit, dem allen ein Ende zu setzen, worauf Vater Tadeos ein leises »Ja, mein Lieber, natürlich« entfuhr.
»Ich werde in irgendeiner Form Bedauern zum Ausdruck bringen«, sagte ich den Satz, den wir uns gegen Akakos Widerstand im Zimmer von Datos Tochter ausgedacht hatten.
»Versuchen wir's«, sagte Vater Tadeos. »Wir hatten euch ja gewarnt, dass nicht mehr zu kontrollierende Ereignisse

ins Rollen gebracht werden könnten. Morgen ist die Sitzung der Synode, deshalb musst du heute vorsichtig sein.«
Ihre Strategie hatte ins Schwarze getroffen: Ich hatte Angst bekommen. Nun würde ich ins Patriarchat gehen und gerade diejenigen um Hilfe bitten, die das erboste Volk anstachelten, und darüber hinaus würde ich *Bedauern ausdrücken, falls ich unwillentlich irgendjemandes religiöse Gefühle verletzt haben sollte* (über diesem Satz hatten wir ganze zwanzig Minuten gebrütet). Denn morgen müsste ich wieder nach Hause zurück, mein Opa sollte mit seinem Radio und seinem schrankförmigen Morgenrock in sein Zimmer zurückkönnen, und meine Mutter durfte nicht mehr mit der quengeligen Kinderstimme sprechen.
Sei es vor Müdigkeit, Angst oder aus Naivität, sei es, weil es keinen stillen Raum mehr gab, wo ich mich hätte fokussieren können – ich war auf einmal überzeugt, dass auf unsere gut überlegten Worte hin die Drohungen sofort aufhören, die anrückende Kirchgemeinde sich die zweihundert Kilometer nach Achalziche zurückziehen und ich wieder zu dem zehnten Januar zurückkehren würde, als ich noch ohne in die Stirn gezogene Mütze rausgehen konnte.
»Ich ruf die Sekretärin Seiner Heiligkeit an«, sagte Vater Tadeos. »Ich bin in der Antschis-Chati-Kirche und geh jetzt gleich rüber. Ihr könnt aber schon herkommen.«
Akako nahm unterwegs dem Freiversdichtergiganten das Versprechen ab, ebenfalls ins Patriarchat zu kommen, da uns unter den vielen Leuten dieser Vater Awtandil am meisten heruntermachen würde.
Im Auto lagen mir alle mit ein und derselben Litanei in den Ohren: »Du darfst das Wort *Entschuldigung* nicht in den Mund nehmen.«
»Du darfst ja nicht um Verzeihung bitten.«

»Vergiss das Wort *Entschuldigung*!
Entschuldigung.
Entschuldigung.
Entschuldigung.
Entschuldigung.
Entschuldigung.
Entschuldigung.
Entschuldigung.

Nach Akakos Meinung hätten wir uns zuerst mit der Presse treffen, diesen Banditen alle Schande sagen und erst dann ins Patriarchat gehen sollen.

Lena saß zusammengekauert auf Akakos Knien, die Rubrik ein bisschen nach vorn gebeugt auf einer Seite, wo sie kaum mehr auf den Sitz passte. Vater sah auf sein Telefon. Dato eins saß irgendwie still und brav und sauber gekämmt wie ein Schüler und schaute auf die dunklen Straßen hinaus. Lascha saß neben mir; wir hatten kaum mehr ins Auto gepasst. In dem Augenblick dachte ich, dass mir diese Menschen sehr lieb waren, denn sie ließen mich nicht im Stich und waren genauso nervös wie ich. Mein Vater war natürlich aus vielen Gründen aufgeregt, ebenso Lascha und Dato eins, aber die anderen? Auch sie waren besorgt, Merab auf ironisch-erschrockene Art, und Lena rang die Hände und gab undefinierbare »Ach, oh, oh«-Laute von sich. Vielleicht grämte sie sich auch nur Akako zuliebe, genau wie die angespannte und ernüchterte *Gesellschaft und Politik*; doch nein, die beiden Frauen schienen sich tatsächlich aufrichtig zu sorgen, was mich sehr rührte.

Wenn nur Ani sich endlich melden würde, um ebenfalls zu mahnen: Du darfst dich nicht entschuldigen!

Vor der Mauerumfriedung des Patriarchats standen nur ein paar schwarze Autos, bischöfliche Jeeps, und, leicht

schwankend, unser Freiversdichter, der offensichtlich betrunken war.
Wieder dieses Eingangstor, wieder die hinter der Mauer emporragenden Zypressen ...
Abgesehen von den Wachleuten war niemand im Hof. Am Eingang tauchte unvermutet und außer Atem Vater Tadeos auf. Nachdem er uns alle auf die Wange geküsst hatte, wollte er mich unter vier Augen sprechen.
Wir betraten ein kleines Zimmer am Ende des Flurs, vielmehr eine Zelle, deren Fenster auf den Innenhof ging. Ich sah Schweißtröpfchen auf Vater Tadeos' Oberlippe. Er atmete schwer; wahrscheinlich war er gerannt. Wir setzten uns auf niedrige Schemel. Vater Tadeos nahm die Skufia ab und legte sie sich aufs Knie. Über der Stirn war sein Haar ganz dünn. Er bemerkte meinen Blick.
»Wenn der Kopf die ganze Zeit bedeckt ist, kann das Haar nicht atmen. Ach du liebe Zeit«, seufzte er. Er war wohl müde.
Vor mir saß ein junger Mann mit Geheimratsecken und silbern angegrautem Bart, ein Junge eigentlich, den sie in eine Soutane gesteckt und dem sie diese sonore Sprechweise antrainiert hatten, ein müder, abgehetzter Mann mit eigenen Karrierezielen und Idealen.
Ich betrachtete ihn und dachte: Warum hat dieser vorzeitig ergraute Junge das Mönchsgelübde abgelegt? Gab es zu Hause in seiner Familie einen Geistlichen, in dessen Fußspuren er trat? Hatte er als Kind eine Vision? Oder hat ihn ein schicksalhaftes Ereignis dazu gebracht? Vielleicht hatte er etwas zu verbergen?
Unterdessen war er zu Atem gekommen, setzte sich die Skufia mit beiden Händen wie eine Krone wieder auf den Kopf und war, oh Wunder, drauf und dran zu gähnen, beziehungsweise gähnte nicht, sondern öffnete peinlich

berührt ein wenig den Mund, eine vollkommen misslingende Geste.

»Du hast gut daran getan, herzukommen«, sagte er. »Wir werden jetzt mit Seiner Heiligkeit sprechen und festlegen, wie wir verfahren. Chatuna hat mir die Audienz bestätigt. Dass Er dich jetzt empfängt, ist eine große Ehre und bedeutet, Er sieht die Gewichtigkeit des Problems und ist beunruhigt. Das ist keine geringe Sache, Seine Heiligkeit zu sprechen ist sehr schwierig. Es ist eine Gnade.«

»Ich verstehe«, sagte ich, obwohl ich in Wirklichkeit nur eines wollte, so schnell wie möglich diesen Text aufsagen, den wir uns bei Dato eins im Kinderzimmer ausgedacht hatten.

»Nun zum Grund, warum ich dich hier in diesen Raum gebeten habe«, fuhr Vater Tadeos fort. »Seine Heiligkeit hat Seinen Segen gegeben zu folgendem Angebot: Du kannst mit uns zusammen zu einem Kloster pilgern, falls du das wünschst, zum Beispiel nach Zypern oder zum Berg Athos in Griechenland. Bist du schon mal in Griechenland gewesen?«

Er glich so sehr dem Patriarchen, als er das sagte, dass es mir schwerfiel, den Inhalt seiner Aussage zu erfassen; vielleicht taten Beleuchtung, Sprechtempo oder die Stimme das Ihre, denn vor mir saß ein junger Mann, der entweder den Patriarchen höchst geschickt nachahmte oder der Patriarch selbst war.

»Dort kannst du überdenken, was passiert ist, wir reden darüber und beten.« Er hatte die Stimme erhoben. »Die Flugkosten übernimmt das Patriarchat, auch Kost und Logis erhältst du von uns. Das ist kein schlechtes Angebot, meine ich.«

Erst jetzt begriff ich, was er mir da sagte, und ich wedelte abwehrend mit den Händen.

»Nein, nein, unmöglich. Vor unserem Haus stehen Leute, sie haben Fenster mit Steinen eingeworfen, meine Familie musste sich woanders hinflüchten ...«

Vater Tadeos erschrak, aber eher wegen meiner Ablehnung und meinem Gefuchtel; es war ihm wohl auch unangenehm, dass meine erhobene Stimme draußen zu hören sein könnte. In dem Moment wurde mir zum ersten Mal bewusst, dass sie sich im Patriarchat genauso vor mir fürchteten wie ich mich vor ihnen.

Ich wartete seine Antwort nicht ab, stand auf, öffnete die Tür und trat auf den Flur; kurz hatte ich damit gerechnet, dass die Tür von außen abgeschlossen sein könnte.

Im Korridor kam mir ängstlich-erschrocken Chatuna, die Privatsekretärin, entgegen; sie stellte sich mir in den Weg und teilte mir mit Flüsterstimme und psychotischer Freudigkeit mit, Seine Heiligkeit erwarte mich. »Er ist in Seinem Gemach.«

Ich fand mich zwischen der irr lächelnden Sekretärin und dem schwitzenden Archimandriten wieder, folgte ihnen wie ein Gefangener schleppenden Schritts, denn die Worte »Seine Heiligkeit« ließen mich das Tempo verlangsamen.

Im Empfangsraum saßen mein Vater, Dato eins, der Dichter Nikolos Todua, Lascha, Lena und die *Politik und Gesellschaft*; Letztere hatte ein Kopftuch um, obwohl sie immer sagte, sie sei Atheistin und könne Förmlichkeiten nicht ausstehen. Sie tranken mit trauriger Nonchalance türkischen Kaffee (mein Vater eine Cola). Ihnen gegenüber saß ein alter Mönch dösend vor dem Fernseher, der an der Wand stand und wo ziemlich laut japanische Zeichentrickfilme liefen. Instinktiv blickte ich zur Fernbedienung auf der Sessellehne.

In Vaters Augen stand die Frage, was Tadeos mir im Sepa-

ree gesagt hatte. Ich antwortete vermutlich mit geweiteten Augen, dass ich zum Sündenbereuen auf den Berg Athos gehen sollte, was er natürlich nicht verstand, aber weiter zu seiner Anspannung beitrug. Akako hatte Kaffeereste auf den Lippen, konnte auf seinem Stuhl nicht stillhalten und zappelte herum.
Kaum hatte ich mich neben den dösenden Mönch gesetzt, als die große Holztür aufging und ein Mann mit einem unpriesterlichen Kurzhaarschnitt herauskam, offenbar ein Sicherheitsmann des Patriarchen.
»Kommen Sie?«, fragte er.
»Jawohl«, erwiderte ich. Was anderes hätte ich ja wohl kaum sagen können.
Wir gingen alle Richtung Tür, nur der Freiversdichter flüsterte Akako zu: »Ich bleib hier, das ist sonst peinlich, beschwipst, wie ich bin.« Dazu machte er die einschlägige Geste, tippte sich mit zwei Fingern an den Hals.
»Nur Sie beide, wenn ich bitten darf«, sagte der Sicherheitsmann zu mir und meinem Vater.
»Nein, nein, sie auch«, sagte Chatuna und zeigte auf Dato eins und Akako.
»Nein, besser, wir bleiben hier.« Dato eins wand sich verlegen.
Akako war ratlos, und Lascha setzte sich wieder auf den Stuhl.
»Kein Problem, gehen Sie rein«, sagte Chatuna lächelnd.
Plötzlich waren wir alle verwirrt.
»Gut, okay«, sagte Dato eins.
Die anderen blieben im Empfangsraum.
Wir betraten einen großen, langen, dunklen Saal. An der Spitze ich, dann mein Vater, zum Schluss Dato eins.

(–40)

Der Katholikos-Patriarch saß weit weg von uns in einem niedrigen vergoldeten Sessel unter einem tief hängenden Kronleuchter.
Von einem riesigen modernen Fresko schaute uns Georgiens Geschichte entgegen: Figuren in Lebensgröße, Kirchen und Klöster und Georgiens bekannteste Gletscher. Es war, als erwartete uns zusammen mit dem Patriarchen ein riesiger Chor von Heiligen, Königen und Königinnen: Der zeitgenössische Künstler hatte den Figuren realistische, streng dreinblickende Gesichter verliehen, die alle denselben Ausdruck hatten, wie wenn sie allesamt Zwillinge wären oder der Maler sie, absichtlich oder unabsichtlich, nach seinem Ebenbild gemalt hätte. Die heiligen Könige und Königinnen hatten ein gesundes, stolzes Aussehen; manchen, die ein wenig weiter unten mit kanonisch gekreuzten Armen standen, fiel der Schein der dicken Kerzen in den hohen Kandelabern auf das runde Gesicht und das senkrecht gekerbte Kinn. Weiter oben in der zweiten Reihe glänzten die Goldkronen der Könige im Licht des Kronleuchters. Mittendrin stand Dawit IV. der Erbauer, in der Hand die Kirche von Gelati; neben ihm befand sich als Kopie des alten Freskos von Wardsia die drei Meter hohe Königin Tamar, die Hände flehend ausgestreckt nach einem gigantischen Giorgi III. Von meinem Standpunkt war das halb überschattete Gesicht eines Königs, vielleicht Bagrats III., am besten zu erkennen; ich konzentrierte mich auf diesen aus dem Halbdunkel schauenden Bagrat, auf sein kitschig-realistisch strenges Gesicht, bevor ich den Blick endlich auf den lebenden Kontrast zu dem Fresko, den lächelnden und leicht nach rechts geneigten Patriarchen, richtete.

Das seit Kindheit wohlvertraute Lächeln war nun ganz mir gewidmet.
Ich dachte: Muss ich mich hinknien?
Stattdessen verbeugte ich mich dreimal, während ich mich näherte.
Mir schien, jemand flüsterte mir zu: »Küss ihm die Hand.«
Die Hand des Patriarchen zitterte leicht.
Plötzlich fiel mir ein, wie jemand mir erzählt hatte, der Patriarch verstecke sein Handgelenk im Ärmel der Soutane, wenn sich unerwünschte Menschen darüber beugen wollten – du bückst dich, und die Hand verschwindet. Er will nicht, dass man ihn küsst, basta.
Mein Gesicht berührte ihn irgendwo zwischen Ärmel und Handgelenk.
»Da ist also unser Unruhestifter«, sagte der Patriarch und lächelte wieder sein charakteristisches Lächeln.
Das Fresko verschwand.
Es verschwand der strenge, dunkelhäutige König Bagrat III. Und alle anderen, die uns von der Wand herunter entgegenblickten.
Erst jetzt bemerkte ich hinter dem Sessel des Patriarchen drei Priester oder Mönche in schwarzen Soutanen, unter ihnen, wie ich später erfuhr, Hochwürden Kristepore; links des Sessels befanden sich Vater Tadeos, Koba, der beim ersten Treffen die beiden Textversionen verlesen hatte, und Chatuna, ein Exemplar der »Freien Epoche« in der Hand.
In einer Saalecke stand ein Fernseher, aus dem Andrea Bocelli ertönte.
Wir nahmen auf drei niedrigen Sesseln Platz.
Der leicht geöffnete Mund und die wulstige, wie nach außen gestülpte Unterlippe verstärkten noch den Ausdruck der Verwunderung auf dem Gesicht des Patriarchen.

»Wie geht es euch?«, fragte er uns so leise, dass ich es eher von seinen Lippen las, als dass ich es hörte. Ich würde mich sehr anstrengen müssen, um ihn zu verstehen.
»Wir sind beunruhigt, Eure Heiligkeit«, erwiderte noch leiser und übertrieben niedergeschlagen mein Vater.
Der Patriarch entgegnete nichts; mit zitternder Hand richtete er seine Brille und wandte sich mit einer kaum wahrnehmbaren Bewegung der Privatsekretärin zu.
»Ist er hier?«
Die Privatsekretärin nickte. »Jawohl, Eure Heiligkeit.«
»Rück näher«, forderte mich der Patriarch auf.
»Rück näher«, echoten flüsternd die anderen.
Ich rückte, so nah es ging, heran (mein Sessel schien am Fußboden festgenagelt, so schwer war er).
Die Privatsekretärin legte dem Patriarchen die wahrscheinlich an ausgesuchter Stelle aufgeschlagene Zeitschrift auf die Knie. Der betagte Mann richtete noch einmal seine silbergerahmte Brille, die ihm ständig über die Nase rutschte, und ließ dann den zitternden Finger die Zeilen entlangwandern.
»Erklär es uns.« Er schaute mich von der Seite an, als schmerzte ihn der Nacken und hielte den Kopf nur mühsam aufrecht.
Ich schaute auf die Zeitschrift; ein paar Zeilen waren rot unterstrichen.
»Was hast du da geschrieben?«
Die Privatsekretärin bückte sich, nahm ihm vorsichtig und irgendwie umständlich, wie unter großer Anstrengung die Zeitschrift von den Knien und reichte sie mir.
»Lies vor«, empfahlen mir die anderen.
Ich blickte zum Patriarchen hoch. Er schaute mich immer noch mit demselben verwunderten Ausdruck und leicht geöffnetem Mund an.

»Lies vor«, hörte ich hinter mir.

»Was denn? Was rot angestrichen ist?« Ich versuchte ein Lächeln, doch als ich hochsah, traf mein Blick auf das strenge Gesicht von Bagrat III. oder dem IV., und ich schaute wieder auf die Zeitschrift hinunter.

»Ja«, sagte Chatuna.

Ich las: »›Beten wir nun das Vaterunser ...‹« Und wusste nicht, ob ich fortfahren sollte. Warum sollte ich überhaupt lesen? Ich fühlte mich wie in einer Prüfung.

Ich verstummte.

Plötzlich ließ sich der Patriarch vernehmen, seine Stimme leise wie die Stille selbst: »Warum machst du dich über dieses Gebet lustig? Wir beten das Vaterunser doch jeden Tag?«

Er sagte das so gekränkt und betrübt, dass ich mich auf einmal furchtbar grämte. Ich schämte mich nicht wegen des Textes, sondern wegen ihm, diesem gütigen Greis, den ich unbeabsichtigt verletzt hatte.

»Warum ich mich lustig mache?« Schülerhaft wiederholte ich die Frage und blickte dabei zu meinem Vater. Vielleicht sollte statt meiner besser er antworten. Aber nein, die Sache stand nun so (oder war so arrangiert), dass ich Rede und Antwort stehen musste.

»Ich mache mich nicht lustig. Auch ich, Eure Heiligkeit, bete täglich das Vaterunser.« Ich hatte »Eure Heiligkeit« gesagt und wunderte mich, wie fremd meine Stimme klang.

Konnte nicht jemand den Fernseher wenigstens ein bisschen leiser stellen? Dann fiel mir ein: Er ist mit Absicht so laut, um die Gespräche zu übertönen. Jemand hatte mal erzählt, wenn Geheimdienste mithören, macht man am besten viel Hintergrundlärm: Radio, Fernseher, Musik ... Diesen Patriarchen hatten sie schon immer abgehört.

Wahrscheinlich hörten sie ihn auch jetzt ab. Der Patriarch weiß das, und deshalb schaltet niemand den Fernseher aus. Vielleicht aus Tradition. Vielleicht ist vollkommene Stille verboten in seinem Sprechzimmer.
»Es ist unser Gebet«, fuhr er bedächtig und sanft, jeden Buchstaben betonend fort, »ein sehr inbrünstiges Gebet.« Ebenso bedächtig richtete er erneut seine verrutschte Brille und schaute auf die Zeitschrift.
»Und, was haben wir da?«
Oje, dachte ich, wenn wir bei der Stelle sind, wo Juri Sex mit der Henne hat, wird's oberpeinlich.
Chatuna stellte sich neben mich und suchte die Stelle. Vielleicht hatte sogar sie das Ganze mit dem Rotstift durchgearbeitet.
Hätte ich nur auf Dato eins gehört und die anstößigen Stellen entfernt.
Weiter unten im Text war der Satz angestrichen, in dem ich den Hängearsch der georgischen Königin beschrieb. Was hatte mich nur zu diesem Blödsinn getrieben! Nein, vorlesen würde ich das auf keinen Fall.
»Lesen Sie vor, ich geniere mich vor Seiner Heiligkeit«, bat ich Chatuna.
Mein Vater, Dato eins und Vater Tadeos lachten leise, voller Mitgefühl und Solidarität.
»Weshalb hast du sie so beschrieben? Ist unser Volk nicht gerade für seine Schönheit bekannt?« Der Patriarch hob den Blick zu mir. Er wusste, ich war nicht imstande vorzulesen.
Trotzdem, musste ich mit Seiner Heiligkeit und Seligkeit nun die Körpermaße der georgischen Frauen erörtern? Nein, Eure Heiligkeit, nicht alle haben so einen Po, wenn Sport und gesunde Ernährung das Ihre tun.
»Tamar war schön«, fuhr der Patriarch fort; er sprach das

Sch dunkel und zuckrig aus. »Warum hast du sie so beschrieben? Sollte nicht der Schriftsteller in jedem Menschen das Schöne sehen? Umso mehr in einer berühmten Königin.«

Wie seltsam: Der alte Patriarch nahm die georgischen Gene in Schutz vor mir. Es war, als verteidigte das Land in seiner Person die körperlichen und seelischen Eigenschaften der Georgier.

Ich wusste nicht, was tun. Sollte ich mich entschuldigen? Kam mir denn keiner zu Hilfe? Wie und worüber sollte ich einen Disput führen mit einem greisen Patriarchen, der über die Schönheit einer Königin aus dem dreizehnten Jahrhundert sprach?

»Sie hat zusammengewachsene Augenbrauen wie auf den Fresken«, las die Privatsekretärin vor.

»Auf welchem Fresko soll sie zusammengewachsene Brauen haben? Dem von Gelati oder von Wardsia?« Der Patriarch geriet in immer größere Verwunderung. »Auf unserem hier sind ihre Brauen nicht zusammengewachsen. Du hättest sie dir vor dem Schreiben erst anschauen sollen.«

Von dem Fresko schaute mich eine energische junge Frau an, die neugeorgische Kopie der Wardsier Königin Tamar.

»Seine Tamar hat eben bemerkenswerte Augenbrauen, wirklich bemerkenswerte«, flüsterte mein Vater, der beschlossen hatte, mir zu Hilfe zu kommen, »künstlerisch individuelle.«

»Es ist deine Schuld, Giorgi«, entgegnete ihm der Patriarch, »du hättest es ihm besser beibringen müssen.«

Im Fernsehen begann ein Volkstanzensemble seine Darbietung.

Ich schaute mich um. Neben dem Fernseher stand der Sicherheitsmann.

Mein Vater war errötet. Weil er sich gekränkt fühlte, nicht weil er sich vor dem Patriarchen schämte. Hätte er sich nicht um mich gesorgt, er hätte im Gefühl der eigenen Überlegenheit eine betont aufmüpfige Entgegnung parat gehabt, denn im Grunde besaß der Patriarch für ihn keine Autorität; doch jetzt war klar, er hielt still und hörte sich die Zurechtweisung mit hochrotem Gesicht an.
»Da war noch was«, sagte Chatuna und beugte sich wie eine Lehrerin zu mir. Sie zeigte mit dem Finger auf einen Absatz und flüsterte lächelnd: »Da.«
Der Patriarch hatte nicht verstanden, was seine Privatsekretärin meinte, deshalb brachte sie respektvoll und unentwegt lächelnd, aber deutlich eine weitere Anmerkung vor: »Die Kapitel sind rückwärts nummeriert, deshalb müssen die Seiten von hinten nach vorn geblättert werden. Auch darüber empören sich manche.«
Der Greis schaute mich, den Kopf schief gelegt, erwartungsvoll an. In seinen Augen schien Neugier auf.
Sie mussten sich hier wohl sehr langweilen und amüsierten sich auf meine Kosten.
Ich legte den Kopf ebenfalls schief, denn aus irgendeinem Grund dachte ich, er verstünde meine Aussagen besser, wenn ich nicht kerzengerade dasaß.
»Es handelt sich«, erwiderte ich, »um ein dichterisches Spiel, es ist ein Text im Stil des Postmodernismus.«
Das Wort »Postmodernismus« schallte in den Saal, als hätte ich gerülpst oder eine Obszönität gerufen.
Dem bärtigen Hochwürden, der hinter dem Patriarchen stand, war der Tadel ins Gesicht geschrieben. So wie allen Figuren auf dem modernen Fresko.
»Diese Ismen sind gefährlich«, sagte der Patriarch.
Mein Vater kam mir zu Hilfe: »Das Wort bezeichnet eine zeitgenössische kulturelle Tendenz, Eure Heiligkeit.«

»Die Kommunisten haben uns wegen eines Ismus verfolgt. Unsere Geistlichkeit, unsere Kirchen und Klöster wurden heimgesucht. Sie haben Priester beschimpft und Heiliges lächerlich gemacht. Das müssen wir diesen jungen Leuten erzählen, denn sie wissen es nicht. Jede schlimme Tat beginnt mit dem Lächerlichmachen. Zuerst redet man den Leuten ein, dass nichts mehr heilig und kostbar ist, und dann geht man dazu über, die Geistlichkeit und die Heiligtümer zu vernichten.«

Alle, die hinter dem Patriarchen standen, nickten wortlos zustimmend im Gleichtakt. Und die Heiligen auf dem Fresko bestätigten dem Greis die Richtigkeit seiner Worte dutzendfach.

»Ja, ich weiß, Eure Heiligkeit«, sagte ich leise, obwohl ich nur den einen Wunsch hatte: mich beim Patriarchen endlich über die unidentifizierten Belagerer unseres Hauses und die sagenhaften Gewalttäter aus Achalziche zu beschweren. Die Geschichten über die unter den Bolschewiken leidenden und hingerichteten Priester hörte ich seit meiner Kindheit, besonders oft die über jenen Geistlichen, der 1983 wegen Flugzeugentführung erschossen wurde, obwohl er, im Gegensatz zu meinem Paten, selbst gar nicht im Flugzeug gewesen war.

»So zu denken ist schlecht«, sagte der Patriarch und schaute zu meinen Begleitern, als erwartete er von ihnen eine Replik, bevor er sich wieder mir zuwandte. »Was war dein Beweggrund? Weshalb hast du über Königin Tamar geschrieben?«

Weshalb ich geschrieben hatte? Zum Teufel, das wusste ich nicht. War meine Antwort ausschlaggebend? Ich fühlte mich beinahe genauso unwohl wie vor vielen Jahren, als mein Großvater versucht hatte, mir das unanständige Wort zu entlocken, das der Wasserballtrainer mir zugerufen hatte. Wirklich, warum sollte die Königin einen unsportlichen Körper gehabt haben? Aber was für einen Körper hätte sie denn dann haben sollen? Lange Beine und eine Wespentaille? Durfte ich jetzt noch herumwitzeln?

»Der Junge ist ein glühender Patriot, Eure Heiligkeit«, schaltete sich mein Vater ein, »es muss hier ein Missverständnis vorliegen. In diesem Land gilt als Patriot, wer am lautesten schreit, dabei ist das nur Hurrapatriotismus. Dagegen erinnere ich mich, wie er und sein Kumpel einmal am sechsundzwanzigsten Mai die Schule schwänzten; der Nationalfeiertag war gleichzeitig der Geburtstag des Freunds; ihr ganzes Taschengeld haben sie ausgegeben, um im Taxi mit den Fahnen der Ersten Republik durch die Stadt zu kurven. Sie waren noch Kinder 1988 oder 1989, eine andere Generation ...«

Die Anekdote machte keinerlei Eindruck auf den alten Mann; er konnte nicht nachvollziehen, wie wir uns fühlten und was wir fühlten, und es schien ihn auch nicht zu interessieren, was mich ängstigte und ob ich tatsächlich bedroht wurde. Er war irgendwie distanziert, sogar kalt, und es kam mir vor, als wartete er bloß, dass wir etwas sagten, taten oder etwas geschah, damit er den Abend nicht nur vor dem Fernseher verbringen musste.

Weshalb hatte ich geschrieben, was ich geschrieben hatte? Sie warteten auf meine Antwort.

Der Kopf des Patriarchen war herabgesunken, man hätte meinen können, er schlafe.

»Morgen tagt die Synode«, sagte Vater Tadeos leise, aber entschieden und deutlich aus dem Dunkel hinter dem Patriarchen (sein Gesicht war nicht zu sehen, weshalb es den Anschein machte, als würde einer der Könige vom Fresko herab sprechen). »Die Bevölkerung ist in Aufruhr.«

Aus irgendeinem Grund war ich der Meinung gewesen, hier und jetzt dürfte nur der Patriarch sich äußern, und war erstaunt, Vater Tadeos' Stimme zu hören.
»Ja«, pflichtete ihm der Patriarch bei und schob die Brille hoch.
Und auf einmal begriff ich, nein, ich erkannte: Falls hier irgendjemand auf etwas wartete, war es nicht auf eine Antwort von mir, nicht darauf, dass ich bereute oder mich entschuldigte, sondern darauf, welche Fragen der Patriarch stellte und wie entschlossen er sich zeigte.
Auf ihn waren alle Blicke gerichtet, nicht auf mich.

(–41)

Dieser Mann befand sich in derselben Situation wie ich. Sie ließen ihn ebenso wenig in Frieden wie mich. Ihn überwachte mit seinen Hunderten Augen das Fresko.
Eure Heiligkeit, ich befinde mich in beinahe derselben Lage, in der Ihr Euch mehr als einmal befunden haben mögt. Doch seid Ihr sehr viel schlimmer dran als ich, denn Ihr seid gezwungen, Tag und Nacht mit denen hier zu verbringen, Euer Leben und Eure Gesundheit ist in den Händen dieser Leute, und niemand weiß, welche Gefahr das für Euch birgt. Ihr seid ihre Geisel, Eure Heiligkeit, die Geisel der Bischöfe, der Heiligen Synode, der georgischen Nation, die Euch für einen lebenden Heiligen hält von viel größerer Autorität als Königin Tamar, als alle Heiligen zusammengenommen, ja als Gott selbst, jawohl, und das belastet Euch oder belastet Euch auch nicht, ich weiß es nicht, Ihr seid die Geisel Eurer Privatsekretärin und auch Eures Fünfundneunzig-Prozent-Popularitätswerts, das war schon immer so, auch früher, als Ihr die Geisel der Kommunisten wart, und jetzt immer noch …

Diese platte Wahrheit hätte ich mit Freuden ausgesprochen, und sei es nur wegen der ewig lächelnden Privatsekretärin mit den Totenaugen, aber natürlich sagte ich nichts dergleichen, denn erstens traute ich mich nicht, und zweitens würde ich nichts tun, was diesen melancholischen, unter ständiger Beobachtung stehenden, schiefhäuptigen, geschichtsträchtigen Greis verletzen oder ihn auch nur peinlich berühren könnte.
Es blieb mir bloß noch, unseren vorbereiteten Text aufzusagen: ruhig, leise und mit Bedacht, sprich, in dem Tempo und in dem Register, die hier üblich waren. Jede andere Art und Weise wäre als Dissonanz wahrgenommen worden.
Also sagte ich: »Eure Heiligkeit, falls ich die religiösen Gefühle von Gläubigen unwillentlich verletzt haben sollte, bedaure ich es. Das ist wahrlich nie meine Absicht gewesen.«
Aus dem Dunkel, von dort, wo Vater Tadeos stand, leuchtete schwach ein Lächeln.
Mein Vater nickte.
»Ja, genau«, bestätigte Dato eins.
Ich erhöhte das Tempo. »Vor meinem Haus stehen Leute, Eure Heiligkeit, die mir mit körperlicher Züchtigung drohen.«
Der Patriarch sah zu mir hoch. »Ja, die Leute sind erbost.«
Ich hätte nicht geglaubt, dass er meine Worte so gleichgültig aufnehmen würde; meine Angst schien ihn kein bisschen zu berühren. Wahrscheinlich hatte er in seinem Leben Bedrohungen genug erlebt, als dass ihn meine Beschwerde bestürzen konnte.
Aus dem Fernseher erklangen immer noch Volkslieder. Der Patriarch sah zum Apparat. Ich hatte Kopfschmer-

zen. Das Ritual zog sich in die Länge. Beide sehnten wir die Erlösung herbei.

»Morgen müssen wir vor die Presse treten«, sagte Vater Tadeos leise, beinahe traurig.

»Wir müssen die Bevölkerung beschwichtigen«, fügte jemand vom Fresko her hinzu (Hochwürden Kristepore?). *Heißt das, ich muss mich entschuldigen?* Sollte trotzdem eine öffentliche Abbitte stattfinden? Garantierte eine Entschuldigung den Frieden?

»Morgen Mittag laden wir die Presse in die Dawitskirche am Mtazminda«, sagte Vater Tadeos. »Wir werden mit den Journalisten sprechen und danach eine kurze Messe zelebrieren.«

Warum in die Dawitskirche? Offenbar, weil Vater Tadeos Prior dieser Kirche war. Toll: Wir erlebten die Geburt eines neuen Priester-Stars. Für diesen jungen Mann würde es der Beginn einer bedeutenden Laufbahn sein – denn *er hatte mich und die Kirche gerettet.* Es blieb uns nur noch übrig, aufzustehen und uns wieder zu bücken, um die Hand des Greises zu küssen.

Als wir schon glaubten, die Audienz sei vorüber, stellte mir der Patriarch eine Frage, die ihrer Trivialität und kindlichen Naivität nach zu urteilen nicht abgesprochen sein konnte und die ihn aufrichtig zu bekümmern schien:

»Du schreibst über einen Russen: Hast du keine Angst, dass sich die Russen, wenn sie es lesen, empören und uns den Krieg erklären?«

Was sollte ich darauf antworten?

Glaubte dieser alte Mann ernstlich, Russland würde wegen einer Erzählung einen Krieg beginnen?

Krieg – Simulation und Wirklichkeit – oder Juri Bogoljubskis Rache (Historisch vorausgreifende Selbstreflexion)

Bedenken wie diese lagen mir fern, als ein Jahr vor dem August-Krieg, am ersten Tag des achtzehntägigen Reservistentrainingsprogramms, für mich persönlich der Krieg begann.

Es ist das Jahr 2007.

Ich liege mit tausendfünfhundert Mann auf einer Lichtung im Kodschori-Wald.

Keiner, der hier liegt (oder sitzt oder halb liegt), ist mehr als fünfunddreißig Jahre alt. Fünfunddreißig ist die Grenze. Danach kommt das Alter. Laut neuem, postschewardnadseschem, postrevolutionärem Gesetz kann der georgische Reservedienst nur unter Fünfunddreißigjährige brauchen.

Ich bin neunundzwanzig und träume vom Altwerden mit fünfunddreißig. Ich beneide alle mit dem ehrwürdigen Alter von über fünfunddreißig Jahren.

Vor uns auf einem Baumstumpf steht ein Sergeant mit dem kräftigen jungen Körper eines Zentauren – ein langer Torso und kurze Beine.

Seine Sprechweise ist verwirrend: Tonfall und Vokabular stimmen nicht miteinander überein; der Ton ist schroff-aggressiv, das Vokabular dagegen frisch und entspricht Präsident Micheil Saakaschwilis modernisiertem Georgien.

»Jawohl, wir sind Georgier«, sagt er. »Richtige Männer. Wir sind georgische Jungs, aber Bärte, nein, Brüder! Bärte will ich hier nicht sehen. Hier wird jeden Tag rasiert. Auf Hygiene geachtet. Wir kommen anständig daher, in Kleidung, Äußerem, Verhalten ...«

Wir hören verdutzt und erledigt von der Hitze zu. Nur spärlicher Baumschatten schützt uns vor der Sonne. Der Sergeant schlägt die Zeit tot. Wir tausendfünfhundert Mann sollen an diesem ersten Tag von sechs Ärzten untersucht werden; wer ein gesundheitliches Problem hat, verlässt noch heute den Stützpunkt in Kodschori.

Ich ärgere mich, weil ich noch nicht fünfunddreißig bin und bislang auch nichts auf ein gesundheitliches Problem hindeutet, nur auf ein seelisches, besser gesagt, ein gesellschaftliches, dazu noch mehrere Jahre altes, die im Grunde schon vergessene Erzählung über Königin Tamar ...

Wir hören, dass die Medien Aufnahmen von uns machen sollen, denn das achtzehntägige Reservistentraining hat noch ein bisschen Reklame nötig. So will es der Präsident. So will es der Verteidigungsminister.

»Wir brauchen bekannte Gesichter aus unterschiedlichsten Bereichen«, hat mir der Offizier im Kommissariat erklärt. »Wir müssen die Bevölkerung von unserem Kampfgeist überzeugen.«

Es ist Gesetz. Wenn ich nicht hingehe, komme ich in Haft. Dabei gefällt mir dieses neumodische patriotisch-militaristische Geschrei nicht, das aus den regierungsfreundlichen Fernsehsendern tönt (das »freundlich« ist auch jetzt aktuell, wahrscheinlich aktueller als während der Regierungszeit Eduard Schewardnadses, des vorigen Präsidenten).

Vier Jahre zuvor, während der »Rosenrevolution«, sagte Micheil Saakaschwili mit der ihm eigenen überdrehten Fröhlichkeit zu einem bekannten Dichter: »Der Dichter muss dem Kampf geopfert werden. Oder die Revolution gelingt nicht.«

Und was war mit Krieg?
Im Sommer 2004 hatte Micheil Saakaschwili versucht, das 1992 verlorene Südossetien wieder zurückzugewinnen. (Die Bezeichnung »Südossetien« ist unangemessen: Dieses Territorium muss mit Samatschablo[6], Innerkartlien, Region Zchinwali, sogenanntes Südossetien oder von Russland besetztes georgisches Gebiet bezeichnet werden und nicht anders. Oder darf überhaupt nicht benannt, niemals mehr genannt werden.) Ich fuhr in jemandes Auto mit und hörte aus dem Radio die Stimme des Präsidenten: »Sie haben das Feuer auf uns eröffnet ...«
Das Feuer eröffnen – an diese Worte habe ich mich gewöhnt. Wir hörten sie seit 1991[7], aber nun ging realer Kriegsgeruch von ihnen aus. An dem Tag im Auto habe ich mich zum ersten Mal vor einem möglichen tatsächlichen Kriegsbeginn gefürchtet.
Noch aber hat der Krieg nicht begonnen.
2006 verhaftete die georgische Polizei sechs russische Geheimagenten, woraufhin der russische Präsident Tausende illegal in Russland lebende Georgier auswies; sie wurden wie Vieh in Cargoflugzeuge geladen und nach Georgien verbracht. (So wie Stalin und Beria Einwohner Nord- und Südkaukasiens in Eisenbahnwaggons geladen und nach Sibirien oder Zentralasien deportiert hatten. »Putin ist ein Stalinist«, erzählte Präsident Micheil Saakaschwili. »Als ich ihn im Kreml traf, hat er mich in Stalins ehemaliges Arbeitszimmer geführt und liebevoll über die grüne Tischlampe gestrichen. ›Hier hat er gesessen, hier hat er gearbeitet‹, sagte er.«) Russland verhängte ein Embargo auf georgischen Wein und das Mineralwasser »Bordschomi«. Der russische Botschafter wur-

de aus Georgien abgezogen. Am Tbilisser Flughafen verkündete der fünfjährige Sohn eines russischen Botschaftsangehörigen georgischen Journalisten zwar lispelnd, aber klar und deutlich, es würde Krieg geben, denn sogar die russischen Kinder seien zornig.

Zu dieser Zeit begann das georgische Fernsehen andauernd militaristische Motivations-Clips zu senden, die alle – alle Männer – zum militärischen Reservedienst aufforderten, Clips, die zeigten, was für Patrioten wir waren und wie wir im georgischen Panzer zum Rendezvous mit der Freundin fahren (der Reservist rollt im Panzer die Tschawtschawadse-Avenue entlang, sein Mädchen schleckt ein Eis). Georgische Popsänger sangen vom verlorenen Abchasien und Samatschablo (in den Musik-Clips werden Koffer gepackt und an den Stränden des 1993 verlorenen Sochumi Ferien gemacht).

Ich habe Angst vor dem Krieg. Jedoch eher im Allgemeinen. Ich glaube nicht, dass ernsthaft was passieren könnte.

Aber mir gefällt das neue Gesetz zum obligatorischen Reservedienst nicht, mir gefällt der neue Verteidigungsminister nicht, ein Grobian und verkappter Sadist (so sieht er aus), und trotzdem rücke ich zum achtzehntägigen Militärdienst ein.

Zuvor hat mich meine Großmutter durchs Telefon getadelt: »Du bist ein Lästermaul, deshalb berufen sie dich ein. Weshalb bist du über Schewardnadse hergezogen, wenn du die nun auch schlechtmachst? Was haben sie dir zuleide getan?«

Offenbar als Kompliment gemeint, teilt uns jetzt einer der Offiziere mit: »Zusammen mit der Presse kommt auch der Herr Minister. Ihr stellt euch in Reih und Glied auf. Der Minister begrüßt euch, ihr salutiert, und er geht dann wieder. Unser Programm hat Unterstützung nötig. Danach gibt's Schießtraining und Manöver. Wir müssen uns verteidigen.«

Was will ein Prosaschriftsteller, noch dazu ein plattfüßiger, in der Armee? Warum soll ich vor dem Grobian salutieren?

Achtzehn Tage muss ich hierbleiben, und der erste Tag ist noch nicht einmal vorbei. Morgen muss ich mich zusammen mit den anderen Männern in Reih und Glied aufstellen.

Schaut uns doch an, was für eine Figur wir abgeben: Zwar ist keiner von uns über fünfunddreißig, aber die meisten haben schütteres Haar und einen Bauch. Mit fünfunddreißig ist ein georgischer Mann nicht mehr jung und sieht auch nicht mehr jung aus. Gesetzgeber und Anthropologen sollten das berücksichtigen. Wir altern frühzeitig, schon ab drei- bis fünfundzwanzig: Wir setzen Fett an, werden schlaff und träge. Ich sehe dreiundzwanzig-, siebenundzwanzig-, dreißig- und zweiunddreißigjährige aufgedunsene, fettleibige alte Männer auf der Wiesenlichtung liegen.

Die sollen kämpfen? Wen sollen die besiegen mit ihren schütteren Haaren, verfetteten Herzen, untrainierten Körpern, ihren für achtzehn Tage liegen gelassenen frisch gegründeten Firmenunternehmen, ihren für achtzehn Tage verlassenen Ehefrauen und Kindern, ihren für achtzehn Tage verlassenen Geliebten und deren Kindern, ihren Bankkrediten, Autos, in Renovierung befindlichen Wohnungen, während dieses achtzehn Tage lang nicht stattfindenden Sommers?

Ja, so sollten wir in den nächsten musikuntermalten

optimistisch-patriotischen Clips des Präsidenten erscheinen: Müde georgische Männer schwenken Nationalflaggen, während ich vor dem grobklotzigen Verteidigungsminister, der exakt ebenso alt ist wie ich, salutiere.

Es wird gemunkelt, die Reservisten würden ideologisch bearbeitet: Um uns anzuheizen, würden abends Filmchroniken aus dem Georgisch-Abchasischen Krieg 1993 gezeigt – »Fußball haben sie gespielt mit den abgeschnittenen Köpfen der Georgier«. Sie heizen unsere Wut an, zeigen uns achtzehnmal die Filmchronik, aber eine richtige Waffe bekommen wir nicht. Einige Reservisten erzählen, sie würden uns mit tierisch-militärischem Ernst unter »Peng-peng«-Rufen im Wald herumrennen lassen: Peng-peng, tot bist du!

Der Sergeant steht immer noch auf dem Baumstumpf.

»Was hast du da am Arm?«, fragt er einen halb sitzenden, halb liegenden Reservisten.

Noch haben wir keine Uniform bekommen; der Reservist trägt ein fleckiges gelbes T-Shirt, er hat lange blonde Haare, die sie ihm abschneiden werden (»Lange Haare geht gar nicht, Jungs, wir werden euch scheren müssen«); die Hände hat er auf den Knien.

»Was ich habe?«, wiederholt er leise.

Dem Sergeanten zittern vor Verblüffung oder Nervosität die Wangen. Aus irgendeinem Grund schließt er die Augen und sagt, als hätte er eine heiße Kartoffel im Mund: »Dreh die Handgelenke um.«

Der Reservist duckt sich mit einer seltsamen Bewegung.

»Dreh die Arme um« – die Augenlider des Sergeanten flattern – »los, mach!«

Der Reservist zeigt ihm die Unterarme.

Er hat sich wohl die Arme geritzt. Sie sind mit roten Narben übersät. Oder hat er sich mal die Venen aufgeschnitten?

»Verschwinde!«, sagt der Sergeant, als ob er einen bösen Geist vertriebe. »Meld dich bei den Ärzten als untauglich und lass dich ausmustern.«

Was geht da vor?

Man erklärt mir: Der Typ ist hysterisch, den kann man nicht mit den anderen in der Kaserne schlafen lassen, der ist gefährlich, vielleicht verletzt er nicht nur sich selbst, sondern auch andere.

»Essen fassen!«, wird von weiter unten gerufen. »Wegtreten lassen!«

Hangabwärts am Bergbach unten befindet sich die Kantine. Eine andere Kompanie hat bereits gegessen; jetzt ist die Reihe an uns.

Mit unseren Taschen über den Schultern steigen wir mühsam den Hang runter. Wir sind schweißgebadet. Wir stinken schon. Wir ächzen und stöhnen. Der Einzige, der sich freut und sich selbst schon in einem optimistisch-militaristischen Clip sieht, ist ein exaltierter Fernsehmoderator, ein Promi, der jetzt auch noch zum Helden werden will.

»Wann kriegen wir eine Waffe?«, fragt er.

In der Kantine riecht es nach Farbe; die Wände sind offenbar gerade frisch gestrichen worden. In den Toiletten stehen keine Toilettenschüsseln; man wollte keine von Tbilissi hochbringen. »In der Kaserne gibt es türkische Toiletten«, erklärt mir einer, »Hockklos sind hygienischer.«

Sie verpflegen uns mit Brot, Kartoffelpüree und Kochfleisch. Einer der Reservisten erzählt, was er von einem anderen gehört hat, nämlich dass es die ganzen achtzehn Tage immer nur Kochfleisch gäbe. Und warum? Weil Kochfleisch zu Verstopfung führt.

»Trinkt ja keinen Tee und esst keinen Pudding«, mahnt er uns, »die rühren was rein, und dann bringt ihr keinen mehr hoch. Tee und Pudding führen zu Impotenz.«

Interessant, nur für achtzehn Tage oder länger?

In der Kaserne gibt es drei Toiletten, im Feldlager tausendfünfhundert Mann.

Lustlos essen wir Brot und trockenes Rindfleisch. Vegetarier müssen hier verhungern.

Wir haben kaum Zeit, einen Bissen runterzuschlucken, als ein Offizier schreit: »Kompanie, marsch! Die nächste!«

Wir müssen die Kantine einer weiteren, noch am Abhang verstreuten hungrigen Hundertschaft überlassen.

Wir sollen marschieren? Bis zur medizinischen Untersuchung zähle ich doch eigentlich noch gar nicht als Soldat. Was hat mich der Rüpel anzubrüllen?

»Alle antreten! Wir steigen hoch.«

Oje.

Schon runterzusteigen war mühsam, und jetzt im Eilschritt hoch?

Ich habe Kopfschmerzen.

Wir steigen unter Weh und Ach, Seufzen und Ächzen hangaufwärts. Die Taschen scheinen noch schwerer geworden. Mit Müh und Not schleppen wir unsere bis zu fünfunddreißigjährigen Leiber hoch, unsere Kleinfirmen, Ehefrauen und Geliebten, Kinder und Enkel (vielleicht hat ja schon einer welche?).

Das Atmen fällt mir schwer. Unmöglich, weiter hochzusteigen. Unsere Kompanie wird wahrscheinlich mitten am Hang zusammenbrechen – hier, jetzt, nach dem Kantinenessen und nicht während des Kampfs gegen den ewigen Feind. Hier, in diesem Tal erleiden wir die Niederlage ...

»Bewegung, Bewegung!«, brüllt der Offizier.

Was für ein Sadist. Wie soll noch mehr Bewegung gehen?

Schließlich sind wir oben und lassen uns zu Boden fallen. Mir geht durch den Kopf: Sechs Ärzte werden tausendfünfhundert Mann untersuchen, bei den einen werden sie was zu bemängeln finden, bei den anderen nicht und ihnen die achtzehntägige Verstopfung nicht ersparen. Ich richte meine ganze Hoffnung auf die sechs Ärzte.

Ich war fünf Jahre alt, als sich meine Großmutter am Radiator stehend eine Zigarette anzündete und erschrocken sagte: »Herrjemine, Kind, was sollen wir nur tun, wenn du ins Rekrutenalter kommst?«

Damals wurden die sowjetischen Soldaten gerade nach Afghanistan in den Tod geschickt. In Großmutters Vorstellung waren sowohl die Sowjetunion als auch der Afghanistankrieg von ewiger Dauer; deshalb setzte sie seit meinem fünften Lebensjahr ihre Hoffnung in meine Plattfüßigkeit. »Wir lassen dich nicht zur Armee, wir verkaufen die Wohnung und bestechen alle«, sagte sie und jagte mir schon als Fünfjährigem Angst vor dem Militärdienst ein.

Ich hatte sie wie ein Erwachsener gefragt: »In welchem Alter werden Jungen denn laut Gesetz zur Armee eingezogen?«

»Ab sechzehn, mein Kind.«

Ich rechnete nach: Ich hatte noch elf Jahre vor mir. Bis dahin musste ich mir was einfallen lassen.

Ein Ausweg war schnell gefunden: Gorbatschow zog die Truppen aus Afghanistan ab; die Sowjetunion brach auseinander.
Und als ich schon glaubte, es wäre alles Geschichte, ist Krieg wieder zu einer Realität geworden, und ein grobklotziger Verteidigungsminister zieht mich zum achtzehntägigen Militärdienst ein. Wie soll ich in achtzehn Tagen lernen, einen Krieg zu gewinnen?
Mein ebenfalls noch nicht fünfunddreißigjähriger Freund packt die Brille weg; dabei ist er kurzsichtig.
»Warum trägst du die Brille nicht?«, frage ich.
»Soll ich mich von allen hier als Brillenfutzi anpöbeln lassen?«
Hier herrschen andere Gesetze: Kann sein, dass du wegen deiner Brille fertiggemacht wirst.
Zwei Stunden später werden wir, alle schon mit einem Sonnenstich, zur medizinischen Versorgungsstelle gerufen. Schwerfällig trotte ich hin. Reservisten, welche die Untersuchung hinter sich haben, bekommen eine Armeeuniform, die den einen viel zu groß, anderen lächerlich klein ist.
So wollen die mich einkleiden?
In der medizinischen Versorgungsstelle treffe ich auf unsere sechs Ärzte – und Ärztinnen. Zum ersten Mal an diesem Tag sehe ich Frauen und freue mich – es gibt offenbar auch Menschen hier.
Vielleicht haben diese Ärzte meine berühmte Erzählung über Königin Tamar zwar nicht gelesen, aber bestimmt davon gehört und sympathisieren mit mir?
Die Ärztinnen lächeln uns zu.
Ich vergewissere mich unbeholfen: Darf ich trotz meiner Plattfüße in der Reserve bleiben? Es stellt sich her-

aus, dass meine Sohlen niemanden stören; dem Land nütze ich auch mit Plattfüßen.
Die zwei Jahrzehnte alte Hoffnung meiner Großmutter, dass ich mit meinen platten Füßen vor Kriegen davonkommen könnte, wird zunichtegemacht.
Nach dem Sieg der »Rosenrevolution«, als viele glaubten, dass Georgien nun nur noch Siege zu erwarten hätte, sagte mir ein Diplomat und Veteran des Georgisch-Abchasischen Kriegs und aller anderen russisch-georgisch-abchasisch-ossetisch-usw. Konflikte im Regen vor dem Parlament angeberisch und mit der Weisheit des alten Kriegers, jeder große Schriftsteller hätte wenigstens ein Mal im Leben einen Schuss abgefeuert. Er sagte dies offensichtlich, um dem in Hörweite unter einer riesigen Plastikplane stehenden Revolutionsführer Micheil Saakaschwili zu imponieren. Worauf dieser ihm in seinem vielsagenden Falsett unerwartet entgegnete: »Warum hast du dann noch keine Zeile geschrieben? Du hast ja keinen einzigen Krieg ausgelassen!«
Wo ist diese Ironie jetzt hin?
Der zum Präsidenten gewandelte Revolutionsführer nimmt Video-Clips über zukünftige Siege auf, während ich hier stehe und mir die Ärztin den Blutdruck misst.
Und plötzlich kommt die Rettung von einer Seite, von der ich sie gar nicht erwartet hätte – nicht von meinen Sohlen, sondern vom Blutdruckmessgerät.
Ich habe einen Blutdruck von 210/130.
»Meine Güte!«
Die Ärztin schreit.
Wir messen nochmals. Wieder dasselbe: 210/130.
Nochmals, ein drittes Mal.

Und wieder dasselbe.
Ich freue mich.
Ich sterbe an Bluthochdruck und nicht in der Schlacht von Kodschori.
Warum hab ich so einen hohen Blutdruck? Was fehlt mir? Aber umso besser – viel besser als Plattfüße.
Der Druck in Georgien ist immer zu hoch.
Meine Mutter erinnert sich: »Wenn du als Kind nicht mit auf einen Schulausflug wolltest, hattest du plötzlich wie aus dem Nichts Fieber. Du hast die Temperatur irgendwie angehoben.«
Jetzt hebe ich den Blutdruck an. Für so was muss man schon ein besonderes Talent haben.
Die Ärztin sagt: »Sie bleiben nicht hier! Den können wir nicht hier behalten, er muss in die Klinik runter!«
Das Feldlager von Kodschori befindet sich auf tausend Meter Höhe; sie müssen mich ins Tal runterbringen.
Für das Reservistenprogramm hatte mir meine Frau weiße Socken, Turnschuhe und Shorts in die Reisetasche gepackt; sie meinte, ich müsste wohl viel rennen und trainieren. Aber diese Socken, Turnschuhe und Shorts werde ich nun, wie's aussieht, in der Herzklinik brauchen. Dort bringen sie innerhalb eines Tags den Blutdruck runter, behalten mich aber zwei Wochen, weil jeden Tag vom Verteidigungsministerium ausgeschickte Militärs mich besuchen und überprüfen, ob ich mich nicht nach Hause verzogen habe. Denn der ministeriale Grobian verdächtigt mich, am Morgen vor dem Einrücken acht Tassen Kaffee getrunken zu haben, um meinen Blutdruck künstlich hochschnellen zu lassen.
Ist dieser Mann Mitglied von »Schwert und Faust« gewesen? Will er mich für die Erzählung strafen?

Die Ärzte stabilisieren meinen Blutdruck, sie verstecken mich. Es gibt so etwas wie eine stille Verschwörung gegen inexistente Siege, zwischen mir, ihnen, allen ... Mein unpatriotischer Blutdruck macht mich zum Teil der Verschwörung.
Nur um meinen brillenlosen Freund tut es mir leid, der während des ganzen achtzehntägigen simulierten Kriegs »Peng-peng« schreien und sich achtzehnmal die aufwiegelnde Lektion darüber anhören muss, wie die Abchasen 1993 mit den abgeschlagenen Köpfen von Georgiern Fußball spielten.
Der Fernsehmoderator, der am ersten Tag so enthusiastisch gewesen war, hat danach nie mehr einen Schluck Tee oder Löffel Pudding hinuntergebracht.
Objektiv galt ich an jenem Tag als nicht gesund, doch möglicherweise zeigten meine Blutgefäße und meine widerspenstige Psyche eine absolut gesunde Reaktion. Ungesund war die andere Wirklichkeit: das Kriegserlebnis oder die Kriegslust. Die Lust, sterben zu lernen und zu lehren. Die Kriegshetze und die pathetische Rhetorik.
2008, anderthalb Tage nach Beginn des Russisch-Georgischen Kriegs, wurden alle Männer, die das achtzehntägige Reservetrainingsprogramm durchlaufen hatten (sprich, Auf-der-Wiese-Liegen, Kochfleischverstopfung, Lektionen über abgeschnittene Köpfe, Bartabrasieren und Sterben durch Peng-peng) und unter fünfunddreißig Jahre alt waren, zum richtigen Krieg eingezogen.
Diesmal war Russland tatsächlich in Georgien eingefallen. Sie bombardierten uns tatsächlich, sie machten Dörfer tatsächlich dem Boden gleich und führten tatsächlich Krieg.

Eine der Bomben wurde ebendort abgeworfen, wo unerfahrene georgische Reservisten während achtzehn Tagen Kochfleisch gegessen hatten – auf das Feldlager in Kodschori.

Die Russen zürnten.

Im August 2008 herrscht richtiger Krieg. Er beginnt am fünften und dauert bis zum neunten August; am zehnten heißt es, die russischen Panzer würden in Tbilissi einrollen. Aber sie rollen nicht ein (oder können nicht einrollen). Am zwanzigsten August räumen die Russen die georgischen Hauptverkehrsrouten. Sie erkennen Südossetien und Abchasien als unabhängig an, annektieren de facto die Gebiete. Im Zentrum von Tbilissi findet eine Kundgebung statt, auf der der Präsident sagt, wir hätten gesiegt.

In Wirklichkeit sind wir einfach der Vernichtung entgangen.

Wie wir uns wahrnehmen: ein kleines Land im Zentrum der Welt

Unseretwegen wird Vergeltung geübt an Russlands Präsidenten, die Vereinigten Staaten Amerikas landen mit ihren Truppen in Georgien, und die NATO ruft für das kleine, aber jetzt *wahrhaftig wichtigste* Nichtmitgliedsland aufgrund des berühmten Artikels 5 des Nordatlantikvertrags den »Bündnisfall« wegen bewaffneten Angriffs aus.

Als wir sehen, wie sich die grünen russischen Panzer die kurvigen Bergstraßen des Kaukasus hinunterschlängeln, wie sie die Hauptverkehrsader Tbilissi-Gori besetzen, machen wir uns auf den Beginn des

Dritten Weltkriegs gefasst. Jemand muss auf Rettung sinnen für uns, oder wir werden brutal niedergemacht: Russische Soldaten marodieren, russische Flugzeuge bombardieren Poti, Senaki, Sugdidi und Gori. Zwei Bomben fallen auch auf Tbilissi, auf den Machati-Berg und in der Nähe des Flughafens. Die staatlichen russischen Fernsehsender zeigen die Bombardierung Goris, während russische Journalisten verkünden, es sei Zchinwali, das von Georgiern bombardiert würde. Wir sitzen vor unseren Fernsehern und schreien: Das ist Gori! Gori und nicht Zchinwali!
Sie lügen der ganzen Welt ins Gesicht.

In der Nähe von Gori, im Dorf Metechi, lebt eine alte Frau, die über die Kindheit des russischen Präsidenten staunenswert plausible Geschichten erzählt. Sie behauptet, sie sei Wladimir Putins Mutter und hätte ihn damals wegen seines gewalttätigen georgischen Stiefvaters aus Georgien weggebracht. Im Dorf ist sie unter dem Namen Wera Putina bekannt. Während des Kriegs richtet sie sich an den russischen Präsidenten: »Du wirfst Bomben auf Georgien? Auf dein Mutterland? So töte auch mich zusammen mit allen anderen!« Metechi wird nicht bombardiert. Metechi ist in dem Augenblick wahrhaftig das wichtigste Dorf der Welt.

Das Einzige, was uns beruhigt, ist die Überlegung, dass dieser Krieg große Folgen haben wird, dass sich hier bei uns das Schicksal Europas und der ganzen Welt entscheidet, hier wird sich zeigen, welche Macht gewinnt – die westliche oder die antiwestliche. Wir

fühlen uns viel sicherer, wenn wir uns im Zentrum der Welt wähnen.
Und wie wären wir auch nicht im Zentrum der Welt, jetzt wo CNN-Nachrichtensprecher mühsam, aber bestimmt die Namen unserer kleinen Städte oder Dörfer radebrechen: Perewi, Chaschuri, Qaraleti, Sugdidi. Und was für eine Ungerechtigkeit, dass in genau derselben Zeit irgendwo jenseits von neun Bergen, in Pakistan, General Musharraf von seinem Präsidentenposten zurücktritt und diese für uns unerhebliche Nachricht uns Konkurrenz macht: Perewi, Chaschuri ... Musharraf ...
Wir, die wir den russischen Bomben entgangen sind, sitzen wieder vor den Fernsehern und schreien diesmal CNN und BBC zu: Er ist abgetreten und soll zur Hölle gehen! Hört auf, über Musharraf zu reden, hier plündern und stehlen russische Soldaten Matratzen, Decken, Toilettenschüsseln und Kleider aus den Geschäften, ihre Panzerfahrzeuge sind schon wieder Hunderte von Metern auf Tbilissi vorgerückt! Menschen werden getötet! Das ist wichtiger als der Rücktritt eines pakistanischen Generals!
General Musharraf macht drei Tage lang unserer Alleinstellung Konkurrenz. Das Zentrum der Welt verschiebt sich vom Kaukasus in Richtung Pakistan: ständig Musharraf, Musharraf, Musharraf und weniger Perewi, Chaschuri, Gori, weniger »Russian troops are stationed inside Georgia near the town of Gori«, mehr »General Musharraf announces his resignation ...« Ein Wettstreit der Laufzeilen.
Sind wir der Nabel der Welt, oder ist es Pakistan? »General Musharraf announces his resignation. General Musharraf announces his resignation. Russian

troops are stationed inside Georgia near the town of Gori ...«
General Musharraf kriegt uns nicht unter, Georgien ist angesagter, die russische Okkupation dauert an, die Polizei von Bordschomi lässt einen vom Weg abgekommenen russischen Panzer nicht passieren. Russischer Panzer versus georgisches Polizeiauto. Aber davon berichten nur georgische Medien. CNN schweigt. Und wieder: »General Musharraf announces his resignation. General Musharraf announces his resignation.«
Georgien ist eines der ersten Länder, die Opfer einer kriegerischen Cyberattacke werden: Russische Hacker greifen die offiziellen Webseiten des Präsidenten und des Parlaments von Georgien an. Auf der Seite des georgischen Präsidenten erscheinen Hakenkreuz und Hitler-Darstellungen. Im Informatiksicherheitszentrum des georgischen Innenministeriums arbeiten vierzehn junge Programmierer, die mit dem Schutz der Regierungswebseite betraut sind; einer von ihnen, ein siebzehnjähriger junger Mann, ruft seinen Vater an und fragt: »Vater, was ist Tula?« – »Tula?« – Ja, Tula!« – »Eine Stadt in Russland, wozu willst du das wissen?« – »Aus Tula attackieren mich auf der Webseite des Verteidigungsministeriums eben dreihundert Hacker.« Die georgische Geschichte wird lebendig, denn einmal mehr sind die Kräfte ungleich verteilt: Am elften September 1795 traf König Erekle II. mit seinen fünftausend Mann auf 35000 Kämpfer von Aga Mohammed Khan – jetzt kämpft ein einsamer siebzehnjähriger Programmierer gegen dreihundert Internet-Terroristen aus Tula. Aber es ist nicht nur Tula. Es sind Hunderttausende.

Im Fernsehen tritt ein vor Schock völlig konfuser georgischer Politologe auf und schreit: »Leute, in Russland gibt es zwölf Millionen offiziell registrierte Angler. Wenn die alle ihre Angeln nach hierher auswerfen, bleibt in Georgien keine Menschenseele mehr übrig. Gegen wen führen wir da Krieg?«

Eine Reporterin des Ersten Kanals steht auf der Hauptstraße an der Einfahrt nach Gori; sie ist auf Live-Sendung. Schüsse knallen. Die Reporterin verschwindet. Im Bild nur Goris berühmter Obelisk, den sie bisher verdeckte. »Sie haben sie getötet!« Haben ihre Eltern und ganz Georgien gerade ihren Tod live miterlebt? Nein. Sie lebt. Sie hat nur einen Kratzer am Handgelenk. Sie hat überlebt! Sie erscheint wieder im Bild, verdeckt den Obelisken, aber sie weint vor Angst. Der eben in Georgien eintreffende französische Außenminister bekommt zu hören, die Russen hätten während einer Live-Übertragung auf eine Reporterin geschossen und sie verwundet. *Beinahe getötet.* Der Minister will die Reporterin treffen. Aber man kann ihm doch nicht nur die paar Kratzer zeigen? Also wird sie auf Geheiß von Präsident Saakaschwili mit Verbänden umwickelt ins Krankenhaus verfrachtet. Der Minister ist gebührend schockiert.

Vor einer BBC-Zuschaltung kaut Georgiens Präsident vor lauter Nervosität auf seiner Krawatte herum. Die ganze Welt schaut zu, auf den russischen Kanälen jedoch macht man sich lustig: Der verrückte Saakaschwili frisst seine eigene Krawatte. Der BBC-Kameramann muss wahrscheinlich lachen. Wir nicht, denn weil wir genauso viel Angst haben wie unser Präsident, wissen wir, dass man vor Angst nicht nur seine Krawatte, sondern auch Staub frisst.

Micheil Saakaschwili fährt mit Frankreichs Außenminister nach Gori; als ein russischer Bomber über sie hinwegbraust, lässt sich der Präsident zu Boden fallen, die Sicherheitsleute hechten zu ihm, und er erreicht robbend sein Fahrzeug: »Wo ist der Franzose? Liegt er auch am Boden?« Auch das ist nicht zum Lachen. Die russischen Kanäle feiern den Sieg, wir jedoch sind wieder im Zentrum der Welt, denn wenn wir es nicht wären, würde es überhaupt aus sein mit uns.
Die Flugzeuge fliegen nicht mehr, der Luftraum ist geschlossen, an Georgiens Himmel herrscht Stille. Falls noch jemand oder etwas über unseren Himmel fliegt, so sind es wieder und wieder russische Bomber, die schon zwei Bomben auf Tbilissi abgeworfen haben. Mein Nachbar sagt: »Sie schonen uns noch, anderswo würden sie gleich zehn Stück abwerfen.« Er meint damit: Trotz allem mögen uns die Russen. »Sie werden Saakaschwili fertigmachen und dann gehen.« In Wirklichkeit aber mag uns George W. Bush. Aus dem Mund des Präsidenten der Vereinigten Staaten von Amerika hören wir die Namen unserer georgischen Dörfer: Perewi, Qaraleti. Das ist mehr als die Anerkennung unserer Unabhängigkeit. Er schickt siebzehn Schiffe und fünf Flugzeuge auf den Weg nach Georgien und warnt die russische Führung davor, sie abzufangen.
Ist das das Ende des Kriegs oder der Beginn des Dritten Weltkriegs? Für Georgien ist es einerlei. Denn: Es sind Flugzeuge und Schiffe unterwegs in humanitärer Mission. Das sind Bushs Worte. Wir aber glauben, dass in diesen Schiffen und Flugzeugen Soldaten sitzen. Ein trojanisches Pferd aus Amerika. Was sonst sollte »humanitäre Mission« bedeuten?

Nie hätte ich gedacht, dass mir eine Pressekonferenz George Bushs einmal so zu Herzen gehen könnte. Drei Jahre zuvor war es in Tbilissi beinahe zu einem Anschlag auf George Bush gekommen. Er hatte im Stadtzentrum von eine Tribüne herunter zu den begeisterten Menschen gesprochen (am Vortag hatte er im Bäderviertel mit Tänzerinnen des georgischen Nationalballetts getanzt), als ein gewisser Arutinow eine Handgranate auf die Tribüne schleuderte. Ein Mitarbeiter des Innenministeriums fing die Granate geistesgegenwärtig auf und rannte mit ihr vom Platz. Die Granate war nicht explodiert. Videokameras hatten den Terroristen aufgenommen, und er konnte noch am selben Tag verhaftet werden. Auf die Frage der Journalisten, warum er den Präsidenten Amerikas umbringen wollte, erwiderte Arutinow: »Weil George Bush ein Blödmann ist.«
Damals haben wir ihn gerettet, heute eilt er uns zu Hilfe und schickt uns Schiffe ...
Zwei Tage später landet Amerikas Außenministerin Condoleezza Rice in Georgien und gibt zusammen mit dem georgischen Präsidenten eine Pressekonferenz. Im Vorfeld hat sie ihn gebeten, maßvoll über Russland zu sprechen, nicht zu polemisieren und die scharfen Äußerungen ihr zu überlassen. Aber der Präsident schlägt die Mahnung in den Wind und rattert Schimpfworte herunter, spricht zusammenhanglos, wird wütend, äußert Drohungen ... Danach wird die Außenministerin sagen, sie hätte noch nie so eine furchtbare Pressekonferenz erlebt. Einer der georgischen Minister erklärt das wütende Verhalten des Präsidenten so: »Putin sollte sehen, dass wir uns nicht fürchten.«

Der Präsident schreit der Außenministerin zu: »Putin ist ein Gassenjunge, ein Bandit. Er ist neidisch auf uns, er fragt sich: Warum haben die keine Korruption? Warum haben die bessere Straßen als Russland? Dieser Krieg findet aus demselben Grund statt, wie eine Frau, die schöne Beine hat und kurze Röcke anzieht, vergewaltigt wird!«

Vergewaltigungen finden tatsächlich statt. Im Bezirk Kareli zerren russische Soldaten eine achtzehnjährige junge Frau aus dem Sammeltaxi, schleppen sie irgendwohin und vergewaltigen sie. In Gori trocknen russische Soldaten ihre Hosen und Unterhosen am Brückengeländer. Sie bedienen sich in verlassenen Supermärkten. Georgische Männer in T-Shirts und Pyjamahosen sitzen rauchend vor ihren Häusern und schauen zu den schmaläugigen russischen Soldaten auf ihren Panzern. Diese haben Gesichter, wie sie die Soldaten vor dem Parlamentsgebäude am achten April 1989 vor dem Massaker hatten. Juri-Russen.

Der August 2008 geht mit Bushs Pressekonferenz zu Ende. Vor der Schwarzmeerküste ankern siebzehn amerikanische Schiffe. Die transportieren viel Wasser und noch viel mehr Toilettenpapier. Offenbar glauben die Amerikaner, wir hätten vor Angst für alle Zeiten den Dünnpfiff, was sehr wahrscheinlich der Wahrheit entspricht. Im Zentrum von Tbilissi finden Konzerte und Demos statt, und die ganze Welt kann sich nochmals vergewissern, dass sich in unserem kleinen Land Bedeutsames entscheidet. Russland erreicht sein Ziel nicht, es unterliegt im großen Spiel. Mit hängenden Schultern und abgemagert vom Stress steht Präsident Saakaschwili auf der Bühne; keine Diät kann einen so schlank machen wie ein fünftägiger Krieg mit Russland. Die weiblichen Abgeordneten weinen. Georgien hat verloren, war aber siegreich. Die Russen räumen die Hauptverkehrsadern und die Städte (nur in Abchasien und Südossetien bleiben sie); die neuen Grenzen zäunen sie mit Stacheldraht ab. Die ganze Welt sieht es und missbilligt es, denn es ist unmöglich, es nicht zu sehen und nicht zu missbilligen.

Der Befehlshaber der 58. Armee, General Borissow, erzählt Journalisten, sie würden ihn zum letzten Mal sehen, denn er ginge jetzt nach Moskau zur Geburtstagsfeier seiner Mutter. Wir wundern uns: Dieser Rohling hat eine Mutter? Der russische General und seine dicke Frau werden mit einem Trauerbukett die Mutter besuchen, sie dreimal küssen, und der General wird nach ein paar Gläsern sentimental werden. Die Mutter fragt: »War's schön in Georgien?« – »Ein wunderbares Volk«, wird der General sagen, »aber sie wollen in die NATO.« – »Wir hatten in unserer Jugend Bekannte dort«, erinnert sich die Mutter. »Habt ihr viele getötet?« – »Es geht so, zwei-, dreihundert.« – »Tbilissi hat mir damals so gefallen.« – »Tbilissi haben wir zweimal bombardiert.« – »Die Natur ist wundervoll, und die Tänze, die Lieder!« – »Aber dieser Saakaschwili handelt im Auftrag Amerikas, er ist ihr Spion«, und deshalb »hätten wir ihn an den Eiern aufhängen sollen« (das sind jedoch Präsident Putins Worte).

Bevor General Borissow zum Geburtstag seiner Mutter geht, erteilt er Georgiens Katholikos-Patriarchen die Erlaubnis, die Leichen der georgischen Soldaten aus dem von den Russen okkupierten Gebiet herausschaffen zu lassen. Der Patriarch zieht in die von den

Russen besetzte Stadt Gori ein und zelebriert in einer besetzten Kirche eine Messe. Der General steht barhäuptig an seiner Seite. Danach kommt der Patriarch auf den Arm des Generals gestützt die Treppe herunter. Das bedeutet, Russland bekämpft nicht das georgische Volk, sondern die Regierung Georgiens. Das bedeutet, das große orthodoxe Land bleibt ein Freund des winzigen orthodoxen Landes. In Stalins Heimatstadt wartet der Befehlshaber der 58. Armee auf die Order, auf Tbilissi vorzurücken oder nicht. Die Order kommt: Übergebt Georgiens Katholikos-Patriarchen die Toten. Die ganze Welt sieht es.

Fast zwei Jahre nach dem Krieg, am vierzehnten März 2010, sitze ich um zwanzig Uhr fünfzehn zusammen mit einem Freund (ich weiß nicht mehr, mit wem) in einem fast leeren Café, höre gerade zu, was er sagt (ich weiß nicht mehr, was), als ein junger Mann sich uns nähert, der angespannt auf sein Telefon guckt, bei unserem Tisch stehen bleibt und mit stockender Stimme sagt: »Medwedew hat in einem Fernsehauftritt Georgien den Krieg erklärt, die Russen haben Bomben in der Nähe des Flughafens Tbilissi abgeworfen, hier, da steht's, sie haben's im Fernsehen berichtet.«

Ich habe gerade etwas zu essen bestellen wollen (ich weiß nicht mehr, was), mein Freund etwas zu trinken. Alle in dem Café, außer uns noch zwei, drei Leute, wollen gerade etwas essen oder trinken, aber jetzt vergeht uns allen der Appetit. Wieder Krieg? Der war doch eben erst?

Wer raucht, legt die Zigarette in den Aschenbecher oder wirft sie zu Boden und rennt hinaus. Alle eilen nach Hause, als könnten wir uns nur dort vor Russland verstecken. Mein Freund ruft mir irgendeinen Unsinn zu (ich weiß nicht mehr, was, wahrscheinlich etwas Absurdes wie »Was willst du jetzt zu Hause? Komm mit zu mir« oder etwas Ähnliches). Ich erwidere irgendwas. Er rennt hangabwärts, ich hangaufwärts. Alle auf der Straße rennen irgendwohin. Seltsamerweise haben es die Taxis nicht eilig; ich halte eines an und springe hinein.

»Haben sie tatsächlich eine Bombe abgeworfen?«

»So haben sie's im Fernsehen gesagt«, erwidert der Chauffeur verängstigt. Warum bloß fährt er nicht auch nach Hause?

Wieder gibt es eine Fermate in meiner Biografie. Wie vor acht Jahren, als ich aus Angst vor unbekannten, unsichtbaren aggressiven Gläubigen nicht mehr aus dem Haus ging, wie vor fast zwei Jahren, während des Kriegs 2008, als die Fermate mehr als einen Monat dauerte, so lange, wie die Russen die Hauptverkehrsader sowie Gori, Chaschuri, Senaki, Poti und ein paar Dörfer besetzten.

Ich sehe die Menschen durch die Straßen rennen. Ich denke, wenn sie den Flughafen bombardiert haben, werden sie auch die Stadt bombardieren.

»Sie werden den Präsidenten bombardieren und uns in Ruhe lassen«, sagt der Taxifahrer. Es ist seine Version unserer Chance auf Rettung: Russland hasst unseren Präsidenten, nicht aber Georgien.

Was ist denn nun plötzlich passiert? Der Krieg zwei Jahre zuvor hatte seine eigene Dramaturgie: Etwas löste ihn aus, ließ ihn andauern und beendete ihn. Jetzt aber hat er einfach so begonnen, ohne Auslöser. Ich versuche zu telefonieren, vergebens, alle scheinen

irgendwen anzurufen. Wie sonst an Neujahr um Mitternacht, wie 2008 während des Kriegs. Russland nimmt uns das Recht zu leben.
Ich weiß nicht mehr, wie ich nach Hause gekommen bin. Nicht ich bin es, der läuft, die Angst treibt mich auf meinen Füßen voran.
Ich poltere an die Tür, höre, wie jemand gerannt kommt - meine Frau oder meine Schwester oder meine Mutter - und schreit: »Diese Idioten ...«
»Was?«
Geschrei, aber es ist kein Panikgeschrei, sondern die Stimme der Wut.
Genau eine halbe Stunde zuvor hat einer der Fernsehsender die Hauptnachrichten damit begonnen, dass Russland heute gelungen ist, was ihm weder in den 90er-Jahren noch mit dem Krieg von 2008 gelungen war, nämlich Georgien von allen Seiten anzugreifen, sodass unserem Land möglicherweise bald die vollständige Auflösung bevorsteht.
Vor dem Hintergrund von Filmaufnahmen berichtete der Reporter, dass sich in Georgien der große alte Kampf zwischen dem Westen und Russland entschieden habe, dass die westlichen Ideen in Georgien unterlegen seien, dass in vorgezogenen Wahlen prorussische politische Kräfte gesiegt hätten, dass Pseudonationalisten das Volk betrogen hätten, dass prowestliche Bürger jedoch Widerstand leisteten, dass die russische Armee einmarschiert sei, um die Rebellion niederzuschlagen (wie 1921, als die Bolschewiken Georgien überfielen), dass widerständische georgische Offiziere getötet worden seien und in der Kaschueti-Kirche heute ein Trauergottesdienst für sie stattfinde - heute am zweiundzwanzigsten August.

Das alles berichtete er.
Und jetzt berichten sie es mir. Ich höre: zweiundzwanzigster August, zweiundzwanzigster August …
Aber heute ist doch der vierzehnte März 2010 und nicht der zweiundzwanzigste August? Wahlen haben keine stattgefunden, für wen wird ein Trauergottesdienst abgehalten? Was für Offiziere? Draußen ist es nicht heiß, es ist kühles, windiges Wetter, der zweiundzwanzigste August ist erst in fünf Monaten.
»Die sind doch krank!«, schreit meine Frau.
Um zwanzig Uhr begannen die Fernsehnachrichten mit der Information, der Krieg sei ausgebrochen, worauf meine Schwiegermutter in Tränen aufgelöst meine Frau angerufen hatte. »Hast du die Nachrichten gesehen?« Meine Frau schaltete den Apparat ein, aber sie bemerkte nicht, dass da vom zweiundzwanzigsten August die Rede war, und es kam ihr nicht in den Sinn, dass die letzten Wahlen vor zwei Jahren stattgefunden hatten, sie sah nicht hin, hat aber alles geglaubt, geglaubt, dass für nichtexistierende getötete Soldaten eine nichtexistierende Trauerfeier abgehalten würde, und mich anrufen wollen, um mir zu sagen: »Im Fernsehen sagen sie, es ist Krieg.«
Doch sie kam nicht durch, weil alle die Sendung gesehen hatten und telefonierten, Kinder riefen ihre Eltern an, Ehemänner ihre Frauen, denn während der Sendung hatte es keinerlei Hinweis darauf gegeben, dass das Ganze gestellt, nur ein potenzielles Zukunftsszenario war, das zeigte, was passieren könnte, wenn der prowestliche Präsident Saakaschwili seinen Posten räumte.
Später hieß es, wenn es unten auf dem Bild eine Laufzeile gegeben hätte mit dem Hinweis *Simulierte*

Nachrichtensendung, wäre in Georgien keine Panik ausgebrochen, die Zuschauer hätten begriffen, was »simuliert« heißt.

Aber die Angst sitzt uns noch in den Knochen von dem Krieg vor weniger als zwei Jahren und beeinträchtigt unsere Fähigkeit zur objektiven Wahrnehmung. Wir glauben ohne Weiteres, es sei der zweiundzwanzigste August und nicht der vierzehnte März.

Viele, die kurz zuvor nach Hause gerannt sind, versammeln sich nun auf der Straße: Alle rauf zur Sendeanstalt!

Mein Nachbar schreibt im Chat: »Ich kann nicht mitkommen, hab nur eine Hose, und die hab ich vollgeschissen.« Der Humor der Überlebenden ...

Die Menschen versammeln sich beim Gebäude des Fernsehsenders, aus dem die letzten Monate Loblieder auf Präsident Saakaschwili schallten und von dem aus heute der Krieg begann. Auf die Nachrichtensendung folgt eine große Talkshow mit einem Anhänger des Präsidenten und einem Publikum, das angesteckt ist von dessen Ängsten. Dieses Publikum weiß nicht, was in der Stadt passiert, was überhaupt passiert ist, denn im Unterschied zu den Zuschauern zu Hause wissen sie, da sie im Studio sind, von Anfang an, dass sie ein potenzielles Zukunftsszenario, eine Simulation, gesehen haben.

»Alles Lüge«, schreit eine Frau mit einem Fladenbrot in der Tasche; offenbar ist sie wie wir anderen verängstigt nach Hause gerannt, und als sie unterwegs erfuhr, dass sie Experimente mit uns gemacht hatten (wie sie sich ausdrückt), hierhergestürmt, mit dem Brot in der Tasche, in der Hand ein paar faule Eier,

die sie auf alle schmeißen will, die aus dem Gebäude herauskommen.
Wieder dieselben Gesichter, derselbe Ärger und dieselbe Wut in den Augen, wieder dieselben Menschen, die bei solcher Gelegenheit immer auf die Straße gehen.
Wir fordern Einlass ins Gebäude. Der Demo schließt sich auch die Politikerin an, die ehemals die dritte politische Kraft repräsentierte und nun in der simulierten Zukunft den russischen Panzern den Weg freihalten sollte. Entsetzt und gleichzeitig mit Genugtuung sagt sie: »Wer einem Menschen so etwas in die Schuhe schiebt, ist doch einfach ein Schuft!«
Der Sicherheitsdienst des Senders lässt uns nicht herein (auch gut, denn was hätten wir drinnen schon tun sollen?).
»Mit welchem Recht verwehren Sie uns den Einlass?«, frage ich trotzdem, da ich schließlich zur Mehrheit hier gehöre.
»Lasst uns rein, die Leute sind aufgebracht«, schreit jemand neben mir, dessen Stimme mir bekannt vorkommt. »Sagen Sie denen, dass Persönlichkeiten aus Gesellschaft und Kirche live auf Sendung gehen und die Menschen beruhigen wollen.«
Ich sehe mich um und erkenne die Wangen, die Nase und die schmalen Augen, wenn auch gealtert und verlebt. Ich mag mich irren, aber es ist Vater Awtandil, dieser Mönch, der vor acht Jahren im Patriarchat drohte, mir die Finger zu brechen.
»Die sollen uns reinlassen, sie dürfen nicht ungeschoren davonkommen«, sagt er zu mir und wartet meine Reaktion nicht ab; wütend wendet er sich an einen Sicherheitsmann: »Lasst die Vertreter von Gesellschaft und Kirche rein!«

Dieser Mann hat einmal einen Unternehmer als Geisel genommen ... ist Leiter der Kerzenwerkstätte gewesen ...
Die Talkshow-Teilnehmer (die wissen, dass sie eine Simulation gesehen haben) kommen verwirrt und angespannt aus dem Gebäude. Die Menge pfeift. Ein Mann, ich glaube, ein Parlamentarier, wird von einem Ei getroffen. Er wird beschimpft und rennt zu seinem Auto.
Inzwischen sind auch Reporter eingetroffen. Unsere Gesichter werden von Fernsehkameras beleuchtet. Alle schreien, alle rufen etwas in die Mikrofone.
»Wir glaubten, es wäre wieder Krieg. Wie lange sollen wir uns noch mit den psychischen Problemen der Regierenden herumschlagen? Die sind einfach krank!«
Auch der Mönch ruft etwas. Ich will nicht länger neben ihm stehen, obwohl, was soll's?
So oder so, der vierzehnte März geht glücklich zu Ende.
Am anderen Morgen finde ich im Türspalt ein vierfach gefaltetes Blatt Papier, wahrscheinlich von meiner Großmutter zwischen sieben und acht dort eingeklemmt. Sie hat sich die Mühe gemacht, extra herzukommen. Briefe schreibt sie mir immer dann, wenn sie vor lauter Ärger meine Stimme nicht hören will. Im Brief steht:

Warum musstest du auf diese Demo rennen? Was war falsch an dieser Sendung? Ist es denn so unplausibel, dass Russland uns erneut bombardiert? Oder uns Verräter auf dem Kopf herumtanzen lässt? Glaubst du, der Krieg sei vorbei? Er ist nicht vorbei! Im Gegenteil! Gerade jetzt besteht größte Gefahr. Siehst du nicht, was auf der Welt passiert? Dieser

Krieg dauert schon Jahrhunderte! 2003 warst du doch aufseiten der Revolution? Und jetzt, nach wessen Pfeife tanzt du jetzt? Ich sterbe bald, dann wirst du sehen, wo du bleibst, wenn du nicht unterscheiden kannst, wer dein Land wirklich liebt und wer nicht! Ich habe dich nicht angerufen, sonst hätte ich mich mit dir gestritten. Als ich dich im Fernsehen sah, musste ich umschalten. Was hast du unter diesem Pöbel zu suchen? Sei nicht so emotional und gedankenlos! Bewahre diesen Brief auf, erinnere dich später einmal an die Worte deiner Großmutter. So einfach ist das alles nicht.

Juri Bogoljubski macht sich aus dem Grab lustig über uns ...

(–42)

Der Patriarch hatte mich gefragt, ob ich keine Angst davor hätte, dass die Russen nach der Lektüre meiner Erzählung uns den Krieg erklären könnten.
Ich wusste nicht, dass man laut lächeln kann: Mein Vater und Dato eins *lächelten laut.* Ihren zusammengepressten Lippen entwich ein zustimmender oder auch mitleidiger Ton. Ich hatte keine Lust zu widersprechen und wollte auch gar nicht, denn ich wusste nicht, worüber ich mit dem Patriarchen diskutieren sollte, umso weniger über diese Frage, noch viel weniger in diesem Rhythmus, diesem Tempo, das der Greis vorgab. Die Möglichkeit, verschiedener Meinung zu sein, gab es nicht, diskutieren durfte man nicht, denn seit 1977 ging man zum Patriarchen, um sich auszusöhnen.
Er hatte offenbar gar keine Antwort erwartet.

»Alles wird gut«, sagte er, stützte sich mit zitternden Händen auf die Sessellehnen und erhob sich. Dass seine Hände zitterten, war an den schlotternden Soutanenärmeln zu erkennen, die bis zu den Fingerspitzen reichten. »Besuch mich ab und zu«, sagte er lächelnd.
Vater Tadeos, die Privatsekretärin Chatuna, Koba und Hochwürden Kristepore hatten selige, glückliche Gesichter, wahrscheinlich wie immer am Ende von Audienzen. Sogar die Könige und Königinnen schienen mir vom Fresko zuzulächeln.
Herrgott, wie schön! Ist das ein Happy End?
Es geht ganz lässig zu hier. Der Patriarch ist ein Bonvivant. Was ansteckend ist.
Mir war jedoch nicht klar, worauf wir uns verständigt hatten.
Äußerst bedächtig und demütig rückwärts schreitend entfernten wir uns – so wie in sowjetgeorgischen Historienfilmen die Großwesire nach einer Zusammenkunft mit Schah Abbas.
Wir schlüpften durch die Tür und traten in den Korridor. Vater Tadeos, der uns gefolgt war, schloss ehrfürchtig die Eichentür und gesellte sich lächelnd zu uns. Mir schien, vor lauter Zufriedenheit hatte er ein Doppelkinn bekommen.
»Was für ein gutes Treffen«, sagte er mit der Stimme des Greises, den wir in dem großen Saal zurückgelassen hatten. »Jetzt wird sich alles regeln. Morgen setzen wir mit einer kleinen Formalität einen Punkt hinter das Ganze und versuchen die empörte Bevölkerung zu beruhigen.«
Geschäftig, gelassen und mit einem Lächeln, das jede Diskussion von vornherein ausschloss, bestellte er uns für den nächsten Tag um zwölf Uhr in die Dawitskirche am Mtazminda, wo wir in für alle verständlicher Sprache

und mit Unterstützung der Presse unsere Entscheidung verkünden sollten: »Dass du bei Seiner Heiligkeit warst, ihr miteinander gesprochen habt und du aufrichtig bereust, was du getan hast, mehr nicht. Du kannst dich bei Seiner Heiligkeit entschuldigen oder bei der Bevölkerung. Damit ist für dich das Ganze zu Ende, und diese Verrückten beruhigen sich.«

»Und diese Typen gehen wieder heim?«, fragte mein Vater. »Ich meine, die Achalzicher?«

»Sind die überhaupt je losgezogen? Ich weiß nicht ... Das wäre noch festzustellen, wer die sind und was sie vertreten. Vielleicht existieren sie gar nicht?«

»Tatsache ist, sie haben mich angerufen.«

»Wenn sie existieren und wirklich herkommen, ist auch die Chance groß, dass sie wieder gehen. Sollten sie aber nach der Abbitte bei Seiner Heiligkeit nicht aufhören, bedeutet das, sie widersetzen sich dem Patriarchen. Der Patriarch hat ihm vergeben, und sie wollen nicht auf Ihn hören, ja wer sind die denn?«

Akako und Lascha hörten uns mit angespannter Miene zu. Entweder sie begriffen nicht, worüber wir uns verständigt hatten, oder sie wussten es schon und wollten mehr Details erfahren.

»Das heißt, ich entschuldige mich«, fragte ich, vielmehr, versicherte ich mich.

Was würden all die Leute sagen, die sichtbare und unsichtbare Menge, die sich in meiner Unbeugsamkeit mit mir solidarisierte? Wie sollte ich diesen Menschen, deren Ärger mir schmeichelte und die sich zu meiner Verteidigung in der Schule für Diplomatie versammelt hatten, meinen Kniefall erklären? Eine öffentliche Abbitte, noch dazu vor kirchlichem Hintergrund, würde als absolute Katastrophe gewertet werden. Doch seltsamerweise

spürte ich keinen Wunsch mehr, mich dagegen aufzulehnen.
Plötzlich tauchte aus einem Raum an der Seite (nicht aus dem Sprechzimmer des Patriarchen) die Privatsekretärin Chatuna auf, in der Hand eine riesige Kerze. Sie kam auf mich zu und sagte ruhig und freundschaftlich: »Wenn du Tamar siehst, sag ihr, dass du bei Seiner Heiligkeit warst und Er dir alles vergeben hat.«
Ich glaubte, sie redete von einer gemeinsamen Bekannten namens Tamar, deshalb lächelte ich sie erwartungsvoll an – *Welche Tamar?* – und dachte schon, doch noch etwas Vernünftiges zu hören, aber als Chatuna mir die ellenlange Bienenwachskerze überreichte, begriff ich, dass sie Königin Tamar meinte.
Wenn ich der Heiligen aus dem dreizehnten Jahrhundert begegnete, sollte ich ihr Grüße von der Privatsekretärin Chatuna ausrichten? Das Talent zu solch naiver Rede entsteht entweder aus tiefer Gläubigkeit oder aus dem Bestreben, andere zu verdummen. Es brauchte Kühnheit, um über eine vor achthundert Jahren verstorbene Heilige zu sprechen, als ob sie noch unter uns sei.
»Wo sind Sie zur Schule gegangen, Chatuna?«, fragte aus heiterem Himmel der Freiversdichter Nikolos Todua, dessen Anwesenheit ich vollkommen vergessen hatte. Er schien noch betrunkener als zuvor (vielleicht hatte er Schnaps verlangt, während er auf uns gewartet hatte), und nun taumelte er magisch aufgeblasen und also noch größer als sonst neben mir. Es war eine so unpassende und in dieser Situation so abwegige Frage, dass ich erst dachte, ich hätte sie mir eingebildet.
Chatuna schien verwirrt; die Frage weckte bei ihr vielleicht die Erinnerung an eine andere Glocke als jene im Patriarchat, an die lang vergessene Schulglocke, und un-

vermutet stotterte die Sekretärin so wie einst vielleicht die kleine Chatuna vor der Wandtafel: »Ich ... ich ...«

Ich hatte plötzlich Privatsekretärin Chatuna vor Augen, in brauner sowjetischer Schuluniform, in dicken khakifarbenen Hosen, eine große weiße Schleife im Haar und ein entzweigebrochenes Kreidestück zwischen den tintenfleckigen Fingern.

»Ich ... in die achtundsechzigste«, hörte ich wie von fern, aus ihrer Natürlichkeitsphase, ihrer ganz gewöhnlichen Kindheit, als sie sich selbst und andere noch nicht für dumm verkaufen musste und sie für ein solides »Gut« beispielsweise Königin Tamars Geschichte referierte. Ich stellte mir vor, wie sie lädierte Bücher in ihre große Tasche packte, wie sie Essenscoupons für die Kantine sparte, wie sie süßen, dreieckigen Zwieback aß (oder war das ein Nahrungsmittel aus meiner Kindheit und nicht aus ihrer?) oder absonderliche Frikadellen, von denen man sich alles Mögliche erzählte, wie, sie seien aus Rattenfleisch gemacht oder Breschnew hätte einmal Schulfrikadellen gekostet und bis zu seinem Tod Dauerdurchfall gehabt, sodass man für seinen Besuch in Tbilissi extra einen Lift an der Tribüne montieren musste, damit er auf kürzestem Weg die Toilette erreichte. Ich stellte mir vor, wie sie auf den Trolleybus wartete, wie die Kinder vermögender Eltern von Chauffeuren abgeholt wurden, während sie noch in den Nachmittagsunterricht musste ...

»Wir sind doch aus derselben Generation, nicht?«, fragte der Freiversdichter.

»Aus derselben Generation? Wahrscheinlich, ja.« Chatuna lächelte vergleichsweise natürlich.

Er flirtet mit ihr, der Trottel, dachte ich.

Doch es war nicht Flirten, es war reine Macho-Demütigungstaktik, um die mächtige, gefährliche Patriarchatssekretärin zu neutralisieren und zu verwirren. Wenn jemand von uns Selbstvertrauen hatte, so war das unser Dichter (wahrscheinlich mehr als der Patriarch und alle anderen in dem Gebäude). Der Leiter der Kerzenwerkstätte hatte sich nicht gezeigt, dabei war Todua zweimal mitgekommen, um ihn abzuschrecken oder runterzumachen, also musste er seine Energie an jemand anderen verschwenden. Die Privatsekretärin war ein dankbares Opfer. Unterdessen wiederholte Vater Tadeos mit gezwungener Lässigkeit und in sadistisch belehrendem Ton die Details des morgigen Programms: »Schlaf dich aus, beruhige dich, um zwölf kommst du zur Kirche hoch, sagst, was zu sagen ist, und kehrst zu deiner gewohnten Lebensweise zurück. Unser Angebot betreffend die Pilgerreise zum Athosberg gilt immer noch. Morgen verlieren die radikalen Kräfte eines ihrer wichtigsten Argumente.«

Er erinnerte mich daran, dass morgen die Heilige Synode tagte und wahrscheinlich nach der Pressekonferenz entschieden würde, ob sie mich als verlorenen Sohn anerkannten.

»Bleib heute trotz allem nicht bei dir zu Hause«, sagte er zum Schluss.

Mein Vater und ich tauschten Blicke; wenn wir uns fürchteten, vergewisserten wir uns immer der Reaktion des anderen.

Musste ich untertauchen? So wie der delinquente Mitschüler, über den ich während der Schulzeit gehört hatte, er hätte irgendwas verbrochen, jemanden verletzt oder gar umgebracht und sei dann untergetaucht? Sollte es mir jetzt ebenso ergehen, wenn auch nur für eine Nacht?

»Draußen stehen Journalisten.« Koba war hinzugetreten. »Am besten, ihr gebt keinerlei Kommentar ab, reizt die Leute nicht vor morgen.«

Plötzlich ging die Tür auf, und der Patriarch kam heraus, zusammen mit seinem Sicherheitsbeamten und Hochwürden Kristepore. Der Patriarch hielt sich mit dem Arm auf den Sicherheitsmann gestützt. Wir drückten uns an die Wände, um ihn durchzulassen.
Der Patriarch schenkte jedem von uns ein Lächeln.
Todua stellte sich ihm in den Weg, kniete vor ihm nieder und beugte den Kopf. »Eure Heiligkeit«, sagte der Dichter und blickte zu ihm hoch, »wir sind uns bei einem Bankett begegnet.«
Der Patriarch schien nicht zu verstehen. Der Sicherheitsmann lotste ihn in Richtung des langen Korridors. Todua stand auf und klopfte sich die Knie ab.
Da die Treppen zum Ausgang sich in derselben Richtung befanden, waren wir ungewollt Teil der langsamen Prozession. Als würden wir einem Trauerzug folgen.
»Haben wir verloren?«, fragte Akako leise.
»Was blieb uns anderes übrig?«
Akako hakte sich bei dem zwei Köpfe größeren Todua ein und flüsterte ihm zu: »Wir sollten eine Bombe auf die Synode werfen.«
Entlang der Mauerumfriedung standen ein paar Autos. Darin saßen die Reporter mit ihren Kameraleuten, denn es war kalt draußen. Sie schafften es nicht auszusteigen, so schnell sprangen wir in unseren Wagen – denn *vor morgen durften wir niemand reizen.*

(-43)

Ich muss in dieser Nacht furchtbar schlecht geschlafen haben. Eigentlich hatte ich das Gefühl, überhaupt nicht geschlafen zu haben, aber offenbar schlief ich doch; ich wälzte mich aber immer wieder geräuschvoll hin und her, weswegen Lascha, der im selben Zimmer schlief (beziehungsweise wachte), keinen Schlaf fand. Ein paarmal öffnete er die Augen und fragte ängstlich: »Geht's dir nicht gut?«

Lascha hatte vorgeschlagen, uns im Ferienhäuschen eines Onkels seiner Freundin zu verstecken, acht Kilometer von Tbilissi entfernt und auf den ersten Blick für ein Versteck ungeeignet, weil es an einer ampelbewehrten Kreuzung mitten im Bezirkszentrum stand.

Der Onkel von Laschas Freundin betrachtete unseren Versuch unterzutauchen mit einer gewissen Ironie, band zur Sicherheit den Schäferhund los und ließ ihn in dem kleinen Hof frei laufen. Vor dem Schlafengehen warnte er uns streng: »Königin Tamar will ich diese Nacht aber nicht hier sehen.«

Königin Tamar würde uns nicht erscheinen, das wusste ich mit Sicherheit. Chatunas lange Kerze hatte ich weggepackt. Genau, wo war meine Kerze? Ich musste sie jemandem gegeben haben, wahrscheinlich meinem Vater. Ich hätte sie wohl doch besser mitgenommen. »Schalt das Handy aus!«, empfahl mir Lascha. Bis morgen Mittag durfte ich mit niemandem reden.

Lascha hat mich nicht alleine gelassen. Trotzdem, wäre es nicht passender gewesen, Ani an meiner Seite zu haben? Aber Ani hat nicht mal angerufen. Sie hat Lascha angerufen, nicht mich. Sie spricht nicht mit mir. Sie schmollt, obwohl sie merkt, dass ihr Ärger unangemessen ist. Lascha gähnt, er schläft. Was ist er für eine treue Seele. Dabei sollte er eigentlich bei sich zu Hause sein. Ich werde wütend, wenn ich daran denke, dass unsere beiden Wohnungen nun verlassen sind: Meine Mutter ist bei ihren Tanten, meine Oma bei Buchuti, dem Nachbarn, mein Opa bei Tamila, mein Vater bei seiner Schwester. In unseren Wohnungen ist es jetzt dunkel. Ob diese Typen immer noch dort auf der Straße stehen? Wird meine Entschuldigung morgen den Abgeordneten Amiran beschwichtigen? Hat er das wirklich nötig?

Was soll ich morgen sagen? Lascha, sollten wir uns nicht einen Text überlegen? Soll ich die Erzählung widerrufen? Auf meine Hände spucken? Hier, damit hab ich's geschrieben! Jetzt begreife ich auch, warum der Philosoph Schawadse damals seine Exkremente in die Universität brachte ...

»Bist du wach?«, frage ich Lascha. Ich habe die Augen geschlossen und sehe den zur Seite geneigten Greisenkopf vor mir.

»Was hast du, schlaf!«

Was der Junge wegen mir durchmachen muss! Warum glaube ich, dass eine Entschuldigung ein tiefer Kniefall ist? Vor wem muss ich mich schämen? Wer braucht meine Standhaftigkeit? Die gelangweilten Fernsehzuschauer? Vielleicht werden Wetten auf mich abgeschlossen? Kriegt er Schiss oder nicht? Und morgen zeigt sich, dass ich offenbar doch Schiss bekommen hab. Na und, soll ich etwa nicht Schiss bekommen?

»Hast du Kopfschmerzen?«, fragt mich Lascha.

Warum soll ich Kopfschmerzen haben? Nervensäge. Nichts tut mir weh. Ich passe einfach nicht in dieses Bett.

Der Hund treibt sich im Hof herum und ächzt wie ein dicker Mensch.
Wer mag dieser Idiot sein, der seine Kirchgemeinde herbringt, um mich zusammenzuschlagen? *Ein ungebildeter, ungewaschener, stinksockiger, aggressiver, trübäugiger, behaartrückiger, hirnloser, arbeitsloser, fauler und infamer Mutant, mit Amirans Stimme, Vater Awtandils dicker Weste, den buschigen Brauen des Parlamentsweihnachtsmanns, dem Lächeln der Privatsekretärin Chatuna und dem Schwanz des Rottweilers aus dem Patriarchatsgarten …*
Ich werfe mich erneut unruhig von einer Seite auf die andere.
Lascha muss lachen.
»Ruf mir ja nicht Königin Tamar herbei«, parodiert er den Onkel seiner Freundin.
Morgen werde ich den Fernsehzuschauern eine Lektion erteilen über Königin Tamar und ihnen beweisen, wie sehr mir die georgische Geschichte am Herzen liegt.
Um zehn müssen wir los. Wie spät ist es? Ich bin hellwach und stecke Lascha damit an.
»Ich muss pinkeln, aber ich bin zu faul aufzustehen«, jammert er.
Es ist kalt im Zimmer. Die Toilette befindet sich unten. Dass ihn nur der kaukasische Schäferhund nicht anfällt. Aber nein, der rennt ja im Hof herum; die Tür ist geschlossen. Niemand kann raus oder rein.
»Versuch, ein bisschen zu schlafen. Kannst du nicht abschalten?«, fragt er mich. Er steht auf und schaut zum Fenster hinaus. »Puh, es schneit, aber heftig.«
Hoffentlich erkältet sich der Hund nicht. Erkälten sich Hunde überhaupt?
Ruf mir ja nicht Königin Tamar herbei.
Was sage ich bei der Pressekonferenz?

Freunde, es verhält sich so …

Tamar, Königin Tamar, Georgiens Monarchin aus der Dynastie der Bagratiden, Tochter Giorgi III., Königin der Abchasen, Kartwelier, Heretier, Kachetier und Armenier, Lehnsherrin der Schirwanschahs und Schahanschahs und unumschränkte Herrscherin über Ost und West, Abgesandte des Messias, zur Königin gekrönt mit neunzehn Jahren, auf Ratschlag des Adels verheiratet mit dem Sohn des Nowgoroder Großfürsten Andrej, Juri alias Giorgi Bogoljubski, dem ersten Russen …

Wer war dieser Juri-Giorgi? Giorgi war ein rechtgläubiger Christ, was offenbar für den Königshof, für die Geschichte von Bedeutung war.

Die neunzehnjährige Tamar soll laut ihrem Chronisten ihr Gefolge gefragt haben: »Ihr Männer, lohnt es sich, dass wir uns auf Trügerisches einlassen? Wir kennen diesen Fremden nicht, nicht seine Taten noch sein Gebaren, weder seine Kriegstüchtigkeit noch seine Wesensart.«

Die Antwort war: »Das ist uns bewusst. Wir werden Erkundigungen einholen.«

Dem Chronisten zufolge erwies sich Giorgi der Russe als sittenlos: Mit zahlreichen Makeln behaftet …

Tamar ertrug ihn zwei Jahre, bis sie sich schließlich an den Patriarchen wandte: »Ihn weiter zu dulden ist nicht statthaft … schuldlos werde ich auch das letzte Staubkorn abschütteln, das mir von ihm anhaftet.«

Daraufhin beschloss der königliche Rat, den Prinzgemahl aus Georgien auszuweisen: Sie schickten ihn fort in die Verbannung, jedoch nicht ohne ihn feierlich und mit Gütern und Schätzen zuhauf versehen zu verabschieden.

Juri-Giorgi ging nach Konstantinopel ins Exil, aber nicht für lange, denn er versuchte zweimal den Thron zurückzuerlangen, beide Male unterstützt von georgischen Fürsten und Adeligen. Der georgische Adel stellte sich demnach gegen Königin Tamar.

Die Allegorie ist offensichtlich: der erste Russe und Georgiens erste Enttäuschung, die erste Verletzung, die erste Gewalttat, der Anfang des georgischen Kollaborationismus …
Was ist daran schwer verständlich? Das Problem meines Texts liegt in seiner politischen Unkorrektheit und einer leichten Xenophobie, doch stehe ich in der Hinsicht in keinem Vergleich zu Tamars Biograf Basili Esosmodsghwari. Wenn ich mich bei jemandem zu entschuldigen habe, dann gebührt mein Bedauern den Russen und nicht Tamar. Deshalb hatte unser Patriarch (der zeitgenössische, nicht jener aus Tamars Zeit – mein Gott, wie viele Patriarchen muss es seither gegeben haben) recht, als er sagte, Russland könnte empört sein über die Herabwürdigung des ersten Russen. Vielleicht haben sich auch die Georgier empört, weil Basili Esosmodsghwari und ich die Russen beleidigten? Für Basili kann ich nicht sprechen, aber ich versichere, dass ich wirklich nicht fremdenfeindlich eingestellt bin, ich lerne Russisch seit der Kindheit, ich lese und höre in dieser Sprache, ich liebe Russland sogar, wenn auch nicht seine feindselige Regierung, sondern etwas sehr Konkretes und Liebenswertes an dieser ruhelosen Nation, und wenn ihr eine Entschuldigung von mir hören wollt, so könnt ihr die haben, aber nicht vor den Georgiern, sondern den Russen, also:
Entschuldigung!
Entschuldigung, Prinz! Entschuldigung für diese Episode mit der Henne. Obwohl, nur meine Schuld ist es nicht, ich bin nicht der Erste, der die Zoophilie erwähnt hat …
Natürlich ist das Sarkasmus, ich mache mich lustig über die, die Reue von mir erwarten. Der Fernsehzuschauer wird mich verstehen.
Ich bitte den ersten Russen in Georgiens Geschichte um Entschuldigung!
»Schlaf, Mann!«, sagt Lascha.
Offenbar ist er schon vom Pinkeln zurück.

Ich dachte, ich wäre eingeschlafen.
Ich glaube, ich habe Fieber.
»Ich habe Fieber«, sage ich.
»Du liebe Zeit.« Lascha gähnt laut.
»Wie spät ist es?«
»Gleich drei.«
Bis morgen Mittag bleiben neun Stunden.
Wenn es richtig dick schneit, sind die Straßen gesperrt, und wir können morgen nicht nach Tbilissi.
Nein, wir gehen trotzdem runter. Das Patriarchat wird einen Hubschrauber schicken. Oder Chatuna persönlich kommt mit einem Propeller am Rücken hochgeflogen.
Gleich am Morgen werde ich das Handy einschalten und Ani anrufen. Was ist sie nur für eine Egoistin.

(–44)

Das Erste, was ich am Morgen hörte, waren Laschas Vorwürfe: »Du hast mich die ganze Nacht nicht schlafen lassen, hast ständig was gefaselt.«
Seiner Meinung würde ich dem Ganzen eine viel zu hohe Bedeutung beimessen.
Nachdem ich endlich eingeschlafen war, gegen sechs, sieben Uhr morgens, träumte ich von der mittäglichen Pressekonferenz: Ich stehe vor der Dawitskirche und rede über die Bedeutung des Bedauerns, dann wieder komme ich zu spät, oder das Ganze ist verschoben worden ...
Nun am Morgen schien es mir ziemlich natürlich, nach Tbilissi runter und nach Hause zu gehen. Die Schwere der Nacht war fort. Die Morgendämmerung hatte mich ein bisschen ruhiger gemacht. Ich schaltete das Handy ein

und rief in den beiden verlassenen Wohnungen meiner Eltern an. Meine Großmütter gingen ans Telefon und informierten mich, die gefährlichen Typen hätten gestern nichts Schlimmes angestellt; sie würden meine heutige Reue abwarten. Meine Mutter war wieder in unsere Wohnung zurückgekehrt, und auch Opa mit seinem Radio war friedlich wieder an seinem Platz postiert worden.

Ich rief Ani an, sagte ihr, ich würde kurz nach Hause gehen, baden, mich rasieren und um zwölf zur Pressekonferenz fahren. Ani erwiderte, sie würde bei mir vorbeikommen. »Ich hab die ganze Nacht nicht geschlafen«, sagte sie.

Wegen mir.

Sie hatte wieder die Stimme der alten Ani. Sie war traurig und nicht beleidigt.

Königin Tamar hatte sich nicht gezeigt. Der kaukasische Schäferhund trieb sich nicht mehr im Hof herum.

Bei Sonnenschein fuhren wir im Wagen des Onkels von Laschas Freundin die kurvige, nur da und dort noch schneebedeckte Straße hinunter. Kaum zu glauben, dass der viele Schnee von gestern so schnell verschwunden war.

Vom Städtchen Zqneti bis nach Tbilissi verläuft die Straße in scharfen Serpentinen; die Kurven machten mich schläfrig, mir war schlecht vor Müdigkeit.

Es war neun Uhr, in drei Stunden sollten die einen Monat andauernden Ängste ein Ende finden, die aggressive Achalzicher Einheit würde den Rückzug antreten und eine zu Vater Soundsos Gemeinde gehörende Frau wieder keusch Königin Tamars verglaste Ikone küssen. Heute würde wieder Friede bei uns einkehren.

»Friede sei mit euch – könnte ich nicht so meinen Auftritt beginnen?«, fragte ich Lascha.

Er machte ein Gesicht, dass klar war, er mochte nicht einmal mehr lächeln, so übernächtigt war er.
Vor dem Hauseingang trafen wir niemanden an, der gefährlich ausgesehen hätte. Mein Nachbar führte seinen räudigen Pudel spazieren. Eine schwarz gekleidete Frau wischte die Treppe zur Friedhofskirche. Auf dem Wake-Friedhof lag Schnee. Aus dem Schnee erhob sich auf einem ziemlich hohen Podest die Büste eines Jünglings. Dem jungen Mann waren wir jahrelang in unserem Hof begegnet – er hatte genau so ein Gesicht wie seine Büste.
Ich ging zum Aufzug, Lascha zu sich nach Hause. Der Aufzug brauchte ungeheuer lange bis zum sechsten Stock. Ich schaute auf mein Handydisplay: Niemand hatte angerufen. Noch schliefen alle. Oder alle waren verschwunden. Bis zwölf Uhr.
Hatte Vater Tadeos seine Morgengebete schon verrichtet? Chatuna, die Privatsekretärin, würde mit eingetrocknetem Lächeln aufwachen und sich gleich an die Frage des Freiversdichters erinnern: Warum nur hat er mich gefragt, wo ich zur Schule gegangen bin?
Der Freiversdichter wachte wahrscheinlich mit Kopfschmerzen auf: Wo war ich gestern bloß?
Die Stimmen aus dem Fernseher waren Teil der Stille, die in der Wohnung herrschte. Man sah ihr nicht an, dass gestern niemand hier gewesen war; wenn nicht die drei bevorstehenden Stunden gewesen wären, hätte ein gewöhnlicher, langweiliger, statischer Tag begonnen. Unvereinbar mit jeglichem Aktivismus war auch der Geruch in der Wohnung – nach Kräutern, Zuhausesein und vertrauten Menschen. Er war weder angenehm noch unangenehm, sondern etwas, das unschätzbare Behaglichkeit schuf. Ohne die um zwölf Uhr drohende beschämende Kapitulation hätten diese wohlige Statik und die Ge-

wöhnlichkeit des Tages nicht so einen Eindruck auf mich gemacht. Eher im Gegenteil, ich wäre mit Sicherheit vor der alltäglichen Eintönigkeit geflohen, aber jetzt fühlte ich mich so behaglich in der gewohnten Atmosphäre des Hauses, dass ich die phlegmatische Morgenstimmung gegen nichts in der Welt eingetauscht hätte.

Wenn man unsere Wohnungstür öffnete, wetzte sie immer quietschend über den Boden, und zur Erklärung des Phänomens fiel jedes Mal der sonderbare Satz: *Das Haus steht also noch.*

Die Wohnungstür war unverschlossen gewesen. (Erstaunlich! Da wollten mich die Leute steinigen, und man ließ die Tür unverriegelt. Und weit und breit kein kaukasischer Schäferhund wie gestern!)

»Oh, es ist offen?« Ani streckte den Kopf herein.

Sie schien verwundert, vielleicht glaubte sie, wir hätten hinter der verriegelten Tür eine Barrikade errichtet aus Schränken, Kommoden, Matratzen, Kühlschrank und Opa samt Bett und Radio.

Sie kam immer mit einem Lächeln im Gesicht und irgendwie höflich gebückt herein, denn ihr Besuch galt allen und nicht nur mir: meiner Mutter, Oma, Opa und meiner zehnjährigen Schwester. Diesmal lächelte sie nicht aus Höflichkeit, sondern ihr Lächeln war auf meine doppelte Reue gemünzt: die öffentliche Entschuldigung und die Entschuldigung für den Fehltritt ihr gegenüber. Heute musste ich zweimal um Verzeihung bitten – Ani und Königin Tamar.

Offenbar hatte ich wegen der schlaflosen Nacht eine jämmerliche Miene, sodass ich schon allein deswegen Mitleid erregte. Noch immer benommen von der Schläfrigkeit, die mich in den Serpentinen überwältigt hatte, wollte ich mich nur noch ins Bett legen und schlafen. Wenn sich

Ani zu mir legte, würde ich mich noch behüteter fühlen, obwohl das leichter gesagt war als getan. Meine Mutter würde Ani Kaffee anbieten. Sie würde nicht Nein sagen, auch wenn sie zu Hause schon welchen getrunken hatte; vielleicht würden sie in der Küche eine Zigarette zusammen rauchen (vielleicht auch nicht) und sich benehmen, als stünde nichts Besonderes bevor. Wenn sie über mich sprächen, würden beide das in ironisch-nachsichtigem Ton tun, denn alles, was mich betraf, war schließlich und endlich nicht sehr ernst zu nehmen ...

»Ich hab die ganze Nacht nicht geschlafen«, sagte ich und machte mich auf Anis kritisch-scherzhafte Reaktion gefasst. Nicht zum ersten Mal wunderte ich mich, wie es diesem Mädel gelang, seinen leisen (ob streitlustigen oder defensiven) Sarkasmus zum akustischen Hintergrund unserer Beziehung zu machen.

»Ich auch«, sagte sie unerwartet ernst, »ich hab mich gequält.«

Das bezog sich auf mich, wegen mir hatte sie sich gequält.

»Ich wollte eigentlich nach Zqneti hochkommen, aber du hast mich nicht mehr angerufen.«

Sie wollte sich mit mir versöhnen.

Plötzlich entdeckte ich in ihrem Gesicht tatsächlich die Spuren der gestrigen Qualen – sie hatte dunkle Augenringe, die ich nicht bemerkt hatte, als sie hereingekommen war. Sie hatte sich wie ich geängstigt.

Sie trank keinen Kaffee (und meine Mutter bot ihr auch keinen an). Wir gingen in mein Zimmer und begaben uns auf unsere üblichen Plätze – sie auf den Balkon, um zu rauchen, ich zum Bett, um mich hinzusetzen.

»Wollen wir uns nicht ein bisschen hinlegen?«, fragte ich.

»Ja«, stimmte sie zu, »ich rauch nur noch schnell eine.«

Ihr Haar würde nach Zigarette riechen und der Duft mich in den Schlaf begleiten.
»Siehst du, wenn du auch rauchen würdest, wärst du jetzt viel besser dran, das löst den Stress«, sagte sie und öffnete die Balkontür. Die Sonne schien auf den Balkon, die Tannen auf dem Wake-Friedhof leuchteten golden. Der Friedhof glich einem Schachbrett: da und dort Schneeflecken abwechselnd mit schwarzer Erde.
Draußen war es wärmer als in der Wohnung.
Ich stellte mich an die Balkontür. Ich spürte, wir sollten reden, aber vor Erschöpfung fand ich die Worte nicht.
»Ich werde durchdrehen vor Scham«, sagte ich schließlich. »Wie soll ich mich entschuldigen, die werden mich doch alle hassen.«
Ani zündete sich die Zigarette an. »Dann entschuldigst du dich eben nicht. Mach uns nicht fertig mit dieser Entschuldigung.«
Ihr Ton gefiel mir nicht; sie distanzierte sich wieder, das waren nicht mehr die Worte eines wie ich verängstigten Menschen.
»Du hast leicht reden. Meine Mutter musste gestern woanders übernachten, ich war irgendwo in Zqneti. Das alles muss doch endlich aufhören!«
»Glaubst du, mit einer Entschuldigung wird es aufhören? Du wirst als Angsthase und Konformist dastehen, mehr nicht. Wen interessiert deine Erzählung schon? Für alle, für die du jetzt schon ein rotes Tuch bist, wirst du auch danach eins bleiben. Als dein Vater gestern von dieser Achalzicher Kirchgemeinde erzählte, dachte ich, jetzt drehen die dort unten auch schon durch. Ihr macht euch gegenseitig Angst.«
»Red nicht so daher, Ani, von wegen gegenseitig Angst machen, *ich* hab Angst.«

»Oje, du brauchst keine Angst zu haben, Mensch, was hast du denn nur?«

»Und du, was hast du?«

»Was ich hab?«, fragte sie verwirrt.

»Ja! Und hör auf mit diesen Allgemeinplätzen und Parolen ... und diesen ungereimten Artikeln. Ich bin betroffen, ich, niemand anders. Hör auf, mich so von außen zu betrachten.«

»Ich betrachte dich von außen?«

»Na, du verhältst dich, als befändest du dich in einer öffentlichen Diskussion mit mir. Ich spür überhaupt nicht, dass du auf meiner Seite bist.«

»Was spürst du nicht?«

»Na, ich spür nicht, ob du bei mir bist oder nicht, ich bin unter völlig fremden Leuten, und du bist irgendwo unter ihnen, aber nicht bei mir.«

»Ich hab nächtelang nicht geschlafen, wirklich ... Du siehst das ja nicht.«

Du siehst das ja nicht.

Plötzlich, wohl auch für sie selbst unerwartet, füllten sich ihre Augen mit Tränen. Eine Weile versuchte sie, sich zu beherrschen, denn sie wollte nicht weinen, aber dann ertrug sie es nicht mehr und brach in Tränen aus. Das kleine, ironische Mädchen stand am Balkongeländer und wischte sich die Augen wie ein Kind. *Du siehst das ja nicht.* Als wären diese Worte zu viel gewesen und hätten sie zum Weinen gebracht.

»Ich muss dauernd daran denken, dass ich nicht bei dir bin«, brachte sie unter Tränen mühsam heraus.

Was für ein Schatz sie war. Und wirklich müde.

Ich wollte sie an mich drücken, aber ich wusste, wenn ich es täte, würde ich genauso in Tränen ausbrechen, und dann würden sie und ich selbst mir noch mehr leidtun, und das würde mich noch mehr schwächen, und dann müsste ich mit verweinten Augen zur Pressekonferenz erscheinen. Und was würden sie dann sagen? Dass ich tränenreich meine Sünden bereute?

Ich gehöre mir selbst nicht mehr, wollte ich sagen, aber ich hatte einen Kloß in der Kehle, und der Hals tat mir weh.

»Was soll ich denn noch tun?«, sagte sie nun in einem ganz anderen Ton, mit vor Weinen veränderter Stimme. »Ich mach mir Sorgen wie eine Mutter, und das will ich doch nicht ...«

»Was willst du nicht?« Das Herz zog sich mir zusammen, obwohl sie eigentlich nichts Herzbewegendes gesagt hatte.

»Du hast mich in die Mutterrolle gedrängt ...«

»Was hat das damit zu tun?«

Ich nahm sie in die Arme, steckte meine Nase in ihre vertraut riechende Halsbeuge und wartete auf ein erleichtertes Aufschluchzen. Doch sie zitterte und begann derart zu schluchzen, dass schwer zu glauben war, wie sarkastisch und wütend dieses empfindsame Wesen sein konnte. Auf den Lippen schmeckte ich Anis heiße, salzige Tränen und hätte beinahe ebenfalls zu weinen begonnen, als sie aus heiterem Himmel meinen Fehltritt ansprach, nicht vorwurfsvoll, sondern als wollte sie erklären, was sie damit meinte, ich hätte sie in die Mutterrolle gedrängt.

»Und ich komm wie ein blöder Trampel in dein Zimmer«, sagte sie, »und du stehst da und küsst oder was auch immer diese ... Und ich steh da wie eine Idiotin und weiß nicht, was tun. Ich hab den ganzen Tag nur geheult. Und dann hab ich mir selbst gut zugeredet: Es ist ja nichts passiert, er hat nichts Schlimmes gemacht, nichts ist passiert, er liebt mich doch, ich liebe ihn auch ...«

»Da war nichts, wirklich.«

»Doch, da war was. Egal. Ich war wütend, dass ich nicht richtig wütend werden konnte ... Du darfst dich nicht entschuldigen, das wäre eine Schande.«
»Ich werde mich nicht entschuldigen, aber dich bitte ich um Verzeihung.«
»Ja, und zwar in aller Öffentlichkeit.«
»Sicher.«
»Geh nicht auf diese blöde Pressekonferenz. Dieser Vater Temur oder wie der heißt, widert mich an.«
»Tadeos.«
»Interessiert mich nicht. Wer ist denn das Mädchen eigentlich?«
»Niemand.«
»Warum war sie dann hier?«
»Sie ist einfach so hergekommen.«
»Sie ist ja auch vorher schon hier gewesen. Na, deinen Vater wird's freuen! Meine beiden Kinder sind ja wirklich ein Hemmschuh, das begreif ich ...«
»Was für ein Blödsinn.«
»Das ist kein Blödsinn. Ich spür's doch.«
»Bei mir?«
»Bei dir auch.«
»Bei niemandem spürst du das, du täuschst dich. Warum auch solltest du so was spüren? Das sind nur deine Komplexe.«
»Ich hab keinerlei Komplexe.«
»Was erzählst du dann für Zeug?«
»Was ich eben spür. Du verstehst das nicht. Geh nicht auf die idiotische Konferenz. Komm ein wenig zur Besinnung. Es wird nichts passieren, ihr steigert euch da in was rein.«
»Ich soll nicht hingehen?«
»Nein, geh nicht hin. Die können euch nichts anhängen. Wie du dagestanden hast, im Zimmer ...«

»Ich hab nichts gemacht.«
»Warum bist du mir eigentlich nicht nachgegangen?«
»Ich bin dir doch nachgegangen.«
»Bis zum Lift. Weil du in Pantoffeln warst und dich nicht erkälten wolltest, du Armer? Bist du deshalb nicht mit runtergekommen?«
»Nein, ich hatte Angst, dass ich dich verlieren könnte, wirklich.«
»Warum bist du dann geblieben?«
»Warum bist du gegangen?«
»Was hätte ich denn tun sollen? Dastehen und dir zuschauen, wie du immer röter wurdest? Ich dachte, wenn er jetzt nur keine Dummheit macht ...«
»Was denn? Entschuldigung ...«
»Bitte nicht um Entschuldigung!«
»Dich, dich bitte ich doch um Entschuldigung.«
»Nimm dieses Wort nicht in den Mund. Wirklich. Alle werden sonst durchdrehen vor Scham, nicht nur du. Du denkst nur an dich selbst ...«
»Ich denk nicht an mich selbst. Gestern haben vor dem Haus komische Leute gestanden ...«
»Diese Leute existieren nicht. Du darfst dich nicht entschuldigen!«
»Werde ich nicht.«
»In der Tat, warum solltest du dich entschuldigen? Bei wem?« Die Frage kam von meiner Mutter. Sie hatte offenbar an der Zimmertür gestanden, eine Zigarette in der Hand, und sich nicht auf den Balkon getraut. Eigentlich hätte sie von dort, wo sie stand, nicht sehen können, in welcher Verfassung Ani und ich waren.
»Macht euch keine Sorgen«, sagte sie. »Tut, was ihr für richtig haltet.«
Der Satz war an mich gerichtet, aber aus Höflichkeit und

um Ani nicht zu verletzen, gebrauchte sie die Mehrzahl. Kaum hörte Ani die Stimme meiner Mutter, verwandelte sie sich in die öffentlichkeitstaugliche Ani: in ein selbstbewusstes, ironisches und prinzipienfestes Wesen (wenn auch mit verweinten Augen), und genau dies brauchte ich jetzt, diese Transformation und diese Stärke. Seltsam, aber die Möglichkeit, mich anders entscheiden zu können, hatte meiner Müdigkeit und Apathie urplötzlich den Garaus gemacht. Als ich mir bewusst wurde, was ich wirklich wollte (an diesem Morgen stellte sich heraus, dass im Gegensatz zu allen anderen nur Ani und meine Mutter wussten, was ich wollte und was ich keinesfalls tun sollte), verschwand jede Schläfrigkeit. Zum ersten Mal seit langer Zeit überkam mich wieder ein Glücksgefühl; ich brauchte jetzt einzig drei Minuten Standhaftigkeit. Drei Minuten, um das Handy einzuschalten, Akako und meinen Vater anzurufen, eine Pressekonferenz hier in der Wohnung einzuberufen (Anis Rat) und zu verkünden, dass ich mich nicht zur Dawitskirche begeben und mich nicht entschuldigen würde.

»Handle nach deinem Gutdünken«, sagte mein Vater. »Ich versteh dich. Komme, was da wolle ...«

Auch das war seltsam: Er schien damit gerechnet zu haben, dass ich so handeln würde, jedenfalls wollte er im Innersten trotz aller Besorgnis nicht, dass ich mich an die Abmachung hielt, die wir im Patriarchat getroffen hatten. Um meinetwillen hatte er von denen ohnehin schon mehr als genug Beleidigungen einstecken müssen.

Akako trommelte alle Journalisten zusammen, die er kannte. Mir fiel ein, dass Lulu zu Tbilissi2 gewechselt war, aber natürlich versuchte ich erst gar nicht, sie anzurufen (wegen Ani und auch weil ich befürchtete, dass sie nicht käme). Stattdessen rief ich jene entfernte Journalisten-

Bekannte des Senders an, die mich zu der Keilerei im Schriftstellerverband interviewt hatte. Eine Reporterin des Ersten Kanals sagte, sie würde mich in der Dawitskirche treffen (»Soweit ich weiß, müssen Sie ja dort sein«), und ich konnte sie nur mit Mühe davon überzeugen, zu mir nach Hause zu kommen.

»Ist eine Aufzeichnung dort nicht besser?«, beharrte sie.

Nein, das war der Ort der Entschuldigung, und entschuldigen würde ich mich nicht.

»Besser bei mir zu Hause.«

Ganze zehn Minuten brauchte ich, um ihr den Weg zu meinem Haus zu erklären: »Den Friedhof entlang verläuft eine Straße abwärts, dort im letzten Block, der mit sechzehn Etagen.«

Ich rasierte mir den grauen Zweitagebart ab und zog mich Anis – jetzt wieder mütterlichen – Ratschlägen folgend an: ein weißes Hemd, die grüne Strickjacke, die sie mir gekauft hatte, darüber ein braunes Sakko (2002 zog man sich noch warm an, eine Gewohnheit aus den 90er-Jahren).

Bevor die ersten Medienleute eintrafen, zog ich das Sakko noch ein paarmal aus und wieder an; erst war mir heiß, dann kalt, dann wieder heiß. Inzwischen war es halb elf, als sich auf meinem Handy *Abgelehnter Anruf 5* meldete – Vater Tadeos. An dem Morgen würde er noch acht weitere Mal anrufen, ohne dass ich ein einziges Mal ranging.

Schließlich kam das erste Reporterpaar – ein traditionsgemäß finster dreinschauender, ein wenig schmuddeliger Kameramann und eine langhaarige junge Journalistin. Innerhalb weniger Minuten füllte sich mein Zimmer mit drei weiteren ähnlichen Paaren: Journalistinnen und Kameramännern.

Ich war so aufgeregt angesichts meines baldigen heldenhaften Auftritts, dass mein Verhalten nicht der Komik entbehrte: Gespannt wie ein Flitzebogen saß ich im roten Sessel mit den abgeschabten Armlehnen und beantwortete simple Fragen mit pathetischer Fernsehstimme. Die Reporterin vom Ersten Kanal hatte ein eigenartiges und ein wenig unverschämtes Lächeln, aber ich scherte mich nicht darum, ob sie irgendwas lächerlich fand oder nicht; in diesem Moment fühlte ich mich sehr bedeutend, meine Prinzipientreue konnte Großes in Bewegung setzen und ich musste historische Worte sprechen.

Ich hatte den Hörer des Festnetztelefons neben den Apparat gelegt, damit uns keine Anrufe störten, und beantwortete die formell-stumpfsinnig-unzureichenden Fragen der Reporterin schroff und entschlossen (»Was hat die Parlamentsmitglieder und das Patriarchat dazu bewogen, Protest gegen Sie zu erheben?« An ihrer Stelle hätte ich direkt gefragt: »Bereuen Sie Ihre Tat?«), ja ich warf mich sogar in die Brust und verkündete, heute um zwölf Uhr sei in der Dawitskirche eine Pressekonferenz anberaumt, auf der ich mich für meinen Text öffentlich hätte entschuldigen sollen.

Dabei denke ich: *Das wird im Fernsehen ausgestrahlt, und dann, was wird morgen passieren?*

»Aber ich werde nicht hingehen, weil ich mich nicht entschuldigen werde, denn da ist nichts, wofür ich mich entschuldigen oder wofür ich Reue zeigen müsste.«

Wird der aggressive Pope aus Achalziche unsere Fensterscheiben einschmeißen?

»Ich werde nicht bei ungebildeten, populistischen Politikern um Entschuldigung bitten, denn in Georgien kann einem keiner vorschreiben, was er schreiben oder malen, welche Musik er hören und welche Filme er sehen darf!«

Werde ich Polizeischutz bekommen? Wer entscheidet das? Muss ich wegziehen? Woher kommt dieser aggressive Pöbel? Vielleicht ist er tatsächlich vom russischen Geheimdienst aufgewiegelt? Ist es dann nicht noch gefährlicher?

»Das Einzige, was ich in aller Aufrichtigkeit sagen möchte, ist: Ich bedaure zutiefst, wenn ich die Gefühle von Gläubigen unabsichtlich verletzt habe. Mehr nicht. Ich wiederhole: Es gibt sonst nichts, wofür ich mich entschuldigen müsste.«

Kaum hatte ich das ausgesprochen, überkam mich das mulmige Gefühl, es verpatzt zu haben. Ich schnurrte in meinem roten Sessel zusammen wie ein Luftballon und hörte die Fragen nicht mehr, die man mir stellte. Eine der Journalistinnen lächelte wieder sonderbar. Gab ich denn wirklich so eine lachhafte Figur ab?

Ani, die in der Tür stand, zwinkerte mir zu; das hieß, alles lief gut.

Es war unausweichlich und unglaublich: Ich war ein Held geworden. Medienheinis, ihr seht hier einen Helden! Ich habe die Angst besiegt. Heute werden es alle im Fernsehen sehen. Ani, meine Entschuldigung war bei dir bestens platziert!

Instinktiv schaute ich auf mein Handy: Vater Tadeos hatte erneut angerufen – noch waren es zehn Minuten bis zwölf Uhr.

Ein Kameramann sprach die magischen Worte: »Wir müssen ein paar Aufnahmen machen.«

Ich sollte mit den Journalistinnen ein bisschen Small Talk machen, und sei es darüber, was ich gefrühstückt hatte (nichts), nicken und den Interviewpartner mimen, damit es zum Gesprochenen auch genügend Bildmaterial gäbe. Wir waren schon beim Kleinkram. Meiner Meinung nach ging es nun nur noch ums Aufnehmen von Nebensächlichkeiten.

»Das heißt, Sie gehen nicht zur Dawitskirche hoch?«, fragte eine Journalistin. »Um zwölf hätten Sie ja oben sein müssen.«

»Nein«, erwiderte ich, »das hat keinen Sinn.«

»Das heißt, Sie gehen nicht hoch.«

»Nein.«

»Das heißt, was sie dort hätten sagen müssen, haben Sie hier gesagt?«

»Dort hätte ich was anderes sagen müssen, hier hab ich was anderes gesagt.«

Sie öffnete den Mund schon zu einem weiteren »Das heißt«, besann sich aber.

Ich ging hinaus in den Flur, wo Ani, Akako, Lena, unsere Juristin Tina und meine Mutter warteten.

Ich war noch so aufgeregt von meinen eigenen Aussagen, dass ich, nachdem ich Tina und Lena auf die Wange geküsst hatte, auch alle Journalistinnen zum Abschied küsste.

»Ein Virus ist in Umlauf, du solltest nicht alle küssen«, sagte meine Mutter.

Akako war anzusehen, dass er selbst gerne ein Interview gegeben hätte, aber niemand sprach ihn an. Wenn eine der Journalistinnen ihn was gefragt hätte, wären alle anderen auch gefolgt. Doch diese eine gab es nicht.

Mein Handy war keine Sekunde still. Es war immer dieselbe Nummer, ohne Namen. Wahrscheinlich war es Vater Tadeos, der von einem anderen Telefon aus anrief. Ich dachte, ich nehm ab, warum soll ich mich verstecken. Es war Koba, der Mann, der mich im Patriarchat vor die Wahl gestellt hatte: entweder als verlorener Sohn zurückzukehren oder aus der Kirche ausgeschlossen zu werden.

»Was ist los?«, fragte er. »Wir sind in der Kirche. Wir warten auf Sie.«

Erst dachte ich, ich lüge – ich bin krank, ich habe Fieber. Wie zu Schulzeiten.

»Ich komme nicht, ich werde nicht um Entschuldigung bitten, Koba, tut mir leid, die Journalisten waren eben hier, und ich habe ihnen bereits alles gesagt.«

Koba reagierte merkwürdig, als hätte ich ihm gerade eine interessante Klatschgeschichte erzählt.

»Ui, was du nicht sagst!« Er lachte. »Die Journalisten sind zu dir nach Hause gekommen?«

Ich hätte nicht sagen dürfen, dass ich zu Hause bin. Wenn er nur die Leute nicht auf mich hetzt.

»Vater Tadeos hatte hier alles vorbereitet«, sagte er, in einem Ton, als hätte er ein gastronomisches Wunderding für mich parat gehabt und als hätte ich das Degustationsritual verdorben.

»Tut mir leid.«

»Diese Art Entschuldigung hilft der Sache nicht. Eine andere ist vonnöten, heute ist die Sitzung der Synode.«

Jetzt reicht's mir, dachte ich an diesem Punkt, nachdem ich es mir die ganze Zeit verkniffen hatte. Ich schrie ihn an: »Ihr könnt mich mal mit eurer Sitzung! Hau doch mit diesem Tadeos zusammen zu eurem Berg Athos ab, und ruf ja kein zweites Mal mehr bei mir an!« Und ich drückte ihn weg.

Das Finale war vulgär, aber ich war noch selten so zufrieden gewesen. Ich wusste, nicht lange, und das schlechte Gewissen würde mich plagen.

»Heute schlagen sie mich zusammen«, sagte ich.

»Ja, und zwar zünftig.« Ani zündete sich eine Zigarette an.

»Schaffen sie's, das Interview zu den Drei-Uhr-Nachrichten zu bringen?«, fragte ich.

»Normalerweise, ja«, sagte Tina, die einige Jahre bei einem Radiosender gearbeitet hatte und sich, obwohl sie jetzt

als Stiftungsjuristin tätig war, in Sachen Medien immer noch kompetent fühlte.
»Wir werden's ja sehen«, sagte Ani, den Rauch ausatmend.
Noch drei Stunden also, und ein Held würde geboren.

(-45)

Doch in der Nachrichtensendung um drei Uhr wurde nichts laut über mein Heldentum.
Auf keinem einzigen Kanal.
Wir nahmen uns gegenseitig die Fernbedienung aus der Hand. Zappten von einem Kanal zum anderen, aber ich, in meinem roten Sessel und in meiner von Ani gekauften grünen Strickjacke, war nirgends zu sehen.
Daraufhin mutmaßten wir, sie seien für drei Uhr nicht fertig geworden mit der Aufbereitung und wir müssten uns bis zu den Fünf- oder Sechs-Uhr-Nachrichten gedulden.
Die *Gesellschaft und Politik* brachte Chatschapuri. Der Strom fiel, uns zum Trotz, zweimal aus, wenn auch nur für wenige Minuten. Wir beschlossen, bei Stromausfall zum Nachbarn hochzugehen, der einen Elektrogenerator besaß.
»Heute werde ich mich sogar davor hüten müssen, ins Treppenhaus zu gehen«, sagte ich halb im Scherz, »noch kann ich ja, aber nach der Ausstrahlung des Interviews bestimmt nicht mehr.«
Ich schaute auf die Uhr: Es war gleich vier, dann halb fünf, acht Minuten, vier Minuten, drei Minuten vor fünf ...
Wieder Zeit für die Nachrichten.
Der Präsident trifft den türkischen Premierminister; der russische

Außenminister verkündet, im Pankissi-Tal hielten sich tschetschenische Terroristen versteckt; Oppositionsführer Saakaschwili behauptet, Schewardnadse treffe Vorbereitungen zur Wahlfälschung…

Doch über mich – wieder nichts.

Nirgends!

War ich so out? Wozu waren dann diese Medienleute gekommen?

Eine weitere Stunde verging. Die Sechs-Uhr-Nachrichten hatten sehr viel mehr Zuschauer als die vorangehenden. Für sechs Uhr mussten sie mein Interview parat haben. Die Sechs-Uhr-Nachrichten waren ideal.

»Die mussten doch die andere Seite auch aufnehmen«, sagte Ani. »Bis die in der Dawitskirche oben waren und der geistliche Sprecher bei allen durch war, hat es wohl Stunden gedauert.«

»Sie haben doch die Verlautbarung schon«, sagte ich, »sogar zwei Stück, eine über den Kirchenausschluss und eine über die Rückkehr in den Kirchenschoß.«

Die Sechs-Uhr-Nachrichten kamen und gingen – wieder nichts.

Die Fernbedienung ging von Hand zu Hand, als ob mein Erscheinen davon abhinge, wer von Kanal zu Kanal zappte.

»Du kannst das nicht«, sagte Ani zu Akako, der kaum mehr als zwei, drei Sekunden bei einem Sender innehielt. Jeder schien seinen eigenen Zap-Rhythmus zu haben. Ani genügte eine einzige Sekunde, um mein Nichtvorhandensein festzustellen, noch weniger als ihrem Cousin. Bevor Fernseher Fernbedienungen hatten, war es immer ein Zankapfel gewesen, wer aufstand, um auf einen anderen Sender umzuschalten. In der Regel waren Großmütter die harmlosesten Adressatinnen, da sie meist nah am Appa-

rat saßen und mit der Hand am Ohr auf den Bildschirm schauten. In noch früherer Zeit, als die Sowjet-Apparate eine Antenne hatten und ein flimmernder Bildschirm das Hauptmerkmal eines Fernsehers war, schlugen die Großmütter kräftig gegen das Gehäuse, denn nur mit einem Hieb war das Bild scharf zu stellen: Einem Sowjet-Fernseher musste man zwingend Gewalt antun, wenn man etwas klar und deutlich sehen wollte.
Daran dachte ich, während ich darauf hoffte, irgendwo in den Sechs-Uhr-Nachrichten wenigstens kurz zu erscheinen, doch alle Informationssendungen gingen zu Ende, ohne dass ich auf einem der Sender auftauchte.
Inzwischen waren mein Vater, Dato eins und Lascha, der sich ausgeschlafen hatte, eingetroffen.
Akako begann herumzutelefonieren: Er sprach die magischen Namen der Nachrichtenchefs und -produzenten aus (für ihn äußerst bedeutungsvolle und vielversprechende) und forderte danach auch Ani auf, anzurufen und in Erfahrung zu bringen, welches Schicksal mein Interview erlitten hatte.
»Bist du nicht auch Journalistin? Du kennst doch die Leute?!«
»Was bin ich denn schon für eine Journalistin?«, sagte Ani.
Zum ersten Mal rauchte sie in Vaters Gegenwart. Der jedoch schien es gar nicht wahrzunehmen, sondern setzte sich neben mich und teilte mir leise und konspirativ mit: »Ich hab mich mit Schewardnadse getroffen, ich komm gerade von ihm, ein Wunder ...«
»Wen hast du getroffen?!«
»Ich möchte jetzt hier nicht darüber sprechen. Es war ungeheuer interessant, ungeheuer ...«
Ich wollte unbedingt, dass er's mir sofort erzählte, aber es

war nichts aus ihm herauszubringen. Ich sah ihm an, dass ihm die Anwesenheit unserer Tina, die zwei Wochen zuvor den Polizisten eine lange Nase gemacht hatte, nicht gefiel. Da ich zu sehr mit mir selbst beschäftigt war, drang ich nicht weiter in ihn. Das Einzige, was ihm entschlüpfte, war: »Er war in Pantoffeln.«

Die Minuten schleppten sich dahin; ich hatte das Gefühl, fünf Minuten brauchten zwanzig, um vorbeizugehen; ich schaute auf die Uhr, schaute wieder hin, und der Stundenzeiger war immer noch am selben Ort. Von halb sieben bis acht, bis zu der Zeit, wo auf dem Ersten Kanal die älteste georgische Nachrichtensendung, das »Bulletin«, begann, verging ein Jahrhundert. Vor Sendungsbeginn rief mich, seltsam genug, Koki an, der ja zum Ersten Kanal gewechselt war.

Seit mehr als einem Monat hatte ich für Kokis ehemaliges Studio kein Szenario mehr geschrieben, unsere Konferenzen gehörten der Vergangenheit an, außerdem hatten wir anderen das letzte Mal nicht gerade liebevoll von Schewardnadse gesprochen, und danach hatte ich nicht wieder von ihm gehört. Ab und zu sah ich ihn im Fernsehen, wo er ganz dem Usus des Ersten Kanals entsprechend in wohlwollend-spontanem Ton über die Fortschritte Georgiens berichtete.

Koki, der Propagandist des Staatsfernsehens, sorgte bereits genauso für Irritation wie das Objekt seiner Protektion und seiner Lobpreisungen – der Präsident Georgiens. Und jetzt, siehe da, rief mich Koki, der den vollen Wangen nach zu urteilen, mit denen er im Fernsehen erschien, seine Diät wahrscheinlich abgebrochen hatte, ein paar Minuten vor dem Beginn des »Bulletins« an und sagte offen heraus, sie könnten mein Interview nicht senden: »Ich kann mich nicht übers Patriarchat hinwegsetzen.«

»Ich hab's nicht über mich gebracht, dich nicht anzurufen«, sagte er, »du und ich, wir kennen uns ja aus anderen Zusammenhängen. Wir wollten dein Interview heute Abend senden, aber dann hat das Patriarchat mehrmals bei uns angerufen, ich weiß nicht, woher sie erfahren haben, was du gesagt hast, jedenfalls hat die Sekretärin des Patriarchen mich persönlich angerufen und kategorisch gefordert, dein Interview nicht auszustrahlen. Ich fragte, was du denn Besonderes gesagt hättest, denn ich hatte die Aufnahme noch nicht gesehen, und ich würde sie zurückrufen, wenn ich's mir angeschaut hätte. Ich hab's mir dann angeschaut, dein pathetisches Gerede, klar. Erst hab ich nicht verstanden, worum's geht, dann hab ich begriffen, dass du dich nicht entschuldigst. Im Patriarchat sind sie dabei, eine Erklärung abzugeben, wir haben Reporter hingeschickt, unterdessen haben sie schon wieder dreimal angerufen, kurz, wir haben hier eine besondere Lage. Ich kann mich nicht übers Patriarchat hinwegsetzen, das geht nicht, deshalb haben wir beschlossen: Wir strahlen weder dessen Erklärung noch dein Interview aus. Es wird überhaupt kein Bericht gesendet. Denn wenn etwas gesendet wird, muss es die Version des Patriarchats sein. Ich hätte dich gar nicht zu informieren brauchen, verstehst du? Trotzdem, glaub mir, es ist besser so. Später wirst du's mir noch mal danken.«

Koki. Was war er doch für ein guter Mensch. Er hätte mich tatsächlich nicht zu informieren brauchen und ich hätte ihm egal sein können.

Ich war so durcheinander, dass ich gar nicht aufhören konnte, mich zu bedanken, und ihn damit beinahe verschreckte.

»Wie geht's dir denn?«, fragte er mich.

»Gut. Na, wir sind alle nervös ...«

»Grüß alle lieb von mir.« Er dachte wohl, all die Typen, mit denen er immer gerne herumgeschäkert hatte, hätten bei mir ein Nonkonformistenkünstlerlager aufgeschlagen, dabei war nur die mich argwöhnisch beäugende Ani in der Küche, wohin ich mich verzogen hatte.

»Koki, warte«, sagte ich, bevor er aufhängen konnte, »ich hab nicht richtig verstanden: Was für eine Version haben die?«

Er schwieg. Dann sagte er: »Ich weiß nicht«, um gleich mit für ihn typischem Sarkasmus anzufügen: »Was sollen die schon für eine Version haben, außer dass du ein gesetzestreuer, kirchengläubiger Bürger bist.«

Was in aller Welt bedeutete das?

Koki ließ noch einmal »meine Freunde« grüßen und hängte auf.

Das »Bulletin« fing ohne mich an und endete auch ohne mich.

Als ich den anderen von Kokis Anruf erzählte, fing es im Raum spürbar an zu brodeln. Akako schrie: »Das ist Zensur! Wer ist diese Chatuna denn, Zensorin?« Und er rief noch einmal die Tbilissi2-Journalistin an, die aber nicht abnahm, während Ani nervös von einem Kanal zum anderen zappte, Lascha wort- und fassungslos den Kopf schüttelte und mein Vater, sein Handy am Ohr, im Zimmer hin und her zu tigern begann.

»Das ist Krieg«, sagte Vater, »das sind schon ganz andere Dimensionen.«

»Keine Sorge, Tbilissi2 wird's senden«, sagte Ani.

Dieser Sender war unsere letzte Hoffnung, die lange Nachrichtensendung um neun Uhr, die sich das ganze Land ansah. Die mit den höchsten Quoten, die vertrauenswürdigste, die regierungskritischste.

Wie viele Minuten blieben noch?

Akako erhielt einen Anruf von Herrn Schota: Die Journalisten verließen das Patriarchat, dort war eben eine Erklärung abgegeben worden.

Das wussten wir ja schon von Koki!

Ihre Version: ein gesetzestreuer, kirchengläubiger Bürger.

»Leute«, sagte Akako, »merkt ihr, was da vor sich geht? In diesem elenden Land wurde gerade über das Schicksal der Freiheit des Wortes entschieden! Das ist von höchster Bedeutung!«

Und dann, was dann? Was passiert um Viertel nach neun zum Beispiel? Um zwanzig nach neun? Um zehn? Fallen sie ins Haus ein? Dieselben, die die Mitarbeiter des Instituts für Liberalismus verprügelt haben? Vielleicht müssen wir schon um halb zehn aus dem Haus fliehen? Und wenn wir die Polizei rufen? Kommt die überhaupt? Vielleicht hat Chatuna der Polizei verboten herzukommen? Das Innenministerium wird sich ebenso wenig über Chatuna hinwegsetzen können, wie der Erste Kanal es konnte. Vater, was hat Schewardnadse gesagt?

Die Neun-Uhr-Nachrichtensendung begann wie immer mit demselben nervigen Musiksignet. Schon der Musik konnten wir entnehmen, was für Schrecklichkeiten in der Welt passierten, nicht so sehr den Nachrichten, die dem spannungsreichen Intro folgten.

Heute schien das nervige Signet mich persönlich zu betreffen.

Vielleicht hatten sie diesen Sender auch angerufen?

Nein! Im Aufmacher war ich zu sehen: mein Gesicht, der rote Sessel, die grüne Strickjacke ...

Ebenso: der Eichentisch im Patriarchat. Der Pressesekretär. Hochwürden Kristepore. Vater Tadeos. Geistliche.

Offstimme: »Was hat der junge Autor ausgesagt, und was ist die Reaktion des Patriarchats? Was hat die Heilige

Synode entschieden? Will das georgische Parlament für Schriftsteller die Zensur einführen?«
Dann: der Abgeordnete Amiran mit Flegelgesicht und heiserer Stimme.
Schluss, es geht um mich!
Ich hatte ein Gefühl, wie wenn alle, die irgendwann in der Nachbarschaft gewohnt hatten, alle, die mit mir im Kindergarten, in der Schule oder auf der Universität gewesen waren, alle, die mit mir verwandt oder einfach nur bekannt waren, alle, die ich noch gar nicht kannte, Bekannte und Unbekannte, alle Bewohner dieses kleinen Landes – vier Millionen – und dazu die Emigranten, die über Satellitenantennen die Heimatsender empfingen, alle, ausnahmslos alle, auch meine ehemalige Georgischlehrerin, das despotische Fräulein Tamuna (noch eine Tamar), die mir in der siebten Klasse ein »Ungenügend« gegeben hatte, jetzt auf meinen Auftritt warteten.
Mein Egozentrismus erreichte einen Gipfelpunkt.
Erst jedoch kamen die üblichen Schreckensmeldungen: *Familientragödie im Vorort Sahessi: Ein Mann bringt seine Ehefrau und seine Schwägerin um …* Noch irgendwas. Ein Interview mit dem Verteidigungsminister. Interviews mit tschetschenischen Flüchtlingen.
Der erste Teil ging zu Ende, ohne dass ich in Erscheinung getreten wäre.
Dann die endlose Werbeunterbrechung.
»Du kommst im zweiten Block«, sagte Ani.
»Du kommst im zweiten Block«, wiederholte die *Gesellschaft und Politik*.
»Ja, du bist im zweiten Block«, sagte Lascha.
»Im zweiten«, murmelte mein Vater.
Der Zigarettenqualm wurde dicker. Wir saßen im Nebel.
Die *Gesellschaft und Politik* setzte sich wieder zu Lena in

den Sessel. Sie machte das ganz unbewusst. Das Gesicht meines Vaters trug noch immer den ruhigen Ausdruck, den er vom Treffen mit Schewardnadse mitgebracht hatte, aber er verzog schon nervös den Mundwinkel, »seine rechte Braue hüpft«[8] sagten Lascha und ich immer, wenn er sich über etwas aufregte.
Im Aufmacher des zweiten Blocks war wieder ich in meiner grünen Strickjacke und im roten Sessel zu sehen.
»Siehst du, du kommst im zweiten«, sagte Lascha.
»Du bist im zweiten«, sagte Ani.
»Im zweiten, genau.«
Das Telefon läutete.
»Nicht abnehmen!«, schrie mein Vater.
»Mensch, macht die Telefone überhaupt aus!«, befahl Ani.
Alle sollten sich ganz auf das Fernsehen konzentrieren können.
Das Telefon hörte wie zum Trotz nicht auf zu läuten.
»Müssen die jetzt alle anrufen!«, gab auch meine Mutter schließlich ihren Senf dazu.
Ich bin im zweiten Block.
Auf dem Bildschirm erschienen Politiker – Geschrei im Parlament, in der Stadtratssitzung verkündet Micheil Saakaschwili, nächstes Jahr würde Tbilissi zweihundert neue Parkanlagen erhalten: »Es wären jedoch doppelt so viele, wenn der Schewardnadse-Clan das Staatsbudget nicht so aussaugen würde. Jeder Innenhof soll einen Spielplatz bekommen, und auf jeder Schaukel sollen mindestens zwei Kinder sitzen können!«
Vater, was hat Schewardnadse gesagt? Warum war er in Pantoffeln? Waren ihm die Füße in den Schuhen angeschwollen?
Ein Nachrichtenthema folgte aufs andere.
»Jetzt kommst du«, sagte Ani.

Vaters Handy klingelte. Er brauchte ziemlich lange, bis er den Ausschaltknopf fand. Alle waren davon genervt. Mutter blickte ihn vorwurfsvoll an.
Auch der zweite Sendeblock ging zu Ende, ohne dass irgendetwas über mich gesagt worden wäre.
»Warum zeigen sie dich dann im Aufmacher?« Ani stand auf und trat näher zum Fernseher, als ob das etwas bewirken könnte.
»Er kommt für die ganze Sendung als Aufmacher.« Lascha erhob sich ebenfalls.
»Nein, was im Aufmacher kommt, kommt auch im entsprechenden Block«, sagte Tina.
»Was im Block kommt, ist im Aufmacher ...«
»Nein, Mensch, umgekehrt.«
»Ruf doch bitte noch mal diese Journalistin an«, bat Ani Akako.
»Sie nimmt nicht ab.«
»Schewardnadse hat etwas Geniales gesagt«, begann mein Vater unvermutet, aber er beendete den Satz nicht, denn der dritte Aufmacher begann, und darin kam ich in meiner grünen Strickjacke und im roten Sessel nun überhaupt nicht mehr vor.
Sie hatten mich rausgeschnitten.
»Sie haben ihn rausgeschnitten. Das wär's dann gewesen!« Mein Vater schlug die Hände zusammen.
»Sie haben ihn rausgeschnitten«, sagte Ani.
Akako sprang hoch.
»Was ist los?«, sagte Lena angstvoll auf Georgisch.
»Shut up, dear!«, schrie Akako. »Sorry.«
»Da habt ihr euer progressives Tbilissi2!« Tina lachte angewidert auf.
»Ich brenn den Sender nieder.« An Akakos Hals traten die Adern hervor.

»Huch!«, rief Ani.

Und siehe da, plötzlich erschien ich im Bild.

»Da ist er!«

»Bist das du?«, fragte meine Mutter und fixierte mein Fernsehkonterfei.

Der dritte Sendeblock war wie immer Kultur, Sport und Wetterprognose gewidmet. Wie sollte mein Problemfall in eine dieser Kategorien passen? Galt eine Reuebekundung beziehungsweise eine Reueverweigerung als Kulturphänomen oder eher als Kulturprodukt?

»Achtung!«, rief Vater.

Es ging los.

Ich dachte: Jetzt begehe ich vor einem Vier-Millionen-Publikum eine Heldentat.

Ich verstand kein Wort; ich begriff nicht, was vor sich ging. Ich war so nervös, dass es mir schwerfiel, wahrzunehmen und im Gedächtnis zu behalten, was auf dem Bildschirm passierte. Die Lautstärke war voll aufgedreht, der Fernseher dröhnte und war bestimmt bis zum Friedhof zu hören.

Aber nicht ich redete. Ich saß in meiner grünen Strickjacke im roten Sessel und öffnete den Mund wie ein Fisch auf dem Trockenen. Meine Stimme war nicht zu hören. Stattdessen gab eine Journalistinnenstimme meine kontroverse Geschichte wieder. Eine vertraute Stimme, aber nicht die der Journalistin, die hier gewesen war und das Interview mit mir geführt hatte. Oder bildete ich mir das nur ein?

Nach meinem Auftritt erschien Amiran und beschimpfte mich in einer kurzen Sequenz: »Lass unsere Heiligen in Ruhe, du Schmierfink und Nestbeschmutzer!«

Dann kamen Drohungen von Chubuluri, dem Vorsitzenden von »Schwert und Faust«: »Unsere Sitten und Bräuche stehen über dem Gesetz und der Verfassung, das mag manchen gefallen und manchen auch nicht, aber so ist es, und deshalb warne ich euch: Noch einmal so eine Abscheulichkeit, und ihr habt euch die Folgen selbst zuzuschreiben, denn reden allein wird nicht mehr helfen. Keiner muss uns belehren, was modern ist und was nicht. Ihr habt euch an Brauch und Ordnung zu halten.«

Dann kam ein Literaturkritiker zu Wort, den sie aus der Mottenkiste geholt hatten und der nicht müde wurde, seinen Schriftsteller-Vater mit schmatzend-trockener Aussprache, das L weich und schwerfällig artikulierend, zu lobpreisen und uns weise zu verstehen zu geben, dass es verfrüht war, über alles schreiben zu wollen, und sich die junge Generation erst das Recht erwerben müsste, um über Themen wie beispielsweise das zur Debatte stehende in dieser Art schreiben zu dürfen.

»Arschloch«, sagte Ani leise.

Die Story sollte ausgewogen sein, deshalb trat nun noch ein anderer Kritiker auf, angegraut und zu nervös, um sich klar auszudrücken, aber schließlich brachte er brabbelnd heraus, die Erzählung hätte ihm zwar vom literarischen Standpunkt nicht gefallen, doch jeder müsse schreiben dürfen, was er wolle. »Zensur, von welcher Seite auch immer, ist unvertretbar«, sagte er.

»Na also«, sagte Ani.

Danach erhielt das »Wochen-Echo« das Wort, das zwar nicht sagte, aber irgendwie zu verstehen gab, dass der Skandal eigentlich in ebendiesem Blatt seinen Ausgang genommen hatte.

Und ich, wo komme ich vor?

Auf dem Bildschirm erschienen Hochwürden Kristepore und Vater Tadeos. Der Bischof ohne Diözese sagte lächelnd, es sei eine Vereinbarung getroffen worden, ich hätte meinen Fehltritt bereut und der Patriarch hätte alle Beteiligten dazu aufgerufen, das Thema von nun an nicht mehr anzusprechen: »Wir sollten aufhören, über den fraglichen Text zu diskutieren, und uns alle, Volk wie Kirche, beruhigen. So lautet die Bitte Seiner Heiligkeit.«

Anschließend kam wieder ich zum Vorschein, wieder wie zu Anfang im Sessel sitzend, dazu die Stimme der Journalistin: »Der junge Autor hat mit Seiner Heiligkeit gesprochen und für seine Erzählung um Entschuldigung gebeten.«

Von meiner Pressekonferenz am Morgen wurde ein einziger Satz gesendet: »Ich bedaure zutiefst, wenn ich die Gefühle von Gläubigen unabsichtlich verletzt habe.« Das war alles.

»Die haben mich zusammengeschnitten«, sagte ich.

»Die haben dich zusammengeschnitten«, sagte Ani.

Vater Tadeos stand am großen Tisch und verlas die Erklärung des Patriarchats. Darin wurde ich als verlorener Sohn bezeichnet. Die Synode hatte mich nicht aus der Kirche ausgeschlossen.

»Die Kirche ist gerettet.« Akako klatschte in die Hände. Er war erregt und rot im Gesicht.

Wessen Stimme war das gewesen, die vor dem Hintergrund meines Bilds erklärt hatte, ich hätte um Entschuldigung gebeten?

»Klar, ihrer Ansicht nach haben sie die Wogen geglättet«, murmelte mein Vater. Sein Mundwinkel hüpfte.

Sprich, Schewardnadse hatte die Wogen geglättet?

Ani brach in Tränen aus. Einfach so, plötzlich, vor lauter Erbitterung. Lena schaute Akako verständnislos an.

Die Telefone begannen wieder zu schrillen, von allen Seiten riefen sie an, und alle logen sie uns vor, wie gut und richtig ich daran getan hätte, zu bereuen und um Entschuldigung zu bitten.

Ich und auch Ani, meine Mutter, mein Vater, alle wiederholten wir immer nur das eine: Dass ich mich nie entschuldigt, dass ich nie bereut hatte und dass Tbilissi2 meinen Text widerrechtlich zusammengeschnitten hatte. Eine Welt war zusammengebrochen. Wesentliches, ja Entscheidendes hätte in meinem Leben stattfinden sollen und hatte nicht stattfinden können.
»Zumindest wird dir keiner mehr die Finger brechen«, sagte mein Vater.
Ani bekam noch ein paar Anrufe; wie alle anderen redeten die Anrufer ihr ein, meine Entschuldigung sei richtig gewesen: »Natürlich ist es so am besten. Warum sollte er sich selbst unglücklich machen? Er wäre die Meute doch sein Leben lang nicht mehr losgeworden.«
Ani wiederholte beinahe schreiend und wie auswendig gelernt: »Er hat sich nie entschuldigt, niemals, die haben den Text der Journalistin darübermontiert, das war der Text der Journalistin, die Stimme der Journalistin ...«

(–46)

Am Morgen, das heißt, nachdem der Patriarch verfügt hatte, die Diskussion über mich und meinen Text zu beenden, schickte ich eine Nachricht an eine seit einer Woche in Vergessenheit geratene Nummer: *Vielleicht fantasiere ich, aber gestern kam es mir so vor, als wäre das deine Stimme in der Reportage auf Tbilissi2.*
Ich erhielt keine Antwort.
Ich tippte eine neue Nachricht ein: *Warum hast du gesagt, ich hätte mich entschuldigt?*
Auch darauf erhielt ich keine Antwort.

Es war, als hätte es den gestrigen Abend nie gegeben. Wir waren zwar alle deprimiert und unglücklich, aber die Hysterie war vorbei, das spürten wir alle. Da war kein Frieden, keine Erleichterung, bloß der Rhythmus hatte sich geändert: Wir bewegten uns langsam und redeten wenig.

Was die Hauptsache war: Ich war über die Angst hinweg. Aber sie war mir nun gewaltsam – durch Zuschreibung – aufgepresst. Und das erbitterte mich furchtbar. Trieb mir die Tränen in die Augen. Wie Ani am gestrigen Tag. Ich hatte unbedingt tapfer sein wollen und hatte mich in meinem Zimmer – in dem roten Sessel, in meiner grünen Strickjacke – in gewisser Weise auch wie ein Held gebärdet, aber es war nichts dabei herausgekommen. Besser gesagt, es war so herausgekommen, wie andere es wollten: Ich war der, welcher auf dem Bildschirm zu sehen war, und nicht, welcher ich gestern gewesen war, und so viel wir auch erklären und sooft wir sagen mochten, dass ich keine Angst gehabt hatte, wären im Vergleich zu jenen, mit denen wir danach am Telefon gesprochen hatten, doch die Menschen in der Mehrheit, die Zeuge meiner televisionären Angst geworden waren.

Das Radio meines Opas leistete dem Geheiß des Patriarchen nicht Folge: Aus dem Apparat erscholl das irritierend angenehme Timbre einer älteren Dame, die über die schicksalhafte Prüfung des georgischen Volkes sprach.

»Wissen Sie, was da passiert ist? Ein Wunder«, sagte die Dame, die anscheinend Psychologin war. »Dieses skandalöse Machwerk hat im Prozess der nationalen Einigung eine Art Katalysatorfunktion übernommen. Die Aggression, die die Veröffentlichung des Textes hervorrief, hat uns vor Augen geführt, wie brennend dem georgischen Volk das eigene Land, seine Geschichte und seine Vorfahren am Herzen liegen. Für mich trat offen zutage, wie heftig das georgische Gen und Blut in uns pulsiert!«

»Herr Micheil«, wandte sich der Moderator plötzlich an sein Gegenüber. Die angenehm klingende *Dame* entpuppte sich als Countertenor, der das Publikum mit seinen Überlegungen beglückte. »Sind wir durch eine Prüfung gegangen?«

»Ich kann Ihnen nicht sagen, ob der junge Autor bewusst oder dem Diktat seines Unterbewusstseins folgend vorgegangen ist, aber dem Ergebnis nach zu urteilen, war diese Prüfung nötig, damit die georgische Nation aufsteht, um ihre Heiligtümer zu beschützen. Diese Erzählung hat sich für unser Volk als Prüfstein erwiesen, und die Nation hat die Prüfung mit Bravour absolviert!«

Die Nation hatte die Prüfung bestanden, ich nicht.

Endlich erfuhr ich auch, was Eduard Schewardnadse meinem Vater gesagt hatte. Anscheinend hatte er der Sache angesichts ihrer Dringlichkeit höchste Priorität eingeräumt. »Ich bin immer auf der Seite der Jungen.« Für ihn waren mein Vater und ich wohl gleich jung. Vielleicht sogar gleichaltrig. Aus der Distanz seiner dreißigjährigen Herrschaft wäre das überhaupt nicht verwunderlich gewesen. Falls der Patriarch jemanden fürchtete, dann diesen anderen, sehr viel unbeliebteren, aber Autorität besitzenden Alten, Eduard Schewardnadse. Und deshalb konnte der Präsident auch über ihn sagen: »Seit 1977 arbeitet dieser Mann als Patriarch, aber so ein schwieriges Gespräch hatte ich noch nie mit ihm.«

Es war ihm herausgerutscht: Für den Präsidenten war der Patriarch eine Funktion, ein Mechanismus, der während all der Jahre mit seiner Regierung zusammenarbeitete. Seit Sowjetzeiten.

»Kommt mir nicht mit Kirchenausschluss und so was,

hab ich ihm gesagt, ich weiß ja nicht einmal, was das ist«, hatte Schewardnadse meinem Vater berichtet.

Kommt mir nicht mit Kirchenausschluss.

Machte er Witze? Und die Entschuldigung?

Klar fing ich mit meinem Vater, der ganz ausgelaugt war, zu streiten an. »Warum bist du zu ihm gegangen? Wie bist du überhaupt zu einem Treffen gekommen?«

»Du verstehst gar nichts! Es ist doch nicht ausgeschlossen, dass Schewardnadse das Ganze gestoppt hat.« Er wurde wütend, wie er immer wütend wurde in diesem letzten Monat, genau wie ich: Erst regte er sich auf, dann hatte er Gewissensbisse. »Weißt du nicht mehr, was dieser Typ gesagt hat? ›Heutzutage werden Menschen ja so leicht umgebracht.‹«

»Komm nach Mailand, Junge. Die sollen das Geld für das Flugticket für dich zusammenkratzen. Kost und Logis hast du bei mir, du isst, was ich ess«, sagte Dato zwei, als er anrief, um zu hören, was am Vortag passiert war. »Georgien ist nicht mehr zu helfen. Worauf wartest du, komm nach Mailand! Was hängst du Königin Tamar nach, die kann's doch nicht sein, bei den Millionen Frauen, die überall herumlaufen.«

»Wenn ich das Geld hätte, würde ich tatsächlich fliegen«, sagte ich zu Ani, »würde mich vom Acker machen, ich kann ja nicht mehr auf die Straße.«

Vor zwei Tagen hatte mich die Angst noch im Griff, jetzt schämte ich mich: *Sieh mal, das ist der, der sich entschuldigt hat.*

»Geh doch«, sagte sie.

Geh doch.

Weder sagte ich: Komm mit, noch sagte sie: Ich komme mit.

In der Nacht, der ersten Reuenacht, dachte ich tatsächlich, ich könnte monatelang nicht mehr auf die Straße hinaus. Mit dieser Scham - eigentlich war es eine Depression - wollte ich mich schlafen legen, als ich auf dem Handy die Antwort auf meine Nachricht vom Morgen sah: *Hab nur abgelesen, was mir vorgelegt wurde.*
Ich schrieb sofort zurück: *Hier war aber eine andere.*
Sie antwortete: *Wolltest du selbst dich denn nicht entschuldigen?*

Montagsinterview mit dem Präsidenten – Auszug

Journalistin: Herr Präsident, meine letzte Frage betrifft ein Ereignis, das in der Gesellschaft für einige Gefühlsaufwallungen sorgte. Es geht um die Erzählung eines jungen Autors, auf die viele Gläubige mit Empörung und Protest reagierten; auch vonseiten geistlicher Autoritäten und im Staatsparlament wurden kritische Stimmen laut: Namentlich wurde der Standpunkt vertreten, dass es möglicherweise gerechtfertigt sei, die Veröffentlichung solch strittiger, Geschichte und Heiligtümer verunglimpfender Werke zu verbieten. Uns interessiert Ihre Meinung dazu, Herr Präsident.
Präsident: Mir ist nicht bekannt, wer in dieser Sache was gefordert oder gesagt hat. Auch das Werk kenne ich nicht, wohl jedoch sind mir die unterschiedlichen Meinungen dazu zu Ohren gekommen. Auf etwas möchte ich nachdrücklich verweisen: Wir leben in einem demokratischen Land, in dem wir keinem das Reden oder Schreiben verbieten können. Falls uns etwas nicht gefällt, können wir unsere Meinung dazu kundtun, aber verbieten können wir es nicht, denn das hieße, der Zensur Tür und Tor zu öffnen und wieder in die Sowjetvergangenheit zurück-

zufallen. Wollen wir in die Vergangenheit zurück? Ich nicht. Wenn sich der junge Mann vergriffen und irgendetwas Unangemessenes gesagt oder geschrieben hat, sollten wir nicht auf ihn losgehen, sondern väterlich mit ihm reden und ihn, falls er wirklich einen Fehler gemacht hat, eines Besseren zu belehren suchen. Eine Bestrafung steht nicht zur Debatte, im einundzwanzigsten Jahrhundert sind Schreiben und Reden keine Verbrechen. Heiliges will respektiert, die Religion geschützt werden. Meines Erachtens hat der junge Mann sich jedoch nichts Respektloses oder Deplatziertes erlaubt.

4
Revolution – Vierter Auftritt im Patriarchat

(+1)

Auf dem Rückflug von Mailand nach Istanbul hatte ich meinen Frieden; von Istanbul nach Tbilissi jedoch musste ich zwanzig bis vierzig Minuten lang Vater Bessarion Gesellschaft leisten, der vor meinen Augen immer betrunkener und erregter wurde, bevor ich auf meinen eigenen Platz zurückkehrte.

Die Frauen seiner Kirchgemeinde, die füllige Megi und die Übrigen, die mit ihm in Griechenland zu den Grabstätten von Heiligen gepilgert waren, interessierten sich nicht für mich. Megi wandte sich nur ein einziges Mal an mich und auch das nur wegen ihres Seelsorgers: »Hat er getrunken?«

Ich nickte.

»Er hat Angst vorm Fliegen. Wenn er doch einfach schlafen würde.«

Ich glaube nicht, dass er schlief. Er schloss bloß die Augen, weil ihn das Reden müde gemacht hatte.

Megi stand nicht von ihrem Platz auf, sie reckte sich nur, um einen Blick auf den Priester zu werfen.

Je näher wir Georgien kamen, desto intensiver erwachten die eine Woche zuvor durchlebten Gefühle wieder: Gekränktheit, Verzweiflung und Niedergeschlagenheit.

Wieder müsste ich mir schon frühmorgens die Mütze ins Gesicht ziehen (eine neue neurotische Gewohnheit). In Mailand hatte ich trotz der Kälte kein einziges Mal den Kopf bedeckt, zum einen weil sich dort niemand für mich interessierte, zum anderen weil meine Reisetasche mit der Mütze nicht angekommen war; sie musste unterwegs verloren gegangen sein, und ich hatte mir nach der Ankunft nur ein paar verdächtig lange Socken und sentimental flauschige Unterhosen, Rasierschaum und eine Zahnbürste kaufen können. Mehr erlaubte mein Budget nicht. Für das Flugticket hatte mein Vater einen Vorschuss von seinem derzeit einzigen Auftraggeber erbeten, für dessen Firma er eine weitere Monumentalwand malen sollte. Meine Eltern hatten beharrlich auf mich eingeredet – als würde ich mich sträuben oder hätte etwas dagegen –, irgendwohin zu verschwinden, »bis sich wirklich alles beruhigt hat«. Verschwinden war zum Thema geworden, sobald Dato zwei bestätigt hatte, in seiner Mailänder Wohnung über ein zweites Bett zu verfügen.

Später musste ich noch eine Strickjacke kaufen, weil die, die ich auf der Reise getragen hatte, nur noch einem Kind, einem Zwerg oder einer Puppe gepasst hätte, als Dato zwei sie aus der Waschmaschine zog.

»Genau deshalb hasse ich Waschen«, sagte er. »Wenn was schmutzig wird, werf ich es weg und kauf es neu.«

Die Reise nach Mailand war stressig gewesen, wegen des verfälschten Interviews und wegen der verlorenen Reisetasche; dem Zollbeamten hätte ich beinahe was vorgejammert, und danach stürzte ich aufgelöst zu Dato zwei hinaus, der mich abholte und komische spitze Stiefel trug (die er in Tbilissi wohl nie tragen würde). Zwei Stunden später jedoch hatte ich Georgien weit hinter mir gelassen: Ich stand unter einer italienischen Dusche und betrachtete die auf dem Fenstersims aufgereihten exotischen Shampoos.

Es roch hier ganz anders als in Georgien. In der Sowjetunion waren ja sogar Aromen Mangelware gewesen und in den postsowjetischen Neunzigerjahren noch nicht vielfältiger geworden, sodass für Neuankömmlinge aus Ge-

orgien der erste intensive Eindruck von Europa der Geruch war – ein leichter, luftiger Duft.
Meine Nase und Psyche erwartete am ersten Tag eine ziemliche Menge neuer Eindrücke, angefangen beim Geruch, der mich auf der Straße vom Flughafen in die Stadt empfing, bis zu den Duftshampoos der Mitbewohnerinnen von Dato zwei.
Mein Freund wohnte in einem kleinen Zimmer im Norden Mailands zur Miete; die anderen drei Zimmer der Wohnung teilten sich fünf anorektische Mädchen, alle zwei Köpfe größer als wir beide – debütierende, unbekannte Models. Zwei Amerikanerinnen, eine Chinesin, eine Norwegerin und eine Kroatin.
»Riech mal an den Shampoos der Amerikanerinnen«, riet mir Dato zwei, als ich ins Badezimmer ging, »die würde man am liebsten essen, aber tu dir nichts davon in die Haare, das wäre peinlich.«
Die zweite Sehenswürdigkeit waren die über den Radiatoren hängenden Bikinis.
»Sieh mal die Größen«, forderte mein Freund mich ohne jeglichen fetischistischen Hintergedanken auf, »siehst du, wie winzig die sind? Bei uns hängen sie in Fahnengröße von den Wäscheleinen! Die Frauen hier sind von einem anderen Planeten. Unsereins hat in Europa einfach nichts verloren!«
Dato zwei war nach seinen eigenen Worten im Paradies gelandet, dazu noch unglaublich billig. Als er das Zimmer mietete, hatte ihm keiner gesagt, dass er mit fünf jungen Frauen zusammenwohnen würde. Nun machte er Sprüche darüber: »Wenn ich es weitervermietete, könnte ich dreimal mehr verlangen, allein sie anzuschauen treibt den Preis in die Höhe.
Ich werde sagen, du bist mein *cugino*, mein Cousin, sonst

glauben sie, wir sind schwul. Du darfst nichts überstürzen, sie nicht verschrecken; sie wären gekränkt, denn wenn man so zusammenwohnt, betrachten sie dich als Verwandten. Wenn's klappt bei einer, umso besser, wenn nicht, hat's nicht sollen sein. Die Amerikanerinnen sind zwei ganz Verrückte: Die machen die Nächte durch, frühmorgens kommen sie aus den Clubs zurück und lärmen herum. Bis jetzt hab ich's noch nicht geschafft, eine zu vögeln, sie behandeln mich wie eine Freundin. Glotz sie nur nicht an wie einer, der noch nie ein Mädchen gesehen hat.«

Dato zwei erlegte sich selbst offenkundig absurde Verbote auf, besser gesagt, er erfand Rechtfertigungen, damit er das Zusammenleben mit diesen kindlichen, mangelernährten Wesen ertrug und dabei irgendwie seinen Seelenfrieden bewahrte. Die Mädchen hatten sich völlig an ihn gewöhnt und spazierten halb nackt von einem Zimmer ins andere. Die Norwegerin zum Beispiel trug nichts als ein dünnes T-Shirt und um die Hüften ein Handtuch, das jeden Moment herunterrutschen konnte.

Ein Bad, aromatisiert mit amerikanischem Shampooduft, wusch mir die Sorgen des letzten Monats und auch den stressigen Morgen mit dem vermissten Reisegepäck fort. Das Duschwasser wiederum weckte Erinnerungen an das Wasser, das mir sieben Jahre zuvor in Basel über den Kopf geströmt war.

Es war Februar 1995; ich war seit gerade mal vier Stunden aus dem eisig kalten, dunklen Georgien angekommen. Mein Vater hatte mich vom Bahnhof abgeholt. Erst ein paar Monate später verriet er mir, ich hätte nach Kälte und Hunger gerochen, als er mich umarmte. Wahrscheinlich genau wie er, als er sich mit einem Jahresstipendium für osteuropäische, sprich, exsowjetische Maler in seinem

Schweizer Atelier am Rhein einrichtete. Ich weiß nicht, ob ich wirklich nach Kälte und Hunger roch, aber sobald das heiße Wasser aus der Brause strömte, wurde die Vergangenheit vollständig aus dem Gedächtnis meines Körpers geschwemmt: Ich vergaß Georgien und mit ihm alle unsere Alltags- und regionalpolitischen Probleme. Es war eine Lethe-Dusche: ein Bad des Vergessens.

Ich hatte auch vergessen, dass Wasser so heiß werden konnte. Doch dann wurde das heiße Wasser ganz schnell kalt. Mehr noch – ein paar Augenblicke später ging das Licht aus, und ich glaubte mich wieder im stromlosen Georgien. »Papa!«, schrie ich. »Was ist los?« – »Ich weiß nicht«, erwiderte er, »ein Stromausfall.« *Ein Stromausfall?* Wo? In einer sorgenfreien Stadt mitten in Europa? Ich fuhr mit der Hand über die noch warmen Radiatoren, die genauso auskühlten wie die Radiatoren in georgischen Wohnungen. Ich tastete nach der Tür und trat mit seifigem Kopf und vor Kälte oder vielleicht vor Schock zitternd aus dem Bad. »Ist er nur bei dir oder bei allen abgeschaltet?«, stellte ich Vater die typisch georgische Frage, auf die er nicht wenig verwundert erwiderte, der Nachbar, der Besitzer und Verwalter der Künstlerstudios, hätte den Strom abgestellt, er hätte keine Ahnung, warum. »Der Alte ist ja ein wenig verschroben«, sagte er. Ein paar Minuten später erschien der verschrobene Alte mit einer Karnevalsmaske, einer napoleonhutartigen dreieckigen kleinen Pappkrone auf dem Kopf und hohen Kerzen in der Hand vor unserer Tür. Ein Sektierer, dachte ich. *Vater, wo hast du mich da hingebracht?* Der Alte beglückwünschte uns zu irgendwas und verkündete uns, die nächsten vier Tage würden wir wie im Mittelalter verbringen: Denn es sei Fasnacht, und zur Feier von deren Beginn und um eine romantisch-barocke Atmosphäre zu schaffen, hätte er den Strom abgestellt und brächte uns zu unserer Aufheiterung diese Kerzen – der Fasnacht sei Lob und Dank! Unser Gastgeber freute sich ungemein, mir jedoch wurde fast schlecht, als die langen Schatten der Kerzen sich an der Wand emporreckten.

Zwar fiel der Strom nicht aus, als ich unter der Mailänder Dusche stand, aber mir kam auf einmal seltsam unwirklich vor, was mein Leben bis zum gestrigen Tag ausgemacht hatte. Was vor meiner Reise hierher geschehen war, war auf einmal sehr weit weg, sogar bedeutungslos. Die geografische Distanz erhöhte die psychische Distanz: Von hier aus gesehen schien es, als wäre gar nichts Besonderes geschehen in meinem Leben. Meine Probleme, ja Georgien überhaupt mit seinen Kleinkonflikten, Leidenschaften, Hoffnungen, mit seinem übersteigerten Selbstvertrauen, der Konfusion, dem Chaos und den Menschen waren extrem und irgendwie peinlich klein geworden, und jetzt, an diesem ersten Tag schon, glaubte ich nicht mehr, dass sie je wieder die alte Bedeutung erlangen würden.

Mir wurde bewusst, dass ich mich von diesem Moment an mit jedem Tag weiter von meinen erst kurz zurückliegenden Erlebnissen und Ängsten, meinen Problemen und Ambitionen entfernte und mir von hier aus auch Georgien kleiner und kleiner erscheinen würde. Mein georgisches Umfeld würde mir ebenso wenig mehr gehören wie die verlorene Reisetasche mit den Kleidern, die meine Mutter pedantisch ordentlich hineingepackt hatte und die wahrscheinlich nach georgischem Winter rochen. Ich war nun jemand Neues, ein anderer, der unartikulierte *cugino* mit der geschrumpften Jacke, der nicht viel zu erzählen wüsste über sein kleines Land und den Monat, der hinter ihm lag.

Hier gab es andere Probleme: zum Beispiel Pizza.

Ohne groß nachzudenken, hatte Dato zwei zur Feier meiner Ankunft (wohl eher um den langen Bohnenstangen eine Freude zu machen, denen die Decke unserer niedrigen Wohnung buchstäblich auf den Kopf fiel) fünf Pizzen bestellt, die nun keine essen wollte: Die Mädchen ernährten sich hauptsächlich von giftgrünem Gras und tranken Unmengen Wasser.

»Manchmal essen sie, nur heute wollen sie unbedingt fasten.« Dato zwei ärgerte sich. »Aber global geht in der Modewelt die Tendenz Richtung Molligkeit, dann kommt meine Chance.«

Die Chinesin allerdings konnte der Versuchung nicht widerstehen und aß ein Stück. Dabei, wenn eine keine Teigwaren hätte essen sollen, war sie es: In Nullkommanichts rebellierte ihr Magen, und sie verbrachte die ganze Nacht auf der Toilette. Der Abend war verdorben. Die Mädchen hielten die ganze Zeit vor der Toilettentür Wache.

Die peinliche Situation und die kritische Nähe schlossen endgültig jede Möglichkeit aus, sich anderweitig näherzukommen. Die Magenverstimmung vertrieb die Erotik aus der Wohnung. Obwohl sie wahrscheinlich ohnehin in weite Ferne gerückt war, nachdem ich mich den Freundinnen meines *cugino* in deprimierend geschrumpfter Kleidung präsentiert hatte. In der Wohnung gab es keinen großen Spiegel, und noch wusste ich nicht, wie ich aussah in meiner zu kleinen Jacke und mit den Spuren meiner nichtig gewordenen Probleme im Gesicht. Dato zwei seinerseits verbarg die Wahrheit vor mir, indem er seine Schuld an dem Missgeschick beschönigte: »Ist doch viel besser so, sie sieht aus wie neu.«

Davon abgesehen, fühlte ich mich ohne das gewohnte Zubehör meiner Identität – gepäck-, kleider- und umfeldlos –

so glücklich (auch wenn dieses unerwartete Glück wahrscheinlich nichts anderes war als das Resultat der leichten Neurose, die ich aus Tbilissi mitgebracht hatte), dass ich zum ersten Mal über die Möglichkeit nachdachte, über die wohl jeder Fliehende irgendwann nachdenkt: *Was wäre, wenn ich gar nicht mehr zurückginge?*

Diesen Satz hatte ich als Kind oft von meiner Mutter gehört, die von Amerika träumte und immer sagte, vielleicht würde sie von dort gar nicht mehr zurückkehren wollen; sie hat es dann aber nur einmal ins sozialistische Bulgarien geschafft. Ich hatte ihn von meinem Vater gehört, der sich in der Schweiz wohl fühlte, vielleicht sogar zu wohl fühlte, den jedoch sein Temperament und der Wunsch, mitzuwirken an den Umwälzungen, nach Georgien zurückgetrieben hatten, was er später mehr als einmal bereute. Ich hatte den Satz überall und von allen in der Sowjetunion Geborenen gehört, zu Hause und im Ausland, und das Verlangen zu bleiben verstärkte sich bei mir, als ein in Mailand lebender georgischer Bekannter (ein ewiger Student, wie es von ihm hieß) mich einen Tag vor der Abreise nötigte, seinen Koffer mit nach Tbilissi zu nehmen – eine nationaltypische Zumutung (»Es ist nur eine kleine Tasche, gar nicht schwer«).

Ich würde mit einem fremden Koffer zu *meinem Umfeld* zurückkehren.

»Lob den Patriarchen, und alle werden dir in den Arsch kriechen«, riet mir mein *cugino*-Therapeut.

Auf dem Flug von Mailand bis Istanbul waren keine Georgier, erst in Istanbul rief mir das Schicksal in Erinnerung, *wohin* ich zurückkehrte. Das Gespräch mit dem Priester geriet zu einer Art schizophrener Vision. Der Raum verengte sich wieder: Wir näherten uns Georgien.

In Mailand hatte ich ein kleines Notizbuch gekauft, allerdings nicht, weil ich schreiben wollte oder mir Erinnerungswürdiges eingefallen wäre, sondern weil mir das Büchlein, sein Einband und die gelblichen Seiten gefielen; ich schrieb, was mancher für den Ausdruck banalsten Egozentrismus und leicht neurotischen Verhaltens hielte, bloß meinen Namen hinein, und das nicht nur ein Mal. Mein Sitznachbar, ein älterer Herr, wahrscheinlich ein Engländer, schaute interessiert und, wie mir schien, gesprächsfreudig auf die fremden Buchstaben. Er wagte jedoch nicht, mich danach zu fragen, dabei spürte ich, wie gern er das getan hätte, aber ich schaltete auf stur und tat nicht dergleichen: *Lassen Sie mich in Frieden und schauen Sie zum Fenster raus!*

Die Tasche des Mailänder Georgiers kam natürlich als allerletzte auf dem Gepäckband.

Ani holte mich in Merabs Auto ab. Der Wagen von Vaters Schüler-Chauffeur hatte eine gesprungene Windschutzscheibe. Ich wunderte mich, dass Merab und nicht Akako mit Ani mitgekommen war.

»Er ist erkältet«, sagte Merab.

»Und deprimiert«, ergänzte Ani.

»Er bekommt für die neue Ausgabe kein Geld mehr von der Stiftung«, erklärte Merab mit deplatziertem Lächeln. »Sie sind alarmiert. Ihr habt Antireklame verbreitet.«

»Hat er sich mit ihnen gestritten?«, fragte ich Ani besorgt. Sie zog die Brauen hoch, rollte mit den Augen und nickte, mimte eine große, komische, dramatische Szene.

»Mit allen hat er sich gestritten«, sagte sie, »getobt hat er.«

Wir stiegen ins Auto.

In Tbilissi wurde es gerade dunkel, und der Wind ging.

»Was ist mit deinem eigenen Koffer?«, fragte sie.

»Er ist noch nicht wieder aufgetaucht.«

»War's trotzdem gut?«

»Ja.«
Ich hätte weniger wortkarg antworten können, aber ich spürte, dass sie noch etwas sagen wollte, vielleicht ohne dass es Merab hörte, und fragte leise: »Was ist los?«
Sie lächelte. »Nichts. Dein Vater war auf einem Treffen der Intelligenzija mit Schewardnadse. Dabei hat er Schewardnadse ständig als ›Vater‹ angesprochen und sich bei ihm bedankt, ›weil Sie meinem Sohn geholfen haben‹.«
Zehn Fragen gleichzeitig kamen mir in den Sinn: Wann? Warum? Wo? Die Antworten sollten mich nur noch mehr niederschlagen.
Ani lieferte mich zu Hause ab und ging heim.
Mir war schwer ums Herz. Ich sehnte mich nach meinen anorektischen Mannequins; wahrscheinlich war ich sogar in eine von ihnen verliebt, wusste aber nicht, in welche, denn ich nahm sie immer als Kollektiv wahr. Ich hatte mich bereits an die Realität gewöhnt, in der ich bloß eine Woche gelebt hatte.
Zu Hause war alles unverändert (was hätte sich innerhalb einer Woche auch ändern sollen?). Als wäre ich am selben Tag wiedergekommen, an dem ich gegangen war.
Später kam mein Vater hinzu, und ich fragte: »Hast du Schewardnadse wirklich ›Vater‹ genannt?«

(+2)

»Keinesfalls hab ich ihn ›Vater‹ genannt, wie käme ich dazu!«, sagte mein Vater erbost. »Keiner von denen hört auf den Inhalt, die hören nur Wörter, mehr nicht!«
Dann war eines davon »Vater« gewesen?
»Da war nichts. Keine Rede von einem Vater.«

Da war nichts. Nur das Warten auf die Wahlen, die Befürchtungen Schewardnadses und seines Zirkels, eine Niederlage brächte die Präsidentenpartei zum Verschwinden, und Schewardnadses traditionelles Fernseh-Treffen mit der Intelligenzija, an dem Vater bisher noch nie teilgenommen hatte, diesmal aber hingegangen war, weil sie ihn angerufen und hingebeten hatten (mit dem Fingerzeig, er hätte es wohl ebendem Präsidenten zu verdanken, dass ich nicht gesteinigt, unser Haus nicht geplündert und Opa in seinem Bett und mit seinem Radio nicht vom Balkon des sechsten Stocks geworfen worden war) und er sich verpflichtet gefühlt hatte, an dem öffentlichen Dankesbezeigungsritual teilzunehmen. Umso mehr als derjenige, der ihn dazu aufforderte, derselbe war, der ihm zehn Tage zuvor das Treffen mit dem Präsidenten ermöglicht hatte. Dieses Ritual war Teil von Schewardnadses Führungsstil; falls man sich aus irgendeinem Grund verpflichtet fühlte, kam man nicht darum herum, ihm öffentlich Dank zu bekunden, sei es aus Begeisterung über den Fall der Berliner Mauer, sei es für die Auszahlung von Gehältern an irgendeinen Staatsbetrieb. Die Existenz des Landes galt als sein Verdienst, und all diejenigen, die sich um sein politisches Image, seine politische Gegenwart und Zukunft kümmerten, waren der Meinung, was der Bekräftigung seiner Macht und Bedeutung nützte, sei auch gebührend hervorzuheben.

»Ich hab ihm nur gesagt, ich spräche von Vater zu Vater«, sagte mein Vater müde. Tatsächlich war er keineswegs erfreut gewesen über die mutmaßliche Intervention des Präsidenten, so wenig wie darüber, vor den Kameras neben Schewardnadse und seinen ungenierten Leuten sitzen zu müssen beziehungsweise neben Leuten, die sich ihres Verhältnisses zu Schewardnadse nicht genierten.

»Aber die meisten Georgier sind nicht imstande, den Inhalt einer Aussage zu erfassen und die Wörter miteinander zu verbinden. Stattdessen erbosen sie sich. Nun hat bei ihnen beim Wort ›Vater‹ die rote Alarmlampe aufgeleuchtet, und das muss ich mir jetzt das ganze Leben vorhalten lassen.«

Vielleicht wurde für meinen Vater das Wort »Vater« zu einem ähnlichen Trauma wie für mich das Wort »Entschuldigung«. Auf einmal wurde mir bewusst, dass diesem Menschen, meinem Vater, langsam, aber sicher die Kraft ausging; meinetwegen ängstigte er sich nun schon mehr als zwei Monate, meinetwegen änderte er seine Gewohnheiten, die Tränen waren ihm gekommen, als ihm vorgeworfen wurde, er hätte seinen Sohn nicht ordentlich erzogen, und er hatte einen fragwürdigen, dunklen Pakt geschlossen mit unserem einheimischen Polit-Mephisto, ja die Bedingungen des einen Paragrafen auf eine Weise erfüllt, dass Mephisto kaum eine, vielleicht sogar gar keine Gegenleistung erbringen musste, denn letztendlich fanden wir nicht heraus, ob der Präsident den Patriarchen tatsächlich angerufen oder das nur behauptet hatte. Der Präsident hatte seit jeher einen vorsichtigen, behutsamen Umgang mit dem mächtigen alten Mann gepflegt, der über nicht weniger (wenn nicht mehr) Macht im Lande verfügte als er. Jedenfalls verfügte der Patriarch über Geist *und* Seele der Mehrheit der Wähler. Der erste Präsident Swiad Gamsachurdia hatte während des Tbilisser Kriegs aus seinem Bunker vergeblich an ihn appelliert, sich zwischen die Kriegsparteien zu stellen; aus dem Patriarchat kam an ganz Georgien gerichtet die Meldung, das Kirchenoberhaupt hätte die Grippe und könne sich nirgends dazwischenstellen, umso weniger wenn die Anhänger der Opposition und des Präsidenten sich auf dem

Rustaweli-Boulevard gegenseitig beschössen. Warum hätte der Patriarch die Staatsmacht retten sollen, wo er offen Partei für die Opposition ergriff? Nach dem Umsturz zählte Georgien ein paar frisch getaufte Politiker, darunter den messiasgleich ins Land zurückgekehrten Schewardnadse. In der Folge begannen die beiden aus der Autorität des jeweils anderen Unterstützung zu ziehen und zugleich die Basis für einen versteckten, manchmal erklärten Krieg zu legen – den Krieg zwischen Staat und Kirche. Somit, als mein Vater im Rampenlicht saß, hatte der Präsident die Meinungsfreiheit in Schutz genommen und gleichzeitig angemerkt, der Position des Patriarchen hätten ebenfalls alle Respekt entgegenzubringen (hätten alle, nicht hätten *wir alle*); dann jedoch hatte er mit gewohnt aufgesetzt wirkendem Lächeln und als befände er sich in einer Debatte mit einem seiner Intelligenzler, der vorbrachte, man dürfe nicht alles schreiben, hinzugefügt: »Warum sollte man nicht alles schreiben dürfen, nur sollten manche vielleicht nicht alles lesen dürfen.«
Der Streit der Väter.
Schewardnadse Anerkennung zu zollen war nach Vaters Ansicht in diesem Fall also gerechtfertigt: Er hatte dem Patriarchat in aller Öffentlichkeit entgegengehalten, jeder dürfe schreiben, was er wolle. In seiner Person hatte der Staat Partei ergriffen für die Freiheit des Staatsbürgers und nicht für die abstrakte Masse der Beleidigten. Nachdem er lächelnd, aber doch nachdrücklich die Freiheit des Wortes in Schutz genommen hatte, wandte er sich in Erwartung der rituellen verbalen Reverenz meinem Vater zu, wie um ihn aufzufordern: *Jetzt sind Sie dran.*
»Warum hast du das Wort ›Vater‹ in den Mund genommen? Du hättest was anderes sagen können, nun reden alle nur noch davon!«

»Wer alle? Deine Besserwisserin Ani? Die ist nicht alle! Was hast du denn überhaupt? Was jammerst du? Die Anrufe haben aufgehört, hast du das nicht bemerkt? Kein Haar ist dir gekrümmt worden, aber alle, angefangen von Schewardnadse bis zum Patriarchen, reden jetzt über dich. Die Leute sind wegen dir bis zum Äußersten gegangen, nutz es aus. Was du geschrieben hast, hast du geschrieben, Schluss, aus. Ein Meisterwerk war es ja nicht gerade. Wie kann man denn nur so selbstbezogen und dünkelhaft sein! Und dazu noch diese Märtyrermiene! In Wirklichkeit geht es dir doch sehr gut. Und sich in Mailand zu verstecken war auch nicht schlecht. Diese Verbohrtheit ist doch nicht nötig! Und die Entschuldigung kommt dir zwar als Riesenunglück vor, aber schau dich mal um, was los ist, was bei den Leuten abgeht, wer hat denn je schon solche Rückendeckung und Unterstützung wie du bekommen, Hunderte Leute flattern um dich herum, tragen dich auf Händen, die wissen alle Bescheid, und es ist ja nichts wirklich Schlimmes passiert, Kind, nun hör doch mal auf, dir Sorgen zu machen! Dieses *Vater* ist doch nicht von Bedeutung. Deine Ani und ihr verantwortungsloser Klugscheißer-Cousin sollen sich um ihren eigenen Kram kümmern und aus einer Mücke keinen Elefanten machen, die Pfeifen. Und wer weiß schon, wer welche Ränke geschmiedet hat und warum deine Erzählung so ein Thema wurde. Weißt du, dass erst die Rede davon war, ich sollte die Wände der neuen Kirche bemalen? Und dann haben's irgendwelche Klüngel vereitelt, möglicherweise weil sie Geld machen wollten – mit deinem Fall und indirekt mit meiner Diskreditierung. Jawohl, diese Interpretation gibt es, aber ich hätte den Auftrag gar nicht gewollt und nicht angenommen, was soll ich bei den Finsterlingen! Dem Patriarchen habe ich ja

noch Respekt entgegengebracht, aber nach dem, was er mir an den Kopf geworfen hat, ist Schluss, er interessiert mich nicht mehr, also lasst mich jetzt in Frieden. Punktum. Ich hab tausend Sachen zu tun. Was ich gesagt hab, hab ich gesagt, und der Verständige hat's verstanden.«
Ich widersprach ihm nicht, denn er hatte recht mit der Selbstbezogenheit und der Leidensmiene, die ich weidlich ausschlachtete, und ich beschloss, meinen Vater Ani gegenüber in genau denselben Worten und ähnlich emotional zu verteidigen: Ich musste ihr erklären (obwohl mir das bereits im Voraus widerstrebte), wie unbehaglich er sich gefühlt hatte, als er Schewardnadse dankte.

Damals, 1993, als man die Leiche von Vaters Kommilitonen fand – auf einem namenlosen Friedhof für Hingerichtete in der Nähe von Tbilissi –, war Georgien erneut unter Schewardnadses Regentschaft, wie 1984, als die glücklosen Flugzeugentführer erschossen wurden;[9] obwohl die Entführer für die neue Generation bereits zu Helden des Widerstands geworden waren, fand man eine heldengemäße Neubestattung von Sosso Zeretelis Leiche unangebracht und nicht ratsam, da Eduard Schewardnadse noch immer am Ruder war und er im Bewusstsein der Nation, zu Recht oder zu Unrecht, die treibende Kraft hinter dem beschleunigten Verfahren ohne richtige Ermittlung und der schnellen Erschießung der Flugzeugentführer gewesen war. Doch 1993 gab es zwei neue Umstände: Zum einen hatte der Rückkehrer Schewardnadse nach der Absetzung des ersten Präsidenten ein neues, unabhängiges Georgien geschaffen; zum anderen galten die erschossenen Entführer, darunter mein Taufpate Sosso, nun als freiheitskämpferische Dissidenten. Angesichts dieser neuen Entwicklungen sollte keiner Seite Abbruch

getan werden. Also beschlossen Sossos Eltern, die Neubestattung des Toten, der ja Maler gewesen war, formell als Vernissage zu benennen und unter keinen Umständen als einem Helden gebührende Heldenbestattung.
Und so geschah es: Der Maler-Terrorist wurde zum zweiten Mal in aller Stille bestattet, diesmal jedoch in einem Grab, dessen Stein seinen Namen und sein Geburts- und Sterbedatum trug. Die Leute gingen zur Leichenfeier wie zu einer Ausstellungseröffnung, obwohl alle Bescheid wussten; niemand ließ sich etwas anmerken, denn es hätte sich ebenso wenig gelohnt, die Obrigkeit gegen sich aufzubringen, wie zehn Jahre zuvor während Sowjetzeiten. Die einzige Ausnahme war der Sekretär des Kunstmalerverbands, ein Witzbold, der mich mit völlig deplatziertem Starrsinn zu einer Schewardnadse-Imitation drängen wollte. Es war ihm eingefallen, dass ich früher die Stimme des sowjetischen Außenministers imitiert hatte, und jetzt wollte er, während wir im Treppenhaus standen, diese Stimme hören, so daneben das in der Situation auch war. Unter den Trauergästen mochten nämlich welche sein, die sich 1983 an das Zentralkomitee der KP gewandt hatten, um für die Entführer Strafminderung zu erwirken, ihre Bitte aber später – auf großen Druck hin – zurückgenommen hatten: Sie hätten sich geirrt, alle Entführer hätten die Todesstrafe verdient.
Es war auf dem Weg nach Hause von ebendiesem simulierten Begräbnis, als wir den kriegszerstörten Rustaweli-Boulevard entlanggingen und mein Vater zornig auf den transformierten, aber immer noch verantwortlichen Staatsführer zu schimpfen begann.
»Im Endeffekt ist es doch so«, sagte er zu seinem Freund, »dass wir uns immer noch mit Schewardnadse herumschlagen müssen, dass man immer noch mit ihm rechnen

muss und er noch immer an der Macht ist, jetzt wo diesem armen Jungen endlich ein Begräbnis – obendrein ein heimliches – zuteilwird. Und dankbar muss man ihm auch noch sein. Ich hasse ihn!«
Die Angehörigen der Erschossenen hatten Schewardnadse tatsächlich gedankt. Einer nahm bei der Gelegenheit sogar eine staatliche Auszeichnung aus den Händen des ehemaligen ZK-Sekretärs entgegen.
»Warum danken sie ihm? Wofür? Sie haben immer noch Angst, er könnte ihnen etwas antun«, sagte mein Vater.

Und jetzt: *Ich spreche von Vater zu Vater. Danke.*
Ich versuchte Ani zu erklären, was meinen Vater diese Worte gekostet hatten, aber sie versteifte sich: Er hatte das Wort »Vater« in den Mund genommen und basta. Er hätte nicht zu dem Treffen gehen dürfen.
Alle waren wir erschöpft. Wir waren zornig über unsere Niederlage und dass wir nur noch uns hatten zum Zanken. Gekränkt, dass wir *die Väter* und *die Entschuldigungen* hatten schlucken müssen.

(+3)

Seit meiner Rückkehr aus Mailand hatte ich Akako nur zweimal gesehen, einmal hatte er sich gerade mit Lena gestritten, das zweite Mal mit der *Politik und Gesellschaft*, beide Male war er verdrossen, kraftlos und demotiviert gewesen. Ich erklärte mir das damit, dass er von allem enttäuscht war, aber auch mit dem Chaos in seinem Privatleben und vor allem mit den Problemen in der Stiftung. Er selbst jedenfalls erklärte seine Verfassung damit, wenn er es überhaupt über sich brachte zu reden, denn schon nur die Stimme zu erheben war ihm zu viel - ein weiterer Ausdruck seiner ungeheuer kontrastreichen Natur.

Kurz, was Merab schon länger mutmaßte, wurde nun Realität: Die Österreicher setzten die Finanzierung der »Freien Epoche« vorübergehend aus, da sie es als kontraproduktiv ansahen, wenn das Ansehen der Stiftung wegen uns, das heißt, aufgrund der Entrüstung über uns, Schaden nahm. Es sollte nur eine vorübergehende Sanktion sein. Das Wort »vorübergehend« schienen sie ziemlich häufig zu gebrauchen.

»Unterdessen modeln wir uns um oder gehen zugrunde«, sagte Akako.

Der zynische Spruch war an Herrn Schota gerichtet, der unsere Zeitschrift nach Akakos Meinung mit zu wenig Zivilcourage verteidigt hatte.

Wie auch immer - ich hatte Gewissensbisse, weil die »Freie Epoche« und Akako ja meinetwegen Probleme bekommen hatten, doch redete ich mir selbst gut zu und versuchte auch ihm einzureden - keine Ahnung, auf welcher Grundlage -, dass die Finanzierung der Zeitschrift ganz bestimmt wieder aufgenommen würde. Diesmal rang sich Akako zu der pessimistischen Entgegnung durch: »Mein Lieber, Europa ist konformistisch, im entscheidenden Moment überlässt es dich dem Feind.«

Zusammen mit Lena hatte er sich entschlossen, nach Deutschland zu gehen, in seiner Situation sei das jetzt das Beste. Dabei hatte er mir eine Woche zuvor gestanden, er würde sich gerne von allen, die an ihm klebten, befreien, womit er vor allem die *Gesellschaft und Politik* und Lena meinte (was mich nicht wunderte) sowie Schota und die Stiftungsleute (das wunderte mich wirklich), mit denen er naiverweise zu nahen Kontakt gepflegt hätte, »ohne sie gebührend auf die Probe gestellt zu haben«. »Kurz, ich trenne mich von allen«, sagte er. Doch zumindest von Lena schien er doch nicht imstande sich zu trennen, im Gegenteil, er unternahm alles, um mit ihr zusammen weggehen zu können.

Akako legte uns sachlich und ernst dar, wie er in Deutschland neue Geldquellen finden wollte, jedoch nicht für die Zeitschrift – diese, die Stiftung und Schota interessierten ihn nicht mehr –, sondern für ein Fernsehprojekt, das den morschen Ideologien sehr viel wirkungsvoller entgegentreten könnte. Er bekannte, er hätte den Kampf aufgenommen, ohne die Psyche der postsowjetischen georgischen Gesellschaft genügend zu kennen, und er sei wahrscheinlich deshalb auch von dem Kampf so erschöpft, weil er die Georgier in einer ihnen unverständlichen Sprache anzusprechen versucht hätte. Die intellektuelle Arroganz müsse ganz aus seiner Sprechweise verschwinden.

»Vieles ist mir klar geworden«, referierte Akako weiter. »Hierzulande ist es schwierig herauszubekommen, wer dich belügt und wer nicht. Hier empören sich die Leute über Bagatellen und begreifen nicht, was auf der Welt vor sich geht. Auch Jesus hat das Unrecht konkret und umfassend bekämpft und nicht auf Detailebene, er war Befürworter einer echten Volksdemokratie, und gerade das verstehen unsere intellektuellen Eliten nicht. Wir sollten uns mit dem einfachen Volk nicht streiten, sondern ihm erklären, dass das Patriarchat als Institution es möglicherweise wie ein Großkonzern darauf abgesehen hat, das Volk auszubeuten, und der Patriarch selbst eine Geisel ist. Deshalb muss eine Revolution vom Patriarchen ausgehen. Zum Beispiel müsste er sich bei einer Demo für die Rechte sexueller Minderheiten zu Wort melden: Gott segne euch Diskriminierte! – so was in der Art. Ich mache keine Witze. Es gab hier noch nie Gay-Pride-Paraden? Dann veranstalten wir welche. Aber mit dem Segen Seiner Heiligkeit und Seligkeit. Im Rahmen der Tradition. Einer Tradition, die Anhängern einer nichtpatriarchalen Moral die Hand reicht. Ich will nicht anti sein wie bisher, mein Ziel ist die versöhnende Integration einander widersprechender Tendenzen. Man darf nicht nur kritisieren und snobistisch tun. Gott ist kein Snob. Schaut, sagen wir's doch so: Ich liebe den Patriarchen, nicht aber Korruption und Unrecht. Warum sollte man über eine so elementare Wahrheit mit mir streiten wollen?«

Ja, wer hätte mit ihm streiten wollen und wieso? Ich, Ani, ihre Mutter oder Lena? Wir saßen da und hörten ihm wortlos zu. Ich nickte heuchlerisch, denn ich wusste, er faselte, und ich hatte sogar ein wenig Angst vor ihm; Ani hörte ihm zu wie einem neuen Patienten (nach ihrem Mann); Lena lauschte ihm erschrocken und konnte es wohl kaum erwarten, aus dieser exotischen und ihr fremden Umgebung wegzukommen – obwohl, ich hab nie begriffen, was dieses Mädchen wirklich dachte oder fühlte; Anis Mutter schien überzeugt, dass, wenn nicht sie, so doch wenigstens wir Akako verstanden und glaubten, dass er bei Verstand wäre.

Es blieb bei den Worten. Akako reiste ab, und alles deutete darauf hin, dass er diesmal längere Zeit wegbleiben würde.

(+4)

Ungeachtet meiner stimmlosen Fernsehreue hatte ich für eine der Zielgruppen der »Freien Wahlen« noch nicht an Aktualität verloren. Von Gaga hatte ich ja erfahren, dass ich in der Hass-Gruppe gelandet war; doch stellte sich heraus, dass mich manche jetzt eher als Opfer betrachteten, nämlich als Verkörperung der *unterdrückten Redefreiheit*, sodass ich möglicherweise, bei richtigem Einsatz, »in der Vorwahlzeit zu einer gar nicht so unwichtigen Ressource« würde.

Gagas Gerede ging mir furchtbar auf die Nerven, aber ich hatte gleichzeitig den Verdacht, dass die Zielgruppe, die mir Sympathie und Mitleid entgegenbrachte, aus ihm selbst und niemandem sonst bestand. Mit seiner schablonenhaften und ostentativ geschäftsmäßigen Sprache drückte er einfach Zuneigung und Solidarität aus. Trotzdem rief er diesmal nicht aus allgemein-soziologischen oder privaten Gründen an, sondern es hatte mit Arbeit zu tun: Einige (in Wirklichkeit zwei) Oppositionsführer wünschten »in informellem Rahmen ein Treffen mit Angehörigen einer bestimmten Gruppierung«, und sie würden sich freuen, wenn wir teilnehmen könnten. *Wir*, das war für die Politiker *ich*; scheinbar fiel es allen schwer, mich und meine Kollegen separat wahrzunehmen. Natürlich zeigte ich mich einverstanden, wie ich das immer tat bei Gaga, obwohl ich nirgendwohin zu gehen gedachte oder auf jeden Fall erst Dato eins oder Lascha anriefe, um deren Haltung und Standpunkt zu erfahren, bevor ich mich entschied, was besser war: mir vorzumachen, dass man mich für eine wichtige Sache rief, oder mir einzureden, dass ich mir nichts vergab, wenn ich zu einem unwichtigen Treffen ginge. Schließlich und endlich obsiegte

Ersteres, die Illusion von Wichtigkeit oder vielleicht der Wunsch nach Beschäftigung und der seit Monaten vergessene Reflex, regelmäßig aus dem Haus zu gehen.
Der informelle Rahmen für das Treffen entpuppte sich als Konzertsaal eines Volksmusikensembles. Hier konnte ich mich barhaupt zeigen, denn die Anwesenden gehörten wahrscheinlich zu der sagenhaften Zielgruppe, die mich laut Gaga als *unterdrückte Redefreiheit* betrachtete. Unter den bekannten Gesichtern war niemand, der eine Vorliebe für den Präsidenten gehabt hätte; genau das war wohl auch Kriterium für eine Einladung gewesen, vielleicht genügte aber auch, dass man sich kannte. Gaga lief Dato eins und mir gleich beim Eingang über den Weg und verkündete uns in dem ihm eigenen fürsorglich-spöttischen Ton, am Ende des Meetings gäbe es Häppchen und wir dürften danach nicht gleich gehen.
»So ein armer Intellektueller wie ihr wird dazu noch was auf seiner Gitarre zum Besten geben. Wenn man die Leute nicht füttert, gehen sie nicht zu den Wahlen.«
Im Saal war es kalt. Das Publikum behielt die Mäntel an, die Politiker zogen sie aus.
Oppositionsführer Micheil Saakaschwili setzte sich, so lässig er konnte, an den Bühnenrand, winkte und begrüßte uns schnörkellos-direkt, ja familiär, um dann im Straßenjargon loszufeuern. Unzitierbares gab auch – wohl um den informellen Rahmen zu unterstreichen – der zweite gastgebende Politiker, der Exparlamentspräsident, von sich; doch wirkte seine gut gemeinte Ungehobeltheit irritierend unecht. »Mannomann«, rief er, »müssen die uns erst alle nach Strich und Faden ficken, bevor wir vernünftigen Leute uns endlich zusammentun?!« Der unnatürlich klingende Slang entsprach so gar nicht der ihm sonst eigenen Manieriertheit.

Saakaschwili – der Lulatsch mit Gliedmaßen, die wie von verschiedenen Menschen zu stammen schienen – sprang furchtbar unbeholfen, ja unvorsichtig von der Bühne (der bricht sich noch was, dachte ich), landete aber wohlbehalten im Parkett und kam nach seiner freundschaftlich respektlosen, warmherzigen Einleitung gleich zur Sache: zum Präsidenten und zu den anstehenden Wahlen. Er sei enttäuscht vom Präsidenten, sagte er, und bedaure, mehrere Monate in dessen Kabinett als Minister gedient zu haben, ja er bedaure es nicht nur, sondern fürchte sich inzwischen sogar, denn dieser Mann gebe täglich mehr Anlass zum Fürchten. Nach dem Austritt der Reformgruppe (also seiner Gruppe) aus der Regierung hätte der Präsident uns blutdürstige Banditen und korrupte Schmarotzer vor die Nase gesetzt und übergebe die Macht allmählich an für das Land hochgefährliche Elemente.

»Noch ist er nicht verblödet, noch besitzt er genügend Scharfblick, aber je älter er wird, desto gefährlichere Leute stellt er sich zur Seite.«

Er führte uns vor, imitierte den Präsidenten geradezu, wie dessen Augen aufleuchteten, wenn er etwas Kompromittierendes über einen Politiker, insbesondere einen seiner Minister erfuhr, denn dann konnte er ihn leichter manipulieren.

»Er fängt dich in der Falle und lässt dich dann nach seinem Gusto tanzen.«

Diese Wendung – *er lässt dich tanzen* – löste bei mir unvermutet eine merkwürdige, wenn nicht absurde Assoziation aus. Nein, nicht die Wendung an sich, eher der Politikertypus, der da vor mir stand, seine kontrastreiche Rhetorik, sein Witz und Ernst, seine Exzentrik und wilde Choreografie.

Er erinnert mich an jemanden, dachte ich. Aber an wen? Akako! Ja, an den klugen und gleichzeitig dummen Akako, aber noch an jemand anderen, der mehr noch mit *tanzen lassen* zu tun hatte ... Jemand *lässt dich tanzen, lässt dich tanzen, lässt dich tanzen*, jemand Böses, Gefährliches ... Da, plötzlich erinnerte ich mich: mein großes Kindheitserlebnis! Der Weg der heiligen Nino, das Nonnenkloster, der sprachlose Vater Dawit und der Mönch mit den großen Pranken, der auf das Kirchenpodest sprang, lachend und furchterregend, und laut erzählte, wie ihn der Teufel hatte tanzen lassen bei dem weißen Flügel ...
Es schien ein und derselbe Stil zu sein: der Oppositionsführer + Akako + der heilige Narr.
Ich wollte Dato eins meine Assoziation schon ins Ohr flüstern, merkte jedoch, dass ich flüsternd nichts würde erklären können und es wahrscheinlich auch gar nicht nötig wäre, und wenn, dann hätte ich klar und ausführlich formulieren müssen, was ich meinte: Ich müsste sagen, alle drei kämpften von außen und innen gegen einen bösen Geist – jeder seiner eigenen Prägung, seinem Umfeld und seiner Geistestiefe entsprechend – und ebendeshalb hätten sie mich jetzt aneinander erinnert. Ich wollte, dass auch andere die ungeheuer augenfällige und, objektiv gesehen, zugleich ungeheuer vage Ähnlichkeit sähen, was natürlich unmöglich war. Außerdem, was wäre komischer, ja glatt blödsinniger, als eine Parallele zu entdecken zwischen Akako und dem Politiker Saakaschwili, noch viel mehr zwischen Micheil Saakaschwili und Pater Gabriel, dem heiligen Narren meiner Kindheit? Blanker Blödsinn.
Deshalb schwieg ich.
»Ich habe mich rechtzeitig zurückgezogen«, hörte ich Saakaschwili sagen, »aber in Georgien sind immer noch viele in seinem Bann.«

Dann war die Reihe am Exparlamentspräsidenten, der die Hemdsärmel hochkrempelte und dem Publikum seine schwarz behaarten Arme präsentierte.
»Ihr müsst aktiver werden«, rief er uns betont ungezwungen und kumpelhaft auf, als ob er unterstreichen wollte, dass er die hier versammelten Menschen weitaus besser kannte als seine Politikerkollegen: Er kannte sie und wusste, wie er zu ihnen reden musste.
Saakaschwili indessen betrachtete seinen Auftritt als beendet, sank ein bisschen in sich zusammen, ging auf Distanz und schaute auf sein Handy, doch trug er immer noch ein Lächeln im Gesicht, das nun fehl am Platz wirkte (das abwesende Lächeln des heiligen Narren) und oberflächlich Interesse an der Rede des Exparlamentspräsidenten heuchelte. Und obwohl dieser ein viel besserer Redner war und uns jetzt darlegte, was er von uns erwartete (so ganz verstand ich es nicht), übertrug sich das Desinteresse seines Kollegen auf uns, und wir verfielen in dieselbe Stimmung wie er. Während der Exparlamentspräsident seine Rede hielt, schauten wir in Wahrheit alle auf den tonangebenden Oppositionsführer.
Noch wusste ich nicht, dass der *Kollektiv-Saakaschwili*, dieser außerirdische Angreifer, dieser junge Politiker, den *Kollektiv-Schewardnadse*, den greisen, anachronistischen Staatsführer, besiegen würde und dass auch ich Teil seines gesellschaftlichen wie politischen Körpers werden würde, denn er behängte sich wie einen Tannenbaum mit Weihnachtsschmuck mit noch vielen wie mir. Gaga war es, der mir mit obszöner Offenheit sagte, wir alle seien, seiner Meinung nach, nichts anderes als in den Eiern dieses Mannes durcheinanderwuselnde Teilchen, denn außer ihm könnten weder wir noch sonst jemand etwas ändern in Georgien und, wenn irgendwer etwas vermochte, dann

nur, weil der Revolution ein Politiker mit einzigartigem Charisma als Leader erwachsen sei. Eine solch albtraumhafte, vulgäre Selbstwahrnehmung hätte ich von Gaga nie erwartet, und ich wunderte mich sehr, durch den Mund des rationalen Intellektuellen ein in Georgiens neuen politischen Messias verliebtes Wesen sprechen zu hören.

Mir jedenfalls schien es unvorstellbar, Teil von irgendwem zu werden, egal wie innovativ und revolutionär er wäre. Im Gegenteil, wenn diese unsere Versammlung irgendwem oder irgendwas glich, so doch nur wieder dem *Kollektiv-Schewardnadse*, denn unsere Gastgeber verhielten sich genau gleich, sprachen uns genauso an und umschmeichelten uns im Prinzip wie der Präsident seine Avatare, nur dass er sich mit Vätern traf, hier jedoch Kinder und Enkel versammelt waren. Alles andere war gleich: die Vorspiegelung, zu den Auserwählten zu zählen, die Praxis, die sogenannten Eliten des kleinen Landes zu mobilisieren, und das Kalkül, wer wo wie viel politischen Nutzen bringen würde. Auf die einen wirkte die Hypnose, auf die anderen nicht. Ich glaubte, auf mich würde sie nicht wirken. Wie und auf welche Weise sollte dieser baumlange Kerl dort am Bühnenrand Wirkung auf mich haben, mit seinen schrumpeligen Socken (wahrscheinlich hatte das Elastik nachgelassen), den geblähten Hosentaschen (als hätte er Zitronen oder Orangen reingestopft) und den krummen Fingern, mit denen er sich durch das lächerlich zerzauste Haar fuhr?

Falls ich ihm in irgendetwas gleichen wollte (was mir bis jetzt sozusagen unmöglich erschienen war), so wäre das in der Art der Wut, in der für georgische Verhältnisse bisher unbekannten, unerhört vehementen Scharfzüngigkeit, in dem irgendwie heiligen, reinen Zorn, im hem-

mungslosen Enthüllen, im eigentlich nervigen, aber dem politischen Kontext (also der Auflehnung gegen die Vergangenheit, gegen Schewardnadse) geschuldeten ansteckenden, beinahe liebenswerten Geschrei, Gebrüll, Mit-dem-Finger-Zeigen und, noch wichtiger, im Gefühl, dass eine Mehrheit letztlich hinter ihm stände. Noch dazu eine sympathische Mehrheit. Kein Pöbel.
Ich würde jedoch *ich* sein, mit meinen Kränkungen und Traumata, aber durch die Stärke dieser existenten oder fiktiven Mehrheit kühn geworden, würde ich nicht mehr verbergen, wie sehr ich die großen alten Väter alle hasste, die ewigen Väter, welche in der Synode oder im Parlament, auf der Straße, aus dem Telefonhörer oder in der Zeitung meine Bestrafung forderten.
Ich wollte nichts davon wissen, dass ich mit meinem Pathos lächerlich sein könnte, denn über etwas zu lachen, was den Veränderungsprozess zum Stehen bringen könnte, kam mir schon unmöglich vor. Wenigstens die Porträts entführter Geschäftsmänner wollten wir nicht mehr auf Tbilissis tragödienreichen Plakattafeln sehen müssen, und wenigstens Strom wollten wir immer haben. Der Zwiebelhandel im Hof des Schriftstellerverbands musste ein Ende haben. Ich würde alles sagen, alles herausschreien, was mir auf der Zunge lag – *ohne jegliche Selbstzensur* –, und ich würde furchtbar wütend werden, wenn irgendwer den politischen Motor dieser Bewegung, den breitschenkligen, ewig schniefenden und krankhaft hektischen Oppositionsführer – heiliger Narr, Held und Clown zugleich – heruntermachte.

(+5)

Die Wahlen fanden am zweiten November 2003 statt – mehrere Monate nach der annullierten Ausstrahlung meines Interviews –, und in der Nacht nach der Wahl bezog ich zusammen mit meinen Freunden Stellung vor dem Parlament. Denn die über Tbilissi2 verbreitete parallele Stimmzählung (für Georgien ein völlig neues Phänomen, von einem erbosten Regierungsmitglied als »Exitpodingsbums« bezeichnet) legte Zahlen offen, die den Sieg der Opposition anzeigten, während der Staatssender den Sieg der Präsidentenpartei feierte. Demzufolge musste von Wahlbetrug im großen Stil ausgegangen werden, die Leute strömten auf die Straße, vom Balkon des Tbilisser Rathauses verkündete Oppositionsführer Saakaschwili, falls die Präsidentenpartei ihre Niederlage nicht eingestände, würde in Georgien eine Revolution beginnen (»falls er eine Revolution will, kann er sie haben«). Die Oppositionsanhänger auf der Straße (nicht allzu viele) hatten wegen der Wahlfälschungen schon angefangen zu frohlocken, denn sie glaubten, der Westen würde Schewardnadse die Aufhebung der Demokratie in Georgien nicht nachsehen. Die Leute auf der Straße waren sicher, dass Schewardnadses Ära zu Ende war, egal ob seine Partei die Wahlen offiziell gewonnen hatte. Die Gefahr eines Zusammenstoßes drohte, denn der Präsident hatte dem Vorsitzenden der pseudo-oppositionellen Partei und Lokaloberhaupt der Autonomen Republik Adscharien (laut Oppositionellen erst Mitarbeiter des sowjetischen, dann des russischen Geheimdienstes) nicht nur zu seinem zweiten Platz gratuliert, sondern ihn in Tat und Wahrheit zu Hilfe gerufen: Er sollte seine Mitkämpfer nach Tbilissi schicken.

Ich stand zusammen mit zornigen Menschen auf der Straße, die unbestreitbare Binsenwahrheiten ins Megafon schrien, und fühlte beinahe körperlich, wie sich das Stigma des *Verunglimpfers georgischer Heiliger* von meinem sozialen Körper löste, denn jetzt gab es nichts Wichtigeres, Drängenderes und Gerechtfertigteres, als der Unglücksära ein Ende zu setzen. Die Notwendigkeit, mit ins Gesicht gezogener Mütze unter die Leute zu gehen, war nach einem einzigen Tag dahin; unversehens begann ich in der Sprache und mit den Worten zu sprechen, mit denen sich die allgemeine Empörung am besten ausdrücken ließ. Denn jetzt verlangte ebendie Nation die Absetzung des dreißig Jahre herrschenden Regenten, in deren Namen Monate zuvor versucht worden war, mich fertigzumachen. Die Kirchgemeinde hatte meine Geschichte vergessen. Ich meinerseits vergaß, dass Eduard Schewardnadse mich in Schutz genommen hatte, in seinem Radiointerview zum Beispiel; eigentlich glaubte ich gar nicht, dass das Schutz gewesen war, und wenn doch, wurde ich wütend, weil das Ganze in dem Wort »Vater« endete, das mein Vater so nicht ausgesprochen hatte. In einem Ritual, das meinen Vater wie mich gleichermaßen bloßgestellt hatte.

Als der Anführer der spontanen Demonstration, der mich wahrscheinlich ausgerechnet wegen des traumatischen Fernsehinterviews erkannte, in dem ich nicht zu Wort gekommen war, mir das Megafon in die Hand drückte und mich unter dem Namen meines Vaters und falscher Berufsbezeichnung vorstellte (»Ich gebe das Wort weiter an den Dichter ...«), rief ich, für mich selbst völlig unerwartet, ins Megafon: »Es muss sich etwas ändern! Zumindest der Präsident muss zurücktreten!«

Zumindest ...

Nach mir kam Dato eins, der mit seinem eigenen Namen

vorgestellt wurde. Er hatte sich für noch unentschlossene Bürger die anfeuernde Parole ausgedacht: *Tritt er zurück? – Er tritt zurück!*

»Viele meinen, dass Schewardnadse und sein System immerwährend seien, dass die Vergangenheit immer über die Zukunft triumphiere, und deshalb wiederholen vom Busfahrer bis zu meiner Mutter alle immer nur das eine: Es hat alles keinen Sinn, ein Sowjet- oder Exsowjet-Funktionär kann nicht zurücktreten von seinem Posten, keiner von denen wird zurücktreten. Ich jedoch sage euch: Er wird zurücktreten. Alle, die wir nicht haben wollen, werden gehen. Glaubt nicht, dass ihr nichts ändern könnt.«

In jener Nacht umarmte mich eine unbekannte Demoteilnehmerin (vielleicht war es die Frau, die meinetwegen Königin Tamars Ikone nicht mehr hatte küssen können), besser gesagt, sie umarmte nicht mich, sondern meinen öffentlichen Doppelgänger, denn anscheinend fand sie es höchst mutig von mir, das Wort »zurücktreten« auszusprechen, zwei- oder dreimal drückte sie mich an sich, schien sogar in Tränen ausbrechen zu wollen und verschwand dann in der Menge.

Die Demo vor dem Parlament artete in eine große Party aus, wurde zu einem magnetisch-libidinösen Kraftzentrum, wo jeder jeden mochte.

»Tritt er zurück?«, schrie Dato eins ins Megafon.

»Er tritt zurück!«, kam die Antwort von der Menge auf den Treppen.

Das Gerücht verbreitete sich, die Präsidentengattin hätte ihren Mann gebeten, Neuwahlen anzusetzen, ja sogar zurückzutreten. Dies trieb noch mehr unentschlossene, kritische Menschen auf die Straße; das Gerücht gab den Leuten die Hoffnung, dass sich tatsächlich etwas ändern könnte. Und es schien glaubhaft, denn er war schon einmal zurückgetreten, damals von seinem Posten als Außenminister der Sowjetunion (»Die Diktatur kommt«, hatte er gesagt); Schewardnadse erzählte, dass er seine Frau um Rat gefragt hatte, ob es sinnvoll sei, den Posten zu verlassen. Den Wortlaut seiner damaligen Rücktrittsrede kannte ich auswendig, weil ich ja Anfang der 90er-Jahre begeisterter Schewardnadse-Imitator gewesen war.

All die Unentschlossenen wollten wissen, wer Sieger und wer Unterlegener sein würde, bevor sie sich dazu aufrafften, auf die Straße zu gehen. Da ließ das Gerücht von der Bitte der Präsidentengattin die politische Zukunft bereits in relativ klarem Licht erscheinen.

Laut Verfassung durfte Schewardnadse noch sechs Monate auf dem Präsidentenposten bleiben; den Demonstranten auf der Straße schlugen deshalb der Hass und der Tadel von Schewardnadses alten Anhängern – den Vertretern der Intelligenzija, wie sie immer genannt wurden – entgegen, die auf dem Ersten Kanal, insbesondere jedoch in Kokis gekünstelt optimistischer Show, heiser und allesamt einem Herzinfarkt nahe schrien: »Was seid ihr für ein Pack, könnt ihr nicht die sechs Monate noch warten? Der Mann wird gehen, er wird gehen! Warum müsst ihr ihn unter Schimpf und Schande davonjagen?« Doch noch glaubte niemand, dass Schewardnadse nach dreißigjähriger Herrschaft wirklich imstande wäre *zu gehen.*

Den Präsidenten zu verurteilen war für viele ebenso unmöglich, wie sich selbst oder die eigene Biografie zu verleugnen. Den traurigsten Anblick boten jedoch die Männer und Frauen seiner Generation, die sich damit konfrontiert sahen, Schewardnadse gleichzeitig zu verteidigen und zu kritisieren. Sie bemühten sich ungemein, dem Präsidenten so schonend und schmerzlos wie möglich beizubringen, wo im Lande die Probleme lagen. Doch ihre diskrete Besorgnis wurde deutlich überdeckt vom lautstarken Geschrei des *Kollektiv-Schewardnadse*, vom Heer der traditionellen Präsidentenschützer, deren apokalyptisches Geheul täglich aus fast jedem Fernseh- oder Radiosender tönte: Wenn Schewardnadse zurücktritt, wird es Krieg geben! Wenn Schewardnadse geht, wird uns Russland verschlingen! Wenn Schewardnadse geht, wird Georgien aufhören zu existieren! Wenn Schewardnadse abtritt, werden Chaos und Anarchie zurückkehren! Wenn Schewardnadse geht, *werden wir aussterben*!

Trotz Dauerregen rührte sich die Opposition bis zum zehnten November nicht vom Rustaweli-Boulevard, aber dann wurde beschlossen, die Versammlung zeitweise aufzulösen, um die Energie für den Protest gegen die Eröffnungssitzung des falschen Parlaments aufzusparen und mehr Menschen zur Teilnahme an der Hauptdemonstration zu bewegen. Nach den Worten des Oppositionsführers würden beim nutzlosen Herumstehen nur Kräfte verpuffen, deshalb war es ratsamer, sich für den Augenblick zu zerstreuen und weitere Ressourcen zu mobilisieren.

Die Demonstranten kehrten nach Hause zurück, während der leere Gehsteig und die Parlamentstreppen bereits tags darauf von den Parteigängern des Präsidentenfreunds und Oberhaupts der Republik Adscharien besetzt wurden, die sogleich die Überreste der oppositionellen Plastikregenplanen verbrannten. An deren statt errichteten sie eine Holzbühne mit einem blauen Zeltdach und stellten Popsänger hin, deren Gagen sie selbst berappten und die sie zu endlosen und allein schon politisch gesehen unerträglichen Playbacksongs die Münder öffnen ließen. Den Mienen der stummen Sänger war anzusehen, wie furchtbar unangenehm es ihnen war, auf dieser regimefreundlichen, artifiziellen Kundgebung den Mund aufzumachen, umso mehr als sie durchfrorene, bewaffnete und aggressive Parteileute zum Schunkeln und Tanzen bringen mussten. Tbilissi2 übertrug die Kundgebung live, was diejenigen, die am sakralen Kundgebungsort – auf dem Rustaweli-Boulevard – auf der *echten* Demo der Opposition stehen wollten, nur noch nervöser machte, obwohl ihnen klar war, dass es jetzt galt, taktisch Geduld zu üben und sich nicht provozieren zu lassen, auf dass sich nicht eine sakrale Lektion der georgischen Geschichte wiederholen würde. Rundherum hörte man: »Der Präsident hofft auf eine Provokation. Wenn die Anhänger des adscharischen Parteiführers und die Tbilisser aufeinander losgehen, wird ihm das das Recht geben, den Ausnahmezustand zu verhängen und die Opponenten ins Gefängnis zu werfen.« – »Schewardnadse wird nicht zurücktreten!« – »Russland wird Schewardnadse zu Hilfe kommen, Amerika hat ihn im Stich gelassen.« – »Der amerikanische Botschafter stellt sich auf eine Revolution ein.« – »Die warten nur auf eine Schießerei« ...

Es gab Diskussionen darüber, ob es richtig gewesen war, den strategischen Ort zu räumen und die Demonstranten nach Hause zu schicken; sollte die Auflösung der Kundgebung auf die Teilnehmer kränkend und psychologisch-politisch verantwortunglos wirken, so würden sie möglicherweise nicht mehr wiederkommen.

Meister im zeitweisen Auflösen von Demos waren die Helden unserer Kindheit gewesen – die Dissidenten Swiad Gamsachurdia und Merab Kostawa; sie wussten, das Volk würde sich nur dann mit einem Gefühl der Befriedigung (und also mit der Absicht zurückzukommen) zerstreuen, wenn es einen Preis in Form eines kleinen Sieges errang, und sei er auch noch so illusorisch. Dazu genügte eine unbedeutende, nicht verifizierbare Änderung der Sowjetverfassung oder eine zum Vorteil Georgiens auf dem Unionssender Wremja durchgesickerte Information. Um es nach Sieg aussehen zu lassen, braucht es besondere Fähigkeiten, die nicht jeder hat. Zum Beispiel hatte einmal ein nicht sehr talentierter Kundgebungsorganisator, der sich auch durch seinen Wortschatz nicht gerade auszeichnete, Demoteilnehmer zu zerstreuen beschlossen, indem er die Transparentträger in verschiedene Richtungen dirigierte; seiner Schätzung nach würden die Leute ihnen nachfolgen und sich in kleine Grüppchen verteilen, sodass schließlich alle ihrer Wege gehen würden. Doch sei es aus Verwirrtheit oder Gewohnheit, die Transparentträger schafften es nicht auseinanderzugehen und blieben als Gruppe zusammen. Also schrie der Organisator (nachdem er sich bisher höchst erhabene Worte abgerungen hatte) ins Megafon, sodass es der ganze Demonstrationszug hörte: »Fahnenträger, verpisst euch endlich!«

(+6)

Das Gesicht des Moderators bedeckt eine dicke Make-up-Schicht, trotzdem sind ihm Schlaflosigkeit und Müdigkeit anzusehen. Seit zwei Wochen steht er ununterbrochen unter Stress, denn er ist gezwungen, in den Sendungen für das machthabende Regime einzutreten, was er aufrichtig und eifrig tut, auch wenn es immer schwieriger wird – die Wahlen wurden gefälscht, und der Präsident muss gehen.

Der Moderator ist angespannt, er weiß, der Präsident könnte jetzt vor dem Fernseher sitzen (es heißt, er sieht sich jeden Abend, vor allem nach den Wahlen, die Politshow auf dem Ersten Kanal an), und er soll ein friedliches und, noch wichtiger, *sein* Georgien sehen.

Der Moderator schlägt ein spezielles Timbre für diese Sendung an: Er spricht mit wohlwollender und unaufgeregter Stimme. Aber ich kenne den Mann und sehe, dass ihm elend ist, weil er sich bereits auf der Seite der Verlierer weiß und Angst hat; im Stadtzentrum wachen bewaffnete Anhänger der adscharischen Regionalpartei über die gefälschten Stimmen für die Präsidentenpartei, während die Opposition sich auf die Kundgebung vom zweiundzwanzigsten November vorbereitet; an diesem Tag wird das neue Parlament seine Sitzung eröffnen und der Präsident seinen Sieg legitimieren.

Die Show beginnt, womit sie normalerweise endet: mit Hysterie.

In der ersten Reihe sitzt ein Filmregisseur, ein halbes Jahrhundert älter als ich, ein Bein lang ausgestreckt, allerdings nicht absichtlich: Er hat ein Holzbein, weil er als Kind unter die Straßenbahn gekommen ist (so erzählt man sich). Mir kommt in den Sinn, wie er einmal von dem bösartigen Hund berichtete, der ihn ins Holzbein biss: »Nie vergesse ich den verblüfften Blick des Hunds – wo hab ich denn da hineingebissen?!«

Jetzt aber schreit er mit zitterndem Kinn und rotem Gesicht, alle sollten erst mal vor der eigenen Tür kehren, bevor sie Schewardnadses Namen in den Mund nähmen. Das Geschrei dieses Manns kenne ich seit meiner Kindheit, seit der Zeit, als der Präsident noch ZK-Sekretär war, als er danach Außenminister der Sowjetunion wurde und schließlich als Vorsitzender des georgischen Staatsrats nach Georgien zurückkehrte. Diese vertraute Stimme ist immer noch da, erreicht mich immer noch. Er schreit mich an, wie damals die Lehrkraft unserer Schule hinter uns herschrie, weil wir die roten Halstücher abgemacht hatten.

»Habt ihr keinen Verstand im Kopf, ihr wisst ja gar nicht, was ihr zerstört! Wessen Spiel spielt ihr da? Schewardnadse hält mit Zähnen und Klauen am Frieden fest, ihr versteht das nicht, weil ihr Rotznasen und Dummköpfe seid! Und Verräter, Landeszerstörer!«

In meiner Kindheit habe ich mir mit mäßigem Vergnügen (es gab keine anderen Filme) die vielteilige Fernsehserie dieses Mannes angeschaut, doch heute ist das bedeutungslos, oder es bedeutet im Gegenteil sehr viel, denn jetzt ist die Zeit gekommen, wo die Ermüdung über oft Gesehenes und oft Gehörtes in Rebellion umschlagen muss.

Weiter unten, mit dem Rücken zu uns, sitzt eine Lyrikerin, die uns vom großen Monitor mit vor Wut oder Irrsinn weit geöffneten Augen entgegenblickt; von unten hören wir ihre Stimme, ihr Gesicht haben wir nah vor uns. Auch diese Frau kenne ich schon seit meiner Kindheit. Sie ist immer dort, wo der Präsident sie braucht. Sie ist beinahe auf die Knie gefallen, als Schewardnadse 1994 den Rücktritt[10] simulierte. Es war ein dramatisches Ritual, das der Patriarch mit den Worten beendete: »Ich erteile Ihnen den Segen, auf dass Sie auf Ihrem Posten bleiben und das Land weiter anführen«, worauf Schewardnadse erwiderte: »Volkes Stimme ist Gottes Stimme – ich bleibe.« Der Kniefall der Frau gehört zu unserer gemeinsamen Vergangenheit. Jetzt ist sie hier und auf dem Bildschirm.

»Die Opposition hat bewaffnete Einheiten, sie wollen den Präsidenten umbringen! Sie wollen Leute umbringen!« Je lauter sie zetert, desto weniger versteht man.

Unvermittelt schaltet sich der Moderator ein und bittet,

das Mikrofon an mich weiterzugeben. Er sagt: »Gebt das Mikrofon an die, die oben sitzen, an die Jungen weiter.«
Als mich der Erste Kanal anrief, war ich sehr erstaunt, denn die letzten Tage hatten sie nur Anhänger des Präsidenten ins Studio eingeladen. Innerhalb eines Tages musste sich etwas geändert haben: Erst schienen sie gar nicht wahrzunehmen, was im Stadtzentrum vor sich ging, und nun luden sie Oppositionsanhänger ein (wenn auch nicht viele, nur ein paar, sodass die Präsidentenschützer immer noch in der Mehrheit waren), und zwar solche, die bei den Zuschauern ihrer Meinung nach a priori keine Sympathie genossen, ja sogar verhasst waren. Das heißt, nach Gagas Definition, die Hass-Gruppe, zu der auch ich noch immer gehörte.
Ani warnte mich: »Sie werden die Zuschauer wie nebenbei daran erinnern, dass du eine hochverehrte georgische Heilige verunglimpft hast, wie um zu sagen: Schaut nur, was für eine Sorte Leute gegen die bestehende Regierung opponiert, wie könnt ihr solchen Leuten vertrauen, und dann werden sie dich ganz kurz zu Wort kommen lassen. Die laden dich nur zur Abschreckung ein, weil sie glauben, das Volk verabscheut dich.«
Ani behielt recht, auch wenn ich mich innerlich gegen den Gedanken wehrte, dass Koki – er moderierte die Sendung – mich nur als Projektionsfläche für den Hass benutzte. Schließlich war er es gewesen, der mich damals angerufen hatte, um mir offenherzig mitzuteilen, dass er sich nicht über das Patriarchat hinwegsetzen könnte.
Wie auch immer, jetzt muss ich auf dem Quivive sein und verständlich, ohne sichtbare Aggressivität und möglichst ohne laut zu werden, sprechen und irgendetwas sagen zum existenziellen Schewardnadse, zu all dem, was uns Angst macht und uns seit den 90er-Jahren sauer aufstößt,

darunter auch vergangenes Jahr, als uns die Väter dazu brachten, Entschuldigung und Danke zu sagen.
Auf dem großen Monitor erscheint mein Gesicht. Ich bin an der Reihe. Was soll ich sagen? Ich darf jetzt keine Gemeinplätze von mir geben, darf nicht auf meine Traumata zu sprechen kommen, und da fällt mir der heutige Besuch des Präsidenten in der Kleinstadt Satschchere ein, wo er offenbar einen Schweinestall besichtigt hat, und ich sage: »Statt die unzufriedenen Menschen anzuhören, gibt der Präsident sich mit Schweinen ab.«
Von unten ertönt Geschrei, unsere Sitzreihe wackelt, der Moderator fragt: »Es leben Schweine in Satschchere?«
Er hat mich am Wickel, wieder bin ich dabei, meine Landsleute zu beleidigen – zum zweiten Mal.
»Mit Schweinen meine ich Schweine«, erwidere ich.
Der Moderator sieht mich vorwurfsvoll und finster, vielleicht sogar hasserfüllt an, während ich an die Jahre unserer Zusammenarbeit denken muss – wie ich in seinem Studio Fernsehsendungen schrieb und ihm zuschaute, wenn er seine Diätportion Möhrensalat verschlang, und wie wütend es ihn machte, wenn er das Gehalt nicht rechtzeitig bezahlen konnte. Daran und an viel mehr noch muss ich denken, und ich werde ganz konfus und weiß nichts mehr zu sagen.
»Wie kann der es überhaupt wagen, die Stimme zu erheben, nachdem er sich in Königin Tamars Schlafzimmer gestohlen hat! Wie kann er sich nach so etwas noch unter die Leute wagen!«, höre ich aus den unteren Reihen.
Ich schaffe es nicht, etwas zu erwidern, die Stimme des Regisseurs erreicht uns als vielfaches Echo – »Werbepause« –, jemand Mutigeres als ich nimmt mir das Mikrofon aus der Hand und schreit, sie sollten ihre Energie nicht weiter umsonst verschwenden, denn das alte System sei bereits tot.

»Kommen Sie runter, schnell, kommen Sie.« Die junge Frau, die mich ins Studio geführt hat, winkt mir, und ich folge ihr instinktiv.

Von nah dringt die Stimme des Moderators zu mir: »Was schwatzt du nur für einen Unsinn? Was für ein Spiel spielst du da, wollt ihr Krieg? Glaubst du, du könntest dich mit pseudopatriotischen Sprüchen bei den Leuten beliebt machen? Braucht euer Hirn ein bisschen.« Er hat offenbar direkt neben mir gestanden.

Drei Tage später sollte er während der eigenen Sendung live seinen Posten räumen müssen, was als Sieg der Revolution verbucht werden würde. Er und der Präsident sollten sich gegenseitig Vorwürfe machen: Eduard Schewardnadse wird ihm vorwerfen, die Mitarbeiter des staatlichen Senders hätten den Staat nicht gebührend in Schutz genommen, wenigstens ein Fernsehsender im Land müsste doch die Interessen des Staats vertreten, worauf der Moderator der wichtigsten Polit-Publikumssendung in einem tragikomischen Monolog antworten wird, die Reporter des Staatssenders könnten keine Wunder vollbringen und falls irgendwer sich Fehler vorzuwerfen habe, so sei das der in politischer Agonie verharrende Präsident selbst.

Wenn das, was jetzt passiert, wirklich eine Revolution ist, dann nimmt die Mehrheit – darunter auch ich – allein deshalb daran teil, weil wir dem während Jahren angesammelten oder erst kürzlich aufgekommenen Ärger Ausdruck verleihen, ihn auskotzen wollen. Das hat nichts mit Politik zu tun, es ist eine alte Wut, der Wunsch nach unverzüglicher Vergeltung ...

(+7)

Im Parlament versammeln sich die Abgeordneten; der Präsident wartet auf das Erreichen der Stimmenmehrheit, um seinen Sieg legitimieren zu können. Die Zugänge zum Parlament sind gesperrt. Hinter dem Gebäude mündet die Ingoroqwa-Straße (die wärend der Zarenzeit nach Peter dem Großen und in der bolschewistischen Vergangenheit nach Felix Dserschinski hieß) in den pflastersteinbesetzten Schio-Tschitadse-Steig, ein strategisch wichtiger Hang, denn über diesen Weg wird ein Großteil der oppositionellen Demonstranten zum Parlamentsgebäude gelangen. Beide Straßen hat die Polizei abgeriegelt. Aus dem Rathaus kommt in einem voluminösen Regenmantel Oppositionsführer Saakaschwili (wegen seiner Größe ist er von überall zu sehen, »ein ideales Ziel für Scharfschützen«, sagen seine Fans) und geht die Ingoroqwa-Straße entlang. Es heißt auch, unter dem Regenmantel trüge er eine schusssichere Weste. Eine halbe Stunde zuvor hat er vom Balkon des Büros des Stadtversammlungsvorsitzenden[11] gerufen, Schewardnadse schützten nun einzig seine Hunde. Dies als Reaktion auf eine Fernsehsendung, die den Privatzoo des Regenten Adschariens zeigte – Käfige, durch deren Stäbe abnorm große exotische Hunde böse knurrten. Hundert aggressive Monster aus allen Ecken der Welt, extra für den Regionalpotentaten ausgesucht. Kein Politiker hat die Leute dazu aufgefordert, sich zum Parlament zu begeben. Stattdessen haben sie einen Dichter die Leitworte des Tages vom Balkon der Stadtversammlung rufen lassen: *Wir ziehen alle zum Parlament. Es darf keine Mehrheit zustande kommen. Sollte das geschehen, ist die Revolution besiegt, und das Land bleibt weiter im Besitz von Kriminellen, die einen untauglichen Präsidenten als Schild benutzen.*

Jemand sagt zu mir: »Die sind clever, die sichern sich ab. Wenn die Revolution in die Hose geht, ziehen sie den zur Verantwortung, der die Leute explizit aufgefordert hat, zum Parlament zu ziehen.«
Die beiden Straßen gehören schon seit Jahren zu meiner Alltagsroute, denn das Haus meiner einen Großmutter steht im mittleren Abschnitt und Anis Haus am Anfang der Ingoroqwa.
Die Großmutter, die sich sonst wegen allem Möglichen ängstigt, findet es jetzt völlig natürlich, die Beamten der Inneren Truppen zurückzudrängen, die den Eingang zum Parlament abriegeln. Ihrer Meinung nach brauche ich nicht in den vordersten Reihen zu sein, ich könne mich ja ein wenig entfernt hinstellen, jedoch findet sie es durchaus nötig rauszugehen. Sie geht ebenfalls raus, wie damals, als sie von der Telefonzelle aus den Erpresser identifizieren wollte.
Das Fernsehen zeigt, wie der Präsident das Parlamentsgebäude betritt. Der Bildschirm von Tbilissi2 ist dreigeteilt: Im einen Teil erscheint der Sitzungssaal des Parlaments, im zweiten die Demo der Opposition vor dem Rathaus, im dritten die Kundgebung der Präsidentenschützer, auf der ununterbrochen patriotische Hintergrundmusik läuft und die Redner ein und dasselbe wiederholen: dass die Rebellen einen Bürgerkrieg vom Zaun brechen wollen, dass sie Georgien nicht lieben, dass sie im Auftrag handeln, dass ihre Revolution nichts anderes ist als ein verbrecherischer Aufstand und Teil einer großen Verschwörung gegen eine traditionsbewusste alte Nation. Laut einigen Rednern ist zwar auch Schewardnadse nicht der ideale Staatsführer, aber für Georgien sei er um einiges weniger gefährlich als die »degenerierten« Politiker der neuen Generation. Hinter den Rednern stehen bewaffnete

Männer, die schwarze Sturmhauben mit Löchern für die Augen tragen.

»Hoffentlich fällst du denen nicht in die Hände«, sagt mein Vater. »Das ganze widerwärtige Gesocks steht da.«

Wir gehen auf die Demo. Ich verliere meine Großmutter aus den Augen, aber ich weiß, sie steht irgendwo hinten. Wir rücken mit langsamen Schritten vor. Allzu viele Leute sind nicht da. An der Straßenecke steht der Innenminister mit seinen bewaffneten Sicherheitsleuten; es ist eine strategische Ecke, denn von hier öffnet sich der Weg zum Parlament. Die Sicherheitsleute halten Maschinengewehre auf uns gerichtet. Ich glaube einen Sohn des ersten Präsidenten unter ihnen zu erkennen. Auf Tbilissi2 haben sie berichtet, einer der Söhne sei Sicherheitsmitarbeiter, während ein anderer aktiver Anhänger der Opposition sei, der als politisch Verfolgter (jedenfalls betrachtet er selbst sich so) im Ausland lebe und nur nach Georgien zurückkehren würde, wenn Schewardnadse nicht mehr an der Macht sei. Paradox, denke ich, dass ein Sohn des ersten Präsidenten den Feind seines Vaters, den zweiten Präsidenten, beschützt. Ich bin besorgt, aber ich spüre (zwinge mich dazu, zu spüren), wie das Schicksal mit uns spielt: Der historische Knoten muss sich lösen, sowohl für die beiden Brüder wie für das Land. Der Sicherheitsmann schaut jetzt zu mir. Ein Mann ruft dem Minister zu, die Polizisten sollten den Weg freigeben. Er geht auf den Minister zu und sagt, Schewardnadse zu beschützen sei eine Schande, er habe die Wahlen gefälscht und würde Georgien in die Vergangenheit zurückführen. Der Minister erwidert, eine Schande sei, so zu reden, und was Schewardnadse damit zu tun habe? Er ist bleich und sieht müde und hilflos aus. Von ihm heißt es, er sei *sympathisch*; er und seine Familie sind ein paar Monate zuvor, am Tag seiner Ernennung zum Innenminister, in Kokis Sendung zu Gast gewesen – *eine erfolgreiche Familie in einem glücklichen Georgien.* Die Demonstranten drängen vor; der Minister und seine Sicherheitsleute weichen zurück. Wir nähern uns der lebenden Mauer der Inneren Truppen. Die Beamten sehen uns mit gequälten Gesichtern entgegen. Plötzlich sagt einer von ihnen klar und deutlich: »Drängt uns zurück, hinter uns steht keiner, wir selbst können nicht vorrücken.«

Und noch einer sagt: »Drängt uns zurück.«

Flüsternd bitten uns die Beamten *vorzurücken.*

Auf der Ingoroqwa brechen müde, abgerissene Soldaten der Inneren Truppen dem Präsidenten die Treue.

Drei Wochen zuvor, im Morgengrauen, als vor dem Parlament noch die Oppositionsanhänger unter großen Plastikregenplanen standen, hat sich Schewardnadse zu der Kundgebung begeben. *Unters Volk gehen*, das ist seine Art. Schon seit Jahren preisen seine Anhänger die einzigartige Angewohnheit des Präsidenten, unters Volk zu gehen und ihm die Angst zu nehmen in Zeiten der Krise. So war es in sowjetischer Zeit, und so ist es noch heute. Der Präsident überrascht die schlafenden Demonstranten. Darunter sind viele, die vom Land in die Stadt gekommen sind, um die Revolution zu unterstützen – rechtschaffene und eigentlich apolitische Menschen, mit denen der Präsident schon immer gut umzugehen wusste: Er weiß, wie er den Proletarier nehmen muss. Ein Bauer spricht genau das aus, was das alte Staatsoberhaupt nun so dringend braucht: Er fordere gar nicht seinen Rücktritt, er wolle sich nur über seine Misere beklagen, dass er ohne Arbeit sei und nicht wisse, wie er Frau und Kinder ernähren soll. Das gefällt dem Präsidenten, es ist seine Sprache. »Dann arbeiten wir zusammen daran, mein Guter«, sagt er, »aber treffen wir uns an einem solideren Ort, um miteinander zu reden, dafür braucht's doch keine Demo.« Die Bauern sind ungefährlich; sie jammern über ihr schweres Leben und gehen dann wieder, sie sind leicht zu zerstreuen. »Jawohl, Bruder«, sagt der Präsident (er sagt *Bruder*, was eigentlich nicht zu seinem Status und Alter passt, aber in diesem offenherzigen Dialog nun wunderbar stimmig ist), »lass uns die Probleme bereden.« Und er spürt, dass er die Bauernseelen in der Hand hat, doch dann tauchen von irgendwoher Parteimitglieder des Oppositionsführers auf, energische, laute Menschen, die die psycho-hypnotischen Finten des greisen Präsidenten von jeher kennen. »Hau ab!«, schreien sie, darunter einer besonders laut, ein schmaläugiger, unermüdlicher Aktivist, die rechte Hand des Oppositionsführers, auf den der Präsidentenzauber keine Wirkung hat. Der Proletarier ist verwirrt, er weiß nicht, soll er sich für den Präsidenten entscheiden oder der Opposition die Treue halten. Schließlich beginnt auch er zu schreien: »Hau ab, hau ab!« Und entglitten ist der rechtschaffene Bauer den Händen des Präsidenten. Die Haare zerzaust, einem eben erwachten exotischen Vogel ähnlich, prescht Revolutionsführer Saakaschwili herbei, stellt sich vor das Präsidentenauto und schreit: »Tritt zurück, tritt zurück!« (Seine Stimme verrät, dass er noch nicht lange wach ist.) Vielleicht hätte er sich auch noch vor die Räder gelegt, aber die Security stößt ihn mit Püffen beiseite. Der Präsident setzt sich ins Auto und fährt davon. Die epochemachende Tradition des *Unters-Volk-Gehens* hat ihr Ende gefunden.

Wir drängen nicht allzu kraftvoll gegen die Polizisten auf der Ingoroqwa-Straße, denn wir wissen nicht, ob es sich lohnt, die lebende Schranke zu durchbrechen. Wenn wir durchkommen, ist der Weg zum Parlament frei. Aber

sollen wir durchbrechen? Und wenn ja, was machen wir dann?
»Rückt auf uns vor«, bitten uns die Beamten.
Wir rücken vor, jawohl, aber unten am Hang steht ein weit aggressiverer und nicht weniger bewaffneter Haufen, und ich glaube nicht, dass uns von denen jemand vorzurücken bittet. Sie werden mit Sicherheit auf uns schießen. Folglich, falls es zu einer Schießerei kommt, müssen wir einen Fluchtweg haben. Und ich denke: Was will ich hier? Ich brauche keinen Heldenruhm! Wessen Leben habe ich die letzten zwei Jahre eigentlich gelebt? Warum sitze ich nicht zu Hause in meinem Zimmer? Wo ist mein Ich von früher?
Ich schaue hinter mich: Wo meine Großmutter nur ist? Statt ihrer sehe ich den Oppositionsführer, der in seinem Regenmantel noch größer wirkt als sonst, auf den Innenminister zugehen und ihn bitten, nein, nicht bitten, ihm befehlen, ihn durchzulassen. »Ich bin ein friedlicher Demonstrant!« – »Ich weiß, wer du bist«, erwidert der Minister, »friedlich kann man das nicht nennen.«
Als der übergroße Vorsitzende der Stadtversammlung zusammen mit seinen Parteigenossen die Polizistenkette durchbricht, springen aus einem braunen Bus auf der Tschitadse-Straße Soldaten und stellen sich hinter den zaudernden Polizisten auf. Meine Großmutter sehe ich immer noch nirgends. Ich gehe den Gehsteig entlang zurück zu Anis Haus am Anfang der Ingoroqwa-Straße. Die Wohnung befindet sich im Erdgeschoss. Wir schalten den Fernseher ein und sehen in einer Direktübertragung den Präsidenten im Parlament neben der Tribüne stehen. Micheil Saakaschwili betritt mit einer langstieligen Rose in der Hand das Parlamentsgebäude. In mir kehrt eine große alte Angst zurück, die enorme Angst, dass etwas

Schreckliches geschehen könnte, dass es nun vorbei ist damit, sich mit der bloßen Möglichkeit eines Umsturzes und einer Revanche zu beschäftigen, dass ein wirklicher Krieg beginnen könnte, ein blutiger Machtkampf, und einem ersten Schuss ein zweiter und dritter folgen würde. Wie 1991 während des Tbilisser Kriegs. Wir würden live einer weiteren Tragödie beiwohnen, die wir nicht mehr überstehen würden. Anis Nachbarin beginnt in lautstarke, monotone Hysterie zu verfallen: »Es ist aus, gleich schießen sie, aus, gleich schießen sie, gleich schießen sie.« Ich merke, dass ich zittere. Eine solche Angst habe ich noch nie gehabt. Die Angst vor der uns nachjagenden Lehrkraft damals in der Schule ist gar nichts im Vergleich zu dieser alten Angst. Laschas Vater, ein geradezu neurotischer Fußballfan, hat die Angewohnheit, immer ausgerechnet dann auf einen anderen Kanal zu schalten, wenn der Ball kurz davor ist, im Tor zu landen – er erträgt das Spannungsmoment einfach nicht. Er erträgt keine Höhepunkte. Nun ergeht es mir genau gleich. Ich kann das nicht mit ansehen. Ich sage mir selbst vor: Es wird nichts passieren, alles wird gut, dieses Jahr wird gut zu Ende gehen. Ich verziehe mich in Anis Schlafzimmer und spreche dort immer wieder die Gebetsworte, über die ich mich in meiner Erzählung angeblich lustig gemacht habe. *Warum machst du dich über dieses Gebet lustig? Wir beten das Vaterunser doch jeden Tag?* Ich höre Leute schreien: »Sie sind drin! Sie sind drin!« *Wer ist drin?* Ich renne aus dem Schlafzimmer. Ein Teil der Demonstranten ist von der Straße auf Anis Veranda geklettert. »Dreht den Fernseher! Dreht ihn in unsere Richtung!«, schreit man uns von der Straße her zu. Micheil Saakaschwili kommt mit ein paar Männern zusammen in den Parlamentssaal gestürmt, wo der Präsident nun auf der Tribüne steht und

die Sitzung eröffnen will. Der Präsident spricht in einem Ton, als würde nichts Besonderes vor sich gehen. Wir drehen den Fernseher zur Straße. Weitere Männer drängen in den Saal, Mitstreiter des Oppositionsführers, und Saakaschwili spürt, jetzt ist es Zeit, jetzt, in diesem Moment, muss sich etwas entscheiden, und er beginnt zu schreien, wie er wahrscheinlich noch nie geschrien hat. Er schreit durchdringend und herrisch: »Tritt zurück, tritt zurück! Tritt auf der Stelle zurück!« Immer mehr Leute drängen in den Saal. Auf einmal höre ich, wie Schewardnadse immer wieder ein und dasselbe stammelt: »Ihr solltet euch schämen vor Seiner Heiligkeit und Seligkeit ... Schämt euch vor dem Patriarchen ... Unser Patriarch, Seine Heiligkeit und Seligkeit ... Seine Heiligkeit der Patriarch ...«
Schewardnadse sucht der herandringenden Macht mit dem Namen des Patriarchen Einhalt zu gebieten, aber der dem Patriarchen vorbehaltene Sessel ist leer. Auch der Patriarch hat seinem Präsidenten die Treue gebrochen. Er ist nicht zur Parlamentseröffnung gekommen und hat dem neuen Parlament nicht den Segen gegeben. Dabei müsste er dort sitzen – so war es immer, und auch jetzt hätte der Präsident von ihm verlangt, an seiner Seite zu sein, denn den Patriarchen könnten sie nicht aus dem Saal verjagen. Folglich könnten sie auch ihn, den Präsidenten, nicht verjagen, wenn er mit dem Patriarchen zusammen wäre.

»Schämt euch vor Seiner Heiligkeit und Seligkeit, wir sind mit dem Segen Seiner Heiligkeit hier ... Wir alle sind Sünder ...«

Der Präsident appelliert an den Patriarchen: Er ruft seinen Schutzheiligen zu Hilfe, seinen Mann, der seit 1977 als Patriarch arbeitet, den Greis mit dem Fünfundneunzig-Prozent-Popularitätswert, der sich ausgerechnet heute

vermutlich wegen Unpässlichkeit hat entschuldigen lassen. So wie er 1991 während des Bürgerkriegs dem ersten Präsidenten hatte melden lassen, er hätte die Grippe und könne sich nirgends dazwischenstellen.
Schewardnadse wiederholt ungerührt: »Schämt euch vor Seiner Heiligkeit ... Mit dem Segen des Patriarchen ... Der Patriarch hält Seinen Blick auf uns gerichtet ... Seine Heiligkeit ...«
Umsonst ruft ein *Vater* einen anderen Vater um Hilfe.
Seine Worte vermögen niemandem Einhalt zu gebieten.
Vor der Präsidententribüne stehen seine Sicherheitsleute. Einer von ihnen nimmt ihn schließlich beim Arm und bringt ihn weg (ohne dass der Präsident die Papiere aus den Händen lassen würde, die zittern, aber nicht vor Angst, sondern weil er Parkinson hat).
Schweißüberströmt erklimmt Micheil Saakaschwili im Regenmantel die Tribüne und trinkt Tee aus der silbernen Tasse, die der Präsident zurückgelassen hat.
»Diesen Tee trinke jetzt ich«, sagt er und leert, gierig und kindsköpfig, die Tasse ganz.
»Er trinkt sein Blut«, sagt jemand.
Schewardnadse begibt sich vor das Parlament, wo die Parteigenossen des adscharischen Regenten ihre Kundgebung abhalten, und verkündet, er werde dem Feind zum Trotze nicht zurücktreten, aber die Sicherheitsleute bringen ihn auch von dort weg, da der Präsident umzingelt werden könnte. Die Leute folgen ihm nach. Vom Rathaus nähern sich den Rustaweli-Boulevard herauf die Oppositionsanhänger (angeführt vom Exparlamentspräsidenten). Die Leute klettern auf die Busse, die den Boulevard blockieren. Die Pro-Schewardnadse-Demonstranten haben sich auf einmal dünngemacht, auch jene, die in Sturmhauben und Waffen hinter den Rednern ge-

standen hatten. Sie sind verschwunden wie von der Erde verschluckt.

Man setzt den Präsidenten in einen Mercedes, den er seinerzeit von den Deutschen bekommen hat, und fährt ihn Richtung Oper. (Schon einmal hat ihn ein Mercedes vor dem Tod bewahrt: Bei dem Attentat 1998, als Granaten das Vorderteil des Wagens trafen.)

In Georgien hat die Ästhetik schon immer mehr Bedeutung gehabt als der Inhalt. Genauso ist es auch jetzt: Schewardnadse wird durch die Ästhetik bezwungen – mit Rosen und einer unblutigen Revolution. In der CNN-Live-Übertragung sieht die Revolution *wunderschön* aus (»Wir sind live zu sehen auf CNN«, höre ich den ganzen Tag von verschiedensten Leuten). Saakaschwili hat Tee getrunken (das milderte die Dramatik des Ereignisses), der Präsident ist geflohen, *ohne dass Gewalt angewendet wurde*, der Patriarch hat sich weise verhalten und ist dem Parlament ferngeblieben.

Wir gehen wieder auf die Straße. Die Leute haben das Gebäude der Staatskanzlei umzingelt. Jemand sagt: »Wir sollten hier Wache halten, nicht dass er womöglich zurückkehrt.« – »Nützt nichts«, wird ihm erwidert, »es gibt Tunnel, wenn er will, kann er durch unterirdische Gänge rein.« Schewardnadse ist noch legitimer Präsident. Aus Deutschland ruft Akako an: »Erst muss auch die Bourgeoisie gehen, Schewardnadses Weggang hat noch nichts zu bedeuten. Fordert ein Auswechseln der Köpfe, ihr müsst zusammen mit Schewardnadse auch die Revolutionspolitiker loswerden. Ich komm bald zurück.« – »Nein, nein, bleib dort«, erwidert Ani, »noch ist nicht klar, wie's weitergeht.« Akako hier zu haben hätte uns gerade noch gefehlt!

»Wenn Schewardnadse heute Nacht nicht zurücktritt, müssen wir ihn an einem Baum aufknüpfen«, sagt ein

Alter zu mir, der mit der Fahne der Ersten Republik in der Hand bei der Treppe zur Staatskanzlei steht.
Mein Handy klingelt: Großmutter! Sie ist zu Hause. »Wir haben ihn abgesetzt, mein Kleiner, es ist zu Ende«, sagt sie. »Geht jetzt auch nach Hause, hörst du?«
Gaga von den »Freien Wahlen« verkündet, es wäre gut, wenn wir ins Patriarchat gingen und Seiner Heiligkeit unseren Dank dafür ausdrückten, dass er sich vom Parlament ferngehalten hat.
»Wo sollen wir hingehen?«, frage ich, als verstünde ich schlecht.
»Ins Patriarchat.«
Schon wieder ins Patriarchat?
Der Plan ist: vordergründig zu danken, in Wirklichkeit jedoch zu warnen, damit er bis zum Rücktritt des Präsidenten seiner Entscheidung treu bleibt. Es könnte ja sein, dass der Präsident den Patriarchen in seine Residenz ruft oder sich selbst ins Patriarchat begibt. Nichts könnte seine Legitimation eher festigen helfen.
Soll ich hingehen?
Als Teil des siegreichen Gesellschaftskörpers, als euphorisierter Bürger oder als der, welcher Monate zuvor heruntergemacht worden ist?
»Klar sollten wir hingehen.«
Nichts geschieht zufällig. Wir gehen hin. Wir sind nicht viele – zwanzig, dreißig Leute.
Und wieder kommen wir zu der altbekannten Mauerumfriedung. Ich sehe die Bettler, die die Mauer entlangliegen. Ich sehe die schwarzen Autos, die über die Mauer ragenden Zypressen und das große Tor, durch das ich zweimal verzweifelt hinausgegangen bin – das erste Mal eingeschüchtert und wütend, das zweite Mal schwach und apathisch.

Im Innenhof herrscht wieder Durcheinander. Wieder rennen Leute hin und her, wieder diese sonderbaren Männer, die keiner historischen Epoche zuzuordnen sind: undefinierbar, ob Penner oder Angehörige einer Spezialeinheit. Die vorigen Male waren sie Angst einflößend und aggressiv, jetzt wirken sie verwirrt. Einer von ihnen scheint immerhin des Redens mächtig: »Hier durch, bitte.«

Geistliche nehmen uns in Empfang, auf der Treppe steht Chatuna, die Privatsekretärin des Patriarchen, sie, welche die Fernsehsender anrief, um die Ausstrahlung meines Interviews zu verhindern.

Die Frau ist jetzt verschüchtert wie ein Kind, sie hat rote Augen, und man sieht ihr an, dass sie schlaflose Nächte hinter sich hat. Früher hat sie ständig gelächelt, nun schaut sie uns mit verzerrter Miene an und nickt uns puppenhaft zu: »Willkommen, willkommen.«

Echogleich ertönt: »Der Patriarch ist im Garten, der Patriarch ist in seinem Garten, der Patriarch erwartet euch im Garten ...«

Wir betreten den Garten. Er ist berühmt wegen seiner mannigfaltigen exotischen, duftenden Blumen.

Der Garten ist voller Leute, Mönche, Bischöfe, Männer in schwarzen Gewändern. Ich erkenne Koba, der sich einen Bart hat wachsen lassen. Wird er Priester?, frage ich mich. Er steht mit gesenktem Kopf da, schaut nicht in unsere Richtung. Jemand umarmt mich.

»Ihr seid hergekommen?« Wieder diese sonore Stimme.

Er ist immer noch derselbe, mit demselben Lächeln und vor Nervosität schweißbenetzter Stirn.

Ich bin durcheinander. Ich umarme Vater Tadeos. Sein Bart riecht nach Asche.

»Wie geht's dir? Glückwunsch zum heutigen Tag«, sagt er. »Was so alles passiert, es ist ein Wunder.«

Im Garten gibt es zwei Gravitationspunkte: Der eine liegt auf einem großen Lastwagen und ist mit einem riesigen Tuch bedeckt, der zweite steht mit dem Rücken zu uns neben der höchsten Zypresse, die Hände in der Soutane vergraben.
Ihm werden wir unseren – noch provisorischen – Dank aussprechen müssen.
Der Patriarch dreht sich zu uns.
Manche knien nieder, andere nicht.
Je näher ich komme, desto mehr gewinnt er an Größe. Kann ich ihm nicht einfach die Hand geben? Muss ich ihn unbedingt auf Schulter und Hand küssen? In Georgien lernt man nicht, wie ein Patriarch zu begrüßen ist; Männer und Frauen bekreuzigen sich, als würden sie salutieren. Vielleicht wird die Revolution diese Sitte ändern?
»Warum bist du nicht mehr hergekommen?«, fragt er. »Schreibst du nicht mehr?«
Jetzt bin ich doch da, will ich sagen.
Er lächelt gezwungen. Es ist ihm anzusehen, dass es ihm nicht gut geht. Oder er gibt sich so.
Ich trete zur Seite. Manche bleiben auf den Knien, und jemand murmelt: »Danke, dass Sie dem Parlament ferngeblieben sind.«
Das behagt ihm nicht. Es erinnert ihn an seinen pragmatischen Treuebruch. Er erinnert sich, und er dreht uns wieder den Rücken zu. Selten habe ich einen Menschen getroffen, dem seine Gefühle so ins Gesicht geschrieben stehen. Der Dialog kommt zum Erliegen, kaum hat er begonnen. Der Patriarch steht unter dem Baum. Auf der Erde bewegt sich etwas. Ein Pfau schreitet einher. Es ist keine Einbildung. Jemand hat mir mal gesagt, er hätte hier ein Lämmchen gesehen.
Sind wir im Paradiesgarten?

Der Präsident ist in seiner Residenz, er denkt nicht daran, zu gehen. Ebenso wenig scheint ihn vorderhand der Patriarch aufsuchen zu wollen.
Niemand sagt etwas.
Plötzlich flüstert jemand: »Er weint.«
Er sagt nicht, wer. Vermutlich sind dem Patriarchen die Tränen gekommen. Dies ist das Signal für einen Mann in unserer Gruppe, exdrogenabhängiger Politiker, Exdokumentarfilmer und Exabgeordneter, der bekannt ist für das nervöse Jucken, das ihn befällt, wenn er auf Demos Reden hält. Er weiß plötzlich, was zu tun ist, nämlich ebenfalls in Tränen auszubrechen. Er spannt alle Kräfte an, seine Halsadern schwellen, und schließlich presst er einem Auge eine einzelne Träne ab. Weint der Patriarch, muss auch er weinen.
Nicht zum ersten Mal denke ich: War es unbedingt nötig, herzukommen? Warum sind wir hier?
Darum: Weil die Ära der alten Führung zu Ende ist, die Vergangenheit nicht mehr zurückkehrt, der Präsident sozusagen abgedankt hat und weil, wer sich auf dessen Seite stellt, auf dem politischen und gesellschaftlichen Müllhaufen landen wird. Egal wer er ist. Das sagt klipp und klar Gaga, Teil des *Kollektiv-Saakaschwili*-Körpers.
Der Patriarch wendet sich wieder zu uns, und ich sehe einen höchst verängstigten, kraftlosen, vom langen Stehen und von der Kälte erschöpften alten Mann.
Und mir wird bewusst, dass nicht ich, nicht wir vor ihm Angst haben, sondern er vor uns.
In Wirklichkeit bin ich es, der *Angst* auslöst.
»Gehen wir«, sage ich zu Ani, aber wir rühren uns nicht vom Fleck.
Plötzlich kommt mir der Gedanke, dass die Revolution auch den Patriarchen seines Amtes entheben könnte.

Der Exdokumentarfilmer-Exabgeordnete und der Patriarch hören gleichzeitig auf zu weinen. Von irgendwoher höre ich tatsächlich das Blöken eines Lamms. Wenn nur der Pfau nicht anfängt zu schreien.
Das Lämmchen steht beim mosaikbesetzten Brunnen.
»Es gleicht mir«, sagt der Patriarch auf einmal, »es ist weiß wie ich.«
Wir lachen.
Er fährt mit erstickter Stimme fort: »Wie geht es dem Präsidenten?«
»Es heißt, am Flughafen werde ein Flugzeug für ihn bereitgestellt«, erwidert Gaga.
»Wohin?«, fragt der Patriarch erstaunt.
»Er besitzt offenbar eine Villa in Deutschland, so schreibt es die ›Bild‹, eine deutsche Zeitung.«
Wir schweigen.
Das Lämmchen ist verschwunden.
»Das dort ist das Kreuz für die neue Kirche. Wenn ihr wollt, dürft ihr es küssen«, sagt der Patriarch. »Es wird bald auf die Kuppel gesetzt.«
Männer steigen auf den Lastwagen und ziehen das Tuch weg. Darunter liegt ein mächtiges goldenes Kreuz. Es gleicht einem liegenden Riesen. Mir kommt in den Sinn, was ich über das Kreuz gehört habe: Der Goldschmied, der es gefertigt hat, soll vor ein paar Monaten den Verstand verloren und Frau und Kind umgebracht haben. Wahrscheinlich ist das nur Geschwätz.
»Küsst es, küsst es nur«, fordert uns der Patriarch auf.
Nicht hinaufzuklettern wäre wohl unhöflich. Aber ich will nicht ...
Der Pfau stolziert um die Räder des Lastwagens herum.
Jemand erklimmt ächzend und stöhnend den Laster, küsst das Kreuz. Es gleicht in keiner Weise dem krummen

Holzkreuz, das ich 1988, als meine Tante mich wegen einer Dusche verpasste, bis Bordschomi getragen habe. Trotzdem klettere ich hinauf. Ich lege eine Hand auf das Kreuz und schaue von oben in den Innenhof. Es sind viel mehr Leute da, als ich anfänglich glaubte.
Der Patriarch steht immer noch bei der Zypresse.
Ich steige wieder hinunter.
Mönche schenken uns kleine Kerzen, doch diesmal bittet mich niemand, eine Monarchin des dreizehnten Jahrhunderts zu grüßen. Ein Bärtiger umarmt mich.
»Glückwunsch, es ist ein großer, historischer Tag.«
Er hat eine sanfte, gütige Stimme; sein Gesicht erkenne ich in der Dämmerung nicht sofort. Es ist Hochwürden Kristepore, der mürrische Erzbischof, der mich nun liebevoll, freundschaftlich, gleichsam komplizenhaft anlächelt.
»Ich rede immer wieder von dir. Wie konnten sie einem so jungen Menschen so zusetzen?! Sehr klug war das nicht …«
Entschuldigt er sich?
Ich weiß nicht, was antworten. Ich nicke ihm zu, als verstünde ich seine Sprache nicht.
»Wer, wenn nicht dieser Mann, der Patriarch, könnte all die Verrückten und Unzivilisierten bändigen?«, sagt der tränenselige Exdokumentarfilmer ganz sachlich, als wir aus dem Patriarchat kommen. »Das sind doch Tiere, die brauchen Lenkung und Glauben, sonst fressen sie sich gegenseitig auf. Noch hält sie ja etwas zurück.«
Wir setzen uns in Gagas Auto.
»Schluss, aus«, sagt Gaga. »Er hat drei Kreuze gemacht hinter Schewardnadse und denkt an seine eigene Rettung.«
Die Straßen sind immer noch voller Menschen. Es nach

Hause zu schaffen ist unmöglich. Ich bleibe bei Ani, lege mich todmüde neben sie, doch ich wache immer wieder auf, werfe mich wie ein Fieberkranker hin und her, im wörtlichen Sinn aufgeputscht, denn halb im Schlaf bin ich steif und fest überzeugt, dass ich jetzt Sex haben muss und das jetzt unbedingt nötig ist, weil es irgendeinen Zusammenhang hat mit dem Stress und Irrsinn des heutigen Tags. Ich schlafe und bin wach zugleich. Manchmal hat Anis Sohn so einen Wachschlaf und weint laut, als hätte er einen schrecklichen Albtraum, heult, hat die Augen weit offen, aber erwacht dennoch nicht. »Du musst ihn irgendwie zum Pinkelngehen bringen, dann wacht er auf«, rät Anis Mutter, und das machen sie dann auch, aber er schreit sich trotzdem die Seele aus dem Leib. Mein Hirn kommt nicht zur Ruhe, ich spüre Anis Körper neben mir, und wie ihr Sohn stehe ich auf und sage im Glauben, dass meine Worte und meine Bitte vollkommen passend und logisch sind: »Hast du nicht auch Lust?« Ani erwacht und antwortet mir etwas, sachlich und ruhig, aber ich weiß nicht, ob bejahend oder verneinend. Vielleicht schläft sie ja auch. Ich fange keine Diskussion an, ich bin zufrieden und glücklich. Anis sachlicher Ton bringt mich zum Lachen. Heute haben wir hier vor dem Fernseher geschrien. Ich bin sehr müde. Ich muss schlafen. Das Kollektiv in mir wacht. Ich hätte noch pinkeln gehen sollen. Ein Hauspfau, wie pervers. Morgen früh muss er zurücktreten. Den ganzen Tag hab ich nichts gegessen. Er muss zurücktreten. Punkt. Das muss ein Ende haben. Schluss.

(+8)

Am anderen Morgen, als ich glaubte, es wäre alles vorbei, stellte sich heraus, dass der Präsident seinen Rücktritt immer noch nicht verkündet hatte, was mich dermaßen beunruhigte, als sei Georgien in höchster Gefahr, denn wenn er sich stur stellte, konnte es am Ende doch noch zu einem Schusswechsel kommen. Aus irgendeinem Grund glaubte ich (oder glaubten wir – ich war an dem Tag noch nicht imstande, mich im Singular wahrzunehmen), wenn auch nur zufällig ein Schuss fiele, begänne ein neuer Krieg.

Alle sagten, der Präsident sei eigentlich bereits weg und es würde sich jetzt alles ändern. Zur Bestätigung dessen genügte es schon zu sehen, wie die ehemaligen Präsidentenanhänger dem Revolutionsführer vor dem Rathaus ihre Loyalität bezeugten. Die Fernsehzuschauer suchten in den Gesichtern dieser Opportunisten nach dem Beweis, dass die Revolution gesiegt hatte.

Eigentlich erstaunte es mich überhaupt nicht (in Wirklichkeit aber war es ein unglaublich dreistes Verhalten), dass zusammen mit anderen auch der Abgeordnete Amiran den Journalisten hinter einer lächerlich großen Sonnenbrille Rede und Antwort stand, obwohl er erst ein paar Tage zuvor lautstark geäußert hatte, die Revolution würde von kriminellen Banden angeführt.

Nach der unruhigen Nacht heftete ich mich gleich frühmorgens an meine Revolutionärskollegen und ging mit ihnen zusammen zum bisher für niemanden zugänglichen, in Katzenjammer verfallenen Sicherheitsministerium.

Wie schon gestern im Patriarchat fragte ich mich auch jetzt, wem ich da wohin folgte und wozu, was mich umtrieb, sodass ich nicht mehr zur Ruhe kam und so viel rumlief. War es, weil die Politik mich in ihren Bann gezogen hatte, weil ich die Illusion hatte, von Bedeutung zu sein, oder einfach, weil es mir nicht mehr gelang, zu mir selbst zurückzufinden?

Wie auch immer, aus Angst, Gewohnheit oder weil ich mich hervortun wollte, kreuzte ich mit ein paar Dichtern und Sängern, seit dem Revolutionsnovember als »Regen-Musiker«[12] bekannt, dem sich Tränen abpressenden Exdokumentarfilmer, mit Gaga von den »Freien Wahlen« und dem unvermeidlichen Dato eins zusammen im Büro des Sicherheitsministers auf.

Wie Präsident Saakaschwili später erzählte, war der Minister mit dem ausdruckslosen, grünlichen Gesicht Offizier des russischen Geheimdienstes und gehorchte in Wirklichkeit nicht Präsident Schewardnadse, sondern Präsident Putin: »Als ich ihn nach der Revolution seines Amtes enthob, rief mich Putin an und verlangte, dass ich ihn unbehelligt ließe. Natürlich habe ich ihn noch am selben Tag rausgeworfen.«

Dieser Mann hielt unsere zusammengewürfelte Gruppe für ein politisches Anhängsel der siegreichen revolutionären Macht und empfing uns wohl nur deshalb im alten Gebäude seines Ministeriums, dort, wo Lawrenti Beria einst saß.

Der Exdokumentarfilmer fragte ihn ganz sachlich, wie wahrscheinlich eine Konterrevolution in Georgien sei und was das Sicherheitsministerium im Falle einer Revanche zu tun gedenke. Er spielte damit auf die bewaffneten Trupps der Adscharischen Autonomen Republik an.

»Ich hab bloß achtzehn Mann in der Spionageabwehr, unser Budget ist klein«, erwiderte der Minister verworren. »Wir wissen ja noch nicht, was überhaupt passiert ...«

Dann rief er seinen Stellvertreter oder Assistenten herbei

und redete noch mehr verworrenes Zeug. Darüber hinaus ziemlich langfädig. Zwischendurch sagte auch der Stellvertreter etwas und lächelte uns vertraulich an.
Beide redeten ausweichend und in Andeutungen, in einer Sprache, die keinen Inhalt transportiert oder jedenfalls nicht direkt zum Ausdruck bringt – das Wort ist das eine, der Inhalt ein anderer. Deshalb wurde mir erst spät klar, was der Sicherheitsminister vorbrachte: Er sagte, falls nötig und falls eine entsprechende Weisung käme, würde Schewardnadses Entourage belangt werden, möglicherweise auch der Präsident selbst ...
In dem Moment dachte ich, es wäre Zeit, nach Hause zu gehen, da bereits alles zum Nutzen der Revolution entschieden war: Der Sicherheitsminister scheute sich nicht, auf eine mögliche Verhaftung des amtierenden Präsidenten hinzudeuten, also jenes Mannes, den er von Rechts wegen schützen sollte. Mehr war ja wohl nicht mehr zu erwarten. Ich empfand körperlich, wenn ich jetzt nicht ginge, würde selbst ich möglicherweise die Ideale der Revolution verraten. Mir war übel, und ich hatte Kopfschmerzen vor Müdigkeit.
Ich verließ unter dem Vorwand, auf die Toilette zu gehen, das Büro und ging zum Ausgang. Wäre es mir nicht peinlich gewesen, hätte ich den Minister wahrscheinlich nach den Leuten gefragt, die monatelang ergebnislos unser Festnetztelefon abgehört hatten.
Ich rief Ani an. Sie stand schon seit mehr als einer Stunde vor dem Parlament, wo man auf den offiziellen Rücktritt des Präsidenten wartete; es verstand sich von selbst, dass ich mich gleich auf den Weg zum Rustaweli-Boulevard machte.
Ich konnte jetzt nicht nach Hause gehen und mich von alldem losreißen; der gestrige Tag fand seine Fortsetzung.

Die Aufregung erreichte um acht Uhr abends ihren Höhepunkt, als der Moderator der wichtigsten Talkshow im Ersten Kanal live das Eingeständnis forderte, dass die Wahlen gefälscht worden waren, danach um völlig unerhebliche Themen herumredete und selbst schließlich vorzog, von seinem Posten zurückzutreten, da der Präsident den seinen nicht räumte. »Ich kann mein Publikum nicht länger belügen, Schwarz nicht länger als Weiß ausgeben. Meine Kinder verzeihen mir das sonst nie«, sagte Koki.

Seine Sendung wurde auf der zwischen den Säulen des Parlaments aufgespannten Leinwand übertragen, während die Leute jeden seiner Kommentare mit lautem Lachen quittierten, als würden sie einen Kabarettsketch hören. Auf einmal drehte sich ein Mann mit einem Ohrstöpsel im Ohr zu mir um und sagte verblüfft: »Er ist weg ... Jetzt gerade.« Offenbar hatte er Radio gehört. Der Mann reichte mir den Ohrstöpsel, aus dem Schewardnadses Stimme drang: »... nach Hause geh ich.« Wenig später war zwischen den Säulen auch sein Bild zu sehen, dann erschienen auf der Leinwand die sichtlich um Contenance ringenden Revolutionsführer, die mit verwirrten und bestürzten Mienen aus Schewardnadses Residenz traten. Widersinnig und pathetisch priesen sie den Präsidenten, gerade so, als hätten sie nicht mit seinem Rücktritt gerechnet. Ihre entzückt und gleichzeitig verweint aussehenden Gesichter boten Anlass zu zahllosen Gerüchten: Schewardnadse hätte ihnen ein großes geopolitisches Geheimnis offenbart; er hätte ihnen Siege und Katastrophen prophezeit, hätte ihnen etwas (oder jemanden) gezeigt, hätte sie wie ein Vater durchschaut und verflucht, und noch mehr solchen Unsinn, der noch lange danach weitergesponnen wurde.

Der Patriarch stattete dem tief gekränkten Expräsidenten gleich am nächsten Tag einen Besuch ab und schenkte ihm eine kleine Ikone mit dem heiligen Georg. Schließlich hatte er ihn einst höchstpersönlich auf den Namen dieses Heiligen getauft.

Der Patriarch sah besorgt und verwirrt aus, als wollte er sich bei dem abtretenden Präsidenten entschuldigen, und überreichte ihm sein Geschenk auf etwas ungeschickte Weise (ohnehin gebeugt, schien das große Kreuz auf seiner Brust seinen Nacken herunterzuziehen, was ihn noch kleiner machte). Schewardnadse trug eine dicke Wolljacke (kein Sakko), sah wie ein beleidigtes Kind grimmig drein und schaute wortlos auf die Georgsikone, als wollte er sagen: Was soll ich damit, du wärst gescheiter ins Parlament gekommen.

»Sie haben ein Wunder bewirkt«, sagte der Patriarch verlegen lächelnd.

Einer der beiden Greise besaß noch immer Geltung... Wahrscheinlich hätte Schewardnadse den lächelnden alten Mann jetzt liebend gern des Amtes enthoben, in dem er seit 1977 arbeitete. Doch was hätte er schon tun oder sagen können, also nickte er ihm nur zu. In der Vergangenheit hatte er, wenn er ihn ansprach, ohnehin oft Fehler begangen: Manchmal hatte er ihn »Seine Lauterkeit« statt »Seine Heiligkeit« genannt und manchmal »Patriarch der Republik«. (Noch merkwürdiger war, als ihm einst »Iosseb Christus« herausgerutscht war.) Aber jetzt konnte es ihm wurst sein, was und wie er etwas sagte. Einmal, vor Jahren, hatte er aus Angst vor solchen Versprechern noch einen Ausweg gefunden: Es war heiß und viel Volk zugegen gewesen. Der Präsident hatte oben an der Treppe gestanden, während der Patriarch versuchte, die Stufen hochzusteigen, was ihm aber wegen der vielen

Leute nicht gelang; deshalb hatte Schewardnadse, selbst erschöpft von der Hitze, der Security ein Zeichen gegeben und mit wunderlicher Saloppheit gerufen: »Lasst den Popen durch!« Und wie schön er dieses »Popen« ausgesprochen hatte. Ein überhitzter Alter kam dem anderen zu Hilfe. Das ganze Leben waren sie so zusammen die Treppen rauf- und runtergegangen, jetzt jedoch saßen sie einander gegenüber wie ein altes, verbittertes Ehepaar.

(+9)

Auf der Holzbühne standen zwischen geschmückten Weihnachtsbäumen Sänger in sonderbaren, modernen Designer-Tschochas und sangen endlos Potpourris aus der georgischen Filmmusik. In meiner Nähe schienen ab und zu bekannte und unbekannte Gesichter auf, lachende Münder, zum Kuss gespitzte Lippen und schimmernde Wangen. Ani war da, selig betrunken, und hüpfte mit ausgebreiteten Armen irgendwo in der Mitte des Restaurants herum; fast alle waren da, die ich im letzten Monat auf den Demos unter der gigantischen Plastikplane kennengelernt hatte. Jemand hielt ein auf den Kopf gestelltes Schewardnadseporträt in den Händen und tanzte damit herum, um dann mit dem Konterfei auf die Bühne zu steigen und sich unter misstönendem Geflenn von ihm zu verabschieden, was mit Applaus quittiert wurde. Der dicke, plumpe Gaga zog Hemd und T-Shirt aus, zeigte seine für einen Mann absonderlich großen Brüste und seinen unbehaarten Bauch und begann gorillamäßig herumzuhampeln. Schließlich kletterte auch er auf die Bühne und schwenkte sein weißes T-Shirt wie eine Fahne.

»Glückwunsch euch allen!«, brüllte er ins Mikrofon. Ein gewisser Mamuka, ehemaliger Diplomat und Militär, rief den Musikern zu, was und wie sie singen sollten; er war betrunken und hatte seine Stimme nicht mehr unter Kontrolle, es kam ziemlich aggressiv heraus, aber das juckte niemanden, so als fänden es heute am Tag des friedlichen Endes der Revolution alle undenkbar, dass irgendjemand tatsächlich aggressiv werden könnte.

Ani stürzte zu mir und schrie mir zu, ich solle auch was zum Besten geben. »Geh auf die Bühne, lass uns die Hymne singen.«

Sie war sturzbetrunken, wartete die Antwort gar nicht ab und sprang wieder in die wogende Menge.

Gaga umschlang mich, rülpste glücklich, entschuldigte sich und sagte augenzwinkernd (normalerweise zwinkerte er, nachdem er was gesagt hatte, und nicht vorher): »Hast du gesehen, wie die alten Wölfe im Patriarchat dir in den Arsch gekrochen sind? Sie haben Schiss bekommen. Hab ich's dir nicht immer gesagt? Sie haben die Waffen gestreckt, Schluss, aus. Die können sich nun ihre Verlautbarungen sonst wohin stecken.«

»Genauso wie die beiden Erklärungen, die dir dieser Blödian vorgelegt hat«, sagte Dato eins, stibitzte von jemandes Teller eine Gurke und biss hinein. »Und den verlorenen Sohn. Ruf doch mal diesen Tadeos an, er soll herkommen und mittanzen.«

Eine Frau stürmte auf Gaga zu und machte ihm eine Liebeserklärung: »Ich war immer ganz hin und weg von deinen Reden auf den Demos.« Auch sie war betrunken.

»Heute liebt jeder jeden.« Gaga zwinkerte mir wieder zu. »Halb Georgien kennt mich schon. Alle alten Arschlochischwilis kriechen mir in den Hintern. Hab ich's nicht geschafft, dass du in der Liebling-Gruppe landest?

Erinnerst du dich, wie ihr euch bei mir im Büro aufgespielt habt? Ach je, ach je! Bloß ein paarmal Schewardnadse beschimpfen, und schon bin ich ein Star.«
Erst als er es ausgesprochen hatte, schien ihm bewusst zu werden, was er da redete; er freute sich über seine Berühmtheit und die Anerkennung und brüllte fröhlich irgendwas, bevor er sich wieder ins Getümmel stürzte. Seine Brüste wackelten pervers, und ich wunderte mich, dass er so gar keine Hemmungen hatte.
Jemand rief: »Kommt der Häuptling auch?«
»Der Häuptling schläft. Hat zu viel Tee getrunken.«
Ich stellte mich kurz zu den Sängern und fragte den starr am Synthesizer sitzenden Pianisten, was er alles spielen könne.
Der Mann schaute mich mit großen Augen an und brummte schließlich: »Ich spiel dir ›Felicità‹, packst du das?«
»Spiel doch ›O sole mio‹«, sagte der zweite Sänger, der eine Mischung aus Tschocha und preußischer Uniform anhatte und den Mamuka immer noch mit seinem Wunsch belagerte, »New York, New York« zu singen.
Am Ende sangen wir die Hymne der Ersten Republik, die niemand mochte. Jedenfalls kannte keiner den Text, und alle sangen was eigenes. Dann folgte das Lied »Tbilisso«, das alle liebten.
Ich stieg schweißgebadet von der Bühne und hielt an einem der langen Tische Ausschau nach einer Serviette. Plötzlich hörte ich vom anderen Tischende, aus einer Ecke im Dunkeln, meinen Namen. Ich kniff die Augen zusammen, um auszumachen, wer da nach mir rief. Aus dem Dunkel trat hinkend ein großer, grauhaariger Mann; sein Gehstock hatte einen silbernen Knauf, und seine Finger waren mit Ringen besetzt: Er sah aus wie ein Zigeu-

nerbaron. Er umarmte mich lächelnd, beglückwünschte mich zum heutigen Tag (mir kam der Gedanke, dass die Revolution bereits zum Glückwunschdatum geworden war und vielleicht in Zukunft gar zum Feiertag deklariert würde) und lud mich ein, mich kurz zu ihm zu setzen. Da, wo wir uns hinsetzten, saß auch ein überdrehtes Mädchen, das entweder bereits zu viel gelacht hatte oder gleich einen Lachanfall bekam: Sie war irgendwo auf der Kippe. Ihre Augen waren mit dünnem schwarzem Lidstrich umrandet.

»Hast du ein Glas?«, fragte der Mann mich. Offenbar konnte er nicht reden, ohne dass wir beide was Alkoholisches in den Gläsern hatten.

Ich schnitt eine entschuldigende Grimasse. »Ich trinke nicht.«

»Ah, so einer bist du«, sagte er und lachte. »Ich dräng dir nichts auf.«

Er schenkte sich selbst ein und hängte den Stock an eine Stuhllehne. »Das Restaurant gehört mir«, sagte er, »und das ist mein Mädchen.«

Ich begriff nicht, was er mit »mein Mädchen« meinte, war sie seine Tochter oder seine Geliebte? Sie schien sehr viel jünger als er.

»Ich darf dich doch mit Du anreden?«, fragte er.

Ich nickte. »Ja, natürlich.«

»Noch vor einem Jahr hätte ich dich nicht auf diese Weise angesprochen, sondern ganz anders, und du hättest mich nicht stoppen können. Die Wut ist mir jetzt aber vergangen ... Ich hab zusammen mit Freunden eine Kirche gebaut, hab die Wohnung meiner Eltern verkauft dafür, wir wollten eine Kirche extra für unser Viertel und haben auch Spenden bekommen für den Bau.«

»Oh Gott«, rief das Mädchen aus, und ihr Tonfall verriet,

dass sie sich genierte und ihr die Geschichte sattsam bekannt war.
Der Mann schenkte ihr keine Beachtung. »Weißt du, wem die Kirche geweiht ist? Königin Tamar. Mein Bruder war in Abchasien in der Königin-Tamar-Legion, die war Teil der Nationalgarde, und er war in dieser Spezialeinheit, die nach Tamar benannt war. Er ist dort umgekommen, eine Woche vor dem Fall Sochumis, und wir haben die Kirche auf Tamars Namen errichtet. Und da, eines Tages, liest uns jemand diesen Ausschnitt vor, über Sex mit einem Huhn ... So was Schmutziges ... Ich dachte, das lass ich nicht durchgehen, und hab ernsthaft Pläne geschmiedet, in einem solchen Zustand war ich. Ich hatte dich im Fernsehen gesehen, mehr brauchte es nicht ... Aber mein Beichtvater hat uns gebremst – ich habe einen Beichtvater, er ist jetzt im Kloster –, er sagte, du hättest schon genug gesündigt und ich dürfe nicht auch noch meine Seele mit Sünde beschweren. Das war während des Kirchenbaus. Der Seelsorger hat uns zurückgehalten, sonst hätten wir dich drangekriegt, wer weiß ... Doch dann hat sie mich dazu gebracht, es zu lesen.« Er schaute zu dem Mädchen, das wieder kurz davor war, in Lachen auszubrechen, oder etwas sagen wollte. »Von Anfang bis Ende, und ich musste zugeben, da ist nichts, es geht um eine Frau, nicht? Sie wurde zwangsverheiratet, sie wollte nicht ... So steht's doch in der Geschichte? Ich bin kein Experte ... Ich freu mich, dass ich dir hier begegne.«
»Moment.« Das Mädchen unterbrach ihn mit einer Handbewegung. Jetzt war endlich sie an der Reihe. Hastig erzählte sie mir ihre Geschichte. Anscheinend redete sie immer viel und schnell, und es passte ihr nicht, dass sie wegen ihm ab und zu still sein musste.
Sie hatte letztes Jahr die Universität abgeschlossen. Eine

ihrer Dozentinnen hatte eine kopierte Fassung meiner Erzählung in die Vorlesung gebracht, wer sie gelesen hätte, solle die Hand heben. Die betagte Dame suchte offenbar Streit und Disput, doch niemand ließ sich darauf ein. Als sie nach der Vorlesung nach Hause kam, war auch dort die Erzählung Gesprächsthema. Die Familie saß vor dem Fernseher, der erst Geistliche und dann einen Jungen mit zu langem Haar zeigte. »Das waren Sie«, sagte sie und lachte. »Der ist ja noch ein Kind«, hatte ihre Mutter bemerkt. Jemand hatte die Zeitschrift da, und sie las die Erzählung von Anfang bis Ende. »Die umgekehrte Reihenfolge gefiel mir.« Und dann ärgerte sie sich über sich selbst, weil sie den Disput mit der armen Dozentin verpasst hatte. Sie nahm mich vor ihren Verwandten und vor Johnny in Schutz. Johnny hieß der Mann also. Anscheinend hatte sie einmal bei einem Literaturabend in der Schule die Rolle Königin Tamars gespielt (inzwischen erzählte sie das alles eher um Johnnys als um meinetwillen und immer unter Lachen), sie hatte ein weißes Kleid und eine Krone getragen. Die Hände hatte sie so gehalten, wie Tamar sie auf dem Fresko in Gelati hält. Wie eine lebende Ikone wollte sie dastehen. Damals hatte sie noch lange Zöpfe gehabt.
»Ich hab der Heiligen geglichen«, sagte sie.
»Kurz, du hast dich bei meinem Beichtvater zu bedanken. Wenn du willst, geb ich dir seine Telefonnummer«, sagte Johnny, als er mich an meinen Tisch zurückbegleitete. Bevor er verschwand, umarmte er mich wieder und küsste mich.
Es war drei Uhr morgens, aber niemand machte Anstalten zu gehen, im Gegenteil, es kamen immer noch mehr Leute. Erstaunlicherweise war ich überhaupt nicht müde, hatte aber immer wieder Hunger und versuchte ihn mit

kaltem, hart gewordenem Schoti-Brot zu stillen. Ebenso erstaunte mich, dass die Leute so gar nicht müde wurden vor lauter Tanzen. Ich hatte das Gefühl, endlich frei zu sein von der gewohnten unterschwelligen Unruhe, als hätte ich eine Art Lebenszyklus durchlaufen und als würde ich nie mehr der sein, der ich vor dem Januar des letzten Jahres gewesen war. In dieser Zeit hatte sich viel verändert, nicht nur für mich, sondern auch für das Land, für dieses, wie Akako zu sagen pflegte, Teenager-Georgien, das jünger war als ich und genauso durchgeknallt war wie jeder beliebige kindische und gleichzeitig idealistische Dreizehn-, Vierzehnjährige, nun aber unweigerlich vernünftiger würde, sodass sich alles zum Besseren veränderte – ändern würden sich Denken und Verhalten der Menschen, das Umfeld, Russland als Hauptquelle unserer größten Ängste, und das Land würde sich tatsächlich in das verwandeln, wovon wir in Georgien in den schlimmsten Krisenzeiten immer geträumt hatten: in eine kaukasische Schweiz. Oder meinetwegen in ein kaukasisches Italien. Warum auch nicht. Wenn nur nicht alles bliebe, wie es bis zum heutigen Tag gewesen war. Jetzt musste das Zeitalter der Triumphe beginnen, und das würde es auch – wie jemand gerade glücklich und selbstbewusst ins Mikrofon rief –, weil wir es verdient haben, weil wir so sehr darum gekämpft haben, glücklich und frei zu sein, dieser Tag ist gekommen, die Zeit des Unglücks ist vorbei, wir sind von der Angst geheilt, die Politiker der jungen Generation haben nichts gemein mit jenen der alten, überhaupt ist nichts mehr so wie in der Vergangenheit, das ist schon jetzt spürbar, alle sehen es – die ganze Welt! Alles Schlechte, Chaotische, Unsinnige liegt hinter uns. Ist es nicht so? Haben wir's nicht gesagt, er tritt zurück? Ist er nicht zurückgetreten? Er ist zurückgetreten! Was

man sich erträumt, erfüllt sich. Und wieder ertönten unsere Parolen, die wir unter den Plastikplanen riefen: Wem gehört dieses Land? *Uns!*
Und wieder die georgischen Filmsongs!
Dann wieder die Hymne.
Mamuka schrie den Sängern betrunken und aggressiv zu: »He, Meister, singt mal ›New York, New York‹!«
Nein, solch grobe Instruktionen haben wir nicht mehr nötig. Wozu die Aggressivität?! Die Revolution müsste uns ethisches und höfliches Verhalten beibringen, wir sind schließlich in Europa. Wir kehren in unser angestammtes Haus zurück, aus dem wir zwei Jahrhunderte lang vertrieben waren; seit gestern ist der Problem-Teenager Europäer.
Und auf einmal sah ich Lulu, von der ich glaubte, sie gehöre zu dem abgeschlossenen Zyklus. Sie ging Hand in Hand mit einem hochgewachsenen Jungen oder jungen Mann, der auf mich zukam und mich umarmte.
»Ist das nicht verrückt? Ich kann's nicht glauben, es ist wie ein Wunder«, sagte er.
Der Junge schaute mich an, lächelte mir zu. Ist er ihr Liebhaber? Das ist doch dieser ironische Typ, der Direktor oder Generalsekretär von Tbilissi2, der uns nach der Fernsehdebatte beim Lift angesprochen hat. Sind sie zusammen? Ist das der, von dem sie mir erzählte, er wolle sie nicht gehen lassen?
»Ich mag dich so sehr, wirklich.« Lulu drückte mich an sich – die Umarmung eines betrunkenen, exaltierten Menschen. So umarmten alle einander am heutigen Tag. Die Sänger röhrten lautstark, sodass sie mir ins Ohr schreien musste, dabei aber ihren Typen nicht losließ, der wie ein dressierter Riese bewegungslos und gehorsam wartete. Schließlich brüllte auch er: »Wie geht's dir?«

»Sag ihm doch, dass ich nur abgelesen hab, was mir vorgelegt wurde«, rief Lulu und schaute zu ihm hoch.

Tatischwili runzelte die Stirn; er begriff nicht, was Lulu meinte. Wie hätte er sich auch an dieses Detail erinnern sollen oder überhaupt an meine ganze Geschichte, nachdem Tbilissi2 diesen ganzen Monat in das Umsturzgeschehen involviert gewesen war und dem Sender täglich die Stillegung gedroht hatte? Und ihm persönlich vermutlich die Inhaftierung.

Trotzdem rief ich ihm die Geschehnisse im Patriarchat in Erinnerung.

»Ah, und dann?«, fragte er scheinbar interessiert.

»Ihr habt es nach einer Entschuldigung aussehen lassen.«

»Ja, ja, ich weiß.« Er wurde plötzlich lebhaft. »An dem Tag lief das Telefon heiß bei uns vor Anrufen aus dem Patriarchat.«

»Hat die Privatsekretärin angerufen?«

»Wer?«

»Die Privatsekretärin des Patriarchen, Chatuna. Den Ersten Kanal jedenfalls hat sie angerufen, das weiß ich.«

»Ich glaube, ja. Mich hat auch jemand angerufen, der zukünftige Patriarch.« Er lachte, nannte aber keinen Namen. »Was ist bei denen nur los, hab ich mich gefragt.«

»Und ihr habt deren Text rausgelassen?«

»Deinen haben wir doch auch rausgelassen, oder? Genau erinnere ich mich nicht mehr.«

»Über mich habt ihr gesagt, dass ich mich entschuldigt hätte.«

»Es ging um ausgewogene Berichterstattung, das heißt ... Na gut, ist ja nicht mehr wichtig. Kann dir das jetzt nicht wurst sein? Ist doch Schnee von gestern. Es haben's sowieso alle gecheckt.«

Das war's. Knapp und emotionslos. Als wäre gar nichts gewesen.
Tatischwili war überhaupt nicht in Verlegenheit geraten, und ich staunte, dass etwas, was mir vor lauter Besorgnis schlaflose Nächte bereitet hatte, für ihn so bedeutungslos sein konnte. Andererseits, warum hätte es für ihn von Bedeutung sein sollen?
Etwas war neu: Mir fiel auf, dass Lulu keine roten Haare mehr hatte, sie waren jetzt kastanienbraun. Das Rot war verschwunden. Oder vielleicht lag es an der Beleuchtung, und ich konnte die Farbe nicht richtig erkennen? Ich dachte, ich sag ihr, Lela scheine wohl brünett zu sein, aber ich hielt den Mund.
Ihr Typ begrüßte und umarmte jemanden. Ich nutzte die Gelegenheit und fragte: »Ist er das?«
»Wer?« Sie tat, als verstünde sie nicht.
Ich wollte irgendwas sagen, was das Mädel, vielmehr seinen Direktor, wenigstens ein bisschen bereuen ließe, hierhergekommen zu sein, denn ich konnte die Nacht nicht vergessen, in der sie mir meine Worte geraubt hatten, aber mir gelang nicht mal das vielsagende Lächeln, das ich zu meinem *bösen* Spruch unbedingt aufsetzen wollte, noch kam ich dazu, überhaupt irgendeine Bemerkung machen, da mich plötzlich etwas mit Macht zur Bühne zog – wie sich herausstellte, der fette, vollbusige Gaga, der erneut die Hymne oder »Tbilisso« oder »Suliko« mit mir singen wollte.
Zum Glück. Was hätte ich auch sagen sollen … Ich war schon lächerlich genug mit meinem Möchtegernheld-Komplex.
Die Sänger hatten dunkle Ringe unter den Augen, und die einzige Sängerin, eine Frau in einer Tschocha, hatte sich heiser gesungen, hörte aber trotzdem nicht auf.

Ich stellte mich auf die Bühne. Von hier oben war im Raum nichts zu erkennen. Alles war in Zigarettenqualm getaucht, und aus dem bläulich-gräulichen Nebel ragten nur emporgestreckte Arme. Diese Arme wogten im Takt der Musik und verschwanden dann und wann in der Düsternis. Wieder war ich schweißgebadet, und meine Stimme versagte plötzlich; schon am Vortag hatte ich kaum sprechen können. Ich dachte, ich steig runter und gieß mir kaltes Wasser übers Gesicht, als mich unten an der Bühne jemand am Arm packte: »Singen wir noch was.« – »Gleich«, erwiderte ich und begann durch den Nebel zu paddeln. Ich suchte den Ausgang. Es war, als befände ich mich unter Wasser, am Grund, wo ich nur die Füße der Menschen erkennen konnte. Es gab keinen Sauerstoff. Ab und zu öffnete sich die Restauranttür, und das Licht der Straßenlampen drang in den Saal. Ein Betrunkener jaulte misstönend ins Mikrofon. Das bedeutete, die allgemeine Erschöpfung hatte den Gipfel erreicht; es war Zeit, schlafen zu gehen. Die Tür ging wieder auf, und das Licht der Scheinwerfer eines parkenden Autos fiel blendend hell herein. Ich wunderte mich, warum das Auto so nah abgestellt wurde, schirmte die Augen mit der Hand ab und schaute ganz nach links in den Saal, ich weiß nicht, warum, niemand hatte nach mir gerufen. Und ich sah, wie Ani von einem Schatten geküsst wurde. Einem Mann. Auf den Hals. Vielleicht auch auf die Lippen. Sie schien zu lächeln. Ich schaute mich sofort um, ob noch andere gesehen hatten, was ich gesehen hatte. Es war aber niemand in der Nähe. Alle trieben sie in den Rauchschwaden. Ich schaute wieder zu Ani. Niemand stand mehr neben ihr, sie war allein, streckte wie alle anderen die Arme in die Höhe und wiegte sich zu dem Gejaule. Ich fasste nicht, was ich gesehen hatte: Hatte ich es wirklich ge-

sehen oder mir nur eingebildet? Hatte ich etwas gesehen, oder hatte ich es *gar nicht sehen wollen*?
Ich paddelte auf Ani zu.
»Wo treibst du dich rum?« Sie umhalste mich.
Ich wollte nicht, dass sie spürte, wie nervös ich war, und sagte: »Ich glaube, heute hat auch die sexuelle Revolution angefangen.«
»Wirklich?«, fragte sie, als ob sie gar nicht richtig gehört hätte.
Es ist nichts passiert.
Meinem Gedächtnis hatte sich nichts eingeprägt. Ich hätte Ani danach fragen können *(ich hab mir eingebildet, jemand hätte dich gerade geküsst)*, aber ich wollte diese Frage nicht stellen, umso weniger jetzt, da sie so entspannt war, dass sie sogar imstande gewesen wäre zu sagen, ich hätte mir nichts eingebildet. *Ja, hat er, was ist dabei?* Ich wollte nicht fragen: *Wer war das?*, vielleicht weil ich mich fürchtete oder weil mir der Gedanke durch den Kopf schoss, dass aus irgendeinem Grund *jetzt allen alles erlaubt war.* Falls ich was gesehen hatte, so hatte ich es gesehen und Schluss. Punkt. Falls ich es mir eingebildet hatte, umso besser.
Ani umarmte mich und sagte mir Dinge ins Ohr, dazu in einem Ton, die eigentlich gar nicht ihrem Stil entsprachen: »Du bist so ein Schatz.«
Plötzlich gab es einen Knall. Es war, als zerrisse der Lärm den Nebel.
»Sie haben ihn zusammengeschlagen!«, schrie jemand.
Wir stürzten in Richtung Geschrei.
Vor der Toilette stand Mamuka, besoffen und mit blutender Lippe, in der Hand eine Schusswaffe, während ein dicker Mann ihn zu beruhigen versuchte, was er seltsamerweise schreiend tat: »Steck sie weg, ich fleh dich an, steck sie weg!«

Mamuka lächelte wie ein Irrer.
»Sie sind abgehauen«, sagte jemand.
Die Sängerin schrie Mamuka an: »Wie kannst du es wagen, du Dreckskerl!« Sie hatte einen russischen Akzent. Angst hatte sie keine vor ihm, was ich selbst beängstigend fand.
»Die Scheißmusiker haben mich zusammengeschlagen, Mensch«, erzählte Mamuka und steckte die Waffe hinten in den Hosenbund unter das unschön hochgerutschte Hemd, das dicke, rosige, ekzembedeckte Fettwülste sehen ließ. Die schreiende Frau schien er gar nicht zu hören.
Offenbar hatten ihn die Sänger zur Toilette geschleppt, einer hatte ihn ins Gesicht geschlagen, ein anderer in den Bauch. Er war hingefallen, konnte jedoch die Waffe zücken und in die Decke schießen. Das alles, weil er den Sängern den letzten Nerv raubte mit seinem ewigen »New York, New York« und sie kurz zuvor erneut gebeten, nein, ihnen wie ein Sklaventreiber befohlen hatte, es noch einmal zu singen.
Die Sänger hatten sich davongemacht, einer hatte seine beschmutzte Tschocha liegen lassen. Nur die eine Sängerin war noch da.
Das Fest endete, wie es enden musste: in Enttäuschung und Missmut.
»Lasst uns diesen schönen Tag nicht ruinieren«, schrie Gaga.
Ich entdeckte Ani, die in ihrer Betrunkenheit total aufgedreht war und die Fortsetzung des Streits verfolgen oder sich vielleicht gar selbst einmischen wollte, und zog sie mit Gewalt zum Ausgang.
Sie sträubte sich und hieb nach mir. »Was machst du, die Leute gehen doch noch gar nicht, was willst du?« Wie ein besoffener Kerl führte sie sich auf.

Ich dachte, ich lass sie hier auf der Straße und mach mich vom Acker.
Dieser Tag musste doch einmal zu Ende gehen! Dieses Jahr! *Es musste enden! Es musste Schluss sein!*
Warum wollte sie noch bleiben? Wegen der Schatten im schwülen Nebeldunst? Vielleicht hätte ich sie zurücklassen sollen? Vielleicht ging's mich nichts mehr an, wo sie blieb?
»Ein Mensch kann sich nicht ändern, wer Abschaum war, bleibt Abschaum«, philosophierte sie, wobei ihr die Zunge nicht ganz gehorchte. »Militärs wie Mamuka sind doch alles Irre. Da tut er so, als sei er Revolutionär und Verfechter eines neuen Georgien, dabei zückt er bei der erstbesten Gelegenheit die Waffe und richtet sie auf diese armen Sänger, widerlich, mir wird jetzt noch ganz schlecht davon … Wäh…«
Sie brachte mich zum Lachen. Kaum waren wir zu Hause, fiel sie ins Bett.
»Du bleibst doch hier, nicht wahr?«, fragte sie mich, schon halb im Schlaf, und streckte die Hand nach mir aus. »Leg dich zu mir und schlaf hier. Du musst. Ist besser so.«
Ist besser so, wieso? Ich beschloss, sie das am nächsten Morgen zu fragen. Ich hätte aber auch jetzt reden, vielleicht sogar streiten können, denn ich hatte dasselbe Problem wie in der Nacht zuvor. Ich würde wieder kein Auge zutun, diesmal jedoch bewusst und nicht so wie gestern, als vor Erschöpfung mein Hirn nicht zur Ruhe kam.
Ich betrachtete Ani und dachte, dass wir mit etwas Neuem konfrontiert waren, wir beide zusammen, sie und ich. Oder war das nur ein vorübergehendes Gefühl, eine Ausgeburt dieser Nacht? Ich wusste, ihr Körper würde sich im Schlaf erhitzen, dann könnte ich zu ihr unter die Decke kriechen. Hinter der Wand oder vielleicht durch

die Risse in der Wand hörte ich ihre Mutter schnaufen. Die Kinder schliefen still in ihren Betten.
Merkwürdig, ich spürte trotz Müdigkeit unbezähmbaren Tatendrang: Entweder ich weckte Ani oder ich marschierte zu Fuß zu mir nach Hause. Unter all den Betrunkenen war ich als Einziger nüchtern geblieben.
Also beschloss ich zu tun, was ich so früh am Morgen noch nie und während über eines Jahres nicht mehr gemacht hatte. Ich fürchtete mich ein bisschen davor, weil die Gewohnheit so tief verwurzelt war und gleichzeitig so weit zurückzuliegen schien.
Auf dem Fenstersims lagen die Stifte und das Malheft von Anis kleinem Sohn. Vorsichtig riss ich zwei leere Seiten heraus und setzte mich in die Küche, um zu schreiben.
Um einen Brief zu schreiben, den ich in Gedanken schon lange mit mir herumtrug.
Um mir die Zeit zu vertreiben.
Jedoch ganz ernsthaft und nicht zum Spaß.

(+10)

Ende Juni 2012 ruft mich eine Frau an, die ich von einem privaten, nicht unbedeutenden Fernsehsender her kenne und die mir mit so sonderbaren Ideen kommt, dass ich erst alles für einen Scherz halte. Was sie sagt, klingt nach einem Jux mit versteckter Kamera, doch stellt sich alles als voller Ernst heraus: In dem erwähnten Fernsehstudio, das vom Kulturministerium mitfinanziert wird, ist (das Folgende ist im Wortlaut wiedergegeben) ein neues, grandioses Projekt in Vorbereitung, ein dokumentarischer Spielfilm zum zehnjährigen Jubiläum der Revolution. Im

Film soll die große Demonstration vom dreiundzwanzigsten November 2003 vor Schewardnadses Rücktritt dokumentarisch nachgestellt werden, und zwar mit den realen Demoteilnehmern, die sich selbst spielen sollen (natürlich freiwillig und falls möglich). Sie sollen so auf der gestellten Kundgebung auftreten wie damals an dem historischen Tag. »Das ist das eigentliche Konzept des Films«, sagt die Frau. »Wer in der einen oder anderen Weise an dem Ereignis beteiligt war, soll sich selbst darstellen. Wir sind der Meinung, dass dies ein ungewöhnliches und spannendes Experiment ist.« Die Rede ist von rund zweihundert Teilnehmern – »alles in der Öffentlichkeit bekannte Gesichter«. Den Worten, dem Ton und der berufseigenen Abgespanntheit der Fernsehmitarbeiterin entnehme ich, dass ich das Angebot als immenses Privileg zu betrachten habe. Einige hätten sich schon zum Mitmachen bereit erklärt, es sei überhaupt nichts Schwieriges dabei, wir müssten nur hingehen und uns an den historischen Ort, vor das Parlament, stellen. Es sei nur leider so, dass für den Auftritt kein Honorar vorgesehen sei, da das Ganze eigentlich im Rahmen eines normalen Fernsehbeitrags produziert würde. Eine nebulöse Argumentation, aber ich verstehe, was sie meint. Ausgeschlossen, Teil eines historischen Ereignisses zu sein und Honorar dafür zu nehmen.

In Anbetracht der neuen politischen Ästhetik und insbesondere der exzentrisch-selbstdarstellerischen Denk- und Lebensweise des neuen Präsidenten scheint es mir durchaus möglich und zulässig, dass ich als einer der damaligen Demoteilnehmer mich selbst in aller Ernsthaftigkeit zu imitieren versuche. Wir haben uns alle daran gewöhnt, dass der ehemalige Revolutionsführer und jetzige Präsident konzeptualistisch denkt und lebt und im Unterschied zum historischen alten Mann, sprich zum vorigen Präsidenten, über unerschöpfliche Energie und unversiegliche Fantasie verfügt. Seit acht Jahren regiert er Georgien nun schon, bemüht sich aber noch immer, die Illusion ständiger Neuerung aufrechtzuerhalten, was nicht leicht ist, denn es will ihm nicht gelingen, der alten, weit zurückreichenden Gewohnheit beizukommen: der Politikverdrossenheit. Die Idee, meinen Doppelgänger zu spielen, gefällt mir eigentlich, und sei's nur, dass er an meiner Statt, ohne etwas zu sagen, in der lebenden Dekoration steht. Trotzdem lehne ich, wahrscheinlich in Übereinstimmung mit der kritischen Einstellung meines Doppelgängers, das Angebot der geschäftigen Fernsehfrau ab und erkläre ihr ganz offen, dass ich aus Enttäuschung über die Politik nicht auf Demos gehen mag, außerdem Platzangst hätte und es mir in keiner Weise gelingen würde, das Gesicht aufzusetzen, das ich in jenen Tagen hatte. Die Frau streitet nicht, gibt mir unvermutet recht, denn sie hat nur die Pflicht, mich zu informieren und nicht irgendwen auf der Liste zu überzeugen, die sie wahrscheinlich vor sich liegen hat. Ich sage also Nein, und gleichzeitig ärgert es mich, dass ich mir die Gelegenheit, an einer so dramatisch angelegten, jedoch unvermeidlich zur Parodie verurteilten Geschichtsrekonstruktion teilzunehmen, entgehen lasse.

Vielleicht handelt es sich um einen metaphysischen Scherz, der mir aus dem dreizehnten Jahrhundert herübergeschickt wird? Die Schöpfer des Films ahnen gar nicht, was für eine großartige Idee sie da hatten: ein kleines Land, das zu ewigem Unernst verurteilt ist, eine große Parodie auf ein kleines Land, das simuliert, eine ernst zu nehmende Nation und ein ernst zu nehmendes Land zu sein ...

Zum Glück ist das Gespräch bald beendet, sonst hätte ich womöglich aggressiv wie einer dieser Volkskampfsportler bemerkt: »Kann die Geschichte nicht einfach ohne mich auskommen?!«

(0)

24. November 2003, morgens um sechs Uhr.

Großmächtigste Königin!
(Ich weiß gar nicht, ob ich mich so an Euch wenden darf.)
Ich erkühne mich, Euch zu schreiben, weil ich, obwohl mir eine Dame eine Kerze an Euch zu überbringen auftrug, in keiner Weise wagen würde, um eine Audienz zu bitten. Außerdem dachte ich mir, dass Euch ein Geschenk wie diese Kerze nicht erwünscht wäre, da sie mir in einer äußerst eigenartigen und nicht gerade angenehmen Situation überreicht wurde. Nicht viele haben meine Erzählung gelesen, und ich möchte sie auch Euch nicht aufdrängen – zum einen, weil es eine nicht besonders bedeutsame, dazu noch triviale Satire ist, zum anderen, weil ich mir nicht sicher bin, ob ich die Akzente auch richtig gesetzt habe: Weder Euren ersten Gemahl habe ich persönlich gekannt noch Euren Chronisten, der uns Interpretationsmöglichkeiten hinterlassen hat. In meiner Geschichte geht es jedoch um etwas völlig anderes. Nach Eurem Tod haben unzählige Feinde das Land überfallen, ich würde sagen, nicht nur Feinde aus ganz anderen Kulturkreisen, sondern auch mit ganz anderen Zivilisationsmerkmalen. Zwar sind wir in der Tat heute frei, aber wir leben in der Angst vor neuen Gefahren (oder dass sich eine altbekannte Gefahr in Erinnerung bringt). Die Welt nach Euch ist ungeheuer bedrohlich geworden. Viele haben gar nicht verstanden (oder wollten nicht

verstehen), über was für Gefahren ich in Wirklichkeit schrieb. Stattdessen machten sie geltend, ich hätte Euch verunglimpft. Als Beispiel wurden konkrete Passagen angeführt, in denen nicht unmittelbar Ihr, aber ... Es fällt mir schwer, mich zu erklären, denn es handelt sich um Dummheiten, die einer näheren Prüfung gar nicht wert sind. Trotzdem verhehle ich nicht, dass ich manchmal denke, ich habe Euch ungewollt Herzeleid bereitet, weil ich eine Phase Eures Lebens schilderte, da Ihr Euch ohnehin nicht gerade glücklich fühltet – als dreizehnjährige, jung verheiratete Frau. Dabei bin ich wirklich kein ungehobelter Mensch, ich gestehe Euch ganz offen: Ich verehre Euch sehr, ja bringe Euch innige Liebe entgegen, sofern Ihr das nicht als dreiste Zumutung versteht. Im Ganzen beherrscht mich nun jedoch das Gefühl, dass ein Teil meines Lebens der Vergangenheit überantwortet wurde; vielleicht ist meine Kindheit zu Ende gegangen oder etwas anderes, etwas viel Größeres ... Jedenfalls fühle ich mich, als Vierundzwanzigjähriger, heute, an diesem Novembermorgen, nicht mehr so wie noch vor einem Jahr oder gar noch vor einem Tag. Jetzt scheint mir, dass um mich herum alles glücklich schläft, dass Enttäuschung und Sorgen Geschichte sind und ausnahmslos alle wahre Liebe verdienen. Aber ich bin auch verwirrt, weil ich spüre, dass ich am Anfang von Veränderungen stehe und nicht weiß, soll ich mich darüber freuen oder beunruhigt sein. Veränderungen haben mir immer Angst gemacht, doch weit mehr zuwider ist mir Stagnation. Welchem spontan und pragmatisch handelnden Menschen würde schon ein Leben in Erstarrung gefallen! Meine Freundin schläft, und so ergibt es sich, dass ich mich scheinbar statt an sie an Euch richte (ich hoffe, dies gilt nicht als Blasphemie). Einer Heiligen würde ich, vor allem aus ästhetischen (und nicht so sehr ethischen) Prinzipien, nie eine Liebeserklärung machen. Aber ich schätze, es ist von nicht geringer Bedeutung, dass mich die mit Eurem Namen verbundenen Ereignisse meiner selbst innerlich wie äußerlich bewusster haben werden lassen, und ich denke, ich bin jetzt (wenn ich das so sagen darf) viel stärker als vorher. Und das ist Euer Verdienst. Nur etwas lässt mir wirklich keine Ruhe, nämlich, dass ich Euch vielleicht doch gekränkt oder betrübt habe. Solltet Ihr also um meinetwillen je auch nur so etwas wie Unbehagen verspürt haben, ich jedoch nicht gebührend erklärt haben, was ich eigentlich wollte oder, meinetwegen, was mir am meisten am Herzen lag, dann bin ich bereit, Euch in aller Aufrichtigkeit – ohne um den heißen Brei herumzureden – jene Worte zu sagen, die nicht auszusprechen mich aus irgendeinem Grund so viel Zeit und Energie gekostet haben:

Großmächtigste Königin – Verzeihung …

Anmerkungen

1 Swanische Göttin der Jagd und des Todes.
2 Hauptgott der alten georgischen Mythologie.
3 Kriegsgefangene von Nomadenstämmen der kasachischen Steppe, die zu Sklaven gemacht wurden, indem man ihnen Kamelhaut über den rasierten Schädel zog, die in der Hitze schrumpfte und so durch Quetschung des Gehirns deren Erinnerungsvermögen auslöschen und sie zu wertlosen Kreaturen machen sollte. Siehe auch Tschingis Aitmatow »Ein Tag länger als ein Leben«.
4 Ioane Sossime, ein georgischer Mönch des zehnten Jahrhunderts, war Hagiograf und Kalligraf und bekannt für seine liturgischen Kompilationen und seine Hymnen an die georgische Sprache. Seine berühmteste Hymne ist »Lob und Preis der georgischen Sprache«, ein mystisches Gedicht voller numerologischer Symbolik und biblischer Anspielungen, das der georgischen Sprache eine einzigartige, heilige Rolle zuspricht. Laut Sossime ist sie die Sprache, die beim Jüngsten Gericht gesprochen werden wird.
5 Anspielung auf Anna Achmatowas Kommentar zu Joseph Brodskys Verhaftung 1964: »Zu was für einer Biographie verhelfen sie unserem Rothaarigen!«
6 Die Bezeichnung »Samatschablo« leitet sich vom Namen der georgischen Adelsfamilie Matschabeli her, denen das Gebiet einst gehörte.
7 Beginn der Sezessionskriege in Abchasien und Südossetien.
8 Anspielung auf den kaukasischen Robin Hood Arsena, dem in Micheil Dschawachischwilis (1880–1937) Roman »Die Geächteten von Marabda« (Berlin 1986) die »rechte Braue hüpfte«.
9 1984 war Schewardnadse Erster Sekretär der Kommunistischen Partei in Georgien.
10 D. h. seinen Rücktritt als Vorsitzender des georgischen Staatsrats. Nachdem 1992 der georgische Präsident Swiad Gamsachurdia durch einen Putsch der Nationalgarde abgelöst wurde,

riefen die Putschisten Schewardnadse ins Land und ernannten ihn zum Vorsitzenden des georgischen Staatsrats. Erst 1995 wurde er zum Präsidenten gewählt.

11 Im Juni 2002 wurde Saakaschwili vom Wahlbündnis »Tbilissi ohne Schewardnadse« zum Vorsitzenden der Stadtversammlung von Tbilissi gewählt und wurde so zum De-facto-Bürgermeister der Hauptstadt.

12 »Regen-Musiker« war die Bezeichnung für die georgischen Rockgruppen, die die November-Demonstrationen der Opposition mit Konzerten unterstützten, dies meist bei regnerischem Wetter – daher der Name.

Anmerkungen der Übersetzerinnen

Titel der Originalausgabe:
პატარა ქვეყანა
von Lasha Bugadze

The book was published in the frames of the program Georgia the Guest of Honour country at the 2018 Frankfurter Buchmesse with the support of the Georgian National Book Center and the Ministry of Culture and Sport of Georgia.

GEORGIAN NATIONAL BOOK CENTER

MINISTRY OF CULTURE AND SPORT OF GEORGIA

Georgia
Made by Characters
Ehrengast Georgien
Frankfurter Buchmesse 2018

Die vorliegende Übersetzung wurde durch ein Stipendium des Deutschen Übersetzerfonds e. V. gefördert.

FSC
www.fsc.org
MIX
Papier aus verantwortungsvollen Quellen
FSC® C014496

Deutsche Erstausgabe

Herstellung und Umschlaggestaltung: Laura J Gerlach
Umschlagmotiv: Tamar, Königin Georgiens von 1184 bis 1213, Fresko in der Kirche von Wardsia
Satz: psb, Berlin
Druck und Bindung: GGP Media GmbH, Pößneck
Printed in Germany
ISBN 978-3-627-00255-8